Mord Macht Schule

Der erste Frankfurt-Krimi

Von Dieter Kaufmann

Taschenbuchausgabe Frankfurt am Main, Oktober 2018
Foto und Umschlaggestaltung: Dieter Kaufmann
Druck und Verlag: Independently published mit Amazon
ISBN: 978-1-7240-5188-2

„Initia in potestate nostra sunt, de eventu fortuna iudicat.“

Seneca, ep. morales 14

„Die Anfänge von Macht liegen in uns selbst, über das Ende urteilt das Schicksal.“

VORBEMERKUNG

In diesen Kriminalroman sind meine jahrzehntelangen Erfahrungen mit der Frankfurter Schullandschaft eingeflossen. Aber natürlich ist die eigentliche Kriminalhandlung frei erfunden und jede Ähnlichkeit mit lebenden Personen oder Ereignissen an tatsächlichen Orten wäre rein zufällig.

Ich danke Jürgen Holstein, der mich mit seinem Einfall zum endgültigen Titel des Buches inspirierte, und insbesondere Almut Sauer, Sigrid Klinger, Doro Bonin und Ralf Lay, die sich der mühevollen Aufgabe des Korrekturlesens unterzogen und denen ich wertvolle Anregungen verdanke.

KAPITEL 1

Regine Schwarz war sehr guter Laune. Nach ihrer Scheidung hatte sie lange ohne einen festen, neuen Partner gelebt. Vor ein paar Wochen hatte sie dann einen sehr sympathischen und kultivierten Mann kennengelernt, war mit ihm ein paar Mal ausgegangen.

Es schien alles so perfekt. Dieser gut aussehende, sportliche Mann hatte ihr wieder ein Privatleben geschenkt, eine mehr als willkommene Ablenkung von ihrem stressigen Beruf beim Staatlichen Schulamt in Frankfurt, wo sie seit mehr als zehn Jahren die einflussreiche Position der Frauenbeauftragten übernommen hatte. Sie waren in der Villa Metzler zum Essen gewesen, hatten zusammen in der Alten Oper ein Klassikkonzert besucht, waren am Main spazieren gegangen. Andere Unternehmungen folgten.

Inzwischen wechselten sie täglich mehrmals Nachrichten mit WhatsApp, was so praktisch war, weil sie dann eine Nachricht verschicken konnte, wenn sie selbst gerade Zeit dafür hatte. Er konnte sie lesen und beantworten, wann immer er selbst einen Moment dafür fand. Anrufe waren tagsüber oft störend. Aber sie telefonierten beinahe jeden Abend.

Ihre engsten Freundinnen hatten ihr signalisiert, dass sie plötzlich viel ausgeglichener war. Neugierigen Fragen war sie allerdings geschickt und diskret ausgewichen, hatte nur vage Andeutungen gemacht. Heute Abend hatte sie ihn zum ersten Mal zum Essen zu sich nach Hause eingeladen. Bisher hatten sie noch nicht miteinander geschlafen, aber für heute Abend war sie vorbereitet. Das Bett war frisch bezogen. Mein Gott, wie lange hatte sie in diesem Bett keinen Sex mehr gehabt? Sie konnte sich schon gar nicht mehr erinnern. Dabei war sie mit ihren 49 Jahren noch eine sehr attraktive Frau. War es dieser sympathische, gut aussehende Sportlehrer gewesen, der sich um eine Funktionsstelle beworben hatte?

Egal, jetzt musste sie sich erst einmal auf das Abendessen konzentrieren. Sie hatte einen italienischen Gemüseauflauf vorbereitet, der bereits im Ofen schmorte. Als Vorspeise sollte es Vitello tonnato geben, zum Dessert ihre berühmte Himbeer-Mascarpone-Creme; damit hatte sie schon bei etlichen Einladungen gepunktet. Alles war von bester Qualität, sie war extra dafür in der Kleinmarkthalle gewesen. Sie hatte das Menü bewusst so ausgewählt, dass sie eigentlich in der Küche jetzt nicht mehr viel tun musste, sondern ihren Gast unbeschwert empfangen konnte. Im Esszimmer war der Tisch gedeckt. Ein letzter, prüfender Blick, ob sich die Kristallgläser, die Platzteller und das Silberbesteck am richtigen Platz befanden. Sie bevorzugte weißes Geschirr, weil da die Farben der Speisen besonders gut zur Geltung kamen. Die Vorspeise stand bereits auf Tellern angerichtet auf der dunklen Granitplatte ihrer offenen Wohnküche. Jeder Teller war stilvoll mit einer silbernen Cloche abgedeckt. Der trockene, italienische Weißwein war kalt gestellt.

Regine hatte sich nach der Vorbereitung des Essens noch schnell geduscht und ein schlichtes, leichtes Sommerkleid ausgewählt, nicht zu festlich, aber es schien ihr angemessen, heute Abend keine Hosen zu tragen, sondern ihre feminine Seite zu betonen. Ihr Make-up war sehr dezent. Sie trug nur eine schlichte Goldkette als Schmuck.

Als musikalische Untermalung wählte sie eine CD mit einem Violinkonzert von Vivaldi, das perfekt zum italienischen Menü passte. Der Abend würde ganz nach ihren Erwartungen verlaufen, sie hatte alles im Griff, wieder einmal. Ein Blick auf die Uhr. Wenn er pünktlich war, und das erwartete sie ganz einfach von ihm, konnte er jeden Augenblick klingeln.

Und da ertönte auch schon der melodische Klang ihrer Türglocke. Sie eilte in den großzügig bemessenen Flur, hob den Hörer ihrer Videosprechanlage ab, ohne sich jedoch die Mühe zu machen, so genau auf den Monitor zu schauen. Wer konnte es schon anders sein als *er?* Um diese Uhrzeit bekam sie üblicherweise keinen Besuch mehr. Sie betätigte den Türöffner und sagte in den Hörer: „Bitte in den fünften Stock, nimm bitte den Aufzug.“ Dann öffnete sie ihre Wohnungstüre einen Spalt, warf einen prüfenden Blick in den Spiegel im Flur und ging dann zurück in die Küche, um den Prosecco aus dem Kühlschrank zu nehmen, den sie als Aperitif ausgewählt hatte.

Während sie noch dabei war, die Flasche zu öffnen, hörte sie ihn zur Türe hereinkommen, hörte, wie die Wohnungstüre von innen mit einem dumpfen Klang geschlossen wurde. „Ich bin hier, in der Küche“, rief sie ihm froh gelaunt zu, wunderte sich aber ein bisschen, dass er so gar keinen Laut von sich gab. Mit einem Plopp öffnete sie die Flasche, nahm sie zusammen mit zwei Gläsern und drehte sich weg von ihrer Arbeitsplatte, um ihm entgegen zu gehen, da stutze sie einen Moment. Aber da stand nicht ihr Harald.

Der Schlag traf sie so unerwartet gegen ihren Kopf, dass sie fast augenblicklich die Besinnung verlor. Gläser und Flasche entglitten ihren Händen, zerschmetterten klirrend auf dem Eichenparkett. Sie schwankte, als sie der zweite Schlag gegen die linke Schläfe traf. Doch davon merkte sie schon nichts mehr, denn sie stürzte augenblicklich zu Boden. Eine rote Blutlache breitete sich langsam von ihrem Kopf aus, floß über das Parkett und vermischte sich mit dem verschütteten Sekt, sodass ihr Körper in einem See prickelnder, roter Flüssigkeit zu liegen schien.

Regine Schwarz konnte nicht mehr wahrnehmen, dass die Person ihre Wohnung durch die Eingangstüre wieder verlassen hatte, so schnell und fast lautlos, wie sie diese betreten hatte. Sie konnte nicht mehr sehen, dass die Türe hinter ihr ins Schloss gefallen war. Sie konnte nicht mehr reagieren, als die Uhr am Herd in der Küche signalisierte, dass es Zeit war, nach dem Auflauf im Backofen zu schauen. Sie konnte nicht mehr hören, dass erneut die Türglocke erklang und vom CD-Player die letzten Akkorde des Allegro aus Vivaldis Violinkonzert die Szenerie dramatisch untermalten.

KAPITEL 2

Harald Langer war spät dran. Regine hatte ihn gewarnt, dass es schwierig sein könnte, im Karpfenweg einen Parkplatz zu bekommen. Zwar waren die Wohnungen am Westhafen phantastisch und in Frankfurt wirklich einmalig exklusiv gelegen. Von beiden Seiten umspülte der Main die Landzunge, aber einer der großen Nachteile war es, dass es für Besucher, die mit dem Auto kamen, so gut wie nie einen Parkplatz gab. Denn pro Wohnung war die Zahl der Stellplätze limitiert und viele Eigentümer oder Mieter hatten mehr als einen Wagen, sodass die wenigen offiziellen Parkplätze entlang der Straße zwischen den Bäumen meistens schon von den Anwohnern besetzt waren. Besucher, die mit dem Wagen kamen, fanden so gut wie nie einen freien Parkplatz.
Er war fast bis zum Ende des Karpfenweges gefahren. Hier stand seit einigen Jahren die Bauruine eines Investors, der auf der Hafenmole ein Wellnesscenter hatte errichten wollen. Harald war zuversichtlich gewesen, dass er mit seinem Smart schon eine winzige Parklücke finden würde. Eigentlich wäre er lieber mit dem Rad gekommen, sportlich genug war er mit seinen 52 Jahren. Auch das Wetter hätte es zugelassen, denn es war ein milder, nicht zu warmer Sommerabend. Aber er wollte auf keinen Fall verschwitzt ankommen und man wusste nie, wie der Abend enden würde. Schließlich war es das erste Mal, dass Regine ihn zu sich nach Hause eingeladen hatte. Er interpretierte dies als eine eindeutige Möglichkeit, dass es nicht beim Abendessen bleiben würde. Und falls er über Nacht blieb, wollte er am nächsten Morgen auf jeden Fall vorher noch einmal nach Hause, bevor er zur Arbeit fahren würde. Er schien Glück zu haben, vor dem Bauzaun war noch eine freie Fläche, auf der locker zwei Autos nebeneinander hätten parken können.
Harald Langer parkte seinen Smart so großzügig, dass er auf jeden Fall gut wieder wegfahren konnte, falls noch ein anderer Autofahrer diesen freien Platz finden würde. Er wollte auf keinen Fall am nächsten Morgen eingeparkt sein. Ein Blick auf die Uhr. Verdammt, es war schon zwei Minuten vor acht. Regine hasste Unpünktlichkeit und er selbst eigentlich auch. Harald griff sich den Blumenstrauß vom Beifahrersitz, wickelte die gelben Rosen hastig aus, knüllte das Papier zusammen und warf es auf den Boden des Beifahrersitzes. Als er in seiner Eile ausstieg und im Weggehen den Smart per Fernbedienung verschloss, übersah er im Dunkeln das

Schild, das vor der Fußgängerbrücke angebracht war, die über den Seitenarm des Mains führte: Feuerwehrzufahrt, das Abstellen von Kfz ist verboten. Abgestellte Fahrzeuge werden abgeschleppt.

Mit beschleunigten Schritten ging Harald drei Häuser zurück. Die Solitäre wirkten luxuriös und repräsentativ. Wer hier wohnte, egal ob als Eigentümer oder Mieter, der gehörte sicherlich nicht zu den ärmsten Einwohnern Frankfurts. Er dachte daran, dass Regine, als sie ihm ihre Adresse gegeben hatte, mit einem charmanten Lächeln gesagt hatte „ein eigenes Boot habe ich aber noch nicht".

Zum Glück für ihn waren die Klingelschilder sehr gut beleuchtet. Er betätigte den Klingelknopf und lächelte in die Videokamera, die er sofort im Eingangsbereich entdeckt hatte. Nichts, keine Reaktion. Er klingelte wieder. Vielleicht war sie gerade in der Küche oder im Bad? Wieder nichts. Er schaute auf die Uhr, es war drei Minuten nach acht. Sie würde doch jetzt nicht zickig sein, weil er minimal zu spät war? Ein weiteres Mal drückte er die Klingeltaste, jetzt etwas länger. Hatte er sich im Datum geirrt, in der Uhrzeit? Allmählich wurde er ungeduldig. Er blickte nach oben, suchte mit den Augen den fünften Stock. Die eine Haushälfte war dunkel, in der anderen waren die Fenster hell erleuchtet. Auf welcher Seite wohnte Regine? Er kramte sein iPhone aus dem Jacket, ein Blick aufs Display, keine neuen Nachrichten, keine E-Mails, keine WhatsApp-Nachricht. In seinem Kontakteordner scrollte er sich bis zur Nummer von Regine und wählte ihre Handynummer. Schon nach wenigen Klingelzeichen meldete sich die Mailbox: „Guten Tag, dies ist die Mailbox von Regine Schwarz. Ich kann den Anruf leider im Moment nicht persönlich entgegennehmen. Bitte hinterlassen Sie eine Nachricht mit ihrer Telefonnummer, ich rufe gerne zurück." Das gibt es doch gar nicht! Er unterbrach die Verbindung. Was sollte er tun? Jetzt wurde er unruhig.

Während er noch mit dem Handy hantierte, bemerkte er nicht, dass aus der Zufahrt zur Tiefgarage eine Person zu Fuß herauskam, sich kurz nach links und rechts umschaute und dann schnellen Schrittes in Richtung der Brücke auf dem Karpfenweg davonging.

KAPITEL 3

In diesem Moment öffnete sich die Haustüre und einige Personen eilten nach draußen: Ein offensichtlich schwules Paar, beide in T-Shirt und Shorts, aber der eine hatte das Shirt verkehrt herum an, sodass der Aufdruck auf seinem Rücken war, der andere trug liebevoll einen Malteser auf seinem Arm und streichelte ihn beruhigend. Dann sah Harald noch eine sehr gepflegte, gut aussehende Dame mittleren Alters und einen mit Anzug bekleideten jüngeren Mann, der wie ein typischer Banker wirkte, der aber offensichtlich nicht zu der Dame gehörte, und ein älteres Ehepaar im Rentenalter. Alle redeten aufgeregt durcheinander. Er schnappte ein paar Gesprächsfetzen auf:

Haben Sie den Alarm auch gehört? Hat schon jemand die Feuerwehr gerufen? In welcher Wohnung war das denn? Ich habe die Feuerwehr alarmiert. Sind denn alle draußen? Ist noch jemand im Haus?

Die elegante Dame erblickte Harald und sprach ihn mit Blick auf die Rosen an: „Oh, sind die für mich? Das ist aber reizend!"

Einer der beiden Schwulen machte eine spöttische Bemerkung: „Ich würde sie auch nehmen, aber nur von Ihnen ganz persönlich." Sein Partner zickig: „Zieh mal lieber dein T-Shirt richtig an, ehe du hier fremde Männer anbaggerst." Peinliches Schweigen.

Harald wusste nicht, ob er sauer sein sollte, weil ihn dieser Schwule offensichtlich anmachte oder sich geschmeichelt fühlen sollte, dass er offenbar so attraktiv wirkte, dass sogar ein anderer Mann ihn sexy fand. Frauen und Schwule hatten da klischeehaft manchmal einen ähnlichen Geschmack. Nun grinste er auch über das T-Shirt. Offenbar waren sie gerade nicht angezogen gewesen und hatten hastig etwas übergezogen, um nach draußen zu rennen.

Die ältere Dame sagte zu ihm: „Sie können da jetzt nicht rein. Der Rauchmelder hat Alarm geschlagen", und fügte neugierig hinzu: „Zu wem wollten Sie denn?"

Ehe Harald noch etwas erwidern konnte, rief der Banker: „Da kommt die Feuerwehr, man hört schon die Martinshörner".

Alle schauten Richtung Straße und man sah die kreisenden Blaulichter dreier Feuerwehrwagen, die den Karpfenweg entlangbrausten. Das kleine Einsatzfahrzeug raste an ihnen vorbei und parkte just am Ende der Straße auf der vorgesehenen Einsatzfläche der Feuerwehr, genau vor Haralds

Smart. Das zweite Fahrzeug und der Leiterwagen hielten direkt vor dem Haus. Feuerwehrmänner in schwerer Montur sprangen aus den Fahrzeugen, einer der Männer aus dem Einsatzfahrzeug kam hastig auf die Gruppe zu. „Wer hat uns alarmiert?“

„Das war ich“, antwortete die ältere Dame. Ich habe den Alarm des Rauchmelders gehört und sicherheitshalber die 112 angerufen. „Sie müssen wissen, bei uns ist alles vorschriftsmäßig. Wir haben überall Rauchmelder.“

„In welchem Stock war der Alarm? Sind alle Bewohner des Hauses draußen?“

„Ja ich glaube schon. Die aus der Penthousewohnung sind verreist, wissen Sie, ich gieße deren Blumen, darum weiß ich das so genau. Im fünften Stock ist niemand zu Hause. Wir beide, mein Mann und ich, wohnen im vierten, die Frau Fernandez auch, die beiden Herren mit dem Hund sind im dritten, Herr Brandt im zweiten. Sonst ist niemand da, Sie sehen ja, die Lichter unten sind alle aus.“

Harald dachte, dass sie ja fast wie in der Lindenstraße eine zweite Else Kling sein könnte. Mann, da reden immer alle von Anonymität in der Großstadt und diese Frau wusste über einfach fast alle bestens Bescheid.

„Wo wurde der Alarm ausgelöst?“, unterbrach der Feuerwehrmann, nun schon etwas genervt, die Dame.

„Na, sagte ich doch, im fünften Stock.“

„Nein. Das hattest du noch nicht gesagt“, verbesserte sie liebevoll ihr Ehemann.

Bei der Aussage „im fünften Stock“ traf es Harald wie ein Schock und er war sofort hoch alarmiert.

„Entschuldigen Sie bitte, Langer ist mein Name, ich wollte zu Regine Schwarz, wir waren verabredet und sie wohnt im fünften Stock. Ich habe mehrfach geklingelt, auch auf dem Handy angerufen, keine Antwort. Es wird ihr doch nichts passiert sein?“

Frau Fernandez und Herr Brandt warfen sich wissende Blicke zu.

„Alle gehen jetzt bitte sofort aus dem Gefahrenbereich, am besten zur gegenüberliegenden Straßenseite“, beschied sie der Einsatzleiter und erteilte seinen Männern eindeutige Befehle, schickte zwei Mann ins Haus, um noch einmal an allen Wohnungstüren zu klingeln, veranlasste dass vom Leiterwagen die Leiter zum fünften Stock ausgefahren wurde und einer der Feuerwehrmänner nach oben stieg.

Während die kleine Gruppe von der gegenüberliegenden Straßenseite beobachtete, wie die Leiter langsam hochfuhr und im fünften Stock am Balkon ansetzte, dann ein Feuerwehrmann nach oben stieg und die anderen bereits die Schläuche zum Hydranten auslegten, herrschte eine seltsame Stimmung, eine Mischung aus Sorge, aber auch Sensationsgier. Keiner sagte etwas. In den umliegenden Häusern waren inzwischen die Feuerwehrwagen bemerkt worden und an den Fenstern und auf den Balkonen standen neugierige Menschen, gafften und beobachten interessiert das Geschehen. Harald konnte keinen klaren Gedanken fassen. Was war mit Regine? Warum macht sie nicht auf? Warum geht sie nicht an ihr Handy? Ist sie verletzt? Wieso wird der Rauchmelder ausgelöst? Ist eine Kerze umgefallen? Gab es einen Kabelbrand? Was ist passiert?

Der Feuerwehrmann hatte nun den fünften Stock erreicht, schaute durch die Balkonfenster nach innen und rief nach unten: „Rauch in der Wohnung. Leblose Person am Boden."

Harald verlor fast die Fassung. Der Blumenstrauß entglitt seinen Händen und fiel zu Boden und wurde sofort von dem Malteser ausgiebig beschnüffelt. Der Einsatzleiter verständigte umgehend einen Notarzt und veranlasste per Funk, dass die beiden Feuerwehrmänner im Gebäude sofort zum fünften Stock hochrennen und die Türe aufbrechen.

„Mein Gott, die arme, nette Frau Schwarz", sagte mitleidend die ältere Dame.

Haralds Gedanken überschlugen sich. Ist Regine bewusstlos? Hat sie eine Rauchvergiftung? Kurze Zeit später nahm er wie in Trance wahr, dass der Einsatzleiter mit irgendjemandem per Funk kommunizierte. Einen Moment später erschien einer der beiden Feuerwehrmänner, die das Gebäude zuvor betreten hatten, wieder unten an der Haustüre. Harald kannte kein Halten und rannte zu den beiden hin. „Was ist mit Frau Schwarz? Ist sie verletzt?"

„Es tut mir leid, wir können und dürfen Ihnen keine weiteren Auskünfte geben."

Oben wurde nun von innen die Balkontüre geöffnet und es war der Ruf „Feuer aus" zu hören. Die Feuerwehrleiter wurde daraufhin wieder eingefahren, nachdem der Feuerwehrmann, der nach oben geklettert war, sie verlassen hatte. Fast zeitgleich traf nun mit Blaulicht der Notarztwagen ein. Das Martinshorn hatte der Fahrer schon bei der Einfahrt in den Karpfenweg abgeschaltet, denn hier gab es in der Sackgasse keine weiteren, behindernden Fahrzeuge. Harald ging zu der kleinen Gruppe von Bewohnern zurück, während der Einsatzleiter mit den Sanitätern sprach. Einer der beiden ging mit dem Notarzt ins Gebäude. Der Einsatzleiter telefonierte wieder.

„Sind Sie ein Verwandter von Frau Schwarz", erkundigte sich die ältere Dame bei Harald.

„Ein Freund, kein Verwandter", antwortete er ihr leise. „Wir waren zum Essen verabredet."

Einer der beiden Schwulen überreichte ihm den Blumenstrauß mit den Worten „Hier, der ist Ihnen vorhin heruntergefallen".

„Aus dem Abendessen wird nun wohl nichts", konstatierte nüchtern Herr Brandt.

„Meine Güte, sind Sie einfühlsam!", sagte einer der beiden schwulen Männer. „Ich bin übrigens Klaus und das ist mein Mann Mario. Wir kennen Regine gut. Rechnen Sie mal nicht gleich mit dem Schlimmsten, es hat ja offenbar noch nicht richtig gebrannt, sondern es war bloß Rauch. Vielleicht ist Regine einfach nur ohnmächtig geworden. Der Notarzt wird ihr sicher helfen und sie wird bald wieder wohlbehalten vor Ihnen stehen."

Indem traten der Sanitäter und der Notarzt wieder aus dem Gebäude heraus und sprachen mit dem Einsatzleiter. Dann gingen sie zu ihrem Fahrzeug zurück und stiegen ein.Der zweite Feuerwehrmann kam ebenfalls nach draußen. Frau Fernandez rief über die Straße: „Was ist, können wir wieder in unsere Wohnungen? Was ist mit Frau Schwarz?"

„Es tut mir leid, wir müssen noch einen Moment warten, bis die Polizei hier ist. Dann können Sie wieder in das Gebäude und in Ihre Wohnungen", entgegnete der Einsatzleiter. Der Notarztwagen fuhr wieder ab, die Feuerwehrmänner begannen die Schläuche wieder aufzuwickeln und zu verstauen. Harald war bleich geworden. Was hatte das alles zu bedeuten? Es musste etwas Schlimmes passiert sein, wenn jetzt sogar die Polizei kam. Warum haben Sie Regine nicht mit nach draußen gebracht? Warum kommt sie nicht selbst nach unten? Während der Rettungswagen wendete, um zurückzufahren, trafen ein Streifenwagen und ein weiteres Zivilfahrzeug im Karpfenweg ein. Eine Polizeibeamtin und ein Polizeibeamter entstiegen dem einen, zwei Männer in Zivil dem anderen Fahrzeug. Harald und der Rest der kleinen Gruppe von Hausbewohnern konnte nicht verstehen, was dort gesprochen wurde. Aber offenbar erstattete der Einsatzleiter den eingetroffenen Männern Bericht.

KAPITEL 4

„Yunus Abbas, Kriminalhauptkommissar, und das ist mein Kollege Kriminaloberkommissar Bernhard Schulze“, stellte sich einer der beiden Zivilbeamten dem Einsatzleiter vor. „Können Sie mir bitte einen Kurzbericht geben, Herr…“, er entzifferte das Namensschild auf der Uniform, „Kolb?“.

„Ja, also, wir wurden von einer Frau Meininger angerufen, weil der Rauchmelder im fünften Stock Alarm geschlagen hatte. Auf Klingeln reagierte niemand in der Wohnung. Nachdem einer meiner Männer auf der Feuerleiter durch das Balkonfenster in der Wohnung eine leblose Person am Boden liegend gesehen hatte, haben auf meine Anweisung hin zwei meiner Leute die Wohnungstür aufgebrochen und sind in die Wohnung eingedrungen. Es stellte sich heraus, dass der Backofen angeschaltet war und das verkohlte Essen eine so starke Rauchentwicklung hervorgerufen hatte, dass der Rauchmelder anschlug. Die Person, es handelt sich um eine Frau, lag mit einer schweren Kopfverletzung in einer Blutlache und war bereits tot. Trotzdem habe ich den Notarzt nach oben geschickt, der dies dann bestätigte.“

„Mit anderen Worten, es haben noch mindestens vier weitere Menschen den Tatort betreten, ehe wir verständigt wurden. Na bravo, da wird sich unsere Spurensicherung ja sehr freuen.“

„Sie müssen das verstehen, wir wussten ja nicht, dass ein Gewaltverbrechen vorliegen kann. Oft werden Menschen gerade durch die Rauchentwicklung ohnmächtig. Und Gefahr war im Verzug. Die meisten Menschen verbrennen nicht, sondern sterben durch Rauchvergiftung. Und das Blut war ja von außen durch den Rauch nicht zu sehen.“

„Gut, ich muss dann die Personalien der beiden Feuerwehrmänner aufnehmen und sie später befragen. Bernhard, übernimm du das doch bitte und veranlasse, dass die Wohnung erst mal von unseren beiden Beamten gesichert wird, damit nicht noch jemand sie unbefugt betreten kann. Danke Herr Kolb, das wäre dann erst einmal alles. Dürfen die Bewohner wieder in ihre Wohnungen?“

„Feuerpolizeilich spricht nichts dagegen. Ach, da fällt mir ein, da ist noch ein Herr, der offenbar mit dieser Frau im fünften Stock verabredet war. Er steht bei den Bewohnern auf der gegenüberliegenden Straßenseite.“

„Gut, dann werde ich die Leute mal informieren.“ Der Beamte ging betont langsam zu der kleinen Gruppe auf die andere Straßenseite und stellte sich vor.
„Guten Abend, ich bin Kriminalhauptkommissar Abbas.“
„Kriminalpolizei, ich verstehe nicht“, unterbrach ihn Harald Langer.
„Ich habe zunächst eine gute Nachricht für Sie. Sie dürfen gleich alle wieder in Ihre Wohnungen zurück.“ Erleichterung machte sich bei allen breit.
„Was ist denn los, warum sind Sie hier, was ist mit Frau Schwarz?“, fragte Harald den Beamten.
„Wer sind Sie?“
„Ich bin ein Freund von Frau Schwarz, wir waren zum Essen verabredet.“
„Ein Freund oder ihr Freund?“
„Was tut das zur Sache?“
„Nun, ich habe Ihnen allen leider eine traurige Mitteilung zu machen. Frau Schwarz ist tot. Wir wissen noch nicht genau, ob sie durch einen Unfall oder ein Gewaltverbrechen gestorben ist. Wir werden noch Ihre Personalien aufnehmen. Sollte die Obduktion ergeben, dass hier tatsächlich ein Gewaltverbrechen vorliegt, dann werden Sie zu einem späteren Zeitpunkt noch einmal befragt werden.“
Harald war wie betäubt, er hörte gar nicht mehr, was die anderen sagten, es herrschte ein aufgeregtes Stimmengewirr um ihn herum. Es konnte nicht sein, es durfte nicht sein! Warum passierte das ausgerechnet ihm? Er hatte endlich einmal eine Frau kennen gelernt, von der er die berechtigte Hoffnung hatte, dass er mit ihr eine ernsthafte Beziehung aufbauen konnte. Und nun war sie tot.
„Reicht es Ihnen, wenn ich Ihnen meine Visitenkarte gebe? Ich möchte gerne allein sein und gehen.“
„Eine Visitenkarte ist schon mal nicht schlecht“, antwortete Herr Abbas, „aber ein offizielles Dokument, Personalausweis oder Führerschein, wäre besser. Ich brauche einfach gesicherte Personalien.“
Harald gab ihm seine Karte, nahm sein Portemonnaie aus der Hosentasche und zeigte dem Kommissar wortlos seinen Personalausweis. Dann ging er zu seinem Auto zurück, nur um festzustellen, dass es von dem Einsatzfahrzeug zugeparkt war. Verdammt, es war nicht sein Tag. Es ging heute wirklich alles schief. Statt einem romantischen Abendessen mit anschließendem erotischen Ausklang sah er sich vor dem Scherbenhaufen einer gerade erst begonnenen Beziehung. Regine war tot. Diese Tatsache

war so schonungslos grausam und so hoffnungslos wahr, wie Todesnachrichten nun einmal zu sein pflegen.

KAPITEL 5

Yunus Abbas saß am Samstag in seinem Büro in der Adickesallee und hatte inzwischen den Obduktionsbericht von Regine Schwarz auf seinem Schreibtisch liegen, ferner den Bericht der Spurensicherung. Es war sein erster großer Fall als Leiter der Mordkommission, zu dem er vor einem Monat befördert worden war. Diese Tatsache erfüllte ihn mit besonderem Stolz, sah er es doch als Zeichen einer endgültigen Anerkennung seiner polizeilichen Fähigkeiten an, trotz der Tatsache, dass sein Vater Türke war. Außerdem war er mit 35 Jahren noch ein junger Chef.

Es war eindeutig kein Unfall. Regine Schwarz war eines gewaltsamen Todes gestorben. Daran gab es nicht den geringsten Zweifel. Todesursache waren zwei Schläge mit einem stumpfen, metallenem Gegenstand, von einem Rechtshänder ausgeführt gegen das linke Schädeldach. Infrage käme etwa ein Hammer oder ein ähnliches Werkzeug. Der tödliche Hieb war mit der stumpfen Seite ausgeführt worden, wenn es denn ein Hammer war. Spuren von Eisen waren an der Wunde festgestellt worden. Der erste Schlag hatte das Schädeldach seitlich oberhalb des Schläfenbeins eingedrückt, der zweite, etwas seitlich darunter, hatte eine so schwere Hirnverletzung dadurch verursacht, dass die Knochensplitter des ersten Schlages tiefer in das Hirngewebe hineingedrückt worden waren. Die daraus resultierenden Hirnblutungen hatten innerhalb kürzester Zeit zum Tode geführt. Als der Rauch sich ausgebreitet hatte, war Regine Schwarz schon tot, ihre Lungen waren frei von Rauchpartikeln. Der Todeszeitpunkt lag maximal eine Stunde vor dem Zeitpunkt, an dem die Leiche durch die Feuerwehr entdeckt worden war. Sie hatte keinerlei Alkohol getrunken oder Drogen genommen. Ihr körperlicher Allgemeinzustand war gut. Es gab keinerlei Abwehrspuren.

An verwertbaren Spuren in der Wohnung hatte die Spurensicherung nicht das Geringste gefunden. Es gab eine Reihe von DNA-Spuren von Menschen beiderlei Geschlechts, aber ohne konkreten Tatverdächtigten waren diese vorerst nicht direkt verwertbar. Die Tür war durch den Aufbruch durch die Feuerwehr am Türblech und Rahmen zersplittert, der Zylinder war dabei jedoch nur leicht beschädigt worden. Denn das Schloss war zum Zeitpunkt des Aufbrechen nicht abgeschlossen. Es gab keine weiteren Einbruchspuren an der Türe außer denen der Feuerwehrmänner. In der Wohnung selbst gab es im Flur, Wohnzimmer und der Küche jede Menge

Partikel von Sand und Erde, die von den Feuerwehrmännern und Rettungsleuten stammten. Die Wohnung selbst war in keiner Weise durchwühlt worden. Schränke und Schubladen waren geschlossen, nichts war durchwühlt. Der Tisch war gedeckt, alles war aufgeräumt. Im Ofen war ein verkohlter Auflauf, dessen Rauch letztlich den Rauchmelder aktiviert hatte. Vom mutmaßlichen Tatwerkzeug fehlte jede Spur.
Regine Schwarz war sicherlich kein Opfer eines Raubüberfalls oder Einbruchs geworden. Alles deutete darauf hin, dass sie ihren Mörder selbst in die Wohnung gelassen hatte. Cui bono? Die Frage nach dem Motiv. Bisher gab es keines. Man hatte eine Sonderkommission eingerichtet, der außer Yunus Abbas und seinem Vertreter Bernhard Schulze noch die Kriminaloberkommissarin Birgit Holzapfel, der Kriminalkommissar Martin Seidel und die Kriminalkommissaranwärterin Sabine Riedel angehörten.
Konnte es Eifersucht sein? Frau Schwarz war geschieden, wäre ihr Exmann eventuell eifersüchtig auf die neue Beziehung gewesen? Gab es andere Liebhaber oder Verehrer? Der Mörder hatte jedenfalls mit großer Brutalität und Wut gehandelt. Es würde viel akribische, polizeiliche Kleinarbeit zu leisten sein: Gespräche mit den Nachbarn, Freunden, dem Exmann, dem Freund, Arbeitskollegen. War sie Mitglied in irgendeinem Verein oder Sportclub? Gibt es andere Verwandte? Frau Schwarz war kinderlos. Aber wer würde von ihrem Tod profitieren? War sie vermögend? Gab es eventuell ein Testament?
„Leute, es gibt viel Arbeit. Ich schlage vor, Bernhard nimmt sich die Nachbarn vor, Birgit den Exmann und die Familie, Martin spricht mit den Kollegen beim Staatlichen Schulamt und ich nehme mir noch mal den Freund, diesen Harald Langer vor. Du, Sabine, kümmerst dich bitte um die wirtschaftlichen und privaten Verhältnisse von Regine Schwarz. Sammle einfach alle Informationen, die für unsere Ermittlungsarbeit in irgendeiner Relevanz stehen. An die Arbeit Leute, ihr wisst, die ersten Tage sind entscheidend. Es gibt viel zu tun, packen wir es an!“

KAPITEL 6

Detlef Sommer war an diesem Tag extrem gut gelaunt. Es war ein herrlicher Sommertag; die Temperaturen waren am frühen Morgen, als er mit dem Fahrrad am Main aus dem Ostend zum Westendgymnasium geradelt war, schon so angenehm warm, dass man auf eine Jacke verzichten konnte. Zugleich könnte im Laufe des Vormittags sogar der glückliche Umstand eintreten, dass die Temperaturen noch ansteigen würden und es möglicherweise sogar hitzefrei geben könnte, sodass der Unterricht in der Sekundarstufe I am Nachmittag entfallen würde und ihm einen unerwarteten freien Nachmittag bescheren könnte. Denn heute hatte er keinen Oberstufenkurs am Nachmittag wie an zwei anderen Tagen in der Woche. Dass wiedermal nur knapp die Hälfte der Klasse die Hausaufgaben in Latein erledigt hatte, machte ihm heute deutlich weniger aus als sonst. Die Übersetzung des Caesartextes in seiner neunten Klasse war auch bisher überraschend gut gelungen, wobei er sich schon darüber im Klaren war, dass ein großer Teil seiner Schülerinnen und Schüler sicherlich den einen oder anderen Satz einer der vielen Übersetzungen, die auf dem Markt zu erwerben waren, verdankte.

Die letzten Minuten vor der großen Pause waren angebrochen und seine gute Laune würde in Bälde erst mal erheblich gedämpft werden. Aber das konnte er zu diesem Zeitpunkt noch nicht ahnen.

„Esra, würdest du bitte den nächsten Satz übersetzen!“ Schweigen bei Esra und Unruhe bei den anderen.

„Um welche Konstruktion handelt es sich denn bei *hoc proelio facto*? Ist dir das klar?“

„Erste Person.“

„Interessant, welches der drei Worte ist denn deiner Meinung nach erste Person?“

„facto.“

„Könntest du uns freundlicherweise die Form genauer bestimmen?“

„Erste Person Passiv, ich habe gemacht.“

„Ich fürchte, das ist nicht richtig. Melanie, könntest du netterweise Esra helfen?“

„Es ist ein Ablativus absolutus“, erklärte die Schülerin.

„Esra, kannst du mit dieser Information etwas anfangen?“

„Man muss einen nachdem-Satz machen.“

„Könnten wir das etwas genauer haben?“
„Nachdem ich gemacht hatte. Nachdem ich das gemacht hatte.“
„Nun was machen wir mit proelio? Das hast du ausgelassen!“ Das Blinken signalisierte das erlösende Ende der Stunde.
„Melanie, würdest du bitte noch schnell diesen Ablativus absolutus übersetzen.“
„Nachdem diese Schlacht geschlagen worden war.“
„Sehr gut, Melanie! Esra, du wiederholst bitte das Arbeitsblatt mit dem Ablativus absolutus und wirst uns in der nächsten Stunde dazu einen kurzen Vortrag darüber halten, wie man diese Konstruktion erkennt und wie man sie gemäß der Faustregel am sinnvollsten übersetzt. Für alle gilt als Hausaufgabe, von den beiden nächsten Paragraphen des Kapitels 13 alle persönlich unbekannten Vokabeln nachzuschlagen und herauszuschreiben. Ich wünsche euch einen schönen Tag.“
Stunden wie diese ließen ihn manchmal verzweifeln. Obwohl er selbst sich die größte Mühe gab, gerade den schwachen Schülern, oder sollte man sagen, den Schülerinnen und Schülern mit Schwächen in der lateinischen Syntax, in besonderer Weise zu helfen, bezweifelte er inzwischen, dass wirklich alle Schüler des Westendgymnasiums tatsächlich die Eignung hatten, die abstrakte Grammatik der lateinischen Sprache jemals intellektuell zu erfassen. Er füllte, wie nach jeder Stunde, mit preußischer Genauigkeit die entsprechenden Spalten des Klassenbuches aus, brachte sein persönliches Klassenbuch auf den aktuellen Status quo, verließ dann das Klassenzimmer, um nach unten ins Lehrerzimmer zu gehen. Als er die Türe aufschloss und den überfüllten Raum betrat, standen viele Lehrkräfte im Halbkreis versammelt um die Schulleiterin, Erika Berghoff, die offenbar eine Ansprache machen wollte. Insgeheim erhoffte er, dass sie vielleicht das erwartete Hitzefrei verkünden würde.
„Meine Damen und Herren, darf ich bitte kurz um Ihre Aufmerksamkeit bitten. Ich habe Ihnen eine Mitteilung zu machen. Vor einer halben Stunde hat mich unsere zuständige Dezernentin, Frau Werle-Reinhardt, vom Staatlichen Schulamt telefonisch informiert, dass“, sie machte eine Pause, „und ich bin immer noch sehr betroffen, unsere ehemalige Kollegin, Regine Schwarz, heute Nacht ums Leben gekommen ist.“ Ein allgemeiner Stimmentumult brach aus. Alle redeten durcheinander. „Bitte lassen Sie mich meine Ansage kurz zu Ende bringen!“, fuhr sie mit schärferem, klaren Tonfall fort. Augenblicklich verstummten alle.

„Man sagte mir, dass sie eines nicht natürlichen Todes gestorben ist. Genaueres kann man noch nicht sagen. Wenn es feststeht, wann die Beerdigung sein wird, schlage ich vor, dass eine Abordnung des Kollegiums an der Beisetzung teilnehmen wird. Der Personalrat könnte sich vielleicht darum kümmern, auch ob man eventuell eine Traueranzeige in der Rundschau oder FAZ schalten möchte, oder etwas in der Art. Ich danke für Ihre Aufmerksamkeit."

Detlef Sommer war wie vom Schlag getroffen. Wie einige andere auch, kannte er die Kollegin noch aus früheren Jahren. Er bewunderte die stoische Haltung seiner Schulleiterin, wusste er doch, dass sie sogar privat mit Regine Schwarz befreundet war. Frau Schwarz war vor einigen Jahren von der Schule zum Staatlichen Schulamt gewechselt, sozusagen in der Karriereleiter aufgestiegen und hatte dort die Position der Frauenbeauftragten übernommen. Gelegentlich hatte er selbst noch Kontakt zu ihr, da der Personalrat hin und wieder mit ihr bei der Stellenbesetzung einer Beförderungsstelle zu tun hatte. Die Bestürzung war allerseits groß. Sie würde jedoch noch größer werden, wenn am nächsten oder übernächsten Tag in einer der drei Frankfurter Zeitungen über das Ereignis berichtet würde.

KAPITEL 7

Bernhard Schulze klingelte bei Meininger im Karpfenweg. Er hatte sich nicht telefonisch angekündigt, rechnete aber damit, dass die Meiningers als einzige Hausbewohner im Ruhestand zu Hause sein würden. Sie hatten zuvor im Team besprochen, dass die informellen Befragungen zunächst nicht im Tandem ausgeführt werden sollten, um Zeit zu sparen. Gäbe es wichtige Erkenntnisse, würden ohnehin die Betreffenden noch einmal eine Aussage auf dem Präsidium machen müssen.

„Ja bitte", hörte er eine angenehme weibliche Stimme aus dem Lautsprecher.

„Guten Tag, hier ist Bernhard Schulze von der Kriminalpolizei. Ich hätte noch ein paar Fragen zu Regine Schwarz. Darf ich reinkommen?". Mit diesen Worten schaute er in die Videokamera und legte sein schönstes und sympathischstes Lächeln auf sein Antlitz.

„Vierter Stock bitte", sagte Frau Meininger, und der Beamte hörte, wie ihm die Türe geöffnet wurde. Obwohl er sportlich war, entschied er sich doch für den Aufzug. Frau Meininger erwartete ihn direkt an der Wohnungstüre.

„Sie sind doch der Beamte, der auch an dem Abend hier bei uns war", stellte sie zur Begrüßung fest. Schulze betrat die Wohnung mit Blick auf das sehr gepflegte Eichenparkett mit den Worten: „Soll ich die Schuhe ausziehen?".

„Nein, das ist nicht nötig, bitte kommen Sie, gehen Sie ruhig ins Wohnzimmer. Mein Mann ist auch da." Herr Meininger saß in einem Ledersessel, las die Frankfurter Allgemeine, blickte kurz mit seiner Lesebrille auf und sagte: „Guten Tag, Herr Kommissar." Dann legte er die Zeitung beiseite, stand auf und schüttelte höflich die Hand des Beamten. „Nehmen Sie doch Platz, Herr Schulze. Darf ich Ihnen einen Kaffee oder Tee anbieten? Ober vielleicht ein Mineralwasser?", fragte Frau Meininger.

Schulze blieb einen Moment stehen, trat zum Fenster und schaute hinaus. „Kaffee, sehr gerne." Die Aussicht war wirklich einmalig. Es gab keine Gardinen und durch die großen Fenster hatte man einen herrlichen Blick auf den Main mit seinen Schiffen und die Allianzgebäude sowie die Universitätsklinik am gegenüberliegenden, südlichen Mainufer. Frau Meininger verschwand geschäftig in der Küche, Herr Meininger trat an Schulzes Seite und schaute ebenfalls nach draußen.

„Ja, es ist jedes Mal wieder herrlich, hier nach draußen zu schauen. Wir sind auch sehr froh, dass wir damals in 2003 diese Wohnung erwerben konnten, denn heute könnten wir uns das nicht mehr so leicht leisten. Die Preise sind doch sehr gestiegen. Einfach unglaublich. Aber setzen wir uns doch."
Beide nahmen auf der gediegenen Ledergarnitur Platz, als Frau Meininger mit einem Tablett aus der Küche kam, auf dem ganz stilvoll drei Gedecke eines Geschirrs mit Blumenmuster, eine kleine Kaffeekanne, Milchgießer und Zuckerdose standen. Schulze versuchte den Stil der Wohnung in sich aufzunehmen. Die warmen Holztöne des Mobiliars, das aus einer Vitrine und einem Sideboard mit einer Essplatzgarnitur für sechs Personen bestand, passten gut zu der Ledergarnitur. Insgesamt würde die Klassifizierung „Laura-Ashley-Stil" am ehesten zutreffen.
„Ich will gleich auf den Punkt kommen. Leider ergaben die Untersuchungen, dass Frau Schwarz eines gewaltsamen Todes gestorben ist. Sie ist nicht an einer Rauchvergiftung gestorben, sondern wurde ermordet. Sie wurde durch einen Schlag auf ihren Kopf getötet."
„Ich bin sprachlos und schockiert. Herr Schulze, wer macht denn so etwas? Frau Schwarz war so eine nette Nachbarin." Man sah ihr die echte Betroffenheit an. Frau Meininger verteilte die Gedecke auf dem Couchtisch und schenkte allen Kaffee ein.
Schulz nahm einen kräftigen Schluck und fuhr fort: „Wir gehen davon aus, dass Frau Schwarz ihren Täter möglicherweise gekannt hat. Es gab weiter keine Einbruchspuren, sodass davon auszugehen ist, dass sie ihn wahrscheinlich sogar selbst in die Wohnung gelassen hat. Ist Ihnen an dem 17. Juni irgendetwas im Hause aufgefallen? Haben Sie vielleicht jemanden gesehen, sagen wir in der Zeit zwischen 18.00 und 19.00 Uhr?"
„Nein, wir waren zu Hause, ich habe das Abendessen zubereitet. Wissen Sie, wir essen jetzt, seit mein Mann im Ruhestand ist, immer erst abends warm. Es ist ja zum Glück so, dass dies kein sehr hellhöriges Haus ist. Bedenken Sie, wir haben einen Aufzug, und durch das Treppenhaus geht so gut wie niemand hier. Man hört den Aufzug zum Glück überhaupt nicht in der Wohnung. Im Grunde kann man hier doch sehr anonym wohnen. Kontakt bekommt man nur, wenn man ihn denn will."
„Wir haben unten im Eingangsbereich eine Videoüberwachungskamera", meldete sich Herr Meininger zu Wort. „Aber leider wurde in der Eigentümerversammlung aus Datenschutzgründen abgelehnt, dass auf einer

Festplatte Aufzeichnungen gespeichert werden. Dabei wäre das auch bei den vielen Einbrüchen, die es hier auf der Mole gibt, durchaus sinnvoll. Man kann es mit dem Datenschutz auch übertreiben." Es wäre auch einfach gewesen, gäbe es eine solche Aufzeichnung, dachte sich Schulze bei sich und fragte weiter: „Wie gut kannten Sie Frau Schwarz?"

„Sie war so eine reizende Person, immer so stilvoll angezogen. Wir haben öfter zusammen Kaffee getrunken. Sie arbeitete ja beim Schulamt, war in den Ferien oft verreist. Da hat sie dann immer die Schlüssel bei uns gelassen. Für den Notfall und damit wir den Briefkasten leeren.

„Na, ich muss dir ein klein wenig widersprechen, meine Liebe", meldete sich erneut Herr Meininger zu Wort. „Herr Schulze, Frau Schwarz war eine Emanze, wenn Sie verstehen, was ich meine. Mit ihr hatte es kein Mann wirklich leicht. Sie sah gut aus, war immer tipp topp gekleidet. Aber ihre Ansichten, kein Wunder, dass sie geschieden war."

„Hatte Sie keinen festen Partner? Verwandte? Hatte sie viel Besuch", erkundigte sich Schulze.

„Herr Kommissar, wir respektieren die Privatsphäre unserer Nachbarn und mischen uns nicht ein", entgegnete mit einer gewissen Entrüstung Frau Meininger. „Ob Sie einen festen Freund hatte, kann ich nicht sagen und es würde mich auch nicht interessieren. Aber da war doch dieser Mann mit dem Rosenstrauß, fragen Sie den doch mal. Sie hatte öfter Besuch von ihrem Lieblingsneffen, so hat sie ihn einmal mir gegenüber bezeichnet. Ich habe ihn selbst vor einiger Zeit kennengelernt, als ich bei ihr zum Kaffee war. Ein sehr sympathischer, freundlicher junger Mann, und gut aussehend und gepflegt. Aber wissen Sie, der ist, wie soll ich mich korrekt ausdrücken ..., er steht nicht auf Frauen."

„Er ist schwul", warf Herr Meininger ein und fügte gleich hinzu „Wir haben nichts gegen Schwule, Herr Kommissar, verstehen Sie das nicht falsch. Unsere Nachbarn unter uns, Mario und Klaus, die sind es ja auch und gehen ganz locker damit um und wir haben ein gutes Verhältnis mit ihnen."

„Regine, Frau Schwarz, war ja Genderbeauftragte, so heißt das wohl, oder Frauenbeauftragte", führte Frau Meininger weiter aus, „beim Schulamt. Sie mochte ihren Neffen sehr. Das hat sie mir selbst gesagt, weil ihr Bruder mit dem Schwulsein seines Sohnes doch viele Probleme hatte. Regine hatte keine eigenen Kinder, da hat sie ihn wohl unter ihre Fittiche genommen. Zu ihrem Bruder hatte sie weniger Kontakt, gerade weil er sich gegenüber seinem Sohn so verhalten hat. Das war, glaube ich, ein Streitpunkt."

„Gibt es sonst noch Verwandte?"

„Nein ich weiß von keinen, ich kenne nur den Bruder vom Hörensagen und den Neffen. Ist ja auch nicht ganz einfach für einen Vater, wenn der einzige Sohn schwul ist. Ihre Eltern sind tot."

„Was ist mit dem Exmann von Frau Schwarz?"

„Da kann ich gar nichts sagen, den kenne ich überhaupt nicht. Regine hat ihn auch nie erwähnt. Es war für mich so, als ob er für sie gar nicht mehr existierte."

„Liebe Frau Meininger, Sie haben mir sehr geholfen. Ich danke Ihnen auch für den köstlichen Kaffee. Wenn Ihnen doch noch etwas einfallen sollte, ich lasse Ihnen für alle Fälle mal meine Karte hier." Mit diesen Worten verabschiedete sich Schulze von den beiden, um direkt zur gegenüberliegenden Wohnung zu gehen, denn mit Isabel Fernandez hatte er telefonisch einen Termin vereinbart.

KAPITEL 8

Isabelle Fernandez öffnete Schulze direkt unmittelbar nach dem Klingeln, denn sie hatte ihn erwartet. Der Beamte war beeindruckt von dieser tollen Frau. Mitte dreißig, südländischer Typ, wunderschöne dunkle Augen, die Haare schwarz und lockig auf die Schulter fallend, eine perfekte Figur. Sie war ihm schon am 17. Juni aufgefallen, als er sie in der kleinen Menschengruppe auf der Straße gesehen hatte. Sie trug den grauen Rock eines Business-Kostüms, eine weiße Bluse, die jedoch eng geschnitten war und ihren Busen positiv betonte, ohne vulgär zu wirken. Dezentes Make-up. Eine Frau, nach der sich sicherlich die Männer auf der Straße umdrehen, wenn sie entlang ging.

„Kommen Sie herein, Herr Kommissar", geleitete sie den Beamten ins Wohnzimmer. „Wünschen Sie einen Kaffee?"

„Nein vielen Dank, ich komme gerade von den Meiningers und hatte dort schon einen Kaffee, aber wenn ich um ein Glas Wasser bitten dürfte?"

„Still oder normal?"

„Mit Kohlensäure bitte."

Frau Fernandez holte eine Flasche Mineralwasser Medium aus dem Kühlschrank, stellte ihnen beiden ein Glas dazu und goss ein.

Die Wohnung selbst war völlig anders eingerichtet als die der Meiningers. Weiße Wände, weiße Möbel, viel Glas und Chrom. Die Wohnung war kleiner und die Küche nur durch eine halbhohe Wand vom Wohn- und Essbereich abgeteilt. Dahinter blitzten die Türen einer weißlackierten Designerküche. Wobei Schulze sich sofort dachte, dass hier wohl nicht sehr oft gekocht würde. Denn die Arbeitsfläche war so ungewöhnlich aufgeräumt, dass es schwer vorstellbar war, dass hier vor kurzem jemand hantiert haben könnte.

„Frau Fernandez, ich danke Ihnen, dass Sie sich die Zeit genommen haben, ein paar Fragen zu beantworten. Ich möchte Ihnen gleich vorab mitteilen, dass inzwischen klar ist, dass Frau Schwarz ermordet wurde und nicht durch den Rauch des Feuers erstickt ist."

„Regine, ermordet?", fragte sie ungläubig. „Das kann nicht sein! Wer ermordet eine so tolle Frau?" Schulze bemerkte, dass ihre Augen feucht wurden, eine winzige Träne löste sich aus dem rechten Auge und rann über ihre Wange.

„Sie kannten die Ermordete gut? Waren Sie befreundet?"

„Herr Kommissar, bitte entschuldigen Sie, es ist ein Schock für mich. Dass sie tot ist, wusste ich bereits, aber ich dachte, es sei ein tragischer Unfall gewesen. Dass jemand sie ermordet hat, trifft mich sehr.“ Nur mühsam unterdrückte sie ein leises Schluchzen.
„Ihrer Reaktion entnehme ich, dass Sie Frau Schwarz gut kannten“, insistierte Schulz wieder mit seiner Frage.
„Wir sind ... wir waren“, korrigierte sie, „befreundet, Herr Kommissar. Ich bin nicht verheiratet, Regine ist geschieden. Wir sind öfter abends zusammen ausgegangen, ein Mädelsabend mit Freundinnen, wenn wir denn beide einmal Zeit dazu hatten.
„Erzählen Sie mir bitte, was war Frau Schwarz für ein Mensch?“
„Ich kenne niemanden, der sich so für die Emanzipation der Frauen einsetzt wie Regine. Das ist auch der Grund gewesen, warum sie aus der Schule weg ins Schulamt gegangen ist. Sie wollte etwas bewegen. Sie war der Meinung, dass Frauen gesellschaftlich auch im 21. Jahrhundert immer noch diskriminiert werden. Sie bekommen weniger Geld für die gleiche Arbeit, haben weniger Beförderungschancen.“
„Nun, im Staatsdienst stimmt das sicherlich nicht. Männer und Frauen werden gleich entlohnt“, erwiderte Schulze.
„Aber ja Herr Schulze, schauen Sie sich mal an, wieviele Gymnasien oder andere Schulen in Frankfurt einen Mann als Schulleiter haben, Frauen sind da unterrepräsentiert, ebenso bei den gehobenen Stellen in der Schulleitung. Regine hat dafür gekämpft, dieses zu verändern.“
„Hatte sie einen festen Partner?“
„Sie war nach ihrer Scheidung lange Single, es gab ein paar Affären, ja, aber nichts Ernstes. Wissen Sie, eine emanzipierte Frau wie Regine, die macht manchen Männern auch einfach Angst. Vor ein paar Wochen hat sie diesen Mann kennengelernt, den ich zum ersten Mal an jenem Abend mit den gelben Rosen gesehen habe. Sie hat mir von ihm erzählt. Sie schwärmte geradezu von ihm, endlich ein Mann, der ihr ebenbürtig war und sie als Mensch auf gleicher Stufe akzeptierte, der ihr Engagement und ihren beruflichen Einsatz respektierte und anerkannte. Sie war davon überzeugt, dass es etwas Festes werden könnte. Sie hat mir erzählt, dass sie mit ihm ausgegangen war, dass sie aber noch nicht miteinander geschlafen hatten. Ein Mann, der nicht gleich ins Bett mit einer Frau wie Regine will, den muss man erst einmal finden. Ich habe mich für sie gefreut. Sie hatte mir gesagt, dass sie ihn demnächst zum Essen zu sich in die

Wohnung einladen wollte. Sie hatte mich noch gefragt, ob das nicht als zu eindeutiges Angebot interpretiert werden könnte. Aber ich wusste nicht, dass es der 17. Juni war."

„Können Sie sich vorstellen, dass Frau Schwarz Feinde hatte?"

„Wenn sie Männer, die von Regine einen Korb erhalten haben, als Feinde ansehen, könnte sie einige haben. Aber so war sie nicht. Sie hat immer in respektvoller Weise klar gemacht, dass und warum es nicht passt. Sie war im Grunde ihres Wesens lebenslustig, aber auch ehrlich und sensibel. Und sie war stark! Ja, Regine war eine starke Persönlichkeit."

„Kennen Sie den geschiedenen Ehemann?"

„Kennen ist zu viel gesagt. Regine hat ihn mir mal auf einem Straßenfest gezeigt. Sie meinte, er habe nicht damit umgehen können, dass sie ein eigenständiges Leben führen wollte, trotz Ehe, dass ihr ihre Karriere wichtig war. Und sie war darin, glaube ich zumindest, erfolgreicher. Das hat er nicht verkraftet. Zu ihm hätte besser eine Frau gepasst, die nicht so ambitioniert war, die keine Karriere macht und eher das Heimchen am Herd spielt, den Göttergatten abends zu Hause mit einem selbst gekochten Essen erwartet und die Wohnung auf Hochglanz poliert hat. Nein, so jemand war Regine ganz bestimmt nicht."

„Wissen Sie, wie der Exmann heißt?"

„Ich meine, er heißt Tobias Kramer. Regine hat nach ihrer Scheidung wieder ihren Mädchennamen angenommen."

„Kennen Sie den Bruder von Frau Schwarz oder ihren Neffen?

„Den Bruder habe ich einmal an einem Geburtstag getroffen, ein unsympathischer Typ. Er ist ein Macho. Er kann mit einer emanzipierten Frau, wie Regine es war, nichts anfangen. Und er hat ein großes Problem damit, dass ausgerechnet sein einziger Sohn homosexuell ist. Regine mochte Matthias sehr. Sie sagte einmal, wenn ich je einen Sohn gehabt hätte, hätte er so sein sollen wie Matthias. Seine Mutter ist sehr früh an Krebs gestorben. Er hatte keine leichte Kindheit bei dem Vater. Aber als er sein Coming out hatte, da kam es zum offenen Bruch."

Schulze machte sich eifrig Notizen und sagte dann: „Wir gehen davon aus, dass Frau Schwarz denjenigen, der sie umbrachte, selbst in die Wohnung gelassen hat. Es gab keine weiteren Einbruchspuren an der Türe. Die Wohnung war nicht durchwühlt. Haben Sie irgendjemandem im Haus bemerkt, etwa in der Zeit zwischen 18.00 und 20.00 Uhr?"

„Aber wenn sie eine Verabredung mit Harald Langer gehabt hat, eine Esseneinladung noch dazu, dann hat sie sehr viel vorher zu tun gehabt. Sie hat sicherlich keinen weiteren Termin zuvor ausgemacht, mit wem auch immer. Dieses Haus ist sehr diskret, man hört von einer Etage zur anderen so gut wie nichts. Ich sitze nicht am Türspion und beobachte, wer im Treppenhaus auf und ab geht. Zumal, Regine wohnt im fünften Stock, man würde ohnehin eher den Lift benutzen, oder? Nein, es tut mir leid, Herr Kommissar, ich würde Ihnen gerne helfen, wenn ich könnte. Aber darf ich noch eine Frage stellen? Wie ist Regine, ich meine, wie wurde sie umgebracht?“
„Sie wurde mit einem stumpfen Gegenstand erschlagen und ist dann an einer Hirnblutung gestorben.“
„Mein Gott, wer macht nur so etwas Schreckliches?!“
„Frau Fernandez, ich danke Ihnen für Ihre Mithilfe und die Zeit, die Sie mir geopfert haben. Für den Fall, dass Ihnen noch etwas einfallen sollte, lass ich Ihnen meine Karte da. Sie können direkt durchwählen. Ich schreibe Ihnen noch meine Handynummer dazu, dann können Sie mich jederzeit erreichen.“
„Herr Schulze, danke für den Besuch und Ihre private Handynummer, aber ich werde Sie bestimmt nicht auf Ihrer Handynummer anrufen, um eine Aussage zu diesem Verbrechen zu machen.“ Und mit einem umwerfenden Lächeln geleitete sie Bernhard Schulze nach draußen.
Das war eine Frau nach seinem Geschmack, genau sein Typ: attraktiv, erfolgreich, gebildet. Aber sicherlich keine Partnerin für einen Kriminalbeamten. Das war nicht unbedingt seine Gehaltsklasse. Bei einer solchen Frau rechnete er sich keine Chancen aus. Schade, dass er sie nicht unter anderen Umständen kennengelernt hatte.

KAPITEL 9

Yunus Abbas hatte sich telefonisch bei Harald Langer angemeldet. Dieser arbeitete in einem Architekturbüro im Westend. Als der Kommissar eintraf, war Harald gerade in einem Meeting. Die Sekretärin bot ihm Kaffee an und bat ihn, sich in einer kleinen Sitzgruppe, die wohl für Kunden eingerichtet worden war, Platz zu nehmen und zu warten. Da wurde auch schon von innen die Milchglastüre geöffnet und zusammen mit zwei Frauen sowie einem weiteren Mann trat Harald Langer in den Flur und ging, als er den Kommissar erblickte, sofort zu ihm. „Sabine, machst du bitte noch die entsprechenden Kopien?“, sagte er im Umdrehen zu einer der beiden Damen, dann reichte er Abbas zur Begrüßung die Hand.

„Herr Langer, wir haben uns ja schon vor dem Haus im Karpfenweg kurz kennengelernt. Ich habe einige Fragen an Sie. Wie lange kannten Sie Regine Schwarz?“

„Stopp, ehe ich hier Fragen beantworte, was ist denn überhaupt los. Ich möchte wissen, was eigentlich genau passiert ist.“

„Wie ich Ihnen schon am Telefon mitgeteilt habe, wurde Frau Schwarz allem Anschein nach erschlagen. Ich leite die Ermittlungen. Sie waren mit Frau Schwarz befreundet? Wie lange kennen Sie sie schon?“

“Seit etwa drei Monaten, seit Anfang März.“

„Wo haben Sie sich kennengelernt?“

„Auf der Geburtstagsfeier eines Freundes im Oosten.“

„Dieses Lokal bei der EZB?“

„Ja, genau. Coole Location.“

„Also war Ihre Beziehung noch in den Anfängen. Sie sagten, Sie seien mit Frau Schwarz zum Essen verabredet gewesen. Wann genau war Ihre Verabredung?“

„Wir waren für 20.00 Uhr verabredet. Ich war minimal zu spät, weil ich die Parkplatzsituation am Westhafen falsch eingeschätzt hatte.“

„Waren Sie zuvor schon mal dort?“

„Nein, es wäre das erste Mal, dass ich in der Wohnung gewesen wäre.“

„Wer wusste von Ihrer Verabredung? Mit wem haben Sie darüber gesprochen?“

„Ich habe keinem etwas gesagt. Wissen Sie, ich habe schon mehr als einmal eine Frau kennengelernt und dann wurde doch nichts Ernstes dar-

aus. Ich wollte es meinen Freunden oder der Familie erst sagen, wenn ich mir sicher war, dass Regine die Richtige ist."
„Kennen Sie jemandem aus dem Freundeskreis von Frau Schwarz? Oder von Ihrer Familie?"
„Sie hat mir gesagt, dass sie einen Bruder hat, mit dem hat sie aber kaum Kontakt. Allerdings mit dessen Sohn, von ihm hat sie öfter gesprochen."
„Hat sie erwähnt, dass sie vielleicht mit irgendjemandem Streit hatte?"
„Nein, ich weiß eigentlich nichts von irgendwelchen Leuten, mit denen Regine Streit haben könnte. Auch über Berufliches haben wir relativ wenig gesprochen, eigentlich so gut wie gar nichts. Ich weiß, dass sie Frauenbeauftragte beim Schulamt war. Sie war sehr engagiert. Gelegentlich klagte sie, dass es an dem einen oder anderen Tag besonders stressig war. Warum fragen Sie das?"
„Ist Ihnen an diesem Abend, als Sie in den Karpfenweg gekommen sind, irgendetwas aufgefallen?"
„Nein, nicht wirklich. Ich habe keinen Parkplatz gefunden, da musste ich, wie ich später feststellte, am Ende der Mole auf dem Feuerwehrstellplatz parken und zurück laufen."
„Wir gehen davon aus, dass der Mörder kurz vor Ihrer Verabredung in der Wohnung war, und dass Frau Schwarz ihn möglicherweise sogar selbst in die Wohnung gelassen hat, weil sie ihn kannte. Haben Sie jemanden aus dem Haus kommen sehen?"
„Ich war etwas zu spät und auf mein Klingeln öffnete niemand. Nein, ich habe niemanden gesehen. Ich habe dann mehrmals die Türklingel betätigt, sogar mit dem Handy bei ihr angerufen, ohne Erfolg. Nur die Mailbox war dran. Als ich vor dem Haus gewartet habe, kamen dann irgendwann die Hausbewohner aufgeregt nach draußen, weil ein Rauchmelder Alarm geschlagen hatte. Die Feuerwehr kam, der Notarzt und später dann ja auch Sie."
„Herr Langer, ich lasse Ihnen meine Karte hier. Wenn Ihnen noch irgendetwas einfällt, dann können Sie mich jederzeit erreichen."
„Sagen Sie, wissen Sie, wann die Leiche freigegeben wird? Wann wird die Beerdigung sein?"
„Der Bruder der Toten hat sie identifiziert. Die Obduktion ist abgeschlossen. Eigentlich gehe ich davon aus, dass die Leiche spätestens morgen zur Bestattung frei gegeben wird. Fragen Sie den Bruder, er als nächster Familienangehöriger wird dieses wohl übernehmen. Vielleicht auch der

Neffe? Aber ich kann Ihnen leider keine Kontaktdaten zur Verfügung stellen, das verstösst gegen meine Vorschriften."
„Es ist doch absurd, ich bin mit ihr befreundet und bleibe völlig außen vor."
„Kontaktieren Sie den Bruder. In dieser Hinsicht kann ich Ihnen leider nicht weiterhelfen." Damit verabschiedete sich Abbas von Langer und fuhr ins Präsidium zurück.

KAPITEL 10

Polizeikommissar Schulze ging zu Fuß ein Stockwerk nach unten und vernahm schon, bevor er geklingelt hatte, hinter der Wohnungstür das laute Bellen eines kleinen Hundes. Jemand sprach beruhigend auf das Tier ein und öffnete die Türe, noch bevor er geläutet hatte.
„Hallo Herr Schulze, kommen Sie doch rein“ und in Richtung des Hundes gewandt „Melek sitz!“, was den kleinen Malteser aber in keiner Weise zu beeindrucken schien, denn er stellte sich auf die Hinterbeine und machte mit den Vorderpfoten Scharrbewegungen an Bernhard Schulzes Hose, worauf hin ihn sein Besitzer kurzer Hand nach oben auf den Arm nahm und sich für den Ungehorsam seines Vierbeiners entschuldigte. Schulze dachte noch, entweder ist ein Hund gut erzogen, oder aber er ist total verwöhnt und macht, was er will. Dieser Hund gehörte definitiv zur zweiten Kategorie. Besorgt sah er nach unten, ob die Hose von den Krallen Schaden genommen hatte, was jedoch nicht der Fall war.
„Ich bin übrigens Klaus Klinger“, und mit diesen Worten führte Klaus den Beamten ins Wohnzimmer, wo der zweite Bewohner gerade auf dem Sofa lag und sich auf einem riesigen Breitbandfernseher einen Film anschaute. Er schaltete sofort mit der Fernbedienung das Gerät aus, als die beiden das Zimmer betraten, sprang förmlich vom Sofa auf und begrüßte Bernhard Schulze mit einem Handschlag. „Mario Klinger“, stellte er sich vor und fuhr fort, „wie können wir Ihnen behilflich sein? Nehmen Sie doch bitte Platz.“
Schulze ließ sich in einen breiten, grau bezogenen Designersessel fallen und war überrascht, wie bequem der Sessel war, obwohl er gar nicht danach aussah. Die beiden Bewohner fletzten sich ihm schräg gegenüber auf die Couch.
„Möchten Sie etwas trinken?“ fragte Mario Klinger.
„Nein danke. Kommen wir gleich zur Sache, ich möchte Ihre kostbare Zeit nicht zu sehr in Anspruch nehmen.“
„Wir helfen Ihnen nach Kräften, das sind wir Regine schuldig“, entgegnete Klaus.
„Um es kurz zu machen. Frau Schwarz wurde Opfer eines Verbrechens. Wir ermitteln jetzt in einer Mordangelegenheit.“
Beide brachten wie auf Kommando ihr jähes Entsetzen zum Ausdruck: „Mein Gott wie furchtbar!“, schrie Mario, während Klaus die Hände so zu-

sammenschlug, dass Melek, sofort von ihrer Decke aufsprang, herbei flitzte und lautstark zu bellen anfing.

„Kannten Sie Regine Schwarz gut? Waren Sie mit ihr befreundet?“

„Wir hatten ein super Verhältnis zu ihr. Oft haben wir mit ihr bis in die Nacht über Fragen der Gleichberechtigung von Mann und Frau oder die Diskriminierung von Schwulen und Lesben diskutiert“, sagte Klaus leise.

„Sie war ein toller Mensch, weltoffen, gebildet, kultiviert und nicht nur privat sehr tolerant“, führte Mario aus. „Sie sagte uns einmal, dass unbedingt auch lesbische und schwule Lehrkräfte als Vorbild für Schüler gefördert werden sollten, aber es immer noch viele konservative Schulleiter gäbe, die das anders sähen. Gerade für schwule und lesbische Jugendliche wäre es wichtig, auch positive Identifikationspersönlichkeiten in der Schule zu erleben.“

„Wäre das ein Motiv für einen Mord?“, fragte Schulze, einer spontanen Eingebung folgend.

„Ich kann mir nicht vorstellen, dass Regine wirkliche Feinde hatte. Sie war ein so sympathischer, liebenswerter Mensch. Sie hat außerdem immer ihre eigene Position respektvoll gegenüber anderen und deren Meinung vertreten“, antwortete Klaus.

„Wir gehen davon aus, dass Frau Schwarz den Täter kannte und möglicherweise sogar selbst in die Wohnung gelassen hat. Es gibt keine weiteren Spuren von Gewalt an der Wohnungstür, abgesehen von dem, was die Feuerwehrmänner angerichtet haben.“

„Ihr Bruder, dieser Macho, der ist der einzige, der mir spontan einfällt“, sagte plötzlich Mario.

„Ja das wäre der einzige, der auch mir einfallen würde“, fügte Klaus hinzu. „Die beiden hatten kein gutes Verhältnis. Sein Sohn Matthias, müssen Sie wissen, der ist auch schwul, ein netter, süßer Kerl. Regine mochte ihn sehr und war wie eine Ersatzmutti und Schwulenfreundin in einem für ihn. Aber sein eigener Vater kam damit gar nicht klar. Vielleicht ist er sauer und macht seine Schwester dafür verantwortlich, dass sein Sohn schwul geworden ist?“

Schulze machte sich eifrig Notizen und fragte abschließend: „Ist Ihnen an dem fraglichen Freitag zwischen 18.00 und 20.00 Uhr irgendetwas aufgefallen hier im Haus? Haben Sie jemanden gesehen? Haben Sie etwas gehört?“

„Um ehrlich zu sein, wir hatten gerade etwas Spaß im Schlafzimmer miteinander. Da hörten wir den Alarm von dem Rauchmelder, haben uns hastig was angezogen, und sind samt Hund nach draußen gegangen. Ich hatte sogar noch mein T-Shirt in der Eile falsch herum angezogen“, erwiderte Mario.
„Ich danke Ihnen beiden sehr, wenn Ihnen doch noch was einfallen sollte, melden Sie sich bitte. Ich lasse Ihnen meine Karte hier.“
Er legte seine Visitenkarte auf den Tisch, stand auf und verabschiedete sich. Klaus Klinger geleitete den Beamten noch zur Tür. Als er zurück ins Wohnzimmer kam, wurde er gleich vorwurfsvoll von seinem Ehemann empfangen: „Musstest du dem unbedingt auf die Nase binden, dass wir gerade Sex an dem Abend hatten?“
„Wieso, die Hete kann ruhig wissen, warum wir nichts mitbekommen haben. Kleiner Lehrgang in Sachen schwule Lebensweise.“
„Du bist unmöglich.“

KAPITEL 11

Als der Kriminalkommissar im zweiten Stock bei Herrn Brandt klingelte, öffnete niemand. Mist, nun musste er ein weiteres Mal herkommen, wenn er diesen Brandt nicht als Zeuge vorladen wollte. Alle anderen Hausbewohner waren zum Zeitpunkt des Alarms zumindest nicht im Haus gewesen. Er würde aber dennoch mit ihnen sprechen müssen, denn es könnte ja sein, dass einer von ihnen beim Weggehen etwas gesehen hatte. Spontan schellte er noch an der Wohnungstüre gegenüber. Er hörte, wie jemand innen zur Tür kam und offensichtlich durch den Spion schaute. Darum sagte er: „Schulze, Kripo Frankfurt“, und hielt seinen Dienstausweis so, dass man ihn von innen sehen konnte. Die Tür wurde aufgeschlossen und eine junge Frau Mitte zwanzig öffnete ihm die Eingangstür.
„Frau Lieber?“, fragte Schulze, denn den Namen hatte er noch vom Klingelschild abgelesen.
„Ja, ich bin Frau Lieber. Was möchten Sie bitte?“
„Darf ich reinkommen? Es geht um Frau Schwarz aus dem fünften Stock.“
Die junge Dame führte Schulze in den Wohnbereich, entschuldigte sich aber zugleich für die Unordnung, die in dem Raum herrschte. Sie räumte hastig ein paar Bücher beiseite, die aufgeschlagen auf Sofa und Tisch lagen und klappte ihren Laptop zu. Auf dem Sessel lagen viele Notizblätter und Karteikarten, die sie aber nicht wegräumte.
„Sie müssen entschuldigen, ich schreibe gerade an meiner Dissertation und darum komme ich kaum dazu, die Wohnung aufzuräumen. Nehmen Sie bitte auf dem Sofa Platz.“
„Ich will Sie nicht lange aufhalten. Sie wissen, dass Frau Schwarz tot ist?“
„Ja, ich habe davon gehört. Ich war an dem Abend bei meinem Freund und gar nicht hier. Frau Meininger hat mir am nächsten Tag alles erzählt. Die Feuerwehr war hier, es war eine Riesenaufregung. Ich bekomme immer noch einen Schreck, wenn ich mir vorstelle, dass es wirklich gebrannt hätte und meine gesamten Unterlagen für die Dissertation wären am Ende verloren gewesen.“
„Leider muss ich Ihnen mitteilen, dass Frau Schwarz nicht an den Folgen des Rauches verstorben ist. Sie wurde gewaltsam getötet. Die Kriminalpolizei ermittelt in einer Mordangelegenheit.“
„Das ist ja schrecklich! Wer tut so etwas?“

„Genau das versuchen wir herauszufinden, Frau Lieber. Wann sind Sie am 17. Juni aus dem Haus gegangen?“
„Schon nachmittags. Es war Freitag und ich wollte mit meinem Freund zusammen etwas essen gehen. Er wohnt im Nordend. Hier gibt es ja fast keine Möglichkeit.“
„Wie gut kannten sie Frau Schwarz?“
„Eigentlich gar nicht. Sie war ja deutlich älter als ich. Wir haben uns im Treppenhaus gegrüßt, aber ich habe sie eh kaum gesehen. Ich bin an der Uni und oft erst abends zu Hause. Wir haben einmal über meine Dissertation gesprochen. Das war eigentlich das längste Gespräch, das wir hatten. Sie war eine sympathische, nette Frau. Mehr kann ich Ihnen nicht sagen.
„Gut, dann war es das auch schon. Ich bedanke mich, dass Sie mir Ihre Zeit geopfert haben und wünsche Ihnen viel Erfolg bei Ihrer Arbeit.“
Schulz beschloss, dass er für heute genügend Befragungen durchgeführt hatte. Er würde jetzt ins Präsidium zurückfahren.

Er rief noch kurz seinen Chef an, um ihm mitzuteilen, wie weit er gekommen war, dann ging er noch ein paar Schritte zum Ende des Karpfenweges auf die kleine Fußgängerbrücke und schaute auf den kleinen Hafen und die wenigen Boote, die an den hauseigenen Bootsstegen vor Anker lagen. Er sah die großen hell erleuchteten Fenster der Solitäre und bemerkte, dass so gut wie keines der Fenster Gardinen hatte. Wen wundert es, bei dieser Aussicht. Aber zugleich kam ihm eine Idee. Hatte eigentlich die Wohnung der Schwarz auch Wohnzimmerfenster zur Bootsseite hin? Er musste das unbedingt nachprüfen. Wenn ja, könnte es nicht sein, dass von der andere Seite jemand zufällig in der erleuchteten Wohnung etwas beobachtet hatte?

KAPITEL 12

Birgit Holzapfel wählte zum dritten Mal die Nummer von Tobias Kramer. Seit zehn Minuten versuchte sie es nun und ständig war besetzt. Sie hatte bereits mit Herbert Schwarz gesprochen, als er in der Gerichtsmedizin die Leiche seiner Schwester identifiziert hatte. Aber den früheren Ehemann von Regine Schwarz hatte sie bisher noch nicht telefonisch erreichen können. Herbert Schwarz hatte sich nicht sichtlich vom Tod seiner Schwester betroffen gezeigt. Er war betont sachlich gewesen, fast, als ginge ihn das alles gar nichts an. Seiner Aussage nach hatte er seine Schwester seit mehr als vier Monaten nicht gesehen und auch nicht mit ihr telefoniert. Dass er nun für ihre Beerdigung verantwortlich sein sollte, hatte ihn sogar verärgert. Über Freunde oder eventuelle Feinde konnte er keine Angaben machen. Er hatte lediglich die Kontaktdaten seines Sohnes an Birgit weiter gegeben. Mit ihm hatte Birgit einen Termin ausgemacht, erhoffte sie sich von diesem mehr Auskünfte als von seinem Vater. Also fuhr sie zur Weberstraße, um sich mit ihm zu unterhalten. Matthias Schwarz sah sehr gut aus, war Mitte Zwanzig, hatte dunkle Haare, einen kurzen Vollbart und man sah ihm an, dass er schon etliche Stunden im Fitness-Studio verbracht hatte. Seine kleine Zweizimmerwohnung war einfach, aber geschmackvoll und modern eingerichtet. Birgit erkannte einige der Regale eines großen Möbelhauses wieder.
„Herr Schwarz, in welchem Verhältnis standen Sie zu Ihrer Tante Regine Schwarz?“, eröffnete Holzapfel ihre Befragung, nachdem sie beide im Wohnarbeitsbereich auf zwei Sesseln Platz genommen hatten.
„Sie war so etwas wie meine Faghag, meine beste, platonische Freundin. Aber sie war auch eine Art Ersatzmutter. Meine leibliche Mutter ist sehr früh gestorben, da kam ich gerade in die Grundschule. Regine war meine wichtigste, weibliche Bezugsperson während meiner Kindheit und auch noch danach. Die diversen Freundinnen meines Vaters hielten es in der Regel nicht sehr lange mit ihm aus.“
„Was machen Sie jetzt beruflich?“
„Ich studiere Humanbiologie und werde demnächst meinen Masterabschluss machen.“
„Ihr Vater hatte kein gutes Verhältnis zu seiner Schwester?“
„Nein, er machte ihr Vorwürfe, erst unterschwellig, dann offen. Er meinte, sie sei daran Schuld, dass ich schwul geworden bin. Das ist natürlich der

komplette Nonsens, aber er war so ein Arsch von Macho, dass er es einfach nicht verwinden konnte, dass sein eigener Sohn mit Männern fickt."

„Sie hatten also eine besonders innige Beziehung zu ihr?! Sie wissen, dass Ihre Tante eines gewaltsamen Todes gestorben ist, und wir in dieser Sache ermitteln. Kannten Sie den Freundeskreis Ihrer Tante? Hatte sie Feinde?"

„Ich kenne Isabelle, eine gute Freundin und Nachbarin meiner Tante. Dann hatte sie noch einige Kolleginnen beim Schulamt, mit denen sie sich gut verstanden hat. Aber Feinde? Nein, ich kann mir nicht vorstellen, dass sie welche hat, zumindest hat sie mir gegenüber nie etwas erwähnt."

„Nun, wenigstens einen muss sie ja gehabt haben, oder? Wir gehen davon aus, dass sie ihren Mörder sogar gekannt und selbst in die Wohnung gelassen hat. Kannten Sie Ihren geschiedenen Mann?"

„Als sie noch verheiratet war, kamen die beiden immer zu meinen Kindergeburtstagen. In gewisser Weise verkörperten sie Eltern für mich, so wie ich sie mir für mich gewünscht hätte. Aber als ich älter wurde, bemerkte ich, dass es häufig Spannungen zwischen den beiden gab. Er wurde nicht damit fertig, dass seine Frau Karriere machte, dass sie beruflich erfolgreicher wurde, während seine Karriere mehr oder weniger vor sich hin dümpelte. Seit sie geschieden waren, habe ich keinen Kontakt mehr mit ihm gehabt."

„Wann haben Sie Ihre Tante zum letzten Mal gesehen?"

„Das war vor etwa zehn Tagen, am 4. Juni, da waren wir zum Essen im Größenwahn verabredet."

„Hat Sie Ihnen gegenüber irgendetwas über ihr Privatleben erzählt. Streit? Besondere Ereignisse?"

„Nein, sie hatte keinen Streit, zumindest sagte sie darüber nichts. Aber ich wusste von ihrer neuen Eroberung, Harald Langer. Von ihm hat sie geradezu geschwärmt. Ein Mann, der wirklich anders zu sein schien als die sonstigen Männer, die sie kennengelernt hatte. Sie erwähnte, dass sie zum ersten Mal wieder das Gefühl hatte, mit ihm könnte es eine längere, feste Beziehung geben."

„Gibt es außer Ihnen und Ihrem Vater noch andere Verwandte?"

„Nein, unsere Familie ist sehr überschaubar. Es gibt noch zwei Cousinen meines Vaters, aber die wohnen nicht in Frankfurt und wir, also mein Vater und auch ich, hatten praktisch keinen Kontakt zu ihnen. Meine verstorbene Mutter hatte einen Bruder, aber zu dem gibt es überhaupt keine Bin-

dung mehr, ich habe nicht mal eine Adresse. Mein Vater, der Arsch, soll jetzt die Beerdigung organisieren. Aber das werde ich übernehmen."
„Danke, Herr Schwarz, das wäre dann vorläufig erst mal alles. Wenn Ihnen noch irgendetwas einfällt, dann kontaktieren Sie mich bitte. Ich lasse Ihnen meine Karte hier." Nachdem Holzapfel die Wohnung verlassen hatte, probierte sie es erneut mit ihrem Handy bei Tobias Kramer. Dieses Mal hatte sie Glück. „Tobias Kramer", meldete sich eine tiefe, männliche Stimme.
„Guten Tag, hier ist Birgit Holzapfel von der Kripo Frankfurt. Herr Kramer, Sie sind der geschiedene Ehemann von Regine Schwarz?"
„Ja, der bin ich, um was geht es bitte, ich habe viel zu tun."
„Herr Kramer, ich muss mit Ihnen sprechen, am besten noch heute."

KAPITEL 13

Keine 15 Minuten später parkte Holzapfel ihren Wagen im Parkhaus in der Sonnemannstraße. Zielstrebig ging sie zu dem Gebäude im Rosa-Marx-Weg, das ihr Tobias Kramer als Adresse genannt hatte.
Schon seltsam, dachte sie. Regine Schwarz und ihr Exmann Tobias Kramer hatten beide bei der Wahl ihrer Wohnungen anscheinend eine Vorliebe für den Main, aber sie waren in größtmöglichem Abstand zueinander an den Fluss gezogen: Sie im Westhafen auf der Mole und er im Ostend gegenüber der neuen Europäischen Zentralbank. Herr Kramer öffnete sofort beim ersten Klingeln und Holzapfel ging die Treppe in den ersten Stock. Sie wollte sich mehr bewegen und es erschien ihr geradezu dekadent, in den ersten Stock den Aufzug zu nehmen.
„Bitte kommen Sie herein", bat er die Beamtin in seine Wohnung und führte sie in sein Arbeitszimmer, das auf allen Seiten voll von Bücherregalen war, die nur das Fenster aussparten, vor dem ein großer Schreibtisch mit Blick auf das Bankhochhaus der EZB stand. Er wies Holzapfel einen Stuhl zu und platzierte sich selbst in seinem übergroßen Schreibtischstuhl, der an einen Chefsessel erinnerte.
„Ich habe wenig Zeit, was will die Kriminalpolizei von mir?"
„Herr Kramer, Ihre frühere Frau, Regine Schwarz, wurde ermordet. Ich bin Mitglied eines Ermittlerteams und möchte Ihnen ein paar Fragen stellen. Es geht auch recht schnell. Wann haben Sie Frau Schwarz zum letzten Mal gesehen?"
Kramer wirkte geradezu gleichgültig, er ließ nicht die geringste Spur von Bestürzung oder Trauer erkennen.
„Ermordet. Mein Gott! Ehrlich gesagt, weiß ich das gar nicht mehr so genau, aber das ist schon mehrere Jahre her. Nachdem wir geschieden wurden, habe ich den Kontakt abgebrochen."
„Wo waren Sie am Freitag, den 17. Juni abends gegen 19.00 Uhr?"
„Gehöre ich jetzt zu den Tatverdächtigen?"
„Bitte beantworten Sie einfach meine Frage."
„Ich war mit meiner Lebensgefährtin zum Essen. Wir hatten beide Hunger und keine Lust zum Kochen und sind dann einfach ins Mille Lire gegangen und haben dort eine Pizza gegessen. Das Lokal ist gleich in der Sonnemannstraße, hier quasi um die Ecke."
„Hatte Frau Schwarz Feinde?"

„Also dazu kann ich nichts sagen. Als Lehrerin, die sie ja früher einmal war, bevor sie ans Schulamt ging, da hat man sicherlich unter den Schülern auch solche, die einen hassen, wenn man denen eine schlechte Note gegeben hat oder weil sie durch eine Prüfung gerauscht sind. Aber privat, da wüsste ich niemanden.“ Er schien nachzudenken und fügte hinzu: „Abgesehen von ihrem Bruder, vielleicht, zu dem hatte sie überhaupt kein gutes Verhältnis. Aber dass der seine Schwester umbringt, das traue ich ihm dann doch nicht zu.“

„Warum war das Verhältnis zwischen den beiden so schlecht?“

„Herbert hat einen Sohn, Matthias. Nachdem seine Frau Birgit an Krebs gestorben war, da hat sich Regine wie eine Ersatzmutti um ihn gekümmert. Wir waren früher oft bei ihm, fast zu jedem Kindergeburtstag sind wir da hin. Wir haben selbst keine Kinder.“

„Wollten Sie keine?“

„Anfangs war das nie ein Thema. Später dann hätte ich gerne Kinder gehabt, aber Regine hatte nur ihre Karriere im Sinn. Nur unter der Bedingung, dass ich dann Hausmann spiele, wäre sie bereit gewesen. Aber da kriselte es schon zwischen uns beiden und ich halte nicht viel davon, dass man ein Kind bekommt, um eine Beziehung zu kitten.“

„Kommen wir zurück zu dem Bruder.“

„Als Matthias in die Pubertät kam, änderte sich alles. Der Junge war immer sehr sensibel. Aber er interessierte sich überhaupt nicht für Mädchen. Sein Vater ist ein echter Macho. Da prallten zwei Welten aufeinander. Regine spürte oder ahnte, wohl auch durch ihre Ausbildung und Tätigkeit als Frauenbeauftragte, dass Matthias vielleicht schwul ist, was ja auch stimmt. Das hat Herbert nie akzeptiert. Er hat Regine die Schuld gegeben. Aber ich wiederhole noch einmal, Matthias ist erwachsen, lebt sein eigenes Leben. Dass Herbert jetzt, wo er ein erwachsener Mann ist, Regine umbringt, nein das halte ich für ausgeschlossen.“

„Herr Kramer, ich danke Ihnen für die Zeit, die Sie mir gewidmet haben.“

Birgit Holzapfel beschloss ins Präsidium zurückzufahren und ging dabei ihren Gedanken nach. Der Bruder von Regine Schwarz hätte ein Motiv. Gekränkte Eitelkeit und Schuldzuweisungen, da gab es schon geringere Motive. Sie musste überprüfen, ob er ein Alibi hat. Ein ehemaliger Schüler? Das erschien zu abwegig, Regine Schwarz hatte seit Jahren nicht mehr selbst unterrichtet, seit sie auf dem Staatlichen Schulamt tätig war.

KAPITEL 14

Martin Seidel fuhr mit der S-Bahn zum Hauptbahnhof, das Staatliche Schulamt liegt unmittelbar fußläufig in der Stuttgarter Straße. Mit dem Auto hätte er fast die doppelte Zeit gebraucht. Der Leiter des Staatlichen Schulamtes, Thomas Tiefenthaler, hatte ihm zugesichert, dass er eine Dienstversammlung einberufen werde, zu der alle relevanten Personen des Staatlichen Schulamtes geladen werden, die in irgendeiner Beziehung zu Regine Schwarz gestanden hatten. Die Sitzung war für 10.30 Uhr terminiert. Seidel war früh dran und so beschloss er, noch ein paar Schritte hinunter zum Main zu gehen. Die Schwarz wohnte ja wirklich ideal, stellte er fest. Ihre Wohnung im Karpfenweg lag nur wenige Gehminuten von ihrem Arbeitsplatz entfernt. Davon konnte er nur träumen, denn er musste täglich mit der S-Bahn oder dem Auto fast 50 Minuten zum Polizeipräsidium aus dem Rodgau nach Frankfurt herein pendeln. Kurz vor 11.00 Uhr betrat Seidel das Gebäude, meldete sich beim Pförtner an und wurde von diesem in den 3. Stock beschieden. Der Aufzug und die Flure hatten den typischen Geruch und die charakteristische Atmosphäre von öffentlichen Nachkriegsbauten. An Zimmer 308 klopfte er und wurde sogleich herein gebeten. In dem Besprechungszimmer saßen um mehrere graue Tische, die zu einer großen Tafel zusammengeschoben waren, insgesamt acht Personen. Thomas Tiefenthaler hatte sich erhoben und begrüßte Seidel, indem er zugleich die Vorstellung der anderen übernahm.

„Herr Seidel, ich darf Ihnen am besten alle der Einfachheit halber im Uhrzeigersinn vorstellen. Das ist Dr. Ulf Schönfelder, einer unserer Juristen, Peter Kraus vom Gesamtpersonalrat, Annemarie Sauer und Bettina Werle-Reinhardt, zwei unserer Dezernentinnen, die Schwerbehindertenbeauftragte Karin Feldmann, dann Markus Stechmann, ebenfalls Dezernent und hier zu meiner Rechten Dr. Sebastian Tschirner, ein Mitglied unseres Teams von Schulpsychologen. Herr Seidel, ich kann Ihnen gar nicht sagen, wie erschüttert, ja geradezu bestürzt wir alle sind. Frau Schwarz ist hier im Hause sehr beliebt gewesen. Ihre Arbeit wird von allen sehr geschätzt und sie ist mit ihrer Tätigkeit als Frauen- und Gleichstellungsbeauftragte für alle Dezernenten eine große Unterstützung gewesen.“

„Meine Damen und Herren, ich bin Martin Seidel, Mitglied der Mordkommission beim Polizeipräsidium in Frankfurt.“

Bei dem Wort Mordkommission wurde es unruhig im Raum.

„Ich gehe davon aus, dass das, was ich Ihnen jetzt hier sage, innerhalb dieses Raumes bleibt. Sie wurden informiert, dass Frau Schwarz am vergangenen Freitag getötet wurde. Darf ich fragen, wer Sie davon in Kenntnis gesetzt hat?“
„Am Montagmorgen hat ein Herr Matthias Schwarz beim Schulamt angerufen, es ist wohl der Neffe von Frau Schwarz.“
„Nach dem gegenwärtigen Ermittlungsstand wurde Frau Schwarz erschlagen. Der oder die Täter drangen nicht gewaltsam in die Wohnung ein, sondern wurden offenbar von Frau Schwarz in die Wohnung gelassen. Wir gehen davon aus, dass sie möglicherweise den Täter kannte. Darum sind wir auf Hinweise aus ihrem persönlichen Umfeld, beruflich und privat, angewiesen. Es handelt sich weder um einen Einbuch noch einen Raubüberfall. Ist irgendjemandem von Ihnen bekannt, ob Frau Schwarz in jüngster Zeit Auseinandersetzungen gehabt hat? Gab es Streit hier im Schulamt? Kann jemand sachdienliche Hinweise geben, die etwas mit der Tat zu tun haben könnten? Jeder noch so kleine Hinweis kann von entscheidender Bedeutung sein.“
Dr. Tschirner meldete sich zu Wort: „Ich glaube, ich kann im Namen aller hier Anwesenden sprechen. Frau Schwarz war allgemein eine sehr geschätzte, kooperative und kompetente Kollegin.“
„Wissen Sie, damit Sie Frau Schwarz etwas einordnen können und ihren schmerzlichen Verlust für das Staatliche Schulamt wenigstens ansatzweise ermessen können, ihr ist es zu verdanken, dass in den letzten Jahren deutlich mehr Führungspositionen mit Frauen besetzt werden konnten als bei all ihren Vorgängerinnen zuvor“, fügte Herr Tiefenthaler an.
„Mit großem Engagement hat sie junge, begabte und fähige Frauen ermuntert, sich auf Funktionsstellen zu bewerben. Sie hat dazu sogar eine Mentoringprogramm ins Leben gerufen, indem sie geeignete Frauen mit solchen zusammengebracht hat, die bereits in einer führenden Position tätig waren“, ergänzte Bettina Werle-Reinhardt.
Markus Stechmann warf ein: „Wir haben während der Bewerbungsverfahren für Funktionsstellen zunehmend praxisorientierte Aufgabenstellungen in das Überprüfungsverfahren einbezogen, wobei Frau Schwarz maßgeblich sogar eigene Fragestellungen hinsichtlich der Genderkompetenz der Bewerberinnen und Bewerber entwickelte und diese zu einem festen Bestandteil der Überprüfung geworden sind.“

„Wer hat letztlich den Ausschlag bei einer Bewerbung gegeben", fragte Seidel.
„Nun, es ist immer eine Bestenauswahl, Herr Seidel", führte Herr Tiefenthaler aus. „Das gesamte Verfahren ist äußerst transparent. Die Stellen werden im Amtsblatt online veröffentlicht. Nach Ende der Bewerbungsfrist werden die eingegangen Bewerbungen zunächst nach Aktenlage gesichtet und, wenn genügend erfolgversprechende Kandidatinnen und Kandidaten sich beworben haben, erfolgt entweder eine Entscheidung nach Aktenlage oder es findet ein Überprüfungsverfahren statt."
„Hatte Frau Schwarz hier das letzte Wort?"
„Nein, natürlich nicht. Aber sie hat stets Akteneinsicht erhalten und an den Überprüfungsverfahren teilgenommen, wenn sie denn stattfanden. Letztlich hat eine Prüfungskommission aus mehreren Personen die Entscheidung gefällt, im Falle von Schulleiterstellen allerdings ausschließlich durch das Kultusministerium", antwortete Herr Tiefenthaler.
„Wenn ich dazu etwas sagen darf", mischte sich Frau Feldmann ein, „bei gleicher Qualifikation werden Schwerbehinderte stets bevorzugt, und wenn dieses Kriterium keine Rolle spielt, dann werden bei gleicher Qualifikation zwischen männlichen und weiblichen Bewerbern die weiblichen Bewerber vorrangig berücksichtigt, da frankfurtweit immer noch weniger Funktionsstellen mit Frauen besetzt sind als mit Männern."
„Es könnte also kein Bewerber sagen, dass er ausschließlich durch eine Entscheidung von Frau Schwarz eine Stelle nicht bekommt", fragte Seidel.
„Nein, wenn eine Entscheidung getroffen ist, erfahren zunächst die abgelehnten Bewerber durch die zuständige Dezernentin oder den Dezernenten, dass sie nicht ausgewählt wurden. Sie haben dann eine Klagefrist, in der Widerspruch gegen die Entscheidung eingelegt werden kann. Erst danach, wenn diese abgelaufen ist, wird der ausgewählte Bewerber informiert. Auf diese Weise soll die Zahl der Konkurrentenklagen eingedämmt werden. Frau Schwarz ist in diese Übermittlung nicht eingebunden, das ist ausschließlich Sache der Dezernenten oder meine Aufgabe", erläuterte der Schulamtsleiter.
„Gibt es unter Ihnen jemanden, der in einer besonderen Beziehung zu Frau Schwarz stand?"
„Ich glaube, das bin ich" erwiderte Frau Werle-Reinhardt, „wir sind auch privat schon lange miteinander befreundet."

„Gut, dann würde ich gerne noch mit Ihnen unter vier Augen sprechen, wenn Sie gestatten."
„Dann schlage ich vor, dass wir in mein Büro gehen."
Mit diesen Worten verließen die beiden den Sitzungsraum, der nach ihrem Weggang von einem wilden Stimmengemurmel erfüllt wurde. In ihrem Zimmer angekommen, bot Frau Werle-Reinhardt Seidel einen Kaffee an, den er dankend annahm. Seidel sah sich um, die Büroeinrichtung stammte wohl noch aus den 60er Jahren: Ein Holzschreibtisch, darauf ein Computermonitor, immerhin schon Flachbild, daneben ein gerahmtes Foto, das Frau Werle-Reinhardt zusammen mit einem Mann und zwei Mädchen zeigte. Davor stand ein abgenutzter Bürostuhl. In einer Ecke kümmerte ein Ficus vor sich hin und vor dem Fenster stand ein kleiner Tisch mit drei Sitzgelegenheiten. Seidel konnte sie weder eindeutig als Stuhl noch als Sessel einordnen. An der Wand hingen ein nichts sagender Kunstdruck und ein großer Kalender mit einem Meeresbild. Ein breiter Büroschrank nahm fast die eine Wand komplett ein und enthielt Aktenordner und Gesetzestexte sowie gebundene Ausgaben des Amtsblattes. Seidel kam das alles irgendwie nur zu bekannt vor, wobei das Polizeipräsidium immerhin neuere Büromöbel hatte, seit es vor einigen Jahren in die Adickesallee umgezogen war.
„Frau Werle-Reinhardt, wie lange kennen Sie Frau Schwarz?"
„Wir kennen uns aus dem Studium, beide haben wir Geschichte studiert, sie allerdings zusammen mit Germanistik und ich mit Romanistik. Als damals die Nachfolge der früheren Frauenbeauftragten besetzt werden sollte und Frau Schwarz letztlich dann die Stelle bekam, hat sich unser Kontakt wieder intensiviert. In unseren engen Freundeskreis gehört auch Erika Berghoff, die jetzige Schulleiterin des Westendgymnasiums, an dem Frau Schwarz zuvor als Lehrkraft tätig war. Wir drei haben uns öfter auch privat getroffen. Ich habe Frau Berghoff unmittelbar verständigt, als ich von Regines Tod erfuhr. Sie stand ihr ebenfalls sehr nahe."
„Können Sie uns irgendeinen Hinweis geben, hatte Frau Schwarz Feinde? Gab es etwas, das sie beunruhigt hat?"
„Ich kann mir überhaupt gar nicht vorstellen, dass sie Feinde hatte. Mir ist absolut nichts bekannt. Wir haben Privates und Berufliches stets strikt getrennt."

„Aber man macht doch sicherlich auch mal die eine oder andere private Bemerkung, wenn man sich kennt und am gleichen Arbeitsplatz quasi Kollegin ist."
„Sie war in den letzten Wochen sichtlich gut gelaunt, ja geradezu euphorisch an manchen Tagen. Ich habe natürlich gespürt, dass da möglicherweise ein Mann dahinter stecken könnte und sie auch diesbezüglich gefragt. Regine sagte mir, dass sie einen Mann kennengelernt hat, von dem sie glaubte, dass daraus eine feste Beziehung entstehen könnte."
„Sie war verliebt?"
„Nun nicht so, wie ein Teenager verliebt ist, denn die Liebe kennt kein Alter. Aber wenn Sie so wollen, ja, ich glaube, sie war bis über beide Ohren verliebt. Als wir uns mit Frau Berghoff zu einem Kaffeekränzchen getroffen haben vor etwa zwei Wochen, da schwärmte sie sogar von diesem Mann, hüllte sich aber hinsichtlich seiner Person in Schweigen. Wissen Sie, Regine war nicht unvermögend, sie hatte ihren neuen Freund bisher noch nicht zu sich nach Hause eingeladen. Sie wollte auf jeden Fall erst die Sicherheit, was er charakterlich für ein Mensch er ist. Sie wollte niemanden, der ihr womöglich allein wegen ihres Geldes den Hof macht."
„Frau Schwarz war vermögend?"
„Sie hat einen Bruder, mit dem sie sich übrigens nicht gut verstanden hat, aber das sind private Gründe, die ich nicht so genau kenne. Als vor etwa zehn Jahren eine Großtante von ihr in München starb, die sonst keine Verwandten in gerader Linie mehr hatte, da wurde Regine von ihr zur Alleinerbin eingesetzt. Ihr Bruder ging leer aus. Selbst bei der horrenden Erbschaftssteuer, die sie zahlen musste, blieb noch genug Geld aus dem Verkauf des Hauses in München übrig, sodass sie sich diese Eigentumswohnung hier am Westhafen kaufen konnte."
Die Ungerechtigkeit der Welt, dachte Seidel bei sich, so eine Erbtante hätte ich auch gerne. Jetzt wurde auch klar, wieso sich eine Frauenbeauftragte beim Staatlichen Schulamt eine solche Wohnung leisten konnte. Er bedankte sich bei der Dezernentin, verabschiedete sich, nicht ohne seine Nummer hinterlassen zu haben und stürzte sich dann in die Abenteuerwelt des Frankfurter Nahverkehrs, um zum Präsidium zurückzufahren.

KAPITEL 15

Im Polizeipräsidium hatte Abbas für 16.00 Uhr ein Treffen des Teams anberaumt. Sabine Riedel und er saßen bereits im Besprechungszimmer, als die anderen des Teams nach und nach eintrafen. Martin Seidel kam als letzter und entschuldigte sich damit, dass wieder einmal die Bahnen nicht pünktlich gefahren waren.

Bernhard Schulze erstattete zuerst seinen Kurzbericht:

„Also, bei den Nachbarn ergibt sich ein durchgehend positives Bild von Regine Schwarz, sie war allgemein beliebt, diese Spanierin, Frau Fernandez ist sogar mit ihr befreundet. Sie war offenbar beruflich besonders engagiert in Sachen Gleichberechtigung. Niemand hat etwas Ungewöhnliches an dem Abend bemerkt. Feinde hatte sie anscheinend keine, abgesehen davon, dass sie ein sehr schlechtes Verhältnis zu ihrem Bruder hatte, weil er ihr übel nahm und sie dafür verantwortlich machte, dass sein Sohn schwul ist."

Birgit Holzapfel ergänzte, dass sie ebenfalls herausgefunden hatte, dass der Neffe Matthias Schwarz ein besonders gutes Verhältnis zu seiner Tante hatte, während sein Vater seine Schwester offenbar geradezu hasste. Ihr Exmann lebe in einer neuen Beziehung und habe seit Monaten keinen Kontakt mit Frau Schwarz gehabt.

Martin Seidel berichtete von seiner Befragung im Staatlichen Schulamt. Regine habe als engagierte Kollegin gegolten, habe sich sehr für die Karriere von Frauen im Schuldienst eingesetzt, im Schulamt eine wichtige Rolle bei der Stellenbesetzung gespielt. Eine Dezernentin, Frau Werle-Reinhardt, sei mit ihr seit dem Studium befreundet und habe ihm berichtet, dass Regine Schwarz durch eine Erbschaft vor einigen Jahren eine beträchtliche Summe geerbt habe und sich deshalb die Wohnung auf der Westhafenmole habe kaufen können.

„Ich habe mit Harald Langer gesprochen," führte Yunus Abbas aus, „aber auch er konnte keine brauchbaren Hinweise geben. Mit anderen Worten, wir haben bisher kaum einen verwertbaren Hinweis. Sabine, was hast du herausgefunden?"

„Also Regine Schwarz ist vermögend. Sie besitzt ein Investmentdepot mit einer Gesamtsumme im oberen fünfstelligen Bereich, dazu mehrere Bankguthaben in einer Gesamthöhe von über 100 000 Euro, ein Bankschließfach mit unbekanntem Inhalt bei der Frankfurter Sparkasse und natürlich die Wohnung am Westhafen, die schuldenfrei ist und gut und gerne ihre 800 000 Euro wert ist, wenn man den gegenwärtigen Immobilienpreis zugrunde legt. Sie fährt ein BMW-Cabrio. Und sie hat ein Testament. Um dieses einsehen zu können, müssten wir einen richterlichen Beschluss haben. Sie hat keinerlei Schufa-Einträge, also keine Kredite laufen, sie besitzt eine Visa- und eine American-Express Kreditkarte."

„Frau Schwarz war also beliebt. Aber ein Mensch muss zumindest einen Grund gehabt haben, sie zu ermorden. Die Tat war offenbar geplant. Aber was ist das Motiv?", fragte Yunus in die Runde und fuhr fort: „Nur der Bruder scheint auf den ersten Eindruck hin seiner Schwester nicht gerade wohlgesinnt gegenüber gestanden zu haben. Hat er zur Tatzeit ein Alibi?"

„Wir müssten das Testament kennen", beharrte Sabine: „Wenn ihr Neffe so was wie ein Ersatzsohn für sie ist, dann könnte er der Begünstigte sein. Überprüfen wir doch einfach auch mal dessen Alibi."

„Also ich phantasiere jetzt mal ins Blaue", referierte Abbas: „Der Mörder kommt an jenem Abend, klingelt bei Frau Schwarz, sie öffnet ihm die Wohnungstüre, weil sie ihn kennt. Oder weil sie glaubt, dass ihr Lover vor der Türe steht. Die Person betritt die Wohnung, es kommt zum Streit, der Täter erschlägt sie. Aber mit was? Er bringt offenbar die Tatwaffe mit, d.h. er müsste eine Tasche oder einen Rucksack für den Transport dabei haben und den Mord entweder gezielt geplant oder zumindest einkalkuliert haben. Eine Tat im Affekt scheidet da aus. Möglicherweise will er einen Raubmord vortäuschen, wird dann aber durch das Klingeln von Langer gestört und verlässt schnell den Tatort."

„Also wenn er gezielt mit dem Vorsatz hingeht, die Schwarz zu töten, dann müsste er sicher sein, dass sie zu Hause ist, und zwar allein. Eine Verabredung wird sie wohl kaum mit ihm gemacht haben? Denn sie hat ein Date mit Langer, von dem unser Mann entweder weiß oder auch nicht. Also muss der Mörder sich auf andere Weise vergewissern, dass sie alleine ist", führt Seidel aus.

„Er könnte vorher angerufen haben?", warf Birgit in die Runde. „Wir sollten ihre Telefonverbindungen überprüfen!"

„Oder Variante zwei", spekulierte Birgit weiter, „er weiß möglicherweise von der Verabredung, kommt früher, klingelt, die Schwarz drückt auf den Türöffner, ohne sich zu vergewissern, dass es Langer ist, weil sie noch in der Küche beschäftigt ist und niemanden sonst erwartet um diese Uhrzeit. Der Täter kommt rein, überrascht sie im Flur, schlägt sie nieder und ver-

lässt dann schnell die Wohnung, weil er keine Zeit zu verlieren hat. Denn Langer kann jeden Moment klingeln."
„Ich will nur mal anmerken, wir sprechen hier dauernd von *dem* Täter, es könnte genauso gut eine Täterin sein!" wies Sabine die anderen zurecht.
„Täter ist hier geschlechtsneutral zu verstehen, liebe Sabine. Dieses ganze Gerede in männlich-weiblicher Form verkompliziert doch nur alles. Männer sind im übrigen überproportional bei Gewaltverbrechen die Täter. Hier wurde jemand brutal erschlagen und nicht mit Gift getötet, also einigen wir uns darauf, dass wir hier von dem Täter sprechen", belehrte sie Yunus.
Plötzlich meldete sich Bernhard zu Wort: „Kennt ihr den Hitchcock-Film ‚Das Fenster zum Hof'?" Alle schauten ihn verwundert an.
„Nachdem ich die Nachbarn im Karpfenweg befragt hatte, da bin ich noch kurz zu der kleinen Fußgängerbrücke am Ende des Karpfenweges gegangen. Wie ich da so auf der Brücke stand und mir die Häuser angeschaut habe, da kam mir so eine Idee. Die Wohnung der Schwarz hat doch Fenster nach beiden Mainseiten, also Richtung Süden und Norden. Der blinde Arm des Mains, da wo die Bootsanleger mit der Marina sind, ist nicht sehr breit. Man kann von gegenüber sehr gut in die Fenster der Häuser im Karpfenweg reingucken, vor allem sicherlich abends, wenn Licht in den Wohnungen brennt. Die meisten haben keine Gardinen."
„Ich weiß, worauf du vielleicht hinaus willst", unterbrach ihn Birgit. „Gegenüber ist das Cronstetten-Stift in der Speicherstraße. Alte Leute schauen oft aus dem Fenster, vor allem, wenn man so eine schöne Aussicht hat. Vielleicht hat jemand irgendetwas beobachtet, das uns weiterhelfen kann? An den Abend erinnern sich sicherlich viele, weil dann die Feuerwehr in den Karpfenweg kam und es Aufregendes zu sehen gab.
Yunus fasste das Pensum für morgen zusammen: „Sabine kümmert sich um den richterlichen Beschluss für eine Testamentseinsicht beim Amtsgericht und beantragt einen Einzelverbindungsnachweis für das Telefon der Schwarz. Martin und Bernhard, ihr fahrt noch mal zu ihrer Wohnung und sprecht auch in dieser Altenwohnanlage vor. Vielleicht ergibt das ja wirklich was. Birgit und ich suchen noch mal den Bruder und den Neffen auf."
Im Grunde befiel Yunus Abbas trotz der angeordneten Aktivitäten ein gewisser Frust. Es gab kein wirklich plausibles Motiv, es gab keinen belastbaren Verdächtigen, es gab kein noch so kleines Indiz, das ihn und sein Team auf die richtige Spur bringen konnte.

KAPITEL 16

Am nächsten Morgen hatte sich im zweiten Stock der Personalrat des Westgymnasiums zu einer außerordentlichen Sitzung versammelt. Annette Schneider, die Vorsitzende, hatte bei der Schulleiterin die Sondersitzung beantragt und ausnahmsweise sofort genehmigt bekommen. Außer ihr gehörten noch Detlef Sommer, Brigitte Fröhlich, Karl-Heinz Jung und Nikola Balduin dem Gremium an.

„Wir alle wissen, aus welch traurigem Anlass wir heute hier zusammen gekommen sind“, eröffnete Annette Schneider die Runde.

„Gestern habe ich noch in der Rundschau eine Headline gelesen: Mord im noblen Westhafenviertel. Da konnte ja niemand ahnen, dass ich das Opfer sogar persönlich kenne“, warf Nikola ein.

„Frau Berghoff hat ja schon in ihrer Dienstversammlung in der großen Pause angedeutet, was sie von uns erwartet“, sagte Karl-Heinz.

„Also ich sage es gleich, die Freud-und-Leid-Kasse ist so gut wie leer“, meldete Brigitte.

„Außerdem es ist eigentlich auch gar nicht üblich, dass wir für eine ehemalige Kollegin, die nicht mehr an der Schule ist, eine Traueranzeige in die Zeitung setzen. Das muss das staatliche Schulamt übernehmen. Ich denke, eine Trauerkarte sollten wir auf jeden Fall an die Familie schicken, evtl. ein Blumengesteck oder einen Kranz für die Beerdigung“, merkte Detlef an.

„Viele kennen sie auch gar nicht mehr. Aber alle Achtung, die Berghoff hat sich wirklich gut im Griff gehabt. Sie ist doch mit der Schwarz dicke befreundet, oder irre ich mich da?“, warf Karl-Heinz ein.

„Um die Diskussion abzukürzen schlage ich noch mal vor, dass wir eine Karte kaufen und sie neben dem Mitteilungsbuch auslegen, da kann jeder unterschreiben, der möchte“, wiederholte Detlef und fügte hinzu: „Ich denke, wir sollten auch eine Liste erstellen, wer eventuell mit auf die Beerdigung gehen möchte und sie dann der Schulleitung vorlegen, damit die Leute ausgeplant werden.“

„Wegen eines Kranzes oder Gestecks, wir wissen ja noch nicht mal, ob es eine Urnenbeisetzung oder eine Erdbestattung gibt, ich wäre dagegen ein Gesteck oder einen Kranz zu kaufen. Eine Karte genügt doch und wer zur Beerdigung geht, kann ja selbst ein paar Blumen mitnehmen, wenn er denn möchte,“ merkte Nikola an.

„Gut, dann wäre das geklärt“, fasste Brigitte zusammen.
„Mal was ganz anderes, wo wir gerade schon mal hier zusammen sitzen. Was wird denn nun aus der Stellenbesetzung? Der Termin für die Überprüfung sollte doch in zwei Wochen sein?“, fragte Annette.
„Nun, vielleicht hat ja dann doch mal wieder ein Mann eine Chance, wenn das Verfahren läuft, ohne dass die Frauenbeauftragte ihre Finger drin hat“, meinte Karl-Heinz mit einem sarkastischen Unterton.
„Also bitte!“, mahnte Brigitte an.
„Na, ist doch wahr, ‚de mortuis nihil nisi bene‘. Aber seit die Schwarz Frauenbeauftragte ist, haben eigentlich nur noch Frauen eine Chance, die bei ihr in dem Programm sind, Männer schon mal gar nicht. Und wenn es wirklich einen gibt, der gut ist, dann wird er vorher ‚weg beraten‘, sagte Detlef.
„Das siehst du falsch, mein Lieber, diese Frauen sind eben durch das Mentoringprogramm so qualifiziert, dass sie einfach besser sind als andere Bewerberinnen. Und Frauen sind nun mal unterrepräsentiert in Leitungsfunktionen. Aber das mit den Männern ist schon ein Ding. Aber leider sagt das ja keiner offen, um sich nicht die Karrierechancen zu versauen“, entgegnete Annette.
„Vielleicht hat ja ein Mann, dem sie die Karriere verbaut hat, die Nase voll gehabt und sie um die Ecke gebracht?“ fragte Karl-Heinz in die Runde.
„Du liest zu viele Krimis. Wegen einer Stelle, die man nicht bekommt, bringt man doch niemanden um. Außerdem ist sie ja schließlich nicht allein verantwortlich, sondern es gibt immer eine ganze Kommission“, entgegnete Nikola. Eine Frauenbeauftragte trifft nicht die Entscheidung, sondern hat nur beratende Funktion.“
„Also wenn die Leute schon klagen, weil sie eine Stelle nicht bekommen haben, warum sollte dann jemand, der schon mehrfach leer ausgegangen ist, nicht auch auf einen Mordgedanken kommen?“, insistierte Karl-Heinz.
„Was ist nun mit dem Termin der Überprüfung in 14 Tagen?“, fragte Detlef.
„Also wir müssen in der nächsten gemeinsamen Sitzung mit der Berghoff dringend nachfragen. Es wäre auch gut, wenn wir wüssten, wer vom Gesamtpersonalrat als Personalratsvertreter teilnimmt“, fuhr Brigitte fort.
„Es ist schon krass, wie das Schulamt die Schulen ständig mit irgendwelchen Verwaltungsvorschriften gängelt und dabei selbst monatelang bummelt, bis eine Funktionsstelle wieder besetzt wird. Und wir brauchen drin-

gend jemanden, der endlich wieder einen vernünftigen Stundenplan zustande bringt. So geht das auf die Dauer nicht weiter“, sagte Annette.
„Die Berghoff gibt sich ja alle Mühe, aber auf Dauer ist sie mit dem organisatorischen Kleinkram einfach total überfordert. Man merkt es auch, ihre Laune wird immer gereizter“, fügte Detlef hinzu.
„Also ich verstehe auch gar nicht, wo sie doch mit der Werle-Reinhardt beim Schulamt befreundet ist, dass es einfach so lange dauert“, ergänzte Nikola.
„Liegt sonst noch was an, was wir intern besprechen müssten?“, fragte Karl-Heiz. „Ansonsten schreibe ich die Einladung mit der üblichen Tagesordnung und setze das Thema ‚Überprüfungsverfahren‘ noch auf die Tagesordnung.
Niemand hatte noch einen Punkt zu benennen und damit wurde die Sitzung geschlossen.

KAPITEL 17

Holzapfel und Abbas fanden überraschend schnell einen Parkplatz im Viertel und machten sich zu Fuß auf den Weg in die Weberstraße. Nach mehrmaligem Klingeln öffnete Matthias Schwarz die Türe.

„Herr Schwarz, guten Tag, ich bin Yunus Abbas, der leitende Ermittler, meine Kollegin Frau Holzapfel kennen Sie ja bereits. Dürfen wir herein kommen? Wir haben noch ein paar Fragen an Sie, reine Routine."

Matthias Schwarz bat die beiden in seine Wohnung.

„Wissen Sie denn schon etwas Näheres? Haben Sie eine Spur?"

„Ich kann Ihnen nichts über den augenblicklichen Stand unserer Ermittlungen sagen, das werden Sie sicherlich verstehen", entgegnete Abbas und fuhr fort: „Herr Schwarz, wo waren Sie am Freitag, den 17. Juni zwischen 17.00 und 20.00 Uhr?"

„Bin ich jetzt verdächtig? Hören Sie, ich habe meine Tante wie meine eigene Mutter geliebt. Ich bringe sie doch nicht um", brauste Matthias Schwarz auf.

„Das sagt auch keiner, es ist eine reine Routineinformation, die wir benötigen", erwiderte Abbas.

„Ich war beim Sport."

„Wo?"

„Ich trainiere bei Fitness First."

„In welchem Studio?", erkundigte sich Holzapfel.

„Am Eschenheimer Tor im Hilton."

Nobel geht die Welt zugrunde, dachte Abbas bei sich. Als Student kann er sich so eine Mitgliedschaft leisten.

„Hat Sie jemand gesehen? Kann das jemand eventuell bezeugen", fragte Holzapfel.

„Bezeugen? Also stehe ich doch unter Verdacht? Da sind ein paar Typen, die ich dort öfter sehe, mit einigen quatsche ich ab und an. Auch ein, zwei oder drei von den Personal Trainern waren sicherlich an dem Tag dort, es war Freitagabend recht voll."

„Aber Sie können uns keinen konkreten Zeugen benennen."

„Nein, verflucht noch mal!", brauste er auf. „Haben Sie denn für jede Stunde Ihres Lebens einen Zeugen, weil Sie damit rechnen müssen, dass sie ihn vielleicht brauchen?"

„Herr Schwarz, das genügt uns absolut, zumindest vorläufig. Aber wir werden dieses gegebenenfalls überprüfen", resümierte Abbas. „Noch eine letzte Frage. Wie finanzieren Sie eigentlich Ihren Lebensunterhalt?"
„Muss ich darauf antworten?"
„Nein, müssen Sie vorerst nicht."
„Ich jobbe neben dem Studium. Ich habe einen 12-Stunden-Vertrag an der Uni. Meine Tante gibt … gab mir hin und wieder etwas."
„Das dürfte wohl kaum für eine Wohnung im Nordend und eine Mitgliedschaft in einem exklusiven Sportstudio reichen", fasste Holzapfel zusammen.
„Ich möchte dazu weiter nichts sagen."
Dann verabschiedeten sich die beiden Beamten und ließen den sichtlich verärgerten Matthias Schwarz in seiner Wohnung zurück.
„Auf zum Vater", sagte Abbas, als sie auf dem Weg zum Auto waren.
„Also ehrlich gesagt, der Neffe ist für mich nicht der Täter", meinte Birgit. „Er verdankt seiner Tante viel, warum sollte er sie auf so brutale Weise umbringen?"
„Die Menschen begehen Morde aus den unterschiedlichsten, manchmal gar nicht nachvollziehbaren Motiven", entgegnete Yunus. „Der Oberstaatsanwalt sitzt mir ganz schön im Nacken. Es ist mein erster Fall und ich fühle mich, als stände ich unter totaler Beobachtung. Wir haben praktisch noch gar nichts. Der Neffe ist auch für mich nicht der klassische Täter, eher schon der Bruder. Aber warum ausgerechnet jetzt? Er hat seit Jahren ein zerrüttetes Verhältnis zu seiner Schwester, warum sollte er jetzt einen Mord begehen. Nein, da passt etwas nicht. Wir übersehen etwas. Vielleicht gibt es etwas Berufliches? Oder ein dunkles Geheimnis, warten wir mal ab, was Sabine herausgefunden hat."
Im Kettenhofweg fanden sie natürlich keinen Parkplatz und so mussten sie eine ganze Weile im Viertel nach einer Parkmöglichkeit suchen, bis sie schließlich in der Westendstraße ihr Fahrzeug abstellen konnten.
Herbert Schwarz wohnte in einem soliden Altbau aus der Gründerzeit. Es gab keine moderne Gegensprechanlage, sondern nur einen elektrischen Türöffner. Einen Aufzug hatte das alte Gebäude ebenfalls nicht und so stiegen die beiden die Treppe hinauf, bis sie schließlich im zweiten Stock Herrn Schwarz in der offenen, massiven Eichentür gegenüberstanden.
„Guten Tag Herr Schwarz, wir haben noch ein paar Routinefragen im Zusammenhang mit ihrer Schwester", eröffnete Abbas das Gespräch.

Schwarz bat sie in sein Wohnzimmer, das passend zum Gebäude mit alten Massivholzmöbeln ausgestattet war. Holzapfel registrierte anerkennend die geschmackvolle, hochwertige Einrichtung.
„Haben Sie schon eine Spur des Mörders?"
„Herr Schwarz, wir wissen, dass Sie nicht gerade das beste Verhältnis zu Ihrer Schwester hatten", erwiderte Abbas, ohne auf die Frage einzugehen.
„Wer sagt das?"
„Das spielt keine Rolle."
„Etwa mein Herr Sohn, diese Schwuchtel?"
„Herr Schwarz, ihr Sohn mag homosexuell sein, aber ganz sicher ist der keine Tunte", entgegnete ihm Holzapfel.
„Wo waren Sie am fraglichen Freitagabend etwa zwischen 17.00 und 20.00 Uhr?", fuhr Abbas unbeirrt fort.
„Ich war einkaufen, beim REWE in der Bockenheimer Landstraße. Ich bin alleinstehend und brauchte noch ein paar Kleinigkeiten fürs Wochenende. Da bin ich zu Fuß zum Geschäft gelaufen. Bin ich jetzt etwa verdächtig?"
„Drei Stunden?"
„Nein, natürlich nicht. Ich habe nicht auf die Uhr geschaut. Anschließend bin ich direkt nach Hause und habe etwas in die Mikrowelle gestellt und Fernsehen geschaut."
„Herr Schwarz, gibt es irgendetwas aus dem Leben Ihrer Schwester, was Sie uns noch nicht erzählt haben und das uns in irgendeiner Weise weiterhelfen könnte?", wollte Abbas wissen.
„Meine Schwester war sehr emanzipiert, unbelehrbar, wenn Sie mich fragen, in Sachen Gleichberechtigung. Da macht man sich in konservativen Kreisen nicht nur Freunde."
„Aber mal ehrlich, sie war Frauenbeauftragte beim Staatlichen Schulamt, also keine sehr einflussreiche Position", erwiderte Abbas.
„Ich kann dazu nichts sagen. Wie ich Ihnen schon sagte, ich habe wenig Kontakt zu ihr. Haben Sie schon mit ihrem geschiedenen Mann gesprochen? Was sagt der denn?"
„Herr Schwarz, falls Ihnen doch noch etwas einfällt, bitte ich darum, dass Sie uns umgehend verständigen."
Mit diesen Worten verabschiedeten sich die beiden Kriminalbeamten und fuhren zum Präsidium zurück.
„Also er hat schon mal kein Alibi", sagte Birgit.

„Aber warum sollte er ausgerechnet jetzt seine Schwester töten? Wenn er keinen Kontakt hatte, warum sollte er sie spontan mit einer Mordwaffe aufsuchen, wo er doch nicht mal wissen kann, ob sie überhaupt zu Hause ist", antwortete Yunus.
„Vielleicht gibt es etwas zwischen den beiden, das wir nicht wissen? Sie kann es uns nicht mehr sagen, und er verschweigt es uns."

KAPITEL 18

Schulze und Seidel parkten ihren Wagen in der Speicherstraße und gingen dann zu Fuß zur Westhafenmole. In der Altenwohnanlage am Bachforellenweg gingen sie zielgerichtet zum Pförtner, der im Foyer des modernen Gebäudes an seinem Platz saß. Seidel zückte seinen Dienstausweis.
„Guten Tag, wir sind von der Kriminalpolizei und ermitteln in dem Todesfall, der sich letzte Woche gegenüber im Karpfenweg ereignet hat", eröffnete Seidel das Gespräch.
„Ja, schlimme Sache, es stand in der Zeitung. Jemand ist dort ermordet worden. Man konnte ja auch den Feuerwehreinsatz von hier aus gut beobachten."
„Nun wir sind hier, weil wir gerne einmal überprüfen würden, wie gut man von Ihrem Haus aus die gegenüberliegenden Gebäude einsehen kann. Dazu würden wir gerne in eine der Wohnungen, die zur Westhafenseite liegen. Ist das möglich?", fuhr Schulze fort.
„Ja also, ich weiß nicht recht. Ich müsste auf jeden Fall die Heimleitung verständigen, in welche Wohnung möchten Sie denn?"
„Ideal wäre ein Fenster im fünften Stock", antwortete Schulze.
„Einen Moment, ich frage nach."
Mit diesen Worten griff er zum Telefon, wählte und sprach nach kurzer Zeit in den Hörer:
„Guten Tag, hier sind zwei Herren von der Kriminalpolizei. Die möchten gerne in eine der Wohnungen, die zum Hafenbecken liegen, um von dort aus zu testen, was man von hier aus in den gegenüberliegenden Gebäuden sehen kann. Wissen Sie, in dem Solitär, in dem letzte Woche das Feuer war und es eine Tote gab." Pause. „Ja, ich habe mir den Dienstausweis zeigen lassen." Pause. „Gut, in Ordnung, das werde ich machen." Dann legte er auf und wählte eine andere Nummer. „Martin hier, Frau Dr. Winter. Hier sind zwei Herren von der Kriminalpolizei, die würden gerne einmal zu Ihnen nach oben kommen und sich mit Ihnen unterhalten." Pause. „Vielen Dank, ich werde sie nach oben schicken. Einen schönen Tag, Frau Dr. Winter."
Dann wandte er sich an die beiden Kriminalbeamten: „Die Heimleitung ist einverstanden, Frau Schöning bat mich, Sie zu Frau Dr. Winter zu schicken. Sie haben ja mitbekommen, dass ich sie gerade angerufen habe.

Sie wohnt im fünften Stock, Apartment 5.3. Vielleicht unterhalten Sie sich einmal mit ihr?"

„Warum ausgerechnet zu ihr?", wollte Seidel wissen.

„Sie ist eine reizende ältere Dame, weit über 80, körperlich ist sie wirklich in keinem guten Zustand, aber geistig ist sie absolut hellwach. Sie verlässt nur noch selten ihre Wohnung. Vielleicht kann sie Ihnen ja weiter helfen? Auf jeden Fall hat sie einen sehr guten Blick auf die andere Seite von ihrer Wohnung aus."

Seidel und Schulze fuhren mit dem großzügig bemessenen Aufzug nach oben.

„Also wenn ich mal alt bin, hoffe ich doch sehr, dass ich mir hier so was leisten kann, wenn ich es nötig haben sollte."

„Das glaubst du doch selbst nicht, wir werden später mal keine Pension mehr kriegen, von der wir so einen Schuppen bezahlen können", sagte Seidel.

Im fünften Stock suchten sie auf dem Flur das Apartment von Frau Dr. Winter. Es dauerte eine Weile, bis die Türe geöffnet wurde. Beide staunten nicht schlecht, als sie die betagte Seniorin erblickten: Eine grauhaarige, ältere Dame saß im Rollstuhl und ihre ganze, charismatische Persönlichkeit strahlte eine Würde aus, wie man sie manchmal bei älteren Menschen finden kann, ohne konkret benennen zu können, woher sie eigentlich kommt. Ihr hellwacher Blick und ihr freundliches Lächeln waren einfach sympathisch.

„Guten Tag meine Herren, treten Sie ein und folgen Sie mir bitte. Wenn einer von Ihnen bitte die Türe schießen könnte. Danke."

Damit fuhr sie mit ihrem elektrischen Rollstuhl in ein großes Zimmer, das nur spärlich mit stilvollem Mobiliar ausgestattet war, sodass sie problemlos mit ihrem Rollstuhl in jeden Bereich des Raumes fahren konnte. Eine breite Terrassentür ermöglichte es ihr, auch barrierefrei auf den großen Balkon hinauszufahren. Von dem Zimmer ging noch eine weitere Türe ab, die wohl zum Schlafzimmer führte.

„Frau Dr. Winter, wir danken Ihnen sehr, dass Sie etwas Zeit für uns haben, um ein paar Fragen zu beantworten. Ich darf mich kurz vorstellen. Martin Seidel ist mein Name, und das ist mein Kollege Bernhard Schulze. Wir ermitteln in dem Mordfall der Dame, die auf der Westhafenmole gegenüber letzte Woche ermordet wurde."

Schulze sah sich inzwischen in dem wohl als Wohnzimmer eingerichteten Raum um und entdeckte auf einer Konsole vor dem großen Fenster, das keine Gardinen hatte, ein Fernglas.

„Darf ich nach draußen gehen?", fragte er höflich.

„Aber gerne doch, die Aussicht ist wirklich herrlich. Meine Herren, wie kann ich Ihnen helfen?"

„Frau Dr. Winter, Sie wohnen im fünften Stock, also auf gleicher Höhe wie die Wohnung der Ermordeten auf der anderen Seite. Wir möchten gerne etwas ausprobieren. Mein Kollege wird jetzt gleich nach drüben gehen in diese Wohnung, und ich möchte gerne von hier aus schauen, was man dort erkennen kann. Außerdem habe ich gleich an Sie die Frage, ob sie vielleicht irgendetwas an jenem Abend zufällig beobachtet haben, das uns vielleicht weiterhelfen könnte."

„Das klingt ja spannend. Aber denken Sie bitte nicht, dass ich meine Zeit damit verbringe, hier nur am Fenster oder auf dem Balkon zu sitzen und wie ein Spanner anderen Leuten in ihren Wohnungen nachzuspionieren."

„Nein natürlich nicht. Aber wenn man so einen schönen Ausblick hat und rein zufällig aus dem Fenster schaut, da könnte man doch vielleicht etwas beobachtet haben? Martin, würdest du dann bitte mal rüber in die Wohnung gehen."

Seidel verabschiedete sich höflich und machte sich auf dem Weg.

„Wissen Sie, Herr Schulze, ich komme nur noch wenig nach draußen. Ich habe zwar diesen Luxusrollstuhl, aber das längere Sitzen in ihm ist mir doch recht beschwerlich, wenn ich an die holprigen Straßen und Bürgersteige denke. Es ist kein Vergnügen. Und barrierefrei ist meine schöne Heimatstadt schon mal gar nicht."

„Ich sehe da ein Fernglas, wofür verwenden Sie das?"

„Nun, ich beobachte gerne die Wasservögel, es sind nicht nur Möwen."

„Könnte es sein, dass Sie da rein zufällig auch mal den einen oder anderen Menschen vor die Linse bekommen, wenn Sie Ihre Blicke so schweifen lassen?"

Ein verschmitztes Lächeln genügte Schulze als Antwort. In diesem Moment blickten beide nach draußen und sahen auf der gegenüberliegenden Seite in der Wohnung von Regine Schwarz zunächst nur eine Gestalt. Sie zeichnete sich deutlich im Umriss ab, denn man konnte quasi durch die Wohnung hindurchschauen, weil sie nach beiden Seiten Fenster hatte. Die Gestalt trat ans Fenster und man konnte nicht nur erkennen, dass es ein

Mann war, sondern, wenn man es wusste, erkannte Schulze verblüfft ohne große Schwierigkeiten, dass es sich bei dem Mann um seinen Kollegen Seidel handelte. Er winkte ihnen zu. Schulze ergriff das Fernglas und schaute rüber. Er konnte nun den anderen Beamten nicht nur besser, sondern auch noch eindeutiger an seinen Gesichtszügen identifizieren. Außerdem sah er Möbel und andere Details der Einrichtung. Wenn man bedachte, dass es am 17. Juni ein früher Sommerabend war und in der Wohnung bereits Licht brannte, wäre die Person eindeutig noch genauer erkennbar gewesen. Schulze rief mit seinem Handy seinen Kollegen an und forderte ihn auf, in der Wohnung das Licht einzuschalten. Es war ganz eindeutig, die Wohnung wirkte wie eine Theaterbühne.

„Frau Dr. Winter, ich frage Sie noch einmal, bitte denken Sie in Ruhe nach. Ist Ihnen irgendetwas an dem Abend aufgefallen, was haben Sie gesehen?"

„Jetzt, wo Sie mich noch mal fragen, fällt mir ein, ich war in der Tat mit dem Rollstuhl noch auf dem Balkon gewesen. Ich habe gelesen. Dabei ist mir aufgefallen, dass längere Zeit jemand auf dem Flußkrebssteg gestanden hat und immer wieder zu den Häusern drüben im Karpfenweg geschaut hat, ja geradezu gestarrt hat."

„Wie sah diese Person aus?"

„Es war eindeutig eine Frau, ja ganz sicher. Sie trug ein geblümtes Sommerkleid, so ein farbenfrohes Dekor, wie es heutzutage Frauen nur noch selten zu tragen pflegen. Sie stand da sehr lange, bestimmt länger als eine halbe Stunde. Ich bin dann kurz vor acht nach drinnen gefahren, um die Tagesschau zu schauen."

„Können Sie sich noch erinnern, wie alt war sie? Vielleicht die Haarfarbe? Andere Merkmale?"

„Lassen Sie mich nachdenken. Ja, sie hatte lange Haare, aber die Haarfarbe, nein daran erinnere ich mich nicht mehr. Sie hatte eine normale Figur, wenn Sie wissen, was ich meine. Nicht so eine spindeldürre Modellfigur. Ich kann das schwer beurteilen, aber ich glaube sie war eine reifere Frau, ich schätze älter als 40 Jahre."

„Wieviel Uhr war es da?"

„Das muss so gegen sieben oder halb acht gewesen sein."

„Erinnern Sie sich an andere Auffälligkeiten oder das Gesicht?"

„Es tut mir leid, ich habe sie ja fast nur beiläufig zur Kenntnis genommen und auch nur im Profil gesehen."

„Was haben Sie noch gesehen?“
„Ja, und jetzt fällt es mir ein, da war noch etwas sehr Seltsames. Als ich die Tagesschau sah, sie war fast oder sogar schon ganz zu Ende, die Balkontüre stand noch ganz weit auf, weil es so warm war, da hörte ich plötzlich die Martinshörner. Ich bin dann mit meinem Rollstuhl zum Balkon. Da muss ich gestehen, war ich doch etwas neugierig. Ich habe mit dem Fernglas Richtung Westhafenbrücke geschaut, weil ich wissen wollte, was es denn für ein Rettungsfahrzeug war, das mit Martinshorn auf die Westhafenmole fährt.“
Schulze musste ein bisschen grinsen.
„Und als ich die Westhafenbrücke in meinem Sucher hatte, da habe ich wieder diese Frau gesehen, von hinten allerdings nur. Ich habe nur an dem geblümten Kleid erkannt, dass sie es war. Sie stand auf der Brücke und ich meine, sie hat irgendetwas weggeworfen. In der Tat, sie hat etwas ins Wasser geworfen. Aber ich konnte nicht sehen, was es war. Und dann ist sie ganz schnell über die Brücke weitergegangen. Dann sah ich die Feuerwehrwagen. Ich war sehr bestürzt, weil ich dachte, dass es jetzt irgendwo in den schönen, neuen Häusern brennen muss. Ich war dann noch eine ganze Weile auf dem Balkon, es kam ein Rettungswagen und später dann ein Polizeiwagen. Die Leute rannten alle aus dem Haus. Es war eine große Aufregung.“
„Frau Dr. Winter, Sie sind wirklich eine gute Beobachterin“, schmeichelte Schulze der alten Dame.
„Als ich dann später den Leichenwagen sah, da wusste ich, es muss etwas ganz Schlimmes geschehen sein. Ich habe dann am nächsten Tag erfahren, dass es Frau Schwarz war, dass sie mit erheblicher Gewalteinwirkung ermordet worden ist. Einfach grässlich!“
„Kannten Sie die Tote?“
„Kennen ist ein bisschen zu viel gesagt. Wir kannten uns vom Sehen. Gelegentlich, wenn ich mit dem Rollstuhl meine kleine Runde gedreht habe, bin ich ihr begegnet. Wir grüßten uns und wechselten ein paar belanglose Worte. Aber seit diese Bauruine da steht, fahre ich nur noch selten über die Flusskrebsbrücke. Diese Baustelle verschandelt die ganze Gegend. Wer genehmigt denn so ein Projekt, das schon in der Planung zum Scheitern verurteilt ist? Aber die Gier der Menschen kennt keine Grenzen.“
„Sie haben uns sehr geholfen. Diese Frau, die Sie gesehen haben, die ist möglicherweise eine wichtige Zeugin für uns. Vielen Dank Frau Dr. Winter.“

In diesem Moment klingelte es an der Tür. Die alte Dame rollte mit ihrem elektrischen Rollstuhl zur Türe und meldete sich über die Sprechanlage. Dann rief sie ins Wohnzimmer: „Herr Schulze, Ihr Kollege erwartet Sie unten."

„Ich darf mich dann verabschieden, nochmals vielen Dank für Ihre wertvollen Hinweise."

Dann verließ Schulze die ältere Dame, gab ihr noch seine Visitenkarte mit dem Hinweis, dass sie sich jederzeit melden könnte, wenn ihr noch etwas einfallen sollte. Auf dem Weg zurück ins Präsidium unterhielten sich die beiden Beamten über das, was Schulze erfahren hatte.

„Diese Frau, die Dr. Winter gesehen hat, die könnte eine wichtige Zeugin sein. Auch die Beobachtung, dass dieselbe Frau etwas in den Main geworfen, hat ist interessant", bemerkte Schulze.

„Aber vielleicht war sie gar keine Zeugin? War es am Ende kein Mörder, sondern eine Mörderin und sie hat sich des Tatwerkzeugs entledigt? Wir sollten die Hafenpolizei um Unterstützung bitten. Der Main ist dort in dem Seitenarm nicht sehr tief und hat praktisch keine Strömung. Wenn da jemand etwas von der Brücke geworfen hat, dann müsste es eigentlich dort noch liegen. Ein Taucher könnte es finden."

„Eventuell sollten wir auch noch einmal andere Bewohner der Anlage befragen, vielleicht ist denen auch etwas aufgefallen?"

„Wir behalten es im Auge."

KAPITEL 19

Im Präsidium hatte Sabine Riedel im Besprechungszimmer bereits frischen Kaffee für alle bereit gestellt. An der Wand prangten an einer Tafel mit Magneten die Fotos der ermordeten Regine Schwarz, wie sie mit eingeschlagenem Schädel in einer Lache aus Blut und Sekt am Boden lag. Scherben der beiden Gläser und der Flasche waren über den Parkettboden verstreut. Außerdem waren auf Karten die Namen des Neffen und des Bruders angebracht, ebenso der des geschiedenen Ehemanns und auf einer Tafel stand das Wort ‚Schulamt'. Als Sabine ihre eigenen Unterlagen noch einmal ordnete, trafen kurz hintereinander erst Abbas und Schulze und dann Holzapfel mit Seidel ein. Schulze und Seidel berichteten zuerst von ihrer Recherche, woraufhin Sabine eine neue Tafel mit der Aufschrift ‚Frau im Blumenkleid' anbrachte.

Birgit fasste die Ergebnisse, die sie und Abbas inzwischen hatten, zusammen, woraufhin Sabine an den Namen des Bruders den Hinweis anbrachte ‚Einkauf' und an den des Neffen ‚Sportstudio' Dann war Sabine Riedel an der Reihe, um ihre Recherchearbeit darzulegen.

„Im Testament ist der Neffe Matthias Schwarz als Alleinerbe eingesetzt."

„Na, das ist doch schon mal ein klares Motiv. Es wurden schon Menschen wegen eines deutlich weniger hohen Erbes ermordet. Wir müssen überprüfen, ob der wirklich im Sportstudio war. Die Mitgliedskarten werden doch meines Wissens in so einem Studio beim Ein- und Auschecken mit dem Computer erfasst. Es müsste doch also möglich sein, zu sehen, ob Matthias Schwarz an diesem Tag überhaupt dort war und zu welcher Zeit. Vielleicht lässt sich das telefonisch klären, wenn nicht, müsste jemand vorbeifahren und das überprüfen", stellte Abbas fest.

„Was auch noch interessant ist: Der Einzelverbindungsnachweis von Regine Schwarz zeigt, dass sie an diesem Tag selbst kaum von ihrem Handy aus telefoniert hat. Ein Anruf von ihr bei einer Autowerkstatt um 8.05 Uhr. Während ihrer Arbeitszeit beim Schulamt hat sie wohl gar nicht damit telefoniert. Dann gibt es um 16.17 Uhr einen Anruf von Matthias Schwarz, ungefähr 3 Minuten lang. Von 18.50 Uhr bis 19.03 Uhr hat sie einen Anruf von einer Handynummer erhalten, die einer gewissen Erika Berghoff gehört. Dann gibt es noch einen Anruf von Harald Langer um 20.05 Uhr, aber es wurde nicht gesprochen. Wir müssten das Handy analysieren, um zu wissen, ob sie per WhatsApp oder SMS kommuniziert hat."

„Das müsste zur Technik,“ bemerkte Abbas.
„Ist schon passiert“, erwiderte Riedel mit einem gewissen Stolz.
„Dass er sie versucht hat anzurufen, das hatte der Langer ja an jenem Abend gesagt, als er vor ihrer Türe stand“, erinnerte Schulze.
„Wir müssten aber von dem Neffen wissen, was er von seiner Tante an diesem Tag wollte. Und natürlich müssen wir heraus bekommen, wer diese Erika Berghoff ist und was sie an einem Freitagabend mit Regine Schwarz mehr als 10 Minuten lang zu besprechen hatte“, warf Birgit in die Runde.
„Wenn ich mich recht an die Aussage von der Schulamtsdezernentin erinnere, dann ist diese Berghoff mit der Schwarz befreundet“, warf Seidel ein.
„Ja, nicht zu vergessen, müssten wir die Kollegen der Hafenpolizei um Unterstützung bitten, um eventuell. mit Tauchern nachforschen zu lassen, was da unter der Westhafenbrücke im Wasser liegt“, merkte Abbas an.
„Aber wie kommen wir an diese mysteriöse Frau mit dem geblümten Kleid heran? „Zeugenaufruf in der Presse? In Twitter?“
„Also wenn sie nur eine Zeugin ist, wird sie sich sicherlich auf einen Aufruf hin melden, wenn sie ihn denn selbst liest. Dazu müsste sie aber in Twitter angemeldet sein und den Kanal der Polizei abonniert haben. Wenn sie allerdings unser Täter respektive unsere Täterin ist, wird sie gewarnt sein und sich garantiert nicht melden. Ich wäre aus diesem Grunde gegen einen Aufruf. Eventuell müssten wir noch einmal mit anderen Bewohnern der Altenanlage sprechen. Wenn diese Frau Dr. Winter etwas beobachtet hat, vielleicht ist sie auch noch anderen Leuten aufgefallen und wir erhalten eine etwas bessere Personenbeschreibung?“, wandte Seidel ein.
„Was ist mit dem Motiv? Der Neffe hat zumindest eines, Lieblingstante hin oder her. Er ist ein gemachter Mann, wenn er diese Wohnung und das gesamte Barvermögen erbt. Ansonsten müssten wir uns noch mal mit Vertretern beim Schulamt unterhalten. Mit welchen Vorgängen war sie im Augenblick aktuell befasst?“, beharrte Holzapfel.
„Der Staatsanwalt sitzt mir auch ganz schön im Nacken. Es ist mein erster, großer Fall. Das Opfer ist ein angesehenes Mitglied der Gesellschaft, keine Prostituierte oder Drogenabhängige,“ sagte Abbas.
In diesem Moment klopfte es an die Tür und ein Mitarbeiter der IT betrat den Raum.

„Wir haben das Handy geknackt. War gar nicht so schwer, nur vierstelliger Code und es war ihr Geburtsjahr.“

Abbas nahm das Handy entgegen und startete sofort den Messengerdienst.

„Hier haben wir einen regen WhatsApp-Verkehr zwischen der Schwarz und dem Langer“, und er lass den anderen vor:

7.30 Uhr:

‚Guten Morgen meine Schöne.‘

‚Hallo Liebster, schon so früh aktiv.‘

‚Klar habe einen frühen Termin und muss gleich los. Freue mich auf heute Abend!’

‚Ich habe nur Aktenstudium und später Sitzung. Mache früher Schluss und nehme Gleitzeit.’

‚Kuss.‘ Untermalt mit einem Herzchen.

12.58 Uhr:

‚Mach gleich Feierabend, fahre in die Kleinmarkthalle.‘

‚Was kochst du denn Schönes?'

‚Lass dich überraschen, Italienisch, so viel verrate ich.‘

‚Italienisch klingt gut.‘

17.34 Uhr:

‚Gleich Feierabend, fahre nach Hause und zieh mich um. Bis später.‘

‚Bin fleißig in der Küche.‘

‚Habe Hunger. Freue mich.‘

‚Sei bitte pünktlich.‘

‚Immer!‘ Es folgt ein pochendes Herz.

19.25 Uhr:

‚Bin auf dem Weg.“

„Zwei Turteltäubchen,“ kommentierte Seidel.

„Liebe ist in jedem Alter aufregend“, konterte Holzapfel.

„Hier es gibt noch einen weiteren Chat. Hört mal zu“, fuhr Abbas fort:

14.05 Uhr:

‚Hallo Regine, ich muss dich dringend sprechen. Können wir uns heute treffen?‘

‚Heute schlecht, erwarte Besuch.‘

‚Dann rufe ich kurz an.’

‚Habe echt keine Zeit, Harald kommt.‘

‚Verstehe.'
„Der Chat ist mit einer Erika", erklärte Abbas.
„Erika Berghoff?", fragte Riedel. „Ihre Nummer war im Einzelverbindungsnachweis. Also haben sie doch miteinander telefoniert. „Mit der Frau sollten wir dringend sprechen", sagte Abbas.

KAPITEL 20

Das Wetter versprach wieder einen herrlichen Sommertag, es ging so gut wie kein Wind und am frühen Morgen war das Mainwasser hier in der Marina noch überraschend klar. Einige von den Möwen saßen auf dem Absperrgitter der Uferbefestigungsmauer und schienen noch zu überlegen, ob das, was sich da gerade abspielte, ihnen eine zusätzliche Portion Futter bringen würde. Nur wenige Boote waren an den Anlegern befestigt, die Segelboote der Segelschule waren noch fest vertäut. Zwei Feuerwehrfahrzeuge parkten in der Speicherstraße, die mit rotweißen Bändern für den Durchgang abgesperrt war. Mehrere Feuerwehrmänner und zwei Beamte der Hafenpolizei standen auf dem ersten Bootsanleger, der am nächsten zur Westhafenbrücke lag, während sich, mit einem Seil gesichert, ein Taucher ins Wasser gleiten ließ. Am Ufer hatten sich erstaunlich wenig Schaulustige eingefunden, die interessiert das Treiben beobachteten. Allerdings standen in den Fenstern der Büros einige neugierige Zuschauer. Der Taucher schwamm langsam in seinen Neoprenanzug vom Bootssteg Richtung Westhafenbrücke, um dann am Beginn der Brücke nach unten zu tauchen. Sein Kollege führte langsam das Sicherungsseil nach.
Nach einigen Metern kam er nach oben, entfernte das Mundstück und rief seinen Kollegen zu: „Die Sicht ist gut. Ich habe bisher nur jede Menge leere Flaschen gesehen. Ich tauche jetzt einmal komplett auf der rechten Seite durch bis zur anderen Seite der Brücke und dann auf der linken Seite langsam zurück."
Mit diesen Worten verschwand er wieder unter der Wasseroberfläche, konzentrische Kreise bildeten sich auf dem Wasser. Ein dunkler Schatten entfernte sich langsam vom Steg, bis er nicht mehr sichtbar war, um dann nach etwa sieben Minuten am Ende der Brücke erneut aufzutauchen. Er hielt eine Plastiktüte nach oben.
„Ich habe etwas gefunden."
„Bring es bitte zum Steg", erwiderte sein Kollege am Sicherungsseil.
Langsam schwamm der Taucher zum Bootssteg und reichte eine Plastiktüte mit unbekanntem Inhalt nach oben. Die Tüte war bis auf einen kleinen Riss seitlich völlig unbeschädigt, wie neu, fühlte sich auch nicht schwer an, obwohl sie offenbar einen harten Gegenstand enthielt. Mainwasser lief aus einem Loch am Boden und dem seitlichen Riss heraus. Der Feuerwehrmann öffnete sie und schaute verblüfft.

„Was ist das denn? Leute, das müsst ihr gesehen haben."
Alle schauten zu ihm hin.
„Kommt mal her und seht selbst."
Mit diesen Worten hielt er den anderen die geöffnete, nasse Plastiktüte hin, aus der immer noch Wasser tropfte.
„Was ist das für ein Ding?", fragte einer der Umstehenden.
„Na was wohl", feixte einer der Feuerwehrmänner. „Was für eine Form hat denn das Teil?"
„Ein Vibrator? Ein Dildo."
Alle lachten.
„Hier kennt sich aber einer aus."
„Warst du noch nie in einem Sexshop?"
„Das dürfte wohl kaum die Tatwaffe sein", stellte einer der beiden Polizeibeamten fest. „Christian, ich fürchte, du musst noch mal tauchen."
„Was machen wir jetzt damit?"
„Das, was der ursprüngliche Besitzer schon hätte tun sollen, wir werfen es in den Müll, oder hast du etwa Verwendung dafür?"
„Spinnst du? Ich bin doch nicht schwul!", entrüstete sich der Frager.
Während die Männer noch ihre Späße machten, schwamm der Taucher wieder zu der Stelle, an der er die Plastiktüte samt Inhalt gefunden hatte, dann tauchte er wieder nach unten und schwamm unter Wasser zur anderen Seite der Westhafenbrücke. Kleine Luftblasen stiegen nach oben, während der Feuerwehrmann das Sicherungsseil langsam zu sich zog, weil der Taucher jetzt in die andere Richtung schwamm. Etwa fünf Minuten vergingen, er war ungefähr in der Mitte der Brücke angelangt, da tauchte er erneut an der Wasseroberfläche auf. Wieder hielt er eine Plastiktüte nach oben, dieses Mal war es eine von einem Baumarkt. Langsam kam er zum Bootssteg zurück und reichte die Tüte nach oben zu einem der beiden Polizisten. Sie war mit ihrem oberen Ende um einen offenbar schweren Gegenstand gewickelt, sodass wenig Wasser herausfloß. Das Wasser war leicht rötlich. Umsichtig wickelte der Beamte die Türe langsam auf, um sie dann zu öffnen und hineinzuschauen.
„Bingo. Der Kandidat hat hundert Punkte."
Er erblickte einen Fäustling, der praktisch neu war, der Griff zeigte keinerlei Gebrauchspuren, aber das Metall war noch blutig. Hautreste klebten an dem dunklen Metall. Sogleich wickelte er die Plastiktüte wieder zu und steckte sie in einen Plastikbehälter, den sein Kollege ihm reichte. „Das

muss sofort ins Labor zur Untersuchung. Wenn das nicht die Tatwaffe ist, fress' ich 'nen Besen."

Während die Feuerwehrleute und die Polizisten ihren Einsatz beendeten, das rotweiße Absperrband wieder entfernten, der Taucher seinen Neoprenanzug auszog, alle Gerätschaften verstaut wurden, bemerkte keiner von ihnen, dass vom fünften Stock der Altenwohnanlage Frau Dr. Winter mit ihrem Fernglas den ganzen Vorgang aus der Ferne beobachtet hatte.

KAPITEL 21

Detlef Sommer hatte Pausenaufsicht im Foyer. Diese Aufsicht war sehr nervig, bedeutete sie nämlich, dass man einerseits Schüler daran hindern musste, über das Treppenhaus in die oberen Stockwerke zu gehen, andererseits die Schülertrauben, die sich im Foyer tummelten und so gar nicht daran dachten, freiwillig raus auf den Hof zu gehen, mit sanftem Druck dazu zu bewegen, sich doch nach draußen zu begeben. Dazwischen kamen immer wieder vor allem jüngere Schüler, die mit der Bitte, die Toilette aufsuchen zu müssen, doch hineingelassen werden mussten, während die älteren eher ganz dringend ins Sekretariat, zum Lehrerzimmer oder zum Vertretungsplan mussten. Das Foyer glich also einem Bienenhaus, ein Kommen und Gehen, ein Durcheinanderlaufen, dazu ein Geräuschpegel, bei dem andere Berufsstände schon längst einen Gehörschutz tragen mussten. Sommer war genervt, weil seine Kollegin, die die zweite Aufsicht hatte, aus unerfindlichen Gründen nicht zur Stelle war. Und während er den Zugang zum Treppenaufgang mit ernster Miene verwehrte, wurden die Schülermassen im eigentlichen Foyer immer größer, sodass kaum noch ein Durchkommen war. In dieses ganze Gewühl kamen ein gut und südländisch aussehender Mann mit kurzem Vollbart in Begleitung einer Frau, die Sommer aber nicht in die Kategorie Ehefrau und Mutter einordnete, durch die Haupteingangstüre, und ehe er die beiden pflichtbewusst fragen konnte, wer sie denn seien, was sie wünschten und wie er ihnen möglicherweise behilflich sein konnte, sprach ihn der Mann mit sympathischer, aber fester Stimme an:
„Wo finde ich denn hier das Zimmer der Direktorin?"
Immer noch hin und weg war er beinahe sprachlos, aber nur fast und fing sich dann schnell wieder, um professionell zu antworten:
„Sie können nicht einfach so zur Schulleiterin, das Zimmer von Frau Berghoff ist in diesem Gang. Sie müssten sich aber zuvor als Schulfremde bitte im Sekretariat melden. Das befindet sich den Gang entlang auf der rechten Seite, die übernächste Tür."
In dem Moment kam Sabine Schmidt-Güngerich völlig außer Atem angehastet. „Detlef, es tut mir leid, die 5b kam mal wieder nicht in die Pötte, bis die alle draußen waren. Sorry, dass ich zu spät bin."
„Ich hatte alles im Griff. Kein Problem."

Gedankenverloren schaute er den beiden nach, wie sie in Richtung Sekretariat davongingen und dort anklopften.
„Dein Typ?“, fragte Sabine.
„Allerdings, aber für den bin ich natürlich viel zu alt. Aber wenn ich 20 Jahre jünger wäre .... dann ...“, erwiderte er, ohne den Satz zu beenden.
Als Abbas und Holzapfel das Sekretariat betraten, standen mehrere Schüler vor dem Tresen, um ihre Anliegen vorzubringen. Eine der beiden Sekretärinnen schaute sofort auf das Paar und hielt sie für Eltern.
„Was kann ich für Sie tun?“, fragte sie in freundlichem Ton.
„Wir möchten gerne zu Frau Berghoff“, antwortete Abbas.
„Haben Sie einen Termin?“
„Nein, leider nicht, aber ich denke, wir können auch ohne Termin mit ihr sprechen.“ Mit diesen Worten zückte er seinen Dienstausweis, den die Sekretärin entgeistert anstarrte.
„Ja natürlich, einen Moment.“
Frau Trampe legte die Unterlagen, die sie in der Hand hielt, auf dem übervollen Schreibtisch ab, ging zur Tür und klopfte, bevor sie einfach einen Spalt öffnete und mit dem Kopf hereinschaute. Mit leiser, gedämpfter Stimme sprach sie offensichtlich mit Frau Berghoff: „Da sind zwei Beamte von der Polizei, die möchten gerne zu Ihnen und mit Ihnen sprechen. Die angesprochene Direktorin erwiderte etwas, was angesichts der Unruhe, die die Schüler verbreiteten, nicht zu verstehen war. Dann drehte sich die Sekretärin zu den beiden um und signalisierte ihnen, dass sie bitte hereinkommen sollten. Hinter ihnen schloss sie die Türe von außen, um sich dem nächsten Schüleranliegen zu widmen.
„Abbas, Kriminalpolizei, das ist meine Kollegin Holzapfel. Wir müssten Ihnen ein paar Fragen stellen.“
„Um was geht es bitte? Wie kann ich behilflich sein? Lassen Sie mich bitte nur diesen einen Vorgang gerade noch zu Ende bringen, dann stehe ich zu Ihrer Verfügung. Nehmen Sie bitte Platz.“
Holzapfel und Abbas setzten sich an einen großen Tisch, der offenbar für Besprechungen genutzt wurde, während die Schulleiterin ein paar Schriftstücke ordnete, zusammenheftete und in einem Postkorb ablegte.
„Ich habe eigentlich überhaupt keine Zeit und in 15 Minuten meinen nächsten Termin, einen Unterrichtsbesuch, zu dem ich ungern verspätet kommen würde, Sie verstehen.“

„Frau Berghoff", begann Abbas, „wir ermitteln im Mordfall Regine Schwarz."

„Furchtbar, wir waren befreundet, und ich stehe immer noch unter Schock, wenn ich nur daran denke."

„Im Rahmen unserer Ermittlungen sind wir unter anderem auf Sie gestossen."

„Auf mich?", erwiderte sie sichtlich nervös und spielte mit ihrem Kugelschreiber.

„In welchem Verhältnis standen Sie zu Frau Schwarz? Sie sagten eben, sie seien befreundet gewesen. Wie innig war Ihre Freundschaft?"

„Wir kennen uns schon sehr lange, aus unserer Studienzeit. Regine, ich meine Frau Schwarz, studierte Geschichte und Germanistik, ich hingegen habe die Fächer Deutsch und Französisch, daher die fachlichen Berührungspunkte. Wir haben uns dann nach dem Examen etwas aus den Augen verloren, sie hat dann ja geheiratet. Aber irgendwann haben wir uns auf einer Fortbildung wieder getroffen, seitdem sind wir enger befreundet, vor allem in ihrer Scheidungsphase haben wir uns oft gesehen. Sie ging dann ans Schulamt, ich war eine Zeit lang auf dem Kultusministerium, ehe ich diese Position hier angetreten habe. Aber was hat das mit dem Mord zu tun?"

„Sie haben an dem fraglichen Freitagabend mit Frau Schwarz telefoniert, und zwar unmittelbar, bevor sie ermordet wurde. Worüber haben Sie gesprochen? Was hatten Sie an einem Freitagabend mit ihr denn so wichtiges zu bereden? Ist Ihnen in dem Gespräch irgendetwas aufgefallen? Hat sie eine Andeutung gemacht?"

„Ich habe sie angerufen, weil ich mit ihr über das Besetzungsverfahren etwas besprechen wollte. Eine Funktionsstelle am Westendgymnasium ist im Augenblick vakant."

„Was genau haben Sie denn mehr als zehn Minuten lang an einem Freitagabend zu bereden gehabt? Was war so dringend, dass Sie sie privat zu Hause angerufen haben? Hätte das nicht Zeit bis Montag gehabt?", beharrte Abbas.

„Wissen Sie, ich war noch sehr lange in der Schule am Freitag. Ich habe keinen Stellvertreter im Augenblick, das ist ein Drama. Ich habe die Unterlagen der potentiellen Kandidaten für das Verfahren noch einmal durchgeschaut. Ich musste die Bewerbungsmappen am Dienstag mit der Schulpost ins Schulamt schicken und war gezwungen, sie am Wochenende zu lesen. Ich wollte sie nicht mit nach Hause schleppen. Da ergaben sich ein paar Fragen. Weil wir uns gut kennen, habe ich sie privat zu Hause angerufen."

„Wussten Sie, dass sie eine Verabredung an diesem Abend hatte?"

„Kann sein, dass sie es zuvor erwähnt hat, in dem Telefonat jedenfalls nicht."

„Das ist seltsam, Frau Berghoff. Sie haben ihr nämlich sogar in WhatsApp geschrieben, dass Sie sie unbedingt treffen wollten und sie hat Ihnen geantwortet, dass sie keine Zeit hat, weil Harald Langer käme. Also was war so wichtig, dass Sie Frau Schwarz sogar treffen wollten?"

„Das ist privat und ich möchte dazu keine Angaben machen. Das hat mit dem Mord nicht das Geringste zu tun", entrüstete sich Frau Berghoff.

„Sie sagen, Sie waren in der Schule. Warum haben Sie Frau Schwarz nicht von Ihrem Dienstapparat aus angerufen? Da hätten Sie die Unterlagen doch unmittelbar zur Verfügung gehabt."

„Ich war hier in der Schule und hatte die Unterlagen auch zu Hand, als ich mit dem Handy telefonierte. Ich habe mit meinem Handy angerufen, weil ich ihre Nummer dort gespeichert habe. Außerdem wollte ich nicht, dass auf ihrem Display eine Nummer mit dienstlicher Kennung erscheint. Sie hätte dann möglicherweise nicht abgenommen. In ihrem Mobilgerät bin ich aber mit meiner Handynummer gespeichert, sodass sie sofort gesehen hat, dass ich es bin."

Ihre Stimme klang nun nicht mehr so freundlich wie am Anfang des Gesprächs, sondern sichtlich angespannter.

„Frau Berghoff, klang Frau Schwarz irgendwie beunruhigt, als sie mit Ihnen gesprochen hat?", mischte sich nun Holzapfel ein.

„Nein, sie war wie immer, sie wirkte auf mich sogar ausgesprochen gut gelaunt", antwortete ihr die Schulleiterin nun wieder etwas ruhiger. „Wenn Sie mich bitte jetzt entschuldigen würden, ich muss zu meinem Unterrichtsbesuch."

„Das wäre vorläufig alles. Aber wir müssen Sie leider noch einmal aufs Präsidium zu einer offiziellen Aussage bitten. Vielleicht überlegen Sie sich noch einmal gründlich, was genau Sie mit Frau Schwarz Wichtiges zu besprechen hatten."

Damit verabschiedeten sich die beiden Kriminalbeamten und verließen das Schulgebäude.

„Also wenn du mich fragst, war sie ganz schön nervös", sagte Holzapfel.

„Es mag sein, dass sie etwas Dienstliches besprochen haben, aber das war mit Sicherheit nicht der einzige Grund des Anrufs. Es scheint etwas zu sein, was ihr unangenehm ist, darüber zu sprechen. Aber Fakt ist, sie wollte die Schwarz sogar persönlich treffen, und sie hat angerufen, obwohl sie von dem Date wusste und die Schwarz eigentlich keine Zeit für sie gehabt hat.“

KAPITEL 22

Bernhard Schulze und Martin Seidel hatten zunächst das Sportstudio im Hilton aufgesucht und dabei erfahren, dass Matthias Schwarz zwar am fraglichen Freitag im Sportstudio war, aber laut Computererfassung dort lediglich in der Zeit von 13.20 Uhr bis 15.50 Uhr eingecheckt war, nicht jedoch zur vermutlichen Tatzeit. Die freundliche Dame am Service hatte ihnen sogar mitgeteilt, dass manchmal Mitglieder eingecheckt bleiben, das Studio kurz verlassen, um eine kleine Besorgung in der Innenstadt zu machen oder etwas auf dem Schillermarkt zu essen und zwischenzeitlich ihre Sportsachen solange im Spind belassen würden. Das heißt, selbst wenn jemand im Computer eingeloggt war, hieß das noch lange nicht, dass er auch die ganze Zeit anwesend war. Man konnte das Studio genauso gut über das angeschlossene Hallenbad oder mittels Aufzug über das Hotel verlassen. Aber zur fraglichen Zeit habe sie selbst Dienst gehabt und Matthias an den Geräten mehrmals gesehen.

Anschließend fuhren sie in die Weberstraße, um noch einmal mit Matthias Schwarz zu sprechen. Dieser wirkte sehr erstaunt, als er nun zwei völlig anderen Beamten der Mordkommission gegenüber stand.

„Seidel, Mordkommission und das ist mein Kollege Schulze", stellte er sich und seinen Kollegen vor.

„Sie haben ja bereits mit meinem Chef gesprochen. Leider gibt es einige Unstimmigkeiten, sodass wir Sie erneut befragen müssen."

„Was für Unstimmigkeiten? Ich sagte doch schon Kommissar Abbas, dass ich beim Sport war", entgegnete er in unfreundlichem Ton.

„Sehen Sie, genau dies ist eine der Unstimmigkeiten. Wir haben nämlich ermittelt, dass sie deutlich früher dort zum Training waren, nicht aber am späten Freitagnachmittag. Also wollen Sie nicht noch einmal darüber nachdenken, wo Sie nach dem Sport waren."

„Sie haben außerdem mit Ihrer Tante telefoniert, davon haben sie uns gar nichts erzählt", ergänzte Schulze.

„Ich kann Ihnen nicht sagen, wo ich Freitagabend war. Das ist privat. Und meine Tante habe ich angerufen, weil ich mich mit ihr verabreden wollte. Sie hat mir enthusiastisch erzählt, dass sie diesen Harald Langer zum ersten Mal zu sich nach Hause eingeladen hatte und sehr in Zeitdruck war wegen des Menüs, das sie kochen wollte. Darum war das Gespräch sehr kurz, ein paar Minuten höchstens."

„Herr Schwarz, dies ist kein Frage- und Antwortspiel. Wenn Sie uns nicht sagen wollen, wo Sie am Freitagabend waren oder mit wem Sie unter Umständen zusammen waren, dann haben Sie ein ernsthaftes Problem und wir sehen uns auf dem Präsidium wieder", mahnte ihn Schulze.
„Also gut ich war mit jemandem zusammen, ok. Er ist verheiratet. Ich muss erst mit ihm sprechen. Ich bin da sehr diskret."
„Sie hatten also ein Date mit einem verheirateten Mann! Wo ist das Problem? Einvernehmlicher Sex unter erwachsenen Männern ist nicht mehr strafbar, Herr Schwarz", stellte Seidel fest.
„Es ist kompliziert. Ich muss erst mit ihm sprechen, vorher sage ich nichts."
„Gut, wie Sie wollen, aber dann erhalten Sie eine polizeiliche Vorladung und das ist dann keine nette Unterhaltung im Plauderton mehr, das kann ich Ihnen versprechen. Ich darf Sie bitten, vorerst Frankfurt nicht mehr zu verlassen."
„Stehe ich etwa unter Verdacht?"
„Herr Schwarz, Sie haben kein nachprüfbares Alibi für die Tatzeit, aufgrund unserer Ermittlungen aber durchaus ein nachvollziehbares Motiv", bemerkte Schulze so kalt, dass es sogar Seidel fröstelte..
„Und das wäre?"
„Das erfahren Sie dann bei Ihrer Vorladung auf dem Polizeipräsidium", beendete er die kurze Unterhaltung und beide ließen den jungen Mann in tiefer Unsicherheit und aufgewühlt zurück.
„Also wenn du mich fragst, der hat was zu verbergen", sagte Seidel auf dem Rückweg zum Auto.
„Entweder er lügt, dass sich die Balken biegen, oder er hatte ein Date mit einem Prominenten."
„Dritte Möglichkeit: Er sucht sich jetzt jemanden, der bezeugt, dass er mit ihm zusammen war."
„Ob jemand einen Meineid riskiert, das steht noch mal auf einem ganz anderen Blatt, wenn ich das mal so vermuten darf."

KAPITEL 23

Auf dem Präsidium war Sabine Riedel damit beschäftigt, die neuesten Erkenntnisse an ihrer Anzeigetafel zu aktualisieren, als Abbas und Holzapfel gerade eintrafen. Beide erblickten sofort ein Foto, auf dem ein Fäustling zu sehen war und Riedel hatte darunter den Vermerk ‚Tatwaffe' angebracht und es unter der ‚Frau im Blumenkleid' platziert. Als Abbas den neuen Sachverhalt bemerkte, fragte er sofort nach: „Dann hat also die Taucherei etwas gebracht?"

„Ja. Das Ergebnis kam eben vom Labor herein. An dem Hammer befinden sich gut analysierbare Blut- und Hautspuren von Regine Schwarz, die DNA-Ergebnisse sind eindeutig. Er war in einer Plastiktüre eines Baumarktes eingewickelt, dadurch haben sich die genetischen Spuren gut erhalten. Außerdem lag die Tatwaffe noch nicht sehr lange im Mainwasser. Es ist ein absolut gewöhnlicher Hammer, ein sogenannter Fäustling oder auch Fäustel, wie man ihn in jedem Baumarkt erwerben kann."

„Dann haben wir es also mit hoher Wahrscheinlichkeit mit einer Mörderin zu tun, denn Frau Dr. Winter hat ja beobachtet, dass eine weibliche Person etwas von der Brücke ins Wasser geworfen hat", stellte Abbas fest.

„Es gibt keine Fingerabdrücke auf dem Hammer. Theoretisch könnte sie auch noch etwas anderes in den Fluss geworfen haben. Aber einen Anhaltspunkt haben wir sicherlich", entgegnete Riedel.

„Wir sollten die Tafel ergänzen", merkte Schulze an. „Der Neffe hat bisher kein belastbares Alibi. Zur Tatzeit war er definitiv nicht im Sportstudio. Angeblich hatte er ein Date, will aber den Namen seines Partners nicht preisgeben. Wir sollten ihn vorladen und ein bisschen unter Druck setzen."

Seidel ergänzte: „Wir könnten ihm eine Vorladung ins Präsidium schicken. Immerhin ist er der Alleinerbe eines nicht unbeträchtlichen Vermögens, wovon er allerdings vorläufig noch keine Ahnung hat. Er hat aus meiner Sicht ein klares Motiv, seine Tante aus dem Weg zu räumen. Wenn er die Wohnung verkaufen würde, hätte er trotz Erbschaftssteuer eine hübsche Summe. Damit kann man sehr gut leben. Außerdem hat er zugegeben, dass er während seines Anrufes bei seiner Tante von ihrem Date erfahren hat."

Holzapfel regte an, auch eine Karte mit dem Namen ‚Erika Berghoff' anzubringen. „Irgendwie ist nicht ganz stimmig, was die gute Direktorin von ihrer Kommunikation mit der Schwarz am Freitag erzählt hat. Da passt so einiges nicht richtig zusammen. Erst will sie die Ermordete unbedingt noch am Freitag sehen. Als sie erfährt, dass diese keine Zeit hat, ruft sie dennoch an und plaudert mit ihr mehr als zehn Minuten, angeblich über eine Stellenbesetzung. Und die Schwarz ist eigentlich in Zeitdruck wegen ihres eigenen Dates, redet aber so lange mit ihr. Nein, ich glaube nicht, dass sie über dienstliche Angelegenheiten gesprochen haben, oder zumindest nicht nur."

„Also haben wir es jetzt mit einer großen Unbekannten zu tun, einem Neffen und vielleicht mit dem Bruder", fasste Abbas zusammen, „wobei ich den Bruder ehrlich gesagt zunehmend aus dem Kreis der Verdächtigen ausnehmen möchte. Wir kennen die Tatwaffe. Die Tatsache, dass so ein brutales Mordwerkzeug verwendet wurde, spricht der Erfahrung nach zwar eher für einen männlichen Täter, und da kommen mir bei dem Neffen ehrlich gesagt auch Zweifel. Niemand hat einfach so einen Hammer dabei, das sieht nach Vorsatz aus. Dieser Mord war geplant. Jemand kommt in voller Absicht, um die Schwarz zu töten. Sie kennt den Mörder oder die Mörderin, lässt die Person in ihre Wohnung. Der Täter oder die Täterin mussten gewusst haben, dass sie zu Hause ist, und zwar alleine. Das Tatwerkzeug wird unmittelbar nach der Tat in der Nähe des Tatortes entsorgt. Warum?"

„Was sagt uns, dass der Täter zu Fuß vom Tatort weggeht? Die nächste Haltestelle für den öffentlichen Nahverkehr ist am Basler Platz oder am Hauptbahnhof", warf Seidel in die Runde. „Wenn er nicht mit dem Wagen zum Tatort gekommen ist, weil er weiß, dass man dort schlecht einen Parkplatz findet, und er also entweder einen weiteren Weg zum Auto zurücklegen oder zur nächsten Haltestelle gehen muss, dann will er wahrscheinlich die Waffe so schnell wie möglich vorher loswerden und hat sie deshalb dort in den Main geworfen. Er konnte nicht damit rechnen, dass er dabei mit einem Fernglas beobachtet wird. Es dauert nur wenige Sekunden, etwas über das Geländer zu werfen, wenn er sich dort kurz umsieht und sich alleine glaubt. Keiner käme auf die Idee, ausgerechnet dort nach dem Mordwerkzeug zu suchen."

„Also fassen wir zusammen", referierte Abbas: „ Der Neffe wird auf das Präsidium vorgeladen. Definitiv müssen wir uns auf jeden Fall noch einmal mit dem beruflichen Umfeld näher befassen. Dazu müssen wir erneut auf dem Schulamt vorsprechen. Die anderen Nachbarn der Schwarz sollten wir ebenfalls noch einmal befragen. Vielleicht finden wir da noch einen

Hinweis? Ich schlage vor, Martin geht noch mal zusammen mit mir aufs Schulamt. Bernhard, du befragst noch mal die anderen Nachbarn."
„Was ist mit dem Liebhaber, diesem Herrn Langer? Wir sollten uns auch noch einmal mit ihm unterhalten. Vielleicht hat die Schwarz ihm gegenüber eine Andeutung gemacht, die uns weiter hilft? Er hat zwar gesagt, dass er nichts dergleichen weiß, aber vielleicht ist ihm inzwischen doch noch was eingefallen?", schlug Holzapfel vor.
„Dann übernimm du das, vielleicht bekommst du mit deinem weiblichen Charme mehr Informationen von ihm", ging Abbas auf ihren Vorschlag ein.
„Sabine, du recherchierst bitte noch mal alles, was du über diesen Matthias Schwarz herausfinden kannst, damit wir für die Befragung mehr Datenmaterial haben."

KAPITEL 24

„Ich danke für Ihre Aufmerksamkeit“, schloss Bettina Werle-Reinhardt die Schulleiterdienstversammlung im zweiten Stock des Staatlichen Schulamtes. Als sie das Rednerpult verließ und zum Ausgang schreiten wollte, kam sie noch einmal zu Erika Berghoff, die in der vorletzten Reihe ihrem Vortrag aufmerksam gelauscht hatte. „Würdest du bitte noch einmal kurz zu mir in mein Zimmer kommen, Erika, ich möchte gerne noch etwas mit dir besprechen. Es wird nicht lange dauern.“ Ihre offene Frage war dabei noch nicht einmal die schärfste Form eines dienstlichen Befehls, zu dem Frau Werle-Reinhardt fähig war. Man konnte jedoch Frau Berghoff anmerken, dass ihr dieses Anliegen nicht sehr gelegen kam.

„Ich möchte noch zuvor ein paar Worte mit Herrn Obermann von der Max-Beckmann wechseln und komme dann sofort rauf in dein Büro“, erwiderte sie so freundlich, wie es ihr trotz der Verärgerung möglich war. Obwohl sich beide schon sehr lange seit ihrer Studienzeit kannten, herrschte eine gewisse Eintrübung ihres bis dato guten Verhältnisses, seit Frau Werle-Reinhardt als zuständige Dezernentin quasi die Dienstvorgesetzte von Erika Berghoff war. Zehn Minuten später klopfte sie an die Bürotür und trat fast unmittelbar zeitgleich mit dem Klopfen ein, ohne ein ‚Herein‘ abzuwarten.

„Was gibt es denn so Wichtiges zu besprechen?“, fragte sie ohne Smalltalk direkt beim Eintreten.

„Bitte setz dich, möchtest du einen Kaffee oder ein Wasser?“

Die Direktorin setzte sich auf einen der Stühle am Fenster. „Kaffee wäre gut.“

Frau Werle-Reinhardt schenkte beiden aus einer Thermoskanne einen Kaffee ein und goss für ihre Freundin einen Schuss Milch hinein, dann setzte sie sich zu ihr und stellte die beiden Tassen auf dem kleinen Tisch ab.

„Ich will gleich zur Sache kommen. Es wird dir vielleicht nicht gefallen, aber es geht um das Überprüfungsverfahren in zehn Tagen.“

„Was meinst du, was wird mir daran nicht gefallen?“

„Regine ist tot, das weißt du. Es ist für mich immer noch unbegreiflich, wie so etwas überhaupt passieren konnte. So ein freundlicher, offener und liebenswerter Mensch. Hoffentlich findet die Polizei ihren Mörder so schnell es geht. Es ist noch gar nicht abzuschätzen, welche große Lücke sie hier im Schulamt hinterlassen hat. Im Augenblick gibt es keine Vertretung. Zum gegenwärtigen Zeitpunkt ist noch völlig offen, wann und wie die Stelle neu besetzt werden soll. Üblicherweise lassen sich die im Kultusministerium Zeit. Und Zeit ist Geld, und so lange die Stelle vakant ist, werden Kosten gespart."

„Was hat das mit dem Überprüfungsverfahren zu tun?"

„Du hast die Akten gesehen, es gibt fünf Bewerber, darunter nur eine Frau und die ist nicht einmal aus dem Mentoringprogramm, sondern eine Auswärtsbewerbung. Ich hatte schon vor einiger Zeit mit Regine darüber gesprochen, dass die Stelle am Westendgymnasium möglichst mit einer Frau besetzt werden soll. Es sieht aber so aus, dass diese eine Bewerbung aus Regines und meiner Sicht nicht die geeignete Person ist. Wir können den Termin unmöglich halten, jetzt wo Regine tot ist. Das würde bedeuten, dass in jedem Fall einer der vier männlichen Bewerber die Stelle erhalten würde. Wie sieht das aus? Die Frauenbeauftragte ist tot und das Verfahren findet ohne sie statt und sofort wird ein Mann auf die Stelle befördert, obwohl innerhalb Frankfurts der Stellenkegel immer noch so aussieht, dass zu wenig Frauen unter den A-15 und A-16-Stellen vertreten sind. Um es abzukürzen, ich habe mit Tiefenthaler gesprochen. Wir beide sind der Ansicht, dass wir den Termin mit Rücksicht auf Regines tragischen Tod absagen. Das bedeutet gleichzeitig, um die Fristen zu wahren, die seit der Ausschreibung vergangen sind, dass wir die Stelle neu ausschreiben werden."

„Das kannst du mir nicht antun", entrüstete sich Erika Berghoff. „Wie soll das gehen? Seit fast einem Jahr improvisieren wir jetzt schon. Der Personalrat macht mir die Hölle heiß, weil der Plan so schlecht ist. Der Kollege, der interimsmäßig den Plan macht, ist auch schon völlig überlastet. Bettina, das geht einfach nicht. Bitte sprich noch mal Tiefenthaler."

„Ich kann dir nichts versprechen, meine Liebe. Der Tod von Regine hat vieles verändert. Aber um unserer Freundschaft willen spreche ich noch mal mit ihm. Aber es sieht nicht gut aus. Das sage ich dir gleich."

„Ich habe überhaupt nichts gegen einen Mann als meinen Vertreter, davon einmal abgesehen. Hauptsache er beherrscht Untis."

„Lass uns jetzt nicht darüber streiten", versuchte Werle-Reinhardt die aufgebrachte Schulleiterin zu beruhigen. „Die Beherrschung eines Stundenplanprogramms ist aber nicht das alleinige Kriterium, das weißt du auch."

Berghoff platzte innerlich förmlich vor Wut und wusste nur zu gut, dass sie gleich laut werden würde, so aufgebracht war sie. All die provisorischen

Konstrukte in der Organisation würden sie noch auf unbestimmte Zeit in ihrer Amtsführung gängeln. Es bereitete ihr fast körperliche Qualen, auch nur daran zu denken.

„Das musst du mir nicht sagen", entfuhr es ihr daher in scharfem Ton. Sogleich hatte sie sich jedoch wieder emotional unter Kontrolle. „Ist schon bekannt, wann die Beerdigung sein wird?", wechselte sie daher geschickt das Thema.

„Angeblich ist die Leiche von der Gerichtsmedizin freigegeben. Der Bruder lässt sie einäschern und es findet dann eine Trauerfeier bei der Urnenbeisetzung auf dem Hauptfriedhof statt, der Termin steht noch nicht fest. Ich gebe dir Bescheid, wenn ich etwas erfahre."

„Es ist wirklich furchtbar. Ein Leben kann so schnell vorbei sein. Wollen wir nicht mal wieder etwas privat zusammen unternehmen, Bettina? Das wäre doch nett. Wir könnten einen Spaziergang im Taunus machen oder ich koche uns mal wieder etwas Leckeres."

„Lass uns am Freitag telefonieren und vielleicht für das Wochenende etwas ausmachen. Ich muss erst mit Jürgen sprechen. Und vielleicht kommt Martina?"

Damit war das kurze Dienstgespräch beendet und die Schulleiterin verabschiedete sich, fast mit übertriebener Herzlichkeit: „Auf bald, ich freue mich."

Erika Berghoff war zwar Single, aber dennoch eine leidenschaftliche Köchin und sogar Mitglied in einem Kochclub. Mit Männern hatte sie bisher wenig Glück gehabt. Sie trauerte immer noch um ihre große Liebe Kai aus der Studentenzeit, den sie einfach nicht vergessen konnte und wollte. Dass sie als Schulleiterin nur schwer einen Partner fand, lag insbesondere daran, dass sie ihren Beruf überaus ernst nahm - böse Zungen behaupteten sogar, sie sei mit der Schule verheiratet - , und so hatte sie kaum Gelegenheit, in ihrer Position einen geeigneten Mann kennenzulernen. Sie würde sich niemals intellektuell und wirtschaftlich oder gar gesellschaftlich bei der Partnerwahl nach unten orientieren, so viel stand fest. Aber im Grunde ihres Herzens hatte sie doch Sehnsucht nach einem ebenbürtigen Partner. Im Augenblick aber war für sie der Tag gelaufen. Sie musste jetzt dringend etwas Schönes für sich tun.

KAPITEL 25

Die beiden Chihuahuas warteten schon ganz ungeduldig im Flur darauf, dass einer der beiden Herrchen endlich die Leinen aus dem Schrank nahm und damit signalisierte, dass der nächste Gassigang anstand. Angesichts des schönen Sommerwetters hatte Detlef Sommer beschlossen, dass sie heute vom Ostend zur Westhafenmole spazieren gehen wollten. Er hatte dort lange keine Fotos gemacht. Sein gehörloser Mann gebärdete ihm, dass er lieber in den Ostpark wollte. Aber es blieb dabei, dass sie heute zum Westhafen gehen wollten. Detlef wollte seinem Partner zeigen, wo die ermordete Regine Schwarz gewohnt hatte. Außerdem hatten sie seit einiger Zeit mit einer Mitbewohnerin im Haus echten Stress, weil sich die Dame als eine wahre Schwulenfeindin entpuppt hatte. Auch sie hatte einen kleinen Hund, sodass es zwangsläufig dazu kommen musste, dass man sich im Ostend über den Weg laufen könnte. Das galt es unter allen Umständen zu vermeiden. Und bis zum Westhafen würde sie sowieso niemals zu Fuß laufen. Am Mainuferweg war es wie üblich relativ stressig, weil sich auf dem schmalen Weg Fußgänger, Skater und Radfahrer ständig in die Quere kamen, sodass sie die Hunde nicht von der Leine nehmen konnten. Außerdem hatten die beiden großen Spaß daran, die Nilgänse, die überall entlang des Ufers die Liegewiesen und Rasenflächen mit ihrem Kot verunreinigten, zu jagen. Das stieß nicht bei allen Menschen auf Gegenliebe. So trotteten die beiden Chihuahuas ganz entspannt an der Leine und gingen einigermaßen bei Fuß, so weit man das so bezeichnen konnte. Das Tempo war entsprechend gemäßigt, denn überall lauerten verführerische Düfte, die ausgiebig beschnüffelt werden mussten. Der eine oder andere fremde Hund wurde entweder schwanzwedelnd begrüßt und olfaktorisch ausgiebig untersucht, oder aber zähnefletschend und kläffend darauf aufmerksam gemacht, dass er hier bei den beiden Damen nichts zu melden hatte. Sommer wusste manchmal nicht, ob nun die Hunde ihr Herrchen führten oder umgekehrt. Angesichts des Wolkenhimmels blieb er ständig stehen, um ein geeignetes Fotomotiv am Mainufer zu finden und ein Foto zu machen. Ungehalten gebärdete sein Mann ihm, dass es genug sei mit den vielen Fotos und sie lieber zügig zum Nizzaufer vorankommen sollten, damit dort wegen der Platanenallee die Hunde frei laufen konnten. Es war ein nicht ernst gemeinter Streit zwischen beiden, da Thomas einerseits die Fotos gerne auf Facebook postete, andererseits aber ungeduldig

war, wenn sein Mann immer wieder stehen blieb, um ein Foto zu machen. Inzwischen gab es hunderte von Fotos, die ihn auf sämtlichen Spaziergängen entlang des Maines zeigten und bei Facebook die begehrten „Likes“ einbrachten.
Für Gehörlose hatten Fotos und Videoclips noch einmal einen ganz anderen Stellenwert, da man manches nur schwer in Gebärdensprache ausdrücken konnte und ein Foto eben mehr sagte als viele Worte in bestimmten Situationen. Und Thomas hatte viele Freunde, sehr viele Freunde, zumindest nach den Kategorien von Facebook.
Sie gebärdeten, soweit es das Fotografieren zuließ, über ihre jeweiligen kleinen und großen Probleme an der Arbeit. Thomas verstand so gar nicht, was man sich heutzutage alles von Schülern und Eltern gefallen lassen musste. Diese immer mehr um sich greifende Respektlosigkeit in der Gesellschaft war vor allem bei einigen Eltern in der Schule hautnah spürbar. Am meisten regte er sich immer darüber auf, wenn er zu korrigierende Arbeitshefte und Klausuren auf dem Schreibtisch von Detlef durchblätterte. Seiner Meinung nach gehörte so ein Geschmiere einfach in den Mülleimer und nicht noch korrigiert. Detlef sollte einfach nicht solche Arbeiten akzeptieren. Aber das war leichter gesagt als getan. In dem Punkt einer ordentlich und lesbar gestalteten Klausur führte man als Lehrer einen fast aussichtslosen Kampf. Denn auch in den eigenen Reihen der Lehrerschaft entschuldigten viel zu viele inzwischen fast alles, was man nur an Entlastung und Gründen für eine schlampige Schrift anführen konnte. Auf der Höhe des Nizzas konnten die beiden Chihuahuas, Jaoma und Dawo, endlich von der Leine und rannten sofort eifrig in geschwisterlichem Rennen um die Wette auf der Wiese herum. „Wie süß“ und „Ach Gott, wie goldig“ waren häufig gehörte spontane Kommentare von anderen Spaziergängern. Auf der Höhe des Westhafenplatzes angekommen, mussten sie jedoch wieder an die Leine, damit sie nicht aus Versehen auf die Straße rennen konnten und möglicherweise unter eines der wenigen Autos geraten konnten, die auf dem Karpfenweg mit ziemlich rasantem Tempo unterwegs waren. Vor einem Haus im Karpfenweg blieben sie stehen. Detlef deutete auf das Gebäude und gebärdete, dass hier die ermordete Frau gewohnt hat, die früher einmal an seiner Schule gearbeitet hatte und nun im Schulamt Frauenbeauftragte gewesen war. Thomas fand das Haus sehr beeindruckend und gebärdete sofort, dass sie beide doch in diese Wohnung umziehen sollten, um endlich dem Streit mit ihrer osteuropäi-

schen Nachbarin entfliehen zu können. In diesem Moment näherte sich ein Rollstuhl auf dem Bürgersteig, sodass Thomas die beiden Hunde an der Leine umsichtig beiseite zog, damit die ältere Dame vorbeifahren konnte. Diese blieb jedoch abrupt stehen.
„Meine Güte, wie sind die beiden reizend. Sind das Geschwister?"
„Ja, das sind sie, aber nicht aus dem gleichen Wurf, die eine ist zwei Jahre älter als ihre Schwester", antwortete Detlef und Thomas gebärdete sofort, dass er gerne wissen wollte, was die Frau gefragt hatte. Detlef übersetzte in Gebärdensprache. Und als spürten die Chihuahuas, dass diese nette, alte Dame freundlich gesinnt war, strebten sie nun zu dem Rollstuhl hin, und Dawo stellte sich auf die Hinterbeine, um noch besser riechen zu können, während Jaoma ihre Schwester noch im Schwanzwedeln übertreffen wollte und ihren überdeutlichen Wunsch nach Streicheleinheiten somit zum Ausdruck brachte. Die Rollstuhlfahrerin tätschelte mit einer Hand den Kopf und kraulte die Hündin hinter den Ohren.
„Ich hatte früher, bevor ich einen Rollstuhl benötigte, auch einen Chihuahua, einen Rüden, Sirius hieß er. Zum Glück muss ich sagen, ist er gestorben, bevor ich gehbehindert wurde. Ich hätte es nicht übers Herz gebracht, ihn wegzugeben und da, wo ich jetzt wohne, wäre es undenkbar ihn zu behalten, selbst wenn es erlaubt wäre." Detlef übersetzte, was die alte Dame gesagt hatte, in Gebärdensprache und Thomas kommentierte ihre Aussage mit einem zustimmenden Nicken.
„Darf ich Sie etwas fragen?"
„Kommt darauf an, was."
„Ist diese Zeichensprache eigentlich schwierig?"
„Sie meinen die Gebärdensprache? Ich denke, es ist wie mit jeder anderen Fremdsprache auch. Wenn man nur einen Kurs besucht und keine Anwendung hat, dann ist es schwer, vor allem die abstrakten Begriffe, die kann ich mir nur wirklich sehr schwer merken, oder die kleinen Wörter. Aber für den Alltag ist sie vielleicht in einigen Situationen sogar intuitiver und leichter."
Wieder war eine Übersetzung erforderlich. Das war auch der Grund, warum solche Unterhaltungen häufig sehr anstrengend und manchmal auch ermüdend vonstatten gingen.
„Eben habe ich meinem Mann zum Beispiel erklärt, dass hier in diesem Haus eine ehemalige Arbeitskollegin von mir gewohnt hat und vor kurzem ermordet worden ist."

„Ach, Sie kannten Frau Schwarz?“
Detlef war überrascht, dass die alte Dame den Namen der Frauenbeauftragten kannte.
„Also wir waren vor ein paar Jahren Kollegen am Westendgymnasium. Jetzt hatte ich nur noch sporadisch mit ihr zu tun. Wir waren privat jedoch nicht miteinander befreundet. Aber woher kennen Sie denn Frau Schwarz, sind Sie eine Nachbarin, wenn ich fragen darf?“
„Nein, ich bin keine direkte Nachbarin. Ich wohne dort drüben auf der anderen Seite der Marina in der Altenwohnanlage. Ich kannte sie nur vom Sehen. An jenem Freitagabend habe ich zufällig auch mitbekommen, wie der Feuerwehreinsatz hier im Karpfenweg war. Aber da wusste man ja noch nicht, dass hier ein Mord geschehen ist. Und zwei Kriminalbeamte waren sogar bei mir und haben mich befragt, ob ich etwas gesehen habe.“
Ungeduldig signalisierte Thomas mit Blicken, dass er wissen wollte, was gesprochen wurde und Detlef übersetzte in Kurzfassung. Das tat er manchmal, wenn eine Unterhaltung etwas zu kompliziert wurde und ihm einzelne Gebärden für eine ausführliche Übersetzung fehlten.
„Wieso Feuerwehreinsatz? Hat es denn auch noch gebrannt? Davon stand gar nichts in der Zeitung.“
„Also ich kann ihnen nicht alles sagen, aber es gab wohl einen Alarm durch einen Rauchmelder und erst dadurch wurde überhaupt die Tote von der Feuerwehr gefunden.“
Als Detlef auch dieses gebärdete, zeichnete sich ein Staunen im Gesicht von Thomas ab und er gebärdete seinerseits: „Hat Mörder Feuer angezündet?“ Detlef übersetzte für die Frau seine Frage.
„Zu dem Feuer und der Rauchentwicklung kann ich gar nichts sagen. Aber ich habe gesehen, wie später an diesem Abend eine Frau etwas in den Main geworfen hat. Und die Feuerwehr und die Hafenpolizei haben sogar danach getaucht.“
„Wissen Sie, was das war?“
„Nein, das weiß ich nicht. Aber ich habe gesehen, dass etwas aus dem Wasser geholt wurde.“
„Das ist ja ein Ding. Von all dem stand überhaupt nichts in der Zeitung.“
Vor Neugierde fast platzend begehrte Thomas zu erfahren, was die alte Dame erzählt hatte. Die beiden Hundedamen hatten sich mittlerweile zwischen ihre beiden Herrchen und den elektrischen Rollstuhl gesetzt, he-

chelten ob der Hitze und schauten etwas gelangweilt nach oben. Ihr Blick verriet, dass sie gerne weitergehen wollten. Detlef fasste in Gebärden kurz zusammen, was er gehört hatte und sagte dann zu der Rollstuhlfahrerin: „Vielen Dank für die freundliche Unterhaltung. Aber wie Sie bemerken können, wollen da zwei gerne weiter."
„Ja, das kann ich gut verstehen. Mein Sirius mochte das auch nicht, so lange auf einer Stelle zu stehen. Ich werde dann auch mal weiter meine Runde machen. Ich wünsche Ihnen beiden noch einen schönen Nachmittag."
„Danke sehr, das wünschen wir Ihnen auch."
Dann setzten sie ihren Weg in Richtung Bauruine fort, wobei die beiden Hündinnen mit stramm gezogener Leine vorausgingen, während die ältere Dame ihren elektrischen Rollstuhl langsam in Bewegung setzte und in der entgegengesetzten Richtung davonfuhr. Beide regten sich wieder darüber auf, dass seit Jahren am Ende der Hafenmole diese unsägliche Bauruine stand, bei der es anscheinend kein Vorankommen gab. Irgendwann wollte ein offenbar finanzschwacher Investor ausgerechnet hier, wo es überhaupt keinen Publikumsverkehr gab, ein Wellnesscenter errichten und hatte durch seinen unvollendeten und nackten Betonbau das Ende der Westhafenmole auf unbestimmte Zeit verunstaltet. Auf der Flusskrebsbrücke machte Detlef noch einige Fotos der Marina und dann gingen sie auf dem anderen Ufer schnellen Schrittes zur Osteria, um dort einen Latte macchiato zu trinken und den Hunden endlich frisches Wasser geben zu können. Detlef Sommer ließ noch einmal in Gedanken die Begegnung mit der unbekannten Frau im Rollstuhl Revue passieren. Spontan fiel ihm Armistead Maupin mit seinen Stadtgeschichten aus San Francisco ein. Frankfurt und San Francisco waren von der Einwohnerzahl her ungefähr gleich groß und in diesen Stadtgeschichten begegneten sich auch an sich fremde Menschen, die aber dann irgendwie feststellten, dass sie unerwartet über drei Ecken scheinbar einen gemeinsamen Bekannten hatten.

KAPITEL 26

Wieder fuhr Bernhard Schulze nun auf die Westhafenmole in den Karpfenweg. Wieder war die Parkplatzsuche extrem nervig. Ihm blieb nichts anderes übrig, als erneut seinen Wagen halb illegal am Bauzaun der Bauruine am Ende der Halbinsel zu parken. Als er vor dem Haus stand, klingelte er, einer innen Eingebung folgend, zuerst noch einmal bei Isabelle Fernandez. Diese feurige Spanierin hatte es ihm sichtlich angetan. Sie war erkennbar positiv überrascht, ihn noch einmal zu treffen: „Herr Kommissar, Sie so unerwartet zu treffen, freut mich sehr. Was führt Sie zu mir."
„Ich muss noch mit einigen Ihrer Nachbarn sprechen und bin deshalb noch einmal hergekommen. Da dache ich mir, vielleicht ist Ihnen noch etwas eingefallen."
„Nein, eigentlich nicht. Aber möchten Sie einen Kaffee, wo Sie jetzt schon einmal hier sind? Sie haben Glück, ich habe heute meinen Home-Office-Tag, sonst wäre ich gar nicht zu Hause. Und eine Pause kommt mir jetzt gerade sehr gelegen. Also Kaffee, Cappuccino oder Latte macchiato?"
Frau Fernandez führte Schulze auf den Balkon, von dem aus er den herrlichen Ausblick auf den Main genoss.
„Ich nehme einen Latte macchiato, wenn ich schon die Wahl habe."
Dann verschwand sie in der Küche, um den Kaffee zu bereiten. Getrübt wurde allerdings dieser schöne Anblick von einem Rettungswagen, der mit lautem Martinshorn auf der anderen Mainseite zur Universitätsklinik raste. „Dieses ewige Tatütata kann einem schon auf den Geist gehen", rief sie aus der Küche. „Aber ich achte schon gar nicht mehr darauf. Das habe ich damals nicht bedacht, als ich diese Wohnung bezogen habe."
„Diese Wohnung ist trotzdem wirklich ein Traum. Es gibt nicht so viele Frankfurter, die unmittelbar von ihrer Wohnung auf den Main blicken können, noch dazu mit einer geradezu unverbaubaren Aussicht. Als Polizeibeamter könnte ich mir so etwas aber nicht leisten, schon gar nicht alleine."
Sie kam mit einem Tablett zurück auf den Balkon und stellte die beiden Kaffeegläser und eine Zuckerdose auf den Teakholztisch.
„Alleine?"
„Ja ich bin Single", entgegnete er mit dem sympathischsten Lächeln, zu dem er fähig war. „Und Sie, wohnen Sie alleine hier?"

„Herr Kommissar, Sie stellen aber Fragen. Hat das etwas mit dem Fall zu tun?“ Lächelnd schaute sie ihn schelmisch an.
„Nicht so richtig. Bitte entschuldigen Sie, ich wollte Ihnen nicht zu nahe treten.“
„Herr Kommissar, seien Sie mutiger. Ich bin Single, aber das wissen Sie doch, und lebe allein hier in dieser Wohnung.“ Schulze lief rot an. „Ihre Karte mit Ihrer Telefonnummer habe ich immer noch in meinem Sekretär aufbewahrt. Man soll niemals nie sagen.“
Schulze räusperte sich. „Also gut, kommen wir noch einmal auf den Grund meines Besuches zu sprechen. Ist Ihnen seit meinem letzten Besuch noch etwas eingefallen?“
„Was sollte mir eingefallen sein?“
„Wir haben in Erfahrung gebracht, dass jemand vor der Tat auf der Flusskrebsbrücke längere Zeit gestanden hat und dieses Haus hier offensichtlich beobachtet hat. Haben Sie in dieser Hinsicht etwas bemerkt?“
„Nein, ich bin erst kurz vor dem Feueralarm nach Hause gekommen und gleich von der Tiergarage aus nach oben in meine Wohnung gefahren. Die Flusskrebsbrücke kann man von dieser Seite des Gebäudes nicht sehen. Haben Sie denn schon einen Verdächtigen?“
„Diese Person wäre unter Umständen eine wichtige Zeugin. Zu unseren Ermittlungen kann ich Ihnen gar nichts sagen. Tut mir leid.“
„Was passiert jetzt eigentlich mit Regines Wohnung?“
„Ich kann Ihnen auch dazu nichts sagen. Sie hat einen Bruder und einen Neffen. Es gibt ein Testament. Ich nehme an, dass demnächst eine Testamentseröffnung stattfinden wird. Ich vermute, sie wird eine Regelung betreffs der Wohnung getroffen haben.“
„Matthias Schwarz hat mich informiert, dass es eine Urnenbeisetzung geben wird. Regine wollte verbrannt werden und auf dem Hauptfriedhof soll die Urne beigesetzt werden.“
„Was hat Ihnen der Neffe noch berichtet?“
„Er hat mir gesagt, dass die Polizei ihn nach einem Alibi gefragt hat und das hat ihn tierisch aufgeregt. Ehrlich gesagt, verstehe ich das auch nicht so ganz. Matthias hat Regine geliebt wie eine Mutter und Freundin zugleich. Ich halte es für völlig ausgeschlossen, dass ....“. Sie brach mitten im Satz ab und führte ihn nicht zu Ende.
„Wissen Sie, wie Matthias Schwarz seinen Lebensunterhalt finanziert?“

„Das weiß ich nicht. Er studiert, ich glaube er hat einen Stundenvertrag an der Universität. Regine hat ihm gelegentlich etwas Geld gegeben, das hat sie mir einmal gesagt."
„Kommen wir noch einmal auf Regine Schwarz und Herrn Langer zu sprechen. Sie hatten mir gesagt, dass die beiden sich erst vor kurzem kennen gelernt haben."
„Ich habe ihn erst an dem Abend kennengelernt, als wir alle wegen des Feueralarms aus dem Haus gegangen sind. Er hatte gelbe Rosen dabei. Ich muss gestehen, er würde mir auch gefallen."
Schulze ertappte sich dabei, wir er sein Äußeres mit dem von Harald Langer in Gedanken abglich. Vom Alter her waren sie etwa gleich. Aber er war sicherlich nicht ganz so sportlich drahtig wie jener. Und Langer hatte keinen Bart, während er seinen Dreitagebart akribisch trimmte und sehr viel Wert darauf legte, ihn stets akkurat in Form zu halten.
„Aber ich weiß sonst nichts über ihn. Tut mir leid."
„Nun gut, Frau Fernandez, das wäre dann erst einmal alles. Ich werde mich dann verabschieden, denn ich habe einen Termin mit Herrn Brandt. Wie kann ich Sie erreichen, wenn ich noch eine Nachfrage habe?"
„Ich werde Sie anrufen, Herr Kommissar."
Schulze blieb einen Moment unschlüssig stehen, dann reichte er ihr seine Hand und blickte ihr in die Augen.
„Also dann, auf Wiedersehen. Und danke für den Latte Macchiato, Frau Fernandez."
„Isabelle, bitte", hauchte sie und die Laune von Schulze machte einen Quantensprung nach oben.
„Bernhard. Ich heiße Bernhard", stammelte er beinahe unbeholfen wie ein Pennäler in seiner ersten Tanzstunde und ärgerte sich deshalb zugleich über sich selbst. Beide lächelten sich noch einmal an und Schulze war klar, als er die Wohnung endgültig verließ, dass er mit einem Anruf rechnen durfte. Er konnte jedoch nicht ahnen, das der Grund ein ganz anderer sein würde als die Verabredung zu einem Date.

KAPITEL 27

Abbas und Seidel trafen beim Schulamt in der Stuttgarter Straße ein und parkten in dem neuen Parkhaus auf der Südseite des Hauptbahnhofes. Im Schulamt selbst meldeten sie sich beim Pförtner an und fragten ordnungsgemäß nach dem Dienstzimmer von Bettina Werle-Reinhardt, obwohl Seidel den Weg bereits kannte. Hinter einem Berg von Akten erwartete die Dezernentin die beiden Beamten und erhob sich sofort, um sie zu begrüßen. Dann nahmen sie an dem kleinen Besprechungstisch Platz.

„Frau Werle-Reinhardt, wir möchten Ihnen erneut einige Fragen zu Regine Schwarz stellen. Wir haben Grund zu der Annahme, dass ihr Tod möglicherweise doch etwas mit ihrer Funktion hier im Schulamt zu tun haben könnte", eröffnete Abbas die Unterhaltung.

„Also ich bin sprachlos. Ich kann mir überhaupt nicht vorstellen, dass ihre Tätigkeit hier in irgendeiner Weise ein Mordmotiv sein könnte. Also wirklich nicht!"

„Gab es in letzter Zeit bei einem der dienstlichen Vorgänge, mit denen Frau Schwarz befasst war, etwas, das jemanden sehr verärgert haben könnte?"

„Wie ich Ihrem Kollegen, Herrn Seidel, so war doch Ihr Name, oder?", richtete sie ihre Bemerkung an Seidel, der sie mit einem Kopfnicken bejahte, und fuhr fort „beim letzten Besuch gesagt habe, Frau Schwarz war niemals eine alleinige Entscheidungsträgerin, sondern hat stets beratend einer Prüfungskommission angehört. Natürlich war sie stimmberechtigt, aber eben eine von mehreren Stimmen. Je nach Funktion sind noch der zuständige Dezernent und meistens ein weiterer Dezernent, eventuell die Schulleitung, ein Vertreter des Personalrats und bei Schulleiterstellen stets jemand vom HKM am Auswahlverfahren beteiligt."

„Aber es könnte doch sein, dass zum Beispiel ein männlicher Bewerber durch Frau Schwarz als Frauenbeauftragte sich in seiner Karriere behindert gefühlt hat", beharrte Abbas.

„Und dann an ihr einen Mord begeht? Herr Kommissar."

„Frau Werle-Reinhardt, wäre es möglich, dass wir eine Zusammenstellung der Bewerbungsverfahren des letzten halben Jahres erhalten könnten?"

„Das lässt sich sicherlich einrichten. Aber vielleicht sollten Sie in diesem Zusammenhang auch einmal mit einem Vertreter des Gesamtpersonalrats sprechen. Der Gesamtpersonalrat hat regelmäßig hier eine Sprechstunde.

Man wird Ihnen sicherlich bestätigen können, dass eine Frauenbeauftragte im Verfahren nur eine untergeordnete Rolle spielt. Es geht da um ganz andere Qualifikationen. Ich kann Ihnen gerne als Kontakt Herrn Kraus benennen. Der war damals auch anwesend, als Herr Seidel hier war."
„Das wäre überaus hilfreich. Danke sehr", entgegnete Abbas artig.
„Noch eine Frage zu Ihrer privaten Freundschaft mit Regine Schwarz. Sie sagten, sie kennen sich aus dem Studium. Sagt Ihnen der Name Erika Berghoff etwas?"
„Aber natürlich, sie ist ebenfalls mit Regine und auch mit mir befreundet. Die Welt ist klein, vor allem in Frankfurt", lachte sie. „Erika und ich haben gemeinsam Romanistik studiert und kennen uns von daher. Regine Schwarz und ich wiederum haben gemeinsam Geschichte belegt. Wir drei sind uns also schon lange bekannt. Alle haben wir in Frankfurt Stellen gefunden, sodass der Kontakt mit Unterbrechungen schon seit dem Studium besteht."
„Interessant. Sie alle drei haben also Karriere gemacht, wenn man das im Schulwesen so nennen darf. Sie sind aus der anstrengenden Lehrtätigkeit in der Schulhierarchie aufgestiegen", bemerkte Abbas und zählte auf: „Schulleiterin, Dezernentin und Frauenbeauftragte."
Frau Werle-Reinhardt kommentierte die Aussage nicht.
„Wie war das Verhältnis von Erika Berghoff zu Regine Schwarz?", fragte Abbas unvermittelt.
„Wie meinen Sie das?"
„Waren die beiden besonders eng befreundet? In einer Freundesclique sind sehr oft nicht alle Beteiligten in gleicher Weise untereinander gleichermaßen eng verbunden."
„Ich weiß nicht so genau, worauf Ihre Frage abzielt. Wie ich schon sagte, wir alle kennen uns aus der Studentenzeit. Allerdings mit Unterbrechungen. Als Regine damals heiratete, hatte sie natürlich ganz andere Lebenswirklichkeiten zu bewältigen als wir beide, die wir in jener Zeit noch Single waren. Ich habe etwa zwei Jahre später meinen Mann kennengelernt und habe nach der Hochzeit zwei Töchter geboren, meine Freundinnen sind beide kinderlos. Erika Berghoff hat nie geheiratet. Logischerweise haben wir also in dieser Lebensphase deutlich mehr Unterschiede als Gemeinsamkeiten untereinander gehabt. Regine hat sich allerdings wirklich rührend nach dem Tod ihrer Schwägerin um ihren einzigen Neffen gekümmert. Ich bin die einzige von uns Dreien, die eigene Kinder hat. Damit deu-

tete sie auf das Foto auf ihrem Schreibtisch. Aber allein die Tatsache, dass unsere Freundschaft seit mehr als 25 Jahren besteht, sollte doch Antwort genug auf Ihre Frage sein, oder?"

„Ich frage noch einmal nach. Würden Sie die Freundschaft von Frau Schwarz und Frau Berghoff als eng bezeichnen? So eng, dass beide zum Beispiel an einem Freitagabend mehr als 10 Minuten lang miteinander in dienstlichen Angelegenheiten telefonierten, obwohl Frau Schwarz eigentlich keine Zeit hatte, weil sie ein Rendezvous hat?"

„Also wenn ich mich einmal in die Situation von Frau Berghoff versetze. Sie ist alleinstehend, hat keinen festen Partner und ist in beruflichen Dingen überaus gewissenhaft. Wenn ich weiter einmal nachvollziehbar annehme, dass sie an einem Freitagabend Dienstgeschäfte erledigt, dann kann ich mir das bei ihr nur zu gut vorstellen. Und ich kann mir auch sehr gut ausmalen, dass sie in einer solchen Situation eine enge Freundin, die unter Umständen in dieser Angelegenheit weiterhelfen könnte, auch an einem Freitagabend anrufen würde, um ein paar Fragen zu klären. Umgekehrt ist es für mich aber auch absolut plausibel, dass Regine ihr sagen würde, wenn sie in dem Moment keine Zeit hätte. Aber Herr Kommissar, ich verstehe immer noch nicht, was sich konkret hinter dieser Frage verbirgt."

„Frau Werle-Reinhardt, ich danke Ihnen für Ihre Auskünfte. Wann darf ich mit der Aufstellung der von mir gewünschten Daten rechnen?"

„Ich kann Ihnen die Kontaktdaten zu Herrn Kraus, dem Vertreter des Gesamtpersonalrats, sofort geben und eine Zusammenstellung der Verfahren wird meine Assistentin vornehmen. Ich denke morgen, spätestens übermorgen werden Sie diese per E-Mail erhalten." Sie öffnete eine Datei auf ihrem Computer und druckte die Kontaktdaten des Personalratsvertreters aus. Die beiden Kriminalbeamten verabschiedeten sich und machten sich zurück auf den Weg zum Parkhaus, während die Dezernentin ihr Handy aus der Handtasche nahm, kaum dass die beiden ihr Dienstzimmer verlassen hatten, und eine gespeicherte Nummer wählte.

„Was denkst du über sie?", fragte Abbas im Auto.

„Also dieses Damentrio durchschaue ich noch nicht so ganz. Wenn es stimmt, was die Werle-Reinhardt sagt, dann wäre es nicht ungewöhnlich, wenn die Berghoff und die Schwarz miteinander telefonierten. Aber dass Freundschaften aus Studienzeiten sogar Partnerschaften überdauern, das glaube ich sofort. Mir ist nur aufgefallen, dass sie über ihre Freundin

Schwarz so ganz emotionslos gesprochen hat. Wenn sie so lange und so dicke befreundet sind und dann auch noch im selben Amt arbeiten, sich also quasi fast täglich sehen, also mir würde sowas sehr nahe gehen."
„Meine Intuition sagt mir, dass da etwas nicht stimmt", bemerkte Abbas.
„Aber ich sehe nach wie vor kein konkretes Motiv, zumindest gibt es im Augenblick keinen Anhaltspunkt, dass es einen dienstlichen Grund für den Mord geben könnte."
„Wir sollten unbedingt mit dem Personalratsvertreter sprechen."
„Mir kommt da gerade so eine Idee. Was wäre, wenn das Motiv weiter zurückliegt, vielleicht sogar bis in ihre Studentenzeit? Es fragt sich dann nur, ob dieses Motiv sich nur auf die Schwarz bezieht, oder ob die beiden anderen da auch etwas mit zu tun haben?"

KAPITEL 28

Schulze stieg wohlgelaunt das Treppenhaus hinunter bis in den zweiten Stock und betätigte die Klingel bei G. Brandt. Da er sich dieses Mal telefonisch angemeldet hatte, war der Banker zu Hause und öffnete missgelaunt die Türe: „Kommen Sie herein, ich habe nicht viel Zeit."

„Guten Tag Herr Brandt, schön dass Sie dennoch einen Moment Zeit für mich haben. Wie ich Ihnen am Telefon schon gesagt habe, hätte ich noch ein paar Fragen zu Regine Schwarz."

Mit den Worten „Viel kann ich Ihnen nicht sagen, ich hatte nicht oft zu tun mit ihr" führte er den Kommissar in den Wohnbereich seiner Zweizimmerwohnung.

„Sagen Sie mir Ihren Eindruck, bitte. Wie gut kannten Sie sie?"

„Sie war eine typische Emanze, so eine Emma-Leserin würde ich sie mal nennen, wenn Sie verstehen, was ich meine. Privat kannte ich sie so gut wie gar nicht. Wissen Sie, sie gehört zu der Sorte von Frauen, die nicht unbedingt zu meiner Zielgruppe gehören. Einmal auf einem Hausfest haben wir uns länger unterhalten. Es ging ihr nur um die Rechte der Frauen und die angebliche Diskriminierung in der beruflichen Karriere. Vor allem in Bezug auf Führungspositionen vertrat sie etwas, gelinde gesagt, abstruse Vorstellungen. Es ging ihrer Meinung nach nicht ohne eine bestimmte Frauenquote, zum Beispiel in den Führungsetagen einer Bank. Ich möchte die Frau sehen, die so viele Überstunden kloppt wie das manche Männer tun in unserer Abteilung."

„Welche ist das, bitte?"

„Ich arbeite in der Investmentabteilung bei der DEKA."

„Können Sie sich vorstellen, dass Frau Schwarz Feinde hat?"

„Das kann ich nicht beurteilen, aber einen muss sie ja wohl gehabt haben, oder?", erwiderte er mit einem gewissen Sarkasmus.

„Ist Ihnen an dem Abend des 17. Juni irgendetwas aufgefallen?"

„Nein, ich bin in die Tiefgarage gefahren und dann mit dem Aufzug direkt in den zweiten Stock. Ich habe niemanden gesehen an diesem Abend, bis der Feueralarm durch den Rauchmelder ausgelöst wurde. Wir sind uns dann, glaube ich, an dem Abend auch noch einmal draußen vor dem Haus begegnet."

„Kennen Sie den Neffen von Frau Schwarz?"

„Ich wusste bis eben gar nicht, dass sie einen hat. Wie ich schon betont habe, privat hatten wir praktisch nichts miteinander zu tun. Einmal habe ich ein Paket bei ihr abgeholt, da war ich das einzige Mal in ihrer Wohnung. Sehr schick eingerichtet, das muss ich sagen, modern und teuer. Und sie hat eine große Wohnung auf der ganzen Etage, frage mich nur, wie man so was mit einem Beamtengehalt finanzieren kann. Aber Beamte bekommen ja leichter und höher einen Kredit."
„Glauben Sie mir, ich bin Beamter und bekomme nicht grenzenlosen Kredit, zumindest kann ich mir in Frankfurt keine Eigentumswohnung leisten. Aber Sie als Banker, Sie verdienen sicherlich deutlich mehr als ich und kommen auch an günstige Darlehen heran, sofern Sie überhaupt Geld leihen müssen."
„Ich bin es leid, mich vor irgendjemandem zu rechtfertigen für mein Gehalt. Wissen Sie, wieviele Stunden ich in der Woche arbeite, und oft noch E-Mails zu Hause erledige oder Telefonate?"
„Wissen Sie, wie oft ich schon mein Leben auf Spiel setzen musste in meinem Beruf und was ich dafür verdiene?"
Plötzlich war Herr Brandt ganz still und schwieg.
„Herr Brandt, ich will mich nicht mit Ihnen streiten, ob Ihr Gehalt gerechtfertigt und angemessen ist oder nicht. Ich danke Ihnen jedenfalls für Ihre kostbare Zeit, die ich in Anspruch nehmen durfte, auch wenn Sie mir nicht sehr viel weiterhelfen konnten."
Damit verabschiedete er sich und begab sich zu den Wohnungen im ersten Stock. Aber auch hier konnte er keine neuen Erkenntnisse über Regine Schwarz erhalten. Die betreffenden Bewohner waren an dem Mordtag nicht zu Hause gewesen und kannten die Ermordete genauso wenig wie Gernot Brandt. Im Erdgeschoss erhielt Schulze jedoch eine interessante und vielleicht wichtige Information, als ihm Herr Jung folgendes mitteilte:
„Ich bin so gegen 20.00 Uhr aus der Tiefgarage gefahren. Als ich oben an der Straße anhalten musste, weil gerade ein Auto auf dem Karpfenweg vorbeifuhr, bemerkte ich, dass das Tor zur Tiefgarageneinfahrt sich noch nicht geschlossen hatte. Es kam mir seltsam vor, jetzt wo ich mich daran erinnere, ja irgendwie anders."
„Wie anders, können Sie das näher beschreiben?"
„Normalerweise ist der Schließmechanismus wegen möglicher Einbrecher so knapp eingestellt, dass sich das Rollgitter schon zu schließen beginnt, wenn man die Ausfahrt heraufgefahren ist und auf der Straße ankommt.

Aber dieses Mal war es anders. Das Gitter war noch ganz oben, als ich auf den Karpfenweg abgebogen bin. Ich habe bei meiner Freundin übernachtet. Am nächsten Tag war alles wieder normal, darum habe ich dem keine Bedeutung zugemessen. Aber jetzt, wo Sie mich fragen und ich weiß, dass Frau Schwarz ermordet wurde, vielleicht ist das für Sie von Bedeutung?"

Schulze bedankte sich für diese möglicherweise bedeutsame Detailinformation. Der Nachbar in der gegenüberliegenden Wohnung brachte keine neuen Erkenntnisse und somit trat der Kommissar den Rückweg zum Präsidium an.

KAPITEL 29

Holzapfel hatte sich von der Sekretärin einen Termin geben lassen und fand wider Erwarten relativ schnell einen Parkplatz in der Myliusstraße im Westend. Als sie sich dem Altbau mit seiner wunderschönen Fassade näherte, kam ihr sofort wieder ein weit verbreitetes Vorurteil in den Sinn. Architekten wohnen oder arbeiten bevorzugt in einem Altbau, am besten aus der Gründerzeit, und entwerfen selbst schuhkartonähnliche Neubauwohnblöcke, in denen sie selbst eigentlich nicht wohnen möchten. Es geht doch nichts über ein Vorurteil, musste sie sich schmunzelnd eingestehen. Harald Langer war gerade in der Teeküche, als ihr von der Sekretärin die gediegene Eingangstüre zu den Büroräumen geöffnet wurde. Solche Eichentüren mit Sprossenfenstern gab es in Neubauwohnungen natürlich auch nicht. Aber der Frankfurter Riegel auf der Innenseite erinnerte Holzapfel sofort daran, dass eine moderne Eingangstüre der WK-3-Klasse natürlich einen wesentlich besseren Schutz gegen einen möglichen Einbruch bietet. Als er die Kriminalkommissarin erblickte, kam der Architekt sofort zu ihr hin und begrüßte sie sichtlich erfreut. Holzapfel stellte sich vor und wurde von ihm mit den Worten „Bitte, gehen wir doch in das Besprechungszimmer“ in einen der Räume geführt, die an den großzügigen Altbauflur angrenzten. Beide nahmen an einem modernen Tisch mit bequemen Freischwingern aus Leder Platz.

„Herr Langer, Sie haben bereits mit meinem Chef, Herrn Abbas, gesprochen. Trotzdem ergeben sich für uns im Rahmen unserer Ermittlungen noch einige Fragen und vielleicht ist Ihnen in der Zwischenzeit ja noch etwas eingefallen.“

„Haben Sie denn schon konkrete Anhaltspunkte? Gibt es einen Verdächtigen? Ich kann Ihnen gar nicht sagen, wie sehr mich der Tod von Regine getroffen hat. Ich würde alles tun, um der Polizei zu helfen, ihren Mörder zu fassen.“

„Wir wissen definitiv, dass Frau Schwarz ihren Mörder selbst in die Wohnung gelassen hat, dass sie ihn also mit hoher Wahrscheinlichkeit gekannt hat. Wir ermitteln daher im Augenblick im ganz persönlichen Umfeld der Toten. Sie hatten meinem Kollegen gesagt, dass Sie Frau Schwarz im Oosten kennen gelernt haben.“

„Ja, das ist richtig, es war der 50. Geburtstag eines Freundes von mir am 14. März und er wollte ihn groß feiern. Er hatte daher den ersten Stock für seine private Party gemietet. Dieses Restaurant ist in Frankfurt einmalig und man hat einen phantastischen Blick auf die Skyline und den Main. Ein exzellenter Rahmen für so einen Anlass."

„Wie genau haben Sie Frau Schwarz auf dieser Party kennengelernt? Da waren doch sicher sehr viele Leute."

„Das war eigentlich ein unglaublich großer Zufall. Sie war mit einer Freundin dort, was ich damals noch nicht ahnte. Ich hatte zunächst einen netten Smalltalk mit dieser Freundin geführt. Eine durchaus interessante Frau. Wir standen am Buffet und unterhielten uns gerade über den Niedergang der deutschen Bildung. Ich weiß nicht mehr, wie wir darauf gekommen sind. Aber es stellte sich heraus, dass sie die Schulleiterin des Westendgymnasiums ist, das ja hier ganz in der Nähe unseres Büros liegt."

Holzapfel wurde bei der Erwähnung des Westendgymnasiums augenblicklich hellhörig und dachte sofort an Erika Berghoff. Dennoch ließ sie sich nichts anmerken.

„Wissen Sie noch, wie diese Freundin hieß? Und wie kam Frau Schwarz dann ins Spiel?"

„Während wir also dort plauderten, kam plötzlich Regine dazu. Als ich sie sah, war ich sofort von ihrer Ausstrahlung fasziniert. Diese Freundin hieß Erika, ihr Nachname fällt mir nicht mehr ein. Regine beteiligte sich jedenfalls sogleich an unserer Unterhaltung, und ich war beeindruckt über das, was sie da zu sagen hatte. Während des Gespräches trafen sich ständig unsere Blicke, was ihrer Freundin nicht entgangen ist. Sie ist dann irgendwann zu einer anderen Gruppe gegangen und wir beide waren alleine. Dann haben wir natürlich nicht mehr über Bildung gesprochen. Wir stellten unglaublich viele Gemeinsamkeiten zwischen uns beiden fest, sodass wir uns dann für ein erstes Date, wenn Sie es so nennen wollen, verabredet haben. Ja, und die Monate danach ging ich wie auf rosa Wolken, bis …"

Er brach abrupt ab.

„Während Ihrer kurzen Beziehung, hat da Frau Schwarz irgendwann einmal eine Bemerkung gemacht, dass etwas Ungewöhnliches passiert ist, dass sie Streit mit jemandem hatte? Sorgen über E-Mails, Briefe, Telefonate? Familiäre Auseinandersetzungen? Beruflicher Stress?"

„Über Berufliches haben wir nie gesprochen, das war sozusagen zwischen uns beiden ein Tabu. Ihre Familie, nun, da gibt es eigentlich nur zwei Personen, ihren Bruder und ihren Neffen. Mit dem Bruder hatte sie kein gutes Verhältnis, fast könnte man sagen, dass sie beide untereinander verfeindet waren. Das lag an ihrem Neffen, den sie liebte wie einen eigenen Sohn. Sie wissen wahrscheinlich schon, dass er schwul ist. Das war der Streitpunkt zwischen ihr und ihrem Bruder. Aber dieser Streit liegt schon Jahre zurück und sie haben praktisch keinen Kontakt mehr. Warum sollte er dann ausgerechnet jetzt ohne besonderen Anlass Regine etwas antun?“

„Was ist mit ihrem Neffen?“

„Matthias ist Student. Wenn Sie mich fragen, lebt er auf ziemlich großem Fuß. Mir ist es ein Rätsel, wie er sich diesen Lebensstil überhaupt leisten kann. Regine gab ihm ab und an Geld, das hat sie mir selbst einmal gesagt. Sie meinte, sie müsse ihm unter die Arme greifen, weil sein eigener Vater nichts für ihn zahlt. Er ist unglaublich sympathisch, und soweit ich das als Mann sagen kann, sieht er gut aus, er käme sicherlich auch bei Frauen sehr gut an, aber ist nun mal nur an Männern interessiert. Ich hatte und habe damit kein Problem. Jeder soll lieben, wen er mag. Und was erwachsene Menschen freiwillig miteinander im Bett anstellen, das geht nur die beiden etwas an. Er ist für mich allerdings etwas undurchsichtig, aber ich kenne ihn zu wenig. Ich glaube aber nicht, dass er Regine etwas antun würde. Außerdem würde er damit ja seine Geldquelle selbst zum Versiegen bringen.“

„Nun, Frau Schwarz war nicht unvermögend, irgendjemand wird nun von ihrem Tod finanziell profitieren.“

„Wir haben über Geld nie gesprochen. Jeder von uns hat einen tollen Beruf und steht wirtschaftlich gut und unabhängig da. Was meinen Sie mit vermögend?“

„Zum Beispiel gehört ihr diese Wohnung, in der sie wohnte.“

„Das wusste ich nicht.“

„Es gibt nur zwei mögliche Erben innerhalb der Familie, falls im Testament keine anderen Verfügungen getroffen wurden.“

„Sie meinen, dass Matthias ein möglicher Erbe wäre?“

„Sie sagten selbst, dass Ihnen sein ungewöhnlicher Lebensstil aufgefallen ist.“

„Also unter diesem Aspekt, ich will niemandem etwas Schlechtes anhängen, aber eine Wohnung in Frankfurt in der Lage … Ich würde meine Hand nicht für ihn ins Feuer legen. Weiß er denn eventuell davon?“

„Die Testamentseröffnung war noch nicht, vielleicht erbt ja auch alles die Caritas“, erwiderte Holzapfel. „Es könnte auch sein, dass seine Tante mit

ihm darüber gesprochen hat. Gibt es sonst noch irgendjemanden, der Ihnen einfällt?"
„Nein, wir kennen uns ja noch nicht so lange und ich kenne nicht mal den ganzen Freundeskreis von Regine."
„Ich danke Ihnen, Herr Langer und ich will Ihre kostbare Zeit nicht länger in Anspruch nehmen. Sie haben mir jedenfalls geholfen."
„Matthias erfährt doch nichts von meiner Einschätzung, oder?"
„Nein, da kann ich Sie absolut beruhigen. Unser Gespräch bleibt ihm gegenüber unerwähnt." Damit verabschiedete sich Holzapfel, um ins Präsidium zurückzufahren.

KAPITEL 30

Abbas wirkte sichtlich nervös, als er die tägliche Besprechung mit seinen Kollegen eröffnete. Man konnte ihm seine Anspannung anmerken. Obwohl er erst vor kurzer Zeit ins Morddezernat gewechselt war, hatte er sich zuvor seine unbezweifelbaren Verdienste durch seinen enormen Ehrgeiz im Sittendezernat erworben und einige spektakuläre Fälle aufgeklärt. Nun hatte sich seine Gruppe erstaunlich schnell zu einem echten Team entwickelt, in dem jeder seine Meinung frei äußern konnte und in dem sich die unterschiedlichen Talente der einzelnen Gruppenmitglieder sinnvoll ergänzten.

„Martin, fass bitte für die anderen noch einmal kurz unsere Neuigkeiten aus dem Staatlichen Schulamt zusammen", forderte er seinen Kollegen auf. Seidel referierte die wesentlichen Fakten: „Erika Berghoff, Bettina Werle-Reinhardt und Regine Schwarz kennen sich aus ihrer Studienzeit. Man könnte sagen, dass dieses Damentrio recht eng miteinander befreundet ist. Es erscheint durchaus glaubwürdig, dass die Schulleiterin noch abends mit Regine Schwarz in dienstlichen Angelegenheiten telefonierte. Allerdings gibt es dennoch gewisse Ungereimtheiten, was den wahren Inhalt des Telefonats angeht. Wir werden eine Aufstellung über die dienstlichen Tätigkeiten der Schwarz per E-Mail erhalten. Ach ja, wir müssten uns in dieser Sache auch mit einem Vertreter des Gesamtpersonalrats unterhalten, sie nannte uns einen Herrn Kraus."

Riedel brachte an der Übersichtswand den Namen der Dezernentin neben dem von Berghoff an, kennzeichnete sie mit dem Begriff „Studienfreundinnen" und zog eine Linie zu der Karte von Regine Schwarz. Schulze zog anschließend eine kurze Bilanz seiner Befragungen der Nachbarn, verschwieg aber seinen erneuten Besuch bei Isabelle Fernandez. „Herr Brandt ist der Ansicht, dass die Schwarz eine ziemliche Emanze sei. Aber er wusste nichts zu erzählen, was uns wirklich weiterhelfen könnte. Allerdings hat ein anderer Nachbar, ein Herr Jung, eine vielleicht interessante Beobachtung gemacht. Er hat mir von einer Auffälligkeit im Schließmechanismus des Garagentores gegen 20.00 Uhr berichtet. Es hat sich an diesem Abend zeitverzögert geschlossen. Es wäre also durchaus möglich gewesen, dass jemand über die Tiefgarage entweder ins Haus hinein- oder herausgegangen ist."

„Das erklärt einiges“, sagte Abbas in die Runde. „Gegen 19.00 Uhr hat die Schwarz definitiv noch gelebt und mit der Berghoff telefoniert. Als Langer um kurz nach 20.00 Uhr klingelt, war sie schon tot, oder wenn sie noch lebte, so schwer verletzt und am Verbluten, dass sie auf das Klingeln nicht mehr reagieren konnte. Der Täter weiß, dass die Schwarz zu Hause ist, vielleicht hat er sogar davon Kenntnis, dass sie Besuch erwartet. Er hat also nur ein kurzes Zeitfenster. Wir nehmen mal an, dass er ganz normal an der Haustüre klingelt und wartet, dass ihm geöffnet wird, möglicherweise außerhalb des Sichtradius der Videokamera. Die Schwarz hätte dann über die Videosprechanlage niemanden sehen können. Sie hörte das Klingeln, drückte den Türöffner, weil sie damit rechnete, dass es Harald Langer war, der etwas zu früh kommt. Sie öffnete gleichzeitig die Wohnungstür einen Spalt, weil sie in der Küche schnell noch etwas tun wollte“, spekulierte Abbas.
„Das ist das, was wir schon vermutet hatten“, bemerkte Seidel. Abbas fuhr mit seinen Mutmaßungen fort: „Der Mord geschieht. Wenn der Täter weiß, dass die Schwarz Besuch erwartet, bleibt ihm nicht viel Zeit, weiß er es nicht und wird er eventuell von dem Klingeln überrascht, ist er ebenfalls in Zeitdruck. Er kann nicht riskieren, über die Haustüre das Gebäude zu verlassen, weil er dann dem Besucher begegnen würde. Immerhin hat er die Tatwaffe dabei. Also fährt er mit dem Aufzug in die Tiefgarage und wartet dort, um in einem geeigneten Moment unbemerkt und ungesehen hinauszugehen, läuft dann zu Fuß den Karpfenweg bis zur Westhafenbrücke und entsorgt dort dann die Tatwaffe.“
„Weil er nicht mit dem Auto in den Karpfenweg gekommen ist, wie wir zuvor schon vermuteten“, ergänzte Schulze.
„Damit haben wir eine fast perfekte Rekonstruktion des Tathergangs, fehlt uns jetzt nur noch der Mörder“, fasste Schulze das Ergebnis zusammen.
„Vielleicht haben wir aber jetzt einen Hauptverdächtigen“, warf Holzapfel ein. „Harald Langer hält es durchaus für nicht so ganz abwegig, dass der Neffe ein Motiv hätte, wenn er der Erbe einer Eigentumswohnung am Westhafen werden könnte. So groß ist dann die Liebe zur Tante vielleicht doch nicht gewesen.“ „Ich habe ihm übrigens eine Vorladung für nächste Woche geschickt“, bemerkte Riedel und erntete anerkennende Blicke. „Was ist mit unserer unbekannten Frau mit dem geblümten Kleid?“, fragte Schulze in die Runde. „Sie hat das Haus lange beobachtet und später etwas in den Main geworfen.“

„Sie könnte alles Mögliche von der Brücke geworfen haben. Wir haben nichts Konkretes, im Augenblick zumindest nicht. Ausschließen will ich es nicht, aber momentan halte ich sie eher noch für eine wichtige Zeugin. Nein, der Neffe ist bis jetzt der Einzige, der ein wirklich nachvollziehbares Motiv und kein Alibi hat“, erwiderte Abbas.
Schulze fügte hinzu: „Er hat außerdem mit seiner Tante am Mordtag telefoniert und wusste, dass sie zur fraglichen Zeit zu Hause ist und auch ihren Freund Langer erwartete. Das hat er sogar zugegeben.“
„Wenn ich gleich berichte, was ich über Matthias Schwarz herausgefunden habe, wird er euch noch verdächtiger vorkommen“, sagte Riedel.
„Erzähl“, forderte Abbas seine Kollegin auf.
„Ich habe seine Bank- und Kreditkartenabrechnungen studiert. Er hat ein Konto mit Kreditkarte bei der 1822direkt. Für seinen Job bei der Goetheuniversität bekommt er nicht ganz 1300 Euro. Das deckt mal gerade seine Warmmiete und die Nebenkosten für Telefon und Strom. Er muss ja noch von etwas anderem leben. Ein paar hundert Euro gehen jeden Monat noch für seine Kreditkartenabrechnungen drauf und das Sportstudio. Dabei tauchen öfter Hotelrechnungen von Frankfurter Hotels auf. Was noch auffällig ist, er hebt niemals Bargeld ab, im Gegenteil, er zahlt jeden Monat relativ regelmäßig größere Bargeldsummen auf sein Konto ein. Mal sind es 300 Euro, manchmal 500. Er muss also noch über eine andere Einnahmequelle verfügen. Wie ein klassischer Drogendealer wirkt er nicht, die würden auch nicht so unvorsichtig sein mit den Geldeinzahlungen, damit das Konto gedeckt ist. Ich denke, unser gut aussehender Matthias Schwarz arbeitet als Escort oder Callboy und trifft sich mit reichen Kunden in diversen Hotels, die er jeweils bezahlt, damit sie nicht in deren Kreditkartenabrechnungen auftauchen. Er selbst kassiert dann in bar. Darum muss er auch nicht Bargeld abheben, aber eben gelegentlich welches einzahlen, damit das Konto für seine laufenden Kosten gedeckt ist.“
„Sabine, danke für deine gute Arbeit. Ich glaube, wir müssen wirklich einmal Klartext mit diesem Herrn Schwarz reden, wegen seines Alibis und wegen seiner Nebeneinkünfte“, wobei der Kommissar das Wort „Nebeneinkünfte"mit ironischem Unterton aussprach. „Besteht Fluchtgefahr? Dann dürften wir nicht warten, bis der gute Mann der Vorladung folgt. Reicht das für einen Haftbefehl?“, stellte er die rhetorische Frage. Keiner der Anwesenden wollte darauf eine positive Antwort geben.

KAPITEL 31

Matthias Schwarz parkte seinen Wagen in der Burnitzstraße in Sachsenhausen unweit der Kanzelei des Notars Weber. Am Telefon hatte der Notar ihm mitgeteilt, dass er zur Testamentseröffnung seiner Tante erscheinen sollte, und um einen Termin gebeten. Nachdem sie diesen vereinbart hatten, hatte er eine schriftliche Einladung mit diesem abgesprochenen Termin erhalten. Matthias hatte sich etwas gewundert, dass er vorab um einen passenden Termin gebeten wurde, aber der Notar hatte ihm am Telefon erklärt, dass er Alleinerbe sei und man keinen unnötigen Zeitpunkt in der Einladung zur Testamentseröffnung benennen wollte, zu dem Matthias möglicherweise gar nicht hätte erscheinen können. Er war ziemlich aufgeregt, einmal wegen der Tatsache als solche, denn in juristischen Angelegenheiten war Matthias bis dato noch sehr unerfahren. Zum anderen hatte das magische Wort „Alleinerbe" bei ihm eine Kaskade von Gedanken erzeugt, die ihm nun im Kopf herumschwirrten. Er wusste, dass seine Tante diese Wohnung im Karpfenweg besaß und natürlich auch ihr BMW-Cabrio, aber über die sonstigen Vermögensverhältnisse war er sich absolut im Unklaren, außer der Tatsache, dass sie ihn gelegentlich mit einer finanziellen Zuwendung bedacht hatte und ihr dies offenbar nie schwer gefallen war. Er schwitzte etwas, was nicht am Sommerwetter, sondern an seiner merklichen Nervosität lag. Als er die Gartenpforte öffnete und das Messingschild der Kanzlei erblickte ‚Christian Weber – Rechtsanwalt und Notar', wuchs seine Anspannung ins schier Unerträgliche und mit fast zitternder Hand betätigte er die Klingel. Pochenden Herzens betrat er das gediegene Treppenhaus des Altbaus und stieg die wenigen Stufen zum Hochparterre empor, wo ihm eine freundliche Dame bereits die mit Butzenscheiben verglaste Eingangstüre öffnete.
„Herr Schwarz?"
„Ja."
„Bitte treten Sie ein, Herr Weber erwartet Sie schon."
Mit diesen Worten führte sie ihn durch einen Flur, in dem die Wände mit vielen Aktenschränken zugestellt waren, zu einem Raum, dessen Türe offen stand. Matthias erblickte einen älteren Herrn im grauen Anzug, der hinter einem gediegenen Eichenschreibtisch saß und sich erhob, als er in das Zimmer eintrat.

„Herr Schwarz, schön, dass Sie so schnell kommen konnten. Weber, ich bin der Notar, bei dem Ihre Tante vor zwei Jahren ihr Testament gemacht hat. Nehmen Sie bitte Platz. Möchten Sie etwas trinken? Ein Wasser, einen Kaffee?“
Matthias verneinte und setzte sich in einen mit Leder bezogenen Armlehnstuhl, der vor dem Schreibtisch stand, während Herr Weber wieder auf seinem Schreibtischstuhl Platz nahm und ein Schriftstück vor sich auf dem Schreibtisch zurechtrückte. Seine Hände waren nun schweißnass und er fühlte, dass er insgesamt mehr zu schwitzen begann, obwohl der Altbau mit seinen dicken Wänden kaum etwas von der Sommerhitze draußen nach innen ließ. Ein bisschen fühlte er sich wie bei seiner ersten Zwischenprüfung.
„Herr Schwarz, ich will Sie nicht allzu lange mit Formalitäten langweilen, zumal der Erbfall unzweideutig klar ist. Ihre Tante hat Sie zweifelsfrei und rechtskräftig zum Alleinerben eingesetzt. Da in gerader Blutlinie keine anderen Verwandten existieren und Frau Schwarz geschieden war, gibt es niemanden, der einen Anspruch auf einen Pflichtteil erheben kann.“
„Und bitte, was habe ich geerbt?“
„Nun, den exakten Vermögenswert kann ich Ihnen nicht zu hundert Prozent mitteilen, aber ich habe hier eine Zusammenstellung. Es handelt sich um die Ihnen sicherlich bekannte Eigentumswohnung im Karpfenweg, die übrigens völlig lastenfrei ist, samt Inventar. Hinzu kommt das gegenwärtige Fahrzeug Ihrer Tante. Ferner haben Sie auf diversen Konten, die ich Ihnen gesondert zusammengestellt habe, ein Wertpapiervermögen in einer Höhe zum Zeitpunkt der Testamentserstellung von circa 90 000 Euro und Festgeldkonten im Wert von annähernd 100 000 Euro sowie den Inhalt eines Schließfaches bei der Frankfurter Sparkasse geerbt, in dem sich laut Aussage von Frau Schwarz einige Goldmünzen und Goldbarren befinden. Wie Sie sehen, handelt es sich durchaus um ein beträchtliches Vermögen, aber den aktuellen Kontenstand kenne ich natürlich nicht. Mit dem Tod Ihrer Tante wurden alle Konten eingefroren.“
Matthias war sprachlos. Das haute ihn einfach um. Und mit einem Mal wurde er sich wieder des schmerzhaften Verlustes seiner Tante bewusst.
„Sie haben einen Zeitraum von sechs Wochen, um das Erbe anzutreten oder auszuschlagen. Wenn Sie es annehmen, rate ich Ihnen so schnell wie möglich beim Nachlassgericht einen Erbschein zu beantragen. Ich bin Ihnen da gerne behilflich. Außerdem rate ich Ihnen dringend, sich mit einem

Steuerberater zu unterhalten. Denn als Neffe haben Sie nur einen geringen Freibetrag und das Finanzamt wird sicherlich eine nicht unerhebliche Erbschaftssteuer von Ihnen einfordern. Im schlimmsten Fall kann es Ihnen passieren, dass Sie sogar die Wohnung verkaufen müssen, um diese Verbindlichkeiten gegenüber dem Finanzamt zu begleichen."

„Wie hoch ist denn diese Erbschaftssteuer?"

„Das kann ich Ihnen nicht genau sagen, da ich den Einheitswert der Wohnung nicht kenne und auch die exakten Salden der Bankguthaben nicht. Daher rate ich Ihnen zu einem Steuerberater. Aber der Immobilienmarkt boomt. Die Wohnung dürfte sicherlich im Wert gestiegen sein. Ich werde Ihnen eine beglaubigte Kopie des Testaments aushändigen. Damit können Sie auf jeden Fall bei den Banken Einblick in die Kontenstände erhalten sowie das Schließfach öffnen."

„Natürlich werde ich das Erbe annehmen. Gerne nehme ich Ihr Angebot für die Beschaffung eines Erbscheines an."

„Herr Schwarz, ich kann verstehen, dass das alles etwas viel ist im Augenblick. Ich gehe auch davon aus, dass Sie das Erbe antreten werden. Dennoch empfehle ich Ihnen, mit einer Person Ihres Vertrauens erst einmal alles zu besprechen. Ich habe ein Schriftstück vorbereitet, aus dem hervorgeht, dass die Testamentseröffnung heute stattgefunden hat. Das müssten Sie mir bitte unterschreiben. Damit beginnt die sechswöchige Frist. Das Finanzamt erhält ebenfalls über das Nachlassgericht Kenntnis vom Erbfall. Wenn Sie das Erbe angenommen haben, wird man Sie sicherlich um eine Vermögensaufstellung bitten. Eventuelle Verbindlichkeiten Ihrer Tante, also beispielsweise ein mir nicht bekannter Kredit, unbezahlte Rechnungen und so weiter, müssten von Ihnen übernommen werden, wenn Sie das Erbe antreten."

„Wenn ich vielleicht jetzt ein Mineralwasser haben könnte."

„Frau Decher, bitte bringen Sie eine Flasche Mineralwasser für Herrn Schwarz", betätigte er die Gegensprechanlage, woraufhin die Sekretärin binnen Minuten mit einem Edelstahltablett erschien, auf dem eine Flasche Mineralwasser und ein Glas standen.

„Muss ich denn alles angeben? Das Schließfach zum Beispiel, davon weiß doch niemand etwas? Und den Wert der Möbel kennt auch niemand."

„Herr Schwarz, wie ich Ihnen schon empfohlen habe, kontaktieren Sie am besten einen guten Steuerberater, der wird Ihnen bessere Auskünfte erteilen können als ich."

Matthias Schwarz war innerlich aufgewühlt. Seine Nervosität war weg, er schwitzte auch nicht mehr, dennoch hatte sein Hemd am Rücken und unter den Achseln deutliche Schweißflecken. Er schenkte sich von dem Mineralwasser ein, leerte ohne Umschweife das Glas und goss sich sofort erneut ein. Mit fast zittriger Hand unterschrieb er die vorgelegten Papiere, nahm eine Kopie des Testaments in Empfang und bat den Notar noch einmal darum, für ihn den Erbschein zu beantragen. Dann verabschiedete er sich und ging mit einer Mischung aus Trauer und Hochgefühl zu seinem Wagen zurück.

Hinter der Windschutzscheibe klemmte ein Knöllchen, denn er hatte übersehen, dass er das Auto in einer Anwohnerparkzone abgestellt hatte. Unter normalen Umständen hätte ihn dieses maßlos geärgert, aber angesichts der guten Nachrichten, die er gerade erhalten hatte, kümmerte ihn das überhaupt nicht. All seine finanziellen Sorgen schienen mit einem Mal wie weggeblasen und die Veränderungen in seiner Lebensführung vermochte er selbst in diesem Moment noch gar nicht vollständig zu überblicken. Im Wagen holte er sein Handy aus der Tasche, suchte in seiner Anruferliste eine Nummer heraus und wählte sie.

„Matthias hier. Ich muss dich sehen."

„Warum? Wieso durchbrichst du dein Versprechen, dass du mich nie kontaktieren wirst?"

„Es geht um den Abend des 17. Juni, dem Tag, an dem wir unser Date hatten. Die Polizei will mein Alibi überprüfen. Meine persönliche Situation hat sich geändert. Ich muss leider meine Diskretion dir gegenüber brechen."

„Das kannst du nicht machen. Matthias, du kennst meine Situation. Ich kann nicht in Schwierigkeiten mit der Polizei hineingezogen werden. Ich verbiete dir das! Ich werde nicht wegen dir meine gesellschaftliche Reputation aufs Spiel setzen. Ich warne dich!"

Matthias unterbrach das Gespräch, sodass die Flüche auf der anderen Seite nicht mehr an sein Ohr dringen konnten.

KAPITEL 32

Peter Kraus erwartete die beiden Kriminalbeamten schon, als Abbas an dessen Tür im ersten Stock des Hinterhauses im Staatlichen Schulamt klopfte.

„Guten Tag, Herr Kraus, meinen Kollegen Seidel kennen Sie ja bereits von seinem ersten Besuch. Ich bin Yunus Abbas, der leitende Ermittler", grüßte Abbas den Vertreter des Gesamtpersonalrates.

„Guten Morgen, meine Herren, wie kann ich Ihnen behilflich sein?"

„Herr Kraus, alle hier im Schulamt Arbeitenden loben Frau Schwarz in den höchsten Tönen. Aber uns würde auch die Meinung eines Personalratsvertreters interessieren, zumal wir uns immer noch nicht ganz über das Tatmotiv im Klaren sind. Es gibt durchaus auch Hinweise, die auf ein berufliches Motiv hindeuten könnten", antwortete Abbas.

„Ich kann Ihnen natürlich nur allgemein antworten, ohne auf konkrete Fälle Bezug zu nehmen, denn das unterliegt der Schweigepflicht."

„Herr Kraus, Frau Schwarz ist tot, wir suchen ihren Mörder", versuchte Abbas ihn zu beschwichtigen.

„Also dann will ich zunächst etwas ausholen. Sie haben bereits erfahren, dass bei der Stellenbesetzung eine sogenannte Bestenauswahl getroffen wird. Aber dies hört sich besser und objektiver an, als es in der Praxis tatsächlich in manchen Fällen ist. So erfahren wir immer wieder von den örtlichen Personalräten an den Schulen, dass dem Personalrat Unterlagen verspätet, gar nicht oder unvollständig zur Verfügung gestellt werden, selbst wenn der Personalrat zustimmungsberechtigt oder sogar zustimmungspflichtig ist. Auch hat ein Personalrat vierzehn Tage Zeit, um zu einer Entscheidung zu kommen, aber oft drängt die Behörde im Interesse des Bewerbers, ob tatsächlich oder nur vorgegeben, das sei dahingestellt, die Zustimmung sofort zu geben. Manche Schulleiter warten auch gar nicht erst eine gemeinsame Sitzung ab, sondern versuchen, einfach mal so irgendeinen Vertreter des Personalrats dazu zu bringen, schnell eine Unterschrift zu leisten, sodass das Gremium gar nicht tagen kann. Oft fehlt auch das entsprechende Formblatt. Dies ist ein wichtiger Punkt unserer Personalräteschulungen. Unerfahrene Kollegen tappen da oft in diese Falle."

„Was hat das alles mit dem Mord von Frau Schwarz zu tun?", fragte Seidel.

„Ich will Ihnen verdeutlichen, dass die Zusammenarbeit zwischen Personalvertretung und Behörde längst nicht immer so reibungslos verläuft, wie das gerne seitens der Dezernenten dargestellt wird. Und Frau Schwarz war ein Mitglied dieser Behörde."
„Werden Sie bitte deutlicher", unterbrach ihn Abbas, „Was meinen Sie genau?"
„Funktionsstellen ab A15 werden üblicherweise beim SSA erfasst und im Internet ausgeschrieben. Bei A14-Stellen macht die Schule, das heißt der Schulleiter, in der Regel einen Vorschlag, der ebenfalls im Netz publiziert wird."
„SSA, was hat diese Abkürzung zu bedeuten? Erinnert irgendwie an dunkle Zeiten", fragte Abbas.
„Die Abkürzung ‚SSA' bedeutet Staatliches Schulamt im Unterschied zum Städtischen Schulamt. Und bei der Stellenausschreibung hat die Frauenbeauftragte ein gehöriges Mitspracherecht, aber auch bei der Stellenbesetzung und beim Überprüfungsverfahren, wenn es denn eines gibt."
„Wie meinen Sie das?", hakte Abbas nach.
„Nun, bewerben sich zum Beispiel nur Männer auf eine Stelle, so kann die Frauenbeauftragte auf eine Neuausschreibung hinwirken. Bei gleicher Qualifikation zwischen einem Mann und einer Frau achtet sie darauf, da der Stellenkegel zum Beispiel bei Funktionsstellen in Frankfurt immer noch sehr männerlastig ist, dass eine weibliche Bewerberin ausgewählt wird. Nun kommt es aber manchmal vor, dass Bewerber oder Bewerberinnen ihre Bewerbung zurückziehen, bevor eine Auswahl getroffen wird oder ein Überprüfungsverfahren stattgefunden hat. Auch kann die Behörde nach Aktenlage entscheiden, wenn aufgrund der Bewerbungsunterlagen die Entscheidung scheinbar eindeutig zu treffen ist."
„Warum sollte jemand seine Bewerbung zurückziehen? Was hat das mit Frau Schwarz zu tun? Ich kann Ihnen immer noch nicht so ganz folgen", unterbrach ihn Abbas, während Seidel eifrig wichtige Stichpunkte notierte.
„Jemand könnte sich zum Beispiel auf eine Stelle von einer anderen Schule bewerben oder gar aus einem anderen Bundesland oder Schulamtsbezirk. Dann ändert sich etwas an seiner persönlichen Situation, etwa weil er sich beispielsweise plötzlich nicht mehr versetzen lassen möchte, dann zieht er zurück. Oder jemand erfährt durch Indiskretionen – und glauben Sie mir, Frankfurt ist in der Hinsicht wie ein Dorf – den Namen eines Mitbewerbers und rechnet sich dann keine Chance mehr aus und will sich

das ganze Prozedere ersparen. Aber es kam auch schon vor, dass uns als Personalrat von potenziellen oder tatsächlichen Bewerbern mitgeteilt wurde, dass diese nach einem Gespräch mit der Frauenbeauftragten plötzlich ihre Bewerbung zurückgezogen haben oder ihre Unterlagen erst gar nicht abgegeben haben, weil sie erfahren hatten, dass eine bestimmte Person für diese Stelle eine so aussichtsreiche Bewerbung abgegeben hat, dass sie selbst sozusagen chancenlos wären."

„Ich verstehe, Sie meinen also, dass jemand mit Frau Schwarz telefoniert oder spricht und danach auf eine Bewerbung verzichtet oder seine bereits eingereichte zurückzieht?"

„So könnte man es formulieren. Das ist uns als Gesamtpersonalrat natürlich ein Dorn im Auge, aber bisher war noch niemand bereit, dies tatsächlich öffentlich dann auch verwertbar auszusagen, sodass wir mit dem Dienststellenleiter das Problem hätten ansprechen können." Seidel und Abbas warfen sich vielsagende Blicke zu.

„Schulleiter zum Beispiel werden ausschließlich vom HKM, also dem Hessischen Kultusministerium, aus besetzt. Aber wenn sich mehrere Bewerber aus demselben Schulamtsbezirk bewerben, und das kommt häufig vor, dann schreiben die Dezernenten des betreffenden Bezirks die Gutachten und die Frauenbeauftragte hat das Recht, alle Bewerbungsunterlagen einzusehen, die Dezernenten kennen sich untereinander ... Ich will niemandem etwas unterstellen."

„Interessant. Halten Sie es für möglich, dass ein Bewerber, der wegen einer Frau eine Beförderungsstelle nicht erhalten hat, der Frauenbeauftragten die Schuld geben könnte?"

„Sicherlich entscheidet ein Gremium, aber ihre Stimme und ihre Argumente haben durchaus Gewicht und einen gewissen Einfluss auf die Entscheidung der Überprüfungskommission."

„Eine Frage habe ich noch, wie ist Ihre Einschätzung von Frau Schwarz in Bezug auf ihre Funktion und als Mensch?"

„Über die Toten nur Gutes. Kleiner sarkastischer Scherz. Als Mensch war sie stets freundlich, umgänglich, sympathisch. In ihrer Funktion würde ich sagen, war sie sehr ambitioniert, zielgerichtet und verfolgte die klare Linie, mehr Frauen in Funktionsstellen zu bekommen, auch wenn aus Sicht der Personalratsvertreter ein männlicher Bewerber im konkreten Fall wegen seiner Softskills und fachlichen Qualifikation vielleicht die bessere Wahl gewesen wäre. Ja, sie besaß durchaus einen machtvollen Einfluss, vor allem bei Frau Werle-Reinhardt. Die beiden sind übrigens miteinander befreundet, aber das dürfte Ihnen ja inzwischen bekannt sein."

„Herr Kraus, ich danke Ihnen sehr für Ihre offenen Worte. Sollten Sie noch etwas ergänzen wollen, hier ist meine Karte. Unter dieser Nummer erreichen Sie mich oder mein Team jederzeit." Damit verließen sie das Gebäude; als die beiden zu Abbas' Auto im Parkhaus auf der Südseite des Hauptbahnhofes schlenderten, tauschten sie sich noch einmal über das, was sie gerade gehört hatten, aus.

„Yunus, meinst du, dass ein Mann sie umbringen würde, weil die Schwarz ihm in seinen Augen die Karriere versaut hat?"

„Ich denke mal, es käme auf die Stelle an und die persönlichen Umstände eines Kandidaten. Frust und Neid könnten durchaus ein Motiv sein. Ich bin sehr gespannt auf die Liste der letzten Verfahren, die uns diese Dezernentin versprochen hat. Auf jeden Fall haben wir jetzt eine weitere Spur, der wir nachgehen müssen. Vielleicht bleibt der Neffe nicht unser einziger Verdächtigter?"

KAPITEL 33

Das Telefon klingelte verdächtig lange, obwohl sie doch die direkte Durchwahl gewählt hatte. Nach einer gefühlten Endlosigkeit hob jemand den Hörer ab.

„Staatliches Schulamt Frankfurt, Werle-Reinhardt."

„Bettina, ich bin's. Wir wollten doch noch einmal telefonieren wegen unseres Treffens."

„Hallo, Erika, du, es ist jetzt gerade sehr ungünstig, ich muss gleich zu einer Sitzung."

„Was hältst du denn von Samstagabend?"

„Es tut mir leid, aber eines der Mädchen kommt übers Wochenende unerwartet zu Besuch, da kann ich unmöglich weg. Aber nächstes Wochenende ist Jürgen nicht da, das würde mir sehr gut passen."

Erika Berghoff ließ sich ihre Enttäuschung nicht anmerken.

„Gut, sollen wir jetzt gleich etwas ausmachen oder wollen wir nächste Woche dann noch einmal telefonieren?"

„Lass uns besser Mitte der Woche wieder telefonieren. Übrigens, wo du gerade anrufst. Ich hätte dich sowieso noch selbst kontaktiert. Ich habe mit Tiefenthaler gesprochen, die Stelle wird definitiv neu ausgeschrieben, tut mir leid für dich."

Nun wich die Enttäuschung einer inneren Wut. Sie konnte sich einfach nicht mehr beherrschen und erwiderte in einer Heftigkeit, die andere immer wieder einschüchtern konnte, ihr selbst aber gar nicht so bewusst war: „Sag, dass das nicht wahr ist! Dann dauert es ja mindestens noch ein weiteres halbes Jahr, ehe das neue Verfahren durch ist. Wie stellt ihr euch das eigentlich vor? Bettina, ich bin zutiefst von dir enttäuscht!"

„Erika, du hast gewusst, auf was du dich einlässt, als du dich um die Stelle beworben hast. Es war letztlich deine eigene Entscheidung. Delegier doch einfach die Planung."

„Du hast gut reden. Delegieren, delegieren, das hat Regine in ihren Sitzungen uns auch immer geraten, aber irgendwann ist mal Schluss. Und du musst ja auch jemanden haben, den du mit dieser Aufgabe betrauen kannst."

„Ja, nicht umsonst waren früher die Schulleiter immer zuvor Stellvertreter gewesen und kannten sich wenigstens mit dem Plan gut aus."

„Ist das jetzt ein Vorwurf? Ich höre zumindest einen aus deinen Worten heraus. Ihr habt mich doch geradezu überredet und ermutigt, dass ich mich bewerben soll."
„Lass uns jetzt nicht streiten. Wir können nächstes Wochenende in Ruhe noch einmal darüber beraten, welche Möglichkeiten dir das Schulamt unter Umständen anbieten kann. Ich muss jetzt Schluss machen, sonst komme ich zu spät zu meiner Sitzung. Ein schönes Wochenende, bis bald."
Werle-Reinhardt hatte einfach aufgelegt, ehe Berghoff noch etwas erwidern konnte. Sie war fassungslos und wütend, aber auch zutiefst gekränkt. Sie sah sich schon in Gedanken am Wochenende erneut an der Unterrichtsverteilung für das kommende Schuljahr sitzen und letzte Hand an das Schulbudget legen, denn die Sitzung stand in Kürze an. Sie hasste diesen ganzen Verwaltungskram, der war nie ihre Stärke gewesen. Rhetorisch eloquent, konnte sie viel besser vor großem Publikum ihre Visionen von einer künftigen Schulentwicklung darlegen oder bei diversen Festivitäten wundervolle Dankes- und Lobesreden halten. Diese Auftritte waren ihre Welt und da machte sie stets eine sehr gute Figur. Aber das Kleinklein der Schulverwaltung war harte Kost. Und die schmeckte ihr zunehmend weniger. Immer noch sehr aufgebracht öffnete sie an ihrem Dienstcomputer ihr E-Mail-Postfach und starrte auf die zwölf neuen E-Mails. Die des Personalrats stach ihr sofort ins Auge und mit einem Klick öffnete sie diese sowie den Dateianhang, der die Einladung zur nächsten gemeinsamen Sitzung enthielt. Dieser Personalrat, den musste sie dringend mal wieder in seine Schranken weisen, in der entsprechenden Laune war sie ohnehin gerade. Sie sah auf die Uhr, die große Pause kam ihr gerade recht. Spontan stand sie auf, verließ ihr Dienstzimmer und eilte zum Lehrerzimmer. Die Kollegin Träger sprach sie auf dem Weg dorthin an: „Frau Berghoff, kann ich Sie ganz kurz sprechen?"
„Nein, ich habe jetzt keine Zeit, ich bin in Eile, legen Sie mir einen Zettel ins Fach, oder noch besser, schreiben Sie mir eine Mail."
Damit ließ sie die verdutzte Kollegin auf dem Gang stehen, bahnte sich einen Weg durch die Schülertraube, die sich wie üblich vor dem Lehrerzimmer gebildet hatte, schloss die Türe auf und betrat das große Lehrerzimmer. Ihr prüfender Blick schweifte durch den Raum, der während der Pause einem aufgeregten Bienenschwarm glich. In der Teeküche regte sich gerade jemand darüber auf, dass es schon wieder mal keinen Kaffee

mehr gab, obwohl er doch gerade erst gemacht worden war. Vor den Postfächern standen diverse Lehrkräfte und entnahmen den fast immer vollen Fächern Stapel von Schriftstücken, deren Menge nie abzunehmen schien, auch wenn vor Jahren einmal die digitale Kommunikation in einer Gesamtkonferenz beschlossen worden war. Aber wie so oft im Laufe der Jahre erinnerte sich kaum noch jemand an irgendwelche alten Beschlüsse, und die Macht der Gewohnheit ließ alle immer mehr abstumpfen.
Jemanden, der sich vor dem Computermonitor mit dem Vertretungsplan gerade aufregte, traf ihr missbilligender Blick und die letzten Worte einer gerade begonnenen Schimpfkanonade wurden abrupt verschluckt. Sie war stolz darauf, eine strenge Chefin zu sein, respekteinflößend und direkt, Kritik und Widerspruch duldete sie so gut wie nie. Als sie Annette Schneider und Detlef Sommer erblickte, ging sie direkt auf die beiden zu, erwiderte beim Gang durchs Lehrerzimmer mit Kopfnicken den einen oder anderen Gruß, der ihr entgegengebracht wurde, und unterbrach das Gespräch der beiden mit den Worten: „Frau Schneider, Herr Sommer, dürfte ich Sie kurz sprechen, bitte begleiten Sie mich in mein Dienstzimmer." Es wäre ihr nie in den Sinn gekommen, zu fragen, ob die beiden gerade Zeit haben und ob sie deren Unterhaltung stören dürfte. Beide sahen sich nur wortlos an, erhoben sich von ihren Stühlen und folgten ihr unmittelbar. Sie hatten im Laufe der Zeit gelernt, die Körpersprache ihrer Chefin richtig zu deuten und erkannten, dass dies nicht der Moment für Widerreden war.
„Nehmen Sie bitte Platz", wies sie die beiden Personalratsmitglieder an und deutete mit einer Hand auf die Stühle am Besprechungstisch, als sie in ihrem Dienstzimmer angekommen waren.
„Ich habe gerade die E-Mail mit der Einladung für die nächste gemeinsame Sitzung erhalten. Bitte nehmen Sie noch den Punkt ‚Stellenbesetzung der Stelle des stellvertretenden Schulleiters' in die Tagesordnung auf."
„Könnte das nicht unter dem Punkt ‚Mitteilungen der Schulleitung' besprochen werden?", fragte Sommer.
„Nein, das kann es nicht. Dieser Punkt ist so wichtig, dass wir dazu einen eigenen Tagesordnungspunkt benötigen werden. Wie es aussieht, gibt es da eine erneute Verzögerung. Ich werde Ihnen dazu dann Näheres in der Sitzung erläutern, wenn ich mit dem Schulamt gesprochen habe. Danke, das wäre es."
Damit waren die beiden entlassen. Innerlich genoss sie es, dass die zwei nun das ganze Wochenende darüber rätseln würden, was ihre Aussage zu

bedeuten hatte. Natürlich hätte sie sofort sagen können, was Sache war, aber ihrer Meinung nach sollte der Personalrat nur das Allernötigste wissen. Draußen auf dem Gang machte Detlef Sommer seinem Unmut Luft. „Das ist doch das Letzte! Wegen so etwas nimmt sie uns die Pause und holt uns extra in ihr Zimmer."

„Du solltest sie doch inzwischen besser einschätzen. Das ist wieder eines ihrer Machtspielchen. Nimm es in die Tagesordnung auf, du hast sie doch noch gespeichert, und schick ihr in Gottes Namen eine neue per E-Mail zu."

„Vielleicht sollten wir beim Gesamtpersonalrat nachfragen, ob der etwas Neues weiß. Dann könnten wir sie damit überraschen, dass wir schon alles wissen, wenn sie uns darüber offiziell informieren möchte." Die Zusammenarbeit zwischen Schulleiterin und Personalrat wurde nicht einfacher, seit sie Chefin geworden war.

KAPITEL 34

Sabine Riedel öffnete an ihrem Dienstcomputer die E-Mail des Staatlichen Schulamtes in Frankfurt und den mitgeschickten Dateianhang. Sehr schnell konnte sie feststellen, dass diese Zusammenstellung für die Ermittlungen der Kriminalpolizei völlig wertlos war. Es waren lediglich die Termine der Ausschreibung und die Art der Funktionsstellen an den einzelnen Gymnasien sowie das Datum eines Überprüfungsverfahrens aus den letzten sechs Monaten zusammengestellt. Da hatte es sich offenbar jemand sehr einfach gemacht und nur die Stellenausschreibungen an den einzelnen Schulen aufgelistet, ohne jedoch konkret die Namen der Bewerber zu benennen und wer letztlich ausgewählt worden war. Also beschloss sie, sogleich auf diese E-Mail zu antworten und die entsprechenden Unterlagen nachzufordern. Sie schmunzelte, weil ihr klar war, dass dies dem Schulamt sehr viel Arbeit machen würde, da sicherlich die entsprechenden Akten nicht digitalisiert waren und lediglich in irgendeinem Archiv aufbewahrt wurden. Also klickte sie auf den Antwort-Button und ihre Finger flogen dann nur so über die Tastatur.

„Sehr geehrte Frau Fries, ich danke Ihnen für Ihre Zusammenstellung. Leider benötigen wir für unsere Recherchearbeit detailliertere Angaben, nämlich die Namen aller Bewerber für eine Stelle, den Namen der Person, die letztlich ausgewählt wurde, ferner Angaben darüber, ob jemand vorzeitig aus dem Verfahren ausgeschieden ist und ob es eventuelle Konkurrentenklagen gegeben hat. Bitte halten Sie die entsprechenden Akten bereit, damit wir sie gegebenenfalls abholen können und die Personalien der betreffenden Personen jederzeit zur Verfügung haben. Ich hoffe sehr, das Staatliche Schulamt unterstützt uns und leistet möglichst rasch die gewünschte Amtshilfe.

Mit freundlichen Grüßen i.A. Sabine Riedel

(Kriminalkommissaranwärterin)."

Sie lehnte sich zurück, las noch einmal ihren Text durch, dann fügte sie noch einen Satz vor dem Schlussgruß ein: „Wir haben Grund zu der Annahme, dass das berufliche Umfeld möglicherweise eine wichtige Rolle für die Ermordung von Regine Schwarz spielen könnte." Dann klickte sie auf den Senden-Button.

Sabine war klar, dass sie vielleicht in diesem Punkt etwas ihre Kompetenzen überschritten hatte, wenn sie eine andere Behörde als Anwärterin quasi zu einer intensiven Aktenarbeit verdonnerte, aber einerseits hatte sie ja „i.A." gezeichnet und andererseits wollte sie Yunus beeindruckten, wollte als vollwertiges und wichtiges Teammitglied vor allem seine Anerkennung finden. Sein Lob bei der letzten Sitzung war ihr mehr, als er ahnen konnte, gewissermaßen runtergegangen wie Öl. Sie wusste, dass er Single war, Junggeselle klang in ihren Ohren zu altbacken. Er sah gut aus, sportlich, maskulin, ein südländischer Typ, der aber eben nicht dieses Machogehabe an den Tag legte, genau der Typ Mann, der sie schwach machte. Etwas eitel war er schon, denn er pflegte seinen Vollbart wirklich extrem akribisch. Leider schien er ihre manchmal schmachtenden Blicke völlig zu ignorieren, oder vielleicht doch nicht? Birgit Holzapfel war es jedenfalls schon aufgefallen, welche Blicke sie ihrerseits ihrem Chef zuwarf.

Nach ihrem Bachelor in Soziologie hatte sie sich entschieden, dass ein weiteres Masterstudium für sie nicht infrage kam. Sie wollte arbeiten, Geld verdienen und irgendwie war sie durch ihre Vorliebe für Kriminalromane schon immer ein bisschen an Polizeiarbeit interessiert gewesen. Da sie sehr sportlich war, hatte sie sich bei der Kriminalpolizei beworben und war auch nach dem positiven Einstellungstest sofort genommen worden. Als Anwärterin war sie zunächst der Mordkommission zugeteilt worden. Da sie sich während des Studiums durch ihren damaligen Freund, einem Informatikstudenten, sehr gute PC- und vor allem Internetkenntnisse angeeignet hatte, waren ihr diese nun sehr von Nutzen und sie war sozusagen die Rechercheermittlerin schlechthin. Mit ihren 23 Jahren war sie zugleich auch die Jüngste im Team.

Sabine ging zur Wand mit der Schautafel und überblickte noch einmal die dort angebrachten Hinweise. Da waren Fotos des Mordopfers, Regine Schwarz, Fotos der Tatwaffe, eines Fäustlings, der im Main in der Tüte eines Baumarktes gefunden worden war. Dann die beiden Freundinnen Erika Berghoff und Bettina Werle-Reinhardt, die in einer engen freundschaftlichen Beziehung zur Frauenbeauftragten gestanden hatten, der Bruder Herbert Schwarz, mit seiner Schwester im Streit, ohne Alibi, Matthias Schwarz, der Neffe, ebenfalls kein Alibi, Alleinerbe und Tatverdächtiger, Harald Langer, der Freund und Liebhaber der Ermordeten, Tobias Kramer, der geschiedene Ehemann, unter einem großen Fragezeichen stand „Täter", entsorgt Tatwaffe im Main, kommt ohne Einbruch in die Wohnung, möglicherweise dem Opfer bekannt und schließlich die Frau im geblümten Kleid, in der Nähe des Tatortes gesehen, wirft etwas in den

Main. Holzapfel und Schulze waren noch einmal zur Altenwohnanlage gefahren, um sich mit dieser Frau im Rollstuhl zu unterhalten und ihr vielleicht doch noch so etwas wie eine Personenbeschreibung zu entlocken.

Sabine beschloss, dass sie aus der Cafeteria eine Kanne frischen Kaffee für alle besorgen wollte. Im Rahmen des Umweltschutzes war man dazu übergegangen, den Verkauf von Kaffeebechern stark einzuschränken. Auf dem Weg dorthin begegneten ihr Schulze und Holzapfel. Da ihr Chef noch nicht da war, fassten sie spontan den Entschluss, gemeinsam zur Cafeteria zu gehen und dort etwas zu trinken.

„Und habt ihr noch etwas von dieser Frau im Rollstuhl erfahren?"

„Nein, sie kann sich absolut nicht genau an ein Gesicht erinnern. Sie erinnert sich an das geblümte Kleid und an die Tatsache, dass die Frau eine ‚normale' Figur hatte", erwiderte Schulze. „Eine dunkle Haarfarbe soll die Frau haben, aber genau kann sie es nicht mehr sagen."

„Aber sie würde die Frau von ihrer Statur her gegebenenfalls wiedererkennen", ergänzte Holzapfel. „Und bist du weiter gekommen?"

„Das Schulamt hat eine Liste der Verfahren gemailt. Es sind insgesamt sechzehn Verfahren an Frankfurter Gymnasien in den letzten sechs Monaten gewesen. Aber mit der Auflistung der Verfahren alleine kommen wir natürlich nicht weiter. Ich habe daher genauere Angaben angefordert, also die Namen der Kandidaten, wer ausgewählt wurde, wer eventuell aus dem Verfahren ausgeschieden ist und so weiter."

„Na, da bin ich gespannt, was Yunus dazu sagen wird", sagte Holzapfel und warf Riedel von der Seite einen schelmischen Blick zu, der sie zum Erröten brachte.

„Findest du, ich bin zu weit gegangen oder habe meine Befugnisse überschritten?"

„Nein, du hast uns sicherlich Zeit erspart, indem du gleich reagiert hast. Aber ich glaube, das würde dann doch lieber unser Teamleiter selbst entscheiden, oder?", konterte sie.

„Ist das jetzt so eine Art Zickenkrieg zwischen euch?", fragte Schulze seine beiden Kolleginnen.

„Nein, wie kommst du darauf?", entgegneten beide wie auf Kommando gleichzeitig.

„Unser Nesthäkchen möchte Yunus imponieren, hast du das noch nicht bemerkt?", feixte Holzapfel.

„Birgit!", entrüstete sich Riedel.

„Jetzt echt, also du und … Yunus?"
„Es ist nichts, aber rein gar nichts! Er nimmt mich als Frau ja nicht mal zur Kenntnis."
„Er ist eben ganz Profi. Ihr Frauen beklagt euch doch immer über sexistische Sprüche oder dumme Anmache von Männern. Dass er als Chef vorsichtig ist, mit jemandem in seinem eigenen Team zu flirten, das ist doch nur nachvollziehbar", verteidigte Schulze seinen Chef.
„Können wir bitte das Thema beenden!", insistierte Riedel. In der Cafeteria orderte sie eine große Kanne Kaffee zum Mitnehmen.
Dann gingen die drei nach oben in ihr Besprechungszimmer.
Kurz danach trafen Abbas und Seidel ein.
„Frischer Kaffee. Hast du den besorgt?" fragte Abbas mit Blick auf Riedel. Diese ertappte sich dabei, wie sie rot wurde. Als alle Platz genommen hatten, eröffnete Abbas die Sitzung: „Wir haben einige interessante Neuigkeiten von diesem Personalratsvertreter erfahren. Anscheinend hatte die Schwarz durchaus einen Einfluss auf die Stellenbesetzungsverfahren, was er so andeutete. Dass jemand aus Frust und Enttäuschung über eine verpatzte Karriere ein Mordmotiv hätte, erscheint unter diesen Umständen nicht mehr so abwegig, wie anfangs zu vermuten war. Sabine, gibt es schon etwas vom Schulamt in dieser Hinsicht?"
„Ja, es gibt eine E-Mail, aber mit der ist relativ wenig anzufangen, weil sie keine Namen enthielt, sondern lediglich eine Aufstellung der Verfahren aus dem letzten halben Jahr für die Gymnasien und gymnasialen Oberstufenschulen in Frankfurt. Ich habe mir erlaubt, eine detaillierte Namensliste zu den Verfahren anzufordern, und zwar sowohl die Namen der Bewerber als auch die Namen der Personen, die letztlich ausgewählt wurden, dazu Namen von Kandidaten, die ihre Bewerbung vor einem Verfahren zurückgezogen haben."
„Du hast bitte was? Ist dir klar, dass du damit eindeutig deine Kompetenzen überschritten hast? Du kannst doch nicht einfach eine andere Behörde auffordern, uns Akteneinsicht zu gewähren, und zur Mehrarbeit verdonnern, ohne mit mir Rücksprache zu halten!", brauste Yunus auf, die anderen schwiegen.
Sabine wurde rot, dann rechtfertigte sie sich mit zittriger Stimme: „Ich dachte, wenn ich gleich in unserem Sinne auf die E-Mail antworte und die entsprechenden Unterlagen anfordere, dann sparen wir Zeit. Es ist Freitag, wenn ich jetzt erst am Nachmittag nach der Besprechung reagierte, dann

könnte möglicherweise niemand mehr im Schulamt meine E-Mail heute noch lesen und darauf antworten."
Holzapfel sprang ihrer Kollegin zur Seite: „Du musst doch zugeben, dass sie in diesem Punkt recht hat."
„Ja, und sie hat genau das angefordert, was wir sowieso benötigen", kam ein unterstützender Einwand von Seidel.
„Sabine, ich muss zugeben, dass du tatsächlich intuitiv genau das richtige an das Schulamt geschrieben hast, aber es gibt einfach bestimmte Regeln", entgegnete er und ermahnte sie nun in einem deutlich versöhnlicheren Tonfall: „Hast du schon mal davon gehört, dass es Handys gibt? Ein kurzer Anruf bei mir und die Sache wäre geklärt. Wenn die beim Schulamt jetzt sauer sind und sich beschweren, dann halte ich den Kopf hin, weil ich dich so selbstständig agieren lasse."
„Es kommt nicht wieder vor, versprochen."
Dann berichteten Schulze und Holzapfel von ihrem Besuch bei Frau Dr. Winter.
„Also in dem Punkt kommen wir erst mal nicht weiter. Ein Phantombild macht keinen Sinn, wenn sie nur so lückenhafte Angaben machen kann", fasste Abbas den kurzen Bericht zusammen. „Ich denke, wenn das Schulamt uns die Akten nächste Woche zur Verfügung stellt, dann werden wir die alle sichten müssen, um vielleicht dort einer Spur nachgehen zu können. Aber erst mal können wir heute und am Wochenende nichts weiter tun. Ich werde dem Staatsanwalt kurz berichten, dass wir zwei Spuren verfolgen. Das wäre dann alles. Montag kommt Matthias Schwarz zur Vernehmung. Ich bin gespannt, was er uns zu seinem Alibi zu sagen hat. Ich wünsche euch allen ein schönes Wochenende. Sabine, mit dir würde ich noch kurz gerne alleine sprechen."
Damit war die Teamsitzung beendet. Holzapfel warf Riedel einen vielsagenden Blick zu, bevor sie zu ihrem Spind ging, während die Männer schon Neuigkeiten über die Eintracht austauschten. Nachdem die anderen drei gegangen waren, schenkte Yunus noch einmal für Sabine und sich einen neuen Kaffee ein.
„Sabine, ich kann verstehen, dass dir die Recherchearbeit in deinen Augen als langweilig erscheint, sicherlich hast du dir die Arbeit in der Mordkommission insgesamt spannender vorgestellt. Aber ich versichere dir, dass diese Arbeit für uns alle unglaublich wichtig ist, und du machst sie wirklich gut. Ich habe dich auch gelobt, als du Matthias Schwarz eine Vor-

ladung geschickt hast. Das zeigt, dass du mitdenkst und ganz im Sinne des Teams handelst. Aber das war auch etwas anderes. Du hast einen Zeugen vorgeladen, denn noch ist er für uns ein Zeuge. Als Tatverdächtiger hätten wir ihm eine ganz andere Vorladung schicken müssen, oder hätten ihn sogar gleich zu Hause abgeholt, um ihn zu vernehmen. Dann hätte er auch das Recht auf einen Anwalt gehabt."

„Aber ich habe doch jetzt auch in unserem Sinne gehandelt!"

„Ja, vom Prinzip her schon, aber es steht dir in deiner Position einfach nicht zu, einer anderen Behörde per E-Mail diese Art von Mehrarbeit zu verordnen. Natürlich hast du uns Zeit erspart, aber als Vorgesetzter kann ich dieses Verhalten, auch wenn ich es persönlich durchaus verstehe und richtig finde, nicht einfach unkommentiert lassen. Und damit wollen wir es belassen."

Er lächelte sie an und Sabine wurde es plötzlich ganz warm. Sie fühlte förmlich, wie sie dahinschmolz. Dieser Mann übte einfach eine unglaublich erotische Ausstrahlung auf sie aus, auch wenn sie gerade erst eine kleine Abfuhr von ihm erhalten hatte.

„Was machst du am Wochenende?", fragte er sie plötzlich.

„Nichts Besonderes, aber ich habe mir fest vorgenommen, dass ich dringend mal wieder joggen gehen will."

„Echt, du joggst? Wo denn, wenn ich fragen darf?"

„Meistens im Grüneburgpark."

„Na, das trifft sich doch gut. Komisch, dass wir uns da noch nie begegnet sind, ich laufe da nämlich auch gelegentlich, wenn ich nicht gerade im Anlagering jogge. Wir könnten ja vielleicht mal zusammen laufen, wenn du Lust hast."

Nichts lieber als das, dachte sie sofort, aber sie fasste sich sogleich wieder. „Wollen wir jetzt was ausmachen oder spontan telefonieren? Bist du eher eine Lerche oder eine Eule?"

Yunus starrte sie entgeistert an.

„Ach so, du kennst diese Redensart nicht. Ich meine, bist du eher ein Frühaufsteher, also eine Lerche, oder eher einer, der spät ins Bett geht und entsprechend spät aufsteht, also eine Eule?"

„Lieber morgens. Ihr habt doch auch ein anderes deutsches Sprichwort: ‚Der frühe Vogel fängt den Wurm.'."

„Also gut, dann sagen wir morgen früh um 9.00 Uhr am Kreisverkehr im Grüneburgweg", schlug sie vor. „Du weißt, wo das ist?"

„Ja, das ist doch da, wo der Grüneburgweg beim Unigelände nach Westen abknickt."
„Genau."
„Abgemacht."
Und damit gingen beide ins Wochenende, Sabine unsagbar aufgeregt und voller Vorfreude auf den Samstagmorgen. Möglicherweise könnte sich ja noch etwas an das Joggen anschließen?

KAPITEL 35

Es war ein herrlicher Morgen, leichte Bewölkung an blauem Himmel und die Temperaturen waren noch absolut im erträglichen Rahmen. Möglicherweise würde es am Nachmittag schon zu heiß für einen Lauf werden. Sabine war überpünktlich, denn von ihrer Wohnung in der Wolfgangstraße hatte sie es nicht weit. Yunus hatte mit etwas Glück einen Parkplatz im Grüneburgweg gefunden und rannte in mäßigem Tempo zum Treffpunkt, wo er seine Kollegin schon wartend erblickte.

„Guten Morgen, Sabine, alles fit?"

„Hallo, Yunus, klar doch. Mal sehen, wie gut wir sind, ich hoffe, ich kann mit deinem Tempo mithalten."

Sabine stockte fast der Atem, so sexy sah ihr Chef in seiner kurzen, dunkelblauen Runnershorts mit dem eng anliegenden weißen Funktionsshirt aus, das seine definierten Brustmuskeln mehr umschmeichelte, statt zu verbergen. Sie selbst hatte sich für eine kurze, schwarze Flex-Shorts mit dazu passendem Runningshirt in blassem Lila entschieden, beides körperbetont, aber dennoch so, dass es nicht anzüglich wirkte. Während sie in leichtem Tempo die August-Siebert-Straße Richtung Grüneburgpark joggten, wirkten sie für einen außenstehenden Beobachter wie ein junges Paar, das sich vor dem Frühstück mit einer gemeinsamen, sportlichen Betätigung auf das Wochenende einstimmte. Im Grüneburgpark selbst waren außer ihnen noch eine ganze Reihe von anderen Joggern unterwegs, die in unterschiedlichem Tempo auf dem Weg um die große Wiese ihre Bahnen zogen, während einige Hundebesitzer mit ihren Vierbeinern dem kleinen Hundeauslaufplatz unweit des Koreanischen Gartens zustrebten. Das Angenehme war, dass es im Grüneburgpark eigentlich Leinenzwang gab, sodass man in Ruhe laufen konnte, ohne dass einem gleich irgendein Hund hinterher oder vor die Füße rannte. Yunus legte ein gutes Tempo vor, nicht zu schnell, gerade so, dass Sabine problemlos mithalten konnte, aber dennoch kamen beide relativ rasch ins Schwitzen, es war wärmer als erwartet.

„Bin ich zu schnell?", unterbrach Yunus das Schweigen nach einer Weile.

„Nein, alles gut", konnte Sabine ohne Anstrengung erwidern.

„Was denkst du über den Fall?", fragte er daraufhin.

Sabine erinnerte sich daran, dass sie irgendwo gelesen hatte, das Tempo beim Joggen sei dann genau richtig, wenn man sich noch problemlos dabei unterhalten konnte, ohne keuchen zu müssen.
„Ich vermute, es ist jemand aus dem Umfeld der Schwarz. Sie hat den Mörder in die Wohnung gelassen."
„Das könnte auch Zufall gewesen sein und nicht von ihr beabsichtigt."
„Okay, das stimmt, aber ich glaube, dass es jemand aus dem Umfeld des Schulamtes gewesen sein könnte."
„Warum nicht der Neffe? Immerhin erbt er sehr viel Geld."
„Ich habe ihn noch nicht persönlich kennengelernt, aber nach allem, was wir wissen, war doch seine Tante so eine Art zweite Mutter für ihn. Sie hat ihm immer geholfen, auch gegenüber seinem eigenen Vater. Und wenn, warum sollte er sie ausgerechnet jetzt getötet haben?"
„Vielleicht hat er Geldprobleme?"
„Aber er hätte wissen müssen, dass er Alleinerbe ist, oder? Und wenn er Geldsorgen hat, wenn er wirklich auf die Wohnung spekuliert hat und von dem Rest des Vermögens nichts wusste, so eine Wohnung verkauft sich nicht so leicht, auch nicht in der Gegend. Nein, ich glaube, mit seinem Alibi, das wird sich irgendwie aufklären, die Spur beim Schulamt ist da schon wesentlich vielversprechender."
Nun merkte sie, dass sie durch das viele Reden doch etwas außer Atem kam, und bat darum, dass sie beide kurz anhalten. An einer der vielen Parkbänke blieben sie stehen, und Sabine stellte ein Bein auf die Sitzfläche und begann mit Dehnübungen. Dabei konnte sie förmlich fühlen, wie Yunus sie genau fixierte. In der Tat bewunderte dieser ihren sportlichen Körper, und als sie sich ihm zuwendete, konnte er unter dem schweißnassen Oberteil ihre beiden Brustwarzen erkennen. Unwillkürlich fühlte er zwischen seinen Beinen eine Reaktion. Sie war echt sexy, aber seine Kollegin, noch dazu war er ihr Chef.
„Wollen wir weiter?", fragte er daher, um sich abzulenken und zu verhindern, dass möglicherweise doch eine Reaktion in seiner Hose sichtbar werden könnte.
„Wie oft läufst du diese Strecke?", wollte er wissen.
„Mindestens zwei- oder dreimal in der Woche, einmal, um fit zu bleiben, aber auch damit ich mir die eine oder andere Süßigkeit leisten kann."
„Na, du kannst dir sicher mehr als die eine oder andere Süßigkeit leisten. Was sagt dein Freund?"

„Im Moment gibt es keinen, das Single-Dasein gefällt mir im Augenblick ganz gut. Bist du in festen Händen?“
Beide realisierten fast gleichzeitig, dass sie mit diesen Fragen jeweils eine Grenze überschritten hatten, die über ein rein kollegiales Verhältnis hinausging.
„Nein, ich bin nicht in festen Händen, wie sollte ich auch, bei unseren Arbeitszeiten?“
Sie näherten sich bei ihrer zweiten Runde wieder dem Park-Café.
„Ich könnte jetzt wirklich was trinken“, stieß Sabine nun doch etwas außer Atem hervor.
„Ich auch, aber ich habe mein Geld im Auto.“
„Dummerweise habe ich auch nichts eingesteckt außer meinem Wohnungsschlüssel.“
Und dann wusste Sabine selbst nicht, was ihr in diesem Moment in den Sinn kam, als sie einfach vorschlug: „Wenn du willst, können wir auch noch was bei mir trinken. Ich wohne in der Wolfgangstraße, das ist nicht weit.“
Yunus wusste nicht, was er von diesem spontanen Vorschlag halten sollte. Wäre es ein normales Date gewesen, hätte die Aufforderung, mit in die Wohnung zu kommen, ein eindeutiges Signal sein können, er war sich unschlüssig. Anderseits, sie waren beide erwachsene Menschen und er war sich sicher, es würde nur etwas geschehen, was beide freiwillig bereit waren, miteinander zu tun. Also willigte er ein und Sabine übernahm die Führung, während sie beide in Richtung Wolfgangstraße weiterliefen.
„Wie bist du an diese Wohnung gekommen?“
„Ich habe schon zu meiner Studentenzeit dort gewohnt, es ist eine kleine Zweizimmerwohnung, heute könnte ich da nicht mehr hinziehen. Und wo wohnst du eigentlich?“
„Im Gallus, sagt dir die Kriegkstraße etwas?“
„Ja, irgendeine Straße, die von der Mainzer abgeht.“
„Genau, und auch da könnte ich heute nicht mehr hinziehen. Die Wohnung wäre unbezahlbar, obwohl sie nicht zu den Neubauten im Europaviertel gehört.“
„So, wir sind da.“
Sabine blieb vor einem Altbau mit einem kleinen gepflegten Vorgarten stehen und öffnete die Gartentüre. Dann betraten sie durch die alte Haustüre ein enges Treppenhaus, dessen Holzstufen schon abgenutzt und ziemlich

ausgetreten waren, der hellgraue Rauputz hatte auch schon seine besten Jahre hinter sich. Während sie ihm die Treppe hinauf voranging, konnte Yunus einfach nicht anders, als ihre wohlgeformten, durchtrainierten Waden fast anzustarren und ihren süßen Hintern, was sie zum Glück nicht bemerkte. Sabine öffnete die dunkle, hölzerne Wohnungstüre, die eine große Scheibe aus strukturiertem Glas besaß, welches von dünnen Holzstegen unterbrochen wurde, klassische Butzenfenster.

„Hereinspaziert, aber erwarte nicht zu viel, es ist nicht ganz so aufgeräumt."

„Soll ich meine Schuhe ausziehen?"

„Ach was, die Holzdielen sind so alt und abgetreten, geh einfach rein, rechts ist die Küche."

Yunus betrat den winzigen Flur und ging durch die offen stehende Tür direkt in eine sehr kleine Küche, deren linke Seite eine in die Jahre gekommene Einbauküchenzeile einnahm. Gegenüber befand sich ein kleiner Holztisch mit zwei Stühlen, an der Kopfseite stand unter dem Küchenfenster ein Servierwagen, auf dem eine Espressomaschine aufgestellt war.

„Setz dich bitte", forderte Sabine ihn auf, während sie dem Kühlschrank eine Glasflasche mit Wasser und dann einem der Oberschränke zwei Gläser entnahm.

Als Sabine einschenkte, nahm sie erstmals bewusst den Geruch von frischem, männlichem Schweiß wahr. Und dieses Sinneswahrnehmung erweckte in ihr plötzlich ein unbändiges, ihr bisher selbst nicht bekanntes Verlangen gegenüber ihrem Chef. Mit hastigen Schlucken leerte Yunus sein Glas und stellte es ab, um sich selbst nachzuschenken.

„Ich muss mal kurz ins Bad verschwinden."

Als Sabine weg war, packte Yunus die Neugierde, er erhob sich, das halb volle Glas in der Hand haltend, und ging zurück in den Flur. Eine Türe war geschlossen, also war dort wahrscheinlich das Badezimmer, zumindest konnte er das Rauschen von Wasser hören. Eine weitere Tür, die offen stand, führte in ein kleines Wohnzimmer, Yunus blieb in der Türöffnung stehen und schaute in den Raum. Fast die ganze linke Seite wurde von einer weißen Regalwand eingenommen, in deren Mitte ein Flachbildfernseher stand, ansonsten Bücher, DVDs, kleine Kartons, vor dem Regal als Raumteiler ein hellgraues Sofa frei im Raum, gegenüber der Tür ein Fenster mit modernen Stores. Im rechten Teil des Zimmers stand ein kleiner Tisch, mit einer Seite an der Wand stehend und drei Stühlen, auf dem

Tisch ein Macbook. Zwischen dieser offensichtlichen Essgruppe und einer alten Glasvitrine mit Geschirr in der rechten Ecke befand sich eine geschlossene Türe, die wahrscheinlich ins Schlafzimmer führte. Klein, aber sehr funktional und geschmackvoll aufgeteilt, dachte Yunus gerade und wunderte sich, was Sabine so lange im Bad machte. Da öffnete sich die Badezimmertür und Yunus traute seinen Augen nicht. Sabine hatte offensichtlich schnell geduscht und hatte nur lose ein Handtuch um ihren schlanken Körper geschlungen. Scheinbar erstaunt darüber, dass er nicht mehr in der Küche saß, sondern in der Wohnzimmertüre im Flur stand, sagte sie nur: „Oh, sorry, ich wusste nicht ... Darf ich bitte mal vorbei, ich müsste mir eben was überziehen und im Bad war nichts Sauberes mehr."
Selbstbewusst und zielsicher wollte sie sich gerade an Yunus vorbei schlängeln, der sie immer noch fassungslos und ungläubig ansah, als sich das Handtuch löste und zu Boden fiel. Sie wollte sich bücken, was Yunus aber ebenfalls zeitgleich tat, um das Handtuch aufzuheben, sodass sie unweigerlich in der engen Türöffnung zusammenstießen, sie strauchelte und Yunus ergriff sie, um sie zu halten. Die Berührung ihrer warmen Haut, dieser absolut begehrenswerte Anblick einer nackten Frau mit ihren perfekten, festen Brüsten in seinen Armen, das war einfach zu viel. Beide befiel auf der Stelle ein unsägliches, fast animalisches Verlangen, Sabine, weil sie es im Grunde darauf angelegt hatte, und Yunus, weil er als Mann einfach in dieser Situation nicht mehr widerstehen konnte. Sabine ergriff dennoch wieder die Initiative, nahm ihrem Chef behutsam das Glas aus der Hand und stellte es auf den Boden. Dann küsste sie Yunus, der nun nicht mehr zu bremsen war. Mit seinen kräftigen, dunkelbehaarten Armen umarmte er sie, zog sie fester an sich, ihre Lippen trafen sich erneut. Beiden war sofort klar, wohin das führen würde.
„Komm, lass uns ins Schlafzimmer gehen", flüsterte Sabine und erhob sich.
Yunus folgte der Aufforderung nur zu gerne, zog sein Funktionsshirt hastig aus, streifte die Laufschuhe ab, als einziges Kleidungsstück verblieb nur noch seine Sporthose, die sich bereits vorne verdächtig ausbeulte und die er erst im Schlafzimmer nach unten streifte. Was für eine Frau, die so offen und unverblümt zeigte, was sie von einem Mann wollte! So etwas hatte er bisher noch nie erlebt. Sabine, die über sich selbst fast mehr staunte als Yunus, spürte, wie sie feucht wurde, wie sie sexuell angezogen wurde von diesem südländischen, muskulösen und maskulinen Mann. Nackt auf ih-

rem breiten, französischen Bett erlebte Sabine in ekstatischer Lust einen Orgasmus, wie sie ihn seit Jahren nicht mehr erfahren hatte, und ihre Lustschreie waren noch bis in die Etage unter ihrer Wohnung zu hören.

KAPITEL 36

Matthias Schwarz war sehr nervös, als er sich um kurz vor 9.00 Uhr auf dem Polizeipräsidium in der Adickesallee eingefunden hatte. Denn die schriftliche Vorladung zu einer Vernehmung hatte ihn sehr getroffen. Zwar hatte er noch einen befreundeten Kommilitonen angerufen, der Jura studierte, und der hatte ihm versichert, dass eine Vorladung der Polizei zunächst einmal noch relativ harmlos war, solange sie nicht von der Staatsanwaltschaft ausgesprochen worden war. Außerdem sollte er nicht als Beschuldigter vernommen werden. Er hatte lange hin und her überlegt, ob es nicht vielleicht doch ratsamer wäre, einen Anwalt hinzuzuziehen. Andererseits mutmaßte er, wenn er gleich mit einem Anwalt käme, dass die Polizei dies als ein Schuldgeständnis interpretieren könnte, und er fühlte sich absolut unschuldig. Er hatte nichts zu verbergen. Allein die Tatsache, dass jemand annehmen könnte, er habe seine geliebte Tante, die für ihn wie eine zweite Mutter, oder besser gesagt wie eine Mutter gewesen war, hatte ihn tief getroffen und verunsichert. Nachdem er an der Pforte seine Vorladung gezeigt und ihm der Pförtner den Weg zu der entsprechenden Abteilung beschrieben hatte, beschlich ihn ein unbeschreibliches Gefühl der Unsicherheit, das immer größer wurde, je näher er dem Büro von Yunus Abbas kam. Er hatte sich entschlossen, der Polizei die Wahrheit zu sagen, egal, was man später über ihn denken würde. Auf sein zaghaftes Klopfen hin wurde er mit einem kräftigen „Herein" aufgefordert einzutreten. Yunus Abbas erhob sich von seinem Arbeitsplatz und kam auf ihn zu, schüttelte ihm sogar die Hand, was er als ein gutes Zeichen interpretierte und was seine Nervosität etwas verringerte.

„Guten Morgen, Herr Schwarz. Schön, dass Sie so pünktlich unserer Vorladung gefolgt sind. Lassen Sie uns bitte nach nebenan gehen, mein Kollege Schulz wird ebenfalls gleich kommen."

„Guten Morgen", erwiderte Schwarz den Gruß und es war ihm fast peinlich, dem Kommissar seine schweißnasse Hand zu reichen.

Beide gingen durch eine Seitentüre nach nebenan, als fast zeitgleich durch eine weitere Türe Schulze den Raum betrat und ebenfalls freundlich grüßte, Schwarz erkannte ihn sogleich als einen der beiden Beamten, mit denen er zuvor schon einmal gesprochen hatte. Alle drei nahmen an einem Tisch Platz, Schulze klappte seinen Laptop vor sich auf.

„Herr Schwarz, Sie sind hier nicht als Beschuldigter, um das noch einmal klarzustellen, unsere Befragung dient ausschließlich der Ermittlung, Sie müssen keine der Fragen beantworten, ich empfehle Ihnen jedoch, dies zu tun. Es steht Ihnen frei, einen Anwalt hinzuzuziehen, um das noch einmal für das Protokoll zu betonen", eröffnete Abbas die Vernehmung.
„Ich möchte aussagen. Ich möchte vor allem das mit dem Alibi erklären, das war ein Versehen."
„Also, für das Protokoll brauchen wir zunächst noch einmal offiziell ihre persönlichen Daten, ich nehme an, Sie haben Ihren Personalausweis dabei."
Schwarz kramte sein Portemonnaie aus der Jeans hervor, entnahm ihm seinen Ausweis und reichte ihn über den Tisch an Schulze.
Schulze schrieb die Daten vom Personalausweis ab: Matthias Schwarz, geboren am 26. April 1989 in Frankfurt, Weberstraße 15.
Er fragte nach: „Die Adresse stimmt noch?"
„Ja klar, Sie waren doch erst vor Kurzem bei mir."
„Beruf?"
„Student, ich habe noch einen Vertrag als studentische Hilfskraft."
„Herr Schwarz, wir wissen, dass Sie in einem sehr guten Verhältnis zu Ihrer Tante Regine Schwarz gestanden haben", übernahm nun Abbas die Gesprächsführung. „Wo waren Sie am 17. Juni dieses Jahres zwischen 18.00 und 20.00 Uhr? Ihre erste Aussage, dass Sie im Sportstudio waren, haben wir überprüft und die war leider falsch."
„Warum wollen Sie das wissen? Also verdächtigen Sie mich doch?"
„Sagen wir einmal so, wir ermitteln in alle Richtungen und wir wissen, dass Sie durchaus ein mögliches Motiv hätten, Ihre Tante war nicht gerade arm."
„Sie meinen die Tatsache, dass ich sie beerbe? Das wusste ich doch bis vor ein paar Tagen selbst nicht."
„Genau das meinte ich. Eine Eigentumswohnung in der Lage, dazu noch diverse Geldanlagen."
„Herr Kommissar, das ist verrückt. Meine Tante hat mir vor einiger Zeit vorgeschlagen, dass sie mich adoptieren wollte, damit ich keine so hohe Erbschaftssteuer bezahlen muss, eines Tages, wenn sie mal sterben sollte. Ich wusste nicht, wie reich sie wirklich war, klar, die Wohnung kannte ich, aber sonst hatte ich keine Ahnung, was sie an Vermögen besitzt. Warum sollte ich sie also umbringen?"

„Nun, es wurden schon Menschen für weniger Geld ermordet, Herr Schwarz."
„Ich war vor ein paar Tagen beim Notar. Daher kenne ich jetzt erst das gesamte Vermögen. Aber davon habe ich im Moment gar nichts. Ich habe noch keinen Erbschein, weiß nicht mal, wie ich die Beerdigung bezahlen soll, solange ich an kein Geld komme. Und die Wohnung werde ich auch verkaufen müssen, um die horrende Erbschaftssteuer bezahlen zu können. Das Finanzamt duldet keinen Aufschub. Im Moment habe ich mehr Ärger, als Sie sich vorstellen können."
„Das sind Sorgen, um die Sie mancher beneiden würde, um es mal so klar zu formulieren. Kommen wir also auf den besagten Abend zurück. Wo waren Sie da wirklich?"
„Die Sache ist die. Sie wissen, dass ich schwul bin."
„Das ist uns bekannt und auch überhaupt kein Problem."
„Ich hatte vor ein paar Jahren einen Mann kennengelernt, damals war ich noch jung und unerfahren. Der bot mir Geld an, um mit mir Sex zu haben. Nicht so eine schnelle Nummer, nein in einem noblen Hotelzimmer. Ich bin schließlich kein Stricher!"
„Sie arbeiten als Escort?"
„Nein, so würde ich das nicht nennen. Also dieser Mann, der hat meine Nummer dann an einen Freund weitergegeben, und so kam die Sache ins Rollen. Ich war Student, hatte wenig Geld und das konnte ich so sehr leicht verdienen. Außerdem konnte ich mir aussuchen, ob ich mit demjenigen Sex haben wollte oder nicht. Ich bin im Moment Single, habe keine feste Beziehung, warum sollte ich also das Angenehme nicht mit dem Nützlichen verbinden? Durch Mundpropaganda habe ich einen gewissen, festen Kundenstamm. Außerdem kann man gelegentlich durch die schwulen Internetportale jemanden kennenlernen. Ich stehe eher auf reifere Männer, die etwas älter sind als ich. Aber sie müssen gut aussehen, ein gewisses Niveau haben. Was glauben Sie, manche von ihnen sind sogar verheiratet und haben keine Chance, jemals einen Mann so einfach kennenzulernen. Wenn sie dann beruflich in Frankfurt sind, habe ich mich mit Ihnen in einem Hotel verabredet, niemals bei mir zu Hause. Und ich bin für meine absolute Diskretion bekannt, das wissen diese Herren zu schätzen."
„Kommen Sie bitte auf den Punkt, was Sie mir sagen wollen, Sie hatten an dem fraglichen Abend ein Date?"
„Ja, ich hatte ein Treffen mit einem verheirateten Mann in einem Hotel."

„Herr Schwarz, in welchem Hotel und wie heißt der Mann?"
„Wenn sich herumspricht, dass ich den Namen eines Kunden an die Polizei verrate, dann kann ich mein Geschäft einstellen, das können Sie mir glauben. Wie vertraulich behandeln Sie solche Informationen?"
„Wir werden mit Sicherheit nicht gleich bei der Ehefrau zu Hause anrufen, um ihr den Seitensprung ihres Mannes zu erzählen. Aber aktenkundig wird der Name in jedem Fall werden."
„Ich habe nur seine Handynummer und den Vornamen. Mir hat er erzählt, dass er bei der EZB arbeitet, wir haben uns insgesamt zweimal getroffen, an jenem Freitag im Hotel Steigenberger gegenüber vom Hospital zum Heiligen Geist."
„Herr Schwarz, den Namen bitte und seine Nummer."
„Was ist, wenn ich Ihnen die jetzt nicht gebe?"
„Dann gehören Sie zu dem Personenkreis, der ein Mordmotiv hat und kein Alibi zur Tatzeit."
„Das ist doch absurd, ich habe Ihnen doch erzählt, dass mich meine Tante sogar adoptieren wollte, um eines Tages eine mögliche hohe Erbschaftssteuer zu vermeiden. Warum sollte ich sie umbringen?"
„Herr Schwarz, ich wiederhole mich nur ungern, aber in Ihrem Interesse wäre es, wenn Ihr Kunde Ihre Angaben bestätigen würde."
„Also gut", und mit diesen Worten zog er sein Handy aus der Hosentasche und suchte in seinen Kontakten nach den Daten. „Er heißt Antonio, oder zumindest hat er sich mir so vorgestellt. Er ist Italiener, verheiratet und das ist seine Handynummer." Mit diesen Worten zeigte er das Handy in Richtung Schulze. Dieser tippte die Nummer in seinen Laptop.
„Bernhard, prüf das doch bitte eben mal schnell nach."
Schulze verließ den Raum, während Schwarz nun wieder sichtlich nervöser wirkte.
„Haben Sie denn noch keine andere Spur?", fragte er Abbas.
„Wie ich bereits erwähnte, wir ermitteln in alle Richtungen und über den Stand der Ermittlungen, das werden Sie verstehen, kann ich Ihnen keinerlei Auskünfte geben."
Schulze kam zurück und verkündete eine für beide überraschende Neuigkeit: „Die Nummer gehört zu einem Prepaid-Handy und ist entweder falsch oder nicht vergeben."
Matthias Schwarz sprang von seinem Stuhl auf.

„Das gibt es doch gar nicht. Ich habe am letzten Freitag noch mit ihm telefoniert, nachdem ich beim Notar war. Moment, hier sehen Sie“ – er hielt sein Handy vor Abbas – „die Liste der abgehenden Anrufe, das ist die Nummer, ich habe mit ihm gesprochen. Sie müssen mir glauben.“
„Da hat wohl jemand verdammt viel Schiss, dass seine heimlichen sexuellen Neigungen aufgedeckt werden“, erwiderte Schulze.
„Herr Schwarz, ich will Ihnen gerne glauben, aber Fakt ist, dass Sie im Moment kein Alibi haben. Sie könnten ja auch am Freitag diese Nummer angerufen haben, ein Freund hat das Gespräch entgegengenommen, sodass die Nummer noch funktioniert und anschließend die Simcard entsorgt“, fasste Abbas zusammen.
„Bitte glauben Sie mir. Ich kann ihn beschreiben, ich weiß die Zimmernummer noch, im Hotel muss es Unterlagen geben, er hat bezahlt. Das Zimmer war auf jeden Fall im zweiten Stock, Nummer 207 oder 217, genau weiß ich das nicht mehr. Antonio ist um die fünfzig Jahre alt, schwarze Haare, schon etwas grau meliert, sportlich, schlank, etwas kleiner als ich, südländischer Typ, er trug einen italienischen Maßanzug, sehr gepflegte Erscheinung, eben wie ein Banker.“
„Nun, bei der EZB arbeiten über 2000 Leute, davon würde ich mal schätzen mindestens die Hälfte Männer. Wenn es überhaupt stimmt, dass er bei der EZB arbeitet. Wie sollten wir ihn Ihrer Meinung nach finden?“, fragte Abbas.
„Er hat extra das Hotel gewählt, weil es günstig zur EZB liegt und er quasi zu Fuß von dort aus hingehen konnte. Wir haben uns dort gegen 19.00 Uhr getroffen und ich war mindestens bis 21.00 Uhr dort.“
„Herr Schwarz, wir wissen, dass Sie im Sportstudio am Eschenheimer Tor waren, aber nur bis kurz vor vier. Um 16.17 Uhr haben Sie Ihre Tante angerufen. Was wollten Sie von ihr?“
„Ich habe mich ab und an bei ihr gemeldet, einfach so, ich wollte nichts Bestimmtes, nur mal hallo sagen und fragen, wie es ihr geht. Sie hat mir erzählt, dass sie am Abend einen Gast zum Essen erwartet, aber sie hat nicht gesagt, dass es ihr neuer Freund ist.“
„Was genau hat sie zu Ihnen gesagt?“, hakte Abbas nach.
„‚Matthias, ich habe leider wenig Zeit, ich erwarte jemanden zum Abendessen und muss noch einiges in der Küche vorbereiten‘, so etwas in der Art hat sie gesagt, den genauen Wortlaut weiß ich nicht mehr.“

„Okay, das wäre für heute erst einmal alles. Wir werden Ihre Angaben im Hotel überprüfen. Aber ich muss Sie leider bitten, dass Sie bis auf weiteres Frankfurt nicht mehr verlassen. Mein Kollege wird gleich das Gesprächsprotokoll ausdrucken. Bitte lesen Sie es noch einmal durch und unterschreiben es dann bitte."
Matthias Schwarz erhob sich, sein Hemd hatte nun deutlich sichtbar Schweißflecken unter den Achseln, und das war sicherlich nicht auf die Sommertemperaturen zurückzuführen.
„Ach, eine letzte Frage noch. Wo waren Sie denn, als Sie bei Ihrer Tante angerufen haben?"
„Als ich beim Sport fertig war, habe ich auf dem Schillermarkt ein paar Lebensmittel eingekauft und bin dann mit der U-Bahn nach Hause gefahren. Da war ich dann, bis ich zur Lange Straße gefahren bin."
„Wann hatten Sie das Treffen ausgemacht? Und wie sind Sie dorthin gekommen?"
„Wir hatten den Termin schon vor längerer Zeit gemacht. Er sagte mir, dass er an diesem Freitag zu Hause gut erklären könnte, dass er länger arbeiten müsse. Ich bin mit der Straßenbahn hingefahren, mit der 18. Die hält direkt vor dem Hotel."
Schulze tippte die letzten Worte ein und veranlasste dann per WLAN den Ausdruck des Protokolls. Anschließend verließ er den Vernehmungsraum, um kurz darauf mit dem ausgedruckten Formular wieder zu erscheinen.
Matthias Schwarz überflog das Schriftstück und unterschrieb es.
„Gut, Sie können jetzt gehen", damit beendete Abbas die Unterredung.
„Also, wenn du mich fragst, ich glaube ihm. So eine Geschichte mit so vielen Einzelheiten, die kann sich doch einfach keiner ausdenken", sagte Schulze, nachdem Matthias Schwarz gegangen war.
„Abwarten, du kennst doch die deutsche Redewendung ‚Der Wolf im Schafspelz'?!"

KAPITEL 37

Holzapfel, Seidel und Riedel waren auf dem Weg ins Staatliche Schulamt. Am Morgen hatte jemand von dort aus angerufen und dem Präsidium mitgeteilt, dass die Beamten die Akten zur Einsicht abholen könnten. Da Holzapfel den Wagen mit dem größten Kofferraum hatte, war es für alle drei klar, dass sie fahren musste.

„Die machen es sich ja sehr einfach. Statt uns die Zusammenstellung zu geben, händigen sie uns einfach die kompletten Akten aus und wir können dann die ganze Recherchearbeit übernehmen“, bekundete Holzapfel ihren Unmut.

„Aber andererseits haben die kompletten Akten auch Vorteile. Denn wenn wir auf etwas stoßen und zusätzliche Informationen brauchen, dann können wir jederzeit sofort nachblättern und müssen keine neue Anfrage starten“, erwiderte Riedel.

Holzapfel parkte ihren Wagen im Halteverbot in der Stuttgarter Straße. Schließlich wollten sie die Akten nicht bis in das Parkhaus schleppen. Im Gebäude verwies der Pförtner die drei Kriminalbeamten in den zweiten Stock, wo Frau Fries sie schon erwartete. In ihrem Büro stand ein Rollwagen, auf dem sich einige Stapel von Akten befanden. Die Sachbearbeiterin war sichtlich überrascht, dass die Polizei gleich mit drei Personen erschien.

„Wenn ich Ihnen kurz unser Ablagesystem erklären darf“, eröffnete die Sachbearbeiterin das Gespräch, nachdem sich alle höflich und artig begrüßt und vorgestellt hatten.

„Es handelt sich insgesamt um fünfzehn Verfahren. In jedem Verfahren gibt es einen Ausschreibungstext mit dem Anforderungsprofil für die Stelle. Danach sind die Bewerbungsunterlagen der einzelnen Bewerber alphabetisch sortiert. Wenn die Auswahl nach Aktenlage erfolgte, dann enthält das jeweilige Verfahren nur noch die Absagen an die Kandidaten und Kandidatinnen, die nicht ausgewählt wurden, sowie das entsprechende Schreiben an den Bewerber beziehungsweise die Bewerberin, die vom Schulamt ausgewählt wurde. Am Ende finden sich die Zustimmungen der beteiligten Personalräte und der Frauenbeauftragten sowie die Beauftragung mit der Wahrnehmung der Dienstgeschäfte für die entsprechende Position.“

„Was passiert, wenn jemand seine Bewerbung zurückgezogen hat?", fragte Seidel nach.
„In diesem Fall ist ein Vermerk auf der entsprechenden Bewerbung angebracht", beantwortete Frau Fries die Zwischenfrage und fuhr mit ihren Erläuterungen fort: „Wenn es ein Überprüfungsverfahren oder Überprüfungsgespräch gibt, dann finden sich nach den Bewerbungsunterlagen die entsprechenden Protokolle und Mitschriften des betreffenden Verfahrens und am Ende die gleichen Papiere, wie ich eben schon erklärt habe."
„Was, bitte schön ist denn der Unterschied zwischen einem Überprüfungsverfahren und einem Überprüfungsgespräch?", hakte Holzapfel nach.
„In einem Überprüfungsgespräch führen in der Regel zwei Dezernenten ein fachliches Gespräch mit einem Bewerber, um sich von der Eignung zu überzeugen. In einem Überprüfungsverfahren gibt es ein Setting, bei dem an einem oder sogar manchmal an zwei Tagen die Bewerber unmittelbar untereinander in Wettbewerb treten und in Konkurrenz praxisnah bestimmte Aufgaben zumindest mit Lösungsansätzen zu bearbeiten haben. Wenn Sie so wollen, eine Art Assessment Test."
„Wie habe ich mir das vorzustellen?", fragte Seidel nach.
„Also, nehmen wir an, jemand bewirbt sich auf die Stelle einer Fachbereichsleitung. Dann könnte das Setting so sein, dass die Bewerber sozusagen für die Stelle ausgewählt wurden und nun jeweils ihre erste Fachbereichkonferenz thematisch planen müssen."
„Und welche Rolle spielt bei dem ganzen Verfahren die Frauenbeauftragte Frau Schwarz?", erkundigte sich Riedel.
„Nun, in einem Verfahren hat sie grundsätzlich Fragerecht wie alle anderen am Überprüfungsverfahren beteiligten Mitglieder der Kommission und ist selbstverständlich auch stimmberechtigt. Oder wird zum Beispiel ein Mann ausgewählt aufgrund der Unterlagen, dann hat sie eine Art Vetorecht, wenn sie der Meinung ist, dass eine Frau mindestens über die gleiche Qualifikation verfügt."
„Danke für Ihre ausführlichen Erklärungen, das hilft uns sicherlich weiter, wenn wir die Akten durchgehen", entgegnete Riedel.
„Ich sage es ganz offen, es war viel Arbeit, alles in so kurzer Zeit herauszusuchen, aber für Regine habe ich es gerne getan. Sie war so eine fantastische Kollegin. Ich, das heißt eigentlich wir alle, wünschen uns nichts

mehr, als dass ihr Mörder schnell gefasst wird. Haben Sie denn schon einen konkreten Verdacht, weil Sie jetzt diese Akten anfordern?"

„Frau Fries, darüber dürfen wir leider nicht sprechen, solange die Ermittlungen laufen. Aber ich versichere Ihnen, dass wir jeder Spur nachgehen", erklärte Holzapfel.

„Ich schlage vor, dass wir einfach mit dem Rollwagen im Aufzug nach unten fahren, dann müssen wir die Akten nicht schleppen und können alles direkt vom Wagen im Kofferraum verstauen", machte Seidel einen sehr praktischen Vorschlag, der sofort allgemein akzeptiert wurde. Die beiden kleinen Umzugskisten, die sie mitgebracht hatten, fassten jedoch nicht sämtliche Ordner, sodass sie doch noch einige lose im Kofferraum verteilen mussten.

„Wisst ihr eigentlich, was uns jetzt die nächsten Stunden erwartet? Stundenlanges Blättern in langweiligen Aktenordnern. Oh, wie ich das liebe", bemerkte Riedel, als sie mit dem Wagen zurück zum Präsidium fuhren.

„Wir sind fünf Leute, also muss jeder doch nur drei Vorgänge durchschauen", erwiderte Holzapfel.

„Sabine, du kennst dich doch mit Recherche bestens aus, für dich dürfte das doch reine Routine sein, und du wirst die Arbeit mit links erledigen", lobte Seidel seine Kollegin.

KAPITEL 38

Im Präsidium brachte Abbas das restliche Team hinsichtlich Matthias Schwarz auf den neuesten Stand. Riedel ergänzte die Notizen zu Schwarz an der Pinnwand: arbeitet als Escort, angebliches Alibi im Steigenberger, unbekannter Kunde. Außerdem informierte Abbas die anderen, dass Schulze unmittelbar nach der Vernehmung zum Hotel gefahren war, um die Aussage zu überprüfen.

„Ich wäre mal besser selbst gefahren", stellte Abbas mit einem ironischen Unterton fest, als er die beiden Kisten mit den Akten erblickte und bereits ahnte, was für das Team in den nächsten Stunden zu erledigen war.

„Jeder von uns dreien übernimmt vier Ordner und für dich als Boss bleiben nur drei, das ist doch sehr fair", schlug Riedel mit einem süffisanten Grinsen vor, das Holzapfels wachsamen Augen nicht entging.

„Wir brauchen Namen und Daten von allen Kandidaten, die vorzeitig die Bewerbung zurückgezogen haben, dazu die Namen der Bewerber, die gegenüber einer Frau unterlegen waren. Wenn euch darüber hinaus noch etwas auffällt, was uns weiterhelfen könnte, dann haltet das ebenso fest", wies Abbas noch einmal alle auf die Punkte hin, auf die sie sich konzentrieren sollten.

Abbas legte die drei Akten, die für ihn bestimmt waren, vor sich auf den Schreibtisch. Er hasste diese Art von Routinearbeit und schlug zunächst jeden Aktendeckel auf, um sich einen Überblick zu verschaffen, um welche Art von Stellen es sich dabei handelte: Fachbereich III an der Ziehenschule, stellvertretender Schulleiter am Riedberggymasium, Fachbereich I am Friedrich-Dessauer-Gymnasium. Spontan entschied er sich für das Verfahren an der Ziehenschule. Schnell stellte er fest, dass sich hier nur vier Männer beworben hatten, von denen einer die Stelle erhalten hatte, und somit schied diese Akte für die Ermittlungen aus. Einzig interessant war, dass das Verfahren so durchgeführt worden war, obwohl sich keine Frau beworben hatte. Das Stellenbesetzungsverfahren am Riedberggymnasium war da schon interessanter. Es gab zwei Männer und vier Frauen, die sich beworben hatten. Einer der beiden Männer hatte seine Bewerbung vorzeitig zurückgezogen, es war der hauseigener Kandidat. Abbas fand das seltsam, denn eigentlich wäre er aus seiner Sicht doch prädestiniert gewesen, weil er die örtlichen Verhältnisse genauestens kannte. Abbas notierte Namen und Adresse des Mannes, ein gewisser Herbert Reiss

aus Frankfurt-Eschersheim. Ausgewählt worden war eine Frau, die allerdings laut ihrer Bewerbung keinerlei praktische Erfahrung mit dem Stundenplanprogramm Units besaß, obwohl dies in der Stellenausschreibung ausdrücklich gewünscht war. Bemerkenswert war außerdem, dass diese Kandidatin offensichtlich an einem Programm zur Nachwuchsförderung im Schulwesen teilgenommen hatte, das von Regine Schwarz federführend geleitet worden war. Der zweite Mann hatte bereits an seiner Schule mit dem Programm gearbeitet und die Schulleitung bei der Erstellung des Vertretungsplanes unterstützt und auch zweimal in den Sommerferien den neuen Stundenplan in Zusammenarbeit mit dem dortigen Stellvertreter erstellt. Auch er war nicht ausgewählt worden, trotz exzellenter Beurteilungen seines Schulleiters. Laut Protokoll des Überprüfungsverfahrens besaß er zu wenig Kommunikationskompetenz für die Stelle eines Stellvertreters. Auch dessen Namen, Roland Jung, notierte Abbas samt den Kontaktdaten. Genervt nach mehr als zwei Stunden Aktenstudium, beschloss Abbas, sich einen Kaffee zu holen. Er ging ins Nebenzimmer zu seinen Kollegen und blickte sie erwartungsvoll an, als sie von ihrem Platz zu ihm aufschauten.
„Jemand Lust auf einen Kaffee?"
„Aber gerne", erwiderte Riedel sogleich, während Holzapfel total in ihr Aktenstudium vertieft war und dankend ablehnte.
„Ich mach diesen einen Ordner noch fertig, ich will nicht mittendrin unterbrechen", antwortete Seidel. Also zogen Riedel und Abbas alleine los in Richtung Cafeteria.
„Und bist du schon fündig geworden?", fragte sie ihren Chef.
„Ein Fall scheint mir bisher ganz interessant zu sein. Und du?"
„Nein, nichts Außergewöhnliches, zumindest nichts, das uns für den Fall weiterbringen würde. Aber ich habe ja auch noch zwei Akten vor mir."
„Wieder einmal Lust auf eine Runde Joggen?", wechselte er das Thema abrupt.
„Wenn es sich ergibt, oder meintest du eher den Part Two nach dem Joggen?"
„Wir können gerne den Part one weglassen oder durch etwas anderes ersetzen."
„Ach. Wie darf ich das verstehen?", tat sie scheinbar überrascht.
„Ich bin da ganz ehrlich, wenn das für dich in Ordnung geht, ich suche im Moment keine feste Beziehung, aber gegen eine Wiederholung von Part

two spricht aus meiner Sicht ganz und gar nichts, mir hat es zumindest ausgesprochen gut gefallen, dir offenbar doch auch, oder habe ich dein Stöhnen falsch interpretiert?"
„Deshalb haben die unter mir mich die Tage so merkwürdig angeschaut. Oh Gott, wie peinlich!"
„Dass dir da was peinlich ist, das nehme ich dir jetzt nicht ab. Außerdem, was zwei erwachsene Menschen miteinander freiwillig treiben und dabei Spaß haben, geht überhaupt niemanden etwas an."
„Das stimmt natürlich."
„Wollen wir eine weitere Begegnung der erotischen Art?", fragte er provokant. Sabine wunderte sich in diesem Moment über sich selbst und konnte fast gar nicht glauben, welchen Dialog sie gerade führte. Sollte sie sich wirklich auf ein weiteres rein sexuelles Abenteuer einlassen, also einfach nur Sex ohne eine richtige Beziehung? In ihrer letzten Affäre waren beide sehr schnell in alte Rollenmuster verfallen und letztlich daran gescheitert, und das wollte sie auf gar keinen Fall wiederholen. Andererseits war es nicht gerade einfach, bei ihrer eng begrenzten Freizeit trotz ihres Aussehens überhaupt jemanden kennenzulernen. Die Wiederholung eines geilen, sexuellen Abenteuers erschien ihr auf einmal die viel bessere Alternative zu sein als stundenlang das Anbaggern in irgendeinem Club oder einer Diskothek zu ertragen, um dann mit irgendeinem Typen im Bett zu landen, nur um endlich mal wieder Sex zu haben und dann am nächsten Morgen festzustellen, dass es nicht so toll verlaufen war, wie es zuerst den Anschein erweckt hatte.
„Mittwochabend", war ihre kurze und spontane Antwort.
„Bei mir oder bei dir?"
Yunus grinste sie verführerisch an. Auch er sah durchaus die Vorzüge einer Wiederholung. Keine mehrmaligen Einladungen zu einem Abendessen oder einer anderen Unternehmung, nur um dann endlich einmal vögeln zu können. Kein ewiges Werben, das sich über den ganzen Abend in einem Club hinzog, nur um mit irgendeiner Frau im Bett zu landen. So war ein Arrangement mit Sabine eindeutig die bessere Alternative. Da wusste er, was ihn erwartet, beiden ging es ehrlich nur um Sex. Mit Erleichterung hörte er ihre Antwort: „Bei mir, um acht."
In diesem Moment näherte sich Seidel ihrem Tisch, sodass Abbas geistesgegenwärtig abrupt das Thema wechselte: „Also bei dir bisher keine Hinweise. Wie sieht es bei dir aus, Martin?"

„Also, ich bin da auf etwas gestoßen, an das wir noch gar nicht gedacht haben. Es gibt bei meinen Akten ein Verfahren an der Freiherr-vom-Stein-Schule, bei dem eine Frau aus dem Förderprogramm der Schwarz die Stelle bekommen hat, aber eine andere unterlegene Bewerberin hat eine Konkurrentenklage angestrebt, jedoch vor dem Verwaltungsgericht verloren. Ich kann mir vorstellen, dass die ziemlich sauer war."
„Eine Frau als mögliche Täterin", stellte Abbas fest.
„Erinnert euch daran, dass diese Dame im Rollstuhl davon erzählt hat, dass sie eine Frau in einem geblümten Kleid auf der Westhafenmole beobachtet hat", ergänzte Riedel.
„So lasst uns jetzt die Arbeit zu Ende bringen, damit wir heute noch durch sind mit den Akten", beendete Abbas die Kaffeepause und sie gingen zügig in ihre Abteilung zurück.
Schulze war inzwischen eingetroffen und setzte das Team auf den neuesten Stand: „Im Hotel wurde zwar das Zimmer 206 gebucht, aber niemand erinnerte sich an den Gast, der es konkret auf den Namen Fratelli reserviert hatte, und es wurde bar bezahlt."
„Ergo bleibt unser Herr Schwarz ohne ein bestätigtes Alibi", stellte Abbas fest und an Schulze gewandt: „Eigentlich könntest du doch Birgit und Martin noch je eine Akte abnehmen, dann sind wir schneller durch."
Der Vorschlag fand zum Ärger von Schulze sofort die Zustimmung der beiden und mit gespieltem Übereifer nahm er sich jeweils einen Ordner von den Schreibtischen, um sich selbst in die Lektüre zu vertiefen. Gegen 16.00 Uhr waren dann alle soweit und trafen sich im Besprechungszimmer, um ihre Ergebnisse zu diskutieren.
Abbas trug seine Ergebnisse zuerst vor, während Riedel die Namen an der großen Informationswand notierte: Herbert Reiss hat am Riedberggymnasium seine Bewerbung vorzeitig zurückgezogen, Roland Jung war ein unterlegener Mitbewerber, obwohl er laut Aktenlage sehr qualifiziert war. Seidel war bei seiner Recherche auf eine Kandidatin namens Dr. Sonja Falkner gestoßen, die in einem Überprüfungsverfahren für die Studienleiterstelle an der Freiherr-vom-Stein-Schule unterlegen war, dann zwar eine Konkurrentenklage angestrebt hatte, die sie jedoch vor dem Verwaltungsgericht verloren hatte. Holzapfel war auf einen gewissen Andreas Wagner gestossen, der ebenfalls seine Bewerbung vorzeitig zurückgezogen hatte, als er sich auf eine Fachbereichsleitung an der Musterschule beworben hatte. Immerhin hatten sie aus den fünfzehn Verfahren vier Personen er-

mittelt, von denen sie zumindest überprüfen mussten, ob diese für den Tatabend ein Alibi besaßen.
„Ich schlage vor, dass Sabine und ich uns morgen mit Reiss und Jung unterhalten, Birgit und Martin nehmen sich die beiden anderen vor. Ich denke, wir werden sie alle an ihren jeweiligen Schulen antreffen, wenn gerade keiner krank ist. Und du, Martin, besorgst ein Foto von Matthias Schwarz und fährst noch mal zum Hotel. Vielleicht erkennt ihn ja jemand wieder?"
„Ich halte das für keine gute Idee, Yunus", wand Holzapfel ein. „Wenn die Polizei in der Schule vorspricht und mit einem bestimmten Lehrer sprechen will, könnte das einen sehr negativen Eindruck erwecken. Es sind absolut unbescholtene Bürger, darauf müssen wir Rücksicht nehmen. Wir sollten ausschließlich außerhalb der Schule mit ihnen sprechen."
„Ja, jetzt wo du es sagst, das war eben keine gute Idee. Am besten kontaktieren wir Sie über die E-Mail-Adressen aus den Akten und kündigen an, dass wir Sie dringend als Zeuge vernehmen wollen, und lassen Sie einen schnellstmöglichen Terminvorschlag machen", schlug Abbas vor.
„Dann sollte jeder von uns jetzt noch schnell eine E-Mail verfassen, ehe wir hier aus dem Hause gehen, und um sofortige Antwort oder einen Rückruf zwecks Termin bitten", warf Riedel ein.
„Birgit, dann schreib du eure beiden an und ich meine", erwiderte Abbas.

KAPITEL 39

Am selben Tag hatte Erika Berghoff gerade das Postkörbchen von Frau Trampe erhalten, da klingelte ihr Diensttelefon.
„Westendgymnasium, Berghoff."
„Erika, ich bin's, Bettina. Ich wollte dir nur mitteilen, dass am Donnerstag die Beerdigung von Regine ist. Die Urnenbeisetzung ist um 14.00 Uhr auf dem Frankfurter Hauptfriedhof."
„Vielen Dank, dass du mir Bescheid gibst, ich werde kommen. Ich denke, dass auch jemand vom Personalrat und vielleicht einige Kollegen, die Regine noch von früher kennen, kommen werden."
„Nachmittags ist für dich ja sicher besser, dann musst du nicht so viel vertreten lassen."
„Da hast du allerdings recht, meine Liebe. Was ist mit unserem Treffen? Klappt es dieses Wochenende?"
„Es sieht gut aus, Jürgen ist mit zwei Freunden zum Segeln am Edersee."
„Gut, das freut mich, wir können ja vielleicht nach der Beerdigung noch Näheres besprechen."
„Bis Donnerstag."
„Tschüs." Sie legte auf und widmete sich wieder dem Postkorb. Sie wusste zwar, dass sie im Grunde sämtliche Entscheidungen alleine zu treffen hatte, solange es keinen Stellvertreter gab, scheute sich aber andererseits auch manchmal etwas davor, dies schnell zu tun, vor allem, wenn es sich um eher unangenehme Themenfelder handelte. Frau Trampe hatte sämtliche Dienstpost bereits geöffnet und die Schreiben mit dem Eingangsstempel versehen. Obwohl auch das E-Mail-Zeitalter in der Schule angebrochen war, gab es immer noch genügend Post, die in der traditionellen Weise ankam und zu bearbeiten war. Aber jetzt stand ihr nicht der Sinn danach, alles konnte warten. Sie erhob sich und ging nach nebenan in das Planungszimmer.
Da die Stellvertreterstelle immer noch nicht besetzt war, hatte ein ehrgeiziger und karrierebewusster junger Kollege die Aufgabe übernommen, den Vertretungsplan kommissarisch zu übernehmen. Natürlich durfte er keine eigenen Entscheidungen treffen, also musste sie ihm die entsprechenden Anweisungen geben. Er schaute seine Chefin erwartungsvoll an, als sie in das Zimmer trat.

„Herr Krawinkel, am Donnerstag ist die Beerdigung von Frau Schwarz. Ich möchte, dass alle Kolleginnen und Kollegen, die mit meiner Erlaubnis an der Beisetzung teilnehmen möchten, von der siebten bis zur neunten Stunde frei gestellt werden. Ich werde einen entsprechenden Aushang im Mitteilungsbuch machen, damit die Leute sich eintragen können. Wenn ich die Liste kontrolliert habe, werde ich sie Ihnen spätestens am Mittwochmittag hinlegen."

„Welche Klassen kann ich denn nach der sechsten Stunde direkt entlassen, ohne sie vertreten zu müssen?"

„Die Oberstufe bekommt Arbeitsaufträge, fünfte und sechste Klassen müssen unbedingt vertreten werden, ab der Jahrgangsstufe sieben, denke ich, können wir die Kinder entlassen."

„Dann müssten wir das aber spätestens am Mittwoch im Plan ausweisen, damit die Kinder es ihren Eltern sagen können. Was ist mit denen, die in der neunten und zehnten Stunde Sport haben?"

„Stimmt. Gut, dass Sie mich darauf hinweisen. Ach ja, der Sport, ich würde sagen, schauen Sie mal, wie viele es betrifft. Wir können den Unterricht dann ausfallen lassen, wegen einer Stunde, das macht keinen Sinn. Bis die Kinder sich umgezogen haben, ist der Unterricht ja schon wieder vorbei."

Sie kehrte in ihr Zimmer zurück und setzte sich an den PC, um den Aushang zu formulieren. Damit sie die Angelegenheit auch noch mit dem Personalrat besprechen könnte, dafür war nun wirklich keine Zeit mehr, was sollte der auch schon für Einwände haben, schließlich oblag es ihrer Entscheidung. Da sie noch aus ihrer Studentenzeit das Zehnfingersystem mit der Schreibmaschine beherrschte, kam ihr das sehr gelegen, wenn sie selbst etwas tippen musste. Nach wenigen Minuten kam das Ergebnis aus dem Drucker und sie beeilte sich, noch vor der großen Pause das Papier ins Mitteilungsbuch zu heften.

Dann begab sie sich wieder zu ihrem Schreibtisch zurück, um sich zum zweiten Mal mit dem Postkorb zu befassen. Hastig entnahm sie die einzelnen Schriftstücke, überflog den Inhalt und entschied in Windeseile, was am besten sofort erledigt werden musste, was warten konnte, wobei es ein „Sofort" sowieso nicht geben konnte, denn schließlich war sie allein und musste obendrein täglich noch Dutzende E-Mails lesen und bearbeiten.

Zwischen dem Formular für einen Schulausflug vor den Ferien und einem Antrag auf Dienstbefreiung flatterte ihr ein ungeöffneter Briefumschlag auf den Schreibtisch, der die Adresse der Schule zu Händen von E. Berghoff mit dem Zusatz „persönlich“ trug und daher von der Sekretärin nicht geöffnet worden war, sondern lediglich den Eingangsstempel auf dem Umschlag erhalten hatte. Auf dem Umschlag war kein Absender, vielleicht eine Einladung? Hastig nahm sie einen Brieföffner und schlitzte den fest verklebten Umschlag an der Oberseite auf. Wie ein Geschäftsbrief gefaltet, enthielt er nur ein Blatt, auf dem ein einziger Satz zu lesen war, aber es war kein gewöhnlicher Satz, sondern die Worte waren einzeln aus einer Zeitung ausgeschnitten und aufgeklebt: *Du bist die Nächste*.

KAPITEL 40

Abbas und Riedel fuhren zu Herbert Reiss nach Eschersheim in die Zehnmorgenstraße. Er hatte sogleich auf die E-Mail geantwortet und vorgeschlagen, sich am nächsten Morgen zu treffen, da sein Unterricht erst zur vierten Stunde um 11.30 Uhr begann. Pünktlich um neun klingelten sie an der Haustüre des mehrstöckigen Wohngebäudes. Über die Sprechanlage bat Reiss sie in den ersten Stock. Abbas zeigte seinen Dienstausweis und stellte sie beide vor: „Herr Reiss, vielen Dank, dass sie sich so kurzfristig Zeit genommen haben. Wie ich in der E-Mail kurz geschrieben habe, ermitteln wir in der Mordsache Regine Schwarz, der Frauenbeauftragten beim Staatlichen Schulamt."

„Ich kenne sie und habe davon in der Zeitung gelesen, schlimme Sache."

„Herr Reiss, es mag Ihnen etwas seltsam vorkommen, aber wir haben zunächst ein paar Fragen zu einem Bewerbungsverfahren, an dem Sie teilgenommen haben, es geht um die Stelle am Riedberggymnasium, Sie erinnern sich sicherlich."

„Natürlich, aber was hat das mit der Ermordung zu tun?"

„Wir sind dabei, uns noch ein genaueres Bild von Frau Schwarz zu machen, und durchforsten in diesem Zusammenhang auch diverse Akten beim Staatlichen Schulamt. Dabei ist uns aufgefallen, dass Sie Ihre Bewerbung auf die Stelle vor dem eigentlichen Verfahren zurückgezogen haben, können Sie uns bitte den Grund nennen?"

„Das kann ich allerdings und ich ärgere mich immer noch darüber. Als ich mich damals entschied, meine Bewerbung abzugeben, habe ich natürlich umfangreiche Erkundigungen über das Riedberggymnasium und die Stellenanforderung angestellt. Ich hatte mich auch mit der Frauenbeauftragten unterhalten, weil im Profil unter anderem von Genderkompetenz die Rede war und ich gerne vor dem Überprüfungsverfahren wissen wollte, welche Kriterien das Schulamt mit diesem Anforderungsprofil anlegen würde."

„Und dabei hatten Sie Kontakt mit Frau Schwarz?", fragte Abbas nach.

„Ja, und sie erzählte mir, dass es eine sehr aussichtsreiche Kandidatin gäbe, die hervorragende Beurteilungen hätte, sodass es für mich eher schwierig werden könnte, überhaupt zum Zuge zu kommen. Außerdem unterstrich sie, dass es für meine persönliche Karriereplanung nicht von Vorteil sei, wenn ich eine oder mehrere Absagen bekäme. Ich sollte mir noch einmal gut überlegen, ob ausgerechnet diese Stelle für mich so er-

strebenswert wäre. Sie könnte sich sicherlich vorstellen, dass eine andere wesentlich besser geeignet wäre."
„Und das ist der Grund, warum Sie zurückgezogen haben?"
„Ich habe erst noch mit einem Vertreter des Gesamtpersonalrats gesprochen. Der sagte mir, wenn mir Frau Schwarz schon im Vorfeld so einen Rat geben würde, dann sollte ich wirklich sehr gründlich überlegen, was ich tun will. Wissen Sie, ich bin in keiner Partei, ich habe kein Vitamin B, wenn Sie verstehen, was ich meine."
„Also haben Sie Ihre Bewerbung widerrufen."
„Verstehen Sie mich nicht falsch. So ein Verfahren ist ganz schön viel Stress und man muss sich gründlich vorbereiten. Als Zählkandidat bin ich mir zu schade. Darum habe ich nach Rücksprache mit meiner Frau entschieden, die Bewerbung zurückzuziehen."
Riedel und Abbas warfen sich einen Blick zu, der beiden wechselseitig zu verstehen gab, dass dieser Mann wohl eher nicht als Täter infrage kam.
„Wo ist Ihre Frau jetzt?"
„Sie bringt unsere Tochter in die Kita und fährt von dort aus mit der U-Bahn in die Innenstadt zur Arbeit."
„Herr Reiss, nur der Form halber: Wo waren Sie am 17. Juni zwischen 18.00 und 20.00 Uhr?"
„Ist das die Tatzeit? Bin ich etwa verdächtig?"
„Beantworten Sie bitte einfach meine Frage."
„Der 17. Juni, das war ein Freitag, nicht? Freitags spiele ich immer Badminton mit einem Freund, der kann das bezeugen." Sabine notierte stichpunktartig alles, was Reiss aussagte, und schrieb zuletzt Namen und Adresse des Badmintonpartners auf.
„Herr Reiss, das wäre auch schon alles. Wir werden Ihren Badmintonpartner natürlich noch befragen."
„Herr Abbas, ich bin zwar sauer, dass es damals nicht geklappt hat, aber deshalb setze ich doch nicht mein ganzes Leben, meine Familie, einfach alles aufs Spiel."
Abbas und Riedel verabschiedeten sich und unterhielten sich noch kurz auf dem Weg zum Auto über Reiss. Beide waren derselben Meinung, dass dieser Mann garantiert nicht der Mörder von Regine Schwarz war. Aber Abbas fand es wirklich interessant, dass anscheinend Regine Schwarz eine durchaus eigenwillige Personalpolitik beim Staatlichen Schulamt betrieben hatte.

KAPITEL 41

Holzapfel und Seidel kamen vor der Hochhausanlage am Ziegelhüttenweg in Sachsenhausen an. Sie parkten ihren Wagen in der Tiefgarage eines Supermarktes, der unmittelbar gegenüber lag. „Dr. S. Falkner" stand auf dem Klingelschild neben dem Klingelknopf, den Seidel mit kräftigem Druck betätigte.

„Ja bitte", meldete sich kurz danach eine Frauenstimme.

„Kripo Frankfurt, Seidel ist mein Name."

„Elfter Stock."

Der Türsummer wurde betätigt und die beiden Polizeibeamten betraten ein großes Foyer, in dem sich an der gegenüberliegenden Wand drei Aufzugstüren befanden. Mit einem in die Jahre gekommenen Aufzug fuhren sie in die Höhe. Als sie in den Flur hinaustraten, war eine Wohnungstüre angelehnt, von der sie annahmen, dass es die Eingangstüre von Frau Dr. Falkner war.

„Bitte treten Sie ein", bat die Lehrerin, die Holzapfel auf Mitte vierzig schätzte, die aber laut Lebenslauf in der Akte schon die fünfzig überschritten hatte. Dr. Falkner führte die beiden in ihr offensichtliches Arbeitszimmer, das überaus groß war und von einem fast riesig zu nennenden, gläsernen Schreibtisch dominiert wurde, auf dem ein 27-Zoll iMac stand; die Wände waren voller Bücherregale, nur das Fenster war ausgespart und eröffnete einen atemberaubenden Blick auf die Skyline von Frankfurt.

„Bitte setzen Sie sich", bot sie den beiden an und deutete dabei auf ein Biedermeiersofa, das vor der Bücherwand frei im Raum stand.

„Frau Dr. Falkner, wir wollen Ihre knapp bemessene Zeit nicht sehr lange in Anspruch nehmen. Wie ich Ihnen per E-Mail bereits geschrieben habe, ermitteln wir in der Mordsache Regine Schwarz", eröffnete Holzapfel das Gespräch, nachdem sie sich gesetzt hatten.

„Was habe ich damit zu tun?", kam prompt die eher unfreundliche und abweisende Antwort.

„Wir versuchen uns immer noch ein Bild von Frau Schwarz zu machen", erklärte unbeeindruckt Holzapfel. „Sie kannten Frau Schwarz?"

„Kennen ist übertrieben, ich habe sie kennengelernt, ja."

„Haben Sie Frau Schwarz anlässlich Ihres Bewerbungsverfahrens bei der Freiherr-vom-Stein-Schule kennengelernt?", bohrte Holzapfel weiter.

„Nein, ich kannte sie schon vorher, ehrlich gesagt habe ich keine gute Meinung von ihr. Sie nahm sich ungeheuer wichtig. Mit ihrem Förderprogramm wollte sie vor allem Frauen helfen, sich für Führungspositionen im Schulbereich zu qualifizieren. Ich hatte daran kein Interesse, daher war ich gleich bei ihr untendurch. Wir sind im gymnasialen Bereich, wir bereiten Schülerinnen und Schüler auf ein Studium vor, das heißt, wir führen sie in die Ansätze des wissenschaftlichen Arbeitens ein. Was könnte jemanden dafür besser qualifizieren als eine Promotion in einem wichtigen Fachgebiet? Man kann als promovierte Naturwissenschaftlerin ein Vorbild sein. Als Studienleiter kann ich vor allem begabte Schüler in dieser Hinsicht fördern und beraten. Dieses ganze Gendergerede, entschuldigen Sie, wenn ich nur daran denke, kommt mir schon wieder die Galle hoch." Ihr Ärger war ihr sichtlich anzumerken und sie gab sich auch keine Mühe, ihn zu verbergen.

„War das der Grund, warum Sie eine Klage beim Verwaltungsgericht eingereicht haben?"

„Ach, Sie haben also die Akten bereits gelesen! Ich hatte hervorragende Beurteilungen, habe sehr viele Fortbildungen im Bereich der Hochbegabtenförderung gemacht, kannte mich mit dem Lehrer- und Schülerverwaltungsprogram, der LUSD, aus, aber all das zählte im Überprüfungsverfahren nicht, nur weil ich angeblich bei dem von Frau Schwarz vorgegebenen Setting schlechter abgeschnitten hatte als ihre Favoritin." Ihre Stimme erhielt einen sarkastischen und zugleich bitteren Unterton: „Ja, ich habe mich ungerecht behandelt gefühlt und habe daher sehr zum Ärger des Schulamtes Klage eingereicht beim Verwaltungsgericht. Natürlich hat Frau Schwarz mich hinterher noch einmal zu einem Gespräch eingeladen, aber das habe ich abgelehnt. Ich hätte dieses heuchlerische Blabla einfach nicht mehr ertragen."

„Aber immerhin wurde Ihre Klage abgewiesen, das Gericht hat also die Akten über das Verfahren studiert und war zu dem Ergebnis gekommen, dass die Mitbewerberin die bessere war", erwiderte Holzapfel.

„Man kann Gutachten und Beurteilungen immer so verfassen, dass ein Außenstehender, der nur die Akten kennt, zwangsläufig zu diesem Ergebnis kommen muss. Wer nur nach Aktenlage ohne Anhörung entscheidet, und das tun Verwaltungsgerichte in diesen Fällen ganz oft, kann zu diesem Ergebnis kommen."

„Sie könnten sich neu bewerben", warf Holzapfel ein.

„Das kann ich vergessen, ich bin durch die Klage sozusagen gebrandmarkt, selbst wenn Frau Schwarz jetzt nicht mehr da ist, ich bin bei den Dezernenten untendurch, das weiß ich."

„Frau Dr. Falkner, ich muss Sie das jetzt fragen. Wo waren Sie am 17. Juni zwischen 18.00 und 20.00 Uhr?", wechselte Holzapfel das Thema.

„Wie darf ich das verstehen? Verdächtigen Sie mich etwa?"

„Es ist reine Routine, aber wir müssen alle Motive in Betracht ziehen."

„Ich muss in meinem Terminkalender nachschauen, so einfach aus dem Kopf weiß ich es nicht."

Sie ging zu ihrem Schreibtisch und klickte mit der kabellosen Maus auf den Monitor.

„Ich hatte um 13.30 Uhr ein Elterngespräch, weitere Termine sind nicht eingetragen. Üblicherweise kaufe ich freitags auf dem Wochenmarkt vor dem Südbahnhof ein, was ich danach gemacht habe, weiß ich nicht mehr."

Seidel ergänzte seine Notizen, die er während des Gesprächs angefertigt hatte.

Einer spontanen Eingebung folgend, stellte Holzapfel eine Frage, die sowohl Dr. Falkner als auch Seidel zunächst seltsam überraschend vorkam.

„Frau Dr. Falkner, eine Bitte, der Sie selbstverständlich nicht nachkommen müssen, aber würde es Ihnen etwas ausmachen, wenn ich einen kurzen Blick in Ihren Kleiderschrank werfen dürfte?"

„Was erlauben Sie sich! Ich kann überhaupt keinen Zusammenhang erkennen. Ich glaube, es ist jetzt besser, Sie gehen."

„Wir suchen eine wichtige Zeugin. Die betreffende Dame trug ein bestimmtes Kleidungsstück. Ich würde mich gerne davon überzeugen, ob Sie ein solches in Ihrem Bestand haben." Bei den Worten „Wir suchen eine wichtige Zeugin" dämmerte es Seidel langsam, worauf seine Kollegin hinauswollte.

„Und das wäre? Ich kann Ihnen diese Frage auch beantworten, ohne dass Sie in mein Schlafzimmer treten und den Kleiderschrank durchstöbern."

„Das kann ich Ihnen leider nicht verraten, aber ich würde es sofort erkennen, wenn Sie es besitzen."

„Das ist doch absurd. So etwas habe ich in meinem ganzen Leben noch nicht gehört."

„Das wiederum glaube ich Ihnen sofort."

„Wenn Sie es haben, dann könnte ich vielleicht Ihrem Gedächtnis auch ein klein wenig auf die Sprünge helfen, was Ihren Aufenthaltsort am 17. Juni zur fraglichen Zeit betrifft."

„Sie meinen, wenn Sie es bei mir sehen, dann …"

„… kann ich Sie konkret fragen, ob Sie an einem bestimmten Ort waren."

„Brauchen Sie dafür nicht einen Durchsuchungsbefehl?"

„Ich sagte, es ist eine Bitte, der Sie nicht nachkommen müssen, Frau Dr. Falkner."

„Also schön, damit Sie sehen, dass ich nichts zu verbergen habe, aber nur Sie, nicht Ihr Kollege. Folgen Sie mir."

Holzapfel machte ihrem Kollegen unauffällig ein beschwichtigendes Zeichen, weil sie bemerkte, wie unwohl Seidel sich plötzlich fühlte, und folgte dann Dr. Falkner durch den Flur ins Schlafzimmer. Im Vorbeigehen warf sie einen kurzen Blick in das modern möblierte Wohnzimmer, also handelte es sich offensichtlich um eine geräumige Dreizimmerwohnung. Im Schlafzimmer sah sie einen großen Einbaukleiderschrank, der von Wand zu Wand ging und vom Parkettboden bis zur Decke reichte, die drei Schiebetüren waren unterteilt und in ihrem unteren Teil etwa zwei Meter hoch verspiegelt, sodass nicht nur das Zimmer dadurch erheblich größer wirkte, sondern auch das Boxspringbett sich darin spiegelte. Außer Bett und Schrank gab es noch eine moderne Kommode mit Schubladen im gleichen Holzton wie der Schrank oberhalb der Spiegel. Daneben stand ein brauner Ledersessel, neben dem Bett links und rechts je ein kleines Ablagetischchen aus dem gleichen Holz.

„Vielen Dank, dass Sie mir meine Bitte erfüllt haben, aber sagen Sie mal, wo kauft man denn einen solchen Schrank?"

„Das ist ein Cabinet, falls Ihnen das etwas sagt, nach Maß gefertigt und eingebaut."

„Den Namen habe ich, glaube ich, schon einmal gehört."

„Am Theaterplatz gibt es zum Beispiel so einen Showroom."

Dr. Falkner schob die linke Schiebetür auf.

„Dieser Schrank ist ja ein Traum, Wahnsinn", musste Holzapfel einfach aussprechen und entschärfte damit sogleich die etwas angespannte Atmosphäre.

Im oberen Teil des Schrankes waren akribisch Handtücher und Bettwäsche gestapelt, im unteren Teil waren herausziehbare Schübe, die über und über mit Schuhen besetzt waren.

„Ich werde neidisch, mein Gott, was haben Sie für tolle Schuhe."
„Eine meiner Schwächen." Und ein Lächeln erschien auf ihrem eher strengen Gesicht.
Sichtlich stolz über das Kompliment, schloss Dr. Falkner die Türe wieder und schob die mittlere Schiebetüre auf. Hier hingen Blusen, Röcke und Hosen, auch Pullover waren zahlreich in vorbildlicher Ordnung übereinander gelegt, Holzapfel musste das innerlich etwas neidisch anerkennen. Dann wurde diese Türe wieder zugeschoben und die dritte geöffnet.
„Aller guten Dinge sind drei", sagte Dr. Falkner und fügte hinzu: „Und haben Sie gesehen, wonach Sie suchen?"
Holzapfel starrte auf die Mäntel, Kostüme, Hosenanzüge und Kleider, die sorgfältig auf Bügeln in einer Reihe hingen. Ihr Blick fiel unweigerlich auf das auffälligste Kleidungsstück der Garderobenstange: ein helles Sommerkleid mit einem gedruckten Muster von Sommerblumen.

KAPITEL 42

Erika Berghoff atmete tief durch, versuchte klar zu denken und zu überlegen, was sie als nächstes tun sollte. Sie brauchte einen Zeugen, der bestätigte, wie sie diesen Brief erhalten hatte. Was könnte dieser anonyme Brief bedeuten? ‚Du bist die Nächste', die Nächste bei was? Ein Schülerstreich? Jemand machte sich einen üblen Scherz mit ihr. Aber warum kam dann der Brief mit der Post und wurde nicht einfach so in den Schulbriefkasten vor dem Haus geworfen? Sie musste auf jeden Fall mit irgendjemandem darüber sprechen, vielleicht mit ihrem Coach? Nein, die nächste Sitzung wäre erst in der nächsten Woche. Mit dem Personalrat? Ausgeschlossen, dieses in ihren Augen völlig überbewertete Gremium würde ihr da sowieso nicht weiterhelfen können, wie denn auch? Aber eine gewisse Öffentlichkeit musste doch hergestellt werden, davon war sie jedenfalls überzeugt. Sie legte den Brief beiseite, stand auf und ging in das benachbarte Sekretariat.

„Frau Trampe, ich störe ungern, aber bitte kommen Sie doch einmal einen Moment zu mir, wenn Sie das, was Sie gerade bearbeiten, zu Ende gebracht haben."

Sie blieb in der Türe stehen, die beiden Sekretärinnen warfen sich gegenseitig Blicke zu, die jede bei der anderen zu interpretieren suchte: Hast du was angestellt, von dem ich nichts weiß?

„Nein, kein Problem, Frau Berghoff, ich kann das hier ohne Weiteres sofort unterbrechen." Sprach's und stand auf, um umgehend mit ihrer Chefin in deren Dienstzimmer zu gehen. Berghoff schloss die Türe, was sie nur zu tun pflegte, wenn es etwas zu besprechen gab, das nicht für die Ohren einer größeren Öffentlichkeit bestimmt war.

„Frau Trampe, bitte setzen Sie sich."

Ein mulmiges Gefühl beschlich die sehr gewissenhafte Frau, ihr Puls beschleunigte sich etwas und sie nahm leicht schwitzend Platz an dem Besprechungstisch. Was sollte das bedeuten, jedenfalls nichts Gutes, das war sehr ungewöhnlich, wie sich ihre Chefin gerade verhielt.

Frau Berghoff ging zum Schreibtisch, nahm den besagten Brief und den Umschlag und setzte sich gegenüber von Frau Trampe.

„Frau Trampe, erkennen Sie diesen Umschlag? Ich nehme an, der Eingangsstempel ist von Ihnen aufgestempelt worden, oder war es Frau Mechler?"

„Nein, das war ich. Den Umschlag habe ich natürlich nicht geöffnet. Es stand ja ‚persönlich' neben Ihrem Namen."
„Ja, natürlich, Sie haben absolut nichts Falsches getan. Es ist nur so, dass dieser Brief in dem Umschlag war."
Mit diesen Worten hielt sie das weiße Blatt mit dem aufgeklebten Satz aus Zeitungspapierfetzen hoch. Frau Trampe wollte danach greifen, um ihn sich näher anzuschauen, wurde aber von ihr daran gehindert.
„Nein, den sollten Sie besser nicht berühren, es genügt, wenn meine Fingerabdrücke auf dem Papier sind."
„Fingerabdrücke? Denken Sie denn, dass etwas Ernstes dahintersteckt? Was bedeutet der Satz? Wobei sind Sie die Nächste?"
„Darüber bin ich mir im Moment auch nicht im Klaren, muss ich ehrlich gestehen, Sie sehen mich etwas ratlos. Aber etwas makaber ist das Ganze schon. Für einen Abistreich ist das jedenfalls etwas zu abgefahren."
„Vielleicht heben Sie den Umschlag und den Brief einfach in einer Klarsichthülle auf, für den Fall, dass er noch eine Bedeutung haben könnte", schlug Frau Trampe vor.
„Nun, eine Bedeutung hat er gewiss, nur kennen weder Sie noch ich diese im Moment. Aber Ihre Idee mit der Klarsichthülle, die finde ich gut. Haben wir so etwas hier in der Verwaltung?"
„Ich werde Ihnen gleich eine aus dem Materialschrank geben, Frau Berghoff. Aber das ist schon ein Ding, ein anonymer Brief mit der Post. So etwas gab es hier am Westendgymnasium noch nie, zumindest solange ich hier bin."
„Das wäre auch schon alles."
Frau Trampe stand auf, um das Zimmer zu verlassen und die Klarsichthülle zu holen, wurde aber noch einmal von Berghoff zurückgehalten:
„Noch etwas, bitte sprechen Sie mit niemandem darüber, auch nicht mit Frau Mechler. Falls mir etwas zustoßen sollte, was auch immer, dann wissen Sie jedenfalls, dass ich diesen Brief erhalten habe. Ich werde ihn hier in meinem Schreibtisch in der untersten Schublade aufbewahren. Und wenn es ein dummer Scherz ist, dann ist es gut, wenn so wenig Leute wie möglich davon wissen. Und außer mir, dem Verfasser des Briefes und Ihnen weiß niemand davon. Wenn also dieser anonyme Brief irgendwann in einem Gespräch in der Schulgemeinde erwähnt wird, dann kann das nur der Schreiber in Umlauf gebracht haben."

Dann ging Frau Trampe ins Sekretariat, Berghoff hörte, wie eine Schranktüre geöffnet wurde, und kurz danach kehrte die Sekretärin eilig zurück und überreichte ihrer Chefin eine Klarsichthülle, in welche diese Umschlag und Brief hineinschob.
Zufrieden mit sich verwahrte sie diesen in der untersten Schreibtischschublade, wie sie es gesagt hatte. Frau Trampe kehrte an ihren Schreibtisch zurück und widmete sich wieder ihrer gewohnten Verwaltungstätigkeit, während ihre Kollegin vor Neugierde fast platzte und ihr mit einem fragenden Blick signalisierte „Was war los?“

KAPITEL 43

Abbas und Riedel fuhren in die Talstraße nach Niedereschbach zu Roland Jung, der ihnen auf die E-Mail geantwortet hatte, dass er ab circa 13.00 Uhr zu Hause wäre; dennoch war er sichtlich überrascht, als die beiden an der Tür des Einfamilienhauses klingelten. Abbas interpretierte die Reaktion so, dass es immer noch sehr ungewöhnlich in Deutschland war, wenn ein türkischstämmiger Migrant es zum Kriminalhauptkommissar gebracht hatte. Er grüßte freundlich und zeigte seinen Dienstausweis, stellte sie beide kurz vor und wurde sogleich von Jung ins Haus gebeten.

„Herr Abbas, ich weiß gar nicht, wie ich Ihnen weiterhelfen soll."

„Herr Jung, ich will gleich in medias res gehen. Wir ermitteln im Mordfall Regine Schwarz, Sie haben sicher davon gehört oder gelesen. Im Augenblick versuchen wir uns noch ein genaueres Bild über Frau Schwarz zu machen. Und in diesem Zusammenhang sind wir bei unserer Recherche auch auf Sie gestoßen."

„Auf mich, ja um Himmels willen, was habe ich mit einem Mord zu tun?"

„Es geht auch gar nicht konkret um den Mordfall als solchen, sondern um ein Bewerbungsverfahren, an dem Sie teilgenommen haben und bei dem auch Frau Schwarz in ihrer Funktion als Genderbeauftragte in der Überprüfungskommission war."

„Erinnern Sie mich bitte nicht daran."

„Wie darf ich das verstehen?", fragte Abbas sofort nach.

„Da reiße ich mir jahrelang den Arsch auf, entschuldigen Sie den Ausdruck, und mache jeden Morgen in aller Herrgottsfrühe den Vertretungsplan, absolviere diverse Fortbildungen, um mich für eine Stellvertreterstelle zu qualifizieren, und verliere dann gegen eine Mitbewerberin, die noch nie in ihrem Leben jemals einen Vertretungsplan, geschweige denn einen kompletten Stundenplan erstellt hat, ja nicht einmal eine Fortbildung bei der Softwarefirma in Essen vorweisen kann. Man könnte diese Tätigkeit ja angeblich delegieren und es käme gerade auch bei einem Stellvertreter auf eine hohe Kommunikations- und Genderkompetenz an. Ich kann das schon gar nicht mehr hören. Es war doch früher immer so, dass ein Stellvertreter in erster Linie den Stundenplan und den Vertretungsplan gemacht hat, das ist und bleibt die wichtigste Aufgabe. Ohne einen guten Plan geht gar nichts in der Schule. Ein ungünstiger Plan verschlechtert das Arbeitsklima im Kollegium mindestens für ein halbes Schuljahr und erhöht den Krankenstand!" Man merkte ihm an, wie er sich allmählich in Rage redete. „Daneben hat der Stellvertreter dem Schulleiter die ganze Arbeit mit Statistiken für das Schulamt, das Regierungspräsidium und das HKM abgenommen, die Deputate des Kollegiums verwaltet und so weiter. Der Chef hat die Schule nach außen repräsentiert, hat die Öffentlichkeitsarbeit gemacht, in den diversen Elterngremien den schulischen Standpunkt vertreten. Nur wenn der Schulleiter abwesend war, hatte der Stellvertreter dessen Funktionen zu übernehmen, deswegen heißt er ja auch stellvertretender Schulleiter. Wenn man diesen Posten einige Jahre gut gemacht hatte, konnte man sich dann selbst auf eine Schulleiterstelle bewerben. So war sichergestellt, dass der Direktor einer Schule immer auch eine solide Basis in Sachen Stundenplan hatte."

„Und das ist heute nicht mehr so?," erkundigte sich Abbas.

„Aber heutzutage in Zeiten der Schulinspektion ist alles anders. Da gibt es so viele Posten und Stellen beim Kultusministerium, wo Leute Karriere machen, die dann irgendwann alle später auf anderen Funktionsstellen untergebracht werden müssen, wenn wieder einmal eine neue pädagogische Sau durchs Dorf getrieben wird, weil irgend so eine Studie – angeblich – belegt, dass jetzt alles anders und besser werden muss. Es müssen neue Leute her und die alten werden dann sozusagen auf schulische Posten versetzt, die ihrer Gehaltsstufe entsprechen."

„Und so war das in Ihrem Fall?", fragte Abbas.

„Ich kenne natürlich nicht den genauen beruflichen Werdegang meiner Konkurrentin im Kultusministerium, ich weiß auch nicht, welche Beurteilungen sie vorzuweisen hatte, aber als Mann hatte ich da nicht die geringste Chance. Sie war angeblich besser qualifiziert, und selbst wenn ich genauso gut gewesen wäre, dann hätte sie als Frau trotzdem die Stelle bekommen, weil Frau Schwarz darauf bestanden hat."

„Ihre Ausführungen sind sicherlich hochinteressant, aber ich fasse mal kurz zusammen, Sie und Frau Schwarz hatten offenbar nicht das beste Verhältnis zueinander", resümierte Abbas, während Seidel eifrig in ihren Notizblock kritzelte.

„Haben Sie sich danach noch einmal auf eine solche Stelle beworben?"

„Nein, solange Frau Schwarz im Amt war, hätte das keinen Sinn gemacht. Im Gegenteil, ich habe sogar meine komplette Karriereplanung beendet. Ich habe mich entschieden, dass ich wieder ein ganz normaler Kollege ohne herausgehobene Position im Kollegium sein möchte, keine zuarbeitende Funktion mehr für die Schulleitung. Das hat damals ganz schön Wirbel verursacht und es dauerte eine Weile, bis Ersatz gefunden war. Und wenn ich ehrlich bin, es geht mir stressmäßig jetzt sehr viel besser. Es kann mir egal sein, wie viele Leute sich morgens krank melden und wie ich am besten den Unterricht abdecken soll durch Vertretungskräfte. Meine Kollegin, die die Stelle bekommen hat, beneide ich ehrlich nicht."

„Dann hat die Ablehnung Ihnen sogar mehr Lebensqualität eingebracht", warf Riedel ein.

„Das kann man so umschreiben, ja."

„Herr Jung, eine letzte Frage noch. Wo waren Sie am Abend des 17. Juni ab circa 18.00 Uhr?"

„Sie verdächtigen mich allen Ernstes? Ich fass es nicht. Der Tod von Frau Schwarz ändert gar nichts an der Tatsache, dass ich meine schulische Karriereplanung völlig über den Haufen geworfen habe. Also ich spiele freitags Doppelkopf, alle vierzehn Tage. An diesem Freitag war unser Doppelkopfabend."

„Wann fangen Sie an?"

„Um 20.00 Uhr im Apfelwein-Dax in Sachsenhausen."

„Wo waren Sie vorher?"

„Na, zu Hause, man braucht mit öffentlichen Verkehrsmitteln eine ganze Zeit bis nach Sachsenhausen."

„Warum fahren Sie nicht mit dem Auto?"

„Weil ich erstens eine Jahreskarte für den RMV habe und zweitens, haben Sie schon mal Freitagabend in Sachsenhausen einen Parkplatz gesucht?"

„Herr Jung, bitte geben Sie meiner Kollegin die Namen der anderen drei Spieler. Ich danke Ihnen, dass Sie sich Zeit genommen haben." Riedel notierte die Namen, die ihr Jung aufzählte. Dann verabschiedeten sich die beiden, um zurück ins Präsidium zu fahren.

„Sabine, wenn du mich fragst, der Jung kommt genauso wenig als Täter infrage wie der Reiss. Die haben zwar beide eine ganz schöne Wut auf die Schwarz gehabt, würden aber sicherlich keinen Mord begehen und schon gar nicht Wochen, nachdem das Überprüfungsverfahren beendet wurde."

„Ich stimme dir in allen Punkten zu. Aber ich finde es schon krass, wie da im Schulbereich Stellen vergeben werden. Der Lehrerberuf hat sich doch stark verändert in den letzten Jahren."

„Bleibt es bei morgen Abend?", wechselte Abbas das Thema.

„Aber klar doch, ich pflege Verabredungen einzuhalten, ich hoffe, du machst keinen Rückzieher“, konterte sie und sah zu ihm rüber.
Er lächelte amüsiert: „Ganz sicher nicht, und dieses Mal bin ich auch geduscht, wenn ich komme.“ Und beide lachten fast gleichzeitig los über diesen doppeldeutigen Satz.

KAPITEL 44

Andreas Wagner hatte zwar nicht auf die E-Mail reagiert, die Holzapfel an ihn geschrieben hatte, aber er hatte sich per Handy bei ihr gemeldet und sie hatten dann gemeinsam den Termin ausgemacht. Nun kurvten Holzapfel und Seidel schon eine ganze Weile in den Straßen von Bornheim herum, um endlich einen Parkplatz unweit des Lokals „Zur schönen Müllerin „zu finden, und gingen dann das letzte Stück Weg zu Fuß bis zu dem Gründerzeitbau, in dem der Lehrer wohnte.
„Also, hier zu wohnen und ein Auto zu besitzen, das ist eine Strafe", stellte Holzapfel fest, als sie vor dem Gebäude standen und klingelten. Der Türsummer wurde sofort betätigt und sie stiegen das Treppenhaus eines Altbaus empor, das schon bessere Tage gesehen hatte. Die hölzernen Stufen waren ausgetreten, die Farbe an den Wänden war grau gehalten und wurde durch kleine Fenster mit Strukturglas und die fahle Deckenbeleuchtung nur schwach erleuchtet, sodass alles noch düsterer wirkte, ab und an fehlte ein Stück Putz, die Fußleiste war an zahlreichen Stellen völlig verkratzt, die Farbe abgeblättert. Im dritten Stock blieben sie vor einer alten, hölzernen Wohnungstür mit eingesetzten Strukturglasscheiben stehen und hörten, wie sich im Innern der Wohnung Schritte näherten, die Gestalt eines Mannes wurde durch die Scheibe als Silhouette sichtbar.
Wagner öffnete ihnen mit einem kräftigen Schwung die Türe.
„Hereinspaziert, ich sehe, Sie haben den Weg durch die Finsternis nach oben geschafft, es sind vierundsechzig Stufen."
Im Gegensatz zum düster wirkenden Treppenhaus war die Wohnung in einem sehr einladenden Zustand, leuchtende Farben im hellen Flur luden geradezu zum Betreten ein.
„Ja, das Treppenhaus ist ein Schandfleck, aber seit Jahren will die Eigentümergemeinschaft es renovieren. Einmal ging eine Dachreparatur vor, dann konnte man sich nicht auf die Farbe einigen, Angebote gingen nur zögernd ein, es gab immer irgendetwas, das die Renovierung verhinderte, und so leben wir schon eine ganze Zeit lang mit diesem Zustand."
Holzapfel und Seidel blieben im Flur stehen, während der Hausherr die Wohnungstüre hinter ihnen schloss.
„Herr Wagner, das ist mein Kollege Seidel, mich kennen Sie ja bereits vom Telefonat."

„Kommen Sie doch ins Wohnzimmer, da ist am besten aufgeräumt, nehmen Sie Platz, möchten Sie einen Kaffee?“
„Wenn Sie schon so fragen, sehr gerne,“ erwiderte Holzapfel und Seidel schloss sich an, während der Hausherr offensichtlich in der Küche verschwand, denn kurz danach hörte man die typischen Geräusche einer Kaffeemaschine. Das Wohnzimmer war modern eingerichtet mit zwei Zweisitzern, die sich gegenüberstanden, dazwischen ein Couchtisch aus Glas, an der einen Kopfseite ein einzelner Sessel, ihm gegenüber eine moderne weiße Schrankwand mit einem großen Fernseher in der Mitte. Holzapfel und Seidel setzten sich gegenüber jeweils auf einen der beiden Zweisitzer. Wagner kam ins Wohnzimmer und brachte auf einem Tablett drei weiße Kaffeegedecke, Milchgießer und Zuckerdose mit. Holzapfel, die sich ein wenig mit modernem Geschirr auskannte, diagnostizierte es als Suomi von Rosenthal und stufte den Wohnungsinhaber sogleich als einen Mann ein, der offensichtlich Geschmack besaß.
„Kaffee kommt gleich“, führte er erklärend an, während er sich auf den Sessel setzte und die Gedecke zwischen ihnen verteilte, Milchgießer und Zuckerdose in der Mitte auf dem Glastisch platzierte und dabei die Fernbedienung für den Fernseher beiseiteräumte.
„Herr Wagner, wie ich in meiner E-Mail kurz angedeutet hatte, geht es um die ermordete Frau Schwarz.“
„Ja, aber ich wundere mich, was ich damit zu tun habe.“
„Wir sind dabei, uns ein berufliches und privates Bild von Frau Schwarz zu machen, und ermitteln in allen Lebensbereichen. Dabei sind wir auch in den Akten des Staatlichen Schulamtes darauf gestoßen, dass Sie in einem Bewerbungsverfahren mit ihr in ihrer Eigenschaft als Genderbeauftragte Kontakt hatten.“
„Also, indirekt ja, ich muss sagen, dass wir uns nicht persönlich begegnet sind.“
„Wie darf ich das verstehen?“, fragte Holzapfel etwas verwundert.
„Wenn Sie die Akten gelesen haben, dann werden Sie wissen, dass ich meine Bewerbung zurückgezogen habe.“
„Ja, das habe ich den Unterlagen entnehmen können, können Sie uns freundlicherweise den Grund nennen, warum Sie das getan haben?“
„Nun, die Sache ist eigentlich ganz einfach. Ich arbeite im Augenblick in Höchst. Meistens fahre ich mit den Öffentlichen, weil die Schule quasi direkt neben der S-Bahn-Station liegt und ich es auch von hier nicht weit zur

U-4 habe, sodass ich nur einmal umsteigen muss. Aber ich bin Musiklehrer und habe öfter Abendveranstaltungen, da fahre ich dann doch mit dem Auto. Wissen Sie, was es heißt, wenn Sie hier abends in Bornheim einen Parkplatz suchen?“
„Ich kann es mir lebhaft vorstellen“, entgegnete Holzapfel, „wir haben eben schon eine kleine Kostprobe davon erhalten.“
„Die Musterschule hat den Schwerpunkt Musik, sie liegt noch dazu so nah, dass ich sogar zu Fuß dorthin laufen könnte. Das sind natürlich für mich zwei sehr gute Gründe, an diese Schule zu wollen. Eine normale Versetzung ist so gut wie unmöglich, da Musik fast überall Mangelfach ist, also auch in Höchst. Die lassen mich da nicht weg. Aber wenn ich mich auf eine Funktionsstelle bewerbe, dann spielt das keine Rolle, weil die Funktion im Vordergrund steht. Bekäme ich eine solche Stelle, dann würde ich auch sofort versetzt. Abgesehen davon, dass der Musikunterricht dort sicherlich wesentlich attraktiver ist, könnte ich das Auto weitgehend stehen lassen, mein Alltag wäre definitiv entspannter und stressfreier.“
„Ich verstehe, aber kommen wir bitte zu Frau Schwarz zurück.“
„Ich habe mich auf die Stelle der Fachbereichsleitung I beworben, weil ich mir mit meinen Fächern da ganz gute Chancen ausgerechnet hatte. Mein zweites Fach ist Englisch, sodass ich ein Haupt- und ein Nebenfach in diesem Fachbereich unterrichte. Außerdem habe ich Spanisch studiert, aber kein Examen darin abgelegt. Aber ich könnte auf jeden Fall eine Arbeitsgemeinschaft unterrichten, vielleicht sogar irgendwann den Abschluss nachholen.“
„Herr Wagner …“
„Ich muss so weit ausholen, damit Sie verstehen, warum ich meine Bewerbung letztlich zurückgezogen habe. Nachdem ich meine Unterlagen abgegeben hatte, habe ich mit dem zuständigen Dezernenten auf dem Schulamt ein Gespräch geführt. Er erklärte mir, dass ich durchaus attraktive Fächer für die Musterschule habe, aber er riet mir, um mich auf das anstehende Überprüfungsverfahren vorzubereiten, sollte ich doch auch ein Gespräch mit der Gleichstellungsbeauftragten, eben Frau Schwarz, führen.“
„Und das haben Sie getan.“
„Ich habe Sie angerufen, um einen Gesprächstermin zu vereinbaren. Am Telefon erklärte sie mir aber, dass meine Bewerbung eigentlich sinnlos sei, ob ich denn nicht wüsste, dass für diese Stelle schon lange eine Bewerbe-

rin vorgesehen sei. Ich war völlig perplex, heute würde ich sagen, ich war naiv, weil ich bis dato immer annahm, dass es eine Bestenauswahl gibt, dass also die dienstlichen Beurteilungen und Fortbildungen, die jemanden für die Stelle qualifizieren, den Ausschlag geben. Aber das ist anscheinend mitnichten so." Sein Tonfall klang jetzt verbittert, aber er fing sich schnell wieder.

„Ich hole mal den Kaffee."

Er verschwand in der Küche, um kurz danach mit einer Kaffeekanne zurückzukommen, aus der er jedem eine Tasse Kaffee einschenkte. Holzapfel stellte sofort fest, dass er den Kaffee aus der Maschinenkanne in die Porzellankanne des Service Suomi umgefüllt hatte, während Seidel so etwas überhaupt nicht mal wahrzunehmen schien. Dann goss Herr Wagner sich einen Schuss Milch dazu und fuhr mit seinen Ausführungen fort:

„Es scheint so zu sein, dass man gewisse Beziehungen braucht, ich will nicht unterstellen, politische, aber auf jeden Fall solche zum Schulamt. Ich war nie Hilfsdezernent, das hat mich einfach nicht interessiert, weil ich Lehrer mit Leib und Seele bin und sehr gerne unterrichte. Aber heute weiß ich, guter Unterricht, der zählt für eine Karriere rein gar nichts. Man braucht Kontakte, ein Netzwerk, und das hatte ich definitiv nicht."

„Also haben Sie Ihre Bewerbung zurückgezogen."

„Richtig. Ich habe noch mal mit unserem schulischen Personalrat gesprochen, der mir auch klar gemacht hat, dass ich wenig Chancen hätte, wenn mir Frau Schwarz quasi schon im Vorfeld abraten würde."

„Das heißt, Sie haben dann keinen Termin mehr mit Frau Schwarz ausgemacht?

„So ist es; am Telefon sagte ich ihr, dass ich noch einmal in Ruhe darüber nachdenken müsse und mich dann wieder bei ihr melden würde. Heute ärgert es mich manchmal, wenn ich wieder einen Parkplatz suche und daran denke, wie schön alles hätte sein können. Aber meine Zeit kommt sicherlich, es gibt auch noch andere Gymnasien in der Umgebung, und mit Musik wird es irgendwann einmal klappen."

Seidel machte sich eifrig Notizen und Holzapfel signalisierte ihm unauffällig, dass sie eigentlich die Vernehmung beenden wollte.

„Herr Wagner, eine allerletzte Frage, dann sind wir auch schon fertig. Was haben Sie am 17. Juni abends gegen 19.00 Uhr gemacht?"

„Das kann ich Ihnen sogar ziemlich genau sagen, ich war mit meiner Freundin zusammen im Rigoletto von Verdi. Aber ich verstehe Ihre Frage nicht so ganz."

„Das müssen Sie auch nicht, es war eine reine Routine, bitte geben Sie meinem Kollegen den Namen Ihrer Freundin und die Kontaktdaten."

„Nein, das glaube ich jetzt nicht. Verdächtigen Sie mich etwa?"

„Herr Wagner, sehen Sie es mal so, wir schließen Sie einfach als Verdächtigen aus. Aber Sie müssen verstehen, was das Motiv dieser Tat angeht, müssen wir einfach in alle Richtungen unsere Ermittlungen führen."

Dann verabschiedeten sich die beiden Kriminalbeamten, bedankten sich für den Kaffee und ließen den immer noch leicht irritierten Andreas Wagner in seiner Altbauwohnung zurück.

KAPITEL 45

Am Mittwochmorgen versammelten sich die fünf Mitglieder der Mordkommission zu einer Besprechung im Präsidium. Abbas hielt es für notwendig, eine Art Zwischenbilanz über das Ermittlungsverfahren zu ziehen, da der Staatsanwalt ihn zu einem Gespräch gebeten hatte. Außerdem sollten alle über den Gesamtstand der Ermittlungen in Kenntnis gesetzt werden, und sie mussten noch besprechen, ob und in welcher Weise sie mit der Trauerfeier für Regine Schwarz, die am nächsten Tag sein würde, umgehen sollten. Holzapfel berichtete als Erstes von den beiden Vernehmungen und schloss ihre Ausführungen damit, dass Andreas Wagner keinesfalls als Täter infrage käme, dass es aber durchaus Verdachtsmomente gegenüber Frau Dr. Falkner geben könnte. Sie schilderte das, was die Lehrerin in Bezug auf das Besetzungsverfahren und über Frau Schwarz den Beamten erzählt hatte, und Seidel ergänzte dann die Geschichte von dem Sommerkleid mit Blumenmuster, das seine Kollegin im Schrank hängen gesehen hatte.

„Und sie hat dir allen Ernstes freiwillig Einblick in ihren Kleiderschrank gegeben?“, bekundete Abbas ungläubig.

„Es war sozusagen ein informelles Gespräch von Frau zu Frau“, konterte Holzapfel und grinste dabei. Riedel brachte sogleich den Namen Sonja Falkner mit dem Vermerk „kein Alibi“ an der Übersichtstafel an und zog einen Pfeil von der Frau im geblümten Kleid zu ihr und versah die Verbindung mit einem Fragezeichen. Abbas fasste sich kurz, da beide Kandidaten, sowohl Herbert Reiss als auch Roland Jung, praktisch als Täter ausgeschlossen werden konnten. Schulze berichtete, dass er zuerst bei Matthias Schwarz gewesen war, um ihn um ein Foto zu bitten. Dieser habe sich zunächst geweigert, dann aber eingewilligt, dass Schulze ihn mit seinem Handy fotografierte, als er realisierte, dass dies möglicherweise im Augenblick seine einzige Chance war, dass jemand den Hotelbesuch bestätigte, wenn er ihn wiedererkannte, solange Antonio nicht auffindbar war. Da er kein aktuelles Papierbild besaß, hatte er selbst vorgeschlagen, dass der Kriminalbeamte ihn aufnehmen sollte. Schulze hatte dann im Hotel den Angestellten das Foto auf dem Handy gezeigt, aber niemand erinnerte sich an den jungen Mann.

Riedel vermerkte an der Tafel, dass Schwarz nach wie vor ein unbestätigtes Alibi hatte, weil dieser Antonio nicht auffindbar war. Abbas fasste zusammen: „Also stellen wir noch einmal fest, was wir bis jetzt haben: Regine Schwarz wurde mit einem Fäustling in ihrer Wohnung erschlagen, und zwar zwischen 18.00 und 20.00 Uhr. Sie hat wahrscheinlich den Täter oder die Täterin selbst in die Wohnung gelassen, ob bewusst oder unabsichtlich, bleibt offen. Sie galt an ihrem Arbeitsplatz als respektierte, beliebte Kollegin, wobei wir inzwischen wissen, dass sie sich mit ihrer Arbeitsweise bei Menschen, die von ihrem Urteil abhängig waren, nicht nur Freunde gemacht hat. Die meisten Nachbarn haben ebenfalls eine gute Meinung von ihr. Undurchsichtig ist noch das Verhältnis der drei Damen Schwarz, Berghoff und Werle-Reinhardt, die sich seit dem Studium kennen und befreundet sind."

„Wen haben wir als Tatverdächtigten mit einem nachvollziehbaren Motiv?", unterbrach ihn Seidel.

„Matthias Schwarz als ihr Neffe ist Alleinerbe, profitiert von ihrem Tod am meisten und erbt ein großes Vermögen, arbeitet neben seinem Studium als Escort und hat im Augenblick kein nachprüfbares Alibi. Dann haben wir diese Frau Dr. Falkner, die eine gehörige Portion Wut auf die Schwarz hat, und man kann ihr laut Birgits Aussagen einen Mord zu trauen."

„Was ist mit dem Bruder? Immerhin hasst er seine Schwester, er hat kein Alibi und Matthias Schwarz hat ausgesagt, dass ihn seine Tante sogar adoptieren wollte. Das könnte das Fass zum Überlaufen gebracht haben, wenn er es erfahren hat", warf Schulze ein.

„Wir müssen uns noch einmal mit ihm unterhalten, keine Frage", reagierte Abbas.

„Was ist mit dieser Frau im geblümten Kleid?", stellte Riedel in den Raum.

„Es könnte sich um Dr. Falkner handeln, es könnte aber auch eine uns noch unbekannte Frau gewesen sein, wir wissen, dass sie vor der Tat in der Nähe des Tatortes war und später etwas in den Main geworfen hat."

„Wir könnten dieser Frau im Rollstuhl, wie hieß sie doch gleich noch einmal?", fragte Holzapfel und Schulze half ihr mit „Dr. Winter", sodass sie fortfuhr: „Danke! Dr. Winter das Kleid zeigen, beziehungsweise jemanden das Kleid anziehen lassen und eine Gegenüberstellung machen. Vielleicht erkennt sie es ja wieder, weil sie sich daran besser erinnern kann als an das Gesicht dieser Frau?"

„Und mit welcher Begründung wollen wir das Kleid von Dr. Falkner holen, wir haben absolut nichts in der Hand?", entgegnete Abbas, woraufhin niemand eine Idee vorbringen konnte.

„Wir sollten auf jeden Fall noch eine Karte anbringen mit ‚Mr./Mrs. X'. Die Leute, die wir verdächtigen, das ist alles dünn, das verstellt uns zu sehr den Blick. Vielleicht stammt der Täter oder die Täterin noch aus einer ganz anderen Ecke?", spekulierte Abbas.
„Wir müssen auf jeden Fall noch über die Trauerfeier sprechen, jemand sollte da unbedingt hingehen", insistierte Holzapfel.
„Nicht irgendjemand, ich denke, wir alle sollten hingehen, jedem wird etwas anderes auffallen, und jeder von uns kennt andere Personen aus dem Umfeld der Schwarz", stellte Seidel fest.
„Unbedingt", pflichtete ihm Abbas bei. „Aber sag mal, Martin, eigentlich könntest du das doch als ambitionierter Fotograf übernehmen."
„Im Prinzip schon, und was genau soll ich fotografieren?"
„Du hast sicherlich ein Teleobjektiv, du postierst dich etwas versteckt am Eingang zur Trauerhalle und fotografierst einfach alle, die reingehen. Während der Feier kannst du dir ja auf dem Weg von der Trauerhalle zum Grab einen guten Platz suchen und nochmal alle fotografieren, die zum Grab gehen. Auf diese Weise sehen wir, wer bei der Zeremonie war, aber nicht zur eigentlichen Urnenbeisetzung geht", erwiderte Abbas.
„Geht klar, ich mag sowieso keine Trauerfeiern."
„Damit wäre also deine Rolle schon mal klar. Ich denke, wir anderen sollten uns in der Halle verteilen, man kriegt dann vielleicht doch das eine oder andere mit, was da so gesprochen wird", legte Abbas fest.
„Leute, denkt daran, es ist eine Trauerfeier, wir sollten uns dem Anlass entsprechend kleiden", warf Riedel ein.
Es wurde noch vereinbart, dass sie getrennt zum Friedhof fahren würden, Riedel als die Jüngste im Team sollte mit der U-5 hinfahren, Seidel und Schulze in einem Auto und Holzapfel und Abbas in einem zweiten Wagen.

KAPITEL 46

Detlef Sommer und Nikola Balduin vom Personalrat des Westendgymnasiums standen vor dem Mitteilungsbuch und schauten sich die Liste derjenigen aus dem Kollegium an, die an der Beisetzung von Regine Schwarz teilnehmen wollten. Acht Personen hatten sich eingetragen, außer ihnen beiden zusätzlich Annette Schneider und fünf weitere ältere Lehrkräfte, die Regine Schwarz noch aus ihrer Zeit kannten, als sie am Westendgymnasium unterrichtet hatte.

„Es sind ja nicht gerade viele, ich denke, die Berghoff wird allen erlauben, dass die Leute mitgehen können“, stellte Balduin fest. Sommer entnahm das Blatt mit der Liste dem Ordner.

„Lass uns zu ihr gehen und sie fragen.“

Beide gingen zum Sekretariat und stellten fest, dass die Tür zum Direktorzimmer offen stand. Sommer signalisierte Frau Trampe, die gerade telefonierte und erwartungsvoll zu ihnen aufschaute, dass sie beide zur Chefin wollten. Respektvoll blieben sie in der Türöffnung stehen, und Sommer klopfte gegen das Holz des Rahmens, um sich bemerkbar zu machen. Erika Berghoff saß an ihrem Computer und drehte sich in ihrem Chefsessel zu ihnen beiden und schaute etwas unwirsch ob der Störung in ihre Richtung.

„Hallo, Frau Berghoff, entschuldigen Sie, dass wir hier so einfach hereinplatzen, aber wir haben die Liste der Leute, die morgen mit zur Beerdigung gehen möchten. Sie müssten ja wegen des Plans noch Ihre Erlaubnis geben. Es sind nur acht Leute, ich denke, das dürfte keine Probleme geben“, sprach Balduin sie an.

„Das überlassen Sie bitte meiner Entscheidung. Darf ich die Liste sehen?“, kam sofort in dem ihr eigenen scharfen Ton die Antwort. Sie reagierte sehr heftig, wenn sie das Gefühl hatte, jemand zweifelte ihre Führungskompetenz an, falls Entscheidungen zu treffen waren. Sommer reichte ihr das Blatt und sie warf einen prüfenden Blick darauf. Dann ging sie, ohne ein Wort zu sagen, nach nebenan in das Planungsbüro und sie hörten, wie sie zu Herrn Krawinkel sagte: „Prüfen Sie doch bitte, ob einer der Herrschaften morgen Nachmittag eine Klausur schreiben lässt. Wenn das nicht der Fall ist, dann nehmen Sie alle, die auf der Namensliste stehen, von der siebten bis zur zehnten Stunde aus dem Plan. Ab der neunten Klasse sind die Kinder befreit, kleinere Klassen werden vertreten.“ Dann kehrte sie zu

den beiden zurück. „Ich habe alles Notwendige veranlasst, wie Sie vielleicht gerade mitbekommen haben.“
„Kann der Personalrat also den Lehrkräften Bescheid geben, damit sie sich darauf einstellen können?“, fragte Sommer nach.
„Das wird nicht nötig sein. Die Leute sehen ja dann, wenn sie aus dem Plan genommen sind, dass sie zur Beerdigung mitdürfen. Herr Krawinkel wird das prüfen.“
Als dieser seinen Namen hörte, kam er von seinem Computer zur Tür und signalisierte, dass keine Lernkontrollen angemeldet waren.
„Also gut, dann kann der Personalrat die Leute informieren. Die Kollegen können ja vielleicht Fahrgemeinschaften bilden“, lenkte Berghoff ein.
Artig bedankten sich die beiden Personalratsmitglieder und gingen über das Planungsbüro, ohne einen Umweg über das Sekretariat zu machen, direkt zum Lehrerzimmer.
„Was ist denn der wieder für eine Laus über die Leber gelaufen?“, sagte Sommer zu seiner Kollegin.
„Ich glaube, das Ganze mit der Schwarz nimmt sie doch mehr mit, als sie zugeben will, schließlich kennen die beiden sich schon ewig.“
„Aber sofort wieder dieser leicht aggressive Ton, als ob wir sonst was von ihr fordern würden.“
„Mal eine ganz andere Frage, was ziehst du denn eigentlich an. Morgen sollen es 28 Grad werden und die Beerdigung ist um zwei?“
„Also einen schwarzen Anzug werde ich sicherlich nicht anziehen und mich da zu Tode schwitzen. Ich habe auch keine Lust, den ganzen Vormittag in der Schule so rumzulaufen. Die Kinder fragen dann wieder. Und so nahe stand mir ehrlich gesagt Frau Schwarz auch nicht. Ich glaube, ich ziehe nur eine dunkle Hose und ein weißes Leinenhemd an, dann binde ich mir nach der sechsten Stunde einfach noch eine schwarze Krawatte um und fertig ist es. Oder ist die Trauerhalle klimatisiert?“
„Keine Ahnung und wenn, bist du sicher, dass die Klimaanlage auch funktioniert?“
„Naja, die Leiche dürfte schon gekühlt sein.“
„Es gibt keine Leiche, es ist nur die Asche.“
„Stimmt, es wird ja nur die Urne beigesetzt, das hatte ich schon wieder ganz verdrängt.“

Im Lehrerzimmer schrieb Balduin eine kurze Notiz ins Mitteilungsbuch: Alle, die sich für die Trauerfeier von Regine Schwarz eingetragen hatten, werden vom Unterricht freigestellt. Für den Personalrat Balduin.

Frau Träger kam zum Schwarzen Brett.

„Nikola und Detlef, kann ich euch kurz sprechen?“ Dabei schaute sie sich im Lehrerzimmer um, aber außer ihnen dreien war im Augenblick niemand anwesend, nur aus der Teeküche hörte man, wie jemand gerade an der Spülmaschine hantierte und Geschirr ausräumte.

„Es ist hier wirklich nicht mehr schön, ich habe den Eindruck, die Wände haben Ohren, oder es gibt hier Leute, die alles brühwarm der Berghoff erzählen, wenn auch nur ein kritisches Wort im Lehrerzimmer fällt.“

„Wollen wir ins Personalratszimmer gehen?“, fragte Sommer.

„Nein, so vertraulich ist es nicht. Ich brauche dringend die Genehmigung für meine Exkursion. Den Antrag habe ich schon vor zwei Wochen bei der Berghoff eingereicht, aber noch nicht zurück. Was soll ich denn machen? Ich muss allmählich buchen. Was denken die bei dem Busunternehmen denn von mir? Immer, wenn ich zu ihr will, hat sie keine Zeit und wenn ich ihr eine Mail schreibe, dann kriege ich auch keine Antwort.“

„Ja, dieses Problem hast nicht nur du“, antwortete Balduin.

„Könnt ihr nicht mal als Personalrat in einer gemeinsamen Sitzung das Thema ansprechen?“

„Was glaubst du, was wir schon richtig Stress mit ihr deshalb hatten. Organisatorisch liegt momentan einiges im Argen, aber das liegt wohl einfach daran, dass sie immer noch keine Stellvertretung hat. Das ist ja auch nicht ihre Schuld, das Schulamt lässt sich halt Zeit. Wenn eine Planstelle nicht besetzt ist und der Laden läuft trotzdem, dann spart man Geld und sieht keine Notwendigkeit zur Eile. Wehe aber, du versäumst mal eine Frist gegenüber dem Schulamt“, erwiderte Sommer.

„Ich rede noch mal mit ihr“, bot Balduin an. „Aber ich muss einen günstigen Moment abpassen. Lass mal die Beerdigung vorbei sein, dann hat sie vielleicht den Kopf auch wieder frei.“

„Ach ja, die Beerdigung. Da wollte ich ja eigentlich auch hin. Ich habe mal an dem Förderprogramm von der Schwarz teilgenommen.“

„Eintragungsschluss war übrigens schon, und die Liste ist jetzt bei der Berghoff. Krawinkel trägt schon alles in den Plan für morgen ein“, sagte Sommer.

„Na, dann habe ich wohl Pech gehabt. Ich will ihr auf keinen Fall die Genugtuung geben, dass ich etwas versäumt habe, das kriegt man doch irgendwann sowieso von ihr vorgehalten."
Über der Türe war das Blinken zur großen Pause zu sehen und somit füllte sich langsam das Lehrerzimmer mit einer Hektik, die für einen Außenstehenden mehr als befremdlich sein konnte, die für die Lehrer aber der ganz normale alltäglich Wahnsinn war.

KAPITEL 47

Sabine Riedel hatte frisch geduscht und trug nur ein T-Shirt und eine kurze Shorts. Sie hatte es sich bei einem Glas gekühltem Rosé auf ihrem Balkon, der vom Wohnzimmer aus zur Rückseite des Hauses lag, bequem gemacht.

Abbas war unpünktlich, aber sie hatte beschlossen, darüber großzügig hinwegzusehen, denn sie wusste nur zu gut, wie schwierig die Parkplatzsuche um diese Uhrzeit im Nordend üblicherweise ist. Sie griff nach ihrem Smartphone, um nachzusehen, ob er ihr eventuell eine Nachricht in WhatsApp geschrieben hatte. Aber nur eine Freundin hatte gefragt, ob sie heute was vorhabe. Sie tippte flink ihre Antwort „habe ein Date“ in das Gerät. Prompt kam die Gegenfrage „mit wem?“ Ihre Antwort „Geheim“. In diesem Moment klingelte es, sie legte das Handy beiseite und ging zur Wohnungstüre, um den Türöffner zu betätigen. Abbas kam mit schnellen Schritten die Treppe hinauf. Schon als sie ihn auf dem letzten Absatz erblickte, war sie freudig erregt. Yunus trug ein lachsfarbenes Hemd, dessen oberste Knöpfe offen standen und einen Blick auf die muskulöse, behaarte Brust ermöglichten. Dazu trug er eine khakifarbene Sommerhose und hellbraune Espadrilles. In einer Hand hatte er eine Flasche Prosecco.

„Hallo, ich dachte, ich bringe uns noch etwas zum Trinken mit.“

„Du trinkst Alkohol?“

„Wieso nicht?“

Sabine verkniff sich eine weitere Bemerkung und bat ihn in ihre Wohnung, führte ihn direkt auf den Balkon. Den Prosecco verstaute sie sogleich im Kühlschrank.

„Willst du auch einen?“, fragte sie mit einer Geste auf ihr Weinglas deutend.

„Erst mal ein Glas Wasser, ich muss ja außerdem noch fahren.“

Sabine holte ein Glas Mineralwasser aus der Küche und stellte es vor Yunus auf den Balkontisch, dann setzte sie sich ihm gegenüber und prostete ihm zu.

Es herrschte Schweigen, keiner von beiden sagte etwas, sie schauten sich nur etwas verlegen an. Schließlich durchbrach Yunus die Stille: „Und du bist dir ganz sicher, dass wir beide …“

Er vollendete den Satz nicht und schaute Sabine intensiv an.

„Aber ja doch, wir haben keine Beziehung, wir wollen einfach nur ein bisschen Spaß."
Sie beugte sich nach vorne und streckte ihre Hand zur Knopfleiste des Hemdes und begann in aller Seelenruhe, zwei weitere Knöpfe aufzuknöpfen, sodass sie mit einer Hand in das Hemd hineingleiten konnte und mit ihrem Handrücken sanft über seine Brust strich. Die Berührung der nackten, warmen Haut steigerte ihre Begierde und erregte und verwunderte Yunus zugleich. Eine Frau, die so die Initiative wie Sabine ergriff, war ihm zuvor noch nie begegnet. Das hatte ihn schon bei ihrem ersten Mal überrascht. Aber in gewisser Weise schmeichelte es ihm auch, dass sie ihn offensichtlich so begehrte.
„Wollen wir besser nach drinnen gehen?", schlug er vor.
Mit einem Nicken bestätigte sie seinen Vorschlag und so gingen beide ins Wohnzimmer. Yunus drehte sie zu sich und küsste sie. Dabei tasteten seine Hände unter ihr T-Shirt und streichelten liebkosend ihren festen Busen. Sabine stöhnte lustvoll auf, während sie das Hemd vollständig aufknöpfte und mit ihren Fingerspitzen sanft seine Brustwarzen reizte. Yunus streifte ihr blitzschnell das T-Shirt über den Kopf und entledigte sich dann seines eigenen Hemdes, er schnippte sich die Schuhe von den Füßen, öffnete seinen Gürtel und wie von selbst glitt die Hose nach unten, sodass er nur noch in einer Boxershorts vor ihr stand. Allein dieser Anblick war für Sabine schon so unglaublich sexy, dass sie spürte, wie sie feucht zwischen ihren Beinen wurde. Beide drängten sich fast gegenseitig ins Schlafzimmer und Yunus stieß Sabine auf das Bett, dessen Decke schon zurückgeschlagen war. Mit gekonnten Griffen zog er ihr Shorts und Slip aus, sodass Sabine nun ganz nackt und verführerisch vor ihm lag. Sabine sah die Wölbung in der Boxershorts und streifte sie mit ihren Händen langsam nach unten, dann näherte sich ihr Kopf behutsam dem Objekt ihrer Begierde. Und dieses Mal kam das lustvolle, laute Stöhnen von Yunus, sodass man es bis nach draußen über die offene Balkontüre hören konnte.
Als sie später beide frisch geduscht auf dem Balkon zusammen einen Prosecco tranken, herrschte zwischen ihnen eine eigentümliche Stimmung. Beide hatten den hemmungslosen Sex genossen, obwohl Sabine sich schon eingestehen musste, sich emotional ein Stück weit zu Yunus hingezogen zu fühlen, sonst hätte sie sich sicherlich nicht so hingeben können. Yunus dagegen spürte nicht das geringste Gefühl von Verliebtheit. Mit einer Prostituierten hatte man schließlich auch nur Sex, um seine

Geilheit zu befriedigen und nicht, weil man in sie verliebt war. Als Mann konnte er das sehr gut trennen. Nicht dass er Sabine auf die Ebene einer Nutte herab stufen wollte. Denn schließlich schmeichelte es seinem Ego sehr, dass sie ihn einfach wollte, eine Prostituierte dagegen tat es ausschließlich für Geld. Aber es war hier in seinen Augen einfach purer Sex, keine Beziehung, kein Was machen wir am Wochenende?". Und vielleicht war der Sex deshalb auch so intensiv und orgiastisch, weil keiner dem anderen etwas beweisen musste. Würde es beiden keinen Spaß machen, dann könnte es jederzeit beendet werden. Und es war auch keine Exklusivbeziehung, keine Eifersucht, zumindest von seiner Seite. Denn falls Sabine jemanden kennenlernen sollte, mit dem sie vielleicht eine Beziehung anfangen wollte, dann war einfach Schluss. Ihr gegenwärtiges Agreement war in seinen Augen einfach unglaublich praktisch, zeitsparend und für beide triebabbauend.

„Ich mach mich dann mal auf den Weg", sagte Yunus unvermittelt.

„Klar, wir sehen uns dann ja morgen."

„Von meiner Seite aus jederzeit gerne wieder", sagte er zum Abschied, ohne dass sie sich noch einmal küssten.

„Von meiner Seite auch", schickte sie ihm hinterher, als er sich beim Heruntergehen noch einmal nach ihr im Treppenhaus umdrehte.

Im Wohnzimmer schaute sie auf ihr Smartphone: Fünf neue Nachrichten ihrer Freundin, die sich neugierig nach dem Date erkundigte. Aber Sabine hatte keine Lust, darauf zu antworten, sie würde ihr viel lieber bei ihrem nächsten Treffen davon erzählen, denn sie wollte unbedingt ihren Gesichtsausdruck sehen, wenn sie davon erfuhr, dass sie eine Sexbeziehung mit einem türkischstämmigen Mann hatte. Sie beschloss, noch schnell das Laken zu wechseln und dann, sexuell in jeder Hinsicht vollständig befriedigt, schlafen zu gehen.

KAPITEL 48

Die drei Personalratsmitglieder waren gemeinsam im Auto von Annette Schneider zum Frankfurter Hauptfriedhof in die Eckenheimer Landstraße gefahren. Sie hatte es angeboten, weil sie von dort aus direkt nach Hause fahren konnte und nicht mehr durch das ganze Westend im Berufsverkehr fahren musste, die beiden anderen wollten dann jeweils mit der U-Bahn nach Hause fahren. Mit Mühe fand Schneider einen Parkplatz vor dem Hauptportal, von dem man nur wenige Schritte bis in die Trauerhalle zu gehen hatte. Hier war es überraschend kühl, was wahrscheinlich doch eher an den dicken Mauern des alten Gebäudes lag als an einer Klimaanlage, die, wenn sie wirklich existierte, zumindest nicht eingeschaltet war. Am Eingang wurden sie von einem Bediensteten des Beerdigungsinstituts empfangen, der sie darauf hinwies, dass ein Kondolenzbuch ausgelegt war, in das die drei sich doch bitte eintragen sollten. In der Halle selbst standen vorne neben einem Rednerpult zwei Blumentöpfe mit Lorbeerpflanzen und auf einer Konsole die schlichte Urne mit der Asche der Toten. Daneben hatte jemand ein Schwarzweißporträt von Regine Schwarz in einem schwarzen Rahmen aufgestellt und im oberen rechten Rand einen Trauerflor angebracht. In der ersten Reihe auf der linken Seite saß ein junger Mann mit Vollbart, der sich nach ihnen umdrehte. Sommer musste zweimal hinschauen, so fasziniert war er von dem guten Aussehen des Mannes, und er registrierte zufrieden, dass dieser ihn ebenfalls intensiv und mehr als die drei berühmten Sekunden tief in die Augen schaute. Zur rechten Seite des Ganges saßen zwei Männer in dunklen Anzügen, die sich leise flüsternd miteinander unterhielten. Sommer erkannte den einen als den früheren Ehemann der Schwarz.
Schweigend setzten die drei sich in eine der mittleren Bankreihen auf die linke Seite, während nach und nach immer mehr Trauergäste die Halle betraten. Die anderen Kolleginnen und Kollegen des Westendgymnasiums waren ebenfalls eingetroffen und setzten sich in die Reihe hinter die Personalratsmitglieder, und Sommer hörte, wie diese sich leise über den bevorstehenden Abiball unterhielten. Das Leben geht eben weiter, schoss es ihm durch den Kopf. Einige Vertreter des Schulamtes waren eingetroffen, dann kamen Erika Berghoff und Bettina Werle-Reinhardt zusammen herein, gingen nach vorne und kondolierten dem jungen Mann zur Linken und

den beiden Herren zur rRechten und setzten sich dann direkt zu ihnen in die erste Reihe.
„Ich denke, der neben Regines Mann, das ist ihr Bruder“, flüsterte Balduin.
Die Halle füllte sich weiter, bis wohl annähernd hundert Menschen anwesend waren. Mehrere Personen gingen nach vorne und sprachen dem immer noch allein in der ersten Reihe sitzenden jungen Mann und auf der anderen Seite den beiden Männern ihr Beileid aus. Unter den Trauergästen erkannte Sommer auch den gut aussehenden, bärtigen Türken, den er vor einigen Tagen schon einmal im Westendgymnasium gesehen hatte und der jetzt wieder in Begleitung derselben Frau in einer der mittleren Bankreihen Platz genommen hatte. Plötzlich drehten sich alle zur Tür, als man ein leises surrendes Geräusch von dort hörte. Ein leises Raunen erhob sich, als eine ältere Dame in einem elektrischen Rollstuhl hereinfuhr und diesen seitlich neben der letzten Reihe parkte.
„Ich glaube, die kenne ich, die wohnt am Westhafen und ich habe sie dort schon einmal gesehen“, sagte Sommer leise zu Balduin und Schneider. Inzwischen hatte sich noch eine geschäftsmäßig elegant gekleidete Dame zu dem jungen Mann in die erste Reihe gesetzt. Dann war zu hören, wie die Türe des Hauptportals etwas zu kräftig geschlossen wurde. Und im selben Moment ertönte aus einer Musikanlage nicht irgendeine christlich-sakrale Kirchenmusik, sondern der Original Beatles-Song „Let it be“.
Als die letzten Klänge verstummt waren, trat ein Mann in einem anthrazitfarbenen Anzug an das Rednerpunkt, der eindeutig kein Geistlicher war:
„Liebe Angehörige, liebe Freunde, Nachbarn und Kollegen, wir hörten gerade eines der Lieblingslieder der Verstorbenen, und es war ihr ausdrücklicher Wunsch, dass dieser Song eines Tages bei ihrer Beerdigung gespielt wird. Regine Schwarz ist tot. An der Grausamkeit dieser Tatsache gibt es keinen Zweifel und es erfüllt uns alle mit großer Trauer, dass ihr Leben durch eine brutale Gewalttat ein viel zu frühes Ende gefunden hat. Ich freue mich aber, dass sich doch so viele hier versammelt haben, zeigt es uns, dass sie ein Mensch war, der vielen etwas bedeutete, so viel bedeutete, dass jeder der hier Anwesenden gekommen ist, um ihr die letzte Ehre zu erweisen. Lassen Sie mich noch einmal einen kleinen Abriss ihres Lebens skizzieren und erinnern wir uns, jeder persönlich, an die schönen Momente, die er mit Regine Schwarz gehabt hat. Regine wuchs auf an der Seite ihres einzigen Bruders in einer wohl behüteten Familie, studierte Ge-

schichte und Deutsch und entschied sich für den Beruf der Lehrerin, den sie einige Jahre engagiert ausübte, ehe sie dann zum Staatlichen Schulamt in Frankfurt als Frauen- und Gleichstellungsbeauftragte berufen wurde. Ihre Kollegen und Mitarbeiter schätzten sie auch dort sehr und von Anfang an setzte sie sich für die Gleichberechtigung von Frauen im Berufsleben ein, später auch für die Rechte von Lesben und Schwulen. Als die Frau ihres Bruders früh verstarb, kümmerte sie sich fürsorglich und rührend um ihren Neffen, Matthias Schwarz, dem sie wie eine zweite Mutter war."

In diesem Moment stand ein Mann vorne rechts in der ersten Reihe wortlos auf und ging eilenden Schrittes unter den erstaunten und erstarrten Blicken der Anwesenden durch den Mittelgang zum Eingangsportal, öffnete so heftig die Türe, dass sie mit Wucht gegen den Türstopper prallte und ein lautes Krachen die Trauerhalle erfüllte, das noch einmal übertroffen wurde, als er beim Verlassen der Trauerhalle die Türe wieder zuknallte. Der Redner war genauso verblüfft wie alle anderen, gewann jedoch sehr schnell die Kontrolle über die Situation und fuhr mit seiner Ansprache fort: „Trauer ist etwas Individuelles, es gibt keine festen Regeln, nichts ist falsch und alles hat seine Berechtigung. Aber die Erinnerung ist letztendlich das, was von jedem bleibt und solange sich noch jemand an die Tote erinnert, ist sie bei uns. Und wahrlich, Regine Schwarz hat sich in der Schullandschaft in Frankfurt einen ehrenhaften Ruf erworben, ihre Jahre waren prägend über ihren Tod hinaus. Lassen Sie uns bei den Klängen eines weiteren Liedes eines Komponisten, den die Verstorbene sehr liebte, noch einmal in stillem Gedenken an sie verweilen, dem Gloria von Vivaldi."

Dieses Mal erfüllte die feierliche Musik die Halle mit einem sakralen Zauber, dem sich kaum einer entziehen konnte, sei er nun gläubig oder Atheist. Niemand sagte etwas, alle lauschten andächtig Gesang und Musik dieses wunderbaren Komponisten.

Als das Musikstück zu Ende war, richtete der Redner zum letzten Mal seine Worte an die Zuhörer: „Wir werden jetzt die Urne zu ihrer letzten Ruhestätte tragen, wer sie auf ihrem letzten Weg begleiten möchte, der sei herzlich dazu eingeladen. Matthias Schwarz hat mich jedoch ausdrücklich darum gebeten, anzukündigen, dass von Beileidsbekundungen am Grab bitte Abstand zu nehmen ist, und ich bitte in seinem Namen darum, dieses auch zu respektieren."

Er gab einem Mitarbeiter des Beerdigunginstituts ein Zeichen, woraufhin dieser zur Urne ging, sie emporhob und feierlichen Schrittes vor sich her Richtung Ausgang trug, gefolgt von dem Prediger und Matthias Schwarz. Dazu ertönte das Adagio von Pachelbel. Alle erhoben sich ehrfürchtig von ihren Plätzen und Reihe für Reihe schlossen sich Trauernde dem Zug nach draußen an, und man sah, dass doch die eine oder andere Träne vergossen wurde. Als Letzte rollte Frau Dr. Winter in ihrem elektrischen Rollstuhl heraus und bildete das Ende der langen Prozession.

KAPITEL 49

Draußen, gut getarnt zwischen den Zweigen einer Eibe, drückte Martin Seidel den Auslöser seiner Nikon im Serienmodus und hielt so alle, die dem Urnenträger Richtung Ehrenmalsweg folgten, mit seinem Teleobjektiv fest. Einige Menschen bogen jedoch direkt außerhalb der Trauerhalle zum Ausgang des Friedhofs ab und gaben damit zum Ausdruck, dass sie den Gang bis zur Grabstelle nicht mitmachen wollten.

Die fünf Beamten des Ermittlungsteams hatten sich kurz vor der Trauerfeier noch einmal für einige Minuten zusammengefunden. Jeder Außenstehende hätte geglaubt, dass sich dort ein paar Menschen nach langer Zeit anlässlich der Beerdigung wiedergetroffen hätten und nun über den neuesten Stand ihres Lebens austauschten. Abbas und Holzapfel hatten beschlossen, als getarntes Paar gemeinsam aufzutreten, während Riedel und Schulze sich einzeln unter die Leute gemischt hatten. Erfreut hatte Schulze dabei Isabelle Fernandez wiederentdeckt und ihr freundlich zugenickt. Sie hatte ihn immer noch nicht angerufen und allmählich gewann er die Überzeugung, dass sie dies vielleicht auch nicht mehr tun würde. Für das Ende der Feierlichkeiten war vereinbart worden, dass Abbas und Holzapfel bis zum Grab mitgehen sollten, während Schulze und Riedel vor der Halle, in ein Gespräch vertieft, auf sie warten sollten.

An der Grabstelle selbst hatten sich noch etwa dreißig Personen um das kleine Loch für die Urne versammelt. Als die Urne versenkt war, gingen einige zum Grab und nahmen mit einer kleinen Schaufel ein Häufchen Erde von dem kleinen Aushub und streuten sie als letzten Abschiedsgruss in das offene Urnengrab.

Da es offensichtlich keinen Leichenschmaus oder einen Umtrunk anlässlich der Beerdigung gab, gingen dann die Menschen einzeln oder in kleinen Gruppen allmählich davon und verteilten sich auf den verschiedenen Wegen, die vom Grab zum Ausgang führten.

Bettina Werle-Reinhardt und Erika Berghoff verweilten jedoch in der Nähe der Grabstätte.

„Hast du noch ein paar Minuten Zeit, ich muss dir unbedingt noch etwas erzählen?“, fragte Berghoff.

„Ja, ein Stündchen habe ich noch, lass uns gegenüber vom Friedhof in das kleine Café gehen. Was gibt es denn so Wichtiges?“

„Das erzähle ich dir gleich, aber nicht hier.“

Abbas und Holzapfel blieben bis ganz zum Schluss, als Matthias Schwarz noch mit dem Redner und Harald Langer am Grab stand. Er war sichtlich erstaunt, als er die beiden erblickte ,und kam zu ihnen rüber.
„Beschatten Sie mich jetzt sogar schon bis zum Grab meiner Tante?"
„Dass wir hier sind, hat nicht speziell mit Ihnen zu tun, Herr Schwarz. Aber manchmal ist es so, dass ein Täter, insbesondere, wenn er aus dem unmittelbaren Umfeld des Opfers stammt, auch zur Beerdigung kommt und sozusagen ein zweites Mal die Genugtuung für seine Tat durchlebt", antwortete Abbas.
„Warum ist Ihr Vater zwischendurch rausgegangen?", fragte Holzapfel.
„Das können Sie sich doch wohl denken. Ausgerechnet der wunde Punkt und der Grund für sein Zerwürfnis mit meiner Tante wird hier angesprochen, das hat er einfach nicht ertragen. Es hat mich sowieso schon gewundert, dass er überhaupt gekommen ist. Wie Sie bemerkt haben, gibt es keinen Kaffeeklatsch, wie das sonst normalerweise üblich ist bei einer Beerdigung. Aber ich bin echt pleite und die Kosten für die Beerdigung sind eh schon hoch genug. Es wundert mich, dass man einen Sarg kaufen muss, nur damit er anschließend bei der Einäscherung verbrannt wird. Das verstehe, wer will, ich jedenfalls nicht. Und einen Erbschein habe ich noch nicht, an Geld komme ich also im Moment nicht heran. Außerdem stehe ich ja bei Ihnen unter Verdacht, oder ist das mittlerweile vom Tisch?"
„Ihr Alibi ist nicht bestätigt, Herr Schwarz, von daher bitte ich Sie, dass Sie im Augenblick Frankfurt nicht verlassen", erwiderte Abbas.
„Fragen Sie doch mal meinen Vater, ob er ein Alibi hat. Als ich ihm am Telefon erzählt habe, dass meine Tante mich sogar adoptieren wollte, da ist er schier ausgerastet. Sein einziger Kommentar war: ‚Gott sei Dank ist sie tot.' Ich weiß nicht, ob sie es ihm gesagt hatte, möglich wäre es, von mir hat er es jedenfalls erst jetzt erfahren."
Damit gingen sie ohne Weiteres zu sagen auseinander. Bettina Werle-Reinhardt und Erika Berghoff hatten sich im Café Ruppel gegenüber vom Haupteingang des Hauptfriedhofs einen Ecktisch ausgesucht, an dem sie beide sich ungestört unterhalten konnten. Nachdem sie sich je einen Cappuccino bestellt hatten, eröffnete Werle-Reinhardt das Gespräch: „Was wolltest du mir denn so Dringendes erzählen? Du hast ja so geheimnisvoll geklungen."

„Ich habe einen anonymen Brief bekommen, den ich nicht so recht einzuordnen weiß."
„Einen anonymen Brief? Wann? Und was stand in diesem Brief?"
„Mit Schnipseln aus Zeitungspapier, die auf einen Briefbogen aufgeklebt waren, stand da ein Satz: ‚Du bist die Nächste'. Der Brief kam vorgestern mit der Post in die Schule."
„Hast du die Polizei verständigt?"
„Bisher nicht. Ich weiß ja gar nicht, was er bedeutet, und ich wollte mich nicht lächerlich machen. Vielleicht ist es ja nur ein dummer Abistreich?"
„Nein, so klingt mir das aber nicht. Du musst ihn auf jeden Fall der Polizei zeigen und Anzeige gegen Unbekannt erstatten. Kann er irgendwie mit Regines Tod in Verbindung stehen?"
„Wie meinst du das?"
„Na, überlege doch mal. Regine wurde ermordet. Die Drohung ‚Du bist die nächste' könnte also eine Morddrohung gegen dich sein."
„Mein Gott, du meinst doch nicht etwa ...? Das hieße ja, es gibt einen Serienmörder. Aber was, bitte schön, bringt mich in Verbindung mit Regines Tod?"
„Sag du es mir, hast du einen Verdacht?"
„Entweder bin ich zu naiv oder zu unbedarft, ich habe ehrlich an sowas gar nicht gedacht. Aber jetzt, wo du es gesagt hast, da kann einem angst und bange werden."
„Du musst unbedingt die Polizei verständigen, hast du noch die Nummer von diesem Kommissar?"
„In der Schule habe ich irgendwo noch seine Visitenkarte."
„Und wo ist der Brief jetzt? Weiß noch jemand davon?"
„Ich habe ihn in meinem Schreibtisch in meinem Dienstzimmer aufbewahrt. Nur eine unserer Schulsekretärinnen, mit ihr habe ich darüber gesprochen. Ich habe fast noch im Scherz zu ihr gesagt, sie solle zur Polizei gehen, wenn mir etwas zustoßen sollte. Mir wird ganz anders."
„Hattet ihr, du und Regine, mit irgendjemandem Streit?"
„Momentan fällt mir da niemand ein. Aber du hast recht, ich werde bei der Polizei anrufen, gleich morgen, wenn ich wieder in der Schule bin."
„Wir wollten uns doch einmal privat treffen, dieses Wochenende sieht gut aus. Ich bin alleine und habe nichts vor."
„Schön, das freut mich. Soll ich uns etwas kochen? Ich würde auch gerne noch einmal mit dir ausführlicher darüber sprechen, wie es jetzt mit der

vakanten Stelle am Westendgymnasium weitergehen soll, ich meine mit der Stellvertreterstelle."

„Das habe ich dir doch schon neulich gesagt, Tiefenthaler ist der Ansicht, dass wir neu ausschreiben müssen."

„Bettina, das könnt ihr mir wirklich nicht antun. Es geht einfach nicht mehr länger. Ihr, du und Regine, habt mich damals gedrängt, dass ich mich auf die Stelle bewerben solle und nun fühle ich mich jäh von dir im Stich gelassen."

„Aber du wolltest doch unbedingt Karriere machen. Und auf eine Stelle beim Kultusministerium wolltest du dich doch nicht bewerben."

„Ja schon, was soll ich denn jeden Tag nach Wiesbaden fahren, das wäre verschwendete Lebenszeit. Eine Schulleiterstelle in Frankfurt ..."

„Ich kann dir da wirklich nicht weiterhelfen, damit musst du wohl oder übel alleine klarkommen. Tut mir leid."

„Du könntest Tiefenthaler noch einmal eindringlich den Ernst der Lage schildern."

„Erika, es geht wirklich nicht. Und jetzt möchte ich darüber nicht mehr mit dir diskutieren. Wollen wir nicht lieber irgendwo etwas essen gehen?"

„Wenn du meinen Kochkünsten nicht vertraust. Dann gehen wir eben essen."

„Ich überlege mir etwas und reserviere einen Tisch, lass dich überraschen. Aber du kannst mich ja gerne um 19.30 Uhr abholen."

„Also schön, dann komme ich morgen um halb acht zu dir."

KAPITEL 50

Im Präsidium überspielte Martin Seidel mit einem USB-Kabel die insgesamt fast 300 Fotos von seiner Nikon auf den Dienstcomputer, während sich das ganze Team um den Monitor gruppiert hatte. Sie hatten beschlossen, dass zunächst alle Personen identifiziert werden sollten, die dem Team bekannt waren. Die Fotos waren von hervorragender Qualität, Seidel verstand es, mit seiner Kamera umzugehen. Er startete nach dem Überspielen der Bilder auf den Computer eine Diashow, und Riedel hatte wie üblich die Aufgabe übernommen, eine Namensliste der Personen anzulegen, die einer von ihnen benennen konnte. Da waren zunächst Matthias Schwarz und sein Vater Herbert Schwarz, der geschiedene Mann, Tobias Kramer und Harald Langer.

„Mit Herbert Schwarz müssen wir auf jeden Fall noch einmal sprechen und ihn zur Rede stellen, ob er etwas von der Adoption gewusst hat", hielt Abbas fest.

Dann identifizierten sie vom Schulamt Werle-Reinhardt, Kraus, Dr. Schönfelder, Dr. Tschierner und Tiefenthaler, wobei nur Erstere auch mit zum Grab gegangen war. Erika Berghoff vom Westendgymnasium konnte auf der Liste festgehalten werden, dann ein Lehrer, den Abbas von der Schule her vom Sehen erkannte, ohne ihn namentlich benennen zu können. Von den Nachbarn waren ihnen Isabelle Fernandez und die Meiningers sowie die beiden Schwulen aus dem Haus bekannt, die Rollstuhlfahrerin erkannte Schulze als Dr. Winter aus der Altenwohnanlage. Holzapfel identifizierte zu ihrer aller Überraschung Dr. Falkner, die allerdings nur an der Trauerfeier teilgenommen hatte, nicht aber mit zum Grab gegangen war. Insgesamt waren 87 verschiedene Personen bildlich festgehalten.

„Ich schlage vor, dass wir alle Fotos auf ein iPad spielen und dann die Schulleiterin befragen, wer zum Westendgymnasium gehört, und die Bilder entweder der Werle-Reinhardt oder dem Personalratsvertreter zeigen, um herauszubekommen, wer aus dem Schulamt dabei war. In diesem Moment klingelte das Telefon und Schulze ging zum Schreibtisch, um den Anruf entgegen zu nehmen, intuitiv drückte er die Taste für den Lautsprecher.

„Guten Tag, hier ist Dr. Winter, bin ich richtig bei der Mordkommission?"

„Hallo, Frau Dr. Winter, das ist aber eine Überraschung, wie kann ich Ihnen weiterhelfen. Hier ist Bernhard Schulze, wir kennen uns doch."

„Ja natürlich, ich erinnere mich, Sie waren bei mir. Und Sie haben mir freundlicherweise Ihre Karte da gelassen, für den Fall, dass mir noch etwas einfällt."
„Und, ist Ihnen denn noch etwas eingefallen?"
„Sie haben ja vorhin bemerkt, dass ich mit meinem Rollstuhl an der Trauerfeier teilgenommen habe. Ich kannte Frau Schwarz nicht sehr gut, aber irgendwie war es mir doch ein Bedürfnis, wo sie auf so tragische Weise viel zu früh aus dem Leben gehen musste, dass ich ihr die letzte Ehre erweisen wollte."
„Ja, ich habe Sie gleich erkannt. Und jetzt ist Ihnen noch etwas eingefallen, was uns weiterhelfen könnte?"
„Vielleicht, Herr Kommissar. Ich glaube, ich habe bei der Beerdigung die Frau mit dem geblümten Kleid wiedergesehen. Erinnern Sie sich, die Frau, die auf der Flusskrebsbrücke gestanden hat an jenem Mordtag. Hundert Prozent sicher bin ich mir nicht, weil ja fast alle dunkle Trauerkleidung trugen, aber das Gesicht und der Habitus kamen mir bekannt vor."
Alle schauten sich gegenseitig an und konnten kaum fassen, was sie da gerade gehört hatten.
„Frau Dr. Winter, das ist in der Tat eine wichtige Beobachtung, die Sie gemacht haben. Würden Sie denn diese Frau auf einem Foto wiedererkennen?"
„Ich glaube schon. Haben Sie denn die Leute fotografiert, ich habe gar nichts bemerkt von einem Fotografen?"
„Das war auch unsere Absicht, Frau Dr. Winter. Aber mein Kollege hat in der Tat alle Personen, die an der Trauerfeier teilgenommen haben, mit einer Kamera aufgenommen. Was halten Sie davon, wenn wir zu Ihnen kommen und ihnen auf einem Tablet die Fotos zeigen? Das wäre einfacher für Sie, als wenn Sie sich zu uns herbemühen müssten."
„Ich glaube, das könnte ich machen, aber nicht mehr heute. Irgendwie hat mich das alles zu sehr angestrengt und ich möchte früh zu Bett gehen."
„Was halten Sie von morgen früh so gegen 10.00 Uhr?"
„Das lässt sich einrichten, ich stehe zeitig auf und dann habe ich auch bereits gefrühstückt."
„Also, dann werden mein Kollege und ich morgen zu Ihnen kommen. Ich danke Ihnen ganz herzlich für Ihren wichtigen Anruf."
„Gerne, also bis morgen." Damit wurde das Gespräch beendet.
„Das wäre ja in der Tat ein Durchbruch", stellte Abbas fest.

„Ich könnte mein iPad morgen mitbringen und die Fotos überspielen und anschließend mit Seidel zusammen zum Westhafen fahren“, schlug Schulze vor.
„Birgit und ich fahren dann zum Westendgymnasium und zeigen die Fotos der Schulleiterin. Wenn ihr sowieso am Westhafen seid, dann könntet ihr auch anschließend direkt noch zum Staatlichen Schulamt fahren“, legte Abbas fest. „Ich bringe ebenfalls mein Tablet mit. Und du, Sabine, wirst uns die Fotos hier ausdrucken und gruppieren.“
Damit endete für alle ein ereignisreicher Arbeitstag, niemand ahnte zu diesem Zeitpunkt, dass der kommende Tag noch ereignisreicher verlaufen würde.

KAPITEL 51

Nachdem Schulze die Fotos auf sein Tablett überspielt hatte, fuhren er und Seidel zusammen zur Altenwohnanlage im Westhafen. Sie meldeten sich beim Pförtner an, der jedoch vergeblich versuchte, Dr. Winter zu erreichen. Als der Kriminalbeamte ihm mitteilte, dass sie eine Verabredung mit der alten Dame hatten, wurde der jedoch zunehmend unruhiger. Er probierte es noch zwei weitere Male, dann legte er auf und wählte eine andere Nummer und die Beamten hörten, wie er offenbar mit jemandem von der Heimleitung sprach: „Ja, sie meldet sich nicht, das Haus hat sie definitiv heute Morgen nicht verlassen. Die Polizei sagt, dass die Beamten eine Verabredung für 10.00 Uhr hätten.“ Nach einer kürzeren Pause beendete er das Telefonat mit den Worten: „In Ordnung, vielen Dank, ich gebe die Information weiter.“

Dann wandte er sich Seidel und Schulze zu: „Einen Moment, es kommt jemand mit einem Schlüssel. Wir haben einen, falls jemand den häuslichen Notruf betätigt oder wie jetzt nicht auf Klingeln beziehungsweise das Telefon reagiert.“ Kurz darauf kam eine junge Frau mit einem Schlüssel in der Hand in die Eingangshalle: „Guten Tag, ich bin Martina Winkler von der Heimleitung. Sie wollen zu Frau Dr. Winter?“

„Ja, Schulze ist mein Name und das ist mein Kollege Seidel. Wir hatten gestern telefonisch mit Frau Dr. Winter ausgemacht, dass wir heute Morgen zu ihr kommen, damit sie anhand eines Fotos eine Person identifiziert, von der sie uns gestern am Telefon sagte, dass sie diese gesehen habe.“

„Kommen Sie bitte mit, wir fahren am besten gleich nach oben. Es ist sehr ungewöhnlich, dass sie nicht reagiert. Dr. Winter ist zwar im Rollstuhl, aber geistig noch absolut in Höchstform. Ich halte es für ausgeschlossen, dass sie noch schläft, wenn sie mit Ihnen einen Termin hatte.“

An der Wohnungstüre klingelte Frau Winkler, klopfte mit der Hand gegen die Türe und rief: „Hallo, Frau Dr. Winter, hören Sie mich? Machen Sie bitte auf.“

Als immer noch keine Reaktion erfolgte, schloss sie die Wohnungstüre auf und die drei betraten die Wohnung. Das Wohnzimmer war leer, daher gingen sie weiter bis zum Schlafzimmer. Die alte Dame lag in ihrem Bett, ihr Mund stand offen, ihre Augen waren starr zur Decke gerichtet. Frau Winkler fühlte den Puls, aber der Körper war bereits kalt und kein Lebenszeichen war mehr erkennbar.

„Ich würde sagen, Herzinfarkt", sagte die Heimangestellte, griff dann nach dem Telefon, das neben dem Bett auf dem Nachttisch stand, und wählte eine Nummer.

„Dr. Singh, bitte kommen Sie in die Wohnung von Frau Dr. Winter, wir haben einen Todesfall."

Seidel und Schulze waren fassungslos. Das konnte irgendwie nicht wahr sein. Gestern waren sie zuversichtlich, dass die Beobachtung der alten Dame ihnen einen entscheidenden Durchbruch verschaffen würde, und nun war sie tot. Die beiden sahen sich im Zimmer um, nirgends lag eine Notiz, nirgends gab es auch nur die geringste Spur einer Fremdeinwirkung. Anscheinend war die betagte Seniorin einfach friedlich in der Nacht eingeschlafen. Eigentlich ein Tod, wie ihn sich jeder für sich gerne wünschte, aber der Zeitpunkt hätte für die Ermittlungen nicht unpassender sein können.

„Das war es dann wohl", stellte Seidel fest und sie beschlossen, ohne eine Aussage zum Schulamt zu fahren. Während er mit dem Handy Abbas über die neueste Entwicklung in Kenntnis setzte, klingelte es an der Wohnungstüre und Dr. Singh kam. Seine Untersuchung bestätigte die Vermutung von Frau Winkler. Die alte Dame war an einem Herzstillstand in der Nacht gestorben.

Auf dem Schulamt war der Leiter, Herr Tiefenthaler, außer Haus, sodass sie mit der Dezernentin Werle-Reinhardt sprechen mussten. Als Schulze ihr die Fotos der Beerdigung auf seinem iPad zeigte, war sie zunächst etwas befremdet darüber, dass die Polizei so einfach Fotos auf einer Trauerfeier anfertigen durfte. Aber die Beamten versicherten ihr, dass die Fotos gerichtlich nicht verwendet werden durften, sondern lediglich dazu dienten, den Personenkreis zu identifizieren. Bettina Werle-Reinhardt benannte insgesamt zwölf Personen namentlich, die aus dem Staatlichen Schulamt während der Trauerfeier anwesend waren. Darüber hinaus konnte sie zumindest noch weitere neun Frauen dahin gehend eingrenzen, dass es sich entweder um Teilnehmerinnen aus dem Förderprogramm von Regine Schwarz oder aber um Frauen- und Gleichstellungsbeauftragte an örtlichen Schulen handelte. Damit waren der Polizei inzwischen vierzig Prozent der Anwesenden in irgendeiner Weise bekannt und einer bestimmten Personengruppe zuzuordnen. Interessant war, was sie zu Dr. Falkner zu sagen hatte: „Ich erinnere mich noch sehr gut an diese Bewerberin. Denn ich war als zuständige Dezernentin damals mit der Stellenbesetzung befasst. Eine hoch qualifizierte Lehrkraft, ohne jeden Zweifel, aber für die ausgeschriebene Stelle war sie definitiv die falsche Person. Das wiederum wollte sie überhaupt nicht einsehen und hat sogar eine Konkurrentenklage angestrebt, mit dem Ergebnis, dass die Stelle für Monate nicht besetzt werden konnte. Das Verwaltungsgericht hat aber die Klage als unberechtigt zurückgewiesen. Berufung hat sie dann wohl nicht mehr eingelegt."

„Halten Sie es für möglich, dass man ihr aus Verärgerung einen Mord zutrauen könnte?", fragte Schulze nach.

„Herr Kommissar, ich kenne die Frau so gut nun auch wieder nicht, ich weiß nichts über ihre Persönlichkeit oder ihren Charakter. Das, was Sie da unterstellen, ist eine schwerwiegende Beschuldigung. Ich werde mich hüten, einen so gravierenden und weit reichenden Verdacht auch nur zu äußern. Sie war definitiv sehr verärgert und auch uneinsichtig, soweit ich mich erinnere. Aber glauben Sie denn wirklich, dass jemand aus diesem Grunde Frau Schwarz umbringen würde, zumal sie ja niemals alleine die entscheidende Ablehnung ausgesprochen hat?"

„Es war nur eine spontane Eingebung. Aber wir waren schon überrascht, sie auf der Beerdigung zu sehen."

„Vielleicht hat sie nachträglich eingesehen, dass ihr Verhalten damals falsch war, und wollte jetzt sozusagen die letzte Gelegenheit nutzen, ihr Fehlverhalten zu korrigieren, indem sie Frau Schwarz die letzte Ehre erwiesen hat? Gehört sie denn zu den Verdächtigen?"

„Darüber kann ich Ihnen nichts sagen, das werden Sie sicher verstehen. Aber manchmal ist es so, dass ein Täter sozusagen bei der Beerdigung ein zweites Mal so eine Art innere Befriedigung erhält. Bedenken Sie, es war kein Zufallsmord oder eine Tötung im Affekt!"

Die Dezernentin scrollte ein letztes Mal durch die Fotos, verweilte dann aber einen Augenblick bei einem Foto, das eine Frau mit Sonnenbrille zeigte. Seidel fragte: „Kommt Ihnen diese Person irgendwie bekannt vor?"

„Ich bin mir nicht sicher, also irgendwie schon, leider kann ich das Gesicht nicht einordnen. Aber ich muss Sie jetzt leider bitten, zu gehen. Meine Zeit ist begrenzt und ich habe gleich einen wichtigen Termin."

„Wir sind auch schon fertig. Danke für die identifizierten Personen, Frau Werle-Reinhardt." Damit verabschiedeten sich Schulze und Seidel und machten sich auf den Weg zum Präsidium.

KAPITEL 52

Im Westendgymnasium gingen Abbas und Holzapfel direkt zum Sekretariat, denn sie kannten den Weg inzwischen schon. Frau Trampe erinnerte sich an die beiden Beamten, als sie das Büro durch die Türe mit der Milchglasscheibe betraten.

„Guten Morgen! Sie wollen sicher zu Frau Berghoff", begrüßte die Sekretärin sie und unterbrach ihre Arbeit am Computer, um in das Nachbarzimmer zu gehen und die Kriminalpolizei bei der Direktorin anzumelden. Frau Mechler war gerade am Telefon, grüßte aber mit einem Lächeln und Handzeichen ebenfalls freundlich. Unmittelbar nach der Ankündigung der Besucher stand Frau Berghoff neben Frau Trampe in der Tür und bat die Beamten zu sich herein, um anschließend die Türe hinter ihnen zu schließen.

„Guten Morgen, gut, dass Sie kommen, ich hätte sowieso bei Ihnen angerufen."

Abbas und Holzapfel schauten sich überrascht an.

„Bitte setzen Sie sich", wies sie die Beamten an und ging zu ihrem Schreibtisch, um etwas aus ihrer Schreibtischschublade zu holen. Dann setzte sie sich ihnen gegenüber an den Besprechungstisch.

„Warum wollten Sie mich anrufen?", fragte Abbas.

„Deswegen", antwortete sie und legte die Klarsichthülle mit dem Briefumschlag und dem anonymen Brief vor ihnen auf den Tisch.

„Wann haben Sie das bekommen?", wollte Abbas wissen, als er einen Blick daraufgeworfen hatte.

„Am Dienstag mit der Dienstpost."

„Und da wollten Sie uns erst jetzt informieren?", reagierte Abbas ungläubig.

„Ich muss gestehen, dass ich das Ganze zunächst für einen Scherz der Abiturienten gehalten habe. Aber nachdem ich gestern nach der Beerdigung noch mit Frau Werle-Reinhardt gesprochen hatte und ihr davon erzählte, bestärkte sie mich darin, dass ich doch die Kriminalpolizei informieren sollte."

„Allerdings", schaltete sich Holzapfel ein.

„Haben Sie einen Verdacht, wer Ihnen diesen Brief geschickt haben könnte?", fragte Abbas.

„Nein, außer dass ich zunächst an einen Abi-Streich dachte. Denken Sie, der Brief hat einen ernsten Hintergrund? Hat er etwas mit dem Tod von Frau Schwarz zu tun?“
Abbas wunderte sich, dass sie auf einmal einen Bezug zu Regine Schwarz herstellte, während sie vorher an einen Schülerstreich geglaubt hatte.
„Auf jeden Fall werden wir ihn mitnehmen und im Labor kriminaltechnisch untersuchen lassen. Wer hat ihn angefasst?“
„Den Umschlag Frau Trampe und sicherlich auch andere auf der Poststelle, ich natürlich, als ich ihn aufmachte, aber den eigentlichen Briefbogen hatte nur ich in der Hand.“
„Dann dürften nur Ihre Fingerabdrücke auf dem Bogen sein und eventuell die des Verfassers, was ich aber nicht glaube. Sie müssten sich leider gleich nächste Woche zu uns ins Präsidium bemühen, damit wir Ihre Fingerabdrücke für einen Vergleich nehmen können.“
„Haben Sie keinen Verdacht, egal in welche Richtung, abgesehen davon, dass es sich um einen Schülerstreich handeln könnte?“, hakte Holzapfel nach. „Du bist die Nächste. Wobei könnten Sie die Nächste sein? Wieso sehen Sie einen Bezug zum Tod von Frau Schwarz?“
„Sie sehen mich ratlos, ich weiß es auch nicht. Aber eben, da kam mir spontan der Gedanke, dass der Satz etwas mit Regines Tod zu tun haben könnte. Es war wie eine Eingebung, ich kann es nicht begründen. Ein Bauchgefühl.“
„Wenn der Brief tatsächlich etwas mit dem Tod von Frau Schwarz zu tun hat, dann wirft das ein völlig anderes Licht auf den Fall und wir müssen unter Umständen in eine ganz andere Richtung ermitteln“, klärte Abbas die Direktorin auf. „Dann wäre dieser Satz eine Morddrohung.“
„Eine Morddrohung? Gegen mich? Aber ...“ Sie beendete den Satz nicht.
„Wenn es so wäre, dann gäbe es jemanden, der ein Motiv hätte, sowohl Frau Schwarz als auch Sie zu töten. Andererseits, warum sollte jemand sie warnen?“, entgegnete Abbas.
Sie stellte eine Gegenfrage: „Wissen Sie sicher, ob Frau Schwarz keine Morddrohung erhalten hat?“
„In Ihrer Wohnung gab es keinerlei Hinweise“, stellte Abbas klar, „und ganz sicher hätte sie ihrem Freund, Harald Langer, davon erzählt.“
„Könnte es nicht auch sein, dass jemand mir einfach nur Angst machen will, dass es sich nicht vielleicht doch um einen dummen Streich handelt?“

„Ausschließen können wir zur Zeit gar nichts. Fällt Ihnen spontan jemand ein, mit dem Sie beide einmal Ärger hatten? Gibt es in Ihrer gemeinsamen Vergangenheit vielleicht jemanden, denken Sie einmal nach. Sie sagten doch, dass Sie schon sehr lange befreundet waren", mischte sich Holzapfel ein.
„Nein, im Augenblick wirklich nicht."
„Wir werden das anonyme Schreiben untersuchen, vielleicht ergibt sich daraus etwas? Und wenn Ihnen doch noch etwas einfällt, dann wissen Sie ja, wie Sie uns jederzeit erreichen können. Sie sollten dennoch die nächsten Tage etwas vorsichtig sein."
„Aber Sie sind ja nicht hergekommen, um meine Anzeige gegen unbekannt entgegenzunehmen. Was führt Sie beide zu mir?"
„Frau Berghoff, wir haben aus Gründen, die ich jetzt nicht erläutern möchte, alle Besucher der Trauerfreier fotografiert und sind dabei, so viele Menschen wie möglich namentlich oder zumindest von ihrem Umfeld her zu identifizieren. Ich werde Ihnen jetzt auf dem iPad Aufnahmen der Trauergäste zeigen und Sie sagen mir bitte, wen davon Sie namentlich oder vom Sehen her kennen."
Holzapfel holte das Tablet aus ihrer Tasche, öffnete den Ordner mit Fotos und reichte es der Direktorin, damit sie die Fotos durchblättern konnte. Frau Berghoff benannte acht Lehrkräfte des Westendgymnasiums und den größten Teil der Mitarbeiter des Staatlichen Schulamtes, außerdem Harald Langer, den Neffen Matthias Schwarz und den geschiedenen Mann, Tobias Kramer. Als sie die Fotos fast ganz durchgesehen hatte, stutzte sie bei einer Aufnahme.
„Diese Frau hier, sie kommt mir irgendwie bekannt vor, ich kann die Person aber überhaupt nicht zuordnen, definitiv nicht vom Westendgymnasium und im Schulamt habe ich sie auch noch nie gesehen. Schade, dass sie eine Sonnenbrille trägt und man ihre Augen nicht sehen kann."
Holzapfel und Abbas schauten sich gegenseitig an. Bei der ersten Durchsicht der Fotos hatten beide übersehen, dass die abgelichtete Frau eine Sonnenbrille trug. Ansonsten trug sie ein schlichtes, schwarzes Kleid; sie war schlank und zwischen vierzig und fünfzig Jahre alt, was schwer einzuschätzen war, da die große Sonnenbrille die Augenpartie komplett verdeckte. Weder Abbas noch Holzapfel erinnerten sich daran, dass ihnen in der Trauerhalle selbst eine Frau aufgefallen war, die eine Sonnenbrille getragen hatte.

„Frau Berghoff, diese Frau kommt Ihnen also bekannt vor, können Sie irgendwie sagen, woher Sie sie zu kennen glauben?“, fragte Abbas.
„Nein, ich weiß, ich habe sie schon einmal gesehen, das ist länger her, aber momentan kann ich weder den Kontext noch einen Namen benennen.“
Die Kriminalbeamten verabschiedeten sich, nicht ohne noch einmal zu allgemeiner Vorsicht zu mahnen. Erika Berghoff wirkte erstaunlich ruhig, als sie ihr Dienstzimmer verließen.
„Was hältst du von der ganzen Geschichte?“, fragte Abbas seine Kollegin.
„Also, spontan sieht der anonyme Brief wirklich aus wie eine Morddrohung, wenn der Absender vom Tod der Schwarz weiß und außerdem Kenntnis davon hat, dass die beiden Frauen miteinander befreundet waren. Aber warum dann die Warnung? Es ist definitiv keine Erpressung, keine Forderung, sondern einfach ein schlichter Satz, der nur zu einer Bedrohung wird, wenn man den Kontext genau kennt.“
„Und wenn er wirklich einen Mord plant, warum macht er sich dann die Sache unnötig dadurch schwerer, dass er sein Opfer vorher warnt?“
„Andererseits, wenn er die Schwarz kannte und offensichtlich auch die Berghoff, könnte es ihm vielleicht zusätzliche Befriedigung geben, wenn er sie in Angst und Schrecken weiß.“
„Was ist mit dieser Frau mit der Sonnenbrille?“
„Daran habe ich auch schon gedacht. Die Frau aus der Altenwohnanlage hat ja eine Frau beobachtet.“
„Die Unbekannte im geblümten Kleid“, brachte es Abbas auf den Punkt.
„Definitiv hat die Berghoff Frau Dr. Falkner nicht identifiziert. Haben wir es jetzt möglicherweise mit zwei verschiedenen unbekannten Frauen zu tun?“
„Aber da kommt mir gerade noch ein ganz anderer Gedanke“, sagte Abbas und fabulierte: „Nehmen wir einmal an, unser Täter hat möglicherweise einen Mitwisser, jemand, der von dem Mord weiß oder ihn zumindest vermutet und damit rechnet, dass er auch den Tod der Direktorin plant. Er will den Täter nicht verraten, aus welchen Gründen auch immer, hat aber gleichzeitig ein schlechtes Gewissen und hat deshalb das vermeintlich nächste Opfer anonym gewarnt.“

KAPITEL 53

Detlef Sommer hatte eine Stunde auf dem Crosstrainer im Sportstudio zugebracht und den Entschluss gefasst, für einen Saunagang den Wellnessbereich des Hilton aufzusuchen. Es war am frühen Freitagmittag, sodass sich dort nur wenige Leute aufhielten. Außerdem war der Saunabereich im Sommer generell nicht so gut frequentiert, wie das in der kälteren Jahreszeit der Fall war. Als er nach einer gründlichen Dusche eine der beiden Trockensaunen betrat, saß dort nur ein Mann, der aber sofort seine Aufmerksamkeit erregte: dunkle Haare, ein kurz geschnittener Vollbart, definierte, behaarte Brust, Ende zwanzig. Sommer erkannte in ihm trotz der schummrigen Saunabeleuchtung Matthias Schwarz, den Mann, der ihm bei der Trauerfeier schon aufgefallen war.

Der schaute auch interessiert zu ihm auf, als Sommer durch die gläserne Türe die Trockensauna betreten und sich auf die oberste Sitzfläche niedergelassen hatte. Immer wieder musste Sommer zu diesem gut aussehenden Mann hinüberschielen, aber er konnte auch registrieren, dass der ebenfalls öfter zu ihm blickte. Auf seiner imaginären Skala von eins bis zehn würde er ihm mindestens eine Acht oder Neun zubilligen.

Plötzlich schaute Schwarz wieder länger zu ihm und sagte unvermittelt: „Kann es sein, dass wir uns kennen, dass wir uns schon einmal begegnet sind?“

„Ich habe gerade dasselbe gedacht, und falls Sie zufällig Matthias heißen, dann sind wir uns in der Tat kürzlich begegnet, allerdings an einem weniger erfreulichen Ort.“

„Sie meinen bei der Trauerfeier meiner Tante?“

„Also hat mich mein Gedächtnis doch nicht im Stich gelassen und ich dachte gleich beim Hereinkommen, dass wir uns dort gesehen haben.“

Nun konnten sich beide ohne Umschweife gegenseitig ins Gesicht schauen und Schwarz lächelte so freundlich, fast anmachend, dass es Sommer fast die Sprache verschlug. War Matthias Schwarz am Ende gar ein junger Mann, der auf Daddys stand?

„Ich heiße übrigens Detlef. Nomen est omen.“

„Es geht doch nichts über ein Klischee.“

Dann war das also zwischen ihnen beiden geklärt. Sommer hatte sich früher öfter darüber geärgert, dass seine Eltern ihm ausgerechnet diesen Vornamen gegeben hatten, entsprach er doch in gewisser Weise dem

Vorurteil, dass die meisten Schwulen Friseure waren und mit Vornamen Detlef heißen. Aber das hatten seine Eltern bei seiner Geburt wohl kaum wissen können.

„Wie geht es dir jetzt?"

Sie waren zum Du übergegangen, da dies immer noch allgemein in einschlägigen Kreisen so üblich war, auch wenn Sommer langsam in ein Alter kam, in dem er doch von jüngeren Schwulen gesiezt wurde.

„Eigentlich ganz gut, aber im Augenblick habe ich ganz andere Sorgen. Die Polizei verdächtigt mich nämlich."

Sommer wunderte sich etwas über die Vertraulichkeit, die so schnell zwischen ihnen beiden entstanden war, aber in der Vergangenheit hatte er schon öfter die Erfahrung machen können, dass er offenbar gegenüber jüngeren Schwulen eine gewisse Vertrauenswürdigkeit ausstrahlte.

„Verdächtigt?"

„Ja, meine Tante war reich, ziemlich reich sogar, und jetzt denkt die Kripo, dass ich sie deswegen umgebracht habe, weil ich durch die Erbschaft meinen angeblich exklusiven Lebenswandel finanzieren kann. Dabei bin ich eigentlich nur Student und mache gerade meinen Master in Humanbiologie."

„Und wieso exklusiver Lebenswandel?"

„Sie haben festgestellt, dass meine Ausgaben nicht so ganz mit meinen Einnahmen übereinstimmen. Das ist schon richtig, ich bin ganz ehrlich, ich bekomme von Zeit zu Zeit, sagen wir mal, eine kleine Zuwendung durch meinen Nebenverdienst."

„Nebenverdienst?"

„Eigentlich haben ich einen Hiwi-Job an der Uni. Aber nebenbei verdiene ich mir noch was dazu, ich treffe mich gelegentlich mit sympathischen reiferen Herrn, wir haben beide unseren Spaß und ich bekomme dafür eine kleine finanzielle Entlohnung. Aber ich bin kein Stricher, falls du das jetzt denkst."

„Arbeitest du als Escort?"

„Könnte man so sagen, aber nur mit einem ausgewählten Kundenstamm, ich arbeite für keine Agentur oder so, nur durch Mundpropaganda und Empfehlung, und ich mache nur etwas, wenn mir der Mann auch sympathisch ist und die Chemie stimmt."

„Was zwei Erwachsene freiwillig miteinander im Bett machen, geht sonst niemanden etwas an."

„Gute Einstellung, die hat nicht jeder. Hast du schon mal etwas mit ...“
„Nein, erstens sehe ich zum Glück noch nicht so hässlich aus, dass ich für Sex bezahlen müsste und zweitens habe ich einen Ehemann.“
„Oh. Du bist also vergeben. Mit einem Mann wie dir würde ich es auch ohne Bezahlung machen, rein zum Spaß.“
Zum Glück konnte Schwarz nicht sehen, wie Sommer leicht rot wurde ob des Kompliments, das er gerade bekommen hatte. Er fühlte sich sehr geschmeichelt und, wenn er ehrlich zu sich selbst war, hätte er vielleicht das Angebot durchaus auch angenommen, falls sich die Gelegenheit ergäbe. Ehe aber das Gespräch weiter in eine einschlägige Anmache übergehen konnte, wechselte er doch schnell das Thema.
„Was den Verdacht der Polizei angeht, da sollte die lieber mal im beruflichen Umfeld deiner Tante nach einem Motiv suchen.“
„Inwiefern, wie meinst du das? Kanntest du meine Tante denn?“
„Kennen ist zu viel gesagt, ich hatte gelegentlich beruflich mit ihr zu tun. Sie hatte durchaus eine Art, die nicht jedem gefallen hat. Du solltest vielleicht der Kripo mal den Hinweis geben, beim Staatlichen Schulamt nach einem Motiv zu suchen, es könnte da sicherlich den einen oder anderen geben, dem sie die Karriere versaut hat.“
„Wie meinst du das?“
„Dazu kann ich dir konkret nichts sagen, das unterliegt der Verschwiegenheit, aber du solltest dir auf jeden Fall einen Anwalt nehmen, und der sollte einmal etwas im Schulamt nachbohren, da würde er sicherlich auf den einen oder anderen stoßen, der nicht so gut auf deine Tante zu sprechen ist.“
Langsam wurde die Hitze unerträglich und schweißtriefend verließen sie die Saunakabine. Sommer sprang unter die kalte Dusche, um dann anschließend in das eiskalte Tauchbecken zu steigen. Schwarz suchte nach einer Dusche den Whirlpool auf und lächelte einladend zu Sommer hinüber. Aber das erschien ihm etwas zu heikel, konnte es doch sein, dass sie sich unter dem brodelnden Wasser zufällig berührt hätten, mit unerwarteten, körperlichen Reaktionen, die man hätte nicht so leicht verbergen können. Schließlich war dies ein öffentlicher Wellnessbereich eines noblen Hotels und Fitness-Studios und keine Sauna explizit für Schule..
„Ich mache mich dann mal auf den Weg, ich muss noch fürs Wochenende einkaufen“, wollte er sich verabschieden.

„Wollen wir unsere Handynummern austauschen?“, schlug Schwarz vor.
„Von mir aus.“
„Dann warte kurz in der Umkleide, ich komme gleich nach und gebe sie dir.“
Gesagt, getan. Und so tauschten sie beide ihre Handynummern, mit allen Optionen, die sich theoretisch möglicherweise daraus ergeben könnten.
„Bist du eigentlich auch auf den blauen Seiten?“, erkundigte sich Schwarz.
„Ja, aber eigentlich suche ich da keine Dates, sondern halte nur den Kontakt zu meinen früheren Bekannten.“
„Das glaube ich dir jetzt aber nicht. Wie ist dein Nick dort?“
„Das finde mal schön selbst heraus. Hast du denn dort ein Escort-Profil?“
„Um Himmels Willen, nein, ich sagte doch, dass ich mir meine Bekanntschaften aussuche, ich kenne einige Männer, die sozusagen so eine Art Stammkundschaft darstellen. Außerdem vergiss nicht, es ist nur eine willkommene Nebeneinnahme. In Wahrheit bin ich ein braver Student und habe sogar einen Hiwi-Job an der Uni. Ich mache grundsätzlich nur etwas mit jemandem, mit dem es mir auch ohne finanzielle Zuwendung Spaß machen würde.“

KAPITEL 54

Schulze war gerade auf dem Weg zur Cafeteria, als sein Handy klingelte, die Nummer war ihm nicht bekannt, darum meldete er sich ganz formell mit „Bernhard Schulze“.

„Isabelle Fernandez hier.“

Er war einen Moment ganz sprachlos und musste sich erst einmal sammeln.

„Das ist aber eine freudige Überraschung. Ich hatte schon gar nicht mehr mit deinem Anruf gerechnet, aber insgeheim immer noch gehofft, dass du dich doch noch einmal melden würdest.“

„Ich hatte sehr viel zu tun, und auf der Beerdigung ergab sich keine Gelegenheit.“

„Und wie komme ich nun zu der Ehre deines Anrufes?“

„Du hast mich doch damals, als wir uns das erste Mal unterhalten haben, gleich nach Regines Tod, gefragt, ob mir etwas aufgefallen ist.“

„Ja, das ist richtig.“

„Ich weiß nicht, ob es von Wichtigkeit ist, aber mir ist etwas eingefallen. Ich bin an dem Freitag erst kurz vor dem Feueralarm nach Hause gekommen.“

„Das sagtest du, und dann bist du gleich mit dem Aufzug nach oben gefahren.“

„In der Tiefgarage war jemand. Ich bin mir jetzt ziemlich sicher. Als ich mit meinem Wagen hineingefahren bin, da habe ich nur einen kurzen Moment eine Gestalt gesehen, die sich schnell hinter einer Betonsäule, die zwischen den einzelnen Stellplätzen ist, versteckt hat.“

„Konntest du etwas erkennen?“

„Ich bin mir nicht zu hundert Prozent sicher, aber ich glaube, es war eine Frau. Ihr Gesicht kam mir irgendwie bekannt vor. Als ich ausstieg und zum Aufzug ging, habe ich niemanden mehr gesehen und ich dachte, ich habe mich wohl getäuscht. Darum habe ich es auch gleich wieder vergessen.“

„Und warum fällt dir das jetzt wieder ein?“

„Gestern Abend war ich mit dem Auto in der Innenstadt und habe im Parkhaus an der Hauptwache geparkt. Als ich später zum Wagen zurückkam, da hatte ich plötzlich das Gefühl, dass ich nicht allein war. Ich habe mich umgedreht, zuerst niemanden gesehen, dann aber sah ich einen Schatten an der Betonwand. Mir blieb fast das Herz stehen und ich bin schneller gegangen, um zu meinem Auto zu kommen. Ich bin schnell eingestiegen und habe die Türe von innen verriegelt. Es war dann alles ganz harmlos. Ein Mann stieg in sein Auto und ist weggefahren. Aber in diesem Augenblick habe ich mich wieder daran erinnert, dass ich in unserer eigenen Tiefgarage schon einmal so etwas Ähnliches erlebt hatte."

„Das ist in der Tat ein wichtiger Hinweis. Eine andere Zeugin hat gesehen, dass eine Frau sehr lange euer Haus von der Fußgängerbrücke aus beobachtet hat. Leider kann die Zeugin sie nicht mehr identifizieren."

„Wer war sie?"

„Eine ältere Dame aus der Altenwohnanlage bei euch gegenüber, sie saß im Rollstuhl."

„Ich kenne sie vom Sehen."

„Und warum kann sie euch nicht mehr helfen."

„Weil sie tot ist."

„Heilige Muttergottes! Was ist passiert?"

„Sie ist gestorben, ganz friedlich im Schlaf. Herzstillstand."

„Eigentlich ein schöner Tod, wenn man es so sieht. Sie hatte ein erfülltes Leben."

„Leider für uns im unpassenden Moment. Sie hatte uns nämlich mitgeteilt, dass sie diese Frau auf der Beerdigung wiedergesehen hat."

„Dann hat sie euch eine Beschreibung gegeben."

„Eben nicht. Wir haben alle Leute, die auf dem Friedhof bei der Urnenbeisetzung waren, fotografiert. Wir wollten ihr die Fotos zeigen und sind sogar extra zu ihr hingefahren, damit sie nicht mit dem Rollstuhl zu uns ins Präsidium kommen muss. Hätte sie auf dem Foto die Frau wiedererkannt, wären wir jetzt einen ganzen Schritt weiter."

„Ihr habt alle fotografiert, mich auch?"

„Ja, dich auch."

„Kann man die Fotos sehen?"

Schulze überlegte einen Moment und beschloss dann, die ihm unerwartet gebotene Gelegenheit zu ergreifen.

„Wir könnten uns treffen und ich könnte dir die Bilder auf meinem iPad zeigen. Vielleicht erkennst du ja noch andere Personen? Wie wäre es, die Bilder bei einem gemeinsamen Essen anzuschauen?"

Einen Moment lang herrschte Stille, doch dann antwortete Fernandez zu seiner Überraschung: „In Ordnung, hast du morgen Abend Zeit? Bei uns gibt es in der Nähe einen Italiener, direkt am Westhafenplatz. Dort um 20.00 Uhr?"

„Abgemacht. Ich freue mich."

„Also bis morgen."

Dann legte sie auf, und Schulze war außer sich vor Freude. So unerwartet der Anruf gekommen war, weil er auch noch damit endete, dass er ein gemeinsames Abendessen mit dieser tollen Frau haben würde, das überstieg fast sein Vorstellungsvermögen. Seine Laune machte einen Quantensprung nach oben, wie gut, dass er an diesem Wochenende noch nichts Konkretes geplant hatte.

Als er gut gelaunt in seine Abteilung zurückkehrte, waren alle anderen schon im Besprechungszimmer und schienen auf ihn zu warten. Er entschuldigte sich, obwohl er nicht unpünktlich war.

Abbas begann mit seinem Bericht, während Riedel die wichtigsten Fakten wieder an der Informationswand festhielt. Der anonyme Brief war im Labor zur Untersuchung, sie ergänzte unter Erika Berghoffs Namen den neuen Faktenstand. Da sie inzwischen alle Fotos ausgedruckt hatte, heftete sie die Aufnahme der Frau mit der Sonnenbrille an die Wand und brachte den Hinweis an: Unbekannte Frau, vielleicht die Frau im geblümten Kleid?

Schulze und Seidel hatten zuvor schon allen mitgeteilt, dass Frau Dr. Winter verstorben war und sie also keinen mehr anhand der Fotos identifizieren konnte. Aber immerhin hatten sie jetzt dank der verschiedenen Aussagen zu den Fotos von gut der Hälfte der Personen die Namen ermittelt. Zumindest die Repräsentanten der Schulbehörde, Lehrkräfte, Familie und Freunde waren den Bildern zugeordnet. Riedel gruppierte die Informationen zur Frau im geblümten Kleid an der Wand neu. Sie brachte ein Foto von Dr. Falkner an, ebenso eines von der Frau mit der Sonnenbrille. Darunter schrieb sie: Weibliche Person in der Tiefgarage, nachdem Schulze allen von seinem kurzen Telefonat mit Isabelle Fernandez erzählt hatte. War sie etwa die Frau im geblümten Kleid oder identisch mit der „Sonnenbrillenfrau"? Einerseits war die wahre Identität dieser ominösen Frau wirklich noch nicht bekannt, andererseits gab es jetzt zumindest vorläufig zwei Anwärterinnen für ihre Identität: Dr. Falkner und die Frau mit der Sonnenbrille.

Abbas fasste zusammen: „Nach allem, was wir bisher wissen, scheint es mir so zu sein, dass wir Matthias Schwarz vorläufig als Täter ausschließen können und uns bei unseren weiteren Ermittlungen auf eine Täterin konzentrieren sollten. Wir müssen das Alibi von Dr. Falkner überprüfen und wir brauchen von ihr auf jeden Fall eine DNA-Probe. Die können wir dann mit den Spuren aus der Wohnung der Schwarz abgleichen. Von der Berghoff nehmen wir Fingerabdrücke, um sie mit denen auf dem anonymen Brief abzugleichen. Sie wird wohl im Laufe der kommenden Woche hier erscheinen und sich Abdrücke nehmen lassen. Wenn der Brief etwas mit dem Tod des ersten Opfers zu tun hat, dann müssen wir hier neu ansetzen. Es muss jemanden geben, der gegen beide Frauen einen so großen Hass hegt, dass er die eine bereits umgebracht hat und die Ermordung der anderen plant. Aber warum warnt er sie?"

„Das erscheint unsinnig, denn die Berghoff wird jetzt auf der Hut sein, er macht sich also seine Arbeit eher schwerer", wandte Seidel ein.

„Eben, aber ich hatte gerade im Auto auf der Fahrt hierher plötzlich so eine Idee. Gibt es jemanden, der von dem ersten Mord weiß und ahnt, dass es möglicherweise ein weiteres Opfer geben wird? Dieser Jemand will den Täter nicht verraten, aus welchen Gründen auch immer, aber andererseits plagt ihn sein schlechtes Gewissen und er schreibt deshalb diese Warnung?"

„Vielleicht ist der Täter oder die Täterin aus dem näheren Umfeld der beiden und es bereitet ihm großes Vergnügen, die Berghoff in Angst und Schrecken zu versetzen?", warf Schulze ein.

„Also wie jemand, der Angst hat, wirkte sie auf mich heute Morgen jedenfalls ganz und gar nicht", widersprach Holzapfel. „Es ist sowieso seltsam, dass sie dieses Schreiben anfangs offensichtlich gar nicht ernst genommen hat, sogar einen Streich der Abiturienten vermutete, und dann auf einmal von sich aus den Schluss zieht, dass es etwas mit dem Tod der Schwarz zu tun haben könnte. Irgendetwas gefällt mir bei dieser Geschichte nicht, aber ich kann nicht sagen, was."

„Möglicherweise bringt uns die Analyse des Briefes etwas und liefert neue Anhaltspunkte?", brachte sich Riedel ein.

„Der Brief ist meiner Meinung nach absichtlich so kurz gehalten. Der Verfasser weiß wahrscheinlich aus den Medien, dass man aus einem längeren Schreiben Rückschlüsse auf den Verfasser vornehmen kann", sagte Abbas.

Damit endete die Sitzung, alle schickten sich an, ins Wochenende aufzubrechen. Abbas musste noch einen kurzen Bericht für den Staatsanwalt

verfassen. Sabine machte etwas langsamer als die anderen, und als beide alleine waren, kam sie zu ihm an den Schreibtisch.
„Hast du Lust auf Runde drei?“
„Lust schon, aber es kommt darauf an, wann. Das Wochenende ist schon relativ voll.“
„Wie wäre es mit Samstagnachmittag oder Sonntagnachmittag?“
„Gegenvorschlag: Samstagabend, denn nachmittags bin ich schon zu einem Geburtstagskaffee eingeladen.“
„Gut, dann sagen wir gegen sieben, oder ist dir das zu knapp?“
„Das kommt darauf an, wie lange wir es treiben wollen, aber 19.00 Uhr wäre machbar.“
„Abgemacht, dann um 19.00 Uhr wieder bei mir.“
Mit diesen Worten überließ sie Abbas dem Papierkram, von dem sie nur zu gut wusste, dass er ihn hasste. Er hatte einmal gesagt, dass er lieber nach Verbrechern suchen würde, als über sie Berichte zu verfassen, die lediglich die Aktenberge vergrößerten, aber die Verbrechensraten in keiner Weise zum Sinken bringen.

KAPITEL 55

Erika Berghoff parkte ihren Wagen im Wilhelm-Beer-Weg in Sachsenhausen, um ihre Freundin zu Hause abzuholen. Unweit des Goetheturms zwischen den vielen Einfamilien- und Doppelhäusern wirkte Frankfurt fast etwas kleinstädtisch, keinesfalls aber wie eine Metropole. Werle-Reinhardt öffnete sofort beim ersten Klingeln und stand unmittelbar danach abfahrbereit in der Haustüre. Pflichtbewusst verschloss sie die Eingangstüre durch zweimaliges Abschließen, die Zahl der Einbrüche war in Frankfurt seit Jahren im Steigen begriffen, und besonders in etwas abgelegeneren Wohngegenden konnte man nicht vorsichtig genug sein. Die beiden begrüßten sich und Berghoff erkundigte sich sogleich danach, in welchem Lokal der Tisch reserviert worden war.

„Ich dachte, wenn mein Mann es sich schon mit seinen Freunden ein ganzes Wochenende lang gutgehen lässt, dann sollten wir beide uns wenigstens ein schönes Abendessen gönnen. Ich habe bei Emma Metzler reserviert, und du bist natürlich eingeladen. Ich denke, das ist auch in deinem Sinne?"

„Aber sehr gerne, das Essen dort ist vorzüglich. Wie komme ich denn zu der Ehre?"

„Ich habe das Restaurant schließlich ausgesucht, und ich dachte mir, wenn ich schon etwas Höherpreisiges auswähle, dann lade ich dich dazu ein. Mir war einfach danach."

Auf der Fahrt erkundigte sich Berghoff nach den beiden Töchtern, und Werle-Reinhardt berichtete voller Mutterstolz von deren Erfolgen an der Uni. Martina, die Ältere der beiden, studierte in Marburg, Kerstin absolvierte gerade ein Auslandssemester in Oxford. Zum Glück fand Berghoff einen Parkplatz ganz in der Nähe des Lokals, und, weil sie eine sehr gute und passionierte Autofahrerin war, bereitete ihr das Einparken auch in einer sehr kleinen Parklücke nicht die geringsten Schwierigkeiten.

Im Restaurant geleitete sie der Kellner an ihren Tisch, ganz in der Nähe des Fensters, mit einem schönen Blick auf den Museumspark. Die Tische standen erfreulicherweise so weit auseinander, dass man durchaus ein diskreteres Gespräch führen konnte, ohne dass andere Gäste an den Nachbartischen den Inhalt unmittelbar mitbekommen konnten. Berghoff verzichtete als verantwortungsvolle Fahrerin auf einen alkoholischen Ape-

ritif und wollte lediglich ein Glas Wein zum Hauptgang bestellen, sodass nur Werle-Reinhardt einen Prosecco orderte.
Sie wählte als Vorspeise gegrillten Lachsforelle mit Bärlauch und Lollo Rosso, Berghoff schloss sich ihrer Auswahl an. Zum Hauptgang bestellte Letztere Kabeljau mit Topinamburpüree, Spinat und Buttermilchschaum, während ihre Freundin das Bärlauch-Risotto mit Austernpilzen, Champignons und Haselnüssen bevorzugte. Dazu orderten sie eine Flasche Mineralwasser und auf Empfehlung des Kellners für beide je ein Glas Chardonnay. Mit dem Nachtisch hatten sie beschlossen zu warten, um dann nach dem Hauptgang zu entscheiden, ob überhaupt noch eine weitere Speise infrage kam oder sie sich nicht lieber nur mit einem Espresso begnügen würden.
Nachdem Werle-Reinhardt noch eine Weile in den höchsten Tönen über ihre beiden Töchter geschwärmt hatte, lenkte Berghoff dann schließlich behutsam das Gespräch noch einmal auf ihr schulisches Anliegen. Das stieß jedoch bei der Dezernentin auf wenig Interesse und sie war geneigt, das Thema schnellsten zu beenden.
„Erika, es ist ein so schöner Abend, wir genießen ein exzellentes Menü, müssen wir denn dabei unbedingt schon wieder über diese unerfreuliche Stellenbesetzung diskutieren? Im Übrigen habe ich dir dazu bereits alles gesagt, was es zu sagen gibt."
„Du wolltest doch noch einmal mit Tiefenthaler sprechen, das hast du mir nach der Beerdigung zugesagt."
„Das habe ich auch versucht, aber er blockt sofort ab, und ehrlich gesagt, es gibt doch eigentlich auch kein wirkliches Problem, deine Schule funktioniert doch. Zeig ein bisschen mehr Stärke und halte dein Kollegium im Zaume, mit dem Personalrat wirst du doch sowieso fertig, wie ich dich einschätze."
Berghoff spürte, wie sie innerlich kocht und musste sich beherrschen, dass sie in einem einigermaßen normalen Tonfall etwas sagen konnte: „Also meine Liebe, du schwärmst mir von deiner Familie vor, ich habe das Gefühl, dass ich momentan überhaupt kein Privatleben mehr habe. Die Schule frisst mich förmlich auf. Du weißt, wie ich diese Verwaltungsaufgaben hasse. Und allein die Vorstellung, mit diesem Stundenplanprogramm arbeiten zu müssen, ist für mich der reinste Horror. Ich muss mich um alles kümmern. Der ganze organisatorische Kram wird mir definitiv zu viel,

dazu die Eltern, der Personalrat. Ich weiß abends manchmal nicht, wo mir der Kopf steht."

„Nun, niemand konnte vorhersehen, dass dein alter Stellvertreter vorzeitig in Pension geht. Eigentlich war es ja vor nicht allzu langer Zeit noch bewährte Praxis, dass man erst eine Zeitlang Stellvertreter sein musste und dann von dort aus auf eine Schulleiterstelle wechselt. Aber du wolltest ja unbedingt Chefin werden, wenn ich dich daran erinnern darf. Du warst ja geradezu versessen darauf, mehr Macht in der Schule zu haben."

„Du und Regine, ihr habt mich doch geradezu gedrängt, ja überredet, dass ich mich bewerben soll." Ihre Stimme nahm jetzt einen vorwurfsvollen, ärgerlichen Unterton an.

„Aber du wolltest doch nach Frankfurt, weil du die Fahrt nach Wiesbaden leid warst. Wir haben dir lediglich gesagt, dass die Stelle frei wird und du gute Aussichten hast, sie auch zu bekommen. Und jetzt möchte ich darüber nicht weiter mit dir sprechen, respektiere das bitte."

Berghoff unterdrückte nur mühsam ihre Enttäuschung, entschied sich aber dann doch, nicht weiterzubohren. Stattdessen versuchte sie sich auch nur ansatzweise vorzustellen, was diese offenbar unverrückbare Tatsache für ihre bevorstehenden Sommerferien und das neue Schuljahr bedeuten würde und sie fühlte in sich eine unglaubliche Wut. Zum Glück brachte der Kellner in diesem Moment den Hauptgang.

„Ein anderes Thema, wenn du erlaubst", sagte sie einlenkend. „Ich habe dir doch von dem anonymen Brief erzählt. Ich habe jetzt bei der Polizei Anzeige erstattet. Wenn es einen Zusammenhang gibt mit Regines Ermordung, dann muss der Täter uns beide kennen, denkt zumindest die Polizei. Außerdem haben sie mir Fotos von der Trauerfeier gezeigt und ich habe da eine Frau auf einem Bild gesehen, die trug eine Sonnenbrille, und auf diesen Umstand habe ich die Polizei aufmerksam gemacht. Irgendwie kam sie mir bekannt vor, ich könnte aber nicht sagen, woher."

„Mir haben sie auch diese Fotos gezeigt, damit ich die Repräsentanten der Schulbehörde identifiziere, die bei der Urnenbeisetzung zugegen waren."

„Erinnerst du dich an das Foto mit dieser Frau?"

„Ja, das Foto machte mich auch stutzig. Einen Moment lang glaubte ich, dass ich sie vielleicht sogar kenne. Aber ich habe wenig auf die anderen Personen während der Beerdigung geachtet. Jemand mit Sonnenbrille ist mir dort nicht aufgefallen. Es wäre ja auch nicht ungewöhnlich, im Juni eine Sonnenbrille zu tragen, auch nicht auf dem schattigen Hauptfriedhof. Schließlich kann man nicht dauernd die Sonnenbrille auf- und absetzen. Außerdem verbirgt eine Sonnenbrille feuchte Augen. Vielleicht war sie eine Freundin von Regine, die wir nicht kennen oder eine Nachbarin? Was gedenkt die Kriminalpolizei hinsichtlich des anonymen Briefes zu unternehmen?"

„Sie werden ihn auf Fingerabdrücke und auch sonst labortechnisch untersuchen. Ich soll kommende Woche meine Fingerabdrücke abgeben, damit sie einen Vergleich haben."

„Bist du beunruhigt?"

„Wenn ich ehrlich bin, ja und nein. Einerseits denke ich immer noch an einen dummen Scherz der Abiturienten. Andererseits, wenn er etwas mit Regines Ermordung zu tun hat, macht mir das schon etwas Angst. Aber warum sollte der Mörder mich dann warnen? Das macht für mich wenig Sinn."

„Mein Essen ist übrigens köstlich. Möchtest du mal probieren?"

„Gerne, ich bin auch hoch zufrieden mit meiner Wahl. Bitte koste doch auch mal."

Nachdem sie wechselseitig eine Kostprobe genommen hatten, stießen sie auf ihre lange Freundschaft an, wobei Werle-Reinhardt wirklich daran gelegen schien, dass ihre Freundschaft nicht wegen dieser blöden Stellenbesetzung Schaden nimmt, während Berghoff nur schwer versöhnt schien und es für einen neutralen Beobachter eher den Anschein haben konnte, als machte sie gute Miene zum bösen Spiel. Einen Nachtisch lehnten beide aus Kaloriengründen ab, als der Ober sich nach ihren Wünschen bezüglich eines Desserts erkundigte.

„Was hältst du davon, wenn wir bei mir zu Hause auf der Terrasse einen Espresso trinken?", schlug Werle-Reinhardt vor und Berghoff hielt diesen Vorschlag für eine ausgezeichnete Idee, konnte sie doch dort in aller Ruhe dazu eine Zigarette rauchen. Sie war nur noch eine mäßige Raucherin, hatte zwar mehrere vergebliche Versuche gestartet, ganz damit aufzuhören, aber es immerhin geschafft, dass sie nur noch in bestimmten Momenten gerne eine Zigarette genießen wollte. Nachdem Werle-Reinhardt mit ihrer Kreditkarte gezahlt hatte und sie zum Auto geschlendert waren, unterdrückte Berghoff willensstark ihren Impuls nach einer Zigarette auf dem Heimweg. Als sie in Sachsenhausen aus dem Auto stiegen, drang ihnen ein intensiver Geruch von Heliotrop in die Nase, der vom Vorgarten bis zur

Straße von einem leichten Sommerwind zu ihnen getragen wurde. Die dicht mit Bäumen und Büschen gesäumte Straße war ansonsten menschenleer und das Licht einer weiter entfernt stehenden Laterne warf nur ein fahles Licht bis zu ihnen beiden.
„Es ist immer etwas unheimlich, wenn man zu so später Stunde hier durch die Straße geht, aber wir sind ja gleich da", überspielte Werle-Reinhardt ihr Gefühl der Unsicherheit. Als sie durch das Gartentor den Plattenweg zum Haus betraten, sprang auch schon ein Bewegungsmelder an und erhellte den Weg bis zur Haustüre, sodass es hinter den Rhododendren links und rechts des Zugangs der Garten umso dunkler wirkte. Hier hätte sich jederzeit jemand verbergen können, ohne dass eine der beiden Frauen ihn hätte bemerken können. Auf der Terrasse in einem der gut gepolsterten und bequemen Hochlehnern aus Teakholz genehmigte sich Berghoff endlich die lang ersehnte Zigarette, während ihre Freundin in der Küche den Espresso zubereitete und kurz danach mit einem Tablett und den beiden Tassen nebst einer Zuckerdose zurück kam.
„Wenn Jürgen hier gewesen wäre, dann hätten wir auch grillen können", stellte Werle-Reinhardt fest.
„Wann kommt er denn zurück?"
„Irgendwann am Sonntagabend, du weißt ja, wie das ist, wenn alte Freunde gemeinsam unterwegs sind."
„Was machst du eigentlich in den Sommerferien", fragte die Dezernentin ihre Freundin.
„Ich habe nichts gebucht, ich war ja davon ausgegangen, dass ich eventuell meinen neuen Stellvertreter einarbeiten muss und mit ihm die Planung für das neue Schuljahr machen kann. Nun stehe ich alleine da, an Urlaub ist erst mal gar nicht zu denken."
„Erika, fängst du schon wieder damit an! Das Thema ist durch, ich kann da definitiv nichts mehr für dich tun. Aber na ja, ein paar Tage wirst du sicherlich ausspannen können, fahr doch an die See, wenn das Wetter es erlaubt. Wir fahren in diesem Jahr getrennt, ich reise in die Bretagne, aber erst nach dem Ferien, ich habe viel mit den Neueinstellungen und Vertretungsverträgen zu tun in den Ferien."
„Der Luxus, wenn man auf dem Schulamt arbeitet: Ferien außerhalb der Hochsaison." Ihr Wortlaut hatte einen geradezu sarkastischen Unterton. Ihren Ärger und ihre Wut schluckte sie mühsam herunter. Man würde also wieder die Stelle nicht zum Schuljahresbeginn besetzen. Sie überspielte

ihre wahren Emotionen geschickt und fragte im freundlichsten und harmlosesten Ton, zu dem sie in diesem Moment überhaupt noch fähig war: „Aber warum fahrt ihr nicht zusammen, bekommt Jürgen denn keinen Urlaub?“

Werle-Reinhardt zögerte, dann antwortete sie mit belegter Stimme. „Du wirst es sowieso irgendwann erfahren, Jürgen und ich haben einige Probleme. Ich glaube, er betrügt mich.“

Berghoff konnte ihre Überraschung kaum verbergen, zugleich war sie aber sehr neugierig und fragte: „Weißt du es, oder vermutest du es nur?“

„Bisher ist es nur ein Bauchgefühl, aber er benimmt sich in letzter Zeit anders, arbeitet länger als sonst, treibt mehr Sport, hat ein neues Aftershave, den einen oder anderen Geschäftstermin am Abend. Er bekommt öfter Nachrichten zu ungewöhnlichen Zeiten. Also habe ich beschlossen, in diesem Jahr allein zu reisen und Abstand zu gewinnen. Ich muss mir über einige Dinge in unserer Ehe Klarheit verschaffen.“

„Ich bin sprachlos. Das hätte ich ja nie von ihm gedacht. Aber vielleicht kannst du jetzt nachempfinden, wie es mir damals mit Kai ergangen ist. Du erinnerst dich?“

„Ehrlich gesagt, nein. Wer war denn dieser legendäre Kai?“

Berghoff war fassungslos, dass ihre Freundin vergessen hatte, dass Kai ihre erste große Liebe während des Studiums war, hob dann aber doch zu einer Erklärung an: „Bettina! Der Mann meines Lebens! Wenn es damals was mit uns geworden wäre, dann wäre ich heute sicherlich glücklich verheiratet, hätte vielleicht sogar Kinder und eine richtige Familie.“

Werle-Reinhardt schien gar nicht richtig zugehört zu haben, ging überhaupt nicht auf die offensichtlich tiefe Verletztheit ihrer Freundin ein, die ihr anscheinend immer noch nach vielen Jahren emotional sehr nahe ging, und war gedanklich so mit ihrem eigenen Eheproblem beschäftigt, dass sie einfach davon weitererzählte: „Ich habe übrigens heute einen seiner Freunde angerufen unter dem Vorwand, dass mit Jürgens Handy etwas nicht in Ordnung sein muss, da ich ihn nicht erreichen kann, und ihn gebeten, ob er mir mal kurz Jürgen geben könnte. Er sagte, er sei im Moment nicht da. Das hat mich stutzig gemacht. Seine Stimme klang mehr als verlegen.“

„Nun, vielleicht hat er seine Midlife-Crisis, das haben Männer seines Alters zuweilen. Schlaft ihr noch miteinander, wenn ich so indiskret fragen darf?“

„Im Bett läuft schon länger nichts mehr. Wir schlafen sogar inzwischen in getrennten Zimmern, den Mädchen gegenüber angeblich, weil ich sein Schnarchen nicht mehr ertrage."
„Das ist in der Tat ein Alarmsignal. Und das, was du über seine kleinen Auffälligkeiten berichtet hast, das würde mich auch hellhörig werden lassen. Aber vielleicht siehst du einfach nur Gespenster und es gibt für alles eine ganz harmlose Erklärung. Was hältst du davon? Schreib ihm doch in WhatsApp und bestell ihm einen Gruß von mir", schlug Berghoff vor, dann sieht er zumindest, dass du nicht alleine am Freitagabend versauerst, sondern auch deinen Spaß hast."
Werle-Reinhardt holte sofort ihr Handy aus dem Wohnzimmer und setzte den Vorschlag in die Tat um. Dann hatte es Berghoff auf einmal eilig und schickte sich an, den unterhaltsamen Abend zu beenden. In ihrem Kopf lieferten sich die Emotionen unterschiedlichster Couleur einen Wettstreit: Frustration und Wut, dass immer noch keine Lösung ihres organisatorischen Chaos am Westendgymnasium in Sichtweite war, andererseits aber auch Enttäuschung und Kränkung, weil Bettina, eine Frau, die sie zu ihren engsten Freundinnen zählte, sich nicht einmal mehr an ihre große Liebe zu Kai erinnerte. „Ich muss morgen früh raus, es gibt tausend Dinge zu erledigen, unter anderem muss ich meine Abiturrede noch schreiben."
„Na das ist doch eine deiner leichtesten Übungen, Rhetorik ist doch immer deine große Stärke gewesen, schon damals im Seminar an der Uni."
Dann verabschiedeten sich die beiden alten Freundinnen noch an der Haustüre und Berghoff ging gemächlichen Schrittes zum Gartentor.
Während Werle-Reinhardt die Espressotassen vom Terrassentisch abräumte, um sie in die Spülmaschine zu stellen, klingelte es plötzlich unerwartet an der Eingangstüre. ‚Was hat sie denn dieses Mal vergessen?' schoss es ihr durch den Kopf, als sie zur Haustüre ging und diese in Erwartung ihrer Freundin weit öffnete. Entsetzt und ungläubig weiteten sich ihre Augen, als sie den Hammer von oben herabrasend schnell auf sich zukommen sah. Ein Schrei erstarb auf ihren Lippen, vergeblich versuchte sie noch, die Hände schützend nach oben zu heben, viel zu spät. Denn da traf sie schon der harte Schlag mit voller Wucht gegen ihre Stirn, sodass sie beinahe augenblicklich die Besinnung verlor und taumelnd zurück im Flur zu Boden ging. Blut spritzte pulsierend aus der Wunde gegen die weiße Wand und die Scheibe einer großen Standuhr. Bereits am Boden liegend, zertrümmerte ein zweiter Schlag ihren Schädel und noch mehr

rotes Blut trat zusammen mit Hirnmasse aus der großen Kopfwunde aus. Auf dem alten Eichenparkett bildete sich eine große Blutlache, die sich langsam um ihren leblosen Körper ausbreitete. Kaltblütig wurde die Tatwaffe in einer Plastiktüte verstaut und abgestellt. Anschließend schloß die Person leise die Türe, ging ins Wohnzimmer, schaute sich aufmerksam um, als suche sie etwas, was sie aber nicht fand, sah die offene Terrassentür und trat nach draußen. Auch hier ein prüfender, schweifender Blick, dann wurde das Handy auf dem Terrassentisch entdeckt und aufgehoben. Sie kehrte zu der Erschlagenen zurück, hob die rechte Hand an und legte den Zeigefinger auf den Homebutton, das Handy war entsperrt. Anschließend öffnete sie WhatsApp und tippte etwas ein, lächelte zufrieden und legte dann das Handy im Wohnzimmer auf den Couchtisch. Sie holte die Plastiktüte, schaute sich noch einmal um, trat dann durch die Terrassentüre nach draußen und entfernte sich umsichtig, aber zügig um das Haus herum durch den Garten in Richtung Straße. Auf dem Couchtisch klingelte das Handy, aber darauf konnte Bettina Werle-Reinhardt ganz sicher nicht mehr reagieren und der Täter hörte es nicht mehr.

KAPITEL 56

Katja Pudelek bereitete gerade in der Küche für das Abendessen einen Salat zu, sie hatten beschlossen, angesichts des herrlichen Sommerwetters draußen auf der Terrasse zu grillen, und ihr Mann war bereits dabei, die nötige Glut im Grill zu erzeugen, während die beiden Kinder sich auf den gepolsterten Gartenmöbeln fletzten und mit ihren Smartphones chatteten. Da klingelte ihr Handy und mit einem Blick auf das Display erkannte sie, dass der Anrufer ihr Nachbar Jürgen Reinhardt war.

„Hallo, Jürgen, was kann ich für dich tun? Du rufst auf dem Handy an, das ist ja mal was ganz Neues."

„Ich bin nicht in Frankfurt. Du, Katja, kannst du mir bitte einen Gefallen tun? Seit gestern Abend versuche ich schon Bettina zu erreichen, aber auf dem Festnetz geht niemand dran und auf ihrem Handy meldet sich immer nur die Mailbox. In WhatsApp kriege ich auch keine Antwort, sie scheint ja die Nachrichten nicht einmal zu lesen."

„Du, vielleicht hat sie einfach Probleme mit dem Akku, ihr Handy ist ja nicht mehr das neueste Modell."

„Könntest du mir bitte einen Gefallen tun und mal kurz rüber zu unserem Haus gehen und schauen, ob alles in Ordnung ist? Sie soll mich dann doch bitte gleich mal zurückrufen, ich mache mir echt Sorgen."

„Ja, ich mache hier noch den Salat fertig und dann klingel ich mal kurz bei euch. Carsten ist draußen am Grill, du kennst ihn ja."

„Bestell ihm schöne Grüße."

„Und wo steckst du?"

„Ich bin mit Freunden zum Segeln am Edersee."

„Dann euch viel Spaß und fall nicht ins Wasser!"

Damit war das kurze Gespräch beendet. Katja beschloss, noch das Dressing in einer separaten Schüssel zu machen, um dann anschließend zum Haus ihrer Freunde und Nachbarn zu gehen und nach Bettina zu schauen. Sie sagte ihrem Ehemann Bescheid und forderte die Kinder auf, schon einmal den Tisch zu decken, was diese mit wenig Begeisterung quittierten.

„Wir haben so viel Grillgut, frag doch Bettina, ob sie nicht rüberkommen will", rief ihr Carsten noch hinterher, als sie schon fast am Gartentor war.

Katja wunderte sich, dass die Samstagausgabe der Zeitung noch in der Zeitungsbox außen am Hoftor steckte, und auch die Post war anscheinend noch nicht aus dem Briefkasten entnommen worden. Das kam ihr ungewöhnlich vor und so beschlich sie doch allmählich ein etwas mulmiges Gefühl, als sie den Plattenweg zum Haus ging, obwohl ihr der wundervolle, vanilleartige Duft von Heliotrop in die Nase stieg. Sie betätigte den Klingelknopf neben der Haustüre und konnte deutlich von drinnen den Gong ertönen hören, aber auch mehrmaliges Klingeln führte zu keiner Reaktion. Sie beschloss, durch den Staudengarten ums Haus zu gehen, um über die große Rasenfläche zur Terrasse zu gelangen und dort zu klopfen. Das Grundstück selbst war durch hohe Büsche und Sträucher gut gegen das Nachbargrundstück abgeschirmt. Schon von Weitem sah sie, dass die Terrassentüre offen stand und ihre innere Unruhe stieg merklich an. Auf dem Tisch stand noch ein Tablett mit zwei benutzten Espressotassen und einer Zuckerdose, und das, wo Bettina doch sonst so penibel Ordnung hielt. An der offenen Terrassentür blieb sie stehen und klopfte gegen die Scheibe. „Hallo, Bettina, ich bin's, Katja, ist alles in Ordnung?" Sie sah, dass das Licht im Wohnzimmer brannte, obwohl es jetzt doch noch so hell war, dass man es eigentlich nicht benötigte.

Außerdem bemerkte sie, dass ungewöhnlich viele Fliegen im Wohnzimmer umherschwirrten. Katja ging hinein und rief dabei noch einmal nach Bettina, Sie nahm einen ihr fremden, unbekannten Geruch wahr, der sich verstärkte, als sie Richtung Diele ging. Ihr gellender Entsetzensschrei schallte durch die idyllischen und sommerlichen Gärten und war in der ganzen Nachbarschaft zu hören.

Carsten Pudelek war gerade dabei, ein paar Lammkoteletts auf den Grill zu legen, hastig legte er die Gabel beiseite, betraute seinen Sohn damit, auf das Fleisch zu achten und rannte so schnell er konnte zum Nachbargrundstück, glaubte er doch, die Stimme seiner Frau erkannt zu haben. Er klingelte vergeblich an der Haustüre, und, als niemand reagierte, sprintete er zur Rückseite des Hauses, wo ihm seine Frau kreidebleich aus der Terrassentür entgegen kam.

„Was ist denn los, warum hast du so geschrien wie am Spieß?"

„Carsten, ... Bettina, sie ist tot. Sie liegt in der Diele", stammelte sie.

„Hatte sie einen Herzinfarkt, einen Schlaganfall? Bist du sicher?"

Tränen liefen ihr über die Wangen, sie schluchzte hemmungslos. „Ja ,sie ist ganz sicher tot, sie wurde ermordet, wir müssen die Polizei rufen. Alles ist voller Blut."

Carsten umarmte seine Frau fest und versuchte sie zu beruhigen. Dann löste er sich von ihr und ging selbst nach drinnen, wollte sich persönlich ein Bild davon machen, was seine Frau ihm gerade stockend berichtet hatte. Ein Blick in die Diele genügte ihm, um sofort festzustellen, dass hier jede Hilfe vergeblich war. Bettina lag in einer Lache geronnenen Blutes, eine große Wunde am schwer verletzten Schädel, an der hellen Tapete waren Blutspritzer und offensichtlich auch Gewebespuren ihres Gehirns, die schon angetrocknet waren. Ein süßlicher Leichengeruch, der ihn entfernt an den Gestank erinnerte, der von einer Komposttonne ausgeht, wenn Fleischreste darin entsorgt worden waren, erfüllte den Raum und er verspürte einen unbändigen Würgereiz in sich aufsteigen, sodass er sofort wieder ins Freie an die frische Luft stürzte. Inzwischen waren auch andere Nachbarn in den Garten gekommen.
„Hat jemand ein Handy dabei? Wir müssen die Polizei rufen", fragte er in die Runde und fügte hinzu: „Wir sollten hier jetzt besser nichts anfassen und auch nicht mehr herumlaufen, Frau Werle-Reinhardt wurde erschlagen." Allgemeines Entsetzen machte sich breit, ein Nachbar hatte sein Handy in der Hose einstecken und alarmierte über die 110 die Polizei.
„Mein Gott, was sollen wir denn jetzt machen? Soll ich Jürgen anrufen?", fragte ihn seine Frau.
„Lass das mal die Polizei machen, die haben dafür geschultes Personal. Wir können immer noch mit ihm sprechen, wenn er uns danach anruft", schlug Carsten vor.
Beide gingen zurück in ihren Garten, wurden mit Fragen ihrer beiden neugierigen Kinder bestürmt. Das Fleisch auf dem Grill war bereits auf der Unterseite leicht angebrannt, aber der Grillabend war jetzt sowieso für alle gelaufen, und Appetit verspürte keiner mehr.

KAPITEL 57

Sabine Riedel hatte sich für das heutige Date mit Abbas etwas Neues ausgedacht. Schon lange hatte sie eine dunkle Phantasie, die sie aber bisher noch nicht in die Tat umgesetzt hatte. Die Gründe waren so naheliegend wie simpel. Denn einmal musste dazu ein gewisses Vertrauensverhältnis aufgebaut sein, zum anderen hatte sie sich in ihrer vorigen Beziehung einfach nicht getraut, ihrem Partner davon zu erzählen, sondern sich mit dessen sexuellen Vorlieben arrangiert, da sie auf keinen Fall den Anschein irgendeiner Perversion erwecken wollte, und er damit sicherlich mit seinem traditionellen Rollenverständnis von Mann und Frau Probleme gehabt hätte, wenn sie ihn zu einer SM-Nummer hätte überreden wollen. Mit Abbas war das nun eine völlig andere Situation, denn sie hatten keine Beziehung im eigentlichen Sinne, es ging nur um Sex. Wenn es ihm nicht gefallen sollte, konnten sie es einfach lassen und etwas anderes machen, eine Beziehung stand nicht auf dem Spiel. Aber wie sie bereits gemerkt hatte, sexuell harmonierten sie beinahe perfekt, beide liebten phantasievollen, hemmungslosen und vor allem lustvollen Sex. Sie platzierte also eine kleine Überraschung für Abbas neben dem Bett auf den Nachtisch, dazu legte sie eine Schlafmaske bereit, wie man sie zuweilen in Flugzeugen trägt, um in dem halbdunklen Passagierraum etwas schlafen zu können, wenn es denn überhaupt möglich war und nicht nervige Flugbegleiter ständig irgendetwas wollten. Nach dem Duschen hatte sie sich entschieden, nur ihren kurzen, chinesischen Kimono aus Seide anzuziehen, der ihren Körper mehr betonte als ihn wirklich zu verhüllen, die Augenmaske verstaute sie in der Tasche. Gutgelaunt genehmigte sie sich bereits einen Prosecco und blätterte in einem Modemagazin, als die Klingel ertönte. Yunus war sehr pünktlich. Dieses Mal hatte er nichts mitgebracht, strahlte aber über das ganze Gesicht in freudiger Erwartung, als sie ihm die Wohnungstür öffnete und er sah, dass sie offensichtlich nur den Hauch eines Bademantels trug.

„Möchtest du auch einen Prosecco?“, fragte sie ihn nach der eher kühlen Begrüßung.

„Lieber erst mal ein Wasser, aber gerne ‚danach‘.“ Er betonte das ‚danach’ mit einem sinnlich, erotischen Unterton und Sabine grinste. Sie holte ihm ein Mineralwasser aus der Küche, beide setzten sich nebeneinan-

der auf die Couch, Yunus schaute sie zugleich lüstern und erwartungsvoll an.
„Ich habe mir für heute etwas Neues überlegt, ich hoffe, es gefällt dir."
„Du hast sicher gemerkt, wie geil ich die beiden letzten Male fand, aber ich bin gerne auch bereit, etwas Neues zu probieren."
„Es ist ein Experiment, wenn es dir überhaupt nicht gefällt, dann sage einfach ‚Stop' und ich höre sofort auf, ganz egal, was wir gerade machen, okay?. Aber jetzt zieh' dich bitte erst mal aus."
Yunus stand auf, streifte sich die Slipper ab, knöpfte sein Leinenhemd auf, zog es aus und warf es auf den Sessel. Dann öffnete er die Schnalle des Ledergürtels, zog den Reißverschluss der Hose auf und wie von selbst glitt die Chino nach unten, sodass er nur noch Boxershorts und Socken trug, die er aber sofort abstreifte. Dann beugte er sich nach vorne und fasste Sabine in ihren Bademantel, streichelte zärtlich ihren festen Busen. Die sanfte Berührung seiner Hand, der Anblick seines trainierten und muskulösen Oberkörper machten Sabine sofort heiß, aber sie entzog sich seinen Verführungskünsten, stand auf, wobei sie seine Enttäuschung im Gesicht förmlich ablesen konnte und forderte ihn dann auf, sich hinzustellen und die Augen zu schließen. Geschickt und für ihn völlig unerwartet band sie ihm die Augenmaske um.
„So, sitzt sie bequem?"
„Ja, aber was hast du vor?"
„Meine kleine Überraschung." Mit diesen Worten dirigierte sie ihn zu ihrem Schlafzimmer vor das Bett, sodass er mit dem Rücken zur Matratze stand. Sie konnte sehen, dass ihn dieser Zustand erregte, denn seine Boxershorts zeigte eine deutliche Wölbung nach vorne. Sie versetzte ihm einen unerwarteten Stoß, sodass er nach hinten auf das Bett fiel.
„Eh, was wird das?", protestierte er zum Schein, gleichwohl sich auf das erotische Spiel einlassend.
Sie antwortete nicht, sondern streifte ihren Kimono ab und setzte sich rittlings auf seine Hüften. Sanft streichelte sie seine Brustwarzen, die fast augenblicklich hart wurden, und streifte dann mit ihren Fingern immer weiter über seinen muskulösen Bizeps bis hin zu seinen Handgelenken, umfasste sie und hob sie langsam über seinen Kopf. Dabei beugte sie sich nach vorne und küsste ihn. Deutlich fühlte sie nun unter sich durch den Stoff seiner Boxershorts seine wachsende Erregung. Sein leises Aufstöhnen signalisierte ihr, dass ihm das, was gerade mit ihm gemacht wurde,

offenbar sehr gefiel. Sie löste die rechte Hand, ergriff blitzschnell die auf dem Nachtisch liegenden Handschellen und mit einem Klicken war sein linkes Handgelenk vom Metallring umschlossen. Abbas dämmerte nun, was ihm bevorstand. Mit gespielten Widerstand versuchte er nun, das Anlegen der zweiten Handschelle abzuwehren, es wäre ihm ein leichtes gewesen, den Spieß umzudrehen, aber er gab schnell klein bei und Sabine gelang es, auch die rechte Hand zu fixieren. Sie erhob sich, fingerte nach dem Gürtel ihres Kimono und band damit die Verbindungskette der Handschellen am Kopfende ihres Bettes fest. Wie sie Abbas so vor sich liegen sah, spürte sie, wie sehr sie dieser Anblick erregte. Ein südländischer, gut aussehender Macho, wehrlos in Handschellen vor ihr auf dem Bett, fast nackt und offenbar sexuell erregt. Sie streifte ihm die Boxershorts nach unten und augenblicklich schnellte sein Schwanz, endlich vom Stoff befreit, nach oben. Wortlos hockte sie sich wieder über ihn und senkte ihren feuchten Schoß langsam nach unten, sodass Abbas vor Lust stöhnte, als sie seinen harten Ständer sanft in sich eindringen ließ. Dann begann sie mit kreisenden Bewegungen sachte auf- und abzugehen. Sie bestimmte das Tempo, sie bestimmte den Rhythmus, ihre eigene Lust war der Maßstab ihrer Bewegungen. Abbas stöhnte, zog an den Handschellen, forderte sie auf, sich gleichmäßiger und schneller zu bewegen, was sie aber völlig ignorierte.

„Bitte lass mich kommen“, stammelte er stöhnend nach einiger Zeit. „Ich halte es nicht mehr aus.“ Aber sie selbst war noch nicht nahe an ihrem Höhepunkt und wollte es einfach genießen, ihren Chef in lustvoller Weise noch ein bisschen zu quälen. Allmählich steigerte sie das Tempo, immer darauf bedacht, ihn nicht zum Orgasmus kommen zu lassen, beide waren inzwischen schweißnass. Plötzlich klingelte nebenan sein Handy. Einen Moment lauschte er dem Klingeln und flüsterte dann: „Bitte, mach mich los, ich muss rangehen.“

„Soll das ein Scherz sein? Das kann warten“, schmetterte sie seinen Wunsch egoistisch und vehement ab. Beide spürten, dass sie nun jeden Moment kommen würden.

„Bitte, es ist das Präsidium“, keuchte er, nun beinahe flehend.

Sie ritt nun noch heftiger und schneller, fühlte einen gewaltigen Orgasmus in sich aufsteigen und schreiend vor Lust spürte sie, wie auch er pulsierend und stöhnend zum Höhepunkt kam.

Das Handy klingelte immer noch schrill und nervend im Nebenraum.

„Mach mich bitte los oder hol mir das Handy, bitte, es ist sicher wichtig."
„Woher willst du wissen, dass es dringend ist?"
„Ich habe dem Präsidium einen eigenen Klingelton zugewiesen, mach schnell, bring es mir bitte."
Fast widerwillig erhob sich Sabine, ging nach nebenan und fingerte das Handy aus seiner Hosentasche, und im selben Moment endete das schrille Gebimmel. Sie kehrte ins Schlafzimmer zurück, legte es neben ihn aufs Bett und löste mit dem Schlüssel die Handschellen erst an seiner rechten, dann an der linken Hand. Abbas streifte sich die Augenbinde herunter und griff nach dem Handy. Ein Blick auf das Display und die Liste der Anrufe in Abwesenheit bestätigte seine Annahme, dass jemand aus dem Präsidium ihn angerufen hatte. Abbas tätigte den Rückruf. Was um alles in der Welt konnte passiert sein, dass man ihn an seinem freien Wochenende angerufen hatte?
Schon beim zweitem Klingeln wurde der Anruf beantwortet. Sabine starrte ihn erwartungsvoll, aber zugleich auch neugierig an und lauschte aufmerksam.
„Ich war gerade verhindert", beantwortete Abbas offenbar eine Frage, warum er den Anruf nicht gleich entgegengenommen hatte. Dann hörte er konzentriert zu und beendete das Gespräch mit den Worten: „Danke, dass du mich verständigt hast, ich komme so schnell wie möglich."
„Was ist passiert?"
„Du wirst es kaum glauben, es gibt einen neuen Mord, und er hat wohl etwas mit unserem Fall zu tun."
„Wie bitte? Wer ist dieses Mal das Opfer?"
„Die Dezernentin vom Schulamt, Frau Werle-Reinhardt."

KAPITEL 58

Bernhard Schulze war überpünktlich und bereits zehn Minuten vor acht in der Osteria am Westhafen eingetroffen. Er hatte sich angesichts des warmen Sommertages für eine Chino mit einem dünnen, blauen Baumwollhemd entschieden. Wie verabredet hatte er sein iPad in einer Messengertasche dabei, um Isabelle die Fotos zeigen zu können. Der Ober führte ihn zu dem reservierten Tisch, nachdem er den Namen Fernandez genannt hatte und fragte ihn, ob er einen Aperitif wünsche. Er bestellte sich einen Aperol Spritz, der kurz darauf gebracht wurde. Im selben Moment traf Isabelle Fernandez ein, er erhob sich kavaliersmäßig von seinem Stuhl und begrüßte sie freudig. Der Kellner blickte sie erwartungsvoll an und mit einem Blick auf das Getränk orderte sie für sich dasselbe.

„Schön, dass es endlich einmal geklappt hat", unterbrach er die sich einstellende Stille.

„Ich habe, ehrlich gesagt, sehr viel zu tun gehabt in letzter Zeit, aber auch schon daran gedacht, dass es höchste Zeit wird, dich einmal anzurufen. Wie weit seid ihr denn mit euren Ermittlungen."

„Darüber darf ich nichts sagen, das wirst du verstehen, aber ich kann dir sagen, dass der Tod der alten Dame im Rollstuhl aus polizeilicher Sicht für uns ein Rückschlag war."

„Aber ich habe sie doch noch auf der Beerdigung gesehen, da schien sie ganz gesund. Wieso ist sie tot, ein Verbrechen?"

„Sie ist in der Nacht überraschend gestorben, und zwar noch ehe sie uns mit einem entscheidenden Hinweis weiterhelfen konnte. Sie ist einfach ganz friedlich eingeschlafen, im wahrsten Sinne des Wortes. Aber wollen wir nicht erst bestellen? Und während wir auf das Essen warten, zeige ich dir die Fotos. Dann haben wir sozusagen den dienstlichen Teil unseres Treffens beendet und können zum privaten Teil des Abends übergehen."

Beide studierten die Speisekarte und Schulze fragte: „Kannst du mir etwas empfehlen? Ich habe keine Lust auf eine Pizza bei dem Wetter."

„Das Carpaccio ist sehr gut, das Rinderfilet ebenso", und sie deutete mit dem Finger in der Speisekarte auf Orecchiette di manzo al limone.

Als der Kellner mit ihrem Aperol kam, bestellte er für sich die beiden empfohlenen Gerichte, während Fernandez sich für eine Tomatensuppe und Risotto funghi entschied. Dazu wählten sie eine große Flasche Mineralwasser und eine Flasche Weißwein. Nachdem der Keller gegangen war,

stießen sie auf einen schönen Abend an. Dann holte Schulze sein iPad hervor, öffnete den Ordner mit den Bildern der Beerdigung und reichte das Tablet zu ihr hinüber. Sie blätterte mit dem Finger durch die Fotos, schaute sich das eine oder andere genauer und länger an. Erwartungsvoll schaute er zu ihr und wartete neugierig, ob sie irgendjemanden erkannte. Schließlich sagte sie: „Also das Gesicht aus der Tiefgarage kann ich nicht direkt zuordnen, aber wenn du mich fragst, es hatte eine gewisse Ähnlichkeit mit Regines Freundin Erika Berghoff, was eigentlich ja nicht sein kann. Denn was sollte sie in unserer Garage zu suchen haben?"
„Interessant." Dann wischte er sich bis zum Foto von Sonja Falkner vor und fragte sie, ob ihr diese Frau bekannt vorkam, aber sie war sich unsicher. Bei der Frau mit der Sonnenbrille schaute sie sich die Aufnahme noch einmal ganz intensiv an, um dann schließlich zu kommentieren: „Wer ist diese Frau? Sie wirkt auf dem Foto so geheimnisvoll. Entweder hat sie ganz verheulte Augen, dann muss sie Regine gut gekannt haben, oder sie will nicht erkannt werden, denn warum trägt sie sonst eine Sonnenbrille? Auf dem Friedhof war es doch ziemlich schattig, findest du nicht?"
„Seltsam, bisher ist mir noch gar nicht aufgefallen, dass jemand eine Sonnenbrille aufhatte, aber jetzt, so du mich darauf hingewiesen hast, ja, in der Tat merkwürdig."
„Was passiert eigentlich mit den Fotos?"
„Wenn der Fall abgeschlossen ist, werden sie gelöscht."
„Kannst du mir mein Foto schicken? Angesichts des traurigen Anlasses, bei dem es entstanden ist, gefällt es mir trotzdem."
„Nach Abschluss der Ermittlungen, gerne."
Der Kellner brachte die Vorspeisen und Schulze verstaute sein iPad wieder in der Tasche. Im Laufe des Essens entdeckten beide mehr und mehr gemeinsame Interessen und Schulze fasste bereits die begründete Hoffnung, dass Isabelle ihn nach dem Menü noch zu sich auf einen Kaffee nach Hause einladen würde. Die Atmosphäre war heiter und ungezwungen und Isabelle war so gar nicht die reservierte Businessfrau, die Schulze erwartet hatte. Der Hauptgang rundete das bis jetzt perfekte Date ab, auf ein Dessert verzichteten beide. Die Frage stand unbewusst im Raum, was nun an dem weiteren Abend geschehen könnte.
„Wollen wir noch irgendwo anders einen Kaffee trinken oder etwas anderes?", ergriff Schulze die Initiative.

„Was hältst du davon, wenn wir den Kaffee auf meinem Balkon nehmen?"
Schulze konnte es kaum fassen und versuchte, sich seine Begeisterung nicht anmerken zu lassen, als er erwiderte: „Aber sehr gerne doch."
Zu Fuß waren es nur wenige Minuten vom Restaurant zur Wohnung und der Kriminalbeamte beneidete seine Begleiterin um die wirklich einmalige Lage ihrer Wohnung. Der Main umgab die Westhafenmole von zwei Seiten, und man konnte leicht den Eindruck gewinnen, auf einer Insel zu sein. In der Marina waren die Segelboote fest vertäut und auf der Seite gegenüber lagen einige Motorboote vor Anker.
„Hast du eigentlich auch einen Bootsanlegesteg?"
„Nein, um Himmels willen, ein so kostspieliges Hobby kann ich mir nun auch wieder nicht leisten. Bei uns im Haus haben nur die Leute aus der Penthousewohnung einen Anlegeplatz, aber meines Wissens noch kein Boot. Sie haben ihn damals aber mit gekauft, damit sie auf jeden Fall einen besitzen, falls sie die exklusive Wohnung einmal wieder verkaufen oder vermieten wollen und jemand gerne einen haben möchte. Nachträglich dürfte es schwieriger sein, einen zu erwerben als direkt als Erstbesitzer."
Als sie vor dem Haus angekommen waren, kam doch wieder der berufliche Drang in Schulze hoch und er fragte wie beiläufig: „Hältst du es für möglich, dass jemand auf anderem Wege ins Haus gelangen kann außer durch die Haustüre?"
„Jemand könnte den Moment abpassen, wenn die Haustüre sich noch nicht wieder ganz geschlossen hat, nachdem einer herein- oder herausgekommen ist. Aber ich bin sicher, wenn das ein Bewohner bemerken würde, er würde sofort nachfragen, wieso derjenige ins Haus möchte. Wir kennen uns alle untereinander und so anonym, wie viele glauben, ist ein Mehrfamilienhaus hier nicht."
„Was ist mit der Tiefgarage? Einer deiner Nachbarn hat mir erzählt, dass der Schließmechanismus an dem Abend ‚irgendwie anders' war als sonst."
Fernandez überlegte und erwiderte dann: „Also theoretisch könnte ein Einbrecher oder auch der Mörder draußen warten und wenn das Tor noch oben ist, nachdem ein Auto herausgefahren ist, in die Tiefgarage gelangen. Aber das könnte man unter Umständen im Rückspiegel sehen. Mir ist nichts aufgefallen, bis auf das Gesicht, das ich kurz im Scheinwerferlicht

gesehen habe, oder vielleicht sollte ich sagen, glaubte, gesehen zu haben, denn ich konnte dir ja nicht wirklich helfen."

„Was ist, wenn jemand sich in der Tiefgarage befindet und hinaus möchte?"

„Jeder Autobesitzer hat normalerweise eine Fernbedienung. Aber wenn du zum Beispiel mit dem Fahrrad hinausmöchtest, dann gibt es drinnen ein Zugseil. Damit kann man das Tor öffnen; ohne Fernbedienung kann man von außen das Rolltor nur mit einem Schlüssel aktivieren. Es wurde auch schon einmal verstärkt, weil es in der Anfangszeit aufgebrochen wurde. Aber sind wir hier, um uns über das Garagentor zu unterhalten?"

Fernandez schloss die Eingangstüre auf und beide gingen durch das großzügige Treppenhaus zum Aufzug, um nach oben zu fahren. In der Wohnung führte sie Schulze auf ihren Balkon und bereitete anschließend in der Küche für beide einen Espresso mit ihrer Luxusmaschine zu, die perfekt in die gestylte Küche passte.

Während Schulze es sich in dem gepolsterten Hochlehner bequem machte, klingelte sein Handy und er wollte den Anruf schon wegdrücken, als er die Nummer seines Chefs im Display erkannte. Also nahm er den Anruf an. Fernandez kam mit zwei duftenden Espressotassen aus der Küche und ihr erstaunter Gesichtsausdruck verriet Schulze sofort, was sie davon hielt, dass er in dieser Situation telefonierte. Das Gespräch war aber bereits nach wenigen Sekunden beendet.

„Entschuldigung, aber es war mein Chef, ich musste kurz rangehen."

„Musst du weg? Ist etwas passiert?"

„Nein, nicht jetzt, aber morgen haben wir eine außerordentliche Sitzung. Du wirst es sicherlich bald aus den Medien erfahren, es hat einen neuen Mord gegeben. Und aller Wahrscheinlichkeit nach gibt es einen Zusammenhang zum Mord an deiner Nachbarin Regine Schwarz."

„Mein Gott, darfst du mir sagen, wer das Opfer ist?"

„Es ist die Dezernentin vom Schulamt, Frau Werle-Reinhardt."

„Was, um Gottes willen ... nein. Sag bitte, dass das ein Irrtum ist! Das ist ja furchtbar! Dann sind ja jetzt zwei von der Viererclique tot. Ein Serienmörder, und das in Frankfurt." Ihr Entsetzen war unübersehbar.

„Nun, ich weiß gar nichts über die genauen Umstände, und es wäre leichtfertig, gleich von einem Serienmörder zu sprechen. Aber was hast du da gerade gesagt, du hast von einer Viererclique gesprochen?"

„Ja, Regine, Bettina Werle-Reinhardt und Erika Berghoff, die sind alle drei seit der Studienzeit befreundet. Aber eigentlich waren sie zu viert, wie die Girls von ‚Sex and the City', wenn du diese Serie kennst. Das hat mir irgendwann Regine mal erzählt, als wir eine Folge davon zusammen angeschaut haben. Aber eine von ihnen ist während des Studiums sehr plötzlich ins Ausland gegangen. Ich weiß das nicht mehr so genau, ich kann nicht sagen, inwieweit sie noch Kontakt hatten, Regine und die beiden anderen sind in Frankfurt geblieben. Es klingt so unwirklich."
Schulze begriff sogleich, dass es sich hier möglicherweise um eine sehr wichtige Information für ihre Ermittlungen handeln könnte. Er war hin und her gerissen zwischen seinem kriminalistischen Ego als Kommissar und seinem Ego als Mann, der eine hübsche Frau bei einem Date zum Sex verführen wollte. So jedenfalls hatten sie sich beide garantiert den Verlauf des Abends nicht vorgestellt, wobei sowieso offen gewesen war, ob es tatsächlich zum Sex gekommen wäre. Aber Isabelle bereitete seinen Hoffnungen auf Sex ein abruptes Ende: „Sei mir nicht böse, aber mir steht jetzt nicht mehr der Sinn danach, unser Date länger als nötig fortzusetzen."
„Das heißt ...?"
„Ich finde dich sympathisch, du bist ein interessanter Mann. Auf jeden Fall würde ich dich gerne wiedersehen, aber jetzt wäre ich gerne alleine."
„Dann darf ich dich also wieder anrufen?", fragte er fast ungläubig und zögernd zugleich.
„Aber natürlich, ja! Ich kann dich auch anrufen und dieses Mal tue ich es nicht, weil mir irgendetwas zu deinen Kriminalfällen eingefallen ist. Es war ein sehr schöner Abend, ich habe deine Gegenwart genossen. Danke für die Einladung zum Essen", und dann umarmte sie ihn. Einen Moment lang sahen sie sich tief in die Augen und dann küsste Schulze sie und sie erwiderte seinen Kuss. In diesem Moment war der Kriminalbeamte so glücklich wie schon lange nicht mehr.

KAPITEL 59

Riedel und Abbas waren nach Sachsenhausen gefahren und im Wilhelm-Beer-Weg angekommen. Ein rot-weißes Band war quer über die Straße gespannt und trennte den Teil, der in eine Sackgasse mit Wendehammer mündete, ab, Einsatzfahrzeuge der Polizei parkten überall und sie sahen einen Leichenwagen. Abbas parkte vor dem Band, beide stiegen aus und sofort kam ein Polizeibeamter auf sie zu, um sie daran zu hindern weiterzugehen. Abbas zeigte seinen Dienstausweis und sie wurden durchgelassen, sodass beide ungehindert den restlichen Weg zum Tatort zu Fuß gelangen konnten, als ihnen der Leichenwagen entgegenkam. Vor der offenen Haustüre blieben sie stehen, drinnen waren die Techniker der Spurensicherung zu sehen, als ein Mann zu ihnen nach draußen kam, den beide sofort als Kollegen einer anderen Mordkommission erkannten.
„Hallo, Yunus, gut, dass du so schnell kommen konntest." Dann blickte er zu Riedel.
„Hallo, Sebastian, das ist meine Kollegin Sabine Riedel, ihr kennt euch, glaube ich, noch nicht persönlich." Beide grüßten sich durch Kopfnicken.
„Wie ist die Lage?"
„Also, das Mordopfer ist Bettina Werle-Reinhardt, wie ich am Telefon schon sagte. Der Todeszeitpunkt liegt etwa sechzehn bis zwanzig Stunden zurück, eine Frau Pudelek hat sie im Hausflur tot gefunden. Herr Reinhardt hatte sie angerufen, weil er seine Frau weder auf dem Handy noch auf dem Festnetz erreichen konnte, und gebeten, nach nebenan zu gehen, um nach dem Rechten zu schauen.
„Also sind die Pudeleks Nachbarn?"
„Ja, befreundete Nachbarn."
„Wo ist der Ehemann des Opfers?"
„Herr Reinhardt ist auf dem Rückweg nach Frankfurt. Er war übers Wochenende mit Freunden zum Segeln am Edersee."
„Was wisst ihr bisher über den Tathergang? Wie wurde sie ermordet?"
„Also die Tat geschah Freitagabend. Sie war offenbar gerade dabei, Geschirr auf der Terrasse wegzuräumen, da muss es geklingelt haben. Sie hat die Türe geöffnet und wurde dann mit einem schweren, stumpfen Gegenstand gegen die Stirn geschlagen, ging zu Boden und der Täter hat dann nochmal auf den Kopf eingeschlagen, sodass das Schädeldach zer-

trümmert wurde. Es ist so, als ob er eine ungeheure Wut gehabt hat und ganz sichergehen wollte, dass sie auf keinen Fall überlebt."

„Wer war der Besucher und warum macht sie abends einfach so die Türe auf?"

„Gute Fragen. Auf dem Terrassentisch stehen zwei Espressotassen. Vielleicht ist der Besucher gegangen, dann klingelt es und sie denkt, er hat etwas vergessen, und macht daher sofort auf, obwohl es schon so spät ist. Es gibt keinen Spion an der Haustüre, es ist ein altes Haus, das Gartentor stand offen, dort gibt es auch eine Klingel."

„Also viele Parallelen zum Mordfall Regine Schwarz. Auch sie hat den Mörder in die Wohnung gelassen und wurde ebenso erschlagen."

„Deshalb habe ich dich angerufen."

„Es ist schon seltsam, wir haben einen Mord, dann erhält eine Freundin des Opfers einen anonymen Drohbrief, aber ermordet wird eine andere Freundin des Opfers", warf Riedel ein.

„Von was spricht sie?", stellte Sebastian Schering eine Gegenfrage.

„Das erste Mordopfer, Regine Schwarz, war nicht nur mit diesem hier befreundet, sondern beide gemeinsam auch noch mit einer gewissen Erika Berghoff. Sie alle kennen sich aus ihrer Studentenzeit. Und diese Berghoff hat einen anonymen Drohbrief erhalten, der gerade bei uns im Labor untersucht wird", klärte Abbas seinen Kollegen auf.

„Nehmen wir einmal an, der Mörder hat es auf die Berghoff abgesehen, warum tötet er dann aber die Werle-Reinhardt?", fragte Riedel.

„Wir müssen wissen, wer der Besucher war, vielleicht weiß der Ehemann etwas oder es gibt einen Eintrag in ihrem Kalender", warf Abbas ein und fügte dann hinzu. „Können wir den Tatort sehen? Wo sind die Nachbarn?"

„Die Leiche ist bereits abtransportiert, die Spurensicherung ist noch da, aber zieht euch Überzieher an und dann schaut euch um. Die Nachbarn wohnen nebenan, das Ehepaar Pudelek, sie sind zu Hause. Ach ja, wir haben das Handy sichergestellt, es lag auf dem Couchtisch im Wohnzimmer."

„Ich nehme sowieso an, dass wir den Fall übernehmen", entgegnete Abbas. Dann holten sie sich Überziehschuhe und betraten das Haus. Der Geruch, um nicht zu sagen der Gestank, war immer noch widerlich, Riedel wurde sogleich übel. Im Hausflur war eine große Lache geronnenen Blutes auf dem Parkett, die Umrisse der Toten waren markiert. Sicher hatte der Polizeifotograf schon alles gründlich und detailliert abgelichtet und sie würden später die Fotos erhalten. Trotzdem wollte Abbas sich noch einmal selbst ein Bild des Tatortes machen. Im Haus selbst schwirrten immer noch unzählige Fliegen. Sie gingen weiter durch das Wohnzimmer nach draußen auf die Terrasse, wo immer noch das Tablett und die beiden Espressotassen standen, von denen bereits Fingerabdrücke genommen worden waren. Sowohl Abbas als auch Riedel waren froh, wieder im Freien zu sein. Abbas schlug vor, dass sie hinüber zu den Nachbarn gehen, um selbst mit ihnen zu sprechen. Ohnehin würde es notwendig werden, dass alle Nachbarn befragt werden.

Auf das Klingeln öffnete eine Frau und Abbas stellte sie beide als Kriminalbeamte vor, die noch einige Fragen zu klären hätten. Den Protest der Frau, dass sie bereits alles dem Kollegen erzählt habe, entkräftete Abbas mit dem Hinweis, dass er der Ermittler in einem anderen Mordfall sei und es gewisse Parallelen gäbe, sodass er sich selbst noch einmal einen unmittelbaren Eindruck verschaffen müsse.

Im Wohnzimmer fanden sie den Ehemann und noch eine andere Frau vor, die ihnen Frau Pudelek als eine weitere Nachbarin, nämlich Frau Kress, vorstellte, deren Grundstück ebenfalls an das der Reinhardts grenzte. Abbas erklärte noch einmal, warum es nötig sei, notfalls auch Fragen doppelt zu beantworten, führte allerdings auch aus, dass er jeweils mit den Personen alleine sprechen wollte. Darauf bat die Hausherrin die beiden Beamten in das angrenzende Esszimmer und schloss hinter ihnen die Schiebetüre, sodass sie ungestört waren.

„Frau Pudelek, bitte erzählen Sie mir noch einmal genau, wie der Ablauf aus Ihrer Sicht passiert ist“, forderte Abbas die aufgeregte Zeugin zu einer nochmaligen Aussage auf.

„Wir wollten grillen, und da erhielt ich einen Anruf von Jürgen Reinhardt, unserem Nachbarn. Er machte sich Sorgen, weil er seine Frau nicht telefonisch erreichen konnte, und bat mich, dass ich doch bitte einmal hinüber gehen sollte, um nachzuschauen. Das habe ich auch getan, mein Mann hat in der Zwischenzeit den Grill angeworfen. Ich bin dann also rüber, aber auf mein Klingeln hin tat sich nichts im Haus, also bin ich durch den Garten zur rückseitigen Terrasse gegangen. Mir fiel gleich auf, dass die Türe offen stand und Licht brannte, außerdem bemerkte ich sehr viele Fliegen. Ich habe nach Bettina gerufen, als ich keine Antwort erhielt, bin ich erst ins Wohnzimmer und dann in die Diele gegangen. Dort habe ich

dann die Tote gesehen. Ich habe wohl sehr laut geschrien, denn mein Mann eilte sogleich zu mir."
„Woher wussten Sie, dass Frau Werle-Reinhardt tot ist?"
„Das sah ich sofort, das viele Blut, o mein Gott ich habe noch nie so viel Blut von einem Menschen gesehen. Außerdem die schwere Kopfverletzung, da war mir klar, dass etwas Schlimmes passiert war. Einen Moment dachte ich noch, dass sie vielleicht gestolpert sei und unglücklich mit dem Kopf gegen die Kante der Kommode gestoßen war, denn da war auch Blut."
„Und weiter?"
„Als mein Mann kam, ach so, ich habe vergessen zu erzählen, als ich über die Terrasse ins Haus ging, fiel mir auf, dass dort ein Tablett mit zwei Espressotassen und einer Zuckerdose auf dem Gartentisch stand. Das kam mir merkwürdig vor, weil Bettina doch so ordentlich ist. Oh mein Gott …", schluchzte sie los.
„Als Ihr Mann dann zu Ihnen kam …", versuchte Abbas den Gesprächsfaden wiederaufzunehmen.
„… hat er mich in den Arm genommen."
„Er kam also zu Ihnen rein?"
„Nein, ich bin vor Schreck und wegen des entsetzlichen Gestanks wieder zurück auf die Terrasse, dort traf mich Carsten an. Er ging dann nach drinnen und wollte sich überzeugen, dass sie wirklich tot ist. Andere Nachbarn kamen in der Zwischenzeit, einer hatte ein Handy dabei, ich weiß gar nicht mehr, wer, und hat die Polizei angerufen."
„Ist Ihnen gestern Abend irgendetwas aufgefallen? Haben Sie zufällig gesehen, wer zu Besuch war."
„Nein, mir ist gar nichts aufgefallen. Wissen Sie, das ist keine Durchgangsstraße, es wohnen nur wenige Leute hier in dieser Sackgasse, wir alle kennen uns schon sehr lange, die Häuser sind alt, entsprechend sind die Grundstücke sehr gut eingewachsen, man hat hier sehr viel Privatsphäre. Wären die neuen An- und Abfluglinien nicht gekommen, wäre es hier noch ruhiger und idyllischer. So stört der Fluglärm schon, wenn man im Freien ist und der Wind ungünstig steht."
„Danke, das wäre erst einmal alles. Würden Sie uns jetzt bitte Ihren Mann schicken?"

Katja Pudelek wischte sich die Tränen, die ihr über die Wangen gelaufen waren, aus dem Gesicht, dann öffnete sie die Schiebetür und bat ihren Ehemann hinein.
„Herr Pudelek, schildern Sie uns doch bitte auch noch einmal kurz den Ablauf, wie Sie ihn erlebt haben“, forderte Abbas ihn auf.
„Wie Ihnen sicher schon meine Frau erzählt hat, ist sie nach drüben gegangen, um auf Wunsch von Herrn Reinhardt nach seiner Frau zu schauen. Ich habe dann irgendwann ihren entsetzlichen Schrei gehört und bin dann ebenfalls zu dem Grundstück und direkt in den Garten. Auf der Terrasse habe ich sie dann angetroffen. Sie sagte mir, dass unsere Nachbarin tot sei, ich bin nach drinnen, um mich selbst davon zu überzeugen. Als ich herauskam, waren da noch andere Nachbarn in den Garten gekommen, ich meine die Sabrowskis von gegenüber und Thomas Kress, die wohnen direkt auf der anderen Seite im Doppelhaus. Ich habe nach einem Handy gefragt, und ich glaube, Herr Kress hatte seines dabei und hat die 110 gerufen.“
„Ist Ihnen irgendetwas aufgefallen?“
„Nein, es war alles wie immer. Wir haben dann noch überlegt, ob wir Jürgen Reinhardt anrufen sollen, aber ich hielt es für besser, wenn das die Polizei macht. Die hat doch dafür geschultes Personal. Er hat dann später von sich aus bei uns angerufen, konnte kaum sprechen, so hat er geheult. Die beiden führen eine glückliche Ehe, hatten vor nicht allzu langer Zeit Silberne Hochzeit. Meine Güte, und wie werden erst die Mädchen reagieren?“
Riedel notierte eifrig auf ihrem Block die Aussage, dann wurde Herr Pudelek entlassen und Frau Kress hereingebeten. Sie konnte mit ihrer Schilderung am wenigstens Neues beitragen. Sie hatte in der Küche am Herd gestanden, als sie den gellenden Schrei gehört hatte, und ihren Mann nach draußen geschickt, um unter Umständen Hilfe leisten zu können. Sie bestätigte, dass er dann mit seinem Handy die Polizei alarmiert hatte. Abschließend gab sie noch zu Protokoll: „Vielleicht sollten Sie einmal mit Herrn Wilde sprechen, er wohnt schräg gegenüber, ein Rentner, alleinstehend, der täglich mehrmals mit seinem Hund nach draußen geht. Vielleicht hat er irgendetwas beobachtet? Aber Sie werden einen Gebärdendolmetscher brauchen, denn er ist gehörlos.“
Abbas hinterließ allen seine Visitenkarte für den Fall, dass jemandem noch etwas einfiel, und dann verabschiedeten sie sich von den Nachbarn, um

auf dem Weg zum Auto noch bei Herrn Wilde vorbeizugehen, der aber nicht zu Hause war, sodass ein weiterer Besuch unumgänglich werden würde, allein schon wegen eines Dolmetschers. Das Grundstück wirkte durch den stark vernachlässigten und dadurch verwilderten Garten fast ein bisschen heruntergekommen. Auch das Gebäude selbst hätte sicher einen neuen Anstrich vertragen können. Bei den Sabrowskis hatten die Beamten mehr Glück. Ihre Aussage ähnelte der von Frau Kress. Die Eheleute hatten den lauten Schrei gehört, ihn als Hilfeschrei gedeutet und waren daher zum Grundstück der Reinhardts geeilt, wo sie sahen, dass Carsten Pudelek bereits hingerannt war. Auf die Frage, ob ihnen am Abend vorher etwas aufgefallen wäre, sagte Herr Sabrowski, dass ihm ein dunkler SUV mit Frankfurter Nummer aufgefallen sei, der in der Straße geparkt hatte. Da fast alle ihre Autos in den zu den Wohnhäusern gehörenden Garagen abstellten, war ihm dieser luxuriöse Wagen am Straßenrand aufgefallen. Damit war der unerwartete Einsatz am Samstagabend beendet, Abbas fuhr Riedel noch nach Hause und setzte für den nächsten Tag eine außerordentliche Sitzung im Präsidium an.

KAPITEL 60

Detlef und Thomas Sommer hatten am Goetheturm geparkt und waren mit ihren beiden Chihuahuas zum Wilhelm-Beer-Weg gelaufen, um ihren gehörlosen Freund Franz Wilde zu besuchen. Die beiden Hündinnen kannten den Weg nur zu gut und zerrten schon ungeduldig an der Leine, als sie sich dem Grundstück näherten. Thomas kritisierte wie üblich den Zustand des Gartens und konnte überhaupt nicht verstehen, wieso jemand so wenig Interesse daran hatte, einen gepflegten Garten zu haben. Nachdem sie den Garten betreten hatten, schloss Thomas das Gartentor und nahm die Leinen ab, sodass die beiden Chihuahuas sofort ungestüm über den Rasen hasteten und gar nicht genug bekommen konnten, hier und dort die herrlichen, ungewohnten Düfte zu erschnüffeln, die ihnen nun einmal ein so verwilderter Garten zu bieten hatte. Von drinnen hörten sie schon das aufgeregte Bellen eines dritten Chihuahuas, noch ehe sie überhaupt die Klingel betätigt hatten, denn offenbar hatte Jago die beiden Hündinnen bereits gewittert. Sie hatten sich drei Jahre zuvor in einer Hundeschule in Oberrad kennengelernt, die ausschließlich kleine Hunderassen zuließ und hatten seither eine lose Freundschaft, die im Laufe der Zeit aus gemeinsamen Treffen entstanden war, da Thomas und Franz sich wunderbar in Gebärdensprache über ihre kleinen und großen Sorgen mit den Hunden unterhalten konnten, und Detlef in dringenden Fällen auch als Dolmetscher zur Verfügung stand, wenn es einmal nötig sein sollte. Kaum dass sie die drei Treppenstufen zur Haustür emporgestiegen waren, um die Klingel zu betätigen, wurde von innen die Haustüre geöffnet und Jago stürmte nach draußen, wo er sofort freudig erregt von seinen beiden Hundefreundinnen begrüßt wurde.
Wilde gebärdete aufgeregt los, nachdem sie sich begrüßt hatten. Dabei war er so schnell, dass Detlef dem Gebärdenschwall kaum folgen konnte. Er verstand „Polizei“, „Nachbarhaus“, irgendetwas war im Nachbarhaus geschehen und die Polizei war da gewesen, aber Wilde wusste nicht, was genau dort geschehen war, nur musste es etwas Schlimmes gewesen sein, denn er hatte einen Leichenwagen gesehen. Detlef gebärdete seinem Mann, dass er noch einmal langsamer erklären sollte, was denn passiert war. Und dann zählte er eins und eins zusammen. Beim Frühstück hatte er im Radio gehört, dass es in Sachsenhausen einen Mord gegeben hatte, sollte der etwa hier in der Nachbarschaft geschehen sein? Franz bat

die beiden ins Haus, das im Gegensatz zu dem Garten picobello aufgeräumt und geputzt war. Auf dem antiken Esstisch war bereits für den Kaffee eingedeckt. Detlef fragte in Gebärdensprache, ob sie nicht lieber draußen sitzen wollten, denn hinter dem Haus war eine wunderschön eingewachsene Terrasse, die von einer gestreiften Markise beschattet wurde, aber Franz bestand darauf, dass sie erst drinnen Kaffee und Kuchen zu sich nehmen sollten, da der Obstboden vielleicht Wespen anlocken würde, die er absolut nicht leiden konnte. Später könnten sie sich ja dann draußen niederlassen. Thomas und Franz gebärdeten nun in einem Tempo, um sich die jeweils wichtigsten Neuigkeiten ihrer jüngsten Vergangenheit zu berichten, dass Detlef es irgendwann aufgab, jede Einzelheit der Unterhaltung zu verstehen.
Als endlich die wichtigsten News ausgetauscht waren, holte Franz die Platte mit einer Himbeer-Heidelbeer-Torte aus der Küche und anschließend ein Tablett, auf dem die Kaffeekanne mit herrlich duftendem Kaffee und eine Kristallschale mit Sahne standen. Bei den vielen Cappuccinos und Latte macchiatos, die es nun überall gab, war ein ganz normal gefilterter Kaffee durchaus willkommen, dachte Detlef. Außerdem kam dann endlich auch einmal die Kaffeekanne eines Services wieder zum Einsatz, und dieses Design war ausgesprochen ästhetisch, handelte es sich doch um ein Service von Rosenthal mit dem wunderschönen Namen Donatello.
Plötzlich bellten die Hunde alle drei wie verrückt. Detlef war der einzige, der es hören konnte, und er stand auf, ging hinaus auf die Terrasse und lauschte, woher das anhaltende Bellen kam. Er drehte sich um und gebärdete den beiden Gehörlosen, die ihn fragend anschauten, dass die Hunde laut bellten und er ums Haus gehen wollte, um nachzusehen, was der Grund der Aufregung war. Vielleicht war außen am Tor ein Passant mit einem anderen Hand vorbeigekommen und die drei verteidigten lautstark ihr eigenes Revier. Obwohl sie nur eine kleine Rasse waren, konnten Chihuahuas doch einen erheblichen Krawall machen. Als er ums Haus in den Vorgarten kam, sah er, dass Jaoma fast ganz unter dem Gestrüpp, das von den Büschen am Gartenzaun gebildet wurde, verschwunden war, und an irgendetwas zerrte, während die beiden anderen Chihuahuas ihre Bemühungen mit aufgeregtem Gebell begleiteten. Detlef bückte sich, um sehen zu können, an was Jaoma da so interessiert war. Vielleicht war es ein toter Vogel oder ein totes Kaninchen, dachte er noch. Er konnte nun eine Plastiktüte eines Discounters erkennen, rief Jaoma zurück, die wi-

derwillig gehorchte und versuchte mit weit ausgestreckter Hand, die Tüte zu erreichen. Erst nach mehreren Versuchen konnte er ein Stück des Plastiks so mit den Fingern greifen, dass er daran ziehen konnte. Irgendwie hing die Tasche fest, er zog fester, bis sie an einer Stelle riss und er sie zu sich auf den Rasen ziehen konnte. Der Inhalt schien schwer und verströmte einen leicht süßlichen und widerlichen Geruch. Die drei Hunde bellten nun noch lauter, sodass er schon befürchtete, gleich würden sämtliche Nachbarn herbeilaufen, um sich über den ungeheuerlichen Lärm am Sonntag zu beschweren. Durch den Riss in der Tüte sah er geronnenes Blut, das wohl die Ursache für den Gestank war, und den hölzernen Griff eines Hammers. Vor lauter Schreck ließ er entsetzt die Tasche fallen, rief die Hunde zu sich und rannte fast zurück ins Wohnzimmer.

Fragend schauten ihn die beiden an. Er musste sich sehr konzentrieren, um ihnen in Gebärdensprache mitzuteilen, dass er draußen eine Tüte mit einem blutigen Hammer gefunden hatte, der am Boden unter den geradezu dickichtartigen Büschen zur Straßenseite gelegen hatte. Jemand musste ihn wohl von draußen in die dichten Sträucher geworfen haben und er war dann aufgrund seines Gewichtes zwischen den Zweigen nach unten zum Boden gerutscht. Niemand hätte ihn dort so leicht entdeckt, solange das volle Laub an den Ästen war. Aber die feine Nase von Jaoma hatte offenbar das Blut gewittert. Die beiden Gehörlosen platzten vor Neugierde und wollten das Fundstück sehen, also gingen sie wieder nach draußen. Thomas hielt die beiden Chihuahuas am Halsband fest, als sie sich wieder mit der Tüte beschäftigen wollten. Franz gebärdete, dass Detlef zu den Nachbarn gegenüber gehen sollte, um zu fragen, was gestern passiert war. Vielleicht hatte die Tüte etwas damit zu tun? Fest stand für alle drei, dass der Fund unbedingt der Polizei mitgeteilt werden musste.

Also entschloss sich Detlef Sommer auf Bitten von Franz, zu den Nachbarn zu gehen, um in seinem Auftrag zu fragen, was denn passiert sei. Als er bei Pudelek klingelte, öffnete ihm eine freundliche Dame und Sommer trug sein Anliegen vor: „Guten Tag, bitte entschuldigen Sie die Störung. Sommer ist mein Name, ich bin mit Ihrem gehörlosen Nachbarn, Herrn Wilde, befreundet und wir sind gerade bei ihm zu Besuch. Er hat gestern die Aufregung mitbekommen, die Polizeifahrzeuge gesehen und lässt durch mich fragen, was denn passiert ist.“

„Ach so, ja, das stimmt, er kann ja gar nichts hören. Sicher wird die Polizei ihn auch noch befragen. Es ist etwas Schreckliches passiert. Unsere

Nachbarin von nebenan, Frau Werle-Reinhardt, wurde in der Nacht von Freitag auf Samstag ermordet, deshalb war die Polizei hier."
„Mein Gott, ich habe heute Morgen im Radio davon gehört, aber es wurde kein Name genannt. Danke für die Auskunft, ich werde es ihm gebärden. Wissen Sie vielleicht, an wen er sich bei der Polizei wenden sollte, falls er etwas bemerkt hat? Aber er müsste natürlich einen Gebärdendolmetscher haben."
„Können Sie denn Gebärdensprache?"
„Ja, aber als Dolmetscher bei der Polizei, das möchte ich dann vielleicht doch nicht, wenn man da etwas falsch übersetzt, könnte es ungeahnte Folgen haben."
„Der Kommissar hat mir seine Visitenkarte hiergelassen, warten Sie, ich hole sie und gebe Ihnen die Nummer. Vielleicht können Sie für Herrn Franz dort anrufen?" Frau Pudelek verschwand in der Wohnung, um wenige Augenblick später wieder mit einer Visitenkarte zurückzukommen, die sie ihm reichte. Sommer holte sein Handy aus der Tasche und legte einen neuen Kontakt an: Yunus Abbas. Dann speicherte er Handy- und Festnetznummer und bedankte sich. Franz Wilde platzte fast vor Neugier, als Sommer zurückkam und er ihm von dem schlimmen Mord gebärdete. Dass seine Nachbarin tot war, schockte ihn sichtlich. Sommer musste den Namen buchstabieren.
Normalerweise haben Gehörlose einen Gebärdennamen, sie geben auch Hörenden Gebärdennamen, um sich über sie unterhalten zu können. Aber wenn ein Name zum ersten Mal genannt wurde, musste man ihn in der Regel mit dem Fingeralphabet buchstabieren. Sie waren nicht näher befreundet, aber hatten sich immer gegrüßt, wenn sie sich auf der Straße begegnet waren; und wenn sie sehr langsam und deutlich sprach mit dem entsprechenden Mundbild, konnte er sogar von ihren Lippen ablesen, was sie ihm an freundlichen Worten zu sagen hatte. Dann gebärdete Sommer, dass er die Polizei anrufen müsse, denn vielleicht hatte die Tüte mit dem Hammer etwas mit dem Mord zu tun.
Er fragte Wilde, ob er denn etwas gesehen habe. Dieser gebärdete, dass er nur ein Auto in der Straße gesehen hatte und eine Frau, die aus dem Haus der Reinhardts gekommen war. Sommer entschied, dass es am besten war, wenn er die Polizei verständigen würde. Sie könnte dann alles Weitere mit Wilde klären, am besten mit einem Gebärdendolmetscher vom Gehörlosenzentrum in der Rothschildallee. Aber vielleicht hatte die Krimi-

nalpolizei ja auch eine eigene Zugangsmöglichkeit für einen Dolmetscher? Sommer nahm sein Handy heraus, suchte in dem Kontakteordner die Nummer von Yunus Abbas und drückte die Wähltaste.

KAPITEL 61

Obwohl es Sonntag war, hatte sich das fünfköpfige Ermittlungsteam im Präsidium versammelt., Sebastian Schering war ebenfalls anwesend. Zunächst informierte Schering alle über das, was im neuen Mordfall bekannt war: „Das Opfer wurde am 3. Juli nachmittags von der Nachbarin, Frau Pudelek gefunden, nachdem der Ehemann sie angerufen hatte, weil er sich Sorgen um seine Frau machte, die er hatte telefonisch nicht erreichen können. Sie wurde offenbar durch zwei Schläge mit einem schweren Gegenstand, möglicherweise einem Hammer, in der Diele ermordet. Es gibt keine Einbruchspuren, sie muss dem Täter die Haustüre geöffnet haben. Die Tat geschah am Vorabend. Vermutlich war sie gerade auf der Terrasse, als es geklingelt hat. Sie ist zur Eingangstür gegangen und hat geöffnet, dann hat der Mörder zugeschlagen. Vor ihrem Tod hatte sie offenbar Besuch, wir wissen jedoch noch nicht, wer der Besucher war. Es gibt Fingerabdrücke auf einer Espressotasse sowie DNA-Spuren an Zigarettenkippen im Aschenbecher auf der Terrasse, die noch nicht ausgewertet sind."

„Also zwei Parallelen zum Fall Regine Schwarz, einmal die Tatsache, dass der Täter ins Haus gelassen wurde, und zum anderen die gewaltsame Todesart durch einen Schlag auf den Kopf", ergänzte Abbas und fügte hinzu: „Bemerkenswert ist auch, dass die beiden Opfer sich kannten und sogar nicht nur Kolleginnen waren, sondern auch seit vielen Jahren privat befreundet sind."

„Das ist in der Tat seltsam. Die Berghoff kennt ebenfalls beide seit ihrer Studienzeit, bekommt einen anonymen Drohbrief, aber ihre Freundin wird ermordet", wandte Holzapfel ein.

„Ich darf noch etwas ergänzen. Von Isabelle Fernandez, der Nachbarin der Frau Schwarz, habe ich erfahren, dass es noch eine vierte im Bunde gibt. Damals in der Studentenzeit seien die vier so etwas wie die Girls von ‚Sex and the City' gewesen, hat sie mir erzählt", fügte Schulze hinzu.

Alle schauten zu ihm hin und Abbas sprach ihn schmunzelnd direkt an: „Du und die Fernandez? Sag bloß, du fängst jetzt mir ihr was an?"

Schulze errötete leicht und konterte sogleich im Verteidigungston: „Sie ist eine Zeugin, keine Verdächtige!" Abbas und Seidel grinsten und schauten sich dabei unwillkürlich an, offenbar dachten beide genau dasselbe in diesem Moment.

„Das ist in der Tat ein neuer Aspekt, wobei uns jetzt eigentlich nur noch die Schulleiterin weiterhelfen kann, denn die beiden anderen sind nun tot. Irgendetwas stört mich an der ganzen Sache, das sagt mir mein Bauchgefühl, aber ich kann euch nicht sagen, was. Aber lasst Sebastian erst einmal weiter seine bisherigen Erkenntnisse vortragen", sagte Abbas.
Schering fuhr mit seinem kurzen Bericht fort: „Nach ersten Erkenntnissen der Gerichtsmedizin trat der Tod etwa zwischen 22.00 und 24.00 Uhr ein. Der erste Schlag gegen die Stirn führte dazu, dass die Werle-Reinhardt zu Boden ging, dann hat der Täter ein weiteres Mal zugeschlagen, dabei wurde die Schädeldecke über der Schläfe eingedrückt. Offensichtlich wollte er ganz sicher gehen, dass sie wirklich tot ist."
„Ganz schön brutal", kommentierte Holzapfel.
„Trotzdem war das Opfer immer noch nicht tot, sondern verblutete erst im Laufe der nächsten Stunde", fügte Schering an. „Das Handy der Ermordeten ist noch nicht ausgewertet, aber wir haben es sichergestellt. Der Ehemann kommt heute nach Frankfurt oder ist bereits hier. Jemand müsste ihn heute unbedingt noch befragen."
„Das übernehmen Schulze und ich. Wir werden sowieso den Fall von euch, Sebastian, an uns übertragen, davon gehe ich aus", antwortete Abbas.
„Wir haben hier noch den Laborbericht des anonymen Briefes", meldete sich Riedel zu Wort und teilte die wesentlichen Erkenntnisse mit: „Fingerabdrücke auf dem ganzen Bogen, ausschließlich von der Direktorin. Das Papier ist gewöhnliches weißes 80-Gramm-Papier, wie man es überall kaufen kann. Die Zeitungsschnipsel sind aus einer Tageszeitung ausgeschnitten, höchstwahrscheinlich der *Frankfurter Rundschau*, aufgeklebt wurden sie mit haushaltsüblichem Klebestift. Der Umschlag ist in Frankfurt abgestempelt. Auf ihm finden sich Fingerabdrücke der Berghoff und weiteren Personen. Eine davon dürfte die Sekretärin sein, die anderen entstanden wahrscheinlich auf dem Transportweg bei der Post. Wirklich weiter bringt uns das nicht."
„Wir müssen aber dennoch mit der Berghoff sprechen, schon wegen der Andeutung einer vierten Frau in der damaligen Studentinnenclique", erinnerte Schulze.
In diesem Moment klingelte das Handy von Abbas, der den Anruf entgegennahm. Alle lauschten plötzlich wie gebannt seinem Dialog, von dem sie aber nur das verstanden, was Abbas erwiderte: „Kriminalhauptkom-

missar Abbas, ... Ja, da sind Sie bei mir richtig. ... Fassen Sie bitte die Tüte nicht mehr an. ... Könnten Sie eventuell noch eine Stunde bleiben und dolmetschen? ... Wir kommen sofort. Bis dann."

Alle schauten ihn erwartungsvoll und mit Spannung an, in der Erwartung, dass er ihnen preisgab, um was für einen Telefonanruf es sich gehandelt hatte.

„Der Anrufer war ein gewisser Herr Sommer, der zufällig bei Herrn Wilde, dem Nachbarn der ermordeten Werle-Reinhardt zum Kaffeeklatsch ist. Seine Hunde haben im Garten eine Plastiktüte gefunden, in der sich ein blutiger Gegenstand befindet. Bernhard und ich fahren sofort zu ihm hin. Denn er könnte bei einer ersten Befragung des gehörlosen Nachbarn dolmetschen. Damit sparen wir Zeit, ehe wir einen amtlichen Dolmetscher für Gebärdensprache anfordern können. Ich schlage vor, dass Birgit und Martin zum Ehemann fahren und mit ihm sprechen. Sabine, du bringst inzwischen unsere Tafel hier auf den aktuellen Stand und verständigst bitte die Kollegen von der Spurensicherung, damit sie ebenfalls zu Herrn Wilde fahren. Möglicherweise gibt es noch andere Hinweise in dessen Garten."

Damit war die sonntägliche Sitzung zunächst einmal beendet.

KAPITEL 62

Zwei Zivilfahrzeuge parkten im Wilhelm-Beer-Weg unmittelbar hintereinander, als Franz Wilde aus dem Küchenfenster zur Straße schaute. Aus dem einen Fahrzeug stiegen zwei Männer aus, die direkt auf sein Haus zukamen, aus dem anderen ein Mann und eine Frau, die zur anderen Straßenseite zum Haus der Reinhardts gingen. Wenige Augenblicke später blitzte der Lichtblitz der Lichtklingelanlage, und die drei Chihuahuas rannten bellend in den Flur zur Haustüre. Als Wilde sie öffnete und die beiden Männer ins Haus kamen, bellten die Hunde nur noch lauter. Die Besucher schauten ihn etwas hilflos an, da er nichts sagte, sondern sie nur mit einer Geste begrüßte, wortlos hereinwinkte und dann die Hunde beruhigte. Im Wohnzimmer warteten zwei andere Männer, die beiden Gehörlosen gebärdeten sofort untereinander, während der dritte Mann aufstand und die beiden Kriminalbeamten begrüßte: „Guten Tag, ich bin Detlef Sommer, ich hatte Sie angerufen."
„Yunus Abbas, das ist mein Kollege Bernhard Schulze."
„Ich glaube, ich habe Sie schon einmal gesehen. Kann es sein, dass Sie vor Kurzem im Westendgymnasium waren?", fragte Sommer und schaute dabei Abbas in die Augen.
„Wie kommen Sie darauf? Was haben Sie mit dem Westendgymnasium zu tun?"
„Ich bin dort Lehrer und ich hatte gerade Pausenaufsicht, als Sie mit einer Frau dort waren und mich nach dem Sekretariat fragten."
„Die Welt ist klein, besonders in Frankfurt. Ja, das ist richtig, ich war tatsächlich dort."
„Und Sie können Gebärdensprache und dolmetschen?"
„Mein Mann ist gehörlos, daher kann ich gebärden, aber ich bin nicht perfekt. Ich kann gerne versuchen, Ihre Fragen an Herrn Wilde zu übersetzen, aber für eine offizielle Zeugenaussage müssten Sie bitte einen Dolmetscher engagieren."
„Kann er Lippenlesen, oder aufgeschriebene Fragen verstehen?"
„Lippenlesen, vielleicht, wenn Sie langsam und deutlich sprechen, aber Sie haben einen Vollbart, da ist das mit dem Mundbild schon schwieriger. Ehrlich gesagt, viele Gehörlose in seinem Alter hatten eine schlechte Schulausbildung, weil Deutschland da im Vergleich zum europäischen Ausland echt hinterherhinkt. Die Gebärdensprache ist ja erst unter Schrö-

der als Bundeskanzler in den Gehörlosenschulen legalisiert worden. Ich denke, ich dolmetsche besser."

„Wo ist denn die Plastiktüte, von der Sie am Telefon sprachen?", fragte Schulze.

„Die haben wir draußen am Gebüsch wieder abgelegt, ungefähr da, wo die Hunde sie gefunden haben."

„Die Spurensicherung wird wahrscheinlich bald hier sein und sich darum kümmern", ergänzte Abbas.

Wilde gebärdete, dass er wissen möchte, was da gerade gesprochen wurde und Sommer erklärte es ihm in Gebärdensprache. Dann nahmen alle am Esszimmertisch Platz, Wilde und Thomas Sommer auf der einen Seite, ihnen gegenüber Detlef und je einer der Beamten an jeder Kopfseite.

„Haben Sie am Freitagabend irgendetwas in der Straße gemerkt, was Ihnen auffällig erschienen ist?", begann Abbas seine Befragung.

In Gebärdensprache übersetzt, müsste es dann etwa so lauten: „Freitagabend, in der Straße vor dem Haus, du irgendetwas gesehen, was vielleicht wichtig ist?"

Wilde gebärdete und Sommer dolmetschte: „Ich war mit dem Hund draußen Gassi, ich habe eine Frau gesehen, die aus dem Haus gekommen ist, zweimal sogar."

„Um wieviel Uhr war das?"

„Es war ungefähr 23.00 Uhr. Ich kann es nicht genau sagen. Ich gehe spät abends oft nur eine kleine Runde, wenn Jago schnell fertig ist und sein Geschäft gemacht hat. Meistens nur bis zum Ende der nächsten Straße und dann zurück."

„Können Sie die Frau beschreiben?"

„Ich weiß nicht, es ist hier dunkel, die Straßenlaterne ist nicht so hell. Es war Licht auf dem Plattenweg zum Haus, ja. Aber ich kann sie nicht beschreiben. Ich habe auch nicht genau hingeschaut, Entschuldigung."

„Fragen Sie ihn bitte, was er damit meint, dass er die Frau zweimal gesehen hat?"

„Ich bin losgegangen, da kam sie gerade durch den Vorgarten zur Straße. Später auf dem Heimweg, da habe ich gesehen, dass sie in ein Auto eingestiegen ist. Ich habe mich gewundert, dass sie so lange gebraucht hat von der Gartentüre bis zum Auto. Es stand nicht so weit vom Haus."

„Wie viel später war das?"

„Ich weiß es nicht, ein paar Minuten, ich bin eine kleine Runde gegangen, ich habe nicht auf die Uhr geschaut."
„Was für ein Fabrikat hatte das Auto?"
„Es war eine dunkle Farbe, vielleicht dunkelgrau oder dunkelblau. Es war ein großes Auto, so wie sie jetzt überall in der Stadt fahren." Sommer ergänzte von sich aus: „Er meint möglicherweise einen SUV." Er gebärdete ein „S", ein „U" und ein „V", aber Wilde konnte mit dieser Abkürzung nichts anfangen. Thomas Sommer aber verstand und fing nun an, in Gebärdensprache auf Wilde einzureden. Die beiden Kriminalbeamten schauten fasziniert auf die flinken Hände, die durch die Luft zu fliegen schienen. Das Redetempo war deutlich höher als das, was Wilde gegenüber Sommer an den Tag legte. Schließlich kommentierte Sommer, was da gerade kommuniziert wurde: „Also er erklärt ihm gerade, was ein SUV ist, und ja, es war wohl ein SUV."
„Fragen Sie ihn bitte, ob er sich an das Kennzeichen erinnert?"
„Nein, leider. Aber warum sollte ich mir das merken? Es war einfach ein Auto, ich dachte, Besuch bei den Nachbarn, wie schön."
„Haben Sie sonst noch irgendjemanden gesehen?
„Ich habe noch einen Mann gesehen, der ziemlich schnell Richtung Stadt ging."
„Wann war das? Wie sah der Mann aus?"
Wilde überlegte einen Moment, dann gebärdete er schnell drauflos und Sommer kam kaum mit dem Übersetzen nach: „Auf dem Heimweg, ich weiß nicht, wo er herkam, er war schon etwas weiter weg, aber es war sonst kein Auto auf der Straße. Ich habe ihn nur von hinten gesehen."
Schulze machte sich eifrig Notizen, dann wechselte Abbas das Thema: „Wie haben Sie die Plastiktüte gefunden?"
„Unsere Hunde spielten im Garten und schlugen plötzlich an", erwiderte dieses Mal Sommer direkt. „Wir sind dann zur Hecke gegangen und haben gesehen, dass sie an etwas zerrten. Wie sich herausstellte, war in der Tüte ein blutiger Gegenstand, ich glaube, eine Art Hammer."
In diesem Moment blitzte erneut der Lichtblitz der Lichtklingelanlage und die Hunde sprinteten wieder laut bellend in den Hausflur.
„Das sind sicher die Kollegen der Spurensicherung", erklärte Schulze und Sommer übersetzte wieder, ehe Wilde zur Haustüre ging, um zu öffnen. Er geleitete die beiden Männer wieder in den Garten und führte sie zu der Stelle, an der die vermutliche Tatwaffe gefunden worden war.

„Herr Sommer, ich darf Sie noch darauf hinweisen, dass Sie niemandem von der Vernehmung berichten dürfen“, belehrte Abbas.
„Darf ich eine Frage stellen?“
„Fragen dürfen Sie alles, nur ob ich Ihre Fragen auch beantworten kann und darf, das weiß ich im Voraus nicht.“
„Glauben Sie, dass es derselbe Mörder war?“
„Um das sagen zu können, ist es zum gegenwärtigen Stand unserer Ermittlungen definitiv zu früh.“
Wilde kam vom Garten zurück ins Haus.
„Herr Wilde, Sie müssen Ihre Aussage noch mit einem amtlichen Gebärdendolmetscher im Präsidium wiederholen. Dazu bekommen Sie eine schriftliche Einladung.“
Sommer übersetzte auch dieses. Dann verabschiedeten sich die beiden Kriminalbeamten, während die Männer der Spurensicherung weiter im Garten ihrer routinemäßigen Arbeit nachgingen.

KAPITEL 63

Holzapfel und Seidel warteten nach dem Klingeln vor der Haustüre. Ohne Zweifel hatten sie beide nach ihrer Auffassung den schwierigeren Part übernommen. Mit nahen Angehörigen von Toten zu sprechen, war ganz sicher nicht Yunus' Stärke. Eine junge Frau öffnete ihnen die Haustüre, sofort fielen ihre geröteten, verheulten Augen auf.

„Guten Tag, ich bin Birgit Holzapfel und das ist mein Kollege Martin Seidel. Wir sind von der Kriminalpolizei, dürfen wir hereinkommen? Wir hätten ein paar Fragen an Herrn Reinhardt."

„Kommen Sie bitte herein, mein Vater ist in seinem Arbeitszimmer."

„Mein aufrichtiges Beileid, Frau Reinhardt", sagte Holzapfel und schüttelte mitfühlend die Hand der Tochter, die diese ihr völlig teilnahmslos und ohne Kraft entgegenstreckte. Holzapfel sah im Hausflur, dass jemand offenbar versucht hatte, Spuren an der Tapete zu beseitigen, denn es waren deutliche Wischspuren zu erkennen. Hier würde wohl nur noch das Überstreichen helfen.

„Paps, kommst du bitte mal, hier sind zwei Beamte der Kriminalpolizei", rief sie im Treppenhaus nach oben und geleitete die Polizisten ins Wohnzimmer, wo ein jüngerer Mann auf dem grauen Sofa saß und mit seinem Handy beschäftigt war. Man hörte, wie jemand im oberen Stockwerk zur Treppe ging und dann langsam nach unten kam. Martin Reinhardt sah gelinde gesagt, nicht gut aus. Er schien regelrecht grau im Gesicht.

„Guten Tag, ich habe Sie schon erwartet. Natürlich bin ich bereit alles zu tun und Ihnen zu helfen, damit man dieses Schwein, das meine Frau so bestialisch ermordet hat, fasst", sagte Reinhardt mit fester Stimme, und man merkte, dass er nur mühsam seine Wut, vermischt mit unendlicher Trauer, unter Kontrolle halten konnte.

„Setzen Sie sich doch, ich bin übrigens Martina Reinhardt. Mein Vater hat mich angerufen und ich bin von Marburg aus gleich hierhergefahren. Das ist mein Freund Benjamin Orth, der mich freundlicherweise begleitet hat. Meine Schwester Kerstin studiert in Oxford, sie hat morgen eine wichtige Prüfung, aber sie kommt rechtzeitig zur Beerdigung."

Seidel und Holzapfel setzten sich gemeinsam auf einen Zweisitzer aus Leder, der gegenüber einem antiken Sofa, das mit Stoff bezogen war, stand, Herr Reinhardt setzte sich in einen Sessel, seine Tochter nahm neben ihrem Freund Platz, der tröstend ihre Hand ergriff. Ein sehr gemütli-

cher Raum, dachte sich Holzapfel, ideal für anregende Familiengespräche, die nun so nie wieder stattfinden würden.
„Herr Reinhardt, wann hatten Sie zum letzten Mal Kontakt mit Ihrer Frau?“, eröffnete Holzapfel die Befragung.
„Ich bin am Freitag mit zwei Freunden zum Segeln an den Edersee gefahren. Mittags habe ich noch mit Bettina kurz telefoniert. Sie musste länger im Schulamt arbeiten und daher konnten wir uns nicht persönlich verabschieden.“
„Wissen Sie, was Ihre Frau am Freitagabend vorhatte?“
„Ja, sie war mit ihrer Freundin Erika Berghoff verabredet. Sie wollten zusammen Essen gehen, anschließend waren sie hier zu Hause, sie hat mir abends zweimal eine Nachricht in WhatsApp geschrieben, einmal mit Grüßen von Erika und dann später abends noch mal eine, dass Erika jetzt gegangen sei, sie aber zu müde sei um noch zu telefonieren.“
„Könnten Sie bitte einmal auf Ihrem Handy nachschauen, wann genau die Nachrichten gesendet wurden?“, bat Holzapfel. Reinhardt stand auf, ging in den Flur und kam mit seinem Smartphone zurück.
„Die erste Nachricht kam um 22.05 Uhr: ‚Grüße von Erika, wir waren essen und trinken noch was auf der Terrasse.’ Die zweite Nachricht war ziemlich genau eine Stunde später um 23.10 Uhr: ‚Besuch ist gerade weg, bin müde, leg mich gleich hin. Gute Nacht‘.“
„Also war Ihre Frau um 23.10 Uhr noch am Leben. Das deckt sich in etwa mit dem Zeitpunkt, den wir vorläufig als Tatzeitpunkt angenommen haben. Wir haben übrigens das Handy Ihrer Frau sichergestellt. Kennen Sie zufällig den PIN-Code?“
„Nein, tut mir leid, wir hatten zwar keine Geheimnisse voreinander, aber das Handy war stets absolute Privatsphäre.“
„Aber ich kann Ihnen den Code sagen, nämlich 9193. Das sind die Geburtsjahre meiner Schwester und von mir kombiniert. Meine Mutter hatte ihn mir einmal gesagt und noch dazu gemeint: ‚falls ich zu senil bin und ihn einmal vergessen habe‘. Denn sie hat ihr Handy in der Regel über den Finger entsperrt“, meldete sich Martina zu Wort, Tränen liefen dabei über ihre Wangen.
„Weiß Frau Berghoff bereits, dass Ihre Frau tot ist?“, erkundigte sich Seidel.
„Ja, ich habe sie gleich angerufen, nachdem ich in Frankfurt zurück war. Sie war am frühen Nachmittag kurz hier. Sie ist total geschockt. Jetzt ist

schon ihre zweite Freundin ermordet, und das in so kurzer Zeit hintereinander", antwortete Reinhardt.
Holzapfel dachte an den anonymen Brief, den die Direktorin erhalten und zunächst auf die leichte Schulter genommen hatte. Wahrscheinlich war sie jetzt aber mehr als beunruhigt. „Herr Reinhardt, eine letzte Frage habe ich noch. Ihre Frau, Regine Schwarz und Erika Berghoff kennen sich bereits aus ihrer Studienzeit. Wissen Sie noch von einer weiteren Freundin, die ursprünglich einmal zu dieser Clique gehört hat?"
„Es gab da wohl noch jemanden, aber ich kann Ihnen keinen Namen nennen. Soweit ich weiß, gab es damals einen riesigen Streit in der Gruppe, der damit endete, dass die Freundschaft zu der Dame von den anderen dreien abrupt beendet wurde."
„Gibt es vielleicht alte Fotoalben aus der Studentenzeit? Es könnte doch noch ein altes Foto existieren, das man eingeklebt hat, weil es einen schönen Moment festgehalten hat."
„Es gibt wenige Fotos, müssen Sie wissen. Damals hat jeder Dias gemacht und Bettina war nie eine große Fotografin. Die Dias haben wir irgendwann schweren Herzens entsorgt, weil sie farblich so verändert waren, dass man sie nicht mehr anschauen konnte. Wer hat denn auch heutzutage noch einen Projektor? Aber ich will gerne nachschauen, ob ich etwas finde. Irgendwo im Arbeitszimmer meiner Frau müssten noch alte Fotoalben aus der Zeit sein, bevor wir uns kennengelernt hatten."
„Fällt Ihnen jemand ad hoc ein, der ein Motiv hatte, Ihre Frau zu töten?"
„Nein, wir haben keine Feinde, ich meine sie hat keine Feinde."
„Es war definitiv kein Einbruch, die Terrassentür stand offen, trotzdem hat der Mörder offensichtlich an der Haustür geklingelt und Ihre Frau hat ihn ins Haus gelassen."
„Vielleicht hat sie angenommen, dass Erika noch einmal zurückgekommen ist, weil sie etwas vergessen hatte?"
„Wir haben keinen Türspion. Das habe ich meinen Eltern schon mehrfach gesagt", schaltete sich Martina Reinhardt ein. „Man kann von innen nicht sehen, wer draußen vor der Türe steht."
„Willst du jetzt mir die Schuld geben?"
„Nein, natürlich nicht, aber in der heutigen Zeit, in der sogar Überwachungskameras normal sind, sollte man etwas mehr in die Sicherheit investieren."

„Wir haben überall die Fenster und die Terrassentür nachrüsten lassen, aber die alte Haustür ist noch gut, passt zum Stil des Hauses. Wenn wir sie ersetzt hätten, wäre auch ein Türspion da gewesen."

Martina ging zu ihrem Vater und umarmte ihn wortlos.

„Gut, das wäre dann vorläufig erst einmal alles", beendete Holzapfel die erste Befragung, bedankte sich für die hilfreiche Beantwortung der Fragen, die bei unmittelbar von einem Verbrechen betroffenen Familienangehörigen keine Selbstverständlichkeit war, und die beiden verabschiedeten sich.

Draußen vor dem Haus trafen sie auf Abbas und Schulze, als die gerade von Wildes Grundstück zum Auto gingen. Die Kollegen tauschten sich kurz über ihre Erkenntnisse aus. Als Abbas erfuhr, dass Erika Berghoff die letzte Besucherin von Bettina Werle-Reinhardt gewesen war, entschied er spontan, dass ihr noch heute ein Besuch abzustatten sei und Holzapfel erklärte sich bereit, ihn zu begleiten. Lag hier vielleicht eine Verwechslung vor? Hatte der Täter es in Wirklichkeit auf Berghoff abgesehen und statt ihrer Werle-Reinhardt getötet?

KAPITEL 64

Sie hatten bewusst darauf verzichtet, sich vorher telefonisch anzukündigen, sondern waren spontan in den Reuterweg gefahren. Am Sonntag fanden sie überraschend schnell einen Parkplatz unweit der Wohnung von Erika Berghoff in einem repräsentativen Altbau der Gründerzeit. Das Glück schien ihnen hold, denn auf ihr Klingeln hin meldete sich sogleich die ihnen bekannte Stimme der Direktorin. Abbas nannte seinen Namen und die Antwort kam prompt: „In den zweiten Stock bitte.“ Im Innern empfing sie angenehme Kühle, wie das für viele Altbauten auch im Hochsommer typisch war. Allein schon das Treppenhaus war ein echter Hingucker, der Stuck an der Decke war aufwändig restauriert, der Anstrich der Wände harmonierte bestens mit den alten Fliesen am Boden. Holzapfel stellte fest, wie bequem sich doch diese alten Stufen gehen ließen und bei der Breite der Treppe wäre selbst ein Klaviertransport ohne Probleme zu bewältigen. Die Schulleiterin empfing die beiden an der offenen Wohnungstüre, deren Eichenholz ebenfalls stilecht restauriert war, die Butzenscheiben waren sicherlich noch Originale.

„Herr Abbas, ich habe Sie schon erwartet. Und Sie haben sogar Frau Holzapfel zu Ihrer Begleitung mitgebracht.“

Der Kommissar wunderte sich über das gute Namensgedächtnis, aber schrieb dies wohl der Tatsache zu, dass Lehrer fast täglich selbiges trainierten.

„Sie haben allerdings Glück, ich wollte gerade aus dem Haus zum Sport gehen.“

„Sport“, fragte Abbas, „am Sonntagabend?“

„Ich trainiere in der ‚Welle‘ und die hat bis 22.00 Uhr geöffnet. Ich muss ja nur die paar Meter gehen. ‚Mens sana in corpore sano‘.“ Abbas war froh, dass er auf der Schule einmal drei Jahre Lateinunterricht hatte und den Satz als bekanntes römisches Zitat sogar übersetzen konnte: Ein gesunder Geist in einem gesunden Körper.

„Frau Berghoff, entschuldigen Sie den überfallartigen Besuch, aber wir wollten keine Zeit verlieren. Sie können sich sicherlich denken, warum wir hier sind“, sagte Abbas kurz und sachlich.

„Es geht um Frau Werle-Reinhardt. Mein Gott, was für eine entsetzliche Tat!“ Ihre Betroffenheit wirkte echt, aber sie war zugleich auch sehr gefasst.

„Sie haben es erfasst und wir würden uns gerne kurz mit Ihnen unterhalten", bestätigte Abbas.
„Kommen Sie bitte herein, entschuldigen Sie die Unordnung, meine Putzfrau kommt erst am Dienstag, und ich bin im Augenblick sehr beschäftigt."
Sie führte die beiden in ein Wohnzimmer, das geradezu riesig schien. Die hohen Decken, alle mit Stuck reich verziert, unterstrichen die Größe des Raumes. Eine Doppelflügeltür stand offen und ermöglichte den Blick in ein angrenzendes Zimmer, das wohl als Esszimmer diente, während sich zur anderen Seite ein Wintergarten anschloss, der dadurch entstanden war, das der ursprüngliche Balkon mit Sprossenelementen stilecht verglast worden war. Dort standen um einen runden Mosaiktisch gruppiert drei Loomsessel, umgeben von zwei Duftgeranienstöcken, die baumartig beschnitten waren und einen frischen Duft ausströmten, der an Zitronen erinnerte.
„Bitte setzen Sie sich, darf ich Ihnen etwas zum Trinken reichen? Vielleicht ein Wasser? Oder lieber einen Eistee, ich habe gerade vorhin erst welchen frisch gemacht?" Sie erschien als die perfekte Gastgeberin. Holzapfel wählte den angebotenen Eistee, während Abbas um ein Mineralwasser bat. Frau Berghoff verschwand Richtung Küche, wie die beiden vermuteten, um die Getränke zu holen. Holzapfel konnte nicht widerstehen und ging zurück ins Wohnzimmer zu einer alten Anrichte, auf der eine Reihe von Bilderrahmen um eine wunderschöne Deckelvase drapiert waren. Auf einem der Fotos war eine junge Frau auf einem Siegerpodest zu sehen, die Holzapfel sofort als Erika Berghoff erkannte. Offenbar war die Schulleiterin in jungen Jahren eine sehr erfolgreiche Sportlerin gewesen. In dem Moment kam die Hausherrin mit einem Tablett zurück und bemerkte, dass die Polizeibeamtin gerade ihr Foto anschaute. Mit stolzer Stimme erklärte sie: „Sie haben richtig gesehen, das ist meine Wenigkeit, während des Studiums war ich in der Unimannschaft der Diskuswerferinnen."
„Wow, das hätte ich jetzt nicht gedacht", entgegnete Holzapfel.
„Warum, halten Sie mich jetzt eher für unsportlich?"
„Nein, durchaus nicht, Sie wirken sehr dynamisch und sportlich, ich bin nur überrascht, weil diese Sportart ja nicht so häufig betrieben wird."
„Nun, das ist lange her, in der Tat kann man so etwas eigentlich nur an der Universität ausüben, aber ich versuche immer noch, mir meine Kondition zu erhalten und vor allem meinen Rücken zu stärken, Sie verstehen, das lange Sitzen am Schreibtisch, das mein Beruf nun mal so mit sich bringt."

Sie stellte das Tablett auf dem Mosaiktisch ab. In einer Karaffe war, unschwer an den Eiswürfeln zu erkennen, der Eistee, das Mineralwasser war in einer Glasflasche, die Holzapfel sofort als Flasche eines Wassersprudelsystems erkannte. Offenbar war Frau Berghoff entweder ökologisch orientiert oder einfach zu bequem, die Wasserkästen in den zweiten Stock zu schleppen, vielleicht auch beides. Abbas erhielt sein Wasser und für Holzapfel und sich selbst schenkte sie den selbst gebrühten Eistee in die Kristallgläser ein.

„Frau Berghoff, vielen Dank. Aber kommen wir gleich zur Sache. Herr Reinhardt sagte uns, dass Sie bereits über den Tod seiner Frau informiert sind. Sie waren, abgesehen vom Mörder, die Letzte, die Ihre Freundin lebend gesehen hat. Wären Sie so freundlich und würden uns kurz berichten, wie der Abend verlaufen ist."

„Wir waren zum Essen verabredet. Ich habe deshalb Frau Werle-Reinhardt gegen halb acht zu Hause abgeholt. Anschließend sind wir zu Emma Metzler zum Essen gefahren, gegen 22.00 Uhr habe ich sie nach Hause gebracht. Wir haben auf der Terrasse einen Espresso getrunken und noch etwas geplaudert. Dann bin ich etwa eine Stunde später aufgebrochen und nach Hause gefahren."

„Ist Ihnen irgendetwas aufgefallen, als sie zu ihr gefahren oder später gegangen sind, hat sie vielleicht in Ihrem Beisein telefoniert?"

„Ehrlich gesagt, als wir vom Auto zum Haus gegangen sind, da hatte ich so ein mulmiges Gefühl. Ich kann es nicht begründen. Die Straße ist ja wirklich spärlich beleuchtet, zum Glück ist der Bewegungsmelder auf dem Grundstück angesprungen, sodass wir nicht bei Dunkelheit an den Hecken vorbeimussten."

„Haben Sie jemanden gesehen?"

„Nein! Das heißt, als ich mit dem Auto weggefahren bin, da bin ich an einem Mann vorbeigekommen, der ziemlich schnell auf dem Bürgersteig Richtung Stadt ging. Vielleicht wollte er den Bus erreichen?"

„Können Sie ihn näher beschreiben?"

„Leider nicht, ich habe ihn ja nur von hinten gesehen und habe eher auf die Straße geachtet. Ich würde sagen, er war so zwischen dreißig und vierzig, aber beschwören könnte ich das nicht."

„Was haben Sie eigentlich für einen Wagen?"

„Einen VW Tiguan, warum wollen Sie das wissen?"

„Ein Zeuge hat einen SUV in der Straße gesehen, wir versuchen nur zu klären, wem der gehörte."
„Das könnte dann wohl meiner gewesen sein, ich habe unweit des Grundstücks der Reinhardts geparkt."
„Ist irgendetwas Ungewöhnliches vorgefallen, während Sie da waren?"
„Nein, wir haben uns unterhalten, ach ja, wir haben an Bettinas Mann eine Nachricht in WhatsApp geschrieben."
„Aber es gab keine Anrufe, während Sie dort waren?"
„Nein, zumindest haben wir nichts bemerkt. Ich weiß nicht, ob man das Festnetztelefon bis draußen hören kann, aber auf dem Handy hat definitiv niemand angerufen, das lag ja auf dem Terrassentisch."
„Zunächst erst einmal vielen Dank. Sie werden Ihre Aussage auf dem Präsidium noch einmal zu Protokoll geben müssen. Aber kommen wir jetzt zu Ihnen. Wir haben übrigens Ihren anonymen Brief analysiert. Es sind nur Ihre Fingerabdrücke auf dem eigentlichen Briefbogen zu finden. Aber nachdem nun schon zwei Ihrer Freundinnen tot sind, seien Sie besonders wachsam, öffnen Sie niemandem unbedarft die Wohnungstüre. Wir werden Ihnen wahrscheinlich in den nächsten Tagen Polizeischutz gewähren und zumindest hier dieses Haus beobachten."
„Meinen Sie denn, dass das wirklich nötig ist? Bin ich in Gefahr?"
„Wir haben noch keine plausible Erklärung dafür, dass jemand Sie warnt, aber Ihre Freundin ermordet wird. Es könnte durchaus sein, dass der Täter Sie beide im Visier hatte, aber sich für ihn eine günstige Gelegenheit ergeben hat, die er genutzt hat. Noch eine andere Frage: Wir haben erfahren, dass während Ihres Studiums noch eine vierte Freundin zu Ihrer Clique gehörte, können Sie uns dazu etwas mehr sagen?"
Die Schulleiterin wirkte auf einmal sehr nervös und erstaunt zugleich.
„Was genau meinen Sie?"
„Sie sollen so etwas wie die ‚Girls von Sex and the City' gewesen sein."
„Wer sagt denn so etwas?"
„Das tut jetzt nichts zur Sache. Stimmt es denn? Wenn ja, wer war die Vierte? Gibt es vielleicht ein Foto von Ihnen zu viert?"
„Also es gab in der Tat damals eine Vierte im Bunde, das ist wohl wahr. Aber es gab Meinungsverschiedenheiten und die führten dazu, dass wir drei den Kontakt mit ihr abgebrochen haben."
„Wie heißt die Dame? Und was war konkret der Auslöser?"

„Die Dame heißt Petra, der Nachname fällt mir momentan nicht ein, aber ich komme sicherlich noch drauf. Ein Foto habe ich persönlich nicht mehr. Es war damals noch nicht die Zeit der Selfies. Auslöser war ein Mann und mehr möchte ich dazu nicht sagen."

„Würden Sie es für möglich halten, dass diese Frau einen so großen Groll gegen die anderen drei hegt, dass sie dafür mordet?

„Herr Kommissar, das ist mindestens zwanzig Jahre her, ich persönlich hatte keinerlei Kontakt zu ihr, die anderen meines Wissens auch nicht. Das halte ich also für extrem unwahrscheinlich."

„Manche Kränkungen vergisst man ein Leben lang nicht", warf Holzapfel ein.

„Das ist wohl wahr", stimmte ihr Berghoff zu.

„Ihnen ist also der Familienname entfallen."

„Ich sagte doch, dass er mir im Moment nicht einfällt. Außerdem, sie könnte inzwischen geheiratet haben, oder sagen wir mal so, es wäre nicht unwahrscheinlich, und sie heißt jetzt ganz anders."

Damit war die Befragung beendet, Abbas versäumte es nicht, die Schulleiterin noch einmal zur Vorsicht zu ermahnen, ehe die beiden Kriminalbeamten aufbrachen.

„Also, sie wirkt so unglaublich ruhig, als würde der anonyme Brief für sie überhaupt keine Bedrohung sein", stellte Abbas fest. „Die ganze Unterhaltung wirkt auf mich irgendwie so banal."

„Ich an ihrer Stelle hätte total Schiss und würde sofort Polizeischutz beantragen."

„Genau das macht mich etwas stutzig."

KAPITEL 65

Es war noch sehr früh, fast 40 Minuten vor Unterrichtsbeginn, aber Detlef Sommer hatte auf Wunsch der Erziehungsberechtigten bereits um halb acht einen Gesprächstermin mit der Mutter einer Schülerin seiner neunten Klasse ausgemacht, die er in Latein unterrichtete. Diese hatte einerseits darauf gedrungen, noch vor den Zeugnissen einen Termin bei ihm zu erhalten. Aber andererseits war sie wie viele Eltern heutzutage nicht bereit, in die normale Sprechstunde zu kommen, da sie „beruflich stark eingebunden" sei. Die Erziehungsberechtigten erwarteten immer öfter wie selbstverständlich, dass man ihnen einen Sondertermin einräumte. Die Erwartungshaltung gewisser Eltern nahm allmählich geradezu anmaßende Züge an. Normalerweise war diese Sonderterminvergabe für Sommer inzwischen fast zur Regel geworden und keine Ausnahme mehr, aber meistens war es eben so, dass der Gesprächsbedarf von seiner Seite ausging und man sich daher den Eltern gegenüber oft kompromissbereit in der Terminvergabe zeigen musste, wenn sie überhaupt bereit waren, zu einer Unterredung zu erscheinen. Auf der anderen Seite kam es immer häufiger vor, dass man als Lehrer während der an sich regulären Sprechstunde zur Vertretung in einer anderen Klasse eingeteilt wurde und sich dann entsprechende Probleme für den Plan und die Beratung mit den Eltern ergaben.

In diesem Fall handelte es sich jedoch um eine völlig unproblematische Schülerin, die in Latein zu den Besten der Klasse gehörte, sodass es schon etwas verwunderlich war, dass überhaupt ein Gesprächsbedarf bestand. Sommer rechnete damit, dass es vielleicht irgendwelche privaten Probleme gab, von denen er wissen sollte.

Eltern von guten, im Sinne von leistungsstarken Schülern gehörten seiner Meinung nach in eine von drei Kategorien, die er sich im Laufe seiner jahrzehntelangen Dienstzeit zugelegt hatte: Helikoptereltern, Weihraucheltern und Problemeltern. Erstere versuchten alles, ihrem Sprössling auch nur jede noch so winzige Schwierigkeit aus dem Weg zu räumen, und die Kinder durften praktisch keinen Schritt tun, ohne dass die Eltern darüber informiert waren. Häufig hatten diese Kinder inzwischen teure Smartphones, die den Eltern die lückenlose Überwachung erleichterten. Außerdem mischten sich diese Eltern manchmal ganz gerne in die Notengebung ein, um ihrem Kind zu zeigen, dass sie hinter ihm stehen, und sich sogar wider

besseres Wissen mit den Kindern gegen die Lehrer verbündeten, wenn es etwa um die Benotung ging, oder wenn das Kind irgendetwas angestellt hatte.
Die zweite Kategorie waren die Eltern, eigentlich bei den Sprechtagen die angenehmsten, die aus dem Mund des Lehrers einfach nur hören wollten, wie toll und begabt denn ihre Kinder sind, dass sie zu den Besten der Lerngruppe gehörten und die natürlich den Lehrer kennenlernen wollten, weil die Kinder häufig zu Hause aus dem Unterricht erzählten und sie sich einfach ein Bild von der Person machen wollten, über die sie schon so viel gehört hatten.
Die dritte Kategorie waren die, die privat oft schwierige Bedingungen hatten, etwa Trennung der Eltern, schwere Krankheitsfälle in der Familie oder andere Gründe, die die Lernumgebung der Kinder negativ beeinflussen konnten und die vorsorglich den Lehrer darüber informierten, damit ein eventueller Leistungsabfall nicht zu Lasten der Kinder ging.
Natürlich gab es auch gemischte Fälle, aber die drei Kategorisierungen hatten durchaus ihre Berechtigung. Sommer erwartete für das Gespräch die Kategorie zwei oder drei und hatte daher den Termin vor Unterrichtsbeginn vergeben. Auf dem Weg zum Lehrerzimmer passierte er das Direktorzimmer, dessen Türe weit offen stand, um bei geöffnetem Fenster mittels des dadurch zustandekommenden Durchzugs noch etwas frische Luft in die Räumlichkeiten zu lassen, ehe die Sommerhitze draußen zu hoch war. Offenbar war die Chefin trotz der ungewöhnlich frühen Stunde ebenfalls schon im Hause. Als er einen Blick durch die offene Tür warf, sah er sie am Schreibtisch sitzen. Er grüßte höflich und freundlich mit einem „Guten Morgen“. Sie schaute kurz zu ihm hin, erwiderte den Gruß durch ein Nicken, und, als Sommer fast schon vorbei war, hörte er ihre Stimme mit dem typischen Klang, wenn sie etwas als Chefin einfordern wollte: „Ach, Herr Sommer, hätten Sie kurz Zeit?“
Er drehte um, ging zurück, blieb aber in der offenen Türe stehen. „Ich habe ein Elterngespräch, danach gerne, wenn es so lange warten kann.“
„Gut, dann kommen Sie unmittelbar vor der ersten Stunde zu mir.“
Vor dem Lehrerzimmer wartete schon die Mutter auf ihn und studierte gerade den dort aufgehängten Schaukasten, in dem eine Kollegin wöchentlich zu irgendeinem Thema eine kleine Ausstellung mit Zeitungsartikeln, Schülerarbeiten oder Fotografien gestaltete.

Leider hatte Sommer sich getäuscht und das Gespräch gehörte eindeutig in erste Kategorie. Die Mutter war geradezu unbelehrbar und beharrte darauf, dass ihre Tochter eine Eins statt einer Zwei zu erhalten habe. Aber er war in der Sache hart geblieben. Trotzdem war der Tag im Prinzip gelaufen. In entsprechender Stimmung machte er sich auf den Weg zur Chefin und klopfte an ihre inzwischen geschlossene Türe, denn auf dem Gang lärmten die ersten Schüler, die um Viertel vor acht ins Gebäude gelassen worden waren.

Sie ließ ihn hinein, bat ihn, sich kurz an den Besprechungstisch zu setzen und brachte dann ihr Anliegen vor: „Ich informiere Sie jetzt in Ihrer Eigenschaft als Personalratsmitglied. Sie haben sicher auch von dem Mord am Wochenende gehört oder gelesen. Es stand ja schon in der Rundschau. Leider trifft mich persönlich ein weiterer, schwerer Schicksalsschlag, aber er hat auch dienstliche Konsequenzen. Unsere zuständige Dezernentin, Frau Werle-Reinhardt, war das Opfer."

„Das wusste ich bereits", antwortete Sommer gelassen, worauf die Direktorin sichtlich überrascht erwiderte: „Aber in der Zeitung stand doch kein Name."

„Ich habe es unmittelbar sozusagen aus erster Hand, denn ich habe für einen gehörlosen Zeugen bei der Kripo gedolmetscht."

Ihren erstaunten und entgeisterten Gesichtsausdruck, gepaart mit einem Moment der Sprachlosigkeit, hätte Sommer gerne fotografisch festgehalten und genoss diesen kleinen, innerlichen Triumph. Aber sie fasste sich sehr schnell, und Sommer bemerkte auf einmal eine gewisse Nervosität und Unsicherheit. Es schien ihr nicht zu gefallen, dass er in Kontakt mit der Polizei stand und offenbar mehr wusste als sie selbst.

„Wie sind Sie denn zu dieser Ehre gekommen?", versuchte sie so unbefangen wie möglich zu fragen.

„Wir kennen privat einen der Nachbarn der Familie Reinhardt, der gehörlos ist. Ehrlich gesagt, wusste ich bis gestern gar nicht, dass Frau Werle-Reinhardt dort wohnt. Wir waren zufällig bei ihm zu Besuch, als die Polizei mit ihm sprechen wollte, und so sprang ich als Dolmetscher ein, weil kein amtlicher Gebärdendolmetscher zur Verfügung stand." Er verschwieg ihr bewusst den Fund der Plastiktüte mit der mutmaßlichen Tatwaffe.

„Was hat der Nachbar denn gesehen?", erkundigte sie sich und Sommer hatte das Gefühl, dass sie vor Neugier fast platzte. Sommer vergaß den Ärger mit der Schülermutter und freute sich darüber, dass dieses Mal er es

war, der einen Wissensvorsprung hatte. Sonst war es in der Regel nämlich umgekehrt. Die Schulleiterin hatte Informationen, die sie aber dem Personalrat manchmal gar nicht oder nur häppchenweise auf Nachfrage offenbarte, ganz wie sie es selbst für sich als angemessen entschieden hatte.
„Tut mir leid, darüber darf ich nicht sprechen, da es zu den laufenden Ermittlungen gehört."
„Ja natürlich", lenkte sie daher sofort ein und versuchte ihre Neugier zu überspielen. Dann fügte sie hinzu: „Der Personalrat müsste sich damit befassen, wie wir als Schulgemeinde auf diesen Todesfall reagieren, vielleicht können Sie heute im Laufe des Tages in einer Pause kurz mit den anderen Personalratsmitgliedern sprechen? Ich selbst werde in der großen Pause eine kurze Dienstversammlung einberufen und das Kollegium informieren."

KAPITEL 66

Sabine Riedel hatte die Informationstafel auf den neuesten Stand gebracht. Unter einem Tatortfoto von Regine Schwarz hatte sie noch einmal die wesentlichen Daten des Mordes auf einer Karteikarte notiert. Unter einem Foto der Tatwaffe hatte sie den Namen des Neffen Matthias Schwarz und den des Bruders Herbert angebracht, beide mit dem Hinweis „bisher ohne Alibi“. Ebenso war hier ein Foto von Dr. Falkner und der Frau mit der Sonnenbrille angeheftet, außerdem der Hinweis auf die Frau im geblümten Kleid als die große Unbekannte auf der Flusskrebsbrücke. Eine Verbindungslinie führte zum Bild von Erika Berghoff, das bei der Beerdigung aufgenommen worden war, darunter ein Hinweis auf den anonymen Brief. Von ihr aus führte eine neue Linie zum zweiten Mordopfer Bettina Werle-Reinhardt. Das ausgewählte Tatortfoto war ohne Zweifel noch brutaler und abstoßender als das des ersten Opfers. Unter ihrem Foto befand sich ebenfalls ein Bild der Tatwaffe, wieder ein Fäustling, aber es war durch die Aufnahmen unmittelbar klar, dass es sich auf keinen Fall um dasselbe Modell handelte. Es war ein Hinweis angebracht: „gebraucht, blauer Farbrest“. Von allen drei bekannten Freundinnen hatte sie noch jeweils eine Linie zu einer bisher unbekannten Person gezogen und lediglich eine Karte mit einem Fragezeichen aufgehängt. Dann stellte sie sich in einigem Abstand hin und studierte noch einmal ihre Visualisierung. Kein Zweifel, Erika Berghoff nahm eine zentrale Schlüsselfunktion zwischen beiden Morden ein, sie kannte beide Opfer, und sie alle drei waren Freundinnen seit ihrer Studienzeit, alle drei waren im Schulbereich in leitenden Positionen tätig. Die Tatwaffen waren zumindest sehr ähnlich, obwohl es im Detail Unterschiede gab.

Abbas trat zuerst in das Besprechungszimmer und sprach Riedel seine Anerkennung aus, kurz darauf kam Holzapfel zusammen mit Schulze, als Letzter erschien Seidel zum Meeting und brachte ein Handy in einer durchsichtigen Plastikhülle mit, bei dem es sich wahrscheinlich um das von Bettina Werle-Reinhardt handelte.

„Guten Morgen, meine Lieben, ich möchte euch zunächst danken, dass ihr so selbstlos an eurem freien Wochenende zur Stelle wart. Da nun alle da sind, möchte ich Sabine auch noch einmal vor allen für ihre Arbeit danken. Wir vergessen oft, dass gerade die scheinbar langweilige Recherche-

arbeit hier im Präsidium ungeheuer wichtig ist. Ihre Visualisierung ist jedenfalls sehr beeindruckend", sprach Abbas offen ein dickes Lob aus.
Alle applaudierten per Trommeln mit der Faust auf der Tischplatte und Riedel wirkte leicht verlegen.
„Wir haben jetzt einen Doppelmord, es gibt Parallelen, aber auch wesentliche Unterschiede. Fangen wir nochmal kurz beim ersten Mord an. Wir müssen dringend noch einmal mit Herbert Schwarz sprechen, vielleicht weiß er etwas über die vierte Freundin aus der Studienzeit? Außerdem müssen wir überprüfen, ob er ein Alibi für den zweiten Mord hat."
„Das Gleiche gilt für Matthias Schwarz und für Dr. Falkner, ich denke, wir sollten nicht gleich alle unsere Erkenntnisse über Bord werfen", warf Holzapfel ein. „Es gibt immerhin noch mehrere mögliche Motive."
„Kommen wir zum zweiten Mord. Hier ergibt sich natürlich auch in erster Linie die Frage: haben wir es mit demselben Täter respektive derselben Täterin zu tun? Was ist in diesem Fall das Motiv? Cui bono? Wer profitiert von ihrem Tod?", setzte Abbas seine Zusammenfassung fort.
„Laut Laborbericht handelt es sich bei der Tatwaffe zwar ebenfalls um einen sogenannten Fäustling, aber im Gegensatz zur ersten Tatwaffe war dieser hier nicht neu, sondern bereits vorher in Gebrauch. Jemand hat sehr gründlich mit einem Desinfektionsmittel vorher alle Fingerabdrücke beseitigt, aber die Abnutzungserscheinungen am Hammer selbst sind natürlich geblieben. Außerdem gibt es minimale Farbspuren von einer blauen Lackfarbe am Stiel", trug Riedel den Bericht vor und ergänzte ihre eigenen Vermutungen: „Also können wir davon ausgehen, dass der Hammer ursprünglich nicht extra für den Mord angeschafft wurde, sondern möglicherweise Verwendung fand, weil er eben schon aufgrund vorherigen Gebrauchs im Besitz des Täters war, oder aber, zweite Variante, weil man ihn auswählte, um bewusst eine Ähnlichkeit zum ersten Mord zu erzeugen. Das Opfer ist letztlich verblutet und aufgrund der schweren Schädelverletzung gestorben."
„Ein interessanter Aspekt, den wir sicherlich in unsere Überlegungen einbeziehen müssen. Dann hätten wir es sozusagen mit einem Nachahmungstäter zu tun", pflichtete Abbas ihr bei.
„In der Presse war nur von einem Hammer die Rede, von einem Fäustling habe ich nichts gelesen", warf Seidel ein.
„Es stand meines Wissens in einem Artikel, dass es sich um einen schweren stumpfen Hammer gehandelt hat, das Wort Fäustling ist ein Fachbe-

griff, den ich zum Beispiel gar nicht kannte“, meldete Holzapfel sich zu Wort.

„Ich habe hier das Handy. Da uns die Tochter den PIN-Code nennen konnte, habe ich es geöffnet und die Anrufliste und die WhatsApp-Nachrichten angeschaut“, mischte sich Schulze ein. „Fangen wir mal mit den Nachrichten an. Um 22.05 Uhr findet sich die Nachricht an den Ehemann ‚Grüße von Erika, wir waren essen und trinken noch was auf der Terrasse.‘ Um 23.10 Uhr findet sich eine letzte Mitteilung: ‚Besuch ist gerade weg, bin müde, leg mich gleich hin. Gute Nacht.’ Irgendetwas ist seltsam an dieser Nachricht.“

„Sabine oder Birgit, was hättet ihr in dieser Situation geschrieben“, fragte Abbas seine beiden Kolleginnen.

„Ich hätte zumindest geschrieben ‚Erika ist weg‘ und nicht ‚Besuch ist weg‘ oder so ähnlich“, entgegnete Riedel sogleich.

„Außerdem, wäre ich der Ehemann und hätte die Nachricht bekommen, hätte ich entweder doch noch mal kurz bei meiner Frau angerufen oder hätte ihr zumindest ebenfalls ‚Gute Nacht‘ gewünscht“, ergänzte Holzapfel.

„Da ist noch etwas“, meldete sich Schulze erneut. „Am Nachmittag hat sie zweimal vergeblich versucht, ihren Mann anzurufen. Stattdessen hat sie eine andere Handynummer gewählt und etwa zwei Minuten mit diesem Teilnehmer gesprochen.“

„Hast du bereits festgestellt, wem diese Nummer gehört?“, erkundigte sich Abbas.

„Einem gewissen Klaus Mücke. Ich habe ihn angerufen und ihm mitgeteilt, dass wir ihn dringend sprechen müssen. Er wirkte sehr nervös, aber auch sehr betroffen, nachdem ich ihm erzählt hatte, dass wir in einem Mordfall ermitteln“, antwortete Schulze.

„Sabine, du kannst übrigens zu der vierten Freundin auf die Karte den Namen ‚Petra‘ schreiben, an den Nachnamen erinnert sich die Direktorin im Moment nicht. Außerdem bringe bitte eine Karte „unbekannter Mann in Tatortnähe“ an der Tafel an.“ Sabine ergänzte die entsprechenden Informationen.

„Gut, dann schlage ich vor, dass Bernhard zusammen mit Martin zu diesem Mücke fährt und sie anschließend bei Dr. Falkner vorbeischauen. Birgit und ich fahren noch einmal zu dem Bruder der Schwarz und zu ihrem Neffen. Sabine, du recherchierst mal ein bisschen über die Familie Reinhardt. Außerdem kümmere dich bitte um einen Gebärdendolmetscher, damit wir noch einmal mit dem gehörlosen Nachbarn sprechen können. Seine Beobachtungen könnten uns vielleicht viel helfen. Gehörlose haben sehr häufig eine überdurchschnittlich gute Beobachtungsgabe", verteilte Abbas die anstehenden Aufgaben.

KAPITEL 67

Abbas und Holzapfel fanden überraschenderweise einen Parkplatz im Kettenhofweg in der Anwohnerparkzone, nicht weit von der Wohnung von Herbert Schwarz entfernt. Er war völlig verblüfft, als er den beiden Kriminalbeamten die Wohnungstüre öffnete.

„Was wollen Sie denn noch von mir?“

„Guten Tag, Herr Schwarz. Können wir bitte hineinkommen, oder möchten Sie im Treppenhaus mit uns sprechen?“, antwortete Abbas so sachlich wie möglich.

„Also schön, dann kommen Sie rein, aber ich habe wenig Zeit.“ Er wirkte nicht sehr erfreut über diese Störung, schloss hinter den beiden die Wohnungstüre, ließ sie aber im Flur stehen und machte auch keine Anstalten, sie in ein Zimmer zu bitten.

„Herr Schwarz, ich komme gleich zur Sache. Wo waren Sie am 2. Juli abends zwischen 21.00 und 24.00 Uhr?“

„Dieses Mal habe ich ein Alibi, ich war mit Freunden zum Essen im ‚Größenwahn‘.“

„Bitte geben Sie meiner Kollegin die Namen der Freunde, damit wir das überprüfen können.“

„Wollen Sie mir jetzt auch noch einen zweiten Mord anhängen? Oder warum fragen Sie mich nach einem Alibi?“

„Bettina Werle-Reinhardt, eine Freundin Ihrer Schwester, wurde ermordet.“

„Echt? Sie verarschen mich jetzt, oder?“

„Nein, leider nicht.“

„Und warum sollte ich sie Ihrer Meinung nach umbringen? Welches Motiv schwebt Ihnen denn dieses Mal vor?“

Abbas ging nicht auf die Provokation sein. „Herr Schwarz, die Überprüfung des Alibis ist eine reine Routineangelegenheit. Aber es gibt möglicherweise einen Zusammenhang zwischen den beiden Verbrechen. Wissen Sie etwas darüber, dass es in der Clique Ihrer Schwester während des Studiums außer Frau Berghoff und Frau Werle-Reinhardt noch eine weitere, vierte Frau gab? Wir sind auf sie im Rahmen unserer Ermittlungen gestoßen, der Vorname ist wahrscheinlich Petra.“

„Petra. Warten Sie“, begann er und überlegte einen Augenblick „Petra Volkmar, ja natürlich erinnere ich mich an sie.“

„Wie gut kannten Sie diese Frau?“

„Ich sage Ihnen, sie war ein echt heißer Feger, der nichts anbrennen ließ. Alle waren damals scharf auf sie. Sie war eine Kommilitonin meiner Schwester. Ich war aber nur einmal mit ihr im Bett, nach einer Fete."

„Wissen Sie vielleicht noch, wo sie wohnte oder was aus ihr geworden ist?"

„Ich bin mir ziemlich sicher, ja, sie wohnte damals irgendwo im Nordend, an die Straße erinnere ich nicht mehr. Aber ich weiß noch, dass sie irgendwann einfach verschwunden war. Ich habe meine Schwester nach ihr gefragt, damals hatten wir noch nicht so ein zerrüttetes Verhältnis wie später. Sie hat mir gesagt, dass sie wegen eines Auslandssemesters von Frankfurt weggegangen sei, aber mehr weiß ich auch nicht. Und es hat mich dann auch nicht mehr interessiert, wenn ich ehrlich bin. Ich habe kurze Zeit später meine inzwischen verstorbene Frau kennen gelernt."

„Sie sind sich ganz sicher mit dem Namen?"

„Ja, absolut, aber gehen Sie mal davon aus, dass eine solche Frau sicher kein Single geblieben ist und inzwischen verheiratet sein dürfte. Ob sie allerdings noch so heißt, das weiß ich natürlich nicht."

„In dieser Angelegenheit haben Sie uns wirklich sehr geholfen, dafür bedanke ich mich ausdrücklich."

„Haben Sie denn schon eine heiße Spur?" Seine Unfreundlichkeit wich allmählich einer Entspanntheit, das war geradezu greifbar. Er realisierte, dass dieser Besuch tatsächlich wohl nur einen informellen Charakter hatte.

„Wir gehen verschiedenen Hinweisen nach, Herr Schwarz, aber mehr kann ich Ihnen dazu natürlich nicht sagen, das werden Sie sicher verstehen", erwiderte Abbas. Damit endete der Routinebesuch. Abbas telefonierte mit Riedel und bat sie, die Adresse von einer Familie Volkmar in Frankfurt ausfindig zu machen und ihn dann anzurufen. Dann rief er Matthias Schwarz auf dem Handy an, der sich zu ihrer Überraschung in der Wohnung seiner Tante aufhielt. Also beschlossen sie, zur Westhafenmole zu fahren. Erneut mussten sie den Wagen auf dem Feuerwehrstellplatz am Ende der Mole parken, Holzapfel legte einen Ausweis „Polizeieinsatz" hinter die Windschutzscheibe. Dann gingen sie zum Haus der ehemaligen Gleichstellungsbeauftragten.

Matthias Schwarz bat sie herein und führte sie ins Wohnzimmer. Überall standen Kartons herum und ein paar Plastiksäcke, die offenbar Kleidung enthielten. Als Birgit neugierig auf die Säcke starrte, sagte Matthias wie zur Entschuldigung: „Ich habe alle Kleidungsstücke aussortiert und werde sie einer karitativen Einrichtung spenden, aber nicht in die Sammelbox werfen, sondern direkt abgeben, vielleicht kann sie noch jemand gebrauchen, es sind ja alles gute Stücke. Ich bin gerade dabei, persönliche Dinge aus den Schränken in Kartons zu räumen. Die Bank hat mir einen Kredit gewährt, sodass ich die Erbschaftssteuer bezahlen kann. Die Wohnung werde ich erst einmal möbliert vermieten, um den Kredit abzuzahlen, ich will nicht verkaufen. Vielleicht ziehe ich eines Tages nach dem Studium hier selbst ein. So eine Wohnung gibt man nicht so einfach auf, denn so was kriege ich nie wieder. Aber warum sind Sie hier?"

„Herr Schwarz, ich komme gleich auf den Punkt. Wo waren Sie am Freitagabend zwischen 21.00 und 24.00 Uhr?"

„Verdächtigen Sie mich schon wieder? Bin ich jetzt ein Doppelmörder?"

„Nein, es ist eine Routineüberprüfung. Wir haben inzwischen Anhaltspunkte, dass der neue Mord und der Tod Ihrer Tante miteinander in Zusammenhang stehen."

„Es soll jemand aus dem Schulamt sein?"

„Ja, die Dezernentin Frau Werle-Reinhardt, übrigens eine alte Freundin Ihrer Tante."

„Meine Güte, ja, ich kenne sie flüchtig. Denken Sie, dass es ein Serienmörder ist?"

„Wir ermitteln in alle Richtungen, aber der Zusammenhang beider Fälle ist unschwer von der Hand zu weisen."

„Um Ihre Frage nach einem Alibi zu beantworten, ich war in einem Club zum Tanzen."

„Wie heißt er?"

„‚Gibson' auf der Zeil."

„Mit wem waren Sie dort?"

„Mit einem Freund, er heißt Mario, ich kann Ihnen seine Handynummer geben, dieses Mal ist sie bestimmt noch gültig."

Holzapfel notierte sich die Nummer, sie würden später überprüfen, ob das Alibi stimmt.

„Herr Schwarz, wissen Sie zufällig, ob Ihre Tante aus ihrer Studienzeit noch Kontakt zu einer Freundin namens Petra Volkmar hatte?"

„Ich habe diesen Namen nie gehört, über so etwas haben wir auch nie gesprochen. Aber ich habe zwei alte Fotoalben im Regal gefunden. Warten Sie, ich muss überlegen, in welchen Karton ich sie getan habe. Die

können Sie gerne mitnehmen und nachschauen, ob es da vielleicht alte Fotos aus der Zeit gibt. Aber ich hätte sie gerne wieder."
Schwarz kramte erst vergeblich in einem Karton, im zweiten wurde er schließlich fündig und übergab den Beamten zwei alte, staubige Fotoalben. Holzapfel nahm sie entgegen, pustete den Staub weg und begann, das erste Album durchzublättern. Offenbar waren das sehr alte Fotos aus der Kindheit und Schulzeit, sodass sie Schwarz das Fotoalbum sofort zurückgab. Anscheinend war Regine Schwarz in diesem Punkt sehr ordentlich, denn als sie das zweite Album aufschlug, stand da in bester Schönschrift auf der ersten Seite: „Meine Studienzeit 1986 bis 1991."
„Dieses Album nehmen wir mit, Sie bekommen es natürlich zurück", stellte Holzapfel fest.
„Ich hoffe, Sie fassen bald den richtigen Täter, damit ich endlich diesen blöden Verdacht los bin."
„Wir tun alles, Herr Schwarz, was möglich ist, vertrauen Sie uns bitte."
Schwarz begleitete sie noch zur Tür, da drehte sich Abbas noch einmal um und fragte mit Blick zurück in die wirklich schöne Wohnung.
„Darf ich mal rein Interesse halber fragen, wie hoch der Mietpreis für so eine Wohnung sein wird?"
„Ehrlich gesagt, bin ich da auch etwas überfordert, ich war noch nie in der Situation, so ein Objekt zu vermieten. Ich habe einen seriösen Makler kontaktiert. Am Telefon meinte er, ohne die Wohnung schon persönlich gesehen zu haben, dass es leichter wäre, sie unmöbliert zu vermieten, da Menschen, die möbliert wohnen, eher kleinere Objekte bevorzugen. Es könnte also unter Umständen etwas dauern, bis sie mit Möbeln vermietet wäre. Aber grob sollte ich mal 2800 Euro veranschlagen, natürlich unverbindlich. Damit wäre der Kredit für die Erbschaftssteuer sehr gut bedient und ich behielte sogar noch etwas übrig. Schlimmstenfalls müsste ich mich halt von einigen Möbeln trennen und die Wohnung teilmöbliert auf den Markt bringen. Die Lage ist schon einmalig in Frankfurt und neue Häuser können hier keine mehr gebaut werden."
Abbas und Holzapfel schauten sich ungläubig an. Die beiden Beamten wünschten dem jungen Mann alles Gute, und Abbas dachte, dass er so eine schöne und großzügige Wohnung in der Lage auch gerne hätte, aber die Miete würde sein Budget fürs Wohnen bei Weitem sprengen. Als sie im Aufzug nach unten fuhren, klingelte sein Handy und auf dem Display erkannte er sofort, dass Riedel die Anruferin war.

„Sabine, was gibt es?", meldete er sich.
„Also ich habe eine Magda und einen Georg Volkmar in der Koselstraße gefunden. Das könnten möglicherweise Verwandte, vielleicht die Eltern von Petra Volkmar sein."
„Gut, du bist die Beste. Danke für die schnelle Recherche. Ich fahre dann mit Birgit gleich noch dorthin."

KAPITEL 68

Seidel und Schulze fuhren in den Hainer Weg in Sachsenhausen zu Klaus Mücke, der die beiden Kriminalbeamten sogleich in sein Arbeitszimmer führte, sodass seine Frau, die gerade in der Küche wirkte, möglichst wenig von den Besuchern mitbekam. Als sie von dort rief und sich danach erkundigte, wer denn gekommen sei, antwortete er ihr lediglich, dass zwei Beamte der Polizei da wären und ein paar Fragen hätten. Seidel bemerkte sofort die hohe Nervosität von Mücke.

„Herr Mücke, wir ermitteln in der Mordsache Bettina Reinhardt. Sie waren mit der Familie bekannt oder befreundet?"

„Mit Jürgen Reinhardt ja, wir sind alte Segelfreunde, seine Frau kenne ich nicht ganz so gut."

„Aber immerhin hat sie mit Ihnen am Tag Ihrer Ermordung telefoniert. Um was ging es denn bei diesem Telefonat?"

Seine Nervosität wuchs exponentiell und er begann zu schwitzen.

„Die Sache ist die", druckste er zunächst herum und fragte: „Das wird doch alles vertraulich behandelt, oder?"

„Haben Sie etwas zu verbergen?", bohrte Schulze sofort nach.

„Nein, nein!", wehrte er vehement ab. „Es ist nur so, Jürgen hat mich gebeten, ihm ein Alibi zu geben."

„Das heißt, er war gar nicht mit Ihnen zum Segeln am Edersee?"

„Doch schon, aber nicht so, wie Sie jetzt denken. Jürgen hat seit einiger Zeit eine Geliebte. Seine Frau weiß nichts davon. Er hat mich gefragt, ob ich ihm nicht ein Alibi geben könnte, gegenüber seiner Frau, wenn Sie verstehen, was ich meine."

„Momentan kann ich Ihnen noch nicht so ganz folgen, ich ahne lediglich, auf was Sie hinauswollen."

„Ich denke, es ist eine Sache, jemandem als guter Freund gegenüber der Ehefrau mit einer kleinen Notlüge ein Alibi zu verschaffen, aber eine andere, wenn es um Mord geht. Jürgen hat sich in dem Hotel mit seiner Geliebten getroffen. Falls seine Frau Verdacht schöpfen und eventuell Zweifel an der Segeltour haben sollte, dann sollten ich und Hartmut Schölzel bestätigen, dass er zusammen mit uns am Edersee war."

„Verstehe. Und seine Frau hat sie deswegen am Freitag tatsächlich angerufen?"

„Nein, es war anders. Sie hat mich angerufen und gesagt, sie könne Jürgen nicht per Handy erreichen, ob ich ihn mal ans Telefon holen könnte, weil vielleicht sein Akku leer sei. Ich habe ihr gesagt, dass er im Moment nicht da wäre, aber ich ihm gerne was ausrichten könnte und er würde sie dann zurückrufen."

„Und das hat sie Ihnen geglaubt?"

„Ich nehme es mal an. Später habe ich es Jürgen dann gesagt, als wir uns beim Abendessen trafen. Er wollte Bettina zurückrufen, sagte er jedenfalls. Niemand konnte doch ahnen, dass zu Hause ein so schrecklicher Mord passieren würde."

„Woher hatte sie Ihre Nummer?"

„Wir sind seit Jahren befreundet, da hat man einfach die vollständigen Kontaktdaten der Familien untereinander, wie sich das eben so gehört zwischen guten Freunden."

„Aber Sie können bestätigen, dass Sie das ganze Wochenende dort zusammen waren?"

„Wir waren gemeinsam in Waldeck im Hotel „Seeblick", er hatte ein Doppelzimmer und wir beiden hatten je ein Einzelzimmer. Ich schnarche und deshalb kommt für mich ein Doppelzimmer nicht infrage, auch nicht mit einem sehr guten Freund. Am Samstag waren wir zu dritt tatsächlich segeln, allein schon, um mit dem Handy ein paar Fotos zu machen, sozusagen als Beweis. Da hat er uns erzählt, dass er seine Frau nicht erreichen kann, weder auf dem Festnetz noch auf dem Handy. Er hatte Freitagabend noch eine Mitteilung von ihr erhalten und danach nichts mehr von ihr gehört. Am Nachmittag hatte er sich entschieden, seine Nachbarn in Frankfurt anzurufen und zu bitten, doch mal rüberzugehen und nach dem Rechten zu schauen. Aber statt eines Rückrufs von den Nachbarn kam dann irgendwann der Anruf der Polizei. Er wollte eigentlich sofort losfahren, aber wir haben ihn davon abgehalten. Er hatte bereits etwas getrunken und wir konnten ihn überreden, dass er erst Sonntagmorgen zurück nach Frankfurt fährt. Also ich kann definitiv bezeugen, dass er die ganze Zeit dort in diesem Hotel war."

„Wissen Sie den Namen seiner Geliebten?"

„Er hat sie uns als Rita vorgestellt, einen Nachnamen nannte er nicht."

Schulze bedankte sich und wies noch darauf hin, dass er seine Aussage gegebenenfalls noch einmal im Polizeipräsidium wiederholen und unter-

schreiben müsse, aber Seidel hatte alles Wichtige notiert, einschließlich der Telefonnummer des dritten Freundes.
Zu Dr. Falkner war es vom Hainer Weg aus nur einen Katzensprung, den sie schnell zurücklegten, zumal Seidel den Weg bereits kannte.
Die Lehrerin empfing die beiden sehr kühl und Schulze dachte sofort daran, dass sie ihn irgendwie an eine Lesbe erinnerte, zumindest hatte er sich immer so eine solche vorgestellt.
„Meine Herren, kommen Sie bitte gleich zur Sache. Warum sind Sie noch einmal hier?", fragte sie direkt heraus, noch ehe einer der beiden etwas sagen konnte."
Schulze stellte sich zunächst vor und begann dann ebenso direkt mit der Befragung: „Wo waren Sie am Freitagabend zwischen 21.00 und 24.00 Uhr?"
„Warum wollen Sie das wissen, warum muss ich Ihnen Rechenschaft über mein Privatleben ablegen? Wessen verdächtigen Sie mich?"
„Es geht darum, dass Sie aus unserer Sicht durchaus ein Motiv gehabt hätten, Regine Schwarz aus dem Weg zu räumen, und es gibt für uns Zusammenhänge zu dem Mord an der Dezernentin, Frau Werle-Reinhardt, von dem Sie sicherlich inzwischen aus den Medien erfahren haben."
„Ein tragischer und schrecklicher Todesfall, in der Tat. Aber ich habe genauso wenig etwas mit ihrem Tod zu tun wie mit der Ermordung von Frau Schwarz."
„Also, würden Sie uns freundlicherweise sagen, wo Sie gewesen sind?"
„Das möchte ich nicht. Wenn Sie etwas gegen mich vorzubringen haben, dann laden Sie mich bitte auf das Präsidium vor und ich nehme mir einen Anwalt. Ich finde es allmählich unerträglich, wie die Polizei mich als unbescholtene Bürgerin dieses Landes grundlos eines Kapitalverbrechens beschuldigt."
„Ganz wie Sie wollen, Frau Dr. Falkner. Aber eine Frage habe ich dennoch. Warum waren Sie auf der Beerdigung von Regine Schwarz?"
„Auch das geht Sie überhaupt nichts an. Aber es gibt so etwas wie Respekt vor einem anderen Menschen, auch wenn man nicht einer Meinung ist."
„Gut, wenn Sie uns informell nicht weiterhelfen wollen, dann müssen Sie eben auf dem Präsidium erscheinen."

„Einen schönen Tag, meine Herren." Mit diesen Worten entließ sie die Beamten aus ihrer Wohnung und man konnte sowohl am Tonfall als auch ihrem Habitus ihre Verärgerung deutlich wahrnehmen.

„Meine Güte, welche Laus ist der denn über die Leber gelaufen", meinte Schulze auf dem Weg zum Auto.

„Also letztes Mal, als ich mit Birgit bei ihr war, da war sie deutlich freundlicher. Sie hat ihr sogar ihren riesigen Kleiderschrank freiwillig präsentiert."

„Meinst du, dass sie lesbisch ist?"

„Da bin ich überfragt, ich kenne keine Lesbe persönlich."

„Jedenfalls hat sie für den ersten Mord kein nachprüfbares Alibi und jetzt weigert sie sich, uns eines zu nennen. Außerdem besitzt sie ein geblümtes Kleid. Wenn du mich fragst, benimmt sie sich gerade sehr verdächtig. Ich glaube, Sabine muss einen Vermerk an ihrer ‚Visualisierungwand' vornehmen", stellte er mit einem leicht ironischem Unterton fest. „Vielleicht sollten wir Yunus vorschlagen, dass sie eine Vorladung erhält. Das wirkt manchmal Wunder."

KAPITEL 69

Abbas und Holzapfel standen in der Koselstraße vor einem typischen Bau der sechziger Jahre. Niemand reagierte auf das Klingeln, unschlüssig warteten sie einen Moment, ohne dass sie konkret wussten, was sie tun sollten. Es war nicht einmal sicher, ob es sich um die richtige Familie handelte. Wenn es tatsächlich die Eltern dieser Petra Volkmar sein sollten, dann müssten diese Leute über siebzig Jahre alt sein.

„Wenn wir ihnen eine Nachricht in den Briefkasten werfen, dass sie bitte die Polizei kontaktieren sollen wegen einer Befragung, könnte das zu einer grundlosen Aufregung führen", stellte Abbas fest.

„Und wenn ihre Tochter Petra tatsächlich etwas mit der Sache zu tun haben sollte, dann wäre sie gewarnt", erwiderte Holzapfel.

In diesem Moment ging die Haustüre auf, und ein Mann, den Abbas vom Alter her als Rentner einschätzte, trat heraus und zog einen Einkaufstrolley hinter sich her.

„Entschuldigen Sie bitte, wir möchten zu Familie Volkmar, kennen Sie die zufällig näher?", fragte Holzapfel spontan.

„Warum wollen Sie das wissen? Sind Sie von den Zeugen Jehovas oder so was?"

„Nein, wir sind alte Bekannte ihrer Tochter und zufällig in Frankfurt, da wollten wir einfach mal spontan vorbeischauen", improvisierte Holzapfel zum Erstaunen von Abbas.

„Da haben Sie leider Pech. Herr Volkmar hatte einen Schlaganfall und liegt in der Uniklinik. Seine Frau ist sicherlich bei ihm, ihre Tochter ist wahrscheinlich mit ihrer Mutter ebenfalls dort. Rufen Sie sie doch auf dem Handy an, dann wissen Sie es."

„Danke sehr für die freundliche Auskunft."

Als der Rentner zum Einkaufen weiter Richtung Eckenheimer Landstraße getrottet war, sagte Abbas: „Du kannst ja sehr gut improvisieren. Jetzt wissen wir also, warum niemand aufgemacht hat. Was meinst du, fahren wir direkt jetzt zur Uniklinik?"

„Auch auf die Gefahr hin, dass sie just in dem Moment aufbrechen, wo wir noch unterwegs sind, sollten wir es trotzdem riskieren. Im Krankenhaus können wir sicherlich die Handynummer der Tochter erhalten, auf jeden Fall werden wir erfahren, wie sie jetzt heißt. Denn es wird sicher ein Vermerk mit ihrem Namen in der Akte sein, damit sie jederzeit zu ihrem Vater darf."

An der Pforte des Haupteingangs erkundigten sie sich nach einem Patienten namens Georg Volkmar und erhielten die Auskunft, dass er sich im Haus 95 auf der Station B.3 befand. Also mussten sie erst einmal auf dem wirklich riesigen Gelände der Uniklinik zu besagtem Gebäude gehen und dann die entsprechende Abteilung suchen. An der Milchglastüre war ein Hinweis angebracht, dass Besuche nur eingeschränkt erlaubt sind. Abbas läutete, und per Türsummer wurde die Türe geöffnet. Sofort stieg ihnen beiden der typische, antiseptische Krankenhausgeruch in die Nase, es roch außerdem nach frisch gewischtem Linoleum. Zielstrebig steuerten sie das Stationszimmer an, Abbas klopfte am Türrahmen der offenen Tür und eine Krankenschwester sah von ihren Krankenblättern zu ihnen auf und sagte: „Zu wem wollen Sie bitte, wir haben jetzt eigentlich keine Besuchszeit?"

Abbas zog seinen Dienstausweis und sagte: „Wir wollen zu keinem der Patienten, aber wir sind auf der Suche nach einer Frau Volkmar, die wir dringend sprechen müssten. Ist sie zufällig hier?"

„Das weiß ich nicht, aber ihr Mann liegt in Zimmer 11, da können Sie aber jetzt nicht hin."

„Wären Sie so freundlich und würden einmal nachschauen, ob sie sich dort aufhält, und sie dann bitten, nach draußen zu kommen, damit wir ihr ein paar Fragen stellen können? Es ist sehr wichtig."

Missgelaunt stand sie auf und ging den Flur entlang bis fast zum Ende, klopfte an einer Türe und betrat das Krankenzimmer. Keine zwei Minuten später kam sie wieder nach draußen in Begleitung einer älteren Dame, die sehr gebrechlich wirkte und der man ansehen konnte, dass sie offenbar in großer Sorge um ihren Ehemann war. Die Schwester deutete mit der Hand auf die beiden Beamten, und während sie in schnellem Schritt wieder zum Stationszimmer kam, schlurfte die alte Frau mit kleinen Schritten hinter ihr her. Abbas und Holzapfel gingen ihr entgegen und sie trafen sich an der Stelle des Ganges, an der sich ein kleiner Aufenthaltsraum auf der rechten Seite befand.

„Frau Volkmar, dürfen wir Sie kurz sprechen? Vielleicht gehen wir hier in diesen Raum, sodass Sie sich setzen können", sprach Holzapfel die Greisin an.

„Wer sind Sie denn? Ich verstehe nicht, sind Sie von der Versicherung?"

„Nein, Frau Volkmar, wir beide sind von der Kriminalpolizei, aber ich erklären Ihnen gleich alles, setzen Sie sich vielleicht einfach erst einmal hin."
Abbas rückte einen Stuhl für sie zurecht, und erschöpft, wie nach einer langen körperlichen Anstrengung, ließ sie sich darauf nieder.
„Wie geht es Ihrem Mann?", erkundigte sich Holzapfel fürsorglich.
„Ach, fragen Sie nicht, es geht ihm nicht gut. Er hatte einen Schlaganfall, vor einer Woche. Inzwischen ist er von der Intensivstation hier auf die Normalstation verlegt, aber er hat Sprachstörungen, findet manche Worte nicht mehr oder versteht sie nicht. Sein Arm ist gelähmt. Aber wenigstens ist er außer Lebensgefahr."
„Das ist sicherlich sehr schwer für Sie", sagte Holzapfel mitfühlend.
„Danke sehr für Ihre Anteilnahme, aber bitte verraten Sie mir jetzt, warum Sie eigentlich hier sind. Was habe ich mit der Kriminalpolizei zu tun?"
Abbas übernahm jetzt die Gesprächsführung: „Wir sind auf der Suche nach einer Petra Volkmar. Sie ist vielleicht eine wichtige Zeugin, oder sagen wir einmal, sie könnte uns vielleicht bei unseren Ermittlungen von großem Nutzen sein."
„Petra, ja so heißt meine Tochter, aber sie heißt inzwischen Peterson."
„Wo ist sie jetzt?"
„Sie muss jeden Moment wieder hier sein, sie wollte uns in der Cafeteria einen Kaffee besorgen."
Als ob sich wieder einmal das Sprichwort ‚Wenn man vom Teufel spricht' bewahrheiten sollte, ging in diesem Moment draußen auf dem Flur eine Frau mit zwei Kaffeebechern vorbei.
„Petra, ich bin hier", rief Frau Volkmar und die Frau drehte sich um und kam in den Aufenthaltsraum, schaute erstaunt ob der beiden Fremden, mit denen ihre Mutter offenbar gerade eine Unterhaltung führte.
„Guten Tag, Petra Peterson", stellte sie sich beim Eintreten vor, und an ihre Mutter gerichtet: „Mama, wer sind diese beiden?"
„Die Herrschaften sind von der Kriminalpolizei."
Abbas und Holzapfel schauten wie gebannt in das Gesicht der Frau und beiden dämmerte es im selben Augenblick, woher sie ihnen bekannt vorkam. Es war die Frau, von der Seidel während der Trauerfeier ein Foto gemacht hatte, auf dem sie mit Sonnenbrille zu sehen war. Sie hatten sie also völlig unerwartet gefunden.

KAPITEL 70

Jürgen Reinhardt hatte seine Tochter Kerstin vom Flughafen abgeholt, weinend waren sie sich in der Ankunftshalle in die Arme gefallen, aber schon während der Fahrt hatte er gespürt, dass irgendetwas nicht stimmte. Zu Hause zeigte sich erst das wahre Ausmaß der sich anbahnenden Familientragödie, als die Tochter feststellen musste, dass ihr Mädchenzimmer inzwischen zum Schlafzimmer des Vaters umgewidmet worden war. Er hatte stattdessen das ursprüngliche Ehebett neu bezogen und allen Ernstes geglaubt, dass seine Tochter dies als Schlafgelegenheit akzeptieren würde, aber sie stellte ihn aufgebracht zur Rede: „Erkläre mir bitte, was das hier soll", fragte sie in einem Ton, der ihren Ärger, aber zugleich auch ihre Enttäuschung, kaum verbergen konnte.
„Lass es dir in Ruhe erklären. Deine Mutter und ich haben vor einiger Zeit beschlossen, dass wir getrennte Schlafzimmer für die beste Lösung für mein Schnarchproblem halten. Außerdem waren wir in einer schwierigen Phase, in der wir etwas Abstand wollten."
„Seit wann schnarchst du? Das ist ja mal ganz was Neues!" Ihre Tonlage wurde ein Spur aggressiver.
„Deine Mutter fühlte sich jedenfalls so dadurch gestört, dass sie darauf bestanden hat."
„Ach, und da habt ihr einfach so, ohne zu fragen, mein Zimmer als zweites Schlafzimmer genutzt."
„Deine Mutter wollte mit dir darüber sprechen, hat sie das nicht getan? Sorry, das wusste ich nicht. Du bist die meiste Zeit in England, da dachten wir, dass wir am ehesten dein Zimmer nehmen statt das deiner Schwester, weil sie öfter von Marburg hierherkommt. Außerdem kommt sie dann mit Benjamin, und zu zweit ist das Gästezimmer wirklich etwas zu eng. Aber du kannst natürlich in deinem alten Zimmer wohnen, solange du hier bist, und ich schlafe in unserem Schlafzimmer."
„Wie großzügig von dir! Nein, sie hat nicht mit mir darüber gesprochen! Aber sie hat etwas anderes mit mir besprochen. Sie hatte nämlich den Verdacht, dass du sie betrügst und eine Geliebte hast."
Der Vater war einen Moment lang so fassungslos, dass er nicht unmittelbar antworten konnte. Bisher hatte er immer angenommen, dass seine Frau von seiner Eskapade nichts geahnt hatte. Nun musste er erfahren,

dass sie es nicht nur vermutet, sondern sogar ihre Tochter darüber informiert hatte.

„Deine Mutter war einfach eifersüchtig, geradezu krankhaft eifersüchtig. Sie sah Gespenster“, leugnete er und spielte den Beleidigten.

„Paps, bitte sag mir, warum? Ihr hattet silberne Hochzeit, ich dachte immer, ich hätte ein Elternhaus, in dem noch alles in Ordnung ist, nicht wie bei vielen meiner Freundinnen, wo sich die Eltern inzwischen haben scheiden lassen. Wolltest du eine Jüngere? Wie alt ist sie denn? War dir Mama im Bett nicht mehr gut genug?“

„Wie redest du mit mir!“, entrüstete er sich, nun ebenfalls nicht mehr so entspannt.

„Du spielst hier den trauernden Ehemann, und wahrscheinlich bist du heilfroh, dass du jetzt freie Bahn hast.“

„Kerstin, ich verbiete dir, so über mich zu sprechen, du hast ja überhaupt keine Ahnung. Wenn du es genau wissen willst, deine Mutter hatte absolut kein Interesse mehr am Sex mit mir. Mal war sie überarbeitet, dann hatte sie Migräne, es gab immer irgendetwas, das verhinderte, dass wir miteinander geschlafen haben. Aber ich bin ein gesunder Mann mit normalen sexuellen Bedürfnissen. Hätte ich deiner Meinung nach zu Prostituierten gehen sollen?“

„Vielleicht hatte sie ja noch Lust, aber nur nicht mehr auf Sex mit dir? Hast du dich das auch schon mal gefragt?“

„Ach, es lag also an mir? Ich bin dir in keiner Weise Rechenschaft schuldig, meine Liebe, merk dir das. Und ich trauere genauso um deine Mutter wie du, das eine hat mit dem anderen nicht das Geringste zu tun.“

„Weiß es eigentlich Martina?“

„Das weiß ich nicht, von mir jedenfalls nicht. Vielleicht hat eure Mutter auch mit ihr darüber gesprochen?“

„Nein, ganz sicher nicht, sonst hätte mich meine Schwester, wie ich sie kenne, längst angerufen, um mit mir darüber zu reden.“

In diesem Moment hörten beide, wie die Haustüre aufgeschlossen wurde und Martina und Benjamin hereinkamen. Als sie ins Wohnzimmer traten, spürte Martina sofort die angespannte Stimmung, die zwischen ihrem Vater und ihrer Schwester herrschte.

„Was ist denn hier los? Ach Kerstin …“

Laut schluchzend fielen sich die beiden Schwestern um den Hals und umarmten sich innig. Dann löste sich Martina aus der Umarmung und ging zu ihrem Freund, der eine Einkaufstasche in der Hand hielt. Sie öffnete diese und zog ein schwarzes Kleid heraus.

„Hier, das habe ich mir für die Beerdigung gekauft", erklärte sie heulend.

„Ich muss mir auch noch überlegen, was ich anziehe", erwiderte Kerstin. „Aber sagt mal, was war denn eben los, als wir hereingekommen sind?"

Der Vater wollte gerade zu einer Erklärung ansetzen, da schnitt ihm seine Tochter mit scharfem Ton das Wort ab: „Paps hat eine Affäre, und jetzt spielt er den trauernden Witwer."

„Bitte was? Paps ...", stieß Martina ungläubig hervor.

„Martina, glaub mir, es ist nicht so, wie sie denkt."

Nun hatte er beide Töchter gegen sich und schaute fast hilflos zu Benjamin, der sich als unfreiwilliger Zeuge dieser Offenbarung sichtlich unwohl fühlte und der sich deshalb in die Küche verzog mit dem Vorhaben, dass er erst einmal Kaffee machen wollte.

„Paps, ich werde in meinem Zimmer schlafen, Martina, kommst du bitte mal mit nach oben, wir müssen etwas ohne unseren Vater miteinander besprechen."

In diesem Moment klingelte Jürgens Handy, suchend schaute er sich um, wo er es abgelegt hatte, und entdeckte es im Wohnzimmer auf dem Couchtisch. Er nahm das Gespräch an, nachdem er auf dem Display gesehen hatte, dass es sein Freund Mücke war.

„Hallo Klaus, was gibt es. Du, hier ist gerade ganz dicke Luft, kann ich dich nachher zurückrufen?"

„Jürgen, es ist wichtig, ich muss dir was sagen."

„Also schön, was gibt es denn so Wichtiges?"

„Die Polizei war bei mir und hat mich gefragt, ob wir zusammen am Edersee waren. Da musste ich ihr natürlich die Wahrheit sagen."

„Was heißt denn bitte schön die Wahrheit?"

„Na ja, das mit deinem Alibi gegenüber deiner Frau, die mich ja angerufen hat. Ich habe dir versprochen, dass ich ihr gegenüber absolutes Stillschweigen bewahre, aber nun ist sie tot. Und ich habe keinen Grund gesehen, dass ich noch länger lügen soll, schon gar nicht gegenüber der Polizei."

„Mit anderen Worten, du hast ihnen also erzählt, dass ich mich mit Rita getroffen habe."

„Ja, aber das ist doch nicht schlimm. Du warst das ganze Wochenende hier und das ist das Entscheidende."

„Aber es hätte auch genügt, wenn du gesagt hättest, das wir drei zusammen waren. Wieso musstest du der Polizei auf die Nase binden, dass ich eine Freundin habe?“
„Ich konnte einfach nicht lügen, als der Kommissar mich fragte. Bist du jetzt sauer?“
„Nein, aber wie stehe ich denn jetzt da? Der Ehemann hat eine Geliebte und lässt seine Frau aus dem Weg räumen.“
„Aber du hast doch nichts mit Bettinas Tod zu tun, viele Männer gehen fremd, das ist doch heutzutage kein Thema mehr. Entscheidend ist, dass du nicht in Frankfurt warst und wir alle das bezeugen können.“
„Danke, Klaus, dass du mich angerufen hast.“ Dann unterbrach er die Verbindung und eilte in sein Arbeitszimmer, kramte in der Schreibtischschublade, zog etwas heraus und sagte nur zu sich selbst „So eine verdammte Scheiße.“

KAPITEL 71

Petra Peterson hatte ihre Mutter gebeten, wieder zu ihrem Vater zurück ins Krankenzimmer zu gehen und, da sich im Aufenthaltsraum sonst niemand aufhielt außer den beiden Beamten und ihr, waren sie ungestört und konnten ohne Zuhörer reden.

Abbas erklärte ihr, dass sie durch Zufall darauf gestoßen waren, dass es insgesamt vier Frauen gab, die in der Studentenzeit zu der Clique gehörten, von denen nun leider zwei inzwischen tot seien. Er verschwieg ihr, dass Herbert Schwarz der Polizei den entscheidenen Hinweis mit ihrem Namen gegeben hatte.

„Frau Peterson, warum sind Sie eigentlich damals so urplötzlich aus Frankfurt verschwunden und haben nie wieder Kontakt zu Ihren früheren Freundinnen gesucht?“, wollte Abbas als Erstes wissen.

„Das kann ich Ihnen leicht beantworten, es war 1988 und schuld daran ist Erika Berghoff.“

Holzapfel und Abbas sahen sich verwundert an.

„Können Sie uns das bitte etwas näher erklären?“, hakte Abbas nach.

„Also, ich fange vielleicht ganz von vorne an, damit Sie es verstehen können. Als ich damals mein Studium in Frankfurt begann, lernte ich als erstes Bettina kennen. Wir beide verstanden uns auf Anhieb, über sie traf ich dann auch Erika und Regine. Wir machten in dem Semester zusammen ein Pädagogikseminar und bildeten eine Arbeitsgruppe. Dreimal dürfen Sie raten, wer damals das Thesenpapier verfasst hat und wessen Namen mehr oder weniger dazugesetzt wurden. Und seit der Zeit waren wir eine feste Clique, die auch privat öfter was zusammen unternahm. Ich muss dazu sagen, dass die anderen drei im Gegensatz zu mir, alle aus sehr gut gestellten Elternhäusern kamen, während ich Bafög beantragen musste. Erika war ein absolutes Alphaweibchen, so würde ich es aus heutiger Sicht benennen, sie musste stets alles bestimmen und die beiden anderen machten in der Regel, was sie wollte. Sie legte fest, welche Klamotten gerade angesagt waren, welche Band oder welcher Kinofilm.“

„Bitte weiter“, ermunterte Holzapfel sie.

„Ich muss gestehen, es soll bitte nicht nach Selbstlob klingen, dass ich damals in jungen Jahren sehr gut bei den Jungs ankam und auch kein Kind von Traurigkeit war. Darauf war Erika immer neidisch. Sie war zwar sehr sportlich, weil sie sich in der Unimannschaft der Damen als Diskuswerferin profilierte, ursprünglich wollte sie sogar Sport als drittes Fach dazunehmen, entsprechend war sie auch von ihrer Figur her attraktiv. Aber gutes Aussehen war eben nicht alles, mancher Kommilitone merkte schnell, welcher Charakter sich hinter der sportlichen Figur verbarg. Sie ist absolut herrschsüchtig und machtbesessen, duldet keine Widerrede, verträgt überhaupt keine Kritik und ein klein wenig narzisstisch war sie meiner Meinung nach auch. Irgendwann hatte sie einen Freund, den sie uns vorstellte, er war ein Sportstudent, der blendend aussah. Wir sahen uns das erste Mal und zwischen uns beiden hat es sofort gefunkt, wir waren sofort auf einer Wellenlänge."

„Und da wurde Erika Berghoff eifersüchtig?", unterbrach sie Abbas.

„Zunächst war alles in Ordnung. Ich bin anfangs auf seine Flirtversuche nicht eingegangen, weil ich ja mit Erika befreundet war und sie mit ihm eine Beziehung hatte. Es schmeichelte mir aber, das will ich nicht leugnen. Auf einem Semesterabschlussball, da war er alleine, weil Erika wegen eines Turniers nicht in Frankfurt war. Um es abzukürzen, ich bin mit ihm nach Hause gegangen und wir haben miteinander geschlafen. Am nächsten Morgen tat es mir leid, obwohl es wunderschön gewesen war. Wir waren beide ratlos, wie wir mit der Situation umgehen sollten. Ich hatte keine Verliebtheitsgefühle oder so und habe ihm versichert, dass es einmalig war und Erika kein Wort von mir erfahren würde. Aber Kai, er war so eine ehrliche Haut, ihn plagte sein schlechtes Gewissen und er hat es ihr ein paar Tage später gebeichtet."

„Und das war dann der Auslöser?", nahm Holzapfel ihre weitere Erzählung vorweg.

„Ich weiß es noch wie heute, als sie an jenem Abend zu mir kam, wobei ich völlig ahnungslos war. Kaum dass ich meine Tür geöffnet hatte, da stolzierte sie wütend herein wie eine Furie, machte mir eine Szene und sagte ‚Ich bring dich um!'. Sie baute sich bedrohlich vor mir auf, muskulös und sportlich, wie sie war, ich war schmal und zierlich und völlig eingeschüchtert. Sie stellte mich zur Rede wegen Kai, machte mir heftige Vorwürfe. Ich leugnete nichts, denn er hatte es ihr ja gestanden. Sie drohte mir, wenn ich mich noch einmal mit ihm treffen würde, dann würde sie mich umbringen. Und, so wie sie es vorbrachte, traute ich ihr das auch zu. Sie wollte immer diejenige sein, die Recht hatte. Jede Kritik nahm sie als persönlichen Angriff."

„Wie ging es anschließend weiter?"

„Ich habe dann versucht, Regine und Bettina als Vermittler einzuschalten. Aber wie das so geht, sie waren natürlich auf Erikas Seite, denn die hatte sie bereits indoktriniert. Beide glaubten mir nicht. Die Drohung hielten sie geradezu für absurd. Ich war quasi die Schlampe, die ihr den Freund wegnehmen wollte. Es kam zum Bruch. Damals hatte ich, ehrlich gesagt, richtig Angst, Sie hätten Erika sehen sollen. Ich habe mich dann entschieden, ein Auslandssemester zu machen. Dort habe ich meinen späteren Mann kennengelernt, einen Engländer. Darum heiße ich jetzt Peterson und wohne in England. Ich habe jeglichen Kontakt abgebrochen, und zwar mit allen. Vergessen Sie nicht, damals gab es noch kein Internet, sondern nur Telefon und Briefe."
„Warum waren Sie auf der Beerdigung von Regine Schwarz?", wollte Holzapfel wissen.
„Mein Vater hatte einen Schlaganfall, wie Sie ja nun wissen. Darum bin ich nach Deutschland gekommen. Als ich in der Zeitung von der Beerdigung las, da wollte ich Regine einfach die letzte Ehre erweisen, mit ihr hatte ich persönlich ja nie irgendeinen Streit. Es war wie eine Pflicht für mich, Respekt für jemanden, den ich einmal sehr schätzte. Ich habe eine Sonnenbrille getragen, damit mich Erika nicht erkennt, obwohl ich glaube, dass sie mich wahrscheinlich auch ohne Sonnenbrille nicht erkannt hätte nach so vielen Jahren. Und jetzt ist auch noch Bettina tot. Mein Gott, wie schrecklich!"
„Seien Sie froh, dass Sie eine Sonnenbrille getragen haben, denn Frau Berghoff hat Sie auf einem Foto zumindest insoweit erkannt, dass Sie ihr bekannt vorkamen."
„Auf was für einem Foto?"
Abbas klärte sie über die Fotoaktion auf dem Friedhof auf: „Wir haben alle Trauergäste fotografiert, weil wir vermuteten, dass möglicherweise der Mörder unter ihnen gewesen sein könnte."
„Ich muss Sie das jetzt fragen: Wo waren Sie am 17. Juni zwischen 18.00 Uhr und 20.00 Uhr, und wo waren Sie am 2. Juli zwischen 22.00 und 24.00 Uhr?"
„Sind das die beiden Tatzeiten?"
„Ja, verstehen Sie meine Frage rein formal."
„Welches Motiv hätte ich denn gehabt? Also gut, am 17. Juni war ich noch gar nicht in Frankfurt, ich bin ja erst am 29. hierhergekommen, einen Tag

vor der Beerdigung. Und am 2. Juli, da war ich bei meiner Mutter, wir haben Fernsehen geschaut."
„Haben Sie eine Handynummer für uns, unter der wir Sie hier erreichen können, solange Sie noch in Frankfurt sind?"
Sie nannte Abbas ihre englische Mobilfunknummer und fügte hinzu: „Ich bleibe auf jeden Fall noch ein paar Tage, bis endgültig klar ist, was mit meinem Vater wird. Sollte in dieser Zeit die Beerdigung von Bettina Reinhardt sein, werde ich ebenfalls dorthin gehen. Haben Sie denn schon einen Verdächtigen für die Morde?"
„Wir ermitteln in verschiedene Richtungen."
„Gehört Erika Berghoff zu Ihren Verdächtigen?"
„Sie würden ihr einen Mord zutrauen?", fragte Abbas erstaunt.
„Nach dem, wie sie sich damals mir gegenüber aufgeführt hat, aber absolut."
„Aber welches Motiv hätte sie gehabt?" Holzapfel gab Abbas, von Petra unbemerkt, mit ihrer Mimik ein Zeichen, das dieser aber nicht deuten konnte.
„Käme vielleicht Eifersucht als Tatmotiv infrage? Oder vielleicht öffentliche Kritik?", stellte Petra in den Raum.
„Frau Peterson, danke für Ihre Aussage, Sie haben uns dadurch sehr viel weiter gebracht. Alles Gute für Ihren Vater", sagte Abbas abschließend, ehe die beiden sich verabschiedeten. Draußen auf dem Weg zum Parkplatz fragte Abbas dann, was Holzapfel ihm denn signalisieren wollte.
„Mir ist da etwas unglaublich Wichtiges eingefallen, ich bin fast geplatzt. Als ich Harald Langer befragt habe, und er mir erzählt hat, wie er Regine Schwarz kennengelernt hat, da war Erika Berghoff dabei. Stell dir vor, sie lernt einen gut aussehenden Mann kennen, ihre Freundin Regine spannt ihn ihr sofort aus und beginnt mit ihm eine Beziehung."
„Nachdem, was uns die Peterson erzählt hat, wird sie das nicht kaltgelassen haben."
„Und hat uns nicht Bernhard erzählt, dass seine Flamme glaubte, in der Tiefgarage ein Gesicht einer Frau gesehen zu haben?"
„Wir sollten uns mal etwas näher mit der Direktorin beschäftigen."

KAPITEL 72

Franz Wilde war sehr nervös, als er im Polizeipräsidium ankam. Noch nie hatte er etwas mit der Polizei zu tun gehabt und fühlte sich entsprechend unsicher. Er zeigte wortlos am Einlass seine Vorladung für eine Zeugenvernehmung, aber als der Beamte ihm den Weg beschreiben wollte, gab er ihm mit Gesten zu verstehen, dass er ihn nicht hören kann. Ein Grundproblem von Gehörlosen war es oft, dass es eben kein einheitliches Symbol für Gehörlosigkeit gab wie zum Beispiel bei den Blinden. Die Tatsache, dass manche sogar Hörgeräte trugen, um wenigstens noch ein paar Geräusche wahrnehmen zu können, denn mehr war es oft nicht, täuschten Hörende häufig, weil sie dann glaubten, ihr Gegenüber könne dank der Hörgeräte mit ihnen in Lautsprache kommunizieren. Aber dieser Mann erkannte sofort, wo das Problem lag, nahm kurzerhand ein Blatt Papier und schrieb ihm auf, wie er zum Büro von Abbas finden würde.

Als er dort ankam, erkannte er schon auf dem Flur die Gebärdendolmetscherin, die er aus anderen Zusammenhängen kannte, und sofort wurde er ruhiger. Hastig gebärdete er ihr, welche Probleme er auf dem Weg gehabt hatte und verständnisvoll bestätigte diese ihm das, was er schon so oft gefühlt hatte. Ein Blinder kann nichts um sich herum sehen, aber mit allen Menschen kommunizieren, ein Gehörloser sieht alles um sich herum, aber ist in der Regel von der Kommunikation mit den Hörenden ausgeschlossen, da die Gebärdensprache immer noch nicht sehr verbreitet ist unter denen, die hören können. In Leipzig hatte er einmal vor dem Gehörlosenzentrum sogar ein eigenes Verkehrsschild gesehen, das die hörenden Autofahrer darauf aufmerksam machte, dass Hupen vor diesem Gebäude keinen Sinn machte. Sabine Kurz klopfte an der Bürotür und trat dann mit Wilde sofort ein, nachdem von drinnen ein „Herein“ erklungen war, das Wilde ebenfalls nicht hören konnte.

Drinnen erwarteten Abbas und Schulze den Zeugen, und nachdem alle vorgestellt waren und die Dolmetscherin noch einmal auf ihre Pflichten hingewiesen worden war, eröffnete Abbas die Vernehmung, während die Dolmetscherin simultan alles in Gebärdensprache übersetzte. Schulze beobachtete fasziniert, wie flink die Hände der Frau sich bewegten und die Worte seines Chefs in Gebärden transformiert wurden. Seine Aufgabe war es, die Aussage schriftlich aufzunehmen.

„Herr Wilde, ganz herzlichen Dank, dass Sie gekommen sind. Sie haben uns bereits einige Beobachtungen in der ersten Befragung mitgeteilt, wir wollen aber jetzt noch einmal alles genau wissen und auch ein Protokoll anfertigen, das Sie dann unterschreiben müssen."
Als Zustimmung nickte er und schaute die Dolmetscherin erwartungsvoll an.
„Erzählen Sie uns bitte noch einmal, wann Sie am 2. Juli abends unterwegs waren und was Sie beobachtet haben."
Sabine Kurz übersetzte seine Aussage: „Es war etwa gegen 23.00 Uhr, da bin ich noch einmal mit dem Hund rausgegangen. Gegenüber auf der anderen Straßenseite parkte dieses dunkle Auto, das habe ich Ihnen schon gesagt. Und ich habe gesehen, dass eine Frau aus dem Haus der Familie Reinhardt kam und über den Plattenweg in Richtung Straße ging."
Schulze kam spontan eine Idee, er ging zu seiner Aktentasche und kramte sein iPad hervor, öffnete einen Bilderordner und scrollte bis zu dem Foto von Erika Berghoff, das bei der Beerdigung gemacht worden war. Dann hielt er das Gerät zu Wilde hin, sodass dieser das Bild sehen konnte."
„Könnte das die Frau gewesen sein, die Sie gesehen haben?", fragte er mittels der Dolmetscherin.
Wilde betrachtete das Foto sehr genau, dann nickte er und gebärdete etwas, das Frau Kurz wiederum in Lautsprache übersetzte: „Ja, das kann die Frau gewesen sein, ich erkenne das Gesicht, aber beschreiben konnte ich es nicht."
„Wo sind Sie dann mit dem Hund hingegangen? Sie haben gesagt, dass Sie die Frau zweimal gesehen haben?", fragte Abbas weiter.
Es entstand ein kleiner Dialog zwischen Wilde und der Dolmetscherin und die beiden Beamten verstanden absolut nicht, um was es ging. So musste sich ein Gehörloser unter Hörenden fühlen, dachte Abbas. Schließlich sagte die Übersetzerin: „Kann Herr Wilde eine Skizze malen? Er möchte Ihnen gerne mit einer Zeichnung erklären, wo er was gesehen hat. Der Wilhelm-Beer-Weg hat einen komplizierten Verlauf."
„Ja, klar kann er das", beantwortete Abbas die Frage und holte sogleich ein weißes Blatt und einen Bleistift. Fasziniert beobachten alle drei, wie Wilde konzentriert zunächst den Verlauf der Straße aufmalte. Die Besonderheit des Wilhelm-Beer-Weges war, dass er vom Haselhorstweg im Westen bis zum Sachsenhäuser Landwehrweg im Nordosten verlief und jeweils nach Süden Seitenarme abgingen, die in einem Wendehammer

endeten. Man konnte sich das in etwa wie einen Kamm vorstellen, wobei die Zinken die insgesamt sieben Seitenarme bildeten. Darauf zeichnete er sein Haus und das der Reinhardts ein, markierte das geparkte Auto auf der Straße und kennzeichnete die Stelle auf dem Grundstück der Reinhardts, wo er die Frau gesehen hatte. Anschließend skizzierte er in einer gestrichelten Linie den Weg, den er mit seinem Chihuahua bis zum nächsten Seitenarm gelaufen war, und dann zurück. Wieder malte er ein Kreuz neben das Auto, um damit zu verdeutlichen, wo er die Frau ein zweites Mal gesehen hatte."

Abbas war total fasziniert von der Genauigkeit der Beobachtungen und fragte dann: „Wie lange hat Ihr Weg ungefähr gedauert?"

„Ich habe nicht auf die Uhr geschaut, vielleicht ein paar Minuten, auf jeden Fall nicht länger als höchstens zehn oder fünfzehn Minuten. Das hat mich gewundert, dass die Frau so lange brauchte für die wenigen Meter vom Gartentor bis zum Auto."

Abbas und Schulze sahen sich vielsagend an.

„Wo haben Sie den Mann gesehen?"

„Ja, richtig, den Mann habe ich vergessen." Wieder ergriff Wilde den Bleistift und zeichnete einen Kreis mit Pfeil auf der Seite seines Grundstücks in einiger Entfernung.

„Wie weit ist das ungefähr weg?"

„Vielleicht 30 oder 50 Meter."

„Können Sie irgendetwas zu dem Mann sagen?"

„Die Straßenlaterne gibt dort wenig Licht, nein, keine Einzelheiten, ein Mann, dunkle Haare, er hatte ein T-Shirt an. An mehr erinnere ich mich nicht."

„Herr Wilde, vielen Dank. Sie müssen Ihre Aussage noch einmal durchlesen und dann überprüfen, ob alles so richtig ist. Ihre Zeichnung nehmen wir zum Protokoll hinzu. Sie, Frau Kurz, müssten dann auch unterschreiben, dass Sie alles wahrheitsgetreu übersetzt haben", stellte Abbas abschließend fest.

Abbas hatte das Gefühl, dass sie mit dieser Aussage ein erhebliches Stück weitergekommen waren. Nachdem Wilde und die Dolmetscherin entlassen waren, blieben ihm noch ein paar Minuten bis zur anberaumten Sitzung. Die große Frage, die er sich stellte: Warum brauchte Erika Berghoff mehrere Minuten vom Gartentor bis zu ihrem Auto? Könnte es sein, dass sie in Wirklichkeit zum Auto gegangen war, um den Hammer zu holen, sich anschließend zurück zum Haus begeben hatte, dort den Mord beging und dann ein zweites Mal zum Auto zurückgekehrt war? Und dann fiel ihm plötzlich etwas Wichtiges ein, das er Wilde nicht gefragt hatte. Hatte sie eine Plastiktüte oder Tasche getragen, als sie aus dem Haus kam? Verdammt, er war so verblüfft über die Zeichnung gewesen, dass er während der Befragung gar nicht auf die Idee gekommen war, danach zu fragen. Und dann war da noch dieser ominöse unbekannte Mann! War er vielleicht ein Zeuge? Oder war er der Täter, und die Berghoff hatte gar nichts mit dem Mord zu tun?

KAPITEL 73

Die anderen warteten schon auf Abbas im Besprechungszimmer, Riedel war zuvor bereits von Holzapfel über die Unterredung mit Petra Peterson informiert worden und hatte die Tafel dahin gehend bereits aktualisiert. Die vierte weibliche Person an der Wand zierte nun das Bild, das von der bisher unbekannten Frau mit der Sonnenbrille bei der Beerdigung aufgenommen worden war, darunter stand der Name „Petra Peterson".
Abbas brachte zunächst alle auf einen gemeinsamen Wissensstand: „Wie ihr schon anhand der von Sabine aktualisierten Tafel gesehen habt, ist die vierte Freundin identifiziert. Interessant ist, dass sie vor vielen Jahren von der Berghoff wegen eines Eifersuchtsdramas bedroht wurde. Sie nahm diese Morddrohung so ernst, dass sie sogar Frankfurt verlassen hatte. Augenblicklich ist sie zufällig hier, weil ihr Vater schwer krank ist. So konnte sie auch auf die Beerdigung der Schwarz gehen, trug aber die Sonnenbrille, um von der Berghoff nicht gleich erkannt zu werden."
„Von Herrn Langer wissen wir, dass sich die Berghoff ursprünglich für ihn interessierte, dann aber quasi von der Schwarz ausgestochen wurde", warf Holzapfel ein. „Genau damit hätten wir ein Motiv, nämlich weibliche Eifersucht. Die Berghoff hat es der Schwarz nicht gegönnt. Immerhin ist sie immer noch Single, während ihre Freundin ihr wahrscheinlich am Telefon von ihrem neuen Liebhaber vorgeschwärmt hat."
Abbas korrigierte den Beitrag sofort: „Nein, es war wahrscheinlich ein klein wenig anders. Anhand des Chatverlaufs der Toten wissen wir, dass sie gegen 14.00 Uhr per WhatsApp die Schwarz kontaktierte, aber diese keine Zeit für sie hatte, weil sie ihr schrieb, dass der Langer kommt. Da kochte die Direktorin wahrscheinlich vor Wut, weil sie selbst ja noch in der Schule saß und irgendwelche Bewerbungsunterlagen studieren musste, während ihre Freundin sich auf ein Date vorbereitete. Also fasste sie den Mordplan oder konkretisierte ihn, fuhr in einen Baumarkt, kaufte den Hammer und dann begab sie sich zur Westhafenmole. Dort ging sie zur Flusskrebsbrücke, von wo aus sie das Gebäude beobachtete, vielleicht rang sie mit sich, ob sie diesen Schritt wirklich tun sollte? Dabei wurde sie dann von dieser Frau Dr. Winter beobachtet, die uns von der Frau im geblümten Kleid erzählt hat. Anschließend hat sie die Schwarz von der Brücke aus angerufen, möglicherweise erst dann realisierte die Berghoff end-

gültig, wer an jenem Abend zum Date erscheinen würde, weil ihr während desTelefonats einiges klar wurde.“
„Wir müssen uns einen richterlichen Beschluss zur Analyse ihrer Handydaten besorgen. Sie hat doch gesagt, dass sie in der Schule gewesen sei und aus Bequemlichkeit mit dem Handy telefoniert hat, weil die Nummer dort gespeichert ist. Anhand der Einloggdaten dürfte leicht herauszufinden sein, ob sie im Westend oder am Westhafen in das Netz eingebucht war“, ergänzte Riedel.
Seidel meldete sich zu Wort: „Wir brauchen aber auch einen Durchsuchungsbeschluss, um zu wissen, ob in ihrer Garderobe ein Kleid mit Blumenmuster vorhanden ist.“
„Und wie erklären wir das bitte schön dem Staatsanwalt?“, konterte Holzapfel. „Sie ist immerhin eine ehrbare Bürgerin der Oberschicht. Das Kleid könnte sie im Übrigen gar nicht mehr haben, oder es ist gerade in der Reinigung.“
„Nehmen wir einmal an, dass diese Annahme korrekt ist. Sie klingelt, die Schwarz macht auf, weil sie nur mit Langer rechnet. Die Berghoff fährt mit dem Aufzug nach oben, geht in die offene Wohnung und erschlägt die Schwarz kaltblütig mit dem Hammer. Wir wissen, dass sie kräftig genug dazu wäre, weil sie immerhin eine trainierte Frau ist, sogar eine ehemalige Diskuswerferin. Sie verlässt die Wohnung, will aber niemandem begegnen“, spekulierte Abbas weiter.
„Sie fährt in die Tiefgarage und wartet dort auf einen günstigen Moment, um durch das Garagentor zu verschwinden. Das erklärt, dass Isabelle Fernandez glaubte, das Gesicht der Berghoff hinter einer Säule gesehen zu haben, dieses aber für unmöglich gehalten hat“, fügte Schulze hinzu.
„Sie verlässt das Gebäude durch das Garagentor, das an diesem Tag irgendwie verzögert funktionierte, geht in aller Seelenruhe zur Westhafenbrücke und entsorgt die Plastiktüte mit der Mordwaffe in den Main, wobei sie sich unbeobachtet glaubt, aber durch die aufmerksame Dr. Winter unbeabsichtigt beobachtet wird“, schloss Abbas die Spekulation über den Tathergang ab. „Alles fügt sich zu einem Gesamtbild.“
„Fehlt nur noch ein Geständnis“, konstatierte Seidel.
„Und was ist mit dem anonymen Brief?“, fragte Riedel nach.
„Der Brief, richtig. Es gibt mehrere Möglichkeiten. Entweder ist das Ganze ein Ablenkungsmanöver oder aber es gibt tatsächlich einen unbekannten Mörder, der es auf das Trio abgesehen hat. Denn wir dürfen nicht verges-

sen, es gibt noch einen zweiten Mord", antwortete Abbas und fuhr fort: „Kommen wir nun zum Mord an Bettina Werle-Reinhardt. Auch hier spielt unsere Schulleiterin eine wichtige Rolle. Sie war die letzte Person, die das Opfer lebend gesehen hat. Wir haben die Aussage des gehörlosen Zeugen Wilde, dem aufgefallen ist, dass eine Frau, die er als Erika Berghoff identifiziert hat, für die Strecke vom Haus bis zum Auto ungewöhnlich lange gebraucht hat. Seiner Aussage nach sah er sie aus dem Haus der Reinhardts kommen, als er zu seinem Spaziergang wegging und ein zweites Mal ca. zehn Minuten später an ihrem Auto. Es könnte theoretisch möglich sein, dass sie zum Auto zurückgegangen ist, die Tatwaffe holte, umgekehrt ist und ihr die Werle-Reinhardt geöffnet hat, in dem Glauben, dass es ihre Freundin ist, die etwas vergessen hat. Nach der Tat ist sie dann zu ihrem Fahrzeug zurückgegangen, wo Wilde sie erneut gesehen hat."

„Aber was wäre ihr Motiv? Sie müsste außerdem ja noch die Plastiktüte in den Garten von Wilde geworfen haben, das kostet auch Zeit", warf Holzapfel ein. „Wir müssten den Gehörlosen noch fragen, ob sie eine Tasche dabeihatte."

„Das ist mir auch eingefallen, nachdem der Zeuge weg war. Das Motiv, das ist in der Tat ein Problem. Für die Tat an der Schwarz wäre Eifersucht durchaus ein sehr nachvollziehbarer Grund, aber für den zweiten Mord? Wie wäre es, wenn der Täter es eigentlich auf die Berghoff abgesehen hatte, aber die günstige Gelegenheit nutzte und erst die Werle-Reinhardt beseitigte? Außerdem es gibt noch ein anderes Detail. Das Haus hat einen Bewegungsmelder, der den Eingangsbereich erleuchtet. Es wäre wichtig zu wissen, ob das Licht gebrannt hat oder ob es ausgeschaltet war, als Wilde die Berghoff zum zweiten Mal gesehen hat", fuhr Abbas fort.

„Was ist mit dieser ominösen WhatsApp-Nachricht, was mit dem Mann, von dem sowohl Frau Berghoff als auch Herr Wilde berichtet haben?", fügte Schulze hinzu.

„Vielleicht kann ich euch dazu noch etwas sagen", meldete sich Riedel zu Wort. „Meine bescheidenen Recherchen haben ergeben, dass Jürgen Reinhardt drei Tage vor dem Mord zehntausend Euro von einem Konto abgehoben hat, einen Tag später noch einmal die gleiche Summe. Und es kommt noch dicker, haltet euch fest: Er bekommt eine Lebensversicherung in Höhe von rund 300 000 Euro ausbezahlt, die seine Frau vor vielen Jahren zu seinen Gunsten abgeschlossen hat."

„Und wir wissen von seinem Freund Mücke, dass der Reinhardt eine Geliebte hat", ergänzte Seidel.
„Was wäre, wenn wir es mit einem zweiten Mörder zu tun haben? Die Tatwaffe ist nicht ganz identisch, dann diese merkwürdige Message auf dem Handy. Vielleicht will uns jemand glauben machen, dass wir es mit einem Serienmörder zu tun haben, um von sich abzulenken. Aber könnte es möglich sein, dass der Ehemann einen Auftragsmörder engagiert hat, den er bar bezahlt? Was ist mit den Geldabhebungen?", fragte Abbas in die Runde.
„Aber wie erklärst du dir, dass der mutmaßliche Auftragskiller unbemerkt von der Berghoff aus dem Haus gehen und die Tatwaffe gegenüber im Garten von Wilde im Gebüsch entsorgen konnte?", fragte Holzapfel.
„Guter Einwand. Wir müssten genau wissen, wo und wie die Berghoff gestanden hat. Theoretisch hätte der Mörder auch durch die Terrassentüre nach draußen gehen und dann seitlich am Haus vorbei zur Straße gelangen können. Wir müssen also nochmal mit Wilde sprechen, am besten bei ihm zu Hause, damit wir uns ein genaueres Bild der Örtlichkeiten machen können. Mit der Berghoff müssen wir natürlich auch dringend reden und ihr Handy untersuchen lassen. Aber auch den Ehemann der Schuldezernentin müssen wir uns noch einmal vornehmen. Wozu hat er das Bargeld verwendet? Mein Vorschlag, Birgit und ich gehen zur Schulleiterin und Bernhard und Martin besuchen noch einmal Herrn Reinhardt. Sabine, organisiere uns bitte noch einmal einen Gebärdendolmetscher, damit wir mit Herrn Wilde sprechen können", fasste Abbas das Ergebnis der Sitzung noch einmal zusammen.
„Da ist noch etwas", sagte Riedel auf einmal. „In dem Album, das ihr von Matthias Schwarz mitgebracht habt, ihr erinnert euch, das aus der Studentenzeit von Regine Schwarz, da findet sich ein Foto, auf dem alle vier Ladys gemeinsam zu sehen sind. Die Aufnahme zeigt im Hintergrund noch den Uni-Turm, der später gesprengt wurde."
„Sehr gut, das Bild nehmen wir mit zur Berghoff", entgegnete Abbas und schloss damit die Sitzung des heutigen Tages.
Auf dem Weg zum Auto erhielt er eine Nachricht in WhatsApp von Sabine Riedel und, als er sie las, musste er schmunzeln, tippte aber sogleich freudig erregt eine Antwort in sein Smartphone.

KAPITEL 74

Am nächsten Morgen fuhren Holzapfel und Abbas frühzeitig zum Westendgymnasium. Sie gingen davon aus, dass die Schulleiterin so kurz vor den Sommerferien ohnehin im Schulhaus sein würde, sahen sich aber getäuscht, als sie im Sekretariat nachfragten und ihnen Frau Trampe mitteilte, dass ihre Chefin heute ausnahmsweise später kommen würde. Also beschlossen sie, die Wartezeit im naheliegenden Café Laumer zu überbrücken. Als sie den direkten Weg über den Schulhof nahmen, mussten sie zu ihrer Überraschung feststellen, dass die Seitentüre auf dem Schulhof abgeschlossen war, sodass sie umkehren und über den Haupteingang aus dem Gebäude hinausgehen mussten.

„Ist denn so was überhaupt erlaubt?", fragte Holzapfel. „Was ist, wenn es brennt? Dann müsste ja erst jemand daran denken und für die Feuerwehr das Tor aufschließen."

„Mit den Brandbestimmungen kenne ich mich nicht wirklich aus. Aber ich kann mir kaum vorstellen, dass eine öffentliche Einrichtung etwas Derartiges tun würde, wenn es illegal wäre", entgegnete Abbas.

Vor dem Schulhaus trafen sie auf Detlef Sommer, der gerade auf dem Weg zur Schule war und sie beide freundlich grüßte.

„Guten Tag, Herr Abbas, was führt Sie denn zu uns? Ich nehme an, das ist Ihre Kollegin? Ich habe Sie ja schon einmal vor Kurzem hier gemeinsam gesehen."

„Guten Morgen, Herr Sommer, ja, unsere Ermittlungen führen uns in der Tat wieder ans Westendgymnasium. Und ja, das ist tatsächlich meine Kollegin, Frau Holzapfel. Aber Ihre Chefin ist noch nicht da, darum wollten wir gerade ins Café und uns einen Kaffee genehmigen. Sagen Sie, Sie haben nicht zufällig ein paar Minuten Zeit?"

„Wie lange würde es denn dauern? Und um was geht es?"

„Ich würde gerne Ihre Einschätzung der Atmosphäre an Ihrer Schule wissen."

Holzapfel schaute ihren Chef etwas ungläubig an. An was denkt er denn gerade wieder?

„Aha. Haben Sie da etwas Bestimmtes im Sinn? Ich habe erst in einer Stunde Unterricht, eigentlich wollte ich noch einige Dinge kopieren, aber das kann ich auch später tun. Ich komme in der Regel sehr früh, weil ich

es hasse, direkt nach dem Ankommen in den Unterricht gehen zu müssen."
„Dann begleiten Sie uns doch, wir sind auf dem Weg ins Café Laumer."
Das Café war um diese Zeit noch nicht sehr gut besucht, sodass sie eine freie Sitzplatzwahl hatten und sie entschlossen sich, angesichts des schönen Wetters einen Platz im schattigen Garten zu wählen. Die beiden Beamten orderten jeder einen Latte macchiato, während sich Sommer einen Milchkaffee bestellte.
„Herr Kommissar, was genau wollen Sie denn nun von mir wissen?"
„Mich interessiert Ihre Einschätzung der Arbeitsatmosphäre im Allgemeinen und im Speziellen unter Ihrer Chefin."
„Hat das etwas mit dem Fall zu tun?"
„Wir haben zwei Mordopfer, die beide im Schulamt tätig waren, so wie es aussieht, könnte das berufliche Umfeld durchaus eine Rolle spielen."
„Dann sollten Sie vielleicht besser jemandem aus dem Staatlichen Schulamt befragen, finden Sie nicht?"
„Nun, Ihre Chefin kannte beide Mordopfer und arbeitet im Westendgymnasium, nicht auf dem Schulamt."
„In Bezug auf die Einschätzung der Gesamtsituation kann ich Ihnen gerne etwas sagen, über meine Chefin eher in allgemeiner Form, denn schließlich bin ich zur Loyalität gegenüber meiner Vorgesetzten verpflichtet."
„Also schön, wie ist Ihre Einschätzung im Allgemeinen?"
„Das öffentliche Schulwesen, das einmal sehr gut war, geht im Augenblick vor die Hunde. Ich wage mal die kühne Prophezeiung, dass wir in vielleicht weniger als zehn Jahren Aufnahmeprüfungen an den Hochschulen haben werden, weil das Abitur immer mehr entwertet wird und die Studierfähigkeit immer weiter abnimmt."
„Können Sie das konkretisieren?"
„Ich will es an einem einfachen Beispiel erläutern. In Hessen zählt allein der Elternwille, nicht die Eignung, ob ein Kind nach der Grundschule auf ein Gymnasium geht oder nicht. Das ist von der Regierung ausdrücklich so gewollt und ehrlich gesagt eine Katastrophe. Scharenweise strömen fast ganze Grundschulklassen auf weiterführende Schulen. Viele werden aber in den beiden ersten Jahren wieder querversetzt und müssen das Gymnasium verlassen. Wie sollen denn, bitte schön, eines Tages die gymnasialen Oberstufen alle eine solide Breite für eine vernünftige Kurswahl erreichen? Noch vor zehn Jahren konnte man voraussetzen, dass Kinder,

die in der fünften Klasse aufs Gymnasium kommen, lesen und schreiben können."
„Das ist heute nicht mehr so?", erkundigte sich Holzapfel.
„Nicht mehr bei allen. Sehen Sie, ohne pädagogische Evaluierung wird seit einigen Jahren an einigen Grundschulen das Schreiben nach Gehör propagiert. Nun wird aber in einem hohen Prozentsatz der Haushalte Deutsch gar nicht mehr als Muttersprache gesprochen. Wie soll das funktionieren? Wenn die Kinder nicht einmal mehr in der Grundschule korrektes Schreiben lernen, dann aber ins Gymnasium wechseln, weil ihre Eltern es so wollen, dort jedoch plötzlich auf Rechtschreibung geachtet wird. Viele beherrschen nicht einmal die Schreibschrift und malen mühsam die Buchstaben von der Tafel ab. Wie sollen die Kinder denn mehrstündige Klausuren schreiben? Das Niveau wird also stets abgesenkt, und das zieht sich dann bis zum Abitur durch, der Fehlerindex in Deutsch wird ständig nach unten angepasst. Es geht um Quantität der Abiturquoten, nicht mehr um Qualität. Alle machen Abitur, oder sollen es machen."
„Das klingt sehr pessimistisch", stellte Abbas fest.
„Ich nenne es eher realistisch. Nicht umsonst haben die Privatschulen so viel Zulauf."
„Und wie ist das nun im Speziellen hier an dieser Schule."
„Das Schulamt kommt mit der Stellenbesetzung nicht nach, Funktionsstellen werden nicht zeitnah besetzt, die Schulleitung muss ständig unterbesetzt arbeiten. Schauen Sie sich mal das Gebäude und die Ausstattung an. Seit Jahren macht die Stadt nur noch das Nötigste."
„Und das Arbeitsklima?", hakte Abbas nach.
„Sagen wir einmal so, bei der übermächtig werdenden Bürokratie, unterbesetzt und materiell nur mit dem Nötigsten ausgestattet, hat es ein Schulleiter nicht leicht, sein Kollegium zu motivieren. Ich möchte kein Schulleiter sein. Es herrscht allgemein ein strenges Regiment. Ich will es einmal als Lateiner bildlich ausdrücken. Die Römer unterschieden bei ihren militärischen und politischen Führern zwei verschiedene Aspekte von Macht, nämlich einmal die sogenannte *potestas,* das ist die Amtsmacht, die jemand kraft seines Amtes hat, und dann die sogenannte *auctoritas*, das ist eher die Ansehensmacht, der man sich, man könnte sagen fast freiwillig unterwirft und die man respektiert. Im Idealfall besitzt eine Führungskraft beide Eigenschaften."
„Und wie sehen Sie das in Bezug auf die Situation hier?"

„Meiner ganz persönlichen Einschätzung nach wird die Schule überwiegend mit *potestas* geleitet."
Abbas und Holzapfel schauten sich an, und allmählich dämmerte es der Beamtin, worauf diese Unterhaltung abzielen sollte.
„Eine letzte Frage noch", setzte Abbas an. „Wie würden Sie das dienstliche Verhältnis von Frau Berghoff und Frau Werle-Reinhardt einschätzen? Sie deuteten ja an, dass das Schulamt in gewisser Weise Stellen zumindest nicht zeitnah besetzt und deshalb die Schulleitungsaufgaben schwieriger zu erfüllen sind."
„Soweit ich weiß, sind, das heißt genauer gesagt, waren unsere zuständige Dezernentin und die Chefin privat befreundet. Da wundert es mich schon, dass sie so im Stich gelassen wird und die Besetzung sehr lange dauert. Aber dazu sollten Sie für die Gründe eher jemanden aus dem Gesamtpersonalrat befragen, die haben da mehr Einblick. Oder noch besser, fragen Sie doch bitte Frau Berghoff selbst einmal danach."
„Herr Sommer, ich danke Ihnen für Ihre offenen Worte. Selbstverständlich behandele ich das Gespräch vertraulich. Übrigens müssen wir doch noch einmal mit Ihrem Freund, dem Herrn Wilde, sprechen, da wir noch einige Nachfragen haben."
„Ich kann Ihnen da als offizieller Dolmetscher leider nicht weiterhelfen, aber Sie haben sicherlich jemandem an der Hand."
„Für wie zuverlässig halten Sie ihn?"
„Wir kennen ihn seit ein paar Jahren und sind lose befreundet. Als Zeuge halte ich ihn für absolut glaubwürdig, denn Gehörlose sind nicht abgelenkt durch Geräusche oder Musik und sehen häufig Dinge, die wir Hörenden völlig übersehen oder die uns gar nicht auffallen. Mit Blick auf die Uhr, ich müsste dann jetzt langsam gehen, mein Unterricht fängt bald an."
„Ja, natürlich, gehen Sie nur, Sie sind eingeladen."
Nachdem Sommer gegangen war, bezahlte Abbas die Rechnung.
„Was er uns gerade erzählt hat, das passt in das Bild, das wir inzwischen von der Direktorin haben. Möglicherweise hat sie ein psychisches Problem? Wut über ihre angespannte und stressige Arbeitsplatzsituation wäre durchaus ein Motiv, wenn sie der Werle-Reinhardt dafür die Schuld gibt."
„Dann schauen wir mal, was sie uns jetzt antworten wird", erwiderte Holzapfel.
Als sie erneut im Sekretariat vorsprachen, meldete sie Frau Trampe sofort bei der Direktorin an, die inzwischen eingetroffen war.

„Herr Kommissar, treten Sie näher, wie kann ich Ihnen und Ihrer Assistentin helfen?“, begrüßte sie die beiden Beamten mit so übertriebener Freundlichkeit, dass sie schon fast gekünstelt wirkte.
„Frau Berghoff, wir haben erneut Fragen, die sich in Zusammenhang mit den beiden Morden ergeben haben“, kam Abbas direkt zur Sache. „Sie sagten uns doch, dass Sie am Mordtag von Regine Schwarz nachmittags in der Schule waren und mit ihr telefoniert haben.“
„Ja, das ist so korrekt.“
„Nach unseren Informationen stimmt das jedoch nicht so ganz. Wie kann es dann sein, dass Sie jemand in der Tiefgarage gesehen hat?“, bluffte Abbas.
Einen Moment geriet die Schulleiterin aus der Fassung, ehe sie konterte: „Wer behauptet das?“
„Das tut nichts zur Sache. Waren Sie dort? Ich möchte hinzufügen, dass wir im Augenblick die Verbindungsdaten Ihres Handys überprüfen lassen, um zu sehen, wo es zum fraglichen Zeitpunkt eingeloggt war.“
Sie wirkte noch eine Spur verunsicherter als zuvor, als sie nun mit vernehmbar ärgerlichem Unterton erwiderte: „Verdächtigen Sie mich jetzt etwa eines Mordes? Herr Kommissar, das ist absurd. Warum sollte ich meine langjährige Freundin umbringen?“
„Weil Sie schon einmal eine Freundin aus Eifersucht mit dem Tod bedroht haben“, antwortete nun Holzapfel und zog das Foto mit den vier Studienfreundinnen aus ihrer Handtasche und hielt es ihr hin. „Sie erinnern sich ja sicherlich noch an Petra Volkmar?“
Nun schien sie endgültig die Fassung zu verlieren, ihr Tonfall wurde lauter und klang noch verärgerter: „Woher haben Sie das Foto? Wer erfindet solche unsäglichen Lügen?“
„Wir haben mit Frau Volkmar gesprochen und sie hat uns glaubhaft versichert, dass sie damals wegen Ihnen aus Frankfurt weggegangen ist. Sie hatten einen Freund namens Kai, der Sie mit Petra Volkmar betrogen hat. Deshalb haben Sie ihr gedroht, dass sie sie umbringen werden.“
„Ich erinnere mich nicht mehr an alle Einzelheiten, das ist schon so lange her. Aber möglicherweise war ich damals eifersüchtig, da sagt man schon einmal Dinge unüberlegt und emotional, die eigentlich nicht ernst gemeint sind. Klar, vielleicht ist mir eine Formulierung herausgerutscht wie ‚Ich bring dich um‘. Aber das sagt man halt so und deshalb heißt das noch lange nicht, dass ich zu einer Mörderin geworden wäre.“ Sie war einen

Moment lang selbst erstaunt darüber, wie leicht und völlig emotionslos ihr diese Worte von den Lippen gegangen waren.

„Wir wissen mittlerweile, dass Sie auch auf Regine Schwarz eifersüchtig und zugleich neidisch waren. Schließlich hat sie Ihnen Harald Langer ausgespannt. Als sie Ihnen dann von ihrem ersten Date vorschwärmte, da sind sie vor Zorn fast geplatzt, sind zur Westhafenmole gefahren und haben sie umgebracht. Sie durfte nicht das haben, was Ihnen auch nicht vergönnt war. Anschließend haben Sie die Tatwaffe im Main entsorgt und wurden dabei beobachtet."

„Herr Kommissar, haben Sie Drogen genommen? Das sind ja Hirngespinste, Spekulationen ohne jeglichen Beweis. Ich möchte mich dazu keinesfalls mehr äußern, ohne dass ich einen Rechtsbeistand hinzuziehe."

„Kommen wir zum zweiten Verbrechen an Ihrer anderen Freundin, Frau Werle-Reinhardt. Auch hier kämen Sie als Täterin infrage. Sie hätten die Möglichkeit gehabt, zum Haus zurückzugehen und sie ebenfalls zu ermorden."

„Sind Sie jetzt komplett übergeschnappt? Warum um alles in der Welt hätte ich das tun sollen? Welches Motiv unterstellen Sie mir denn hier? Ich war den ganzen Abend mit ihr allein im Haus. Wieso hätte ich erst gehen und dann umkehren sollen? Glauben Sie, ich bringe meine beiden besten Freundinnen um? Sie sollten sich lieber darum kümmern, den wahren Täter zu ermitteln, schließlich fühle ich mich jetzt noch bedrohter als zuvor. Haben Sie schon etwas über den anonymen Brief herausgefunden? Was ist mit dem Mann, den ich gesehen habe?"

„Frau Berghoff, auf dem Briefbogen sind lediglich Ihre Fingerabdrücke. Bisher haben wir noch keine weiteren Ergebnisse. Es gibt auch beim zweiten Verbrechen Ungereimtheiten, die wir klären müssten. Auch hier haben wir einen Zeugen."

„Herr Kommissar, ich sage jetzt nichts mehr ohne einen Anwalt. Was Sie mir hier unterstellen, grenzt an Verleumdung und üble Nachrede. Ich betrachte unser Gespräch als beendet."

„Ich darf Sie bitten, vorerst Frankfurt nicht zu verlassen und sich zu unserer Verfügung zu halten. Sie werden eine formelle Vorladung erhalten, dazu können Sie gerne einen Rechtsbeistand mitnehmen, das ist Ihnen natürlich freigestellt."

In frostiger und geradezu eisiger Atmosphäre endete die Unterredung und man merkte der Direktorin an, dass sie innerlich kochte. Die beiden Beamten wurden ohne Verabschiedung aus dem Direktorzimmer komplimentiert. Anschließend setzte sich die Schulleiterin an ihren Computer und recherchierte kurz, ehe Sie zum Telefon griff und die gerade herausgesuchte Telefonnummer wählte.

KAPITEL 75

Als Seidel und Schulze bei den Reinhardts im Wilhelm-Beer-Weg klingelten, öffnete ihnen Kerstin Reinhardt. Die beiden Beamten stellten sich vor und erklärten, noch einmal mit ihrem Vater sprechen zu müssen.

„Mein Vater hat sich hingelegt, ich kann ihn holen. Aber bitte kommen Sie doch erst einmal herein. Darf ich Ihnen etwas anbieten? Kaffee? Ein Mineralwasser vielleicht?"

„Sie sind sicherlich die andere Tochter?", fragte Seidel. „Ich war schon einmal bei der ersten Befragung hier und habe Ihre Schwester bereits kennengelernt."

„Ja, ich bin Kerstin Reinhardt." Sie geleitete den Besuch ins Wohnzimmer und Seidel setzte sich auf das Sofa, während Schulze auf den Zweisitzer Platz nahm. Beide hatten gegen ein Wasser nichts einzuwenden. Kerstin verschwand daraufhin in der Küche, um eine kalte Flasche Mineralwasser zu holen, nahm anschließend drei Kristallwassergläser aus der Vitrine im Wohnzimmer und schenkte für alle ein, ehe sie sich gegenüber von den beiden Kriminalbeamten ebenfalls setzte.

„Frau Reinhardt, ehe Sie Ihren Vater wecken, hätte ich gerne noch ein paar Worte mit Ihnen gewechselt", eröffnete Schulze die Befragung.

„Fragen Sie nur, was möchten Sie denn wissen? Falls Sie mir jetzt eröffnen, dass mein Vater eine Geliebte hat, das weiß ich bereits."

„Wer hat es Ihnen gesagt?"

„Meine Mutter machte vor ein paar Wochen am Telefon so eine Andeutung, aber seit sie tot ist, was spielt das noch für eine Rolle?"

„Wissen Sie, wie es um die wirtschaftlichen Verhältnisse Ihrer Eltern steht? Wem gehört das Haus, gibt es eine Lebensversicherung?"

„Über Geld wurde in diesem Haus nie gesprochen. Es war einfach da. Natürlich weiß ich, dass meine Eltern keine Millionäre sind, das Haus ist meines Wissens bezahlt und gehörte meinen Eltern zu gleichen Teilen. Von einer Lebensversicherung weiß ich nichts. Als wir noch jünger waren, sagte meine Mutter einmal zu uns, meiner Schwester und mir, falls ihnen etwas zustoßen sollte, für uns wäre gesorgt."

„Sie wissen also auch nicht, ob es ein Testament gibt?"

„Der Tod war genauso ein Tabu in dieser Familie. Nein, ich weiß nicht, ob meine Eltern ein Testament gemacht haben. Da fragen Sie am besten meinen Vater."

„Danke, das wäre erst einmal alles, Frau Reinhardt. Wenn Sie jetzt bitte so freundlich wären und würden Ihren Vater rufen.“ Kerstin erhob sich und verließ das Zimmer, um in den ersten Stock zu gehen. Man hörte, wie sie an eine Türe klopfte und dann eintrat. Wenige Minuten später kam sie in Begleitung ihres Vaters wieder nach unten zurück zu den beiden Kriminalbeamten.
„Guten Tag, meine Herren, wie kann ich Ihnen behilflich sein?“
„Wenn Sie uns freundlicherweise alleine lassen könnten, Frau Reinhardt“, bat Schulze die Tochter, die daraufhin ohne Widerrede den Raum verließ und die breite Flügeltüre hinter sich schloss.
„Herr Reinhardt, wir haben noch einige Fragen“, wandte Schulze sich wieder an den Hausherrn. „Ich will gleich zur Sache kommen. Wir wissen, dass Ihre Frau eine Lebensversicherung zu Ihren Gunsten über 300 000 Euro abgeschlossen hatte.“
„Ja und! Ist das etwa verboten?“
„Selbstverständlich nicht, aber es wäre ein Motiv. Sie haben eine Geliebte, und durch den Tod Ihrer Frau ersparen Sie sich möglicherweise einen langwierigen Rosenkrieg, um die Scheidung durchzubekommen und obendrein erhalten Sie noch eine hübsche Summe.“
„Vergessen Sie bitte nicht, dass ich ein Alibi habe, Herr Kommissar. Und wer sagt überhaupt, dass ich mich scheiden lassen wollte? Ich gebe zu, ich habe eine Affäre, aber deswegen bringe ich doch meine Frau nicht gleich um. Ihre Verdächtigung ist eine Unverschämtheit! Und auch wenn es Sie nichts angeht, wir haben eine zweite Lebensversicherung zugunsten meiner Frau. Wir hatten uns seinerzeit beraten lassen, als wir ein Testament gemacht haben. Das Haus gehört uns beiden, falls einer von uns beiden stirbt, erbt der andere nur ein Viertel dazu, weil unsere beiden Töchter ebenfalls erbberechtigt sind und auf jeden Fall Anspruch auf einen Pflichtteil haben. Man riet uns damals, Lebensversicherungen abzuschließen, da diese nicht unter das Erbe fallen, sondern die Summe in jedem Fall an den Begünstigten ausgezahlt wird. Damit ließen sich die Pflichtteile unserer Töchter geldwertig ablösen, ohne dass der Überlebende gezwungen wäre, das Haus zu verkaufen.“
„Da hatten Sie offenbar einen klugen Berater. Warum haben Sie unmittelbar vor dem Tod ihrer Frau zweimal je 10 000 Euro in bar abgehoben?“
„Das geht Sie gar nichts an. Ich bin ehrlich gesagt geschockt, wie leicht man als unbescholtener Bürger in die Ermittlungen der Polizei geraten

kann. Ich habe zur Tatzeit ein Alibi, das von mehreren Zeugen bestätigt wird. Sie sollten Ihre Zeit lieber darauf verwenden, den wahren Mörder meiner Frau zu finden."

„Wir benötigen noch die Kontaktdaten Ihrer Freundin, wenn Sie so freundlichen wären, uns diese zu geben", unterbrach ihn Schulze.

Er nannte den beiden Name und Adresse, die Seidel gewissenhaft notierte. „Und jetzt wäre ich Ihnen dankbar, wenn Sie mein Haus verlassen würden. Ich wünsche Ihnen einen guten Tag!" Damit stand er auf, öffnete die Zimmertür, staunte aber einen Moment, als er dort seine Tochter überraschte, die offenbar die Unterredung belauscht hatte. Ihr war es sichtlich peinlich.

Als die Beamten das Haus verlassen hatten, stellte Kerstin ihren Vater forsch zur Rede: „Habe ich da gerade richtig gehört? Mama hat eine Lebensversicherung zu deinen Gunsten? Und was ist mit dem Geld, das du abgehoben hast? Hast du damit deiner Geliebten ein teures Schmuckstück gekauft?"

„Meine liebe Tochter, was fällt dir eigentlich ein, so mit mir zu reden! Ja, es gibt eine Lebensversicherung. Aber die haben wir umgekehrt auch für mich abgeschlossen, falls du das eben überhört hast, als du an der Türe gehorcht hast." Seine immer lauter werdende Stimme führte dazu, dass nun im ersten Stock Martina ihr Zimmer verließ und nach unten kam.

„Was geht denn hier ab? Seid ihr von allen guten Geistern verlassen, so zu schreien! Mama ist kaum ein paar Tage tot und schon geht ihr euch gegenseitig an die Gurgel."

„Unser Vater profitiert vom Tod unserer Mutter, liebe Schwester. Er kassiert eine fette Lebensversicherung. Und als Vorschuss hat er sich schon mal ein paar tausend Euro vom Konto abgehoben, kurz vor Mutters Tod", erklärte Kerstin.

„Ist das wahr?"

„Nein, sie verdreht alles. Glaub mir. Ich finde es schon ein Unding, dass neuerdings in diesem Haus heimlich an Türen mitgehört wird. Deine Mutter und ich haben jeweils eine Lebensversicherung abgeschlossen zugunsten des anderen. Aber das haben wir nur gemacht, um einen Streit um das Haus mit euch zu vermeiden, und damit der Überlebende euch euren Pflichtteil in bar auszahlen kann, ohne dass gleich das Haus verkauft werden muss. Das solltet ihr erst erhalten, wenn wir beide tot wären. Wir haben das für euch getan und um des Familienfriedens willen!"

„Und stimmt das mit dem Bargeld? Was hast du damit gemacht?", fragte Martina.
„Das sage ich euch nicht und das geht euch nichts an. Darüber bin ich niemandem eine Rechenschaft schuldig. So weit kommt es noch!"
„Dann ist ja alles gesagt", konstatierte Martina. Beide Schwestern schauten sich an, und ohne noch ein Wort zu sagen, verließen sie gemeinsam das Wohnzimmer und gingen eine Etage nach oben. Jürgen hörte, dass sie beide in das Zimmer von Martina gingen. Hastig eilte er nach nebenan zu seinem Schreibtisch, öffnete die Schublade und entnahm ihr ein Papier. Er schaute noch einmal kurz darauf, dann ließ er es mit einem Gefühl der Erleichterung in dem Aktenvernichter zu winzigen, schmalen Papierstreifen schreddern.

KAPITEL 76

Detlef Sommer schwamm die letzte Bahn im Hallenbad des Hilton. Er hatte zuvor mehr lustlos als ernsthaft nur eine halbe Stunde auf dem Cross-Stepper trainiert und sich entschieden, zur Abkühlung und Ergänzung des Trainings noch einige Bahnen zurückzulegen, bevor er zum Abschluss noch einen Saunagang in der Trockensauna absolvieren wollte. Im Sommer war das Schwimmbecken meistens leer und man konnte sehr gut in Rückenlage schwimmen. In der Umkleidekabine schleuderte er kurz seine Badehose in der dafür vorgesehenen Trockenschleuder, nahm sich die beiden flauschigen Badetücher aus dem Spind und begab sich in den Wellnessbereich und spülte das Chlorwasser unter der Dusche ab. Anschließend betrat er die kleinere der beiden heißen Kabinen, da er von außen durch die Scheibe gesehen hatte, dass dort offenbar niemand war. Auf der obersten Bank im schummrigen Halbdunkel lag jedoch ein Mann, den er von außen nicht hatte sehen können. Er breitete sein Handtuch unter sich aus, drehte eine der Sanduhren um und sah, dass der Knopf für den Aufguss grün leuchtete.

„Haben Sie was dagegen, wenn ich den Aufguss aktiviere?“, fragte er in Richtung des anderen Saunagastes.

Der drehte sich jetzt in seine Richtung und bekundete sein Einverständnis. Sommer stutzte, das Gesicht kannte er. Nein, das war nun wirklich ein großer Zufall, denn niemand anderes als Matthias Schwarz lächelte ihn mit einem sympathischen und einnehmenden Grinsen an.

„Na, wenn das kein Schicksal ist, dass wir uns hier erneut begegnen. Das nenne ich ja mal eine positive Überraschung. Hallo, wie geht es dir denn?“

„Danke, eigentlich sehr gut, das Schuljahr neigt sich dem Ende entgegen, und selbst?“

„Deutlich besser als bei unserer letzten Begegnung.“

„Ist der Verdacht vom Tisch?“

„Sagen wir mal so, ich stehe noch unter Beobachtung der Polizei, aber anscheinend bin ich nicht mehr deren Hauptverdächtiger. Es gibt einen zweiten Mord, und für die Tatzeit habe ich dieses Mal ein Alibi.“

„Ich habe davon gehört, ja, ich kenne zufällig den Nachbarn des Opfers. Es ist eine längere Geschichte, aber das ist nichts für ein Saunagespräch.“

„Warum hast du eigentlich nie angerufen?“

„Du ja auch nicht.“

„Ich habe übrigens meinen Nebenverdienst komplett eingestellt, das heißt, mit einem früheren Kunden treffe ich mich noch ab und an, aber das ist inzwischen mehr ein Fuckbuddy, denn schließlich müssen die Hormone zu ihrem Recht kommen und leider bin ich immer noch Single."
„Ich kann einfach nicht glauben, dass ein Mann wie du Single ist."
„Danke für das Kompliment, aber ich stehe nun einmal auf reifere Daddys und deren Ansprüche kann ich anscheinend nicht so leicht erfüllen. Außerdem, wo in Frankfurt sollte ich die kennenlernen?"
„Stimmt, es gibt schon lange keine guten schwulen Kneipen mehr. Im Internetzeitalter braucht man die eigentlich auch nicht mehr für ein Date."
„Also warum warte ich immer noch auf einen Anruf von dir?"
„Du weißt, dass ich kein Single bin."
„Ist das ein Grund? Seid ihr euch treu? Führt ihr keine offene Beziehung?"
„Ich glaube, absolute Treue gibt es in keiner Beziehung, weder bei den Heten noch bei den Schwulen", stellte Sommer fest.
„Bei den Schwulen ist das Fremdgehen aber vielleicht leichter. Es sind zwei Männer, und Männer sind nun einmal polygam. Außerdem kann keiner schwanger werden."
„Aber es gibt Aids."
„Dafür gibt es Kondome. Also, traust du dich nicht?"
„Das hat mit Trauen nichts zu tun. Sex und Liebe sind zwei verschiedene Gefühle, das ist schon klar. Auch der sexuelle Reiz lässt mit den Jahren nach, das stimmt schon."
„Was glaubst du, wie viele meiner früheren Kunden entweder verheiratet waren oder einen festen Partner hatten? Ich glaube, dass ein Mensch alleine niemals die sexuellen Bedürfnisse seines Partners komplett abdecken kann. Vorlieben ändern sich im Laufe des Lebens. Stell dir nur mal vor, du möchtest einmal Sex mit einem Asiaten oder einem Farbigen haben, einfach weil du diese Erfahrung machen möchtest. Wenn dein Partner weiß ist, kann er dir das nicht bieten. Also, welche Ausrede hast du noch? Oder bin ich doch nicht dein Typ?"
„Optisch mein Traumtyp", erwiderte Sommer lachend. „Und ein gewisses intellektuelles Niveau ist auch vorhanden."
„Raus mit der Sprache, bekomme ich nun ein Date mit dir? Du könntest zum Essen zu mir kommen, und wenn wir ungestört sind, schauen wir mal, was passiert."
„Bist du denn ein guter Koch?", vermied Sommer eine klare Zusage.

„Gestorben ist noch keiner an meinen Mahlzeiten. Ich denke, das kriege ich schon hin. Wann hast du Zeit?“
„Meinen Terminkalender habe ich im Moment leider nicht dabei.“ Sommer fühlte sich zunehmend geschmeichelt, dass ihn dieser gut aussehende Mann dermaßen anbaggerte. Und wenn er ehrlich zu sich selbst war, reizen würde ihn ein Date mit ihm schon. „Ich schreibe dir in WhatsApp, versprochen. Deine Nummer habe ich noch gespeichert. Wo wohnst du denn eigentlich?“
„In der Weberstraße, gut mit der U-Bahn zu erreichen und sogar mit dem Fahrrad, wenn du sportlich bist. Nur mit dem Auto würde ich nicht kommen, das könnte abends schwierig mit einem Parkplatz werden. So, mein Lieber, ich muss raus, sonst gehe ich ein.“ Damit schnappte er sich sein Handtuch, stieg von der obersten Liege nach unten und verließ die Trockensauna, wobei er sich ein letztes Mal nach Sommer umdrehte. „Keine Ausrede mehr, sonst melde ich mich.“
Sommer schaute ihm mit einem bewundernden Blick hinterher. Dieser Mann hatte einen knackigen Hintern, einfach Verführung und Erotik pur. Und seine Behaarung war einfach sexy. Die Drohung, dass Matthias ihn anrufen würde, schreckte ihn zum Glück nicht. Einer der wenigen Vorteile, einen gehörlosen Mann zu haben, war der, dass man zumindest ungestört telefonieren konnte, und ein Anruf niemals den falschen Adressaten erreichen konnte.

KAPITEL 77

Abbas hatte Schulze im Präsidium abgesetzt, aber darauf verzichtet, noch für heute eine Sitzung einzuberufen, sondern dies auf den nächsten Morgen verschoben und die anderen entsprechend informiert. Er freute sich unbändig darauf, dass Sabine Riedel ihm per WhatsApp vorgeschlagen hatte, dass sie beide sich heute Abend noch sehen könnten. Er hatte entschieden, nicht noch einmal vorher nach Hause zu fahren, zu duschen und sich umzuziehen, sondern kalkulierte ein, dass er bei Sabine würde duschen können. Möglicherweise könnte sich ja daraus eine neue erotische Variante ergeben. Er wäre Sex unter der Dusche gegenüber nicht abgeneigt. Das Glück schien ihm heute hold und so fand er überraschend leicht einen Parkplatz in der Wolfgangstraße, übersah aber dabei, dass es sich um einen Anwohnerparkplatz handelte. Sabine öffnete ihm in einem dünnen, seidenen Morgenmantel, der ihre Figur mehr betonte als verhüllte.
„Du bist zu früh, mein Lieber. Ich habe gerade erst geduscht und bin noch nicht angezogen."
„Wie praktisch, dann musst du dich ja gar nicht erst ausziehen. Ich dachte mir, dass ich mich nicht erst durch den Feierabendverkehr ins Gallus und anschließend hierher quälen wollte, sondern bin direkt vom Präsidium aus hierhergefahren. Ich habe einfach mal vorausgesetzt, dass ich mich bei dir im Bad frisch machen kann."
Kaum hatte er die Türe hinter sich geschlossen, umarmte er sie und gab ihr zur Begrüßung einen Kuss, noch ehe sie antworten konnte. Er konnte den frischen Duft ihres Duschgels riechen und ihren warmen Körper durch den dünnen Stoff spüren, was sich sehr luststeigernd auf seine ohnehin schon vorhandene Geilheit auswirkte.
„Du solltest in der Tat ins Bad", erwiderte sie, als seine Lippen sich wieder lösten. „Handtücher liegen im Regal, bedien dich."
„Bekomme ich vorher noch was zu trinken? Ich habe schon den ganzen Tag einen ziemlichen Durst."
„Was möchtest du denn? Mineralwasser, ein Bier? Apfelschorle hätte ich noch im Angebot."
„Dann bitte erstmal ein Mineralwasser."
Während sie in die Küche verschwand, knöpfte er sich hastig sein Hemd auf und legte es ordentlich über die Sessellehne, in der Tat, ein leichter Schweißgeruch war wahrzunehmen. Dann schlüpfte er aus seinen Leder-

slippern, entledigte sich der Socken, streifte die Hose ab und legte sie ebenfalls über die Lehne, sodass er nur noch seine weiße Unterhose anhatte, als sie aus der Küche zurückkam. Er war sich der Wirkung sehr wohl bewusst. Er hatte einen gut definierten Oberkörper, wenn auch keine ausgeprägten Sixpacks, obwohl er, sooft es ging, im Sportstudio mit diesem Ziel trainierte. Als Sabine ihm das Glas Mineralwasser reichte, strich sie mit ihrer anderen Hand sanft über seine Brustwarze. Sie hatte bei ihrem letzten Treffen bemerkt, dass er dort sehr sensibel und erregbar war. Er trank das Glas fast in einem Zug leer, stellte es auf dem Tisch ab und lächelte sie an. Sabine merkte, wie sehr sie dieser Anblick anmachte, hielt es aber für klüger, ihn erst einmal ins Bad gehen zu lassen.
„Dann verschwinde ich mal ins Bad. Hast du vielleicht Lust, mir den Rücken einzuseifen?“, fragte er mit einem verführerischen Unterton, der aber in dieser Situation seine Wirkung verfehlte. Kurz darauf hörte Sabine, wie das Wasser in der Dusche plätscherte, sie ging zum CD-Player und legte eine ihrer Lieblingsscheiben ein, eine Sammlung von Filmmelodien. Dann ging sie zum Kühlschrank, um sich einen Prosecco zu genehmigen. Sie hörte, wie das Wasser im Bad abgestellt wurde, und ertappte sich dabei, wie sie bemerkte, dass ihre sexuelle Erregung zunahm. Yunus trat aus dem Bad, wobei er sich das flauschige Frotteehandtuch um die enge Taille geschlungen hatte, seine kurzen dunklen Haare waren noch leicht nass.
„Bekomme ich auch einen?“, fragte er mit Blick auf ihr Glas.
„Davor oder danach?“, erwiderte sie lächelnd, stellte das Glas ab, trat auf ihn zu und berührte seine Brust, indem sie wieder sanft mit der Rückseite der Finger über sein getrimmtes Brusthaar strich und einen Moment an seiner rechten Brustwarze verweilte. Abbas streckte seine Hände aus, öffnete ihren Morgenmantel und streifte ihn über ihre Schultern nach unten, sodass sie nun nackt vor ihm stand. Ihr trainierter, junger Körper erregte ihn unglaublich und er musste sich beherrschen, dass er nicht sofort über sie herfiel. Er küsste sie auf ihre sinnlichen Lippen, zuerst sanft, dann immer intensiver, umarmte sie mit seinen starken, muskulösen Armen und streichelte dabei zärtlich ihren Rücken. Sein Handtuch begann sich nach vorne zu wölben.
Sabine löste sich aus seiner Umarmung: „Komm, lass uns ins Schlafzimmer gehen.“ Und im Gegensatz zu ihrem letzten Date, bei dem sie bei ihrem fesselnden Liebesspiel die Führung übernommen hatte, war es dieses Mal Abbas, der nun ganz als der südländische Macho das Zepter in die

Hand nahm. Kaum im Schlafzimmer gab er ihr spielerisch einen leichten Stoß, sodass sie aufs Bett fiel, gekonnt löste er mit einer Hand das Handtuch und legte sich nackt neben sie. Er zog sie mit der rechten Hand an sich, küsste sie erneut, streichelte mit seiner Linken sanft ihren festen Busen, bemerkte, wie sich ihre Brustwarzen vor Erregung aufrichteten. Dann drehte er sie blitzschnell auf den Rücken. Nur zu bereitwillig öffnete sie ihre Schenkel, sodass er augenblicklich in sie eindringen konnte, was sie mit einem wollüstigen Stöhnen quittierte. Seine zunächst sanften Stösse machten sie unglaublich an. Sie verschränkte ihre schlanken und gelenkigen Beine um seine Hüften, umfasste seinen Rücken und glitt mit ihren Händen nach unten, um zu fühlen, wie sich sein muskulöser Hintern hob und senkte. Während sie ihre Lust mit spitzen Schreien hinausschrie, war auch er nicht stumm. An seinem keuchenden Atem, der mit zunehmendem Tempo seiner Stöße lauter wurde, war für sie unschwer zu erkennen, wie sehr ihm diese Position gefiel. Beide schwitzten leicht, schauten sich zwischen den intensiven Küssen immer wieder an und jeder erkannte die Lust des anderen in dessen Augen. Sie erreichten den Höhepunkt beide nahezu gleichzeitig, während aus dem Wohnzimmer gerade die Melodie von „Jenseits von Afrika“ aus dem CD-Player zu hören war.
Befriedigt und ermattet lagen sie schließlich nebeneinander, lauschten der Musik und Sabine kuschelte sich in seinen starken Arm. Sie musste sich eingestehen, dass sie zwar ganz gerne auch mal die Führung beim Sex übernahm, aber andererseits auch genießen konnte, sich einfach nur einem starken, muskulösen Mann hinzugeben. Auch Yunus war vollauf befriedigt, er hatte den Sex in vollen Zügen genossen. Er liebte es, wenn seine Partnerin ihn spüren ließ, wie sehr sie der Sex mit ihm anmachte. Und Sabine hatte ihm das nun schon mehrfach in aller Deutlichkeit demonstriert.
„Wir sollten duschen“, stellte er überraschend nüchtern fest, als er auf seine Armbanduhr blickte. „Ich muss noch nach Hause.“
„Dann geh du nochmal ins Bad, ich werde dann später duschen und das Bett neu beziehen, wenn du weg bist. Ich glaube, heute ist es nötig.
„Aber erst kriege ich meinen Prosecco.“
Sabine stand auf, ging ins Wohnzimmer, zog sich ihren Morgenmantel an und verschwand Richtung Kühlschrank in die Küche. Abbas schlang sich das Handtuch um die Hüfte und setzte sich im Wohnzimmer auf die

Couch. Als sie zurückkam, nahm sie ein zweites Sektglas aus dem Schrank, schenkte ihnen beiden ein und dann prosteten sie sich zu.

„Ist dir eigentlich klar, dass wir die ganze Zeit mehr oder weniger unsafen Sex praktizieren?“, fragte sie urplötzlich.

„Wie meinst du das?“

„Na, ich nehme zwar die Pille, aber wir haben ja nun zweifellos schon mehrfach ohne Kondom miteinander geschlafen.“

„Du wirst doch nicht etwa wollen, dass ich so ein Gummi überziehe? Wir kennen uns doch, es handelt sich ja schließlich nicht um einen anonymen One-Night-Stand nach einem Kneipenbesuch. Wir waren uns doch einig, dass wir lediglich Spaß miteinander haben wollten, keine Beziehung und ich habe dir gesagt, dass ich gesund bin. Das Wort eines Kriminalbeamten muss ja wohl noch was zählen. Oder gibt es etwas, das du mir jetzt sagen willst?“

„Nein, ich habe im Moment mit niemandem außer dir Sex und nach meiner letzten längeren Beziehung habe ich sicherheitshalber einen Test gemacht, nachdem ich feststellen musste, dass er mich mehrfach betrogen hat. Danach war ich keusch wie eine Nonne.“

„Ich habe auch mit niemandem anderem Sex, aber wenn ich ehrlich bin, hätte ich gerne mehr Sex mit dir.“ Damit beugte er sich zu ihr hinüber und gab ihr einen Kuss.

„Wir können ja mal schauen, was der Dienstplan in nächster Zeit so hergibt. Vielleicht steht der Fall ja kurz vor der Aufklärung? Übrigens, ich habe für morgen Nachmittag für dich ein Treffen mit diesem gehörlosen Wilde arrangiert, die Gebärdendolmetscherin ist auch bestellt.“

„Wir haben jedenfalls die Berghoff ganz schön aus dem Konzept gebracht. Ich bin gespannt, was die Auswertung der Handydaten ergeben wird.“

„Ich denke, morgen werden uns die Daten von der Mobilfunkgesellschaft vorliegen.“

„Ich wusste, dass du eine sehr tüchtige Kollegin bist, diese Recherchearbeiten scheinen dir sehr zu liegen.“

„Sagen wir mal so, ich mache so was lieber, als irgendwelche Lügengeschichten von Verdächtigen anzuhören oder irgendwelche zusammenfantasierten Zeugenaussagen.“

„Meinst du eigentlich, dass jemand im Team von unserem kleinen Arrangement etwas bemerkt hat?“

„Also Birgit hat mal auf der Damentoilette so eine Bemerkung fallen gelassen, auf die ich aber nicht eingegangen bin. Und im übrigen, was soll's, wir sind zwei erwachsene Menschen. Niemanden geht es etwas an, mit wem wir ins Bett gehen. Oder ist dir das etwa peinlich?"
„Nein, so war das nicht gemeint. Du hast recht, die anderen geht es nichts an. Aber hast du bemerkt, dass Schulze ein bisschen in diese Nachbarin von der Schwarz verknallt ist?"
„Echt? Weißt du es, oder vermutest du es nur?"
„Er hat so eine Andeutung gemacht, sie waren zusammen essen an dem Abend, an dem die Werle-Reinhardt ermordet wurde."
„Ich würde es ihm gönnen. Denn ich finde, die beiden passen gut zusammen. Er ist ein supernetter, hilfsbereiter Kollege und ich glaube privat auch ein echter Kumpel."
Abbas trank sein Glas leer, stand auf und ging Richtung Bad. „Ich sollte mich beeilen, wir werden sowieso alles morgen früh bei der Besprechung noch einmal erörtern."
Nachdem Abbas ein zweites Mal geduscht hatte und anschließend gegangen war, wechselte Sabine die Bettwäsche und duschte selbst. Sie entschied sich, keinen weiteren Prosecco mehr zu trinken, obwohl sie eigentlich in Stimmung dafür war. Aber ihre Linie war ihr sehr wichtig, und Alkohol hatte nicht gerade wenige Kalorien. Wenn sie ehrlich zu sich selbst war, gefiel ihr der Sex mit Abbas ungemein und immer besser. Sie waren im Bett wie füreinander geschaffen, aber war da vielleicht mehr? Nein, keine Beziehung, sie verwarf diesen Gedanken augenblicklich. Das würde ihren sexuell mehr als anregenden Begegnungen jeden Reiz nehmen und ihre wechselseitige sexuelle Anziehung würde leiden. Allein die Vorstellung, seine Wäsche zu waschen und sich mit ihm darüber zu streiten, wer nun die Spülmaschine ausräumt oder gar den Müll herunterbringt! Nein, der Alltag würde ganz sicher jede erotische Atmosphäre ruinieren. Solange sie niemanden kennenlernte, mit dem sich eine Beziehung ergeben könnte, so lange war das rein sexuelle Arrangement mit Yunus nahezu perfekt.

KAPITEL 78

Als Abbas am nächsten Morgen im Präsidium eintraf, wurde er bereits von Holzapfel und Riedel im Sitzungszimmer erwartet. Weder er noch seine Partnerin von gestern Abend ließen sich das Geringste anmerken, tauschten nicht mal verstohlene Blicke, sondern waren ganz die Kollegen, die sich auf die Aufgabe konzentrierten. Seidel und Schulze kamen wenige Minuten später. Abbas eröffnete die Sitzung und erteilte als erstes Riedel das Wort, um dem Team neuesten Recherchen bekannt zu geben.

„Die Auswertung der Mobildaten des Handys von der Berghoff ist da und sehr aufschlussreich. Beim Chat gegen 14.00 Uhr war sie in einer Funkzelle in der Mainzer Landstraße eingeloggt, anschließend war sie wieder im Westend in der Nähe der Schule im Netz. Und jetzt haltet euch fest: Bei ihrem Anruf gegen 19.00 Uhr bei der Schwarz, da war sie definitiv im Westhafen in einer Funkzelle eingebucht."

„Bingo! Sie hat also gelogen, sie war erstens nicht den ganzen Nachmittag in ihrem Büro, sondern hat es zwischendurch verlassen, und zweitens war sie nicht so lange dort, wie sie behauptet, sondern war abends in der Nähe des Tatorts. Die Beobachtung von dieser Frau Dr. Winter von einer Frau im geblümten Kleid könnte also auf sie passen", resümierte Abbas. „Mehr als ärgerlich, dass wir von ihr keine Bestätigung mehr erhalten können."

„Und die Aussage von Isabelle Fernandez passt ebenfalls ins Bild", ergänzte Schulze.

„Sie hat mit der Schwarz per WhatsApp kommuniziert und dabei erfahren, dass diese ein Date mit Langer hat. Eigentlich will sie mit ihr sprechen, blitzt aber ab. Sie ist eifersüchtig und so wütend, dass sie Mordgedanken hegt. Sie besorgt sich die Tatwaffe", spekulierte Abbas weiter.

„In der Mainzer Landstraße gibt es einen Baumarkt für Werkzeuge", ergänzte Seidel.

„Warum fährt sie zur Schule zurück und nicht direkt zum Westhafen?", fragte Holzapfel in die Runde.

„Vielleicht war ihr Entschluss noch nicht so endgültig?", vermutete Riedel. Sie war möglicherweise aus einem anderen Grund im Baumarkt, und dann sieht sie unerwartet den Hammer, eine Idee blitzt auf und sie greift spontan zu."

„Denkbar wäre es. Aber wir gehen davon aus, ihr erinnert euch sicherlich, dass der Täter oder die Täterin nicht mit dem Auto zum Tatort gekommen ist. Sie fährt also zur Schule zurück, um dort ihren Wagen zu parken, denn schließlich verfügt sie hier über eine gute Abstellmöglichkeit“, erwiderte Abbas. „Eventuell hat sie tatsächlich die Akten studiert, von denen sie uns berichtet hatte, und wurde dabei immer wütender, weil sie sich gleichzeitig vorstellte, dass ihre Freundin sich auf einen schönen Abend mit ihrem Lover freuen kann, den diese in ihren Augen ihr ausgespannt hat. Sie hat auf jeden Fall genug Zeit, sich einen guten Plan zu machen. Dann fährt sie mit öffentlichen Verkehrsmitteln zur Westhafenmole und beobachtet von der Flusskrebsbrücke aus das Gebäude. Vielleicht hat sie letzte Skrupel? Von hier aus ruft sie die Schwarz an, die ihr nun in den höchsten Tönen von ihrem Date vorschwärmt. Vielleicht erhält sie jetzt auch erst absolute Gewissheit, dass es der Mann ist, den sie ursprünglich im ‚Oosten‘ zuerst kennenlernte. Sie erfährt vielleicht die Einzelheiten der Verabredung und jetzt ist sie so in Rage, dass sie ihre Tötungsabsicht in die Tat umsetzt. Sie kennt die Uhrzeit, passt den Zeitpunkt ab, um vor Langer im Haus zu sein. Sie weiß, dass sie nur ein kleines Zeitfenster hat, das sie nutzt. Sie klingelt. Hätte die Schwarz sie gesehen, hätte sie vielleicht sagen können, sie müsste sie doch nur ganz kurz persönlich sprechen. Aber sie hat Glück, die Türe wird ihr geöffnet. Sie fährt mit dem Fahrstuhl nach oben, begeht die Tat, fährt hinunter in die Tiefgarage, wo Fernandez ihr Gesicht zu erkennen glaubt, und verschwindet durch das Garagentor auf die Straße. Anschließend geht sie in aller Seelenruhe bis zur Westhafenbrücke und entsorgt die Tatwaffe, was wiederum von Frau Dr. Winter beobachtet wurde.“

„So könnte es gewesen sein“, stimmte Schulze zu. „Aber leider sind das alles nur Indizien. Für einen Anklage ist es ohne Geständnis ziemlich dünn.“

„Wir wissen, dass die Person ein geblümtes Kleid trug, wir könnten die Schulsekretärinnen fragen, ob ihre Chefin ein solches besitzt und an diesem Tag getragen hat. Oder wir finden es sogar bei einer Hausdurchsuchung“, warf Holzapfel in die Runde. „Wobei das natürlich kein alleiniger Beweis wäre, da viele Frauen ein solches Kleidungsstück besitzen.“

„Wir wissen aber von Dr. Winter, dass die Frau im geblümten Kleid auf der Beerdigung war, und wir haben von allen Personen, die dabei waren, Fotos. Das engt den Personenkreis doch erheblich ein. Leider haben wir keinen Zeugen, dass es sich wirklich um die Berghoff handelt", stellte Abbas fest. „Wir müssten in dem Baumarkt nachfragen, vielleicht erinnert sich jemand an die Berghoff und was sie gekauft hat."

„Was ist mit der Hausdurchsuchung? Wonach sollen wir denn letztlich suchen? Wir brauchen auf jeden Fall einen Anhaltspunkt", brachte Seidel vor.

„Wir könnten so ermitteln, ob sie ein geblümtes Kleid besitzt. Außerdem ist da noch der anonyme Brief. Möglicherweise gibt es dort ja einen Papiervorrat, von dem der Bogen stammt, auf den die Zeitungsbuchstaben aufgeklebt waren. Ich glaube eh, dass der anonyme Brief nur eine Art Ablenkungsmanöver war, warum auch immer. Außerdem müssten wir nach einer Werkzeugkiste schauen, und es gibt übereinstimmende Spuren mit der Tatwaffe", entgegnete Abbas und fügte noch hinzu: „Vielleicht hat sie im Baumarkt mit Kreditkarte bezahlt? Wir müssten das überprüfen. Eventuell gibt es dort auch Überwachungskameras an der Kasse und mit etwas Glück existieren die Aufzeichnungen noch, es ist ja nicht mal einen Monat her."

„Aber machen wir uns nichts vor, alles in allem sind unsere Indizien doch für sich allein nicht ausreichend, um einen Haftbefehl zu erwirken", sprach Schulze offen aus, was die anderen auch gerade dachten.

„Ich bringe dann erst mal etwas Ordnung in unsere Wandtafel." Mit diesen Worten machte sich Riedel daran, einige der Karten von Verdächtigen des ersten Mordes abzunehmen und zu bündeln, bis schließlich nur noch die Karte von Erika Berghoff als mögliche Tatverdächtige übrig blieb. Abbas berichtete dann noch von der Befragung der Schulleiterin und der Einschätzung des Arbeitsklimas durch den Lehrer Sommer.

Dann leitete er über zum zweiten Mord, woraufhin Seidel einen Kurzbericht abgab: „Herr Reinhardt ist wenig kooperativ, er weigert sich, uns den Grund für die zweimalige Bargeldabhebung zu nennen. Ebenso gibt er keinerlei Informationen, was er mit dem Geld tatsächlich gemacht hat. Für die Lebensversicherung hat er allerdings eine glaubhafte und plausible Erklärung. Die Eheleute haben wechselseitig eine Lebensversicherung abgeschlossen, um beim Tod des jeweils anderen die beiden Töchter mit ihrem Pflichtteil ausbezahlen zu können, ohne dass gleich das Haus verkauft werden muss. Also, wenn ihr mich fragt, ich halte es für relativ unwahrscheinlich, dass er einen Auftragskiller angeheuert hat, um seine Frau aus dem Weg zu räumen. Er hat selbst genug Geld, die Lebensversiche-

rung dient der Abfindung der Töchter und weniger ihm selbst. Dass er eine Geliebte hat, wissen seine Töchter, ein gesellschaftlicher Makel ist das in der heutigen Zeit auch nicht mehr. Außerdem, vergesst nicht, er hat ein mehrfach abgesichertes Alibi für die Tatzeit."
„Danke Martin, deine Überlegungen klingen logisch", bedankte sich Abbas. „Also bleiben noch die beiden anderen Möglichkeiten. Der ominöse Mann, den die Berghoff und der Wilde beobachtet hatten. Aber welches Motiv sollte der gehabt haben? Es wurde nichts gestohlen, es war kein Einbuch, bei dem der Dieb in flagranti ertappt wurde. Nehmen wir einmal an, es gibt doch einen großen Unbekannten, der das Damentrio auslöschen möchte. Dann wäre die Berghoff trotz aller Indizien unschuldig, der anonyme Brief wäre doch kein Ablenkungsmanöver von ihr selbst, sondern eine Warnung, von wem auch immer. Dann wäre die Direktorin allerdings in großer Gefahr. Möglicherweise auch Petra Peterson, falls der Täter von ihrer Existenz weiß. Wir hatten ohnehin vor, diesen gehörlosen Nachbarn noch einmal zu befragen. Vielleicht ergeben sich dadurch neue Erkenntnisse? Die zweite Möglichkeit wäre die Berghoff selbst. Wenn sie als Täterin infrage kommt, bleibt die große Suche nach einem Motiv. Das hieße aber andererseits auch, dass sie die Tatwaffe zum Treffen mit Werle-Reinhardt schon dabeihatte, dass sie also einen Mord vorher geplant hatte. Aber warum geht sie dann erst weg, um zurückzukommen und den Mord zu begehen? Sie hätte ihn den ganzen Abend über schon ausüben können."
„Vielleicht hat sie ähnlich wie bei der Schwarz den Mord zwar grundsätzlich in Erwägung gezogen, aber die endgültige Entscheidung erst im Laufe des Abends gefällt, leider wissen wir nicht, worüber sich die beiden am fraglichen Abend unterhalten haben und ob daraus möglicherweise ein Tatmotiv entstanden ist", wandte Schulze ein.
„Die Berghoff ist eine sehr intelligente Frau, es gibt durchaus Ähnlichkeiten zum ersten Mordfall. Das Opfer kannte offenbar den Täter und ließ ihn selbst ins Haus. Die Tatwaffe ist zwar ein Hammer, aber ein anderes Modell als im ersten Mordfall. Vielleicht sollen wir an einen Nachahmungstäter glauben und es wurde extra alles so inszeniert? Wenn nicht, dann hätten wir es in der Tat mit einem ganz und gar Unbekannten zu tun", formulierte Holzapfel ihre Gedanken.
Riedel änderte an der Wandtafel die Karten für den zweiten Mordfall. Während für das erste Verbrechen der Name Berghoff nun als Hauptverdäch-

tigte angebracht war, fixierte sie für den zweiten Mord eine Karte mit dem Namen „Berghoff“ und einen mit dem Vermerk „unbekannter Mann“. Nun bereinigt um die anderen Karten wurde die Ähnlichkeit der beiden Fälle noch offensichtlicher und Abbas starrte wie gebannt auf die Tafel: Beide Mordopfer waren weiblich, untereinander befreundet, hatten den gleichen Arbeitgeber, wurden beide in ihren Wohnungen getötet, ohne dass es Einbruchspuren gab, kannten offenbar ihren Mörder und ließen ihn freiwillig in die Wohnung. Die Tatwaffe war extrem ähnlich, ein Hammer der Kategorie Fäustling, im ersten Fall neu, im zweiten gebraucht. Und da war die Verbindung zu Erika Berghoff, der zumindest im ersten Fall auch ein sehr plausibles Motiv in Form ihrer Eifersucht zuzuordnen war. Aus dem Gesamtbild ergab sich, dass es sich bei der Schulleiterin um eine karrierebewusste und machtbesessene Frau handelt, die zugleich aber auch eifersüchtig auf ihre Freundinnen mit ihren Beziehungen war.
Aber letzteres traf nicht auf die Dezernentin Werle-Reinhardt zu, deren Ehe gerade im Scheitern begriffen war. Fraglich ist, ob die Berghoff von der Ehekrise wusste. Werle-Reinhardt war in gewisser Weise die Vorgesetzte im Schulamt von Erika Berghoff. Was, wenn es einen Streit zwischen den beiden Freundinnen über ihre Amtsführung als Schulleiterin gegeben hätte? Ein gewisser Jähzorn war Berghoff ohne Zweifel zuzutrauen. Und dass im organisatorischen Alltag im Westendgymnasium nicht alles so lief, wie sie es sich vorher erträumt hatte, dürfte ohne Zweifel ihre narzisstische Veranlagung gekränkt haben. Riedel erinnerte ihren Chef daran, dass sie für den Nachmittag einen Termin bei Wilde ausgemacht hatte und die Gebärdendolmetscherin bereits bestellt war. Also schloss Abbas die Sitzung und verteilte noch die unmittelbar anstehenden Aufgaben im Team: „Sabine, Bernhard und ich fahren zu Wilde, Birgit und Martin, ihr fahrt in den Baumarkt. Vielleicht erinnert sich noch jemand an die Direktorin, nehmt das iPad mit den Beerdigungsfotos mit. Checkt, ob es Videoaufzeichnungen gibt. Vielleicht sehen wir nach dem Lokaltermin mit Wilde klarer? Dann können wir immer noch einen Durchsuchungsbefehl für die Wohnung der Berghoff beantragen. Die Kreditkartendaten der Direktorin müssten wir anschließend ebenfalls analysieren, vielleicht war sie so unvorsichtig und hat damit im Baumarkt bezahlt?“
Riedel schaute ihren Chef mit einem überraschenden Gesichtsausdruck an. Warum zum Teufel wollte er sie bei der Befragung des gehörlosen Zeugen dabeihaben? Er erwiderte ihren Blick und las die unausgespro-

chene Frage darin. „Mir ist da eine Idee gekommen, ich erkläre es euch später im Auto. Aber jetzt muss ich noch ein wichtiges Telefonat führen."

KAPITEL 79

„Erika Berghoff", meldete sich die Schulleiterin des Westendgymnasiums, als Abbas sie auf ihrer Mobilnummer anrief.
„Abbas hier. Frau Berghoff, gut, dass ich Sie direkt erreiche."
„Was verschafft mir die zweifelhafte Ehre, von der Kriminalpolizei einen Anruf zu erhalten? Wessen verdächtigen Sie mich denn dieses Mal?"
„Im Rahmen unserer Ermittlungen sind wir auf neue Indizien gestoßen."
„Ach, das heißt, ich bin jetzt nicht mehr verdächtig?"
„Das würde ich so nicht sagen, ich möchte Sie bitten, dass Sie zu einer weiteren Befragung aufs Präsidium kommen."
„Und deshalb rufen Sie mich an. Ich habe Ihnen nichts mehr zu sagen, schon gar nicht am Telefon. Wenn Sie mich befragen wollen, schicken Sie mir eine Vorladung, dann werde ich ihr im Beisein eines Anwalts Folge leisten. Und jetzt habe ich zu tun."
„Der eigentliche Grund meines Anrufes ist jedoch ein anderer. Bezüglich Ihres anonymen Briefes, es besteht die Möglichkeit, dass es sich bei dem Mord an Frau Werle-Reinhardt um eine Verwechslung handelte und möglicherweise Sie das eigentliche Opfer gewesen wären."
Einen Moment herrschte absolutes Schweigen am anderen Ende der Leitung. Abbas hatte den Eindruck, als irritiere diese Information seine Gesprächspartnerin mehr, als dass sie diese beunruhigte.
„Was wollen Sie mir damit sagen?"
„Seien Sie in nächster Zeit vorsichtig, wen Sie in Ihre Wohnung lassen. Sie können natürlich auch, wenn Sie es wünschen, Polizeischutz für eine gewisse Zeit erhalten."
„Ich werde darüber nachdenken, Herr Kommissar. Aber wie passt das zusammen? Sie halten mich für eine Mörderin und zugleich warnen Sie mich. Ich bin ehrlich gesagt, etwas irritiert."
„Es gilt immer noch die Unschuldsvermutung in diesem Rechtsstaat, Frau Berghoff. Ich werde Ihnen eine Vorladung zukommen lassen. Und denken Sie über mein Angebot nach."
„Das werde ich. Einen schönen Tag." Damit unterbrach sie die Verbindung.
Abbas war zufrieden. Einerseits hatte er mit dieser Information bezweckt, dass sich die Schulleiterin in Bezug auf den Mordverdacht nun den Kopf zermarterte, welche neuen Indizien denn die Polizei herausgefunden hatte.

Andererseits hatte er sie zumindest zur Vorsicht ermahnt für den Fall, dass sie mit ihren Annahmen total falsch liegen würden. Während des Telefonats ergriff ihn ein merkwürdiges Bauchgefühl, er hätte einem Dritten gegenüber keine Begründung angeben können, woher es kam und ob er es als kriminalistische Intuition oder hellseherische Vorahnung bezeichnen sollte. Dann wählte er, seiner Eingebung folgend, die Nummer von Petra Peterson. Als er nach einer gefühlten Ewigkeit fast schon damit rechnete, auf die Mailbox weitergeleitet zu werden, meldete sie sich doch noch persönlich: „Peterson."

„Frau Peterson, entschuldigen Sie, dass ich Sie mit meinem Anruf überfalle. Wie lange sind Sie noch in Deutschland?"

„Meinen Vater geht es etwas besser, ich bin gerade auf dem Weg ins Krankenhaus und hatte mein Handy so sicher verstaut, dass ich fast nicht rechtzeitig rangehen konnte. Ich denke, ich werde noch ein paar Tage bleiben. Wenn es weiter aufwärts mit ihm geht, dann kann er bald in die Reha und dann würde ich zumindest erst einmal vorübergehend wieder nach England zurückfliegen, um dort einiges zu regeln. Aber ich käme dann wieder. Warum wollen Sie denn das wissen?"

„Es geht darum, dass es in den beiden Mordfällen einige Zusammenhänge gibt, die darauf hindeuten, dass der Täter es auf die ganze Damenclique abgesehen haben könnte. Da Sie zu Ihrer Studentenzeit auch dazugehörten, wäre es theoretisch möglich, dass auch Sie zum Kreis der Gefährdeten gehören könnten. Es ist zwar unwahrscheinlich, weil Sie schon so lange in England leben, aber ausschließen können wir es dennoch nicht. Ich möchte Sie einfach bitten, dass Sie in nächster Zeit etwas vorsichtig sind, wenn Sie jemandem begegnen, den Sie vielleicht aus Ihrer Studentenzeit kennen. Außerdem nehmen Sie sich in Acht, wen Sie zu sich in die Wohnung lassen. Wir rechnen zwar nicht ernsthaft damit, dass der Täter weiß, dass Sie in Frankfurt sind, aber wir gehen davon aus, dass er auf der Beerdigung war. Dort könnte er Sie möglicherweise gesehen und trotz Sonnenbrille erkannt haben. Also hundert Prozent ausschließen können wir es eben auch nicht. Es gibt manchmal die seltsamsten Zufälle, glauben Sie mir."

„Herr Kommissar, Sie machen mir aber jetzt schon etwas Angst."

„Ich wollte Sie lediglich vor einer, wenn auch sehr kleinen Gefahrensituation warnen, Sie müssen nicht in Panik geraten. Meine Nummer haben Sie,

und wenn Ihnen irgendetwas verdächtig vorkommt, scheuen Sie sich nicht, mich anzurufen oder den polizeilichen Notruf zu wählen."
Abbas wusste selbst nicht so genau, warum er seiner Eingebung nachgegeben und mit diesem Anruf Frau Peterson vor einer möglichen Gefahr gewarnt hatte. Zu diesem Zeitpunkt konnte er jedoch noch nicht wissen, welche unvorhersehbaren Konsequenzen sich aus diesem spontanen Anruf später einmal ergeben würden.

KAPITEL 80

Auf der Fahrt in den Wilhelm-Beer-Weg in Sachsenhausen erklärte Abbas seinen Kollegen, warum sie dieses Mal zu dritt zum Treffen mit Herrn Wilde gefahren waren. Als sie in die Straße einbogen, sahen sie schon, dass der gehörlose Zeuge zusammen mit der Gebärdendolmetscherin vor dem Haus warteten. Gehörlose bevorzugten immer denselben Dolmetscher, wenn sie gute Erfahrungen mit ihm gemacht hatten. Als die drei aus dem Wagen stiegen, wurden sie gleich von dem Chihuahua Jago freudig begrüßt. Abbas erklärte, was er heute noch für Fragen an Herrn Wilde hatte und erläuterte, dass dieses Treffen eine Art Lokaltermin war, bei dem nachgestellt werden sollte, wo sich eventuell welche Personen an dem fraglichen Mordabend aufgehalten hatten. Die Dolmetscherin, Frau Kurz, übersetzte alles in Gebärdensprache und zur Zustimmung, dass er alles verstanden hatte, nickte Wilde aufgeregt in Richtung der drei Beamten, während er der Gebärdendolmetscherin zusätzlich gebärdete, dass er sein Bestes geben wolle. Riedel sollte die Rolle von Erika Berghoff übernehmen, Schulze den unbekannten Mann spielen. Der ging schon mal zum Haus der Reinhardts, klingelte und bat Martina Reinhardt, die ihm die Türe öffnete, darum, dass sie das Grundstück für eine Nachstellung der Geschehnisse des 2. Juli betreten dürfen.

„Herr Wilde, wo genau befanden Sie sich mit Ihrem Hund, als Sie die Frau auf dem Grundstück im Vorgarten gesehen haben?“, eröffnete Abbas die Befragung und Sabine Kurz übersetzte. Der gehörlose Zeuge positionierte sich auf dem Bürgersteig unweit des Grundstücks der Reinhardts, während Abbas Riedel ein Zeichen gab, dass sie sich in den Vorgarten auf den Zugang zum Haus bewegen sollte, so lange, bis Wilde signalisierte, dass dies die ungefähre Position an jenem Abend gewesen war. Die Beamtin stand im ersten Drittel des Plattenweges von der Haustüre aus gesehen, ungefähr 30 Meter von Wilde entfernt. Ihr Körper war etwa bis in Hüfthöhe von den Rhododendren verdeckt, aber Abbas bemerkte, dass das Gesicht eindeutig zu erkennen war.

„War die Beleuchtung angeschaltet? Konnten Sie erkennen, ob die Frau irgendetwas bei sich hatte?“

Die Dolmetscherin übersetzte wieder die sehr schnellen Gebärden des Zeugen: „Das Gesicht habe ich gesehen, ich konnte es gut erkennen. Deshalb habe ich die Frau auf dem Foto wiedererkannt, aber ich konnte sie selbst nur schlecht beschreiben. Die Blumensträucher verdeckten die Frau halb, also ich konnte nicht sehen, ob sie etwas trägt oder nicht. Ich kann mich auch nicht mehr so genau erinnern. Ich war im Gehen und habe sie ja nicht beobachtet."

„Wohin sind Sie dann mit Ihrem Hund gegangen? Und wo genau parkte das Auto, neben dem Sie die Frau dann später wieder gesehen haben?"

Wilde deutete nach Osten, um zu zeigen, dass er bis zur nächsten Abbiegung gegangen war, und gebärdete dann, dass er rechts abgebogen war. Der SUV, den er gesehen hatte, stand auf derselben Straßenseite des Hauses der Reinhardts etwa zwanzig Meter stadteinwärts unmittelbar hinter einer Garageneinfahrt, aber fast genau schräg gegenüber von seinem Grundstück. Die Entfernung zum Standort von Riedel betrug in etwa fünfzig Meter.

„Sie sind also mit dem Hund rechts abgebogen. Wie lange hat es gedauert, bis Sie wieder zurückgekommen sind?"

„Ich habe nicht auf die Uhr geschaut, ich bin bis zum Ende der Sackgasse gegangen, Jago schnüffelt überall, er hat sein Geschäft gemacht, dann bin ich umgekehrt, aber gleich auf die andere Straßenseite gegangen, also zum Bürgersteig vor meinem Haus", gab Frau Kurz die Schilderung in Lautsprache wieder.

Abbas winkte Riedel herbei und beschied ihr, dass sie sich ungefähr dort platzieren sollte, wo Wilde das Fahrzeug gesehen hatte, dann fragte er weiter: „Auf welcher Seite des Autos stand die Frau und hatte sie dieses Mal irgendetwas dabei?"

„Sie stand auf der Fahrerseite. Nein, sie hatte nichts dabei. Ich dachte, sie wollte wegfahren oder etwas aus dem Auto holen. Die Autotüre war auf, ich bin mir aber nicht sicher. Jago hat an der Leine gezogen und ich war abgelenkt."

Schulze war inzwischen wieder zu ihnen gestoßen und hatte die ganze Zeit fasziniert zugeschaut, wie flink und fließend Herr Wilde und Frau Kurz sich in Gebärdensprache unterhalten konnten.

„Erinnern Sie sich noch, ob im Vorgarten der Reinhardts das Licht an war, oder ob der Plattenweg dunkel war?"

Wilde dachte angestrengt nach, ehe er seine Antwort gebärdete: „Ich glaube, er war dunkel, ja, das Licht am Haus war aus."

„Eine letzte Frage noch, Herr Wilde. Wo haben Sie den Mann gesehen?"

Der Zeuge zeigte stadteinwärts und Abbas gab Schulze ein Zeichen, dass er auf dem Bürgersteig so weit entlanggehen sollte, bis Wilde signalisierte, dass das die Stelle war, wo er den Mann gesehen hatte. Schulze stand keine dreißig Meter entfernt.

„Herr Wilde, ich habe noch eine Bitte. Würden Sie freundlicherweise noch einmal mit ihrem Hund den gleichen Weg gehen, den Sie an jenem Abend zurückgelegt haben? Ich würde gerne ermitteln, wie lange Sie ungefähr unterwegs waren."

Nachdem die Dolmetscherin übersetzt hatte, nickte er zur Zustimmung, und machte sich sogleich zusammen mit Frau Kurz auf den Weg, sehr zur Erleichterung des Chihuahua, der schon die ganze Zeit gelangweilt zu seinen Füßen gesessen hatte. Abbas betätigte die Stoppuhr auf seinem Smartphone und sagte dann an seine Kollegin gerichtet: „So, Sabine, du gehst jetzt noch einmal zu deinem Standort von eben zurück, von dort aus kommst du wieder hierher, tust so, als würdest du deine Handtasche ablegen und eine Tüte mit der Mordwaffe nehmen. Dann begibst du dich zum Haus, klingelst, wartest drinnen fünf Minuten und gehst durch die Terrassentüre hinter dem Haus nach draußen, seitlich am Gebäude vorbei und im Vorgarten erst unmittelbar vor der Gartentüre wieder auf den Plattenweg, danach zur gegenüberliegenden Straßenseite, dort entsorgst du deine Plastiktüte im Vorgarten und gehst abschließend zum Auto zurück."

Nachdem sich die Beamtin auf den Weg gemacht hatte, kehrte Schulze zurück und meinte: „Und wo war ich in der Zeit?"

„Das klären wir gleich, wenn Sabine wieder zurück ist. Der ominöse Unbekannte hätte sich hinter den Rhododendren verstecken müssen, bis Erika Berghoff mindestens bei ihrem Auto gewesen wäre, um dann zu klingeln. Das hätte sie doch bemerken müssen! Und selbst wenn er unbemerkt hätte klingeln können und ihn das Opfer hereingelassen hätte, spätestens, wenn er das Gebäude durch die Rückseite des Hauses verlassen hätte, um wieder auf die Straße zu kommen, hätte sie ihn sehen müssen. Nein, ich glaube nicht, dass da ein Dritter auf dem Grundstück war."

Beide warteten nun gespannt, Abbas schaute immer wieder auf sein Smartphone, schon sieben Minuten waren vorüber, da kam Sabine von der Rückseite des Hauses, ging hinter den Sträuchern bis vor zum Gartentor, verließ das Grundstück, überquerte die Straße zum Garten von Herrn Wilde, tat so, als ob sie etwas in das Unterholz warf, und schlender-

te dann gemütlich zu ihren beiden Kollegen zurück. Abbas stoppte die Zeit mit acht Minuten und zwanzig Sekunden.
„So, die Berghoff hätte also genügend Zeit gehabt, aus ihrem Auto die Tüte mit der Mordwaffe zu holen, umzukehren, den Mord zu begehen und zum Auto zurückzukehren."
In diesem Moment bogen Wilde und die Gebärdendolmetscherin um die Ecke und kamen auf der anderen Straßenseite zum Treffpunkt zurück. Abbas schaute auf sein Handy, es waren noch einmal zwei Minuten vergangen, dann sagte er in die Runde: „Wenn die Berghoff wirklich die Täterin war, dann hätte sie locker zehn Minuten Zeit gehabt, ohnehin konnte sie nicht ahnen, dass der Mann mit dem Hund sie noch einmal sehen würde."
„Aber sie sagte doch, dass sie gegen 23.00 Uhr gegangen ist, was ist mit dieser ominösen Nachricht an Herrn Reinhardt?", fragte Riedel.
„Mir fällt dazu etwas ein", meldete sich Schulze. „Was wäre, wenn sie die selbst geschrieben hätte? Viele Nutzer haben den Fingerabdruck aktiviert, wir könnten das auf dem Präsidium im Handy in den Einstellungen kontrollieren. Dann braucht sie die PIN gar nicht zu wissen, sondern legt einfach einen Finger des Opfers auf den Sensor und schon kann sie Nachrichten schreiben, so viel sie will."
„Guter Einfall, Bernhard. Und sie schreibt nicht ‚Erika ist weg', sondern ‚Besuch'. Vielleicht um damit vorzutäuschen, dass nach ihr noch jemand am Tatort war. Dann wäre das genauso ein Ablenkungsmanöver wie der angeblich anonyme Brief. Und sie hat bewusst keinen neuen Hammer gekauft, sondern einen gebrauchten verwendet, um uns vorzutäuschen, dass es sich möglicherweise um einen Nachahmungstäter handelt."
„Auf dem Hammer waren ja Farbspuren. Ein weiterer Grund für eine Hausdurchsuchung. Vielleicht hatte sie den sogar in ihrem Besitz und es gibt auf anderen Werkzeugen ähnliche Spuren?", brachte Schulze vor.
„Jedenfalls müssen wir dringend noch einmal mit der Dame sprechen, die Indizien und Verdachtsmomente sind einfach zu groß. Bin gespannt, ob sie uns erklären kann, wieso sie für weniger als fünfzig Meter Weg ungefähr zehn Minuten gebraucht hat", resümierte Abbas.
Herr Wilde und Frau Kurz kamen zur Gruppe dazu. Abbas bedankte sich beim Abschied überschwänglich für die Zeit, die der Zeuge ihnen geschenkt hatte, und seine wirklich aktive Mithilfe. Als die Dolmetscherin ihm das übersetzte, war er sichtlich verlegen, aber man konnte ihm auch so etwas wie Stolz anmerken. Seine gute Beobachtungsgabe, die ihn von

manch Hörendem positiv unterschied, hatte sich bei so einem bedeutungsvollen Vorfall endlich einmal ausgezahlt. Die drei Beamten schickten sich nun ihrerseits an, ebenfalls aufzubrechen, da stoppte Abbas und bat sie um einen Moment Geduld. Wieder hatte er so eine polizeiliche Eingebung. Die beiden Kollegen sahen, wie er zur anderen Straßenseite zum Haus links von Wildes Grundstück ging und klingelte. Kurz darauf wurde ihm geöffnet und er führte eine kurze Unterhaltung mit der Bewohnerin, dann kam er zu ihnen zurück.

„So, wir wissen nun, wer der Mann auf der Straße war, den Wilde und Berghoff gesehen haben. Es war ein Besucher, der just um diese Zeit dieses Haus verlassen hat. Deshalb hat ihn Wilde erst gesehen, als er fast bei seinem Haus war. Aber die Berghoff müsste ihn schon vorher wahrgenommen haben. Sie hat meiner Meinung nach definitiv gelogen. Ich denke, mit diesem dringenden Tatverdacht bekommen wir locker nicht nur eine Hausdurchsuchung genehmigt, sondern da ist ein Haftbefehl fällig. Wir haben allerdings keine Eile, denn ich glaube nicht, dass Fluchtgefahr besteht. Dafür fühlt sie sich einfach in ihrer Position zu sicher."

KAPITEL 81

Seidel und Holzapfel fuhren auf den Parkplatz des Baumarktes in der Mainzer Landstraße, unweit der Galluswarte. Zielsicher begaben sie sich direkt zum Informationsservice, der momentan nicht besetzt war.
„Das ist wieder einmal typisch für solche Baumärkte", stellte Seidel fest. Also gingen beide in die Sektion Werkzeug, um einen Verkäufer zu suchen. In der Sanitärabteilung lief ihnen, erkennbar an dem Schriftzug des Baumarktes auf seinem blauen Kittel, ein Mitarbeiter über den Weg. Seidel sprach ihn an: „Entschuldigen Sie, könnten Sie uns bitte weiterhelfen?"
Seidel schien es, als ob der Mann sich gerade gestört fühlte, zumindest interpretierte er dessen Gesichtsausdruck auf diese Weise, aber entgegen dem äußeren Anschein wandte er sich ihnen beiden zu und grüßte überaus freundlich: „Guten Tag, was kann ich für Sie tun?"
Holzapfel zückte ihren Dienstausweis, woraufhin der Mann etwas irritiert wirkte.
„Sie sind von der Kriminalpolizei, wen oder was suchen Sie denn hier bei uns?"
„Eine Mordwaffe und einen Mörder", erwiderte Holzapfel und musste innerlich grinsen, als sie den entgeisterten Gesichtsausdruck des Mannes sah. „Spaß beiseite, wir wüssten gerne, ob und wo wir bei Ihnen einen Hammer finden können, genauer gesagt einen Fäustling."
„Sie meinen einen Fäustel? Ja, da haben wir sogar mehrere Modelle, bitte folgen Sie mir. Es gibt solche aus Fiberglas und welche aus Qualitätsstahl, jeweils in unterschiedlichen Gewichtsklassen, welchen suchen Sie denn bitte schön?"
„Ein Modell aus Stahl mit einem Holzgriff", antwortete nun Seidel, ganz der Hobbyhandwerker. Vor einem Regal, in dem Dutzende von Hämmern für die unterschiedlichsten Anwendungen präsentiert wurden, blieben sie stehen und der Verkäufer nahm fachkundig einen Fäustling heraus und zeigte ihn den beiden Beamten. „Von der Machart her sind sie alle gleich, unterscheiden sich lediglich im Gewicht. Der leichteste ist 1250 Gramm schwer, der schwerste 2000 Gramm und dann gibt es noch einen zu 1500."
Seidel und Holzapfel schauten sich ratlos an. Alle drei Modelle sahen exakt so aus wie auf dem Foto, das im Präsidium an der Wand hing, aber an eine Angabe des Gewichtes konnten sie sich beide nicht erinnern. Holzap-

fel zog ihr Handy aus der Handtasche und machte ein Foto. Dann notierte sie sich Fabrikat, Gewichtsklasse und den jeweiligen Preis.
„Wir ermitteln in einer Mordangelegenheit“, mischte sich nun wieder Seidel ein.
„Etwa dem Hammermörder, da stand was in der Zeitung, schon zwei Opfer?“
Seidel entnahm seiner Messengertasche das iPad, öffnete den Bilderordner und scrollte zum Foto von Erika Berghoff, dann drehte er das Tablet in Richtung des Verkäufers.
„Wir wüssten gerne, ob diese Frau am 17. Juni bei Ihnen einen solchen Fäustel gekauft hat.“
„Da muss ich passen. Ich kann mir auch nicht vorstellen, dass sich nach mehr als zwei Wochen noch jemand an eine Kundin erinnert. Wissen Sie, wieviele Menschen hier täglich einkaufen?“
„Aber sicherlich nicht so viele Frauen, denke ich mal. Die Frau, die wir suchen, hat an diesem Tag ein geblümtes Kleid getragen. Gibt es bei Ihnen Überwachungskameras?“
„Die meisten, oder, besser gesagt, viele Kunden, kennen sich ziemlich gut aus und wissen genau, was sie wollen. Die gehen direkt zu den einzelnen Fachabteilungen und wenn es sich um so kleine Teile wie ein Werkzeug handelt, dann bedienen sie sich selbst und zahlen direkt an der Kasse. Vielleicht könnte sich zufällig eine der Kassiererinnen erinnern, aber auch das halte ich für eher unwahrscheinlich. Überwachungskameras haben wir natürlich, alles ganz vorschriftsmäßig, die Kunden werden an mehreren Stellen darauf hingewiesen, dass hier Videoüberwachung stattfindet. Aber damit kenne ich mich wiederum nun gar nicht aus, da müssten Sie schon mit dem Leiter des Baumarktes oder seinem Vertreter sprechen.“
„Und wo finden wir den Mann?“, erkundigte sich Holzapfel.
„Kommen Sie bitte mit, das Büro ist ganz hinten an der Rückseite, da ist meines Wissens auch der Technikraum, wo sich die Aufzeichnungen befinden.“ Wieder folgten die beiden Kriminalbeamten dem Verkäufer bis zum Ende des Baumarktes. Vor einer Türe, die mit „Kein Zutritt“ beschriftet war, blieb er stehen und klopfte, woraufhin sie hereingebeten wurden.
„Herr Yildiz, entschuldigen Sie bitte die Störung, aber hier sind zwei Herrschaften von der Kriminalpolizei, die Sie gerne sprechen möchten“, dann drehte er sich zu den beiden Beamten um: „Ich verabschiede mich dann mal und gehe wieder in meine Abteilung.“

Der Angesprochene erhob sich von seinem Schreibtischstuhl und streckte den Besuchern die Hand zum Gruß hin, Seidel stellte sie beide während der Begrüßung vor. Holzapfel bemerkte sofort, wie gut der Mann gekleidet war, denn er trug eine dunkle Bügelfaltenhose, kein billiges, hellblaues Hemd mit farblich passender Krawatte; sein Sakko hing über der Stuhllehne.

„Wir ermitteln in einer Strafsache", erklärte er, „und sind auf der Suche nach einer bestimmten Kundin. Ihr Mitarbeiter sagte uns, dass es hier ein Überwachungssystem gibt."

„Das ist richtig, wir haben in jedem Gang eine Kamera und im Kassenbereich sogar zwei, aber die nehmen nur maximal den Raum bis einen Meter vor der Ladentüre auf, alles ganz nach Vorschrift. Es wird hier sehr viel geklaut, müssen Sie wissen, wir haben sogar einen eigenen Hausdetektiv, der kontrolliert auch die Monitore und Bänder."

„Wie lange speichern Sie?", hakte Seidel nach.

„Wir bewahren die Aufnahmen maximal einen Monat auf, jeweils am 15. eines Monats werden die alten Aufnahmen wieder überspielt. Unser Hausdetektiv überwacht die Monitore, wenn er etwas Verdächtiges sieht, dann geht er in die entsprechende Abteilung."

„Da haben wir ja Glück, wir wollen überprüfen, ob eine Frau hier bei Ihnen am 17. Juni etwas gekauft hat."

„Da rufe ich Ihnen am besten mal unseren Detektiv, der kann Ihnen bei den Bändern weiterhelfen. Der Überwachungsraum ist hier nebenan, man kommt nur über mein Büro hinein." Er begab sich zu seinem Schreibtisch, wo Seidel und Holzapfel erst jetzt das Mikrophon bemerkten, das dort angebracht war. Dann hörten sie zeitgleich über den Lautsprecher die Ansage: „Herr Özcan, bitte zum Büro, Herr Özcan, bitte zum Büro."

„Möchten Sie vielleicht etwas trinken? Ich kann aber nur Wasser oder Kaffee anbieten."

Holzapfel und Seidel lehnten dankend ab, schauten sich zwischenzeitlich in dem kleinen und eher kargen Büro um. Regale an den Wänden, über und über mit diversen Ordnern gefüllt, ein Schreibtisch mit Computer, ein kleiner Kühlschrank, auf dem eine Kaffeemaschine stand. Lediglich ein Familienfoto, auf dem eine junge Frau mit Kopftuch und zwei Kinder zusammen mit Herrn Yildiz zu sehen waren, schien der einzige private Gegenstand in diesem ungemütlichen Raum zu sein. Es klopfte und direkt trat ein ebenfalls junger Türke ein. Ganz anders als sein Chef hatte er einen Blaumann an, leichte Schmutzspuren an der Hose, und wenn man ihn so im Baumarkt sah, hätte man ihn bedenkenlos für einen Handwerker gehalten, der wohl gerade Material für irgendeine Baustelle besorgen wollte. Holzapfel glaubte zu spüren, dass den beiden Männern die Anwesenheit der Polizei eher unangenehm war, zumindest deutete sie deren Blick unter diesem Aspekt. Die Männer sprachen türkisch und Yildiz schien seinem Kollegen zu erklären, weshalb die beiden Kriminalbeamten hier waren. Holzapfel bedauerte, dass nicht Abbas hierhergekommen war, das hätte sicherlich gleich eine ganz andere Atmosphäre geschaffen. Und er hätte verstanden, was die beiden da gerade gesprochen hatten. Herr Özcan schloss die Türe zum fensterlosen Nebenraum auf. Es war dunkel, eine Wand des Raumes wurde von mehreren Monitoren eingenommen, die jeweils unterschiedliche Bereiche des Baumarktes zeigten.

„Uns interessiert nur der 17. Juni, wir wollen überprüfen, ob diese Frau hier an jenem Tag bei Ihnen Werkzeug gekauft hat, und zwar einen Fäustel. Sie hat höchstwahrscheinlich ein Kleid mit Blumenmuster getragen." Mit diesen Worten zeigte er Herrn Özcan auf dem Tablet das Foto von Erika Berghoff. Dieser setzte sich vor den Computer, wählte einen der Monitore an und die beiden Beamten sahen, wie im Schnelldurchlauf das Bild rückwärts lief. Langsam näherte er sich Mitte Juni und verlangsamte das Tempo beim Zurückspulen. Im Display erschien das Datum, noch einmal verlangsamte er die Geschwindigkeit. Alle starrten gebannt auf den Bildschirm, Yildiz trat auch hinzu. Wie im Countdown lief die Uhrzeit nun rückwärts: 18.00 Uhr ... 17.00 Uhr ... 16.00 Uhr ... 15.00 Uhr ... 14.00 Uhr.

„Stopp!", rief Seidel und Özcan hielt den Rücklauf an, startete in normalem Tempo den Vorlauf. Zu sehen war der Gang mit den Werkzeugen, in dem die beiden Kriminalbeamten kurz zuvor die verschiedenen Hammermodelle begutachtet hatten. Von links näherte sich um 14.17 Uhr eine Frau in einem hellen Sommerkleid mit Blumenmuster in das Blickfeld der Kamera. Man sah sie zunächst nur von hinten, dann schaute sie sich suchend um und blieb vor dem Werkzeugregal stehen; nun drehte sie sich zur Seite. Eindeutig war zu erkennen, dass es sich um Erika Berghoff handelte. Sie blickte nach rechts und links, als ob sie sich überzeugen wollte, dass sie niemand beobachtete. Dann nahm sie nacheinander verschiedene Modelle des Fäustels aus dem Regal, wog sie prüfend in der Hand und

entschied sich schließlich für einen. Sie ging den Gang wieder zurück und dieses Mal konnte man das Gesicht von vorne eindeutig sehen.
„Können Sie uns bitte noch eine Kamera aus dem Kassenbereich zeigen?“, fragte Seidel. Özcan rief sich einen anderen Monitor auf seinen Computerschirm und startete ebenfalls den schnellen Rücklauf, bis er zum 17. Juni gelangt war. Wieder spulte er die Aufzeichnung bis gegen 14.00 Uhr zurück und stoppte, um den Vorlauf im normalen Tempo zu starten. Es standen mehrere Leute an der Kasse, als sich um 14.22 Uhr die Frau im Blumenkleid als Letzte in die Schlange einreihte. Auch hier war wieder eindeutig das Gesicht von Erika Berghoff zu identifizieren. Man konnte sehen, wie sie das Werkzeug auf dem Förderband der Kasse ablegte, ihre Geldbörse aus der Handtasche nahm und leider bar bezahlte. Sie hatte einen kurzen Wortwechsel mit der Kassiererin, ließ sich eine Plastiktüte geben und bezahlte nochmals mit einer Münze für die Tüte. Dann ging sie Richtung Ausgang aus dem Sichtfeld der Kamera. Eindeutig entsprach die Plastiktüre derjenigen, die aus dem Main gefischt worden war.
„Wir brauchen beide Bänder, ist das möglich?“, fragte Seidel.
„Ich kann Ihnen eine Kopie der Aufnahmen auf einen Stick ziehen, wir haben sogar welche in unserem Sortiment“, entgegnete Özcan und fügte hinzu: „Ist diese Frau da die Mörderin?“
„Ich kann Ihnen diese Frage nicht beantworten, aber Ihre Filmaufnahmen helfen uns auf jeden Fall erheblich weiter, um den Mörder zu überführen“, antwortete Seidel. Nachdem der Privatdetektiv aus dem Laden einen USB-Stick geholt hatte, überspielte er die beiden Sequenzen. Der Filialleiter schenkte ihnen sogar das Speichermedium und freute sich darüber, der Polizei in seinen Augen einen Gefallen getan zu haben.

KAPITEL 82

„Volkmar“, meldete sich mit müder und zittriger Stimme die alte Dame am Telefon.

„Erika Berghoff hier, guten Abend. Entschuldigen Sie die Störung zu so später Stunde.“

„Wer sind Sie denn und was möchten Sie bitte?“

„Erinnern Sie sich denn nicht mehr? Nun, es ist ja auch schon eine lange Zeit her, dass wir uns persönlich begegnet sind. Ich bin eine ehemalige Kommilitonin von Petra. Wie geht es Ihnen denn?“

„Na ja, nicht so gut. Wissen Sie, mein Mann liegt in der Uniklinik, er hatte einen Schlaganfall.“

„Oh, das tut mir aber leid, dann wünsche ich Ihnen viel Kraft in dieser schweren Zeit und ihm gute Besserung. Ich habe gehört, dass Petra in Frankfurt ist, ist sie zufällig im Augenblick da?“ Sie hörte, wie der Hörer offensichtlich abgelegt wurde und Frau Volkmar mit lauter Stimme rief: „Petra, kommst du bitte mal, Telefon für dich“.

Dann wurde der Hörer wieder aufgenommen und Frau Volkmar war erneut dran: „Einen Moment bitte, sie kommt.“ Dann meldete sich eine andere Frauenstimme: „Petra am Apparat, wer spricht da bitte?“

„Guten Abend, Petra, Erika Berghoff hier, erkennst du meine Stimme nicht mehr?“ Fast wäre ihr der Hörer aus der Hand geglitten, so überrascht und beinahe geschockt war sie in diesem Moment.

„Allerdings erinnere ich mich.“

„Ich habe gehört, dass du dich zur Zeit in Frankfurt aufhält und da wollte ich dich fragen, ob du vielleicht morgen schon etwas vorhast. Ich würde mich gerne mit dir treffen.“

„Warum sollten wir beide uns treffen, nach allem, was damals passiert ist?“

„Du hast es sicher gehört, Regine und Bettina sind tot.“

„Ich weiß, ich war sogar auf Regines Beerdigung.“ Einen Moment herrschte Stille am anderen Ende der Leitung.

„Was damals zwischen uns vorgefallen ist, ich würde gerne noch einmal in Ruhe mit dir darüber sprechen. Wir waren beide jung, mit dem Abstand der Jahre stellt sich manches anders dar. Jetzt, wo nur noch wir beide von unserer damaligen Clique übrig sind, würde ich gerne dieses Missverhält-

nis bereinigen, damit wir vielleicht künftig normaler miteinander umgehen können."
„Das ehrt dich, Erika, aber ich weiß nicht, was das jetzt noch bringen soll? Wir haben uns auseinandergelebt, jeder hat sein eigenes Leben, du hier und ich in England."
„Ich würde gerne diesen unschönen Vorfall in meiner persönlichen Biografie bereinigen, und jetzt bietet sich unerwartet die Gelegenheit, wer weiß, wann wir uns noch einmal treffen werden. Gib mir eine Chance, was hast du zu verlieren? Wir könnten uns morgen treffen, vielleicht gemeinsam einen Spaziergang machen, so wie damals, in den Taunus fahren und anschließend lade ich dich zum Essen ein."
„Ich weiß nicht, ich muss morgen wieder in die Uniklinik zu meinem Vater."
„Ja, das ist schlimm, deine Mutter erzählte es mir bereits. Aber du wirst doch sicher nicht den ganzen Tag im Krankenhaus zubringen."
„Das stimmt schon, ich wollte morgen Nachmittag hinfahren. Vormittags ist immer die Visite und ich wollte noch einmal mit den behandelnden Ärzten sprechen."
„Was hältst du davon, wenn ich dich morgen Vormittag abhole, wir fahren zusammen zum Feldberg, machen einen Spaziergang, reden in aller Ruhe und ich lade dich zum Mittagessen ein. Ich könnte dich anschließend sogar zur Uniklinik fahren, du hast doch hier sicherlich kein Fahrzeug im Moment, oder?"
„Das klingt natürlich nicht schlecht, das muss ich zugeben. Aber hast du denn morgen keinen Unterricht am Vormittag?"
„Du vergisst, ich bin die Chefin, und eigene Klassen habe ich ohnehin nicht. Ich könnte frühmorgens kurz in der Schule vorbeifahren, den Postkorb erledigen und dann hole ich dich gegen neun Uhr ab."
„Schön, was haben wir letztlich zu verlieren? Und eigentlich wäre es gut, diese unschöne Sache ein für alle Mal zu begraben. Gut, dann bin ich um neun Uhr abmarschbereit. Aber bitte nur einen Spaziergang und keine Wanderung. Ich muss schließlich noch danach zu meinem Vater und werde dort sicherlich nicht in Wanderschuhen aufkreuzen, abgesehen davon, dass ich die gar nicht dabeihabe."
„Dann bis morgen, ich wünsche dir eine gute Nacht."
„Bis morgen." Sie legte auf.
Ihre Mutter trat ins Zimmer und sah ihre Tochter fragend an. „War das diese Erika, wegen der du damals so plötzlich die Uni gewechselt hast?"

„Ja, es ist eine dumme Geschichte gewesen. Aber ich finde es auch wiederum gut, dass sie nach so langer Zeit auf mich zugehen möchte, um die Sache aus der Welt zu schaffen. Sie möchte mit mir morgen einen kleinen Ausflug zum Feldberg machen und hat mich zum Mittagessen eingeladen. Anschließend will sie mich sogar zu Papa fahren, dann bräuchte ich natürlich nicht ewig mit der Straßenbahn dorthin gondeln."
„Ein Spaziergang in der frischen Luft wird dir bestimmt sehr gut tun. Mach das doch, sonst würdest du sowieso nur hier zu Hause rumhängen, ohne eine konkrete Beschäftigung. Also auf mich machte sie einen sehr netten Eindruck."
„Falls Papa frische Sachen braucht, müsstest du sie mir noch rauslegen, dann kann ich sie morgen früh gleich mitnehmen und in Erikas Auto lassen, damit wir vor der Fahrt zur Uniklinik nicht noch mal hier vorbeikommen müssen. Sie holt mich um neun Uhr ab."

KAPITEL 83

Pünktlich um neun klingelte Erika Berghoff bei Familie Volkmar und ging dann sofort wieder zu ihrem Wagen zurück, da sie keinen richtigen Parkplatz gefunden und in zweiter Reihe gehalten hatte, weil sie damit rechnete, dass Petra unmittelbar nach unten kommen würde. Sie schaltete den Motor dennoch ab und wartete darauf, dass ihre Mitfahrerin kam. Keine drei Minuten später erschien sie und hatte außer ihrer Handtasche noch eine große Plastiktüte dabei. Berghoff winkte ihr durch die Scheibe zu und Peterson signalisierte ihr, dass sie den Kofferraum öffnen sollte, damit sie dort die Tüte verstauen konnte. Dann nahm sie auf dem Beifahrersitz Platz, stellte ihre Handtasche im Fußraum ab und schnallte sich an.

„Guten Morgen, Erika."

„Einen wunderschönen guten Morgen, Petra. Ich freue mich, dass unsere Verabredung so spontan geklappt hat. Gut siehst du aus."

„Danke, das Alter hat halt seine Spuren hinterlassen, wie bei uns allen. Aber ich bin ganz zufrieden, solange die Gesundheit okay ist. Du hast dich aber auch gut gehalten. Na ja, kein Wunder, so sportlich, wie du immer warst. Ich habe übrigens ein paar frische Sachen für meinen Vater dabei, wundere dich also nicht über die Tüte im Kofferraum. Und hast du alles erledigen können?"

„Was meinst du?"

„ Du sagtest doch, dass du vorher noch den Postkorb erledigen wolltest."

„Ach das meinst du, ja, die wichtigen Dinge habe ich kurz veranlasst, das andere kann warten. Ich sage dir, wenn ich geahnt hätte, wie viel Bürokratie so ein Schulleiter zu erledigen hat, ich weiß nicht, ob ich das nochmal machen würde. Ich habe ja auch im Moment keinen Stellvertreter, mittlere Katastrophe, sage ich dir. Aber erzähl du doch mal, ich bin neugierig, wie ist es dir so ergangen?"

„Nach dem unschönen Vorfall damals bin ich nach London an das King's College gegangen, um ein Auslandssemester zu machen. Dort habe ich meinen späteren Mann kennengelernt, bin also der Liebe wegen dann in England geblieben. Ich heiße jetzt übrigens Peterson."

„Du bist verheiratet, wie schön, ich war es nie." Ihr Tonfall ließ eine gewisse Verbitterung erkennen. „Hast du Kinder?"

„Leider nicht, zunächst wollte ich nach dem Abschluss des Studiums erst einmal arbeiten, und wie es dann so geht, irgendwann ist es einfach zu spät. Aber wir sind rundherum zufrieden so, wie es jetzt ist. Robert arbeitet an der Universität, ich bin bei einem großen internationalen Konzern und gebe dort Sprachkurse in Französisch und Deutsch. Das Unterrichten von Erwachsenen macht mir mehr Spaß und liegt mir eher als die Arbeit mit pubertierenden Jugendlichen. Wir wohnen in einem Vorort von London in einem sehr kleinen Reihenhaus. Ich sage dir, die Preise in London sind einfach astronomisch, heute könnten wir uns das nicht mehr leisten und beim Verkauf bekämen wir fast das Dreieinhalbfache von dem, was wir einst bezahlt haben. Aber jetzt habe ich genug von mir erzählt. Wie ist es dir so ergangen?"

„Ich habe nach dem Examen mein Referendariat gemacht, dann habe ich eine Zeit lang an der Ziehenschule gearbeitet, bis ich zum Kultusministerium nach Wiesbaden gewechselt bin. Hier war ich in der Schulinspektion tätig. Aber die Fahrerei ging mir, ehrlich gesagt, auf den Geist, und als sich die Chance geboten hat, habe ich mich auf eine Schulleiterstelle beworben, und da bin ich jetzt."

„Und privat?"

„Nun, es gab Affären, aber irgendwie war es nie von langer Dauer, sodass ich jetzt schon wieder viele Jahre Single bin. Und nun, in meiner gegenwärtigen Position, ist es nicht mehr so leicht, jemanden, der vom Status her zu mir passt, als Partner zu finden. Ich habe ja in dem Sinne keine Kollegen mehr; in der Schule sind alle Lehrkräfte mir unterstellt. Ich bin schließlich ihre disziplinarische Dienstvorgesetzte." Sie betonte ausdrücklich das Wort „Dienstvorgesetzte". „Da kommt niemand auch nur im Entferntesten für eine Partnerschaft infrage." Dann, nach einer Pause, fuhr sie fort: „Ich habe mich oft gefragt, was damals wohl aus Kai und mir hätte werden können, wenn nicht ..." Sie führte den Satz nicht zu Ende.

„Erika, Kai war ein Frauenheld, der hat versucht, fast jede in unserem Semester ins Bett zu kriegen. Und ich war damals kein Kind von Traurigkeit, das gebe ich zu, er sah gut aus, es hat mir geschmeichelt, dass er mich begehrte, und da ist es eben passiert. Aber genauso gut hätte es damals eine andere sein können an jenem Abend."

„Aber ich war deine Freundin!", protestierte Erika in einem leicht verärgerten Tonfall. „Du wusstest, dass wir zusammen sind, und hast trotzdem mit ihm geschlafen!"

„Das tut mir auch leid, aber was soll ich nach so langer Zeit noch sagen? Wir waren jung, es geschah spontan, ich habe nicht lange darüber nach-

gedacht, das gebe ich zu. Willst du mir das nach all den Jahren jetzt immer noch zum Vorwurf machen? Ich dachte, wir sind hier, um den alten Zwist zwischen uns zu begraben?“
Inzwischen fuhren sie auf der A 661 Richtung Nordwesten und Erika musste sich etwas mehr auf den dichten Verkehr konzentrieren. Darum antwortete sie erst nach einer Pause: „Wir waren wie füreinander geschaffen. Ich habe danach nie wieder für jemanden so tiefe Gefühle gehabt.“
Petra schwieg und dachte nach. Sie trägt es mir immer noch nach, ich glaube es einfach nicht. „Lass uns bitte das Thema wechseln. Ich entschuldige mich in aller Form bei dir für mein damaliges, unüberlegtes Handeln.“
„Für eine verkorkste Timeline in Sachen Liebe gibt es wohl keine Entschuldigung. Irgendwann wird einem für alles, was man tut, die Rechnung präsentiert“, sagte Erika.
„Wie ist es eigentlich Regine und Bettina seit damals ergangen? Ihr drei wart ja über all die Jahre immer in Kontakt und wohl auch befreundet.“
„Ja, das stimmt, aber der Kontakt wurde lockerer, als sie beide geheiratet haben. Erst nach Regines Scheidung haben wir wieder mehr gemeinsam unternommen. Und Bettina bekam ja nun ihre beiden Töchter, da konnten wir zwei anderen natürlich nicht mitreden. Aber wir haben uns nie ganz aus den Augen verloren.“
„Und ihr habt alle drei Karriere gemacht, jede auf ihre Weise.“
„Was man im Schuldienst so Karriere zu nennen pflegt. Aber ich verrate dir, von uns dreien habe ich es am schlechtesten getroffen. Regine hat ihr Hobby sozusagen zum Beruf gemacht. Schon im Studium kämpfte sie in diversen Frauengruppen für die Gleichberechtigung, und als sie dann diese Stelle beim Staatlichen Schulamt bekam, da ist sie förmlich darin aufgegangen. Ich sage dir, keine Frau konnte in Frankfurt etwas werden, ohne ihren Segen zu haben. Der Männerwelt mit ihren Seilschaften hat sie das Fürchten gelehrt. Aber wesentlich mehr Macht im eigentlichen Sinn besaß Bettina. Sie war ja schließlich Dezernentin und entschied über die Ausschreibungen von Funktionsstellen und das Ernennen in ihrem Zuständigkeitsbereich.“
„Nach ihrer Scheidung, war denn da Regine die ganze Zeit Single? Ich habe ja ihren aktuellen Freund auf der Beerdigung nur ganz kurz gesehen, er hätte mir auch gefallen. Ein gut aussehender und sympathischer Mann.“

„Allerdings. Und eigentlich hatte er sich ursprünglich für mich interessiert."
„Woher weißt du das?"
„Ich habe ihn zuerst kennengelernt, auf einer Geburtstagsparty, aber sie hat ihn mir dann ausgespannt. Es war wie ein Déjà-vu zu meinem Erlebnis mit Kai. Aber schließlich hat sie ihre Strafe bekommen."
Petra wurde hellhörig und war auf einmal in höchstem Maße beunruhigt. „Was meinst du mit ‚sie hat ihre Strafe bekommen'?"
„Du hast schon richtig verstanden. Sie hat in Wahrheit nie mit ihm geschlafen."
„Woher willst du das wissen?"
„Weil sie es mir selbst gesagt hat. An jenem Abend hatte sie ihn zum ersten Mal zu sich nach Hause eingeladen. In unerträglicher Weise hat sie mir von ihm vorgeschwärmt. Mir wurde auf einmal klar, wer dieser Harald eigentlich ist. Während ich diese bescheuerten, zeitraubenden Akten zu bearbeiten hatte, hat sie sich einen schönen Abend machen wollen. Das war ungerecht."
„Erika, was redest du denn da?"
„Ich sage, wie es ist, meine Liebe. Wie ich schon eben feststellte, wir alle müssen für unsere großen und kleinen Sünden irgendwann bezahlen, auch du."
Petra fühlte sich zunehmend unwohler. Auf einmal gefiel ihr die Idee eines gemeinsamen Ausflugs in den Taunus überhaupt nicht mehr. Eine dunkle Ahnung keimte in ihr auf, die sich allmählich zu einem unaussprechlichen, ja fast undenkbaren Verdacht kristallisierte, so unvorstellbar, dass sie glaubte, den Verstand zu verlieren. Sie hielt es für klüger, sofort das Thema zu wechseln: „Was ist denn mit Bettina? Wie siehst du diesen Fall?"

KAPITEL 84

Am nächsten Morgen lagen sowohl der Haftbefehl für Erika Berghoff als auch der Durchsuchungsbefehl für ihre Wohnung vor. Die Beweislast war erdrückend. Indizien, Zeugenaussagen und Videobänder belegten, dass die Schulleiterin eine Mörderin war. Da die Polizei nicht von einer Fluchtgefahr ausgehen konnte, beschlossen Abbas und Holzapfel zusammen mit einem Streifenwagen zum Westendgymnasium zu fahren, weil sie damit rechnen durften, dass die Direktorin vormittags hier anzutreffen war. Sie sollte zunächst festgenommen werden, um dann anschließend mit ihr zusammen zu ihrer Wohnung zu fahren und den Durchsuchungsbeschluss zu vollstrecken. Abbas bat die beiden Polizeibeamten, zunächst vor dem Schulgebäude zu warten, und ging mit seiner Kollegin allein zum Sekretariat, um möglichst wenig Aufsehen zu erregen. Als sie nach einem kurzen Anklopfen das Sekretariat betraten, war nur eine der beiden Sekretärinnen im Raum, nämlich Frau Trampe. Sie erkannte die beiden Besucher und begrüßte sie freundlich. Aber dann sagte sie: „Sie wollen sicher zu Frau Berghoff, aber die kommt heute leider nicht, sie hat sich heute Morgen krank gemeldet."
„Scheiße", platzte Abbas heraus und er entschuldigte sich sogleich, weil er bemerkte, dass die Sekretärin irritiert in seine Richtung blickte, dann aber sofort ihren Blick wieder nach unten auf den Schreibtisch richtete. „Gut, dann bedanke ich mich. Komm, lass uns fahren."
Beide verließen im Eilschritt erst das Sekretariat, dann das Gebäude. Abbas rief im Präsidium an und beorderte Seidel und Schulze samt dem Durchsuchungsteam sofort zur Wohnung von Erika Berghoff. Den Streifenbeamten teilte er mit, dass sie so schnell wie möglich zur Wohnung der Schulleiterin in den Reuterweg müssten. Mit Blaulicht und Martinshorn brausten die Kollegen die Bockenheimer Landstraße Richtung Alte Oper, Abbas mit Holzapfel in seinem Wagen hinterher. Da sie nur wenige hundert Meter Weg zurückzulegen hatten, trafen sie vor dem Team aus dem Präsidium ein. Sie parkten direkt auf der Straße vor dem Haus, bemühten sich gar nicht erst, korrekt einzuparken. Am Polizeifahrzeug blieb das Blaulicht angeschaltet und signalisierte den Autofahrern schon von weitem, dass sich hier in kürzester Zeit ein Verkehrsstau bilden würde. Abbas läutete Sturm, aber niemand in der Wohnung reagierte. Er klingelte bei den anderen Bewohnern und irgendwann war der Türsummer zu hören,

sodass sie ins Treppenhaus konnten. Auch auf das Schellen und Klopfen an der Wohnungstüre hin wurde nicht geöffnet.
Abbas rief erneut im Präsidium an und sprach mit Riedel: „Veranlasse bitte, dass sofort eine Fahndung nach Erika Berghoff rausgeht, ach ja, und gib neben der Personenbeschreibung auch noch die Autonummer und den Wagentyp durch. Wahrscheinlich ist sie mit dem Auto weggefahren."
Das Durchsuchungsteam traf ein, und da ein entsprechend geschulter Beamter darunter war, konnte die Wohnungstüre innerhalb kürzester Zeit geöffnet werden.
Die Wohnung machte einen aufgeräumten Eindruck, ein kurzer Rundgang ergab, dass hier niemand hastig und übereilt aufgebrochen war, in der Küche war sogar das Frühstücksgeschirr ordentlich in der Spüle abgestellt, da die Spülmaschine offensichtlich gerade abgelaufen war und das saubere Geschirr noch darin stand. Die ganze Wohnung war tadellos aufgeräumt. Das Team ging routinemäßig und geübt vor, dennoch war das Augenmerk zunächst auf den Computer, auf Kleidung und mögliches Werkzeug gerichtet. Abbas fragte sich, was hatte die Schulleiterin vor? Wohin war sie verschwunden? Ahnte sie, dass die Beweislast so erdrückend war, dass sie keine Chance mehr hatte, der Justiz zu entkommen? Für den zweiten Mordfall gab es zwar sehr viele Indizien, die darauf hindeuteten, dass Erika Berghoff hier ebenfalls als Mörderin infrage kam, aber ein Motiv hatte man bisher nicht gefunden. Irgendetwas musste zwischen den beiden Frauen passiert sein, sodass die eine einen solchen Hass entwickelt hatte, dass sie zu einem Mord an der anderen fähig war. Eifersucht konnte es wohl kaum sein. Zum ersten Mal kam ihm die Idee, dass die Direktorin möglicherweise psychisch krank war, dass sie ihre Mitmenschen nicht objektiv danach beurteilte, wie sie agierten, sondern danach, wie sie deren Handlungen aus ihrer Sicht einschätzte. Lag hier möglicherweise eine narzisstische Persönlichkeitsstörung vor? Dann kam ihm ein Gedanke. Was wäre, wenn die Schulleiterin immer noch wütend auf Petra Peterson war? Sie war die dritte in der Viererrunde, die schon einmal eine tiefe emotionale Verletzung bei ihr ausgelöst hatte.
„Birgit, lass uns zur Wohnung von Frau Volkmar fahren. Martin und Bernhard, ihr bleibt bitte vorerst hier und überwacht die Durchsuchung, ach ja und ruft einer von euch bitte Sabine an. Sie soll in Erfahrung bringen, ob die Berghoff noch irgendwelche Verwandte hat." Dann eilten Holzapfel und er auch schon wieder runter zum Auto und machten sich auf den Weg

ins Nordend in die Koselstraße. Abbas vergeudete erst gar keine Zeit mit der Parkplatzsuche, sondern parkte seinen Wagen halb auf dem Bürgersteig in einer Einfahrt. Dann rannten sie beide zum Wohnhaus, und Abbas klingelte Sturm. Nach einer gefühlten Ewigkeit war der Türsummer zu hören und beide hasteten die Treppe hinauf zur Wohnung.
Frau Volkmar empfing sie in der Eingangstüre: „Guten Tag Herr Kommissar, was führt Sie zu mir?"
„Hallo, Frau Volkmar, tut mir leid, dass wir Sie so überfallen, aber wir suchen Ihre Tochter. Ist sie zu Hause, oder vielleicht bei Ihrem Mann?", brachte Abbas etwas außer Atem hervor.
„Nein, stellen Sie sich vor, sie macht einen Ausflug in den Taunus. Ihre ehemalige Studienfreundin, eine Erika Berghoff, hat sie heute Morgen so gegen neun abgeholt. Sie wollten zum Feldberg und anschließend irgendwo zu Mittag essen. Die Freundin wollte Petra sogar anschließend zu meinem Mann ins Krankenhaus fahren, ist das nicht nett?"
„Frau Volkmar, können wir kurz hereinkommen? Ich glaube, Ihre Tochter ist in großer Gefahr."

KAPITEL 85

Inzwischen fuhren die beiden Frauen auf der B 455 Richtung Taunus. Die Frage nach Bettina Werle-Reinhardt hatte Erika Berghoff zum Nachdenken gebracht. Schließlich hob sie zu einer Antwort an: „Regine und Bettina waren zusammen beim Staatlichen Schulamt, sozusagen Kolleginnen, sahen sich mehrmals in der Woche, arbeiteten häufig sogar zusammen, vor allem bei Stellenbesetzungen im Gymnasialbereich. Bettina unterstützte Regine, wo sie nur konnte, bei ihrem Vorhaben, mehr weibliche Lehrkräfte auf Führungspositionen zu befördern. Natürlich gibt es bei den Stellenbesetzungen eine sogenannte Bestenauslese. Aber wir alle wissen doch, dass das häufig relativ ist. Wer will schon so genau beurteilen, wer tatsächlich für eine bestimmte Stelle die qualifizierteste Person ist? Die Lebensläufe sind doch alle mustergültig, Fortbildungen in Hülle und Fülle werden als Beleg der Qualifikation angeführt, die dienstlichen Beurteilungen strotzen nur so von Superlativen. Aber es kommt eben auch auf die Persönlichkeit eines Menschen an. Manche sind für eine Führungsposition geeigneter als andere. Nicht immer, aber oft wird nicht nach Aktenlage, sondern nach einem fachdienstlichen Gespräch oder gar einem Überprüfungsverfahren entschieden. Und da gibt es durchaus Spielraum, glaub mir."

„Du bist natürlich von deiner Persönlichkeit geradezu geschaffen für eine leitende Stelle, allein wenn ich deine rhetorischen Fähigkeiten als Maßstab nehme."

Aber Erika schien das Kompliment gar nicht als solches aufzunehmen. „Ich habe die beiden beneidet, Regine konnte quasi zu Fuß zum Schulamt, und Bettina konnte die Termine so vergeben, wie es ihr passte, sie hatte noch ein Privatleben. Ich dagegen musste in der Schulinspektion immer von Woche zu Woche zu einer anderen Schule, manchmal in mittelklassigen Hotels übernachten, unter meinem Niveau, oder wenn die Schulen nahe genug an Frankfurt waren, täglich dorthin fahren. Dazu diese unendlichen Sitzungen in Wiesbaden. Irgendwann haben die beiden mich auf die Idee gebracht, dass ich mich doch auf eine Schulleiterstelle bewerben sollte. Sie meinten, dass ich das locker mit meiner Führungsqualifikation schaffen würde. Außerdem hatte ich ja durch die Schulinspektion einen guten Überblick, was von einem Schulleiter erwartet wurde. Mein Vorgesetzter bei der Schulinspektion hat mir eine wohlverdiente und exzellente Beurteilung geschrieben." Dann wurde ihr Tonfall plötzlich verbittert: „Überredet haben sie mich geradezu, meine anfänglichen Bedenken mit guten Argumenten hinweggefegt. Vor allem Bettina sagte, dass die Fahrerei, die ich ich so hasste, wegfallen würde. Und sie würde mich unterstützen, wenn ich an einer Schule in ihrem Zuständigkeitsbereich Chefin werden würde. Kurz und gut, ich habe mich beworben und wurde direkt im ersten Anlauf Schulleiterin am Westendgymnasium. Aber dann hat mich Bettina im Stich gelassen. Mein Schulleitungsteam war nicht vollständig besetzt, vor allem gab es keinen Stellvertreter, der für den Plan zuständig ist. Ich hatte von Anfang an puren Stress in jeder Hinsicht. Regine wurde von Bettina in jedem Vorhaben unterstützt, aber mich hat sie total hängenlassen. Immer neue Ausflüchte, warum die Stelle nicht besetzt wird, dabei wäre es ihr ein Leichtes gewesen, Tiefenthaler klarzumachen, wie wichtig und vorrangig die Besetzungen am Westendgymnasium sind. Aber sie hat ihren Verrat gebüßt."

Petra konnte nicht glauben, was sie da gerade hörte und allmählich realisierte sie, dass Erika offenbar auch etwas mit dem Tod von Bettina zu tun haben könnte. Sie fühlte eine beklemmende Angst in sich aufsteigen. Ein Gedanke schoss ihr durch den Kopf: Sie muss verrückt sein. In diesem Moment klingelte in ihrer Handtasche das Handy. Als sie sich nach unten bückte, reagierte die Schulleiterin sehr heftig: „Musst du da jetzt rangehen, wo wir gerade Wichtiges zu besprechen haben?" Aber ihre Mitfahrerin hatte bereits die Handtausche geöffnet und kramte umständlich nach ihrem Mobiltelefon und zog es noch umständlicher aus der Hülle. Mit Blick auf das Display sagte sie: „Es ist meine Mutter. O Gott, hoffentlich ist nichts mit meinem Vater." Dann meldete sie sich gar nicht erst mit ihrem Namen, sondern fragte sofort: „Mama, was gibt es, ist etwas mit Papa?"

Einen Moment saß sie schweigend da und hörte zu, was ihre Mutter ihr zu berichten hatte, dann beendete sie das Gespräch und legte das Handy in die Handtasche zurück, ohne sich die Mühe zu machen, es wieder in die Hülle zu stecken.

„Erika, wir müssen sofort umkehren. Die Uniklinik hat angerufen, meinem Vater geht es schlechter. Meine Mutter ist so aufgeregt, sie hat den Arzt gar nicht richtig verstanden, aber wir beide sollen am besten sofort kommen."

„Das wird wohl kaum möglich sein, meine Liebe. Wir beide sind noch nicht fertig, und außerdem, wo sollte ich hier denn wenden?"

„Erika, ich bitte dich, unser Gespräch kann ja wohl etwas warten, es geht um meinen Vater. Bitte kehre um, oder wenn du sauer bist, dann halte bitte an und lass mich aussteigen. Ich rufe mir ein Taxi und fahre allein zurück."

„Ich werde weder umkehren noch anhalten. Wir beide haben noch eine Rechnung offen. Dein Vater wird schon nicht gleich in den nächsten Minuten sterben."

Nacktes Entsetzen erfasste Petra, mit einem Mal begriff sie alles. Erika war die Hammermörderin, die ihre beiden früheren Freundinnen brutal ermordet hatte, und sie selbst schwebte nun in höchster Gefahr. Erika musste wahnsinnig sein. Fieberhaft zermarterte Petra sich ihr Gehirn und suchte nach einer rettenden Idee.

Abbas hatte Frau Volkmar die Situation erklärt, die alte Dame war so aufgeregt, dass sie beinahe handlungsunfähig war. Aber dann hatte sie die Anweisungen, die ihr der Kriminalbeamte gegeben hatte, genau befolgt, ihre Tochter angerufen und die Lüge von der Verschlechterung des Gesundheitszustandes ihres Mannes erzählt. Sie machte sich die bittersten Vorwürfe, dass sie nun ihre Tochter in unnötige Aufregung versetzt hatte. Abbas hatte ihr jedoch klargemacht, dass Petra sich möglicherweise auffällig anders verhalten würde, wenn man ihr gesagt hätte, dass dies nur eine Ausrede sein sollte. Zumindest wussten Sie, dass Petra noch am Leben war. Abbas und Holzapfel waren dann zum Präsidium zurückgefahren, wo umgehend eine Ringfahndung im Taunus ausgelöst wurde. Auf der Landstraße L3004 Richtung Feldberg und auf der B 455 Richtung Opelzoo waren Straßensperren veranlasst worden, falls Berghoff diesen Weg wählen würde. Dank dieser Sperren hoffte man, dass die flüchtige Schulleiterin nicht weit kommen würde.

Aber Abbas wusste, dass sie jederzeit einfach von der Straße in irgendeinen Waldweg abbiegen konnte und so äußerte er seine diesbezüglichen Bedenken: „Ich denke, Petra Peterson schwebt in höchster Gefahr." Dann an Sabine Riedel gerichtet: „Hast du etwas über lebende Verwandte in Erfahrung bringen können?"

„Es gibt einen älteren Bruder, aber der wohnt nicht in Frankfurt, sondern in Hamburg. Die Eltern sind beide schon tot. Weitere Verwandte habe ich nicht ermitteln können."

„Ich glaube auch nicht, dass sie aus Frankfurt fliehen wird. Ihr geht es um eine Art Bestrafung der Opfer. Das ist offenbar ihr vorrangiges Ziel. Ihre

Freundinnen Regine und Petra sollten büßen, dass sie vermeintlich ihre Beziehung zu einem Mann zerstört haben, was Bettina Werle-Reinhardt angeht, tappen wir noch im Dunklen, Eifersucht scheidet dabei wohl aus, aber es könnte etwas mit ihrer Funktion als Dezernentin zu tun haben. Die Direktorin scheint eine ausgeprägte Narzisstin zu sein", resümierte Abbas.
„Glaubst du, dass sie schlimmstenfalls sogar einen Unfall herbeiführen würde, bei dem sowohl sie selbst als auch ihre Beifahrerin Schaden erleiden würde?", fragte Riedel.
„Ich glaube, ihr geht es darum, dass sie das Opfer für etwas bestraft und erleben möchte, wie die Person die Strafe erhält. Bei einem Unfall wäre es für sie unkalkulierbar, ob das Opfer tatsächlich tot wäre und welche Verletzungen sie selbst erleiden könnte. Nein, ich halte diese Möglichkeit für sehr unwahrscheinlich. Was ich aber durchaus für realistisch halte, ist, dass sie, nachdem die letzte ihrer drei Freundinnen bestraft ist, sich selbst etwas antun könnte, um einer Verhaftung zu entgehen."
In diesem Moment klingelte sein Handy, er schaute auf das Display und sah eine englische Mobilfunknummer. Abbas nahm das Gespräch an, meldete sich aber nicht. Er hörte Fahrgeräusche und einen heftigen Wortwechsel von zwei Frauen. Er legte seine Hand über das Mikrophon und sagte: „Das ist Petra Peterson. Offenbar ist es ihr irgendwie gelungen, einen Rückruf zu mir zu aktivieren. Schnell, wir brauchen eine Handyortung. Gefahr im Verzug, wir verzichten auf eine richterliche Genehmigung. Ich nehme das auf meine Kappe." Er nahm ein Blatt Papier und kritzelte hastig die Mobilfunknummer darauf. Seidel nahm das Blatt, sprang sofort auf, um dieser Anweisung Folge zu leisten, und telefonierte mit der entsprechenden Abteilung. Abbas konnte nicht jedes Wort verstehen, aber er war sich sicher, dass das Auto in diesem Moment noch fuhr, was er als gutes Zeichen interpretierte. „Wir brauchen eventuell einen Hubschrauber, wenn die Ortung steht", flüsterte er Schulze zu, der nun seinerseits sofort aktiv wurde, um die betreffende Bereitschaft der Polizeifliegerstaffel zu alarmieren. Die Minuten vergingen wie eine Ewigkeit, bis die Meldung kam, dass man das Handy geortet hatte. Leider waren die Funkzellen im Taunus relativ groß, aber das Mobiltelefon bewegte sich auf der Landstraße L 3004 in Richtung Großer Feldberg. Abbas beorderte die Einsatzfahrzeuge der Polizei dorthin, und der Hubschrauber flog ebenfalls zum Taunus. Seidel und Schulze machten sich ebenso auf den Weg, während er die Telefonverbindung mit der Engländerin hielt.

KAPITEL 86

Petra war in Panik, trotzdem versuchte sie, einen einigermaßen klaren Kopf zu behalten. Sie konnte nicht einfach aus einem fahrenden Auto springen, solange die Geschwindigkeit noch so hoch war. Dann kam ihr eine Idee. Der Kriminalkommissar hatte sie vor kurzem doch angerufen, seine Nummer war also noch auf dem Handy in der Anruferliste gespeichert. Vielleicht konnte sie an ihre Handtasche gelangen und einen Rückruf aktivieren? Dann könnte man vielleicht das Gespräch mithören, oder im besten Fall sogar das Handy orten. Aber Petra hätte sie nicht so einfach hochheben können, Erika hätte sie ihr bestimmt aus der Hand gerissen, sie war ihr körperlich eindeutig überlegen, so sportlich durchtrainiert, wie sie wirkte. Sie musste zu einer List greifen und brauchte einen Vorwand, die Tasche vom Fußraum hochzuheben. „Erika, ich bekomme einen Migräneanfall, das ist der Stress. Ich muss eine Tablette nehmen, ich habe immer welche dabei."

Ehe die Fahrerin reagieren konnte, weil sie beim kurvenreichen Verlauf der Landstraße die Hand nicht vom Steuer nehmen konnte, hob Petra ihre Tasche auf und kramte vermeintlich nach den Tabletten. Dabei entsperrte sie geschickt mit dem Zeigefinger ihr Handy, die Anruferliste war noch offen, weil gerade eben ihre Mutter angerufen hatte. Sie scrollte blitzschnell zur Nummer des Kommissars und aktivierte durch einen verstärkten Fingerdruck den Rückruf. Dann tastete sie nach einer Packung Kopfschmerztabletten, die sie zum Glück fast immer dabeihatte, und drückte eine Tablette aus der Aluminiumumhüllung. Sie nahm die Tablette, sodass Erika diese sehen konnte und steckte sie sich in den Mund. Ihre Handtasche ließ sie auf ihrem Schoß liegen. Sie sammelte etwas Speichel im Mund und würgte sie, mehr als dass sie schluckte, herunter. Erika war arglos, zumindest schien sie nichts bemerkt zu haben. Petra betete innerlich, dass der Angerufene sich nicht laut meldete, sodass man seine Stimme aus der Handtasche hätte hören können.

„Dass du diese Tablette einfach so ohne Wasser runterkriegst, ich bin beeindruckt."

„Erika, warum Bettina, was um Himmels willen hat sie dir angetan?"

„Du verstehst nicht, sie hat mich im Stich gelassen. Sie wollte mir einfach nicht helfen!.Regine dagegen hat sie stets in allem unterstützt, aber mich hat sie hängenlassen. Sie konnte ihre Arbeitszeit frei wählen, sie setzte die

Termine, sie konnte außerhalb der Ferien in den Urlaub fahren, sie feierte Überstunden problemlos ab. Sie besaß Macht!" Die Schulleiterin betonte ausdrücklich dieses für sie so bedeutungsvolle Wort. „Ich dagegen musste für zwei arbeiten: Stundenplan, jedes Halbjahr dasselbe Drama, diese immer schwierigere Elternarbeit, ständig Konferenzen, die ich leiten musste, dazu Schulprogramm und Schulentwicklung, dieses komplizierte Schulbudget mit Landesmitteln und städtischen Geldern. Ich musste springen, wenn das Schulamt es wollte, nein, wenn Bettina es wollte. Dazu diese überaus nervigen und anstrengenden Sitzungen mit dem Personalrat, der unentwegt Rechte für das Kollegium einforderte, dabei bin ich doch die Chefin! An jenem Abend war das Maß voll, ich wollte ihr eine letzte Chance geben, aber sie sagte immer nur, dass sie nichts machen könnte."

„Erika, aber deshalb bringt man doch niemanden um! Es gibt für alles eine Lösung."

„Sie hätte es in der Hand gehabt. Hätte sie mir an jenem Abend zugesagt, dass zum neuen Schuljahr die vakante Stelle mit einem neuen Stellvertreter besetzt wird, der mir endlich diesen unerträglichen Ballast der Organisation vom Halse schafft, dann wäre sie vielleicht noch am Leben. Je älter und reifer ich werde, desto mehr kapiere ich, dass meine sogenannten besten Freundinnen in Wahrheit gar nicht meine Freundinnen waren."

Als auf der linken Seiten plötzlich ein unbefestigter Weg sichtbar wurde, bog die Direktorin ab und fuhr, durch die Wipfel der Bäume verdeckt, tiefer in den Wald hinein. Petra wurde es noch mulmiger zu Mute. Was hatte ihre frühere Kommilitonin und ehemalige Freundin vor? Wollte sie hier mit ihr abrechnen? Sollte sie versuchen, aus dem Auto zu springen, wenn die Geschwindigkeit sich weiter verringerte? Sie betätigte den elektrischen Fensterheber und öffnete das Fenster der Beifahrertüre. Dann fragte sie mit beinahe zitternder Stimme: „Wo fahren wir hin?"

„Da, wo wir ungestört sind. Lass dich überraschen." Nach ein paar Minuten, Petra hatte jedes Gefühl verloren, wie weit sie von der Landstraße entfernt waren, hielt Erika unvermittelt an und stellte den Motor aus, ließ jedoch die Zündung an. Sofort betätigte die Engländerin den Türöffner, stellte aber fest, dass die Türe durch die Zentralverriegelung blockiert war.

„Wenn ich darum bitten dürfte, Teuerste, unterlass das bitte", sagte Erika mit einem harten Unterton in der Stimme. „Wo willst du denn, bitte schön, mit deinen Schuhen hier hin?"

In der Tat hatte Petra Pumps mit einem zwar einigermaßen flachen Absatz an, aber auf diesem Waldweg oder gar quer durch die Bäume würde sie damit nicht weit kommen. Erika trug bequeme Sneakers und hätte sie locker jederzeit einholen können, falls sie auf die Idee käme, davonzulaufen. Aber dann fiel ihr ein, dass sie ja noch die kleine Dose Pfefferspray in ihrer Handtasche hatte. Diese war zwar schon älter und Petra hatte sie noch nie benutzt, vielleicht könnte ihr jetzt deren Einsatz einen kleinen, aber entscheidenen Vorsprung verschaffen, falls sie Erika für einen Moment außer Gefecht setzten könnte. Petra tastete vorsichtig mit der Hand in ihrer offenen Handtasche herum, was jedoch sofort bemerkt wurde. Gerade als sie die Spraydose zu fassen bekam, entriss Erika ihr die Handtasche, und das Handy fiel heraus. Sie starrte auf das Display, als es sich beim Sturz in den Fußraum erhellte, und Erika realisierte, dass eine Telefonverbindung gehalten wurde. Die Schulleiterin war nie dankbarer als in diesem Moment, dass sie sich beim Kauf für eine Automatikversion ihres Autos entschieden hatte. Sie nahm einen Moment den rechten Fuß vom Gas, ersetzte ihn durch den Linken und mit einem kräftigen Fußtritt des rechten Fußes trat sie auf das Display des Handys, sodass es zersplitterte und auch die gehaltene Verbindung abrupt unterbrochen wurde. Jetzt oder nie, durchschoss Petra ein Gedanke. Es musste jetzt alles rasend schnell gehen. Sie hatte das Pfefferspray in der Hand, hob den Arm und betätigte die Sprühdüse in Erikas Richtung, während diese noch mit dem Handy beschäftigt war. Zwar traf der Sprühstoß nicht frontal auf die Augen, aber tat auch von der Seite seine Wirkung. Erika schrie auf, war einen Moment wie geblendet, rieb sich die Augen. Blitzschnell betätigte Petra den Entriegelungsknopf, löste den Sicherheitsgurt und öffnete die Beifahrertüre. Erika tastete wie eine Blinde umher, aber da war Petra schon draußen. Nach Hilfe schreiend, begann sie, so schnell sie konnte, den Weg zurück in Richtung der Landstraße zu laufen. Sollte sie sich irgendwo verstecken? Oder sollte sie sich auf einen Wettlauf einlassen, den sie mit hoher Wahrscheinlichkeit verlieren würde? Aus der Ferne glaubte sie das Geräusch eines Hubschraubers durch die Bäume hindurch zu hören. Dann hörte sie auf zu schreien, sie musste in Deckung gehen.

Abbas bemerkte, dass das Fahrzeug offensichtlich zum Halt gekommen war, man hörte keine Motorgeräusche mehr. Statt dessen konnte er jetzt deutlicher die Stimmen der beiden Frauen wahrnehmen, ohne jedoch im Detail zu verstehen, worüber gesprochen wurde. Er lauschte konzentriert den Geräuschen und Stimmen, als plötzlich die Verbindung unterbrochen war. „Scheiße." Er erkundigte sich bei den Kollegen, wo der letzte Ortungspunkt gewesen war, dann rief er Schulze auf dem Handy an, um ihm diesen mitzuteilen. Außerdem informierte er die Kollegen, dass die Verbindung weg war, weil entweder die Berghoff offensichtlich das Telefonat bemerkt und unterbrochen oder aber der Wagen in einem Funkloch die Verbindung zum Netz verloren hatte. Spontan beschloss er, zusammen mit Holzapfel ebenfalls in den Taunus zu fahren. Die Landstraßen waren inzwischen abgesperrt, die Berghoff hätte keine Chance, entweder den Feldberg zu erreichen oder nach Frankfurt umzukehren, aber natürlich konnte sie jederzeit noch auf einen schmalen Waldweg abgebogen sein, der von der Sperre nicht erfasst war. Dennoch, irgendwann musste sie wieder auf eine Landstraße treffen und spätestens dann wäre kein Weiterkommen mehr möglich. Seine Hoffnung ruhte jetzt auf dem Hubschrauber, aber es war natürlich klar, dass bei dem dichten Grün der Baumwipfel ein Auto nicht so leicht zu entdecken war, wenn es sich auf einem Waldweg befand.

Erika Berghoff hatte hinter dem Beifahrersitz eine Flasche stilles Mineralwasser, nach der sie nun halbblind tastete und sich dann großzügig Wasser über ihre brennenden Augen schüttete, nachdem sie diese endlich gefunden hatte. Als die Direktorin wieder halbwegs verschwommen sehen konnte, fand sie auch die Plastiktüte, die ebenfalls im Fußraum vor der Rückbank lag. Sie zog sie zu sich nach vorne und griff hinein, um einen schweren Hammer daraus hervorzuziehen. Mit festem Griff packte sie den Holzstil und entstieg durch die Fahrertüre ihrem SUV. Erika machte sich gar nicht erst die Mühe, die Latexhandschuhe überzuziehen. Es ging jetzt ums Ganze, ihre Wut war beinahe grenzenlos. Von Petra war weit und breit nichts zu sehen. War sie so weit gelaufen, dass sie sich schon außer Sichtweite befand? Nein, das konnte nicht sein. So lange war sie selbst durch das Pfefferspray auch nicht beeinträchtigt gewesen, als dass ihr potentielles Opfer so weit gekommen wäre. Hatte sich Petra etwa versteckt? Suchend schaute sie nach rechts und links, aber ihre Augen hatten immer noch nicht die volle Sehkraft und durch einen Schleier von Tränen konnte sie nur undeutlich im eher dunklen Unterholz etwas erkennen. Sie drehte sich um, beugte sich in ihr Auto und zog den Zündschlüssel ab. Dann verriegelte sie das Fahrzeug per Fernbedienung und ging langsam auf dem Weg, auf dem sie zuvor gekommen waren. In der rechten Hand hielt sie den Hammer. In etwa siebzig Meter Entfernung erspähte sie auf der rechten Seite einen Stapel mit Holzstämmen, der eine Versteckmöglichkeit geboten hätte. Zum Glück drang wenig Sonnenlicht auf den Waldweg. Denn nur mit Mühe konnte sie die Augen halb geöffnet halten und schritt langsam darauf zu. Als sie ihn erreicht hatte, bog sie mit der linken Hand die großen Farne beiseite und schlich seitlich hinter den Holzstoss. Nichts! Weit und breit war niemand zu sehen. Aber sie vernahm nun deutlich die Motorengeräusche eines Hubschraubers. Wen hatte Petra angerufen? Sie konnte unmöglich eine Nummer gewählt haben, schon gar nicht die der Polizei. War ihre Mutter misstrauisch geworden? Jedenfalls erschien es nur zu plausibel, dass der Hubschrauber etwas mit ihr zu tun haben könnte. Sicher war die Polizei inzwischen in der Schule gewesen und hatte erfahren, dass sie nicht zum Dienst erschienen war. Dieser schlaue Kommissar hatte wahrscheinlich die richtigen Schlüsse gezogen. Aber woher sollten sie wissen, dass sie sich im Taunus befand? Das ergab keinen Sinn in ihren Augen.

Petra hatte den Holzstoß ebenfalls gesehen, aber diese einzige Versteckmöglichkeit sofort wieder verworfen, weil ihr klar war, dass Erika als Erstes dort nachschauen würde, wenn sie die Verfolgung aufnehmen würde. Stattdessen war sie links des Weges zwischen die Bäume in die Finsternis des Nadelwaldes gegangen und hatte sich in einiger Entfernung dicht an einen rauen Fichtenstamm gepresst. Zum Glück hatte sie heute Morgen keine helle Bluse angezogen. Sie baute darauf, dass Erika mit ihren tränenden Augen keine Einzelheiten in der Dunkelheit des Unterholzes erkennen konnte. Sie hoffte, dass ihre Verfolgerin hinter dem Holzstoß nachschauen und dann frustriert weiter in Richtung Landstraße suchen würde. Wenn sie hinter der nächsten Biegung des Weges verschwunden wäre, dann wollte sich Petra zurück zum Auto schleichen. Wenn der Hubschrauber wirklich nach ihr suchte, dann wäre das Auto leichter zu entdecken gewesen als eine einzelne Person. Hatte der Kriminalkommissar die richtigen Schlüsse gezogen? War er vielleicht zu ihrer Mutter gefahren? Was war mit ihrem Vater? Wie schlecht ging es ihm inzwischen? Sie betete inständig, dass sie hier lebend herauskommen würde und so schnell wie möglich noch einmal ihren Vater sehen und in die Arme schließen könnte. Sie wagte es kaum, tief zu atmen. Plötzlich spürte sie auf ihrem Unterarm ein Kribbeln. Als sie nach unten blickte, sah sie mit Entsetzen eine dicke, fette Spinne, die vom Stamm her auf sie gekrabbelt war. Ihre

Angst vor Spinnen war in diesem Moment größer als die Bedrohung durch Erika, und sie stieß einen schrillen Ekelschrei aus, schüttelte das Tier von sich ab und realisierte im selbem Moment, dass sie genau dadurch ihre Tarnung gegenüber Erika aufgegeben hatte. Sie verbarg sich sofort wieder hinter dem Stamm und hoffte inständig, dass Erika in der falschen Richtung nach ihr suchen würde.

Erika bewegte sich sehr langsam hinter dem Holzstapel entlang, hielt sich mit ihrer linken Hand immer wieder fest, um nicht auf dem unebenen Waldboden zu straucheln. Das hätte ihr jetzt gerade noch gefehlt, dass sie sich ihren Knöchel verstauchen würde. Als sie frustriert am Ende des Fällholzes angekommen war und wieder auf den Weg zurückging, um weiter zu suchen, fuhr sie zusammen, als sie den spitzen Schrei einer Frau hörte. Sie schaute sich um, konnte aber niemanden sehen. Trotzdem, sie war sich ziemlich sicher, dass er von der anderen Seite des Weges aus dem Wald gekommen war. Ihre Augen brannten immer noch, tränten unentwegt, sie konnte so gut wie nichts außer den fast kahlen Stämmen der Bäume erkennen. Die Kronen waren so dicht, dass kaum ein Sonnenstrahl nach unten gelangen konnte. Ganz langsam betrat sie das Waldstück jenseits des Weges, umklammerte den Holzstiel ihres Hammers fester und arbeitete sich Schritt für Schritt tiefer in den Wald.

Petra hörte das Knacken der kleinen Zweige und das Rascheln der Nadeln unter den festen Tritten ihrer Verfolgerin, die nun offenbar in ihrem Teil des Waldes die Suche aufgenommen hatte. Ganz vorsichtig drehte sie sich zur Seite und spähte hinter dem Stamm hervor zum Weg hin. In vielleicht zwanzig Meter Entfernung sah sie Erika. Ihre Augen waren geschwollen und tränten, die Augenpartien waren rot und die Tränen hatten ihre Wimperntusche wie in kleinen Rinnsalen über das Make-up der Wangen herunterlaufen lassen. Erikas Gesicht sah schrecklich aus, es wirkte mehr wie eine Fratze, eine schreckliche Maske für eine Horrorparty an Halloween. Wenn sie noch näher käme und Petra in den Bereich des Hammers gelangen würde, dann wäre es um sie geschehen. Daher nahm Petra ihren ganzen Mut zusammen, der Gedanke, dass sie ihren Vater wiedersehen wollte, ihren geliebten Robert, verlieh ihr eine Kraft und Entschlossenheit, die sie sich bis jetzt selbst nicht zugetraut hätte. Sie bewegte sich so um den runden Stamm, dass dieser ihr Sichtschutz gegenüber Erika verlieh. Als diese immer näher kam, umklammerte Petra fest die Dose mit dem Pfefferspray, die sie die ganze Zeit über noch in der Hand behalten hatte. Jetzt war die potentielle Mörderin weniger als drei Meter von ihr entfernt. Sie sprang hinter dem Baum hervor, ging blitzschnell zwei Schritte auf ihre Widersacherin zu und hob den Arm.

Der Spraystoß traf Erika frontal ins Gesicht, und Petra drückte die Düse so lange, bis die Dose leer war. Die Getroffene schrie wütend auf, fuchtelte hilflos mit den Armen in der Luft, schlug wild um sich, und traf mit dem Hammer Petras linke Schulter, weil sie ihr nicht schnell genug ausweichen konnte. Ein jäher entsetzlicher Schmerz durchfuhr die zierliche Frau, aber das Adrenalin unterdrückte die nächste Woge stumpfen, pochenden Schmerzes. Sie ließ die Spraydose fallen und drehte sich um. Sie hielt mit der rechten Hand ihren Arm, den sie nur noch unter größtem Schmerz bewegen konnte, denn ihr Schultergelenk war durch den Hammerschlag schwer verletzt. Sie rannte durch das Meer von Fichtenstämmen, kümmerte sich nicht um Kratzer oder Blessuren, die ihr kleinere Äste beibrachten. Auf dem Waldweg angekommen, zog sie ihre Schuhe aus und rannte in Strümpfen, so schnell sie nur konnte, weg, um so viel Raum wie möglich zu Erika zu gewinnen. Es waren vielleicht nicht ganz hundert Meter bis zur nächsten Biegung. Sie merkte, wie ihr die Puste ausging, sodass sie ihr Tempo verlangsamen musste. Hinter sich hörte sie die schreiende Erika, sie drehte sich um und sah, dass die sich in Richtung Auto bewegte, also weg von ihr. Einen Moment blieb sie daher stehen, verschnaufte. Vielleicht würde sich Erika noch einmal mit dem Mineralwasser Linderung für die verätzten Augen holen, vielleicht würde sie sogar mit dem Auto die Verfolgung aufnehmen. Mit vermindertem Tempo setzte sie sich wieder in Bewegung und kam um die Biegung. Von Weitem sah sie das Blaulicht eines Polizeifahrzeuges auf sich zukommen, dahinter folgte ein weiterer Wagen. Erleichterung machte sich breit, die Hoffnung wich der Gewissheit, dass sie nun bald in Sicherheit sein würde. Das Auto stoppte wenige Meter vor ihr, eine Polizistin sprang aus der Beifahrertüre, ihr Kollege aus der Fahrertüre.

„Hilfe, bitte, meine Schulter“, brachte sie stöhnend hervor. „Berghoff ist dahinten, hinter der Kurve, aber Vorsicht, sie hat einen Hammer.“ Das zweite Fahrzeug stoppte und Seidel und Schulze stiegen aus. Beide liefen sofort im Eilschritt in die bezeichnete Richtung, zogen ihre Dienstwaffen. Über Funk rief die Beamtin einen Krankenwagen, dann holte sie eine Decke, damit sich Petra hinlegen konnte, und untersuchte die Wunde. Ihr Kollege lief den beiden Kriminalbeamten hinterher.

Erika Berghoff hatte mit dem letzten Rest Mineralwasser noch einmal ihre höllisch brennenden Augen gespült. Sie erschreckte sich selbst, als sie aus den Augenschlitzen in den Rückspiegel ihres Autos schaute. Sie hatte verloren. Ausgerechnet die Person, auf die sie das Scheitern ihres Privatlebens seit der Studienzeit zurückgeführt hatte, war ihrer gerechten Strafe entgangen. Sie empfand das als ungerecht. Alle hatten sie letztlich enttäuscht, hatten nicht verstanden, dass sie nach einer beruflichen Position strebte, die ihr die Macht gab, die ihr zustand. Es tat ihr nicht eine Sekunde leid, dass sie zwei Menschen das Leben genommen hatte. Die eine hatte ihr wieder eine neue Beziehung zerstört, die so schön hätte werden können. Die andere hatte sie im Stich gelassen und sie vor den Augen des Personalrats und des Kollegiums bloßgestellt, weil nur zu offensichtlich war, dass die Schulorganisation nicht ihre große Stärke war. Als die beiden Kriminalbeamten ihr Auto erreichten, leistete sie nicht mehr den geringsten Widerstand. Seidel legte ihr dennoch Handschellen an, dann riefen sie einen zweiten Krankenwagen.

KAPITEL 87

Abbas hatte sein Team noch einmal zusammengerufen, ehe er gemeinsam mit dem Oberstaatsanwalt die Öffentlichkeit in einer Presseerklärung über die Verhaftung informieren würde. Der Doppelmord war aufgeklärt, ein dritter geplanter Mord verhindert worden. Sichtlich stolz präsentierte sich der Teamchef daher auch seinen Mitarbeitern. Die Hausdurchsuchung hatte ergeben, dass sich in einer alten, hölzernen Werkzeugkiste noch ein Schraubenzieher befunden hatte, der die gleichen blauen Farbspritzer aufwies, die schon am Stiel der zweiten Mordwaffe entdeckt worden waren. Im Arbeitszimmer der Direktorin befand sich noch die gleiche Charge Druckerpapier, aus der der Bogen für den anonymen Brief genommen worden war. Im Kleiderschrank hingen sogar mehrere Kleider mit Blumenmuster. Die Auswertung der Handydaten und Videobänder lieferte objektive Beweise, die sich zu einem Gesamtbild fügten. Die Schulleiterin war zur Tatzeit an beiden Tatorten. Zwar gab es aufgrund des natürlichen Todes von Dr. Winter keine Zeugenaussage mehr, aber die von Isabelle Fernandez würde hilfsweise auch genügen, um zu belegen, dass sie im Gebäude des ersten Verbrechens gewesen war. Die gründliche Beobachtung des Zeugen Franz Wilde überführte Erika Berghoff neben Indizien und Motiv auch des zweiten Mordes. Am wichtigsten war jedoch die Aussage von Petra Peterson, der ja die Mörderin quasi beide Verbrechen während der Autofahrt gestanden hatte, wohl in der Erwartung, dass sie mit ihrem Wissen nichts mehr würde anfangen können. Sie hatte eine Bankart-Mehrfach-Fraktur der linken Schulter erlitten und war noch am selben Tag in der Unfallklinik operiert worden. Erika Berghoff war nach ärztlicher Versorgung in Untersuchungshaft in die Frauenhaftanstalt in Preungesheim genommen worden, da Fluchtgefahr bestand.
Abbas fasste noch einmal zusammen: „Am Abend des 17. Juni erlangte Erika Berghoff Zutritt zur Wohnung ihrer Freundin, erschlug das erste Opfer mit einem Fäustel, den sie zuvor am Nachmittag in einem Baumarkt in der Mainzer Landstraße erworben hatte. Chatprotokoll des Messengerdienstes und Telefonat belegen ebenso wie die Beobachtung des Hauses über einen längeren Zeitraum, dass die Mordabsicht sich im Laufe des Tages konkretisierte und die Tat vorsätzlich und nicht im Affekt ausgeübt wurde. Unmittelbar nach dem Mord floh die Täterin über die Tiefgarage, wo sie von der Zeugin Isabelle Fernandez gesehen wurde, verließ den Tat-

ort zu Fuß und entsorgte die Tatwaffe auf der Westhafenbrücke im Main, wobei sie auch hier von der verstorbenen Zeugin Dr. Winter beobachtet wurde. Klares Motiv war in diesem Fall die krankhafte Eifersucht auf die Beziehung von Regine Schwarz zu einem Mann, von dem Erika Berghoff in irrwitziger Weise annahm, sie hätte mit ihm eine Beziehung aufbauen können. Hat jemand noch Fragen?"
Nachdem niemand eine Zwischenfrage gestellt hatte, fuhr Abbas fort: „Der anonyme Brief sollte den Anschein erwecken, als gäbe es auch eine Bedrohung für die Schulleiterin, also sozusagen einen großen Unbekannten, der die Frauen möglicherweise aus einem anderem Grund bedroht und sollte uns in die Irre führen. Irgendwann entstand der Plan für den zweiten Mord. Auch hier ist von Vorsatz auszugehen, da die Tatverdächtigte die Mordwaffe mit zum Tatort brachte. Aber auch für die zweite Tat entstand die Tötungsabsicht offenbar erst am 2. Juli im Laufe des Tages oder Abends, denn die Täterin verließ ihr nächstes Opfer sogar, um die Mordwaffe aus ihrem Wagen zu holen und den Mord zu begehen. Die genaue Beobachtung des Zeugen Wilde belegt dies. Um einen möglichen Nachahmungstäter vorzutäuschen, verwendete sie einen alten, gebrauchten Hammer, aber nicht genau dasselbe Modell wie beim ersten Fall. Außerdem verschickte sie eine irreführende Textnachricht vom Handy der Ermordeten, nachdem sie mit deren Finger das Mobiltelefon entsperrt hatte. Auch hier wieder ein Ablenkungsmanöver. Als Motiv kommt dabei höchstwahrscheinlich infrage, dass sie ihre Position als Schulleiterin dadurch gefährdet sah, dass ihr die organisatorische Leitung im Alltag zunehmend Probleme machte und sie sich nicht genügend von ihrer Freundin und Vorgesetzten beim Staatlichen Schulamt unterstützt fühlte. Erika Berghoff leidet möglicherweise an krankhaftem Narzissmus, das wird ein ärztliches Gutachten klären müssen. Es wurde wegen Fluchtgefahr Untersuchungshaft beantragt und von einem Richter genehmigt." Er schaute sich fragend um, aber niemand unterbrach ihn. „Durch einen unglücklichen Zufall traf die Direktorin auf eine ehemalige Kommilitonin und in ihren Augen Feindin aus der Studentenzeit, mit der sie ebenfalls noch eine Rechnung wegen einer Liebelei offen hatte. Erneut gehe ich von Vorsatz aus, da sie eine mögliche Tatwaffe mit auf den Ausflug genommen hat. Hier ist allerdings nur ein versuchtem Mord zu unterstellen, da es lediglich zu einer sehr schweren Körperverletzung kam, von der sich das Opfer jedoch erholen wird."

Nachdem er geendet hatte, bekundeten alle ihren Beifall, indem sie mit den Fäusten auf der Tischplatte trommelten, und Abbas lächelte stolz und zufrieden in die Runde seiner Kollegen. „Ohne euch hätte ich das nie geschafft. Ich danke euch allen sehr, dass ihr mich so toll unterstützt habt. Die Sitzung ist geschlossen. Für heute könnt ihr Feierabend machen."
Seidel schlug vor, ob sie noch irgendwo gemeinsam etwas trinken wollten, was die anderen aber nicht mit übertriebener Begeisterung quittierten. Bernhard Schulze ging kurz auf dem Flur und ergriff die willkommene Gelegenheit, um Isabelle Fernandez anzurufen. Und ehe ihn der eigene Mut wieder verließ, beschloss er, es unmittelbar zu tun und wählte daher ihre Nummer. Bereits beim zweiten Klingelton hob sie ab.
„Isabelle Fernandez. Guten Tag."
„Bernhard Schulze hier."
„Na, das nenne ich eine Überraschung. Wie geht es dir? Kommt ihr gut voran? ich habe ja schon gar nicht mehr damit gerechnet, dass du dich noch einmal meldest."
„Ich hatte wirklich sehr viel um die Ohren, tut mir leid. Aber jetzt lässt der Stress etwas nach. Der Fall ist gelöst, der Mörder ist sozusagen hinter Schloss und Riegel."
„Wirklich! Dann meine Gratulation zum erfolgreichen Abschluss. Wer ist es denn, jemand aus der Unterwelt?"
„Du wirst es wahrscheinlich heute Abend in den Lokalnachrichten erfahren. Es gibt bald eine Pressekonferenz, aber ich kann und darf dir jetzt im Augenblick noch nichts sagen.Falls du allerdings mit mir essen gehen würdest, dann darf ich das vielleicht später."
„Brauchst du wirklich so einen Grund, um mit mir essen zu gehen?"
„Es war ein Scherz. Nein, im Ernst, seit dem Abend damals gehst du mir nicht mehr aus dem Kopf. Und der Abend endete ja für uns beide sehr abrupt. Ich würde gerne da anknüpfen, wo wir letztes Mal aufgehört haben." Sagte er das jetzt wirklich? Das war ziemlich eindeutig. Aber zu seinem Erstaunen war Fernandez überhaupt nicht pikiert, im Gegenteil, sie ging sogar voll auf die Steilvorlage ein.
„Das Angebot nehme ich gerne an. Ich schlage vor, heute um 19.30 Uhr bei mir zu Hause. Ich mache uns eine winzige Kleinigkeit zum Essen, aber erwarte bitte nicht zu viel."
„Abgemacht, dann bringe ich was zum Trinken mit, irgendwelche Wünsche?"

„Wie wäre es mit Champagner? Du hast ja allen Grund etwas zu feiern, oder?“
Schulze zuckte innerlich gleich zusammen, als er das Wort „Champagner“ hörte, weil er gleich an den Preis denken musste. Aber andererseits, man lebt nur einmal, und wenn das Essen wirklich so abliefe, wie er es sich erhoffte, dann war das allemal eine Flasche Schampus wert. „Also Schampus, ich freue mich. Bis später.“
Holzapfel war froh, endlich wieder einmal ein normales Wochenende mit ihrem Freund verbringen zu können und hatte beschlossen, den frühen Dienstschluss zu nutzen, um stressfrei einen Großeinkauf in Sachen frischer Lebensmittel zu tätigen. Sie würde anschließend für sie beide etwas Tolles kochen und den Abend gemütlich auf der Couch oder im Bett ausklingen lassen.
Riedel überkam die spontane Idee, den beruflichen Erfolg mit einem sexuellen Abenteuer zu feiern und entschloss sich, später an Abbas eine entsprechende Nachricht zu schicken, wenn er seine Pressekonferenz überstanden hatte.
Seidel war aber auch nicht unfroh darüber, dass sein Vorschlag nicht mit der Begeisterung aufgenommen worden war, die er sich erhofft hatte. Er war nun einmal eher ein Vereinstyp, der Geselligkeit liebte, und Kollegen waren nun mal Kollegen und keine guten Kumpel. Er würde heute einige Bahnen früher nach Hause fahren können und freute sich darauf, dass er vielleicht schon ab der Hauptwache einen Sitzplatz in der S-Bahn haben dürfte. Es sind die kleinen Dinge, die uns das Leben schöner machen.

KAPITEL 88

Jürgen Reinhardt saß mit seinen beiden Töchtern Kerstin und Martina im Wohnzimmer, um den Ablauf der bevorstehenden Beerdigung zu besprechen. Die Atmosphäre zwischen Vater und Töchtern war angespannt und die kleinsten Einzelzeiten in Bezug auf die Zeremonie der Trauerfeier und den Blumenschmuck führten zu Grundsatzdiskussionen darüber, ob dem Vater als Ehemann überhaupt noch ein Mitspracherecht einzuräumen sei, da er doch offensichtlich die Trennung von seiner Ehefrau beabsichtigt hatte. In diese durchaus lautstark geführte Diskussion platzte Benjamin Orth herein, der in der Küche ein kleines Abendessen vorbereitete und im Radio soeben die Nachricht vernommen hatte, dass die Mörderin gefasst sei und es sich um niemand anderen handelte als die Schulleiterin des Westendgymnasiums. Sofort war er ins Wohnzimmer geeilt, um der Familie die Botschaft zu überbringen: „Leute, ihr werdet es nicht glauben. Gerade kam in den Nachrichten, dass der Mörder eurer Mutter gefasst wurde. Es ist eine Direktorin namens Erika B."

„Du musst dich verhört haben!", konterte Herr Reinhardt sofort ungläubig. „Das ist ausgeschlossen. Erika Berghoff ist eine langjährige Freundin von Bettina gewesen, sie kennen sich seit der Studienzeit, sie war es, die Bettina als letzte lebend gesehen hat an jenem Abend. Nein, das ist ausgeschlossen. Warum sollte sie zu einer Mörderin werden? Welches Motiv um Himmels willen sollte sie denn gehabt haben? Die beiden waren doch einträchtig zum Essen aus. Als sie gegangen ist, da hat Bettina noch gelebt, das hat sie mir sogar noch selbst in WhatsApp geschrieben. Das hieße ja, dass Erika erst weggegangen ist, um dann kurz danach zurückzukommen und einen Mord zu begehen."

„Ich kann mir das auch überhaupt nicht vorstellen, wir haben doch oft von ihr schöne Geschenke zu Weihnachten oder zum Geburtstag bekommen, weil sie selbst keine Kinder hat", warf, unterstützend für die Position ihres Vaters, Kerstin ein.

„Ich glaube dir, Benjamin", schlug sich jetzt Martina auf die Seite ihres Freundes.

Die wildesten Spekulationen wurden nun in den Raum gestellt, bis schließlich alle zu dem Ergebnis kamen, dass man die nächsten Nachrichten abwarten sollte. Benjamin schlug noch vor, unter den Polizeinachrichten in Twitter nachzuschauen, ob dort eine Meldung der Polizei getwittert worden war. Er holte sein Smartphone und scrollte sich durch die Messages der von ihm abonnierten Tweets. Dann zeigte er sein Handy nach oben. Mit dem Hashtag „#hammermörderfrankfurt' verhaftet"war ein Tweet der Polizei publiziert worden, aus dem eindeutig hervorging, dass es sich bei dem Mörder um eine gewisse Erika B. handelte. Manchmal erscheint die Wahrheit so unglaublich, dass man sie einfach nicht für wahr halten möchte, weil in der Vorstellung nicht sein kann, was eigentlich nicht sein darf. Aber die gemeinsame Wut auf die Direktorin schien die Familie plötzlich wieder geeint zu haben, sodass dann ganz überraschend eine Einigung in den Modalitäten der Trauerfeier zu erzielen war. Der Tonfall der Töchter wurde moderater gegenüber ihrem Vater. Es ging sogar so weit, dass sie ihm glaubten, er habe sich ernsthaft nie trennen wollen und dass dieses Techtelmechtel mit Rita nur eine bedeutungslose Affäre gewesen sei. Als Zeichen des sich wieder regenerierenden Familienfriedens entschloss sich Vater Reinhardt sogar zu einem für seine Töchter völlig überraschendem Geständnis: „Ich möchte euch noch etwas anvertrauen. Eigentlich hatte sogar die Polizei mich einmal kurzfristig im Verdacht. Man wollte mir ernsthaft unterstellen, ich hätte möglicherweise einen Auftragsmörder angeheuert, um eure Mutter zu beseitigen, dann die Lebensversicherung zu kassieren und mir mit Rita ein schönes Leben zu machen. Dabei dient die Lebensversicherung ausschließlich dazu, euch euren Pflichtteil vom Erbe auszahlen zu können, ohne dass wir gezwungen sind, gleich das Haus zu verkaufen. Eure Mutter und ich haben eine solche Versicherung zum gegenseitigen Nutzen abgeschlossen."

„Aber Paps, um Himmels willen, wie kam denn die Polizei auf eine solch absurde Idee?", fragte Martina.

„Ich habe kurz vor dem Tod eurer Mutter zweimal je 10 000 Euro in bar abgehoben, die Auszahlungsunterlagen habe ich vernichtet, weil ich Sorge hatte, dass die Polizei sie möglicherweise falsch interpretieren könnte. Das Geld habe ich Rita geliehen für ihren neuen Wagen. Sie hatte finanziell etwas Pech und einen Schufa-Eintrag und konnte deshalb keinen Kredit bei einer Autofirma aufnehmen. Ich habe ihr das Geld vorgestreckt und sie wird es mir auf jeden Fall in Raten zurückzahlen. Aber die Polizei ist bei ihren Ermittlungen darauf gestoßen und ich geriet in Verdacht. Wenn ich noch daran denke, wie schnell einem so etwas passieren kann, dann wage ich immer noch gar nicht daran zu denken, was noch alles hätte geschehen können, wenn die wahre Mörderin nicht gefasst worden wäre."

„Aber warum hast du das denn nicht einfach der Kriminalpolizei erzählt?", fragte Kerstin.
„Wegen euch. Wenn herausgekommen wäre, dass ich einer Frau, die ihr für meine Geliebte gehalten habt, 20 000 Euro gegeben habe, dann wäre ich bei euch endgültig untendurch gewesen."
Beide Töchter gingen auf ihren Vater zu, eine zu seiner Rechten, eine zur Linken, und umarmten ihn wortlos und man konnte Jürgen Reinhardt ansehen, wie gut ihm diese symbolische Geste tat.
„Wenn ich noch einen Rat geben darf", meldete sich Benjamin zu Wort. „Nehmt euch auf jeden Fall einen Rechtsanwalt und erhebt Nebenklage. Dann erhält er Akteneinsicht und er bringt möglicherweise etwas über das Motiv in Erfahrung, das diese Direktorin hatte und das dann letztlich zur Ermordung geführt hat. Sonst habt ihr keine Chance, jemals die Hintergründe der Tat zu erfahren, wenn die Polizei sie denn überhaupt lückenlos aufklären kann." Und als er bemerkte, wie positiv dieser Vorschlag bei den dreien ankam, fügte er hinzu. „Und jetzt kümmere ich mich mal um das Abendessen. Vielleicht hat ja eine der Damen Lust, mir dabei zu helfen. Über die Trauerfeier können wir vielleicht noch während oder nach dem Essen abschließend beraten."

KAPITEL 89

Detlef und Thomas Sommer waren gerade dabei das Abendessen vorzubereiten. Es sollte nur einen Salat, gebratene Hühnerbrust und eine Dinkelboule geben, die sie immer beim Biobäcker gegenüber der Börse kauften. Schon den ganzen Nachmittag hatte es eine Meinungsverschiedenheit gegeben, weil Thomas unbedingt auf den CSD nach Köln fahren wollte, um dort seine gehörlosen Freunde zu treffen und Detlef weder Lust verspürte, den inzwischen mehr kommerziellen als politischen Christopher-Street-Day in Köln zu besuchen noch glaubte, überhaupt Zeit dafür zu haben, da er in den letzten Tagen vor den Sommerferien mit Noten und diversen Aufgaben zum Schuljahresende befasst war.
Im Radio lief gerade ein lokaler Sender und Detlef traute seinen Ohren nicht, als er plötzlich hörte: „Auf der Pressekonferenz teilte Yunus Abbas heute den interessierten Medienvertretern mit, dass der sogenannte Hammermörder, der in Frankfurt schon zwei Opfer gefunden hat, heute verhaftet werden konnte. In letzter Minute konnte ein dritter Mord verhindert werden. Bei dem Täter handelt es sich in Wahrheit um eine Täterin. Der Tat dringend verdächtig ist die Schulleiterin Erika B., die sich derzeit in Untersuchungshaft befindet."
Detlef fiel fast das Messer aus der Hand, mit dem er gerade die Tomaten für den Salat schnitt. Er legte das Kochmesser beiseite und gebärdete seinem Mann, dass gerade im Radio gemeldet worden war, dass seine Chefin verhaftet worden war. Sie soll die Mörderin sein, die die Schuldezernentin und die Frauenbeauftragte umgebracht hatte. Er konnte es gar nicht glauben, was er da soeben gehört hatte.
Er musste sofort seine Personalratskollegin Nikola Balduin anrufen. Seinem Mann gebärdete er, er möge bitte alleine die Zutaten für den Salat vorbereiten, er müsse jetzt sofort und dringend telefonieren. Die Nummer war gespeichert, sodass er sie aus seinen Kontakten nur auszuwählen brauchte. Die Kollegin hob beim vierten Klingeln ab.
„Detlef hier, hast du eben Nachrichten gehört?", fragte er aufgeregt.
„Nein, habe ich nicht, was ist denn so Wichtiges passiert?"
„Stell dir vor, sie haben die Berghoff verhaftet. Sie soll die Schwarz und die Werle-Reinhardt ermordet haben. Ich fasse es nicht."
„Du hast dich bestimmt verhört. Das kann ich mir überhaupt nicht vorstellen. Warum sollte sie denn das tun? Sie ist doch mit beiden befreundet."

„Mach doch selbst das Radio an oder schau im Internet bei Twitter nach, wenn du mir nicht glaubst.“
In diesem Moment signalisierte sein Handy, dass eine Nachricht in WhatsApp eingetroffen war. Das Telefon in der linken Hand, nahm er mit der rechten das Handy, entsperrte es mit seinem Fingerabdruck und öffnete die Nachricht.
„Hier, gerade schreibt mir Brigitte und fragt, ob ich das mit der Berghoff auch in den Nachrichten gehört habe. Also habe ich mich nicht verhört.“
„Dann müssen wir auf jeden Fall am Montag eine Sondersitzung des Personalrats einberufen. Wie geht es denn jetzt mit der Schule weiter, wenn wir quasi weder einen Direktor noch einen Stellvertreter haben?“
„Das soll nicht meine Sorge sein, aber das Schulamt müsste ja jetzt so langsam mal zu einer Entscheidung in Bezug auf den Stellvertreter kommen. Vielleicht geht es ja nun schneller? Auf jeden Fall werden jetzt einige Leute im Kollegium erleichtert aufatmen, davon kannst du mal ausgehen.“
Thomas warf Detlef inzwischen böse Blicke zu und gebärdete ungehalten, dass er mit dem Telefonieren aufhören sollte, er müsse sonst die ganze Arbeit alleine machen und sei sauer deswegen.
„Du, ich muss Schluss machen, Thomas beschwert sich schon.“
„Zu Recht, lieber Kollege, bestell ihm bitte mal viele Grüße von mir.“ Dann beendeten beide das Gespräch, indem sie sich wechselseitig einen schönen Abend und ein schönes Wochenende wünschten.
Als Detlef sich wieder der Arbeitsplatte in der Küche widmete, waren die Salatzutaten bereits fertig geschnitten und das Dressing angerichtet. Ihm oblag es jetzt noch, die Hühnerbrust in der gußeisernen Pfanne zu braten. Während er sie würzte, signalisierte das iPad seines Mannes einen eingehenden Videoanruf, den dieser natürlich nun auch sofort beantworten wollte, sich also an den Esstisch setzte, das Licht einschaltete und das Tablet in eine gute Stellung positionierte. Es war ein gehörloser Freund aus Köln, der wissen wollte, ob Thomas nun zum CSD kommen würde oder nicht. Detlef verfolgte die Unterhaltung nur am Rande, weil er sich ganz auf die Pfanne konzentrierte, aber er bekam mit, dass die beiden wohl irgendeine Verabredung trafen. Als die Hühnerbrust gar war, wurde fast zeitgleich der Videochat in FaceTime beendet. Thomas gebärdete, dass er am morgigen Samstag nach Köln fahren würde und bei gehörlosen Freunden übernachten könnte. Obwohl die Eifersucht sich nach vielen Ehejahren erheblich gelegt hatte, spürte Detlef doch, dass ihm das nicht so

gleichgültig war. Aber er überspielte seinen Unwillen und richtete das Essen auf den Tellern an. Sie aßen schweigend. Wäre noch ein anderer Gehörloser beim Essen anwesend, so hätte alles wesentlich länger gedauert, weil man nun mal nicht gleichzeitig mit den Händen gebärden und mit Besteck essen konnte. Aber in der Kombination eines Paares, bei dem der eine gehörlos und der andere hörend war, verliefen die Mahlzeiten nach einigen Jahren des Zusammenlebens fast schweigend. Es hatte sich eingebürgert, dass Detlef manchmal das Radio laufen ließ, während Thomas mit ausgeschaltetem Ton eine Fernsehsendung laufen ließ und schräg vom Esszimmertisch ins Wohnzimmer zum großen Fernseher hinsah. So hatte der eine eine akustische, der andere eine visuelle Hintergrundunterhaltung. Nur, wenn es etwas Wichtiges zu besprechen gab, wurde das Essen mit Gebärden unterbrochen, wozu man das Besteck aber ablegen musste. Stets wurde darauf geachtet, dass das Essen spätestens um acht Uhr beendet war, damit beide zusammen in Phoenix die Tagesschau sehen konnten, die mit Gebärdendolmetscher übertragen wurde. Im Anschluss daran buchte sich Thomas noch auf dem Handy mit der entsprechenden App eine Fahrkarte nach Köln und ging anschließend in den Keller, um für die Reise einen kleinen Koffer nach oben zu holen, den er für die Reise packen wollte. Natürlich musste eine gewisse Garderobenauswahl für den CSD eingepackt werden, denn man musste ja schließlich für alle möglichen Eventualitäten gerüstet sein, auch für solche, die sich erst unerwartet ergeben konnten. Während sein Mann im Keller war, suchte Detlef, einer spontanen Laune folgend, die Nummer von Matthias Schwarz in seinem Kontakteordner heraus und begann eine Nachricht in WhatsApp zu tippen: „Guten Abend Matthias, endlich melde ich mich mal. Hast du morgen Abend schon was vor?“
Thomas kehrte aus dem Keller zurück und so legte Detlef sein Smartphone hastig beiseite. Während sein Mann Thomas im Schlafzimmer die passende Garderobe für den CSD zusammenstellte, konnte er wieder auf sein iPhone schauen.
Kaum waren die beiden blauen Häkchen hinter seiner Nachricht erschienen, kam die Antwort: „Bisher noch nicht, willst du mich etwa treffen?“
Detlef reagierte sofort: „Wenn du Zeit hast, gerne. Wann und wo?“
Seine Antwort: „Um 19.00 Uhr bei mir?“
„Abgemacht! Übrigens hast du es schon gehört? Der Mörder ist gefasst?“
„Echt? Wer war es denn?“

„Es war die Direktorin des Westendgymnasiums, kam eben in den Nachrichten im Radio.“
Es dauerte eine Weile, bis der Signalton die Antwort ankündigte: „Macht Mord jetzt Schule?“
Detlef überlegte einen Moment, was er darauf antworten sollte, dann tippte er ein: „Ja! Aber ich denke, es sollte eher heißen: „Mord Macht Schule“.

Ende

Printed in Germany
by Amazon Distribution
GmbH, Leipzig

18828874R00204